U0496996

精装典藏版 [No.6]
希区柯克悬念故事集
BEST STORIES CHOSEN
BY THE MASTER OF SUSPENSE

如影相随的人

王强 王帆 史玉哲 向宏
孟冬冬 等◎编译

时代文艺出版社

图书在版编目（CIP）数据

如影相随的人 /（美）希区柯克 著；王强等译. —长春：时代文艺出版社，2014.7（2017.8 重印）
（希区柯克悬念故事集）

ISBN 978-7-5387-4605-1

I. ①如… II. ①希… ②王… III. ①故事－作品集－美国－现代 IV. ①I712.45

中国版本图书馆CIP数据核字（2014）第150887号

出 品 人	陈 琛
产品总监	郭力家
选题策划	高晓诗
责任编辑	方 伟
助理编辑	李 硕
装帧设计	孙 利
排版制作	李玉龙

本书著作权、版式和装帧设计受国际版权公约和中华人民共和国著作权法保护
本书所有文字、图片和示意图等专有使用权为时代文艺出版社所有
未事先获得时代文艺出版社许可
本书的任何部分不得以图表、电子、影印、缩拍、录音和其他任何手段
进行复制和转载，违者必究

如影相随的人

[美] 希区柯克 著　王强等译

出版发行 / 时代文艺出版社
地址 / 长春市泰来街1825号　时代文艺出版社　邮编 / 130011
总编办 / 0431-86012927　发行部 / 0431-86012957　北京开发部 / 010-63108163
网址 / www.shidaicn.com
印刷 / 三河市京兰印务有限公司
开本 / 710mm×1000mm　1/16　字数 / 430千字　印张 / 25.5
版次 / 2015年1月第1版　印次 / 2017年8月第2次印刷　定价 / 68.00元

图书如有印装错误　请寄回印厂调换

出版说明

希区柯克不仅是著名的电影艺术大师，更是一位对人类精神世界高度关照的艺术家。在长达六十年的电影艺术生涯里，希区柯克拍摄了五十余部电影作品，一生获奖无数。对于后世人来说，希区柯克，已不仅仅是一个名字，他已赫然成为悬疑惊悚的代名词，代表了一种独树一帜的电影手法。

在美国电影协会评出的"百年百大惊悚电影"中，希区柯克的电影有9部入选，并且有3部位列前10名，当然包括第1名。

我社尽全力搜集、整理希区柯克的作品并结集出版，致力于打造国内收录希区柯克悬念故事最多的作品集，以飨读者。

本丛书共8卷：希区柯克导演的电影集两卷，《三十九级台阶》、《后窗》，悬念故事集六卷，分别为《有罪的女人》、《被冤枉的好人》、《不愿离开牢房的人》、《如影相随的人》、《迷雾中的陌生人》和《知情太多的人》，卷名取自希区柯克对其作品的分类。

我社此前出版的希区柯克系列曾受到广泛的欢迎，有很多热心读者还给我们提出了很多宝贵的建议和意见。为满足广大希区柯克作品爱好者的需求，我社重磅推出了希区柯克丛书精装修订版。本版不仅订正了上一版中的翻译和编校问题，同时又重新梳理了选文的顺序，力求接近希区柯克的精神核心，全面体现希区柯克的艺术追求。

虽经认真编校，但由于水平有限，错漏之处在所难免，敬望广大读者海涵，并请不吝指正。

前　言

在中国，几乎没有人不知道金庸，他的武侠小说让亿万华人沉醉其间。在全世界，几乎没有人不知道阿尔弗雷德·希区柯克（Alfred Hitchcock，1899-1980），他的悬念和惊悚故事像海啸一样席卷人类的心灵。

这是一位来自阴暗世界的传奇天才。在希区柯克四五岁的时候，他的父亲交给他一张字条，让他送给警察。警察打开纸条，上面写着，把他儿子关上五分钟，以示惩戒。警察照办。惊悚和悬念就这样戏剧性地在希区柯克的心灵上打上了沉重的烙印。他总是一个人关在黑暗的小屋中，缩作一团，瑟瑟发抖。对他来说，恐惧并非一个突然飞过的蛾子，或阴暗角落里爬行的蜘蛛，而是一种感觉，一种来自内心的战栗。任何物体的摆放和存在，对于他来说，都可构成威胁，让他的心灵备受刺激。他喜欢猎奇，对谋杀、下毒之类的事深感兴趣，被无所不在的邪恶现实深深吸引。正是这种来自童年的阴影和经历，让希区柯克理解了黑暗的力量。这种力量伴随他一生，渗透在他的影片中并释放出来。如《惊魂记》(*Psycho*,1960) 中著名的浴室暗杀镜头，希区柯克始终用镜头来烘托和渲染恐怖的感觉，却并不表现任何直接的打斗冲突。危机和恐惧就在后面，让人惊悚。这部影片放映之后，成千上万的女性对浴室莫名恐惧，不敢洗澡。而希区柯克却说："对我而言，《惊魂记》是个大喜剧。"

这位登峰造极的悬念和惊悚大师1899年出生于英国的一个蔬菜批发商家庭，从未受过正规的电影和戏剧专业教育。1920年进入电影圈做字幕设计。1926年拍摄《房客》，一举奠定了他在电影界的地位，这部电影当时被誉为"英国有史以来最好的影片"。1939年，应米高梅电影公司的制片人之邀，希区柯克到好莱坞执导他的《蝴蝶梦》一鸣惊人，捧得奥斯卡最佳影片奖。此后，希区柯克一发不可收拾，佳作迭出，拍摄了《爱德华大夫》《美人计》《后窗》等杰作。

希区柯克的故事有自己一贯的模式，绝大多数以人的紧张、焦虑、窥探、恐惧等为叙事主题，设置悬念，故事情节惊险曲折，引人入胜，令人拍案叫绝。根据他的理论，悬疑必须设计成这种紧张气氛：以观众为主线，通过剧中角色陷入危机的情节来发展，但是观众却无法得知这些角色与危险是谁造成的，或是会再造成什么样的危险，但是又必须让身处其中的无辜者不会受到伤害。于是，我们看到了男女角色之间的互动，而他们却毫不知情；我们了解了剧中人物错综复杂的关系，但是却无法推测下一步希区柯克会让他们发生什么事情！这种故事叙述手法，让人们回味无穷，也正因为如此，他的多部片子都成为经典，其中充满了希区柯克元素：足智多谋的拍摄手法、不可思议的男女角色关系、戏剧性的真相、明亮鲜明的色彩、内敛的玩笑戏弄、机智风趣的象征符号以及支配人心的悬疑配乐。这些元素成就了"希区柯克"这个与悬疑、紧张画上等号的代名词——让人感觉无助、惊吓，祈祷着接下来要（或不要）发生什么——而这就是希区柯克！

希区柯克非常害怕跟警察打交道，以至于到了美国后，几乎不敢开车出门。有一次，他驱车去北加利福尼亚，仅仅因为从车中扔出一个可能尚未完全熄灭的烟头而终日惶惶不安。

他也是一个难以捉摸的人。他的知名度极高，几乎到了家喻户晓的程度，却离群索居，怕见生人，整天在家里跟书籍、照片、夫人、小狗、女儿为伍，还同很少几位密友往来。他很少参加各种社交聚会，不跟妖艳的女影星厮混。他除了拍片之外，的确是一心不二用的。有人问他，要是让他自由选择职业的话，那他愿意做什么，或者在他一生中想做什么。他回答说："我不知道，我爱画，但我不会画。我爱读书，但我不是作家。我只懂得拍片。我绝不会退出影界，除此之外，我还能做什么呢？"希区柯克把全部精力都用在准备制片上，他事先筹划一切，直到最后一个细节，并且全神贯注、兢兢业业地去实现他的计划。

对于希区柯克来说，电影只是这么一种手段，它能使惊恐不安、经常被莫名其妙的内疚和焦虑所折磨的人们，通过导演对剧中人物的巧妙安排来排除内心的痛苦。他说："戏剧就是将生活中的枯燥遗忘。"

也许正是由于希区柯克复杂的个性，才使得他的作品具有广阔的阐释空间。其丰富的意蕴，使得阅读他的作品成为一种巨大的享受。

《天才的阴暗面——悬念大师希区柯克的一生》一书中说："他对人类的心理世界和异常精神状态有着深刻的体悟，这使他的作品有力、深刻而迷人，并使他成为一位与卡夫卡、陀思妥耶夫斯基和爱伦·坡比肩而立的艺术大师。"

1979年，希区柯克80岁生日，坐在轮椅上，向前来道贺的人们致意："此刻，我最想要的礼物是一个包装精美的恐怖。"一年后，他在洛杉矶去世。

希区柯克一生导演、监制了59部电影，300多部电视连续剧。曾在1968年获特殊奥斯卡奖，同年获美国导演协会格里菲斯奖。为了表彰他对电影艺术作出的突出贡献，1979年，美国电影艺术与科学学院授予他终身成就奖。1980年，英国女王伊丽莎白二世封他为爵士。

这套书所汇总的故事，均根据希区柯克的电影和电视剧改编。编者竭尽所能，希望将这位大师的故事收集齐全，出版全集，但考虑到难免挂一漏万，故不敢称作"全集"。不过我们相信，这套书肯定是国内收集希区柯克惊悚悬念故事最多的。

在中国，希区柯克的电影、电视和图书一直备受欢迎，畅销不衰。我们相信，这些经典作品，必将像福尔摩斯的侦探小说和金庸的武侠小说一样，代代相传，流芳百年。

编者

目录
CONTENTS

私人侦探 / 001
锁匠的一天 / 012
宴会与谋杀 / 019
不速之客 / 027
门牙 / 038
聪明的胡里奥 / 044
裸体艺术 / 052
剑与锤 / 063
四十俱乐部 / 069
鸳梦难圆 / 082
首次月球旅行 / 094
死刑判决 / 105
迪灵顿街的回忆 / 119
丈夫的诡计 / 126
格兰普插了一手 / 133
英奇的不在场证据 / 140
佳期如梦 / 148
乱世无声 / 151
谋杀植物 / 154
精神杀手 / 160
相同的遭遇 / 165
见死不救 / 172
生死去留 / 181
痴情汤米 / 194

赌徒的遗书 / 204
时差 / 207
第三者 / 214
枉费心机 / 226
致命的错误 / 231
用心良苦 / 238
失踪的女人 / 245
印第安人的咒语 / 250
白痴的证词 / 258
寻找真实的故事 / 267
最后一位亲属 / 275
如影相随的男人 / 281
谁是凶手 / 284
越狱 / 295
先下手为强 / 307
翡翠项链 / 309
爱情与投资 / 314
伤害的代价 / 319
栽赃 / 329
惊恐的脚步声 / 335
拙劣的骗术 / 341
扒手 / 353
枪击事件 / 356
移花接木 / 359
最后三个月 / 363
奇怪的电话 / 366
无衣遮体的凶手 / 369
失踪的作家 / 373
三十万元绑票案 / 384

私人侦探

  他们在我公寓里等我，一共两个人，一高一矮，高个子长得瘦骨嶙峋，穿着粗呢大衣，坐在皮面转椅上，一条腿搁在扶手上。矮个子很结实，靠在窗边的墙上，面无表情。
  我从没见过这两个人，不过我知道是谁派他们来的，也知道他们为什么来。
  我随手关上门，盯着他们问："你们怎么进来的？"
  高个儿耸耸肩，说："门没锁。"
  "是啊！"我跨过玄关，顺手把外套扔在沙发上，走到酒吧前，给自己调了杯酒。
  "胖老大要见你。"高个儿站在我身后说。
  "等一等，"我说，"我要冲个澡，换件衣服。"
  "现在就走。"高个儿很不耐烦地说。
  我转头看着他，"如果我现在不想去呢？"
  高个儿又耸耸肩。
  我淡淡一笑，"我敢打赌，你们两人的外套口袋里都装着枪。"
  他掏出手枪。我一口喝完酒，说："走吧。"
  从我住的地方到胖老大的游乐场，需要三十分钟。他的游乐场坐落在本市北面的海边，我们从后楼梯来到他的办公室。胖老大体重三百五十磅，身穿淡黄色丝质西服，里面是淡蓝色衬衫，系着漂亮的领带。
  胖老大名叫巴尔克，他是个赌徒和鸡头。不过很奇怪，他非常喜欢猫，听说他养了二十多只纯种猫，有一只就蹲在他书桌的角落上。那只猫又肥又胖，正在舔胡子。胖老大请我坐下，对我说："夏洛克，我不想说废话，你知道我找你干什么。"

"是的，我知道。"我说。

"那个妞儿在哪儿？"他问。

"哪个妞儿？"

"朱莉娅。"胖老大说，"她在哪儿？"

"我昨晚就告诉你了。"

"再说一遍。"

"这种事，你应该记下来，"我说，"你的记忆力不太好。"

"别跟我耍贫嘴，"他说，"我问你，那个妞儿在哪儿？"

我叹了口气，"她在加州边界，一个叫狄福的小镇，住在白金汉旅馆九号房。"

胖老大摇摇头，"你再想一想。"

我皱起眉头，"你想说什么？"

他一脸凶相，"昨天你打过电话后，阿尔和伍德就乘一架私人飞机去了狄福镇。"他说，"她不在那儿，她从来没去过那儿。"

"我不想和你争辩，"我说，"不过，她确实是在那里，我亲眼看见的，我亲眼看见她在饭店餐厅吃午饭，她走到拐角的药房时，我一直在后面跟着她。"

"别瞎说了。"胖老大说，"你想骗谁？"

"我谁也不想骗，"我说，"昨天下午4点钟的时候，她是在那儿，她的房间号还是总台服务员告诉我的。"

"总台服务员没见过她，伍德拿照片给他看了。"

"他撒谎！"

"他干吗要撒谎呢？"

"也许他被买通了。"我说，耸耸肩。

"从昨天到现在，你在哪儿？"

"如果你要的话，我可以写出时间表。"

"别跟我东拉西扯。"胖老大恶狠狠地说，"你在哪儿？"

"从这儿到狄福镇，开车需要六个小时，"我告诉他，"我很累，我在汽车旅馆休息。"

"哪家旅馆？"

"牛津镇外的玫瑰旅馆。"

"我可以去查。"

"请便吧。"

"你打电话给我后，为什么不在狄福镇等着呢？"

"你没要我等。"

"那不是理由，"胖老大说，"你应该等。"

"为什么？"我问，"你请我的目的是找到她，我找到她，就已经完成任务了。"

"他妈的，"胖老大说，"她不在那儿，你拿我寻开心啊。"

"她昨天是在那儿。"我说，"我已经跟你说过了。"

"你知道我在想什么吗？"胖老大说，"我认为也许你在骗我。"

"我为什么要骗你？"

"也许那个妞儿买通了你，"他回答说，"也许她把钱分你一部分，叫你替她撒谎。"

"是啊，"我说，"她分了一半给我，我把钱存在外套的夹层里。"

"我已经听够了你的油腔滑调，"胖老大说，"你要我让这位伍德修理你吗？"

我看看屋里的伍德，他就是那个矮个儿，手臂有一般人的腰那么粗。我转向胖老大，"不要，"我说，"我可不喜欢。"

"那么老老实实回答我的问题，我已经快没耐心了。我一定要找到那个妞儿，我要找回五万块钱。如果你爱惜自己身体的话，你最好说实话。"

"我说的是实话，"我说，"你瞧，如果她买通我，要我骗你的话，我不会编一个更可信的故事吗？我会说她已经到加拿大或墨西哥，让你找不到她。"

他仔细考虑我的话，他那个大脑袋想问题很吃力，不过他总算想明白了。"你说得对，"他说，"夏洛克，你在本市信誉还不错，所以我认为你说的是真话。你还能再次找到朱莉娅吗？"

"可以。"

"我要你今天就出发，"胖老大说，"我们不能浪费时间。"

"很好，"我说，低头打量着我的手指，"我们把一件小事谈好后就出发。"

"什么事？"

"我的费用。"

"你的费用？这是什么意思？我已经照你的意思给你一千五了。"

"那是第一次找她的费用，"我说，"我一找到她，完成了任务，那么我们的合约就算终止了，服务报告一提出，服务费就付清。"

他眯起眼睛，"你是不是想敲诈我？"

"哎呀，你这话真让我吃惊，我们是在谈生意，你必须重新雇用我，这是做生意的规矩。"我停了一下，"你知道，我也要赚钱啊。"

他咬着一根粉红色的香肠，皱皱眉，说："好吧，夏洛克，我再给你一千五，不过我警告你，这次最好找到她，别让她又溜了，懂吗？"

"懂。"

他挥挥大手，让我离开。我站起身，桌上的大黑猫恶毒地看着我，叫了一声。

胖老大看看猫，对站在门口的伍德说："伍德，给咪咪弄点牛奶，它饿了。"

"是，老板。"伍德说。这是我第一次听到他说话，我还以为他不会说话呢。他走到冰箱那边，取出一瓶牛奶，倒了点在盘子里，端过来，放在桌子上。咪咪伸了个懒腰，嗅一嗅，然后开始舔牛奶。

"乖咪咪。"伍德说，拍拍咪咪的头。

"乖咪咪。"胖老大说，拍拍咪咪的屁股。

我向门口走去，那个叫阿尔的瘦子看看我，翻了翻眼睛，我冲他点点头。

到了外面，我叫了辆出租车，回到我的公寓。

我冲了个澡，换了件衣服，然后开车向北驶去。

那天晚上9点，我到达狄福镇，那是个小渔村。我直接到白金汉旅馆，总台服务员是个瘦小男子，我不认识。我问他，值日班的查尔斯在哪儿。服务员说，他可能在旅馆休息室。

果然，我在旅馆的酒吧里找到他，他正在喝酒，我在他身边坐下，要了一杯酒。

"你好，查尔斯。"我说。

他转过头，眯起小眼睛，"噢，是你。"

"是我。"

他向我咧嘴一笑，"你说对了，昨天晚上有两个男人来这里找那个女孩，我把你教我的话告诉了他们，我做得还可以吗？"

"你做得很好，"说着，我从皮夹里取出一张二十元的钞票放在吧台上。"我想她已经结账走了吧。"

他用食指的指尖碰碰钞票上的人头，"是的，在你走后半小时，她就走了。"

"你知道她去哪儿了吗？"

"我问她去哪儿，她没回答。不过，她让我给她叫出租车。"

"你知道出租车把她带到哪儿去吗？"

"知道。我认识送她的那位司机，今天早上一见到他，我就问了。"

"去哪儿了？"

"他送她去了普士顿。"

"那是什么地方？"

"在东南方向，距这儿十公里。"

"在普士顿的什么地方？"

"不知道，"查尔斯说，"他只送她到那里的火车站。你知道，我们这儿没有火车站。"

"好了，查尔斯，这二十元是你的了。"

他小心翼翼地把钱折起来，塞进衬衫口袋里，说："我不是好管闲事，不过，这妞儿到底是怎么回事？"

"别问。"我说。

"为什么？"

"这不关你的事。"我说完离开了他。

那时已经很晚了，但我决定开车到普士顿。她昨晚六七点钟到达那里，火车站有日夜班，现在去，很可能是同一个售票员。

通往普士顿的公路实在是需要好好修修。

火车站是一栋木屋，孤零零地立在郊外。我把车停在车站外面，走了进去。

售票员是个二十岁的小伙子，留着一头长发，一副傲慢的样子。我走过去，他问："你有什么事？"

"昨晚六七点是你值班吗？"

他抿了下嘴唇，"干吗？"

我从口袋里掏出朱莉娅的照片，放在他面前，"昨晚六七点钟，你卖票给这个女孩了吗？"

他看看照片，从他的眼神中，我看出他认出来了，但是，他狡猾地舔舔嘴唇，很傲慢地说："从来没见过这个人。"

我以为他想要钱，就也很傲慢地说："真的吗？"

"真的，老兄。"

"为了你自己，你最好别撒谎，小子。"

"你这话是什么意思？"

"我们老大可不喜欢撒谎的人，"我说，"他会很不高兴，当他不高兴的时候……"我故意不说完，盯着他。

他的傲慢收敛了点，"老大？"

"是的，老大，"我说，"我记得那次老大发现彼得撒谎，"我告诉他彼得悲惨的下场。其实，根本没有彼得这个人，是我瞎编的。

他脸都吓绿了，"听我说，"他的口气软了下来，"这不会是真的吧？"

"信不信由你，"我说，探过身，抖开外套，让他看见我身上带的枪。

他的脸更绿了。"嘿，"他说，"嘿，我……"

我耸耸肩，"我只希望你没撒谎，小子。"

"我……我刚刚记起来，"他很快地说，"是的，是的，我记起来了。她是从狄福镇开来的出租车上下来的，个子很高，金发，不错，我想起来了。"

"你的记忆不错，"我说，"她买车票了吗？"

"买了，当然买了，买了到波士顿的，她乘8点钟的对号车。"

"她带行李没有？"

"一个行李箱，一只褐色的旅行袋。"

"下一趟去波士顿的火车几点？"

"半夜。"

"我买一张往返票。"

"好，一张往返票。"现在，他急于讨好我。他递给我车票，我拍拍他的头，朝门口走去。"嘿，先生，"他在我身后喊道，"请别告诉那……那个老大，好吗？我的意思是，我没撒谎，我只是忘记了。"

"我不会说的。"我说。

他咽了下口水，"谢谢，谢谢你，先生。"

我走到外面，在附近一家餐厅吃了点东西，然后挂了对方付费电话给胖老大，告诉他我的进展情况。

"波士顿？那个大城市？夏洛克，你认为你可以在那里找到人吗？"

"办法很多，"我说，"可能得花两天时间，不过总会找到的。"

"好吧，不过，记住，别骗我。"

"胖老大，你对我没信心了？"

"事关五万美元，我是没什么信心。"

"别担心，向咪咪问好。"

我乘半夜的火车到波士顿，住进城里的一家旅馆，一觉睡到第二天上午11点，然后打电话给当地的一位联络人，告诉他我在做什么。一年前，我帮过他的忙，所以他同意帮忙。不久，他来到旅馆，我把朱莉娅的照片给他看，答应送他一百元作为酬劳。

他花了四天时间帮我找到朱莉娅。

那天，我正在旅馆看报纸，他打电话过来说："她住在光明路伊比公寓6号。"然后告诉我怎么去那里。

我向他表示谢意，并告诉他，一星期之内，我会把支票寄给他，然后挂断电话。我乘市内公共汽车来到伊比公寓。

那是栋半西班牙式的房子，找到六号后，我敲了敲门。

没人回答。

我看看锁，半分钟内就把它撬开了。公寓里空荡荡的，我打开壁橱，里面有只箱子，形状和普士顿火车站那个家伙说的一样，但没有旅行袋的影子，显然，她对钱很当心。

我点了支烟，在客厅的一把椅子上坐下来。

二十分钟后，我听到钥匙插进匙孔的声音。她走进来，手里拎着一只旅行袋。她一看见我，睁大两眼，向外跑去。

我已经先堵住了大门，一伸手，抓住她的手腕，把她拉过来，让她坐在床上。我从她手中夺过旅行袋，打开看看，然后看着她。

"你好，朱莉娅小姐。"我说。

她大约23岁，身材修长，一头金发乱蓬蓬的。她长得很漂亮，有一对褐色的眼睛，显得既惊恐又柔顺。

"你就是狄福镇那个人。"她凝视着我说。

"是的。"我微笑着说。

"你想干什么？"

"我认为这是明摆着的。"

"胖老大？"

"对，胖老大。"

她舔舔粉红色的嘴唇，叹了口气，"我真不该拿他的钱。"她说。

"是的，你不该拿他的钱。"

"那一天，"她轻声说，"我在找一些文件，无意中发现了本小册子，那上面写有保险箱的密码。"

"胖老大太粗心了。"我说。

"有天晚上，他离开之后，我打开了保险箱，看到里面有许多钞票，我想我是疯了，我用牛皮纸信封装好，直接从游乐场到了汽车站。我以为自己可以跑得很远，不会被抓住。"

"你为什么去狄福那样的小渔村？"

"我认为，胖老大只会在大城市找我，不会到小地方。"

"我花了两天时间找到你，"我说，"你留下了不少痕迹。"

她耸耸肩，"对这种事我不太在行。"她抬头看看我，"你是私人侦探吗？"

"你怎么知道？"

"你看上去像个私人侦探，另外，胖老大的手下我都认识。"她嘴角浮起一丝微笑，"很容易发现你的行动，你没有注意到吗？"

"我？"

"我在狄福镇就老看到你，我吃午饭时，你在监视我，我到药房时，你跟踪我，你就像是故意要引起我的注意。"

"为什么我要引起你的注意呢？"

"我也不知道，"朱莉娅说，"你知道吗？"

"当然不知道。"

"那你为什么不走近我呢？"

我微微一笑，"生意问题。"

"反正，这些都无关紧要了，你又找到我了。"

"是的，我又找到你了。"

"现在怎么办？"她问，"你要把我交给胖老大？"

"为什么要这么做呢？胖老大只想追回他的钱。"

"你不是在骗我吧？"朱莉娅说，"我在他那里工作了很久，我知道他的想法，他想要我的命。"

我悲伤地摇摇头，"你真会幻想。"

"你不打算把我交给胖老大？"

"是的。"

"你意思是说，你要放我走？"

"为什么不呢？"我说，"不过，我要忠告你，不要回原来那个城市了。"

"我不明白你的意思。"

"朱莉娅小姐，"我说，"别问那么多了。"

"好吧，"她说，"不过，我不明白……"

我咳了一声，"你从哪儿来？我的意思是，你的家乡在哪儿？"

"佛罗里达州。"

"那儿有亲戚吗？"

"有。"

"如果你愿意听我的劝告的话，"我说，"回你家乡去吧，找个办公室秘书干干，别动老板的东西，明白吗？"

"明白。"

"好，"我拉开旅行袋，看看里面，"钱全在这儿吗？"

"全在，只是少了两百元，"朱莉娅说，"我用掉的。"

我从袋子里拿出三百元，放在她身边的床上，"这些够你坐飞机回佛罗里达了。"我说。

她张大嘴巴，然后又闭上，一脸的迷惘。

我拉上袋子拉链，夹在腋下，向门口走去。走到门口时，转身对她说："向你家人问好。"她目瞪口呆地坐在那里。

我乘出租车，直奔火车站，搭5点钟的火车，回到普士顿火车站，领回我放在那里的汽车，匆匆吃过晚饭，赶回城市。

我在游乐场办公室找到胖老大。这回，他穿着淡紫色西装，阿尔也在那里，和平常一样，一脸的不耐烦。伍德和咪咪不在。

走进办公室，我把旅行袋扔在胖老大面前。

"这是什么？"他惊讶地问。

"你的钱。"我说。

他眨眨眼，摸摸鼻子，愣了一会儿才弄明白，"我的五万元？"

"不完全正确，"我说，"四万元左右。"

"另外那一万元呢？"

"那个妞儿拿去了。"

"她去哪儿了？"

"已经到欧洲了。"

"欧洲？"胖老大冒火了，"夏洛克，你最好赶快解释下。"

"通过波士顿的联络人，我很容易地找到了朱莉娅。我到了她的住所，想确定她是否仍然还住在那儿。"

"是吗？"

"可她已经走了，很匆忙地走的。她一定已经知道我们在追她，没有时间收拾零星东西，所以我到达时，在她房间找到一把汽车站存物间的钥匙，我到了汽车站，发现了这个装有四万元的袋子。显然，另外的一万元，她带在身上。"

"很好，可她人呢？"

"我正要告诉你，"我说，"我要当地联络人去查一下，他了解到，同一天下午，她乘飞机离开波士顿，她乘的是国际航班，直飞伦敦。"

"英国的伦敦？"

"是。"

他一拳砸在办公桌上，"夏洛克，你他妈真该死！"他吼道，"她带走了我一万元！"

"如果你想要的话，"我说，"我可以乘飞机去追，试着找找她。不过，我无法做出保证，欧洲很大，只能说试试。"

胖老大凝视着我，慢慢点点头，"是啊，如果我再雇用你，付你费用的话，你可以乘飞机到那儿，对不对？"

"不全是那样，"我说，"这是她第二次躲过我，所以我要自费到欧洲找她。毕竟，除了使你高兴外，我还要维持我的信誉。"

他没有料到这一招，"你会那样做吗？"他问，神情语气都带着不解。

"那是我起码应该做到的。"我说。

他带着赞许的神情，说："你这个人真是死心眼，夏洛克，我原先把你看扁了，我原来以为你是个狡猾的人。"

我装出很愤慨的样子。

胖老大咬咬嘴唇，想了一会儿。"实际上，"他说，"你为我做得很不错，你给我带回四万元，天知道，你完全可以说那个妞儿全都卷跑了，而把那些钱据为己有。"

"胖老大，"我说，"你真让我伤心。"

当然，我可以吞下那四万九千五百元，不过，你知道，贪婪的下场都不好，何况我不是个贪婪的人。此外，我喜欢生活简单愉快，我不知道如何去花四万九千五百元。

我一直很想到欧洲度个假，我在心里迅速盘算了一下：第一次找朱莉娅的一千五百元加上第二次的一千五百元，再加上旅行袋里少给胖老大的九千五百元——一万二千五百元，够一个人在国外舒舒服服地玩乐一阵了。听说法国南部的里维耶拉这个季节最美不过了。

我意识到胖老大在说话，"你知道，夏洛克，我喜欢你，也许你回来之后，我们可以再做些交易。我偶尔要用用像你这样的人。"

我强迫自己做出一副正直的表情,"我希望如此。"

"是啊,"胖老大说,"你很不错,大部分私人侦探都是无赖,但你不是,你知道你有其他无赖所没有的东西吗?"

"是什么?"我问。

"道德,"胖老大说,"现在的人,很难找到有道德的了。"

我忍不住笑着说:"真的吗?"

锁匠的一天

这一天，在特里·怀特的生命中，可算是比较快乐的一天，但也不能说是最快乐的。怀特天生就不是快乐的人。他生性小心谨慎，做事昧良心，而且贪得无厌，一有利益一定抓住不放。他最近弄到个情妇，这情妇年轻得可以做他的女儿，至于容貌嘛，说得上美丽可爱，起码够吸引一串儿男士。

怀特长得并不英俊，应该说离英俊还很远。他削肩缩腮，厚厚的镜片后面，那双眼睛总是湿漉漉的，一张没有血色的嘴很少微笑，如果有的话，也是狡猾的笑。对于这张脸，有位顾客曾经说过："没人会相信他多久，而那张脸本身也不相信任何人。"

因此，怀特之所以能够占有雷切尔，不是因为他的外貌，而是因为他的钞票。

这天早晨，想到万能的钱时，怀特狡猾地笑了。想到多年来秘密积攒下来的钱，他的笑又变得古怪了。

表面上，怀特是个锁匠。当然，他还做些别的事——一些合法的事——诸如出租房屋、买卖股票、放高利贷等。他的这份家当都是当锁匠挣来的。他从年轻时起，一直到现在53岁，一直守着这份老本行。

他在高街上有个小小的门面，右边是家破落的小店，经营油漆和壁纸，左边是家生意不怎么兴隆的熟肉店。这儿是城中一个没落地区，像挂在锁匠店肮脏门帘上的招牌一样饱经风霜。那招牌是三十一年前创业时做的，一直沿用至今。整个城市，只有五家锁店登上电话簿，怀特是其中之一。所以，虽然店铺的地理位置不好，却有固定的老主顾。

这天上午7点，他像往常一样，腋下夹着报纸，来到他的店铺。他推开前门走进店里，随手又锁上门，来到后面阴暗的小办公室里，打开落地灯，灯光从圆球形白色灯泡里射出来，照出一张有爪形脚的圆桌和两把配套的、摇摇欲坠的椅子。椅子上铺着深色漆皮垫子，从一个破洞里露出塞在里面的草。这些东西下面，是块沾满咖啡和食物的破地毯。特里·怀特把帽子和报纸放在桌上，走到一个小水槽前，取出一只搪瓷盘子和一个塑料杯，在水龙头下洗干净，然后接了一锅水放在电炉上。他打开电炉后，回到桌边，在一把摇摇晃晃的椅子上小心地坐下。几分钟内，他就可以冲咖啡喝了。正当他要打开报纸时，前面传来敲门声。

特里叹了口气，走到前面。外面站着一位年轻人，只有头部露在挂了半截的门帘上。

特里没开门。他开门的时间是8点整。他对着外面的人耸耸肩，指指墙上的钟。年轻人似乎很着急，拼命地推门。

特里又耸耸肩，转身就走。年轻人开始使劲敲打玻璃。

这时候，任何店主也许都会打电话叫警察，但是，特里从来不叫警察。他站了几秒钟，听着窗户上的声音，转身朝门口走去。

"什么事不能等到8点啊？"开门后，他冷冷地问。

"我有急事，老人家。"年轻人回答说。

"知道。"年轻人什么事都是急匆匆的，特里心中暗想，他们总是鲁莽冲动，把事情搞得一塌糊涂。雷切尔就这样，不过，幸亏遇上了他。"好吧，年轻人，告诉我什么急事，说完我好喝咖啡。"

年轻人从夹克口袋里掏出一条手帕，小心地放在玻璃柜台上。里面是块旅馆用的小肥皂。

"这个，"他问，"够清楚吗？"

特里眨眨眼睛，"我今天早晨已经洗过澡了。"

"嘿，老人家，你看都不看，仔细瞧瞧。"

特里弯下腰，鼻尖距肥皂不到两英寸。

"你看到那印子没有？"年轻人问。

特里点点头。肥皂上是一把钥匙的模子。他从凹线和刻痕上看出，那是典型的耶鲁牌筒形钥匙。第一和第三齿比其他的长一点，这种钥匙通常是住宅和公寓房子大门用的。

年轻人拍拍特里的肩头问道："够清楚吗？"

特里直起身子说："干什么？"

"照样子再打一把啊。"

"那要看情况。"

"什么情况?"

"你找的人的技术。"

"不是钱?"

"不是钱。因为钥匙本身的打造费用并不高。"

"多少?"

"十美元。"

"十美元? 老人家,你简直是在敲竹杠。一把这样的钥匙,顶多两块钱,而且到处都可以打到。"

"那么你到别处去打两块钱的好了。"特里不耐烦地说。

"五块怎么样?"

"十块。"

"你真逼得我没办法。"

"年轻人,是你自己逼自己,不是我。"

"好吧,十块就十块吧。多长时间可以打好?"

"中午。"

"不能早点吗?"

"不能,别走,"特里说着,走到柜台后面拿出一张卡片,"写下姓名和住址。我给你开一张预付十块的收据。"

"你不太相信人?"

"我相信上帝。"

特里回到他阴暗的办公室,冲好咖啡后,坐下来看报纸。最吸引他的新闻是一则盗窃案。一位实业家和妻子参加音乐会回来时,发现家中价值十万元的珠宝被盗。他们出门的这段时间,家里只有一位女仆。她睡在二楼,屋里没任何强行进入的迹象,所有能进入屋子的门窗全都好好地锁着。这对夫妻回家时,是用自己的钥匙打开车库,通过地下室进屋的。报道说,警方正在调查。

8点整,他开门营业。他所做的不过是把门闩拉开而已。二十分钟后,第一位顾客上门了。那是位上了年纪的女人,她手中拿着一把汽车钥匙,说是打不开车门。特里卖给她一管石墨,告诉她用法,然后打发她走了。不到9点钟,电话铃响了。特里伸手到柜台下接电话。

"怀特锁店。"

"是特里·怀特吗?"

"是我。"

"我是戈登·特里,一切顺利。"

"我在报纸上看到了。"

"我应该分些利润给你。"

"赃物我不碰,把钥匙寄还给我就行了。"

"已经寄出了。现在,再来一把钥匙怎么样?"

"几个月后也许可以。你应该休息一下,那样会长寿些,别太急。"

"那就几个月后吧。"

"打电话就行了,人别来。"

10点钟,特里来到隔壁饮食店,买了杯柠檬茶和一块樱桃饼。他在后面房间吃完点心后,又一位顾客走了进来。

忙过一阵后,他瞄了眼挂钟:11点17分。接下来干些什么呢?哦,对了,早晨那个年轻人的钥匙。他找出那人留下的肥皂和资料卡。那人叫乔治·杜邦,住在首都大道1444号,没有电话。特里从玻璃板下面拿出一张最新的地图,在上面查找这个地址。1444号是一家纪念碑公司。

中午,这位杜邦出现了。和早晨一样,他仍然显得很紧张。他睁大眼睛问道:"准备好了吗?"

特里默默地将按肥皂模子打出来的钥匙递了过去。他打了两把,自己留了一把。

"肥皂呢,老人家?"

"我用来洗手了。"

"你真是个聪明的老头。"

"像首都大道上的纪念碑一样,我认为沉默是金。"

杜邦摇摇头,离开了店铺。

特里从桌子旁边一台小型压力机那儿取回肥皂,连同那把多打的钥匙一起,放进他的资料柜。他总觉得按杜邦那块肥皂做出的钥匙,有点儿……

这时,电话铃响了。

特里拿起电话。

"我是丘比。"一个大嗓门说道。

"是的,丘比先生。"

"一个叫鲍勃·巴林的人,在瓦尔登湖那儿有幢别墅,你知道我在说谁吗?"

"当然。"

"我早料到你知道。听说你曾为他做过事？"

"是的，丘比先生，帮他做过事又怎样？"

"你有没有他船库的钥匙？"

"可能有。"

"好极了，我想租二十四小时。"

"一级还是二级租金？"

"特里，你在开玩笑吧？"

"不，一点儿不开玩笑，丘比先生。过去，你向我租东西，一直是二级租金，也就是一天一百美元，对不对？"

"我洗耳恭听。"

"你租一把钥匙不过是去开一扇门。锁一打开，你便可以为所欲为，要什么拿什么。那些我不管。但去开一个船库，我很怀疑。丘比先生，你要一条船做什么？去钓鱼吗？"

大嗓门发出一阵大笑，但丝毫没有笑意："如果我只是想修理一个朋友的船，好让他用的时候……"

"我对细节不感兴趣。丘比先生，一级租金，你觉得怎样？"

"一级租金多少？"

"五百美金。"

"很公平。一小时内我就把钱寄出。"

"我会把钥匙寄到你平时那个地址。"

挂上电话后，他心想，这一天的收获已经不错了，何况才过了半天。他要买一瓶酒到雷切尔的公寓吃晚饭。一瓶酒，也许还带一些花。这是第二次去看她，应该带点东西，使她觉得他比上次好。

他不得不承认，他第一次去她那儿，是一次彻底的失败。他的行为就像一个放高利贷的。可是，这年头，谁能相信谁呢？也许可以在短时间内相信一个男人，可是，永远不能相信一个女人，尤其是像雷切尔那样美丽的女人。在她生下一个不明来历的孩子后，连她的亲生父母都不再理睬她。这样的女人，你能相信吗？

特里雇用的那个收租人可能占过她的便宜，否则，为什么她三个月没交房租，他还不采取任何行动呢？这个消息传到特里耳朵时，他亲自出马了。他来到那个贫民窟，看到了她真实的处境，听了她的遭遇，然后，他向她提出了一个建议。有什么别的办法呢？他没结婚，年纪这么大了，难免有些寂寞，他攒了些钱，在康力特大道上有幢高级公寓，雷切尔愿不愿单独住在那儿，偶尔接待一个孤独男人的拜访？

好，既然这样，那么有些条件绝不向任何人提起特里的名字；明天就搬家，不准留下新住处的地址；除了身上衣服外，什么都不要带，因为他会给她买最好的；不准再见过去的任何朋友，特别是年轻的，当然，更不能见那个让她怀孕的流氓；要对他忠心耿耿，百依百顺——能做到吗？

婴儿？你要那个婴儿？好，可以，但有个条件：先照刚才说的那样表现表现，一个月后我们再谈婴儿。来，亲一下，不行？雷切尔，你真固执，二十年来，我还没吻过任何人。想到这里，他发现自己来到电话机旁。有一阵儿，他有种强烈的冲动，想给她打个电话，但很快就冷静下来。为什么要说那么多呢？今晚就见面了——而且可以带着酒，可以把酒言欢。

他站起身，毫无目的地在店里踱来踱去。忽然，他的视线落在那块粉红色的肥皂上。潜意识里某种想法让他吃了一惊。他拿起肥皂，又放下，然后摘下眼镜，慢慢地揩拭，擦干净后再小心地放到鼻梁上。他左手拿起肥皂，右手伸进裤口袋，慢吞吞地、几乎是不情愿地掏出一串钥匙。他一把一把地看着，直到第八把。他仔细地打量着这把钥匙，然后小心翼翼地把它放在肥皂上：钥匙与印模完全相符。他将多打的那把钥匙拿出来，仔细地比着，脸越来越阴沉。

最后，他来到电话旁，给雷切尔五天前搬进去的公寓打了个电话。没有人接。他担心拨错了号码，放下电话重拨。还是没人接。

无奈中，他拨通了公寓管理员的电话。

"拉里，"特里说，"告诉我今天下午的电视节目怎么样？"

"什么？哦，怀特先生，我刚刚进来拿一把钳子。"

"钳子？你那双眼睛是干什么的？我不是告诉你要留心雷切尔小姐的一举一动吗？"

"我是留心着呢。"

"那么为什么还有年轻人去找她？她搬进去不到五天，怎么就会发生这种事？"

"怀特先生，这我都知道。"

"你怎么会知道的？"

"我本来打算晚些时候向您报告的。昨天下午4点过后，有个年轻人来按她的门铃，当然，就像您安排的那样，我的门铃也响了。所以，我便上楼去看看是怎么回事。他是个黑发男人，大约六英尺高……"

"我知道他的长相。"

"嗯，总之，小姐不让他进去，但他硬要进去。后来，她大约让他进去待了十分钟，就是这样。"

"那就够了。"

"他出来的时候，我听见小姐说，她永远不会再见他。我把这些都记下来了，怀特先生。"

"好。现在，你马上到楼上去，敲雷切尔小姐的房门，如果没有回答，你用你的钥匙把门打开。我二十分钟内赶到。"

特里又打电话给出租汽车公司，叫了辆出租车。

出租车开到雷切尔住的公寓大厦附近时，司机说："先生，那边好像出事了，又是警车，又是救护车。"

"就停在这儿吧。"特里命令说。

付完车费，特里好奇地向出事地点走去。有十多个人围在公寓大楼门口。他小心地走过去，站在两个胖女人和一个老头儿后面。

"担架出来了。"一个女人说。

"连头带脚都盖住了。"老头儿说，"那只意味着一件事。"

"太可怕了。"胖女人说。

"瞧那儿，"另一个胖女人说，"哦，不！"

特里从两个女人的肩头望过去，看到两个警察抬着一副担架从大门出来。

"和刚才那个一样，"老头儿幸灾乐祸地说，"连头带脚都盖住了。"

"他们怎么啦？"一个女人问道，"我是说他们怎么会……"

一个手抱书本、满脸雀斑的女孩抬头望望两个女人，说："有人说那男的先杀了那个女的，然后自杀了。用切肉的刀。"她静静地补充说。

"他们干吗要这样呢？"特里自言自语道，"这么年轻，太可惜了！"说着，他转身走开了。他一边慢慢地走，一边想：现在的年轻人总是这么鲁莽，事到临头，只有一死了之！

宴会与谋杀

格林在沦落为骗子前，是位演员。他身材高大，浓黑的头发中夹杂着几丝银发，浓密的八字胡使他看上去像个希腊人。

那一年，他一直在格林威治村混日子，打算在演艺界另起炉灶。他演了几次电视广告和小剧院中的一些角色，说不上有什么成就。两个月前，他本来有可能在一部电视剧中扮演重要角色的，但最后又落空了，这使他非常沮丧。

事业上失意，情场上得意。两个星期后，他邂逅了玛丽。

他是在一次聚会上遇到她的。她身材苗条，一头褐色长发，是个迷人的尤物。他们坐在一起，一边聊天，一边欣赏即兴短剧。两小时后，他们在一家酒吧分享了一瓶红酒。

他们邂逅的那个周末，雨一直下个不停。他们在她的公寓待了两天三夜。她的公寓坐落在东54街，格林从没遇见过像她那么可爱的女孩。她父亲山姆是家大电业公司的董事长。三年前，她父亲企图阻止她进入演艺界，她离家出走当了秘书，一边工作，一边等待演戏的机会，总希望自己有朝一日成为当红演员。

她有个哥哥，叫罗纳德。兄妹两人并不怎么合得来。哥哥在纽约主持分公司的业务，心中只有钱。

她是个多愁善感的女孩，认为世界随时都会垮下来。她自称是个宿命论者。她只在纽约有些朋友，除了哥哥外，没有任何亲人。

格林不想只和她做露水夫妻，想要她陪在自己身边。她人长得好，又有钱——至少，她父亲去世后，她会继承一大笔钱。

她告诉格林，她生活中另外有个人，那人叫麦德隆，是个年轻律师，在华尔街工作。他是个极其可靠的律师，有座豪华的办公大厦，每天换一套西装。他迫不及待地想和她结婚,使她摆脱演艺圈,回到原来的金钱世界。她不知道怎么摆脱他,但她知道,他不是她想要的那种男人。

格林没告诉她自己在诈骗圈的那段不光彩的经历,只说自己漂泊多年,有时做些无意义的工作来弥补演戏得来的微薄报酬。但是,后来她还是知道了。格林不知道她是怎么知道的,也许是她向麦德隆提到格林,麦德隆找人做了调查。总之,她告诉格林,她已经知道了他的底细。那天是星期六,他们在做彩排。排练结束后,格林到她的公寓去吃午饭。等他坐下后,她便开始质问他。

她非常伤心,不是因为他曾经是个骗子,而是因为他不信任她,没把一切告诉她。他向她道歉,可她仍然不能回心转意。她说,她不知道该怎么办,请求格林两个星期内不要打电话给她,也不要去看她。格林就离开了她的公寓,在酒吧消磨了一个下午。

大约6点钟时,格林想起,那天晚上有人邀请他去参加一个宴会,主人是马戏团的后台老板之一,他住在西84街。于是,格林叫了辆出租车,回到格林威治村的家中,沐浴、更衣,吞下大量的咖啡使自己清醒过来。

举行宴会的是莫林家。他家所处的公寓大楼坐落在百老汇十字路口东边,几乎占据了整个街区,是一幢由玻璃、瓷釉和钢铁组成的现代化建筑。他家门牌是10 D,格林看看表,时间是9点过几分。晚风清凉,走在路上使人觉得非常爽快。

来到大厦门口,三对衣着整齐的人正好也要进去。格林不认识他们,但和他们一起进了电梯,又出了电梯。莫林夫妇说他们住在左边最后一家。那扇门大开着,音乐和嘈杂的人声从里面传来。

房间显得很拥挤,三四位身穿白色外套的侍者端着饮料在人群中穿梭。人群的嘈杂声和刺鼻的烟味让格林感到恶心。他在人群中寻找剧团来的熟人,想和他们聊聊天。可是,他失望了。突然,前面房间的一个角落里,他看见了一位少妇。她站在一扇敞开的窗户前,贪婪地呼吸着外面的新鲜空气。她矮小,消瘦,皮肤深色,头发剪得很短,像个男孩子。她脸上茫然的神情让格林心动。于是,他挤过去,来到她面前,做了自我介绍。接着,他问她的姓名。

"美娜。"她说。

她身上有种说不出的东西,让格林想起玛丽,似乎她也是个多愁善感的宿命论者。他们聊了起来,几分钟后,他便把手搭在她的肩上。她穿着一身银色衣服。格林碰她时,她抬起头,冲他忧郁地一笑。他向她建议说,离开这个纷乱的地方,另外找个安静的去处。"哦,好的。"她急不可耐地说,把杯子放在窗台上。她捏捏格林的手说:"我们就不必麻烦主人了,自己悄悄溜走吧。"

他们穿过拥挤的人群，走进电梯，来到街上。在几条街外，他们找到了一家僻静的酒吧。之后，他们叫了辆出租车，来到格林的住处。

他们俩都喝了不少酒，所以那晚发生的一切似乎都在梦中。在某些方面，美娜和玛丽并不相同——她少言寡语。格林只知道她已经结婚，丈夫经常打她。几星期前，她忍无可忍，终于离家出走。她要格林把所有的灯都关上，她不想让他看见她丈夫在她身上留下的伤疤。

星期天上午他醒来时，她已经不见了。枕头下面压着一张纸条，上面写着："温柔的人，我将永远感激你。美娜。"如果没有这张纸条，昨晚的一切肯定就是一场梦。

然而，仅仅半个小时后，令人销魂的美梦就变成了可怕的噩梦。

大约10点钟，格林刚刚冲完沐浴出来，两位警察来敲门。那位胖的自称李警官，粗壮的波多黎各人是丘普警官。

"你认识一位住在东54街264号的玛丽小姐吗？"

"我认识她，出了什么事？"

"她死了，"李警官告诉格林，"我们发现她死在公寓里，身中五刀。大约是昨晚11点到今天凌晨1点之间遇害的。"

格林大吃一惊，跌坐在椅子上。

"公寓里到处都是你的指纹，格林先生。请问你昨晚11点到今晨1点在干什么？"

格林明白了他们的来意。他不禁对昨晚在莫林家遇到的那个女人感到高兴。他将他和美娜之间的事全盘托出，甚至还拿出了枕头下面的纸条。

"一张你自己桌上的纸，一支你自己的笔，而且是一个你不知道姓什么的女人写的。"李警官把格林的话记下来，"好，格林先生，穿好衣服，我们一起去拜访你的朋友莫林夫妇。"开车进城的路上，丘普警官向格林透露了一些情况。第一个发现玛丽遇害的是她的哥哥罗纳德。昨晚格林离开后，玛丽给她哥哥打了电话，告诉了他格林的事。罗纳德答应今早来接她，带她出去吃早饭。他来到玛丽住处时，发现门开着，接着便发现了她的尸体。

警方是通过罗纳德了解到格林的底细以及他和玛丽之间的争执的。格林明白他们为什么要把自己视为头号嫌疑犯。不过，他并不惊慌，他知道自己是清白的，而且他还可以通过莫林夫妇找到美娜，证明自己不在场。

李警官将车停在公寓前面。丘普警官留在车上，由李警官陪格林走进大楼。警官告诉门房："10 D，莫林家，有公事。"说完，他们走进电梯，按了去十楼的电钮。莫林夫妇都在家，正在看星期日报纸。经过昨晚的宴会，屋内一片凌乱，杯子、烟头到处都是，空气中浓重的烟味仍然没有散去。

谈话开始后，格林才意识到事态的严重，一下子紧张起来。

"对不起，警官先生，"莫林先生说，"我们并不认识一个叫美娜的女人。我可以肯定，我们没有邀请她，我也不记得格林先生昨晚来过。如果他和那位美娜小姐真的来过的话，我和我妻子肯定会看见的——昨晚，我们总有一人守在酒吧，是不是，亲爱的？"

"是的，亲爱的。"

李警官眼睛紧盯着格林："格林先生，你不是说昨晚有三四个侍者在招待客人吗？""是的，绝对没错！"格林说。

莫林夫人用怜悯的眼光看着格林，好像发现他是个疯子一样。她说："昨晚的宴会，我们没有请任何仆人，客人们不是自己动手，就是由我们夫妇俩来招待的。"

"谢谢你，夫人，谢谢你，先生。"李警官说，挽起格林的胳膊，"格林先生，我们走吧。"

格林挥拳朝李警官的小腹打去。趁他疼得弯腰时，格林逃出房间，顺着防火梯跑到房顶；接着，又跳到另一幢房子的屋顶。格林回到街上，穿过大街小巷，终于摆脱了警察。

家是不能回了，格林只好投奔黑社会的朋友。他乘飞机来到洛杉矶。虽然纽约的报纸并没有对他的案子大肆渲染，但还是登了他的照片，所以他一直东躲西藏，直到找到他以前的同伴杰瑞。

"杰瑞，我是跳到河里也洗不清了。我没有杀玛丽，有人陷害我，而且做得天衣无缝，没有人相信我的话。如果你还是我的朋友，我请求你再扮一次侦探，我需要你的帮助！"

杰瑞揣摩着莫林夫妇的证词——没人在宴会上看见过格林，也没任何侍者在宴会上——一个假想突然浮现在他脑海中。

"好吧，"杰瑞对格林说，"我可以接下你的案子，但我的酬金可不低啊。"

"我还有点钱——"格林说。

"那就好，"杰瑞打断他的话，"你就住在我这里，我到纽约为你查个究竟。怎么样？"

"太好了。"格林说。

杰瑞打点行李，乘飞机来到纽约，住在时代广场北边一家不起眼的旅馆。

任何侦探要做的第一件事，就是找个跑腿的。所以，星期一上午，杰瑞的第一件工作是查阅电话簿上私人侦探的名字。他看到了沙根·赫斯这一名字。三年前，杰瑞曾找他做过调查。赫斯是个捷克难民，在东65街开了家私人侦探公司。他说一口夹生的英语，烟抽得厉害，但很能干。杰瑞给他办公室打了个电话，约好下午见面。

4点差几分，杰瑞走进东65街赫斯的办公室。45分钟后，赫斯把两百美元预付金放进口袋。"杰瑞先生，很高兴能为您效劳。"赫斯说，"我在警察局有很好的关系。你星期四再来，那时我会向你提交第一份报告。关于警方调查情况、那位叫格林的演员、死者的哥哥，我都会有消息告诉你的。"

"别忘了还有个人，"杰瑞说，"麦德隆，那个华尔街的律师。"

"我知道该怎么办，"赫斯说，"星期四下午4点，好吗？"

离开赫斯办公室后，杰瑞看了看手表，决定拜访一下东海岸最好的做假证件的人。他离开那位"绅士"的住宅时，已经是晚上8点，他怀中揣着纽约警察局的警徽，无论什么时候都可以派上用场的。

杰瑞乘出租车来到百老汇与87街的交会处，向东走了半条街，来到格林参加宴会的地方。杰瑞向门房亮了亮警徽，走进大楼。住户名单上的确有莫林一家，但由于已经知道他们对警方的证词，所以杰瑞没有按他们家门铃，反而按照自己的假想，按了11 D的门铃。没人回答，杰瑞不停地按着。

"你就是按一整夜，也不会有人答应的，"门房嘲笑道，"不会有人答应的，因为六个星期前，琼斯家就去海上度假了，大约星期天才会回来。"

杰瑞把手指移到9 D上，那门铃旁的名字是谢林。还是没人回答。

"他们也不在，"门房说，"我想他们是去参加医学年会了，大约星期四晚上回来。"

杰瑞向门房道谢，转身离开。

星期四下午，杰瑞来到赫斯的办公室，草草地扫了一眼他准备的报告。那些报告夹在一起，放在一个牛皮纸卷宗里，只有三张照片放在外面。一张是格林的，看上去比他本人英俊。一张是麦德隆律师的，像是从毕业纪念册里拍下来的快照。照片上的人有张瘦削、严肃的脸，嘴角下垂，两眼由于近视显得无神。难怪玛丽生前会喜欢格林。

第三张是玛丽的哥哥罗纳德的。这是赫斯的助手在曼哈顿分公司门前偷拍的。他是个矮小、粗壮的男人，浅色的头发从中间分开，修剪得很整齐，唇上蓄着细细的两撇八字胡。他穿着昂贵的西装。杰瑞仔细看过三张照片后，把它们放进口袋里。

"这么看来,"杰瑞对赫斯说,"这三个人都有杀害玛丽的可能。她哥哥说他整个星期六晚上都在看电视,楼下的人也证实听到了电视声音,一直到凌晨1点。但他完全可以打开电视后,偷偷溜出去杀害他妹妹。"

"至于麦德隆,"杰瑞继续分析说,"他当时在参加酒吧俱乐部的鸡尾酒会,但没人能证明他何时来、何时走。他在回家途中完全可能下手。在11点到1点间,没有任何证人看见有人走进玛丽小姐的住处。麦德隆可能是出于妒忌,而罗纳德则可能是由于金钱。""山姆的遗嘱写得很明白,"赫斯说,"他的财产留给儿子和女儿,如果他们中有人在父亲去世前死去,那么财产全部归生者所有。山姆今年已经73岁了,因为心脏病发作住院两次。"

他咳嗽了一声,说:"我是无权了解一位活人的遗嘱的,为了搞到遗嘱的内容,我多花了两百美元。"

杰瑞皱皱眉头,从钱包取出钞票,心中暗想,这办公室里,骗子可不止一个。

星期五早晨,杰瑞被街头垃圾车的轰鸣声吵醒。昨天晚上,谢林医生夫妇应该已经回到他们的公寓了。不过,今天天气阴冷,不适合工作,他决定第二天再去拜访。

他一边在镜子前刮胡子,一边琢磨格林的问题。

如果莫林夫妇和格林说的都是实话,这位倒霉的演员和他的美娜怎么会在宴会上被人视而不见呢?唯一的解释就是,他走错了宴会,而他自己却不知道!

按照格林的说法,他和一群不认识的人走进大厦,上了电梯,又下了电梯,来到左边最后一扇门前,那里正在举行宴会——却不是他被邀请参加的那个!

难怪他没看见任何熟人,难怪莫林夫妇和其他剧团成员都没看见他。他不是到了莫林家楼上,就是去了楼下。既然11 D琼斯夫妇出去旅行了,那么就剩下9 D的谢林家了。

突然,杰瑞明白了自己一直忽略的部分。如果格林是被陷害的,如果真有一个能证明他无罪的美娜,那么,真正的凶手就可能在这个女人与警方联系前把她干掉。格林的声明曾登载在各报纸上。

杰瑞飞快地穿上西装,冲进细雨中。一辆出租车把他送到那幢高级公寓楼前。他向门房晃晃警徽,按响了9 D的门铃。

他告诉对讲机中的那个人,他是警察,为办案而来。

三分钟后,杰瑞坐在谢林夫妇的早餐桌旁,开始向他们提问:

"三星期前的星期六,你们二位是不是在家里举行过宴会?"

"是的，警官，我们的确举办过宴会，"谢林夫人回答道，"那是个了不起的宴会，是不是，亲爱的？"

"规模很大吗？"杰瑞问她，"每个来参加宴会的人你们都认识吗？"

"那次宴会有些杂乱。"谢林先生承认道。

"你们是否雇佣了四名身穿白色制服的侍者来帮忙？"

"是四个。"谢林先生答道。他偷偷瞥了眼妻子，似乎打算问杰瑞些什么，但他妻子脸上的表情却又让他闭上了嘴。

"你们的宴会上是否有位年轻女子，身材瘦小，深色皮肤，剪得短短的黑色头发，身穿银色套装，自称为'美娜'？"

谢林先生像弹簧一样猛地从椅子上跳了起来，他的脸由于兴奋涨得通红。

"我早就知道你会这样问！就像昨晚我不在家，另一个警官问我妻子那样。是的，先生，那女人星期六在我们的宴会上，但她不叫美娜，而叫卡罗·希福，就住在这幢公寓的九层！那天晚上，我看见她站在窗户边，可再一回头，她就不见了！"

"你说另外一位警官是怎么回事？"杰瑞问道。

谢林太太意味深长地看了杰瑞一眼，"你们当警察的彼此不联系吗？昨晚我们刚回答过同样的问题——对了，那位警官姓什么来着？"

杰瑞本能地掏出钱包，取出罗纳德和麦德隆的照片放在他们眼前，然后尽量装成警方问话的方式道："夫人，请不要介意，我想知道那位警官是这两位先生中的哪一个？"

"是这个。"她说，将其中一张照片递给杰瑞。

杰瑞知道凶手是谁了。凶手的动作比杰瑞快了十二小时，可能早在昨晚就闯进卡罗·希福的公寓杀死了她。突然，杰瑞想道：不，不可能，因为她的工作是值夜班！

"打电话给附近警察局，"杰瑞对谢林医生说，"让他们马上派人到这里来！"说着，他起身冲进走廊，沿着楼梯来到九层。门紧紧地锁着，他一边猛推房门，一边拼命按门铃。里面传出一阵急匆匆的脚步声，接着便什么也没有了。

杰瑞打量了下门锁，从口袋里掏出一串钥匙，一把一把地试。终于，试到第五把时，门开了。他轻轻拧动把手，蹑手蹑脚走了进去。

一个男人手持长刀，向杰瑞冲来。

杰瑞一脚将他踢倒在地，他正倒在刀刃上，鲜血从他的手掌和手腕涌出来，他疼得大叫起来。杰瑞顺势抓住他的脑袋，使劲向地板上撞去，一直把他撞昏。

他就是谢林太太认出的那个人。矮小，粗壮，浅色头发从中间分开，还有两撇细细的八字胡。正是他，罗纳德。

房间里传来低低的呻吟声。杰瑞走进房间，发现一个女人被捆在沙发后面，嘴上粘着胶布。她瘦小、深色皮肤，一头短发。

杰瑞替她解开绳索，轻轻拉开她嘴上的胶布，温柔地说："好了，没事了，我们已经逮住他了。"

她哭着扑进杰瑞的怀中。"警察马上就到，"杰瑞告诉她，"你就是参加谢林家宴会遇见格林的那个女人？"

"是的。"她呜咽道。

杰瑞把她抱回床上休息，然后匆匆跑回走廊。经过走廊时，一扇电梯的门开了，走出两个身穿制服的警察。

"在那边！"杰瑞一指，"9号，快！警官，快！"

其他的事情，杰瑞是从赫斯那里了解的。罗纳德明白，如果在老人未死之前，先置妹妹于死地，他就可以独吞全部家产。

那个星期六晚上，当他向妹妹下毒手时，他并没想到会害得格林身陷囹圄。

他在报纸上看到格林有不在场证人时，意识到必须在这人找到警察局前把她干掉。在杰瑞去谢林家十二小时前，罗纳德得到了自己想知道的消息。

杰瑞打电话给格林，告诉他："你的罪名已经洗清了，不必再提心吊胆了。"

不速之客

卡罗尔穿着衬衫和长裤，坐在一张咖啡桌边，独自一人，悠然自得地从大厦十九层楼上，俯瞰窗外晴朗的旧金山海湾。昨天，她送走了她那个高大、笨拙的丈夫哈利，他是去欧洲出差购物。经过这么多年的苦心经营，他们的生意上了轨道，卡罗尔让工厂的伙计们自己处理事情，让她丈夫一个人到欧洲旅行两个星期。自己呢，则在装潢精美的公寓里，享受一份宁静。

然而，这份宁静被门铃声打断了。她放下茶杯，皱起眉头，心里很不高兴。任何想见她的人，应该通过下面大门外的对讲机与她通话，由她按钮，让对方进入电梯区。但来人却鲁莽地闯了进来。她没在等什么人，没送货的，也没有朋友，实际上，她也没朋友，只有一些生意上的熟人。即使管理员要上来，也得先打个电话告诉一声。门铃又响起来。

她站起身，打开房门，看见一位矮个老太婆，脸上带着抱歉、忧虑和恳求的微笑，抬头望着她。虽然已经到了夏季，她身上仍然穿着一件破布外套，戴着一顶陈旧的帽子，手里拎着个纸板做的衣箱，一个针织袋。老太婆哑着嗓子问：

"是卡罗尔吗？"

"是的，我叫卡罗尔。"

"我是哈利的姑妈。"她再次露出古怪的微笑，一口假牙很晃眼。

哈利的姑妈？卡罗尔想，心里很不舒服。她从来没见过这个老太婆，但是，哈利的母亲去世后，是他姑妈抚养他长大成人的。虽然他们多年没有联系了，但他经常谈起她。卡罗尔知道，姑妈没有生育过，住在内布拉斯加州，有一个农场。哈利曾经告诉她，他姑妈对他非常好，帮他渡过各种难关，教育他。现在，这位姑妈来到这里，要打扰她盼望已久的一份宁静。

"哈利的姑妈？"她说，"从内布拉斯加来？"

"正是，"老太婆说着，大笑起来，笑声听着像母鸡叫，"你和哈利结婚后，他写信告诉过我，所以我知道你的名字。不过，我们已经有好久没通信了。我是在电话簿上查到你们的住址，现在，真想快点见到他。"

卡罗尔吸了一口气，很不情愿地说："你不进来吗，姑妈？"

"当然要进来。"老太婆快步走进来。她站在宽敞的客厅里，羡慕地四处打量。"我喜欢这里！我真的喜欢这里！"说着，转过身，明亮的蓝眼睛看着卡罗尔，"我可以看看其他房间吗？看完后，你再告诉我，我的行李放在哪一间。"

"嗯——"卡罗尔想找个借口让老太婆明白，不可能住在这里，但她想不出来。毕竟，她是姑妈，在哈利最困难的时候，帮助过他。不错，她和哈利之间的感情已经不那么好了，甚至可以说很冷漠了。但是，哈利不是个很有主意的人，他是个头脑简单的家伙。他们的生意太重要了，不允许他们离婚。因为没有她的指点，哈利会很快破产的。

她看着姑妈，后者正急切地望着她，等候她领她参观。"是的，当然，我来给你提行李。"卡罗尔接过行李，"这箱子很轻啊。"

"在这个世界上，"姑妈愉快地说，"这是我的全部了。"

"你的全部？"卡罗尔问。

姑妈点点头，"这些年我一直在变卖家产，丈夫去世后，我无所事事，先是卖动产，然后是一块一块地卖地，最后连房子都卖了。他们把楼上的一间房子租给我，我才能在那儿住了那么长时间。后来，我没什么可卖了，就买了张汽车票到旧金山来。哈利很快就会下班回来看他的老姑妈吗？"

卡罗尔摇摇头，"他去欧洲了。昨天出发的，他要去两个星期，到罗马后才会打电话给我，目前他人在哪儿，我也不知道。"

"啊，天哪。"老太婆叹了口气，紧接着又露出微笑，"这么说，我得等到他回来。啊，我们来看看这个漂亮的住所，然后我才可以安定下来，住进你要我住的地方。"

卡罗尔觉得自己脸色不好看。她很不高兴地说："姑妈，你从长途汽车站怎么找到这里的？你怎么上电梯的？来人总要先用对讲机，然后……"

"我在城里下车后，"老太婆很得意地说，"有人告诉我搭乘几路公共汽车可以到达这里。我照办了。在我下车前，司机告诉我向哪里走。我也照办了。我来到这座大厦，找到你名字和公寓号码，正好有人走出大门，我乘机进来，就是这样。"

"就是这样!"卡罗尔说,知道自己显得很不高兴,不过不在乎,"走,看看房间!"

她们经过卡罗尔漂亮的厨房,姑妈连声叫好,赞不绝口。然后是书房。姑妈再次发出赞叹。然后是主人卧室,里面有两张很大的单人床、穿衣镜、浴室、厚重的窗帘,敞开处是落地窗,窗外是阳台,从那里看海湾,又是一番景致。

"天哪!"老太婆低声叫道。

最后,卡罗尔很不情愿地领老太婆到一间很少用的客房,里面有张大床和舒适的家具,也有浴室,还有个储藏丰富的酒吧。"啊,天哪!啊,天哪!"姑妈连声惊叹。她把针织袋放在床上,在床沿坐下,开始上下颠动,两眼放光。

卡罗尔忍着气,把箱子放在一个架子上,看见老太婆直勾勾地盯着酒吧。

"我还有个问题,姑妈。"卡罗尔说。

老太婆停止上下颠动,明亮的眼睛落到卡罗尔身上,"什么问题?"

"你要在这儿住多久?"

"啊,天哪,"老太婆摇摇头,"我没有地方可去。"然后,又露出那抱歉、忧伤和恳求的微笑。

那天晚上,上床休息时,卡罗尔决定,姑妈只能住两个星期,等到哈利回来后,就请她滚蛋。想到要和这个老太婆一起过两个星期,她一下子睡意全无,坐了起来,低声咒骂。接着,她披上睡袍,想到厨房喝牛奶,喝牛奶能使她镇静——她讨厌服用药物。

她悄悄从卧室走进过道,经过姑妈住的客房时,听到关着的门后面传来玻璃碰撞的声音。

第二天上午,卡罗尔穿好衣服,来到厨房做她固定的早餐:一小杯橘子汁,一只煮鸡蛋,一片面包和一杯香片。她开始煮鸡蛋,心中想起丈夫,虽然他不在家,但仍使她的生活不快乐——这次是因为住在客房的老太婆。

她抿着嘴,煮好鸡蛋,泡好茶,把面包放进烤箱,心里希望姑妈起得晚点。正在这时,老太婆出现在厨房里,很热情地说:"睡得真香,我告诉你,我就喜欢那间房子。还有,我告诉你,我简直要饿死了。"

卡罗尔从水里捞出煮鸡蛋,放在杯子里,努力控制自己的声音,说:"姑妈,你的鸡蛋要怎么煮?"

"你不用麻烦了。"

"不要紧,我冰箱里有很多。"

"嗯,"她的眼睛里放射出期待的光芒,"我一向吃得不多。我承认昨晚吃得很丰盛。不过，为了养好身体，我还可以吃一点。"

"那么要吃点什么呢？"

"我一向喜欢鸡蛋，四个鸡蛋就够了，煎煎，翻过来就行了。如果有腌肉的话，多来一点，但不要炸得太碎。几片面包，牛油，果酱，再放些熟肉末炒土豆泥更好。"说着，在厨房小餐桌旁坐下，看着卡罗尔放下自己的早餐，板着脸为她准备。

老太婆不帮忙，嘴巴却说个不停。她谈内布拉斯加炎热的夏天，寒冷的冬天，谈灌溉和干旱，谈牛群、猪、小鸡和马。卡罗尔是在城市长大的，对这些毫无兴趣。现在，她一心只想离开这屋子，出去购物，眼不见心不烦。

当她把大堆做好的早餐堆到盘子上时，姑妈说："你没有煮咖啡吧？我们农场总是煮一壶放着，没有咖啡，日子可不好过。"

"我已经准备好茶了，"卡罗尔马上回答说，"你不喜欢喝茶吗？"说着，将盛满食物的盘子放在老太婆面前，外加刀叉和一条餐巾。

"啊，我好久不喝茶了，换换口味也好。"

卡罗尔倒好茶，放在桌上，老太婆喝了一口就叫起来："哇！不行，太苦了，最好烧壶咖啡！"

卡罗尔气得双手发抖，取出电咖啡壶，加入咖啡和水，放在桌上，插上电，然后说："一会儿就好了，我现在要出去购买东西，你自己慢慢用吧。"声音很冷，带着些讽刺。

老太婆毫不客气地把食物塞进嘴里，眼里闪着光说："你可以去了，卡罗尔，真的可以去了。"

卡罗尔走进客厅，从脚垫上捡起钱包，那是她的习惯，每次从卧室到厨房时，她就把钱包往那儿一扔。她拿着钱包，乘电梯到下面汽车间，钻进一部小型跑车，开往最近的超级市场。

她按照前一天写好的购物单照单购物，现在每样东西都得拿双份的。她推着车排队等候结账，当她打开钱包时，发现里面是空的。

她呆呆地看着钱包，确信自己是从卧室五斗柜底层的一个盒子里拿出了钱，她不喜欢身上带大笔款子，只取了两张二十元面额的钞票。他们家的钱，一向由她管。

"我想我得付支票了，"她对收银员说，"我好像忘了带钱。"

"没关系，如果你愿意的话，记账也没关系，你的信用很好，哈利太太。"

"不，"她说，她从不赊账，"我开支票给你。"

签支票时,她想象出早晨老太婆的路线:从客房到客厅,到脚垫,到放在上面的钱包,那双青筋直暴的手伸进去,取走四十元……

她回到公寓,看见姑妈扔下吃过的杯盘不洗,直挺挺地坐在椅子里,面带微笑。一见卡罗尔回来,她就滔滔不绝地说起来,同时双手敏捷地织着毛线。卡罗尔不理她,存放好买来的东西,径直走进卧室,关上房门,检查那个上锁的小盒子,那盒子的钥匙她一直带在身上。

盒子里是一些古老而值钱的钱币和珠宝以及现金。她很快数了一遍现金,总数是四百六十元,而她记得原先是五百元。她的确取出了四十元放进钱包,这可不是做梦。那个老太婆偷走了四十元。

她生气地锁上盒子,拿到大壁橱,放到最高一层的角落,然后锁上壁橱门,离开卧室,心想当初要安上锁就好了。

"正餐吃什么?"卡罗尔回到客厅时,老太婆尖叫着问道。

"午餐还不知道吃什么呢。"卡罗尔板着脸说。

"我们家乡管午餐叫正餐,"姑妈回答说,同时点点头,"中午好好吃一顿,叫正餐,晚上吃的叫晚餐。"

卡罗尔直挺挺地端起老太婆用过的餐盘,送到洗碗机里。

以后几天的日子漫长而痛苦。老太婆吃、坐、钩、谈、睡,她一直穿着来时的那件衣服,看得卡罗尔心烦。

一天上午,吃完早餐后,她看见卡罗尔带着钱包和洗衣篮向门口走去,就问:"是不是要去洗衣服?"

"是的。"卡罗尔和她谈话时,总是显得很不耐烦。

"那么,我也该洗一下了,你等一等,我脱下这件衣服,你顺便洗洗。"

"地下室有自动洗衣机,你可以自己去洗。"

"喔,嗯。"姑妈说。

"那件外衣脱下来给我。"卡罗尔说。

姑妈走进屋里,递出衣服,卡罗尔连自己的衣物一起带到地下室。

洗衣的时候,她脑子里想到几天来失踪不见的东西:几个昂贵的进口瓷器娃娃,一只金盘子,一个小小的蚀刻板,那是她和哈利在法国一个艺术展览会上发现的,制造者是一位极有前途的年轻艺术家。她对自己的钱包看得很紧,可是其他东西却不见了。

前一天,她质问姑妈丢失东西的事,但是老太婆摇摇头说:"不知道,那些东西一定是自己站起来走掉了。"

卡罗尔拿她没办法，老太婆寸步不离公寓，不是在房里，就是在房外；卡罗尔不上街或不在房里的话，她就目不转睛地看着卡罗尔。前一天中午，卡罗尔趁老太婆大吃特吃时，进入客房找失踪的东西。但是老太婆跳起来，冲过来对正在推门的卡罗尔说："如果你要里面的什么东西，告诉我，我来拿！"她微微一笑，"寄人篱下是没有选择的，但我喜欢自己有个天地，希望你不要见怪。"

洗衣机的水装满了，机器开始转动。卡罗尔坐下来，回忆这位不速之客来了以后的事。她觉得这位老太婆根本不像哈利所描述的姑妈，哈利说姑妈仁慈，爽朗。不错，姑妈是爽朗，但有点粗暴，甚至有点邪恶、自私。他说姑妈总是温和善解人意，可是，假如老太婆对女主人有任何温和之意的话，那么，并没表现出来。而她的外表，据哈利说是很漂亮，可卡罗尔怎么也看不出她的美丽。

不过，她认为童年时代的记忆，经过多年变成理想化了。哈利的那些回忆，可能完全是他想象出来的。那个老太婆对自己早年和侄子一起的生活也绝口不提，而一般老年人最喜欢谈过去的事。

这个老太婆是不是冒牌的呢？

卡罗尔觉得有这种可能。老太婆可能真是从内布拉斯加乘公共汽车来的，但那并不见得就证明她是哈利的姑妈，她可能认识真姑妈，知道些哈利和真姑妈早年的事，前来冒充。她可能听说哈利事业略有成就，决定好好利用一番。

卡罗尔觉得还有一种可能，那就是，这个老太婆根本就是个职业骗子。哈利可能在办公室、酒吧或任何地方向人提到早年和姑妈生活的事，因此楼上那个老骗子知道了，就冒充姑妈。

卡罗尔握紧双手。

回到公寓，她发现老太婆又直挺挺地坐在那张椅子上，面带微笑，身上显然已经换了衣服，那件衣服可能是三十年代买的。卡罗尔把洗干净的衣服扔给她说："你自己熨吧。"

"啊，不必熨了，真的不必熨了。谢谢你，卡罗尔。"

卡罗尔在老太婆旁边坐下，突然发觉这个老太婆洗过澡后还洒了香水——卡罗尔最喜欢的香水。她一向放在浴室里的，难怪她查看时会找不到。她紧张地说："姑妈，我们必须谈谈。"

"我就喜欢谈，可以谈一整天。你想听听家乡的事吗？还是——"

"我想要知道，你是不是真姑妈。"她觉得别无选择，只有开门见山。

"你说什么，卡罗尔？"

她又说了一遍。

老太婆大笑起来，同时摇头拍打着椅子扶手，"这是我听过的最可笑的话。"

"我必须知道。"卡罗尔不肯就此罢休。

"你为什么会认为我不是呢？"

"因为我从来没见过你，哈利又不在家，只凭你的一面之词，所以，你可能是任何人。如果你想继续在这儿住下去，那就要拿出身份证明来。"

"卡罗尔，你变成一个最让人讨厌的人了。"

"别说这个，你一定有身份证，可能在你的袋子里，能不能拿来让我看看？"

"啊，"老太婆摇摇头，"想不出有什么可以证明身份的。"

"汽车驾驶执照呢？"

"一辈子没有开过车。"

卡罗尔沉默了一会儿，然后说："你有社会福利救济卡吗？"

"我丈夫从来没有申请过那种东西，我们只是靠那块土地糊口。"

"你这样的年纪，没有法律上合法的证件？"

"如果有的话，我也不知道，我从没向政府领过一分钱救济金。"

"我可以打电话到农场去查问，他们会告诉我，你是不是离开农场到了这里。"

老太婆使劲摇头，"那里没有电话。"

"那么好吧，我听说乡下小镇每个人都互相认识，我打电话到那边的电话局打听，还有——"

"那也没什么用，这些年来我几乎没进过镇，我认识的人现在全死光了，买我土地的人，也就是我租他房子的人，不喜欢和人来往。所以，我认为打电话也没有什么用。"

卡罗尔深深地吸了口气，毅然决然地说："既然你拿不出证明身份的东西，那么，我只有请你离开，现在就走。"

老太婆朝卡罗尔探过身："走？"

"是的。"

那对上了年纪的眼睛变得冷冷的，干瘪的嘴也抿了起来，"你想赶我走，我就和你拼命！"卡罗尔吓坏了，眼看着这个老太婆向她伸出爪子般的双手，"我要挖出你的眼珠！抓你，咬你！不许你欺负我，懂吗？"

卡罗尔跳起身，赶快逃走，老太婆在她身后发出一阵大笑。卡罗尔回到自己卧室，听到老太婆在后面说："我们还没有说好晚餐吃什么呢！"

卡罗尔坐在卧室里，面对阳台的落地窗敞开着，天气仍然很热。她想收拾行李，搬到旅馆去，一直到哈利回来。但是，那么一来，整个公寓就留给那个可怕的老太婆了。不，她想，不能那么做。

她想报警，将自己的恐惧、猜疑告诉警察，请他们调查。可是，她知道不能那么做，警方会来查问姑妈，如果她真是姑妈的话，哈利会生气的，他们的婚姻已经够紧张了，再经不起折腾了。

她想着，站起身再次检查那只上锁的钱箱，发现它仍在原处。她决定只能和老太婆耗下去，直到哈利回来。

她打电话给附近的超级市场，他们同意为她送日用品。然后打电话给药房，请药剂师按配方给她送镇静剂和安眠药，这些药她平常很少用。她请药房送两份，因为她要乘船到国外旅游。放下电话，她觉得神经难受，好几个夜晚，她一直睡不好。今晚她要好好睡一觉。

药房送来药物后，她拿到浴室，站在大镜子前面，顾影自怜了一会儿。她认为自己的眼神很古怪，她知道这是为什么，这是因为她知道老太婆很危险，产生了恐惧。

卡罗尔被迫和她住在同一栋公寓里，没人倾吐或依靠。哈利还要过四天才会从罗马打电话回来。如果有个知己朋友可以打个电话，倾诉衷肠，那该多好啊，她生平第一次感到朋友的重要。可是，她没有朋友。她是被困住了。她倒出镇静剂，吞服下去，等着药起作用……

她勉强把那天打发过去了，老太婆在她眼前晃来晃去，可她视若无睹。那天晚上上床前，她吞服下安眠药，果然睡得很好。可第二天中午起床后，浑身疲倦，头晕目眩。老太婆坐在厨房等着吃早餐，卡罗尔机械地为她准备早餐。老太婆唠唠叨叨，刺耳的声音让卡罗尔无法忍受，只好离开厨房去吞服更多的镇静剂。回来时，她把大盘早餐送到那位自称姑妈的人面前，然后端起茶杯躲到无人的客厅。

日子过得出奇地慢。虽然卡罗尔非常注意，可是，值钱的东西还是不停地失踪。那只老鼠伺机行窃，防不胜防。卡罗尔服用的药量并未超过医生指定的，但是，她却觉得全身不舒服，昏昏沉沉的。

在哈利从罗马打电话回来的前一天中午，卡罗尔觉得很不舒服，决定冲个沐浴。老太婆正在厨房狼吞虎咽。

冲浴完出来，她仍然觉得头晕。她穿好衣服，走进过道。经过客房时，又听见玻璃的碰撞声，她生气地继续向厨房走去，准备洗碗。

她突然发现自己卧室的门开了一条缝，一皱眉，急忙赶了过去。

虽然她仍然觉得头晕，但是却再也抑制不住愤怒之情。她看到老太婆背对着她，正弯着腰，把卡罗尔锁着的那只箱子里的东西放进她的针织袋。显然，那个箱子被撬开了。

"你在干什么？"卡罗尔大声叫道。

老太婆转过身，两眼冒火地盯着卡罗尔。她的嘴巴塌陷，卡罗尔知道，老太婆取下了假牙，这使她显得蛮横可怕。

老太婆居然冲着她吼道："你给我滚开！"

"你不能——"

"我能！"老太婆尖叫道。一只多节的手伸进袋子里，掏出一把刀。她晃晃刀，向卡罗尔逼近。

卡罗尔左躲右闪，几乎要摔倒，她昏昏沉沉地叫道："求求你！"

但是，老太婆不停地逼过来，卡罗尔连连后退。

刀子挥动，刺了过来。老太婆没有牙齿的嘴叫道："你有的，我都要！我要你的一切！"卡罗尔举起双手护着自己，一步一步地后退，后退。

她腿肚子碰到阳台栏杆，这才意识到自己退出了落地窗，到了阳台。当那个老妖婆逐渐逼近时，她觉得全身发凉。

执刀的手不停地挥着，另一只手向卡罗尔伸来，越来越近。卡罗尔张大了嘴，可是叫不出声。身上的麻醉感和极度的恐惧，使她一动也动不了。

那只没有拿刀的手，贴在她的胸口，一推，卡罗尔向后一仰，进入空中，像一只吓呆了的鸟。

哈利四肢张开，仰卧在大皮椅子中，脚放在扶手上。他咧开嘴，对着坐在桌子边的姑妈笑。两人身边各有一杯酒。

"啊，姑妈，"他说，"你真了不起，我是说真的。"

"现在好了，哈利。"老太婆说，露出愉快的微笑。

"你来这儿真好，真的，我这是实话。事情就像我去欧洲前给你信中所写的一样，如果卡罗尔有什么意外的话，你后半辈子就可以和我住在这儿了。"

"这么多年我们一直没有联系，亏你还记得我这个老姑妈，还汇来钱，让我到旧金山旅游，我马上来了，不是吗？"

哈利大笑起来，喝了口酒，"卡罗尔的事真是不幸，你在这儿还会有这种事发生。真是的。"

"我要说，这是命运的安排，什么都不能怪。"

哈利点点头，"就像在内布拉斯加你那个邻居一样，被你的公牛顶死了。"

"该死的傻瓜，"老太婆说，呷了口酒，"他正赶牛群进入围栏，刚好那头讨厌的公牛从谷仓冲出来，顶死了他。"

"我猜他并不知道谷仓门是开着的，也许你没告诉他。"

"现在说也没有什么用了。他应该先检查。反正他一向找我和你姑夫的麻烦，这不好，那不行，每天都唠叨个不停。告诉你，到头来吃亏的不是我。"

"嗯，还有那个雇用的帮工。他怎么会跑到自己正在开的拖拉机前，撞倒，压死呢？"

"没人猜得出来。那笨蛋一定是在拖拉机行进的时候，跑到前面去捡什么，绊倒了。嗯，他也是个找麻烦的家伙。他在你姑夫运猪到外地时，无理取闹，还想在你姑夫回来时告我的状。"

"就在姑夫回来的前一天，他被拖拉机压死了。"

"对他死亡的日期，我可没撒谎！"

"姑夫的死也很不幸，他从谷仓楼梯上跌下来，摔断了脖子。"

"可怜的人！"

"现在是卡罗尔。"

"正如你说的，这是件不幸的事。不过，她是自找的，你知道验尸官怎么说的？"

"是的，"哈利微笑着说，"她体内的药物太多，失去重心，我猜她是头晕，站不住。"

"她有一大堆那种药片，"姑妈说，"我知道，因为我偷看过她的药柜。你知道，她可能还放到茶里喝。我想她是把药研成粉，放进茶里煮，这点我可以保证，她好像吃不够似的。"哈利又哈哈大笑起来，"我不能说我不思念她，不过，我信上已经告诉过你，她太盛气凌人了，我一在她身边，她就颐指气使，什么都要管，什么都要唠叨。我告诉你，她总是不停地唠叨。"

姑妈抿着嘴微笑，然后，笑容消失了，她敲打着酒杯说："杯子空了，再倒一点，怎么样？"

"好！"哈利说，迅速站起身，倒了两杯酒，一杯给老太婆，自己又回到宽大的椅子上，伸开四肢，两脚搁在扶手上。

"姑妈，卡罗尔已经成为回忆，从今以后，只有你和我了。"

姑妈举起杯子，两眼冷冷地眯起来，盯着哈利。她放下杯子说："你知道，你一向是个好孩子，以前，我们在一起生活时，你一直是个好孩子，但是你反应太慢，很笨，知道吗？非跟在你后面不停地说你。笨，反应慢！哈利，你没做过一件漂亮事。"

"那是很久以前的事了，姑妈。"哈利愉快地说。

"嗯，我看没有改变，我没有开口说倒酒，明明摆在眼前，你也没反应过来。瞧你这样子，坐没坐相，坐直了，哈利！"

"你说什么？"他说。

"你听到了，两脚放下，别再那样躺着，那对你的内脏不好，也影响消化。"

哈利眨眨眼睛，坐直了，"好，姑妈。"

"坐直些，哈利！"老太婆严厉地说，"再直些！"

门　牙

太阳穿过厚厚的窗帘，照在杜克警官的房间，我们正在他房间里。

我掏出手枪，对着他宽阔的腰部，他露出惊讶的神情。

"罗伯特，"他说，"你这是干什么？"

"你觉得我在干什么？"

"你在开玩笑。"

"别动，"我说，"我不是开玩笑，杜克，你猜不出来吗？"

"哥儿们，别把那东西对着我。"

"我不是你哥儿们，杜克。"

我非常憎恨他，也非常担心失去琼，迫不及待地想要扣动扳机，但是，我渴望看到杜克惊慌的样子，他应该知道到底是怎么回事。

他咽了口唾沫，皱皱眉，咧了咧嘴，露出一颗门牙，那颗门牙歪歪的，好像随时要掉下来。他伸手摸了下那颗牙，然后捋了捋稀疏的金发，黑眼睛紧盯着我。

"好，罗伯特，这是怎么回事？"

"我要杀了你，杜克，你知道为什么吗？"

"你一定是在开玩笑，罗伯特。"他眼中显出困惑的神情，因为他渐渐明白，我是来跟他算账的。他正在努力想理出个头绪。

"你知道是怎么回事，对吗？"

他眼睛一亮，然后又黯淡下来，他试图笑笑，举起一只手，又放下。

"你和琼，"我说，"你认为你们瞒得住，以为我不知道——"

"琼？"他说，"原来是这么回事。"

"你们玩了不少花样，"我说，非常愤怒，"她是我的，杜克，你早该明白。我们共事多年，你知道，谁夺走我的情人，我都受不了。"

"罗伯特，你把事情想清楚，琼不是你太太，她是一位小姐，一位不属于任何人的小姐。我是和她约会，但那又怎么了？你迟早会发现，琼准备告诉你的。"

"她没告诉我，现在她也不必了，她可以彻底忘记你了，杜克。"

"罗伯特，"他说，举起双手，向前迈了一步，"罗伯特，听我说……"

"最好站住。"

他站在那里，从他的眼睛里可以看出，他知道我不是开玩笑，但是，他试图想办法让我回心转意。

他并不了解我，我们在刑侦科共事六年，他并不了解我，但是，他知道，我是说到做到的。

"你干这种事，他们会抓到你的，"他说，"你知道，罗伯特，你不能做这种事。再说，琼只是一个女孩子，罗伯特，我们是朋友。"

"我爱她，"我说，"她爱我，你从中破坏，杜克，我们是准备结婚的。"

"你疯了，罗伯特。"

"我爱她，你听到没有？"

"她对我只是一个普通的小姐，罗伯特，你得……"

砰砰两声枪响。

手枪在我手中轻轻跳动，杜克胸口中了两枪，站了一会儿，他大张着嘴，向前倒去，落地的时候，下巴"啪"的响了一声。

我用脚把他翻过来，低头看他。他嘴巴张开着，那颗该死的门牙不见了，一定是他倒地时吞了下去。他两眼仍然很明亮，然后渐渐变得呆滞，他是死定了。再见，杜克，你这个坏东西。

我擦擦枪，把它扔到尸体旁，离开那里。现在，我觉得好多了，真的好多了。但是，有一种怪怪的感觉，胸部有种刺痛感，像是吸不够空气一样。这种感觉以前也有过，每当我担心什么的时候，就会有这种感觉，现在有什么可担心的呢？

我来到琼的住处。

她笑着开了门。因为心怀鬼胎，她的笑脸并没让我很高兴，但我并不在意，现在她是我的了。

"嘿，罗伯特。"

"宝贝。"

我们互相望着对方，我不能相信她和杜克约会，但那是事实。

"你怎么到这儿来了？"她说。

"来看看你，局里的人知道我在这里，我告诉他们我可能来吃午饭。"

"现在不是午饭时间，罗伯特。"

"我正在办件事，还没吃午饭。"

"我给你做点东西，三明治怎么样？"

"好，我不是很饿。"

我怎么看她都看不够，她真漂亮，长长的金发，心形的脸庞，丰满的嘴唇，一双动人的眼睛。她穿着一件鲜艳的黄色短裙，看上去秀色可餐。她对我太重要了。

她住在一间小画室里，自己画一点画，同时接受别人的委托出售一些画。

"到厨房里来。"她说。

我们走进厨房，我正要伸手抱她，电话铃响了。我有点紧张，但不可能这么快，会是打给我的吗？嗯，可能是打给我的，因为杜克和我一向很亲近，但也可能不是找我的，我很紧张。她跑去接电话。

"是的，是的，他在这儿。罗伯特——"

我走过去，接过电话，是亨利警官，他告诉我杜克遇害，他们要我负责这个案子。亨利和我关系很好，他知道我对杜克的感情。

"真让人难过，罗伯特。"

"你是说在他的公寓？"

"是的，在那里。"

"我就来。"我挂上电话，悲伤地看着琼。

"什么事？"她问。

我犹豫了一会儿，觉得自己就像个魔鬼，然后很平静地说："是杜克的事，他遇害了。"

她怔住了，"你是说杜克？"

"是的。"

她用手指抚弄着自己的裙子，两眼一片茫然。

"噢，"她说，"他们打电话叫你去办？"

"是啊。"我懒洋洋地说，我忍不住。

她想说什么，但说不出来，这更使我难受。然后，她声音清晰地说："那么，罗伯特，你还是赶快过去吧。"

"当然。"

我点点头，我得离开这儿。过一会儿，我会显得自然，但是现在不行。

我来到杜克的公寓，我看看他，哼哼哈哈支吾着，摄影人员在拍照，指纹组的人在提取指纹。我留在那里，到处翻翻，装出一副查看现场的样子。当我离开时，天已经黑了。那真是漫长的一天。

那时，亨利刚好走进楼下走廊。

"有什么发现？"他问。

我耸耸肩。

"今晚告诉我好吗？我们可以认真讨论。嘿，今晚你过来吗？"

"当然过来，亨利。"

他朝电梯走去，我走到外面，心想，他苍白的脸和柔和的眼睛是多么诚实啊！每星期二晚上，亨利和我总要聚一聚，喝点酒，我们俩都喜欢喝酒。我们坐着，聊聊案子，这习惯已经有三年了。亨利是个好人。

我来到琼的住处，在那里很不舒服。她先是不停地说话，微笑，然后坐在那里，那种沉默简直要让我发疯了。

最后，她走到我坐的椅子旁，坐在椅子扶手上，她的臀部碰到我的肩膀，一只手抚弄着我的头发。"啊，"她说，"就剩下你我两人了。"

"对极了。"

她探过身，轻轻吻吻我的额头。我像块木头一样坐着。我成功了，一切都会顺利起来的。

"我随便吃点东西，"我说，"我要去见亨利，今天是星期一晚上。"

"我给你做一点什么。"

"不用了，我到街上买点吃，谢谢你，宝贝。"

"可是我喜欢给你做点吃的东西。"

"我不饿，琼。"

"我明白了，好吧，罗伯特。"

"也许回头再来看你。"

她冲我笑笑，"好吧。"

我在街上小店买了个三明治，非常难吃。平常我最喜欢五香牛肉，但今天吃起来一点味道也没有。我厌恶地离开了。

亨利亲自开门。

"你好。"我说。

"海伦正要去看电影，屋里就我们俩人。"

海伦从过道走过来，她活泼开朗，穿着茶色外套，正在把厚厚的黑发弄到领子外面。她说："罗伯特，你好，别喝多了。"

"今晚应该喝白酒。"亨利说。

"你们两个别喝醉了。"她吻吻亨利,拧了一下他的手臂,然后走了。

我们走进客厅,面对面在壁炉旁坐下。

"喝吗?"

"当然。"

"白葡萄酒,"他说,举起一个细长的瓶子,"很漂亮啊!"

"你从哪儿弄来的?"

"这是进口的,最上等的,我都等不及了。"

"下个星期我要请客,亨利,我弄到了一样会让你大吃一惊的东西。"

"啊,那我得看看。"

他倒了酒,我们坐在那里慢慢喝,同样是好酒,但往日的那种欢乐气氛没有了。

"杜克的事你查到什么了?"他终于开口问道。

我点着烟斗,靠在椅背上,吸着烟。我说:"我认为,那是仇杀,由某些歹徒策划的。你知道杜克这个人,杜克打开门,让他进去,嘿,他们是怎么……"我停下来,我正想问他,他们怎么这么快就发现了尸体。

"什么?"亨利问。

"事情发生在发现前不久?"

"一个小时,也许半个小时前,清洁女工发现的。"

"他吞下了他的大门牙,"我说,"可怜的杜克的门牙,那颗牙一直让他心烦。"

"不,"亨利说,"他并没有吞下,罗伯特,验尸没有发现,也不在他的喉部,我们到处找,也没有找到。"

"我要抓住杀他的凶手,亨利,一定要抓住。我真不敢相信杜克死了。"

"我知道你的感受,罗伯特。"

我吸烟。

"你怎么样?和琼相处得还好吗?"

"好。"

"我说,罗伯特,我们以后再谈杜克的事吧,现在谈点别的吧。前天出了件怪事。"

"哦?"

"有人在钟楼杀人。"

我很感兴趣,把身体向后一靠,右脚踝放到左膝盖上,习惯性地开始转动,这时，有东西落到地上。

亨利坐在那里看看我，又看看地板，他那样子让我觉得很奇怪。

"亨利，钟楼案子是怎么回事？"

"罗伯特——"他蹲在地上，捡起一样东西。

我把右脚从膝盖上放下，凝视着亨利的手。他伸出手掌，掌中是杜克的门牙。

"它从你裤脚的反褶部分掉下来的，罗伯特，我亲眼看见的，"亨利说，"亲眼看见它掉下来，落到地板上。"

我们互相看着对方，亨利站起身，托着那颗该死的门牙，站在那里。我可以想象得出，它是杜克下巴碰到地上时，弹到我裤脚的反褶部分的。

"是不是因为琼？"亨利问。

"是啊。"

"我知道那事，罗伯特，我以为你和杜克的事会和平解决。他对女人就是那样的，谁都要勾引。"

"是啊。"

"杜克即使罪该万死，但是，你不能做这种事。杀人是犯法的，罗伯特。"亨利说，"你最好把你的手枪给我。"

我把枪递给他，然后说："如果我喝完这杯酒，你不介意吧？"

亨利看着我说："你可以喝完整瓶酒，罗伯特，我一点也不想喝。"

聪明的胡里奥

胡里奥付了香烟钱，靠在柜台边，撕开香烟盒一角。就在这时，一个美丽的黑发女郎走进了杂货店。

她向胡里奥的方向走来，走路的姿态非常诱人。她穿着粉红色短裤，上衣是件袒胸露背的胸衣，露出优美、结实的身材，就像一位参加国际运动会的女选手。她有一双蓝色的眼睛，皮肤乳白，略带咖啡色，脸上的表情开朗活泼，手里牵着一条大狗，那条大狗是标准的法国狮子狗，修剪得很整齐，轻快活泼地跟在女主人身后。

黑发女郎走到胡里奥身边，从现金柜旁的报架上拿起一份报纸，折了一下，两头轻轻弄皱，交给那条大狗。"贝贝，喏，"她欢快地说，"帮我叼着。"

贝贝高兴地把报纸咬在口里，使劲摇着尾巴，等候女主人付店主报纸钱。

胡里奥天生喜欢狗，他把打开一半的香烟塞进口袋，弯下腰逗狗玩。

"嘿，贝贝，"他亲切地说，"你是个漂亮的狗，是吗？"

他伸出一只手让狗嗅。贝贝继续摇着尾巴，胡里奥抓住它嘴上的报纸，假装要取走报纸。贝贝知道这是逗着玩，摇着头，紧紧咬住报纸，乌黑的眼睛炯炯发光，从咬着报纸的牙缝里，虚张声势地发出吓人的叫声。

身后响起现金柜的铃声，胡里奥站起身，对正在接过零钱的黑发女郎微笑。

"这是条好狗，"胡里奥说，"狮子狗的智力很高。"

黑发女郎转过身，冲他点点头，表示同意。这时，柜台后面的店主说："它很聪明啊，每天都为主人叼报纸回家，对不对，贝贝？"

贝贝摇摇尾巴。

胡里奥说："大家都承认，狮子狗在智力上超过一般的狗。"

黑发女郎对他微微一笑，她看出胡里奥很喜欢那条狗，也很喜欢她本人。然后，她牵着狗，离开柜台，出去了。贝贝很骄傲地仰着头，叼着报纸，跟在她身后。

胡里奥从新买的那包香烟里取出一支，点着，吸了一两口后，举手向柜台后面的店主告别，推开门，走到外面的人行道上。他看见那个黑发女郎和狗向北走去。

那天非常热，时间是午后1点，胡里奥的衬衫不久就湿透了。他很奇怪，为什么黑发女郎走在太阳下面显得那么清新、凉爽？

他从眼角看到哈利和莱曼离开街对面的橱窗，向他走来。

他像没看见一样继续走，但没加快步伐，他们一直在对面人行道上走，和他保持一定的距离，一直到他向自己住的低级旅馆走去时，他们俩才跟了上去。

这家旅馆很简陋，休息室只有一个酒吧和一个吧台，吧台就设在楼梯口的后面。这时候，酒吧没有人，只有一个肥胖的侍者，趴在吧台上，呼呼大睡。

胡里奥刚踏上第一个台阶，哈利就开口叫他："胡里奥！"

胡里奥停下脚步，转过身，眯起眼睛看着哈利和莱曼，"是哈利吗？"

"是啊，"哈利说，"你住在这儿？"

"暂时的。你怎么找到我的？"

"不是找到，是无意中碰到，"哈利说，"上星期你给了安迪住址后就搬家了，这是怎么回事？"

"付不起房租，你们应该知道。"

哈利说："幸亏我们看见你走进那家杂货店，否则，安迪可能以为你想溜掉呢。"

"我不会做那种事的。"胡里奥说，"你们想干什么？"

"和你谈谈。"哈利说。

"谈什么？上星期我告诉安迪，我没有钱。"

"我知道，你说过，"哈利和莱曼站在楼梯口，"我们到你的房间谈吧！"

胡里奥转过身，领先走上狭窄的楼梯。到了楼顶，有条黑乎乎的走廊，直通房屋深处，两旁各有六扇门。胡里奥走到离楼梯口最近的一间，打开房门，哈利和莱曼跟在后面。莱曼随手关上了门。

莱曼个子矮小，下巴上留着胡子，一只眼睛突出。哈利身材魁梧，全身肌肉鼓鼓的。

胡里奥在凌乱的床上坐下，问："什么事？"

"安迪认为你现在也许有钱了。"哈利轻声说。

"我没有，"胡里奥说，"上星期我没有钱，现在也没有，安迪答应给我一个月的期限，当然，还有其他几个条件。"他声音里含着讽刺。"你们听到的，你们当时在场。"

"是啊,"哈利说,"不过现在安迪认为你有钱了,不必等一个月。"

胡里奥盯着他:"用什么付?"

"废话,当然是用钱了,还能用什么付?"哈利咯咯笑起来,似乎很得意。

"什么钱?我告诉过你……"

哈利对莱曼说:"你听到了,莱曼?什么钱?他好像根本不知道我们在说什么。"莱曼一只眼睛转向哈利,另一只眼睛一动不动,胡里奥很想笑,但控制住自己。

"你们在说什么钱?"他问。

"安迪听说你昨天得手了。"

"得手了?"胡里奥惊讶地说,"得手什么了?"

"世纪储蓄所,"哈利说,"抢劫。"

胡里奥半天没吭声,然后说:"安迪怎么会认为是我干的呢?"

哈利耸耸肩:"他反正知道就是了,那是他的本事。"

"他弄错了,你可以告诉他,我连昨天发生抢劫都不知道,一直到今天看报纸才知道。告诉安迪,我一直在筹钱还他,但不是用那种方式。"

"如果不是世纪储蓄所,"哈利说,"那么从哪儿弄钱呢?"

"从别的放高利贷的人那里,我想安迪已经把我的名字列入黑名单,我是一分钱也借不到。""你认为可以从别的高利贷人那里借到钱?"哈利轻蔑地问,"你向安迪借了三千元,一分钱也没还,消息马上传开了,胡里奥。"

"如果高利贷借不到,他指望我去哪儿借呢?"

"我们还是谈正事吧,"哈利微笑着说,"安迪说你从世纪储蓄所弄到五千元。"

胡里奥叫道:"安迪疯了!"

哈利耸耸肩,"也许你撒谎。"他做了个手势,于是莱曼从外套下面掏出一把手枪,对准胡里奥的肚子。

"这是干什么?"胡里奥问。

"安迪说要瞧瞧。"哈利回答说,走过去,抓住胡里奥的手臂,拉他站起来。

胡里奥想抗拒,但知道那是白费力。

"转过身,朋友。"哈利说。

胡里奥看看莱曼的手枪,转过身,感觉到哈利的双手在搜索他的全身,哈利从他口袋里拿出他刚买的香烟、一包火柴、一条肮脏的手帕、一支圆珠笔,三十八元八角两分现金。

"钱在哪儿？"哈利问，把胡里奥转过来，面对着他。

"我仅有的钱就在那儿了，"胡里奥指着哈利扔在地板上的钞票，"就是那些，全在那儿了，三十八元，我全部的财产，现在你们应该明白为什么我要搬到这个垃圾场了吧？"

哈利没有回答，他们开始仔细搜索胡里奥的房间。哈利撕开床垫，敲敲地板，听听有没有松动的。推开房间唯一的窗户，仔细查看窗台，一无所获。

"垃圾桶在哪儿？"哈利问。

"在走廊，左边第二扇门那儿。"胡里奥说。

哈利走出去。

莱曼拿枪站在房间中央，看住胡里奥，一直到哈利回来。

"那里没有。"哈利对莱曼说。

莱曼第一次说话了："让我来问问。"

哈利咯咯笑着说："好吧，运动员，请吧！你认为他在撒谎？"

莱曼点点头："我这么认为。把他的手放在桌面上。"

哈利抓住胡里奥的左手腕，把他拉到桌子边，用力将胡里奥的左手平放在木头桌面上。"是这样吗？"他问莱曼。

莱曼点点头，将手枪掉转头，猛地砸下去，砸在胡里奥的小指头上。胡里奥听到指头断裂的声音，他痛苦地叫了一声，努力想从哈利手中挣脱出来。哈利放声大笑，继续压着他的手。"现在，"莱曼举起枪，"这只是一个样子，你每撒一次谎，就断一根手指。世纪储蓄所的钱在哪儿？"

胡里奥脸色苍白，痛苦地抿紧嘴唇。他说："我知道安迪在本市有许多耳目，但这次他搞错了。我再告诉你们一次，我没有抢劫，也没有那笔钱。我没有办法还安迪的债，你们还不明白吗？你们可以打断我的每一根指头，但我仍然拿不出钱。"

莱曼说："哈利，按住他的手。"说着，举起手枪。

"等一等，"哈利说，他在考虑胡里奥的话，"莱曼，够了，到目前是够了，我们再和安迪联络一下。"

莱曼耸耸肩，把枪塞进夹克里。

胡里奥抽出手，用另一只手轻轻摸着断裂的小指。他说："莱曼，下次我看见你，我要剥了你的皮。"

莱曼微微一笑，说："你真把我吓死了，胡里奥。"说着，用拇指根擦擦那只坏眼睛。

哈利大声说:"手指的事,很对不起,胡里奥,即使这次世纪储蓄所的案子不是你做的,也等于向你表明,安迪不喜欢人家拖延,为了你自己,我希望你说实话。"

"是啊,"胡里奥说,"你们向人表示的方式真奇怪。"

哈利和莱曼走了。

胡里奥走出房门,到外面的公共浴室,关上门,把冷水放进洗脸盆,再将受伤的手放进冷水里,直到痛苦减轻,然后再回到房间,躺在被毁坏的床垫上,思考下一步该怎么办。

3点钟的时候,他下了床,用梳子梳梳头发,拉好领带和外套,捡起地上的钱,放进外套口袋里,在五斗柜的破镜前照照,估计上街不会引起人们的注意。

他走到楼梯口,看看酒吧兼休息室,那里现在挤满了人,大约有十来个建筑工人在喝啤酒,他们来自附近工地。胡里奥决定不冒险穿过酒吧,因为哈利和莱曼可能在外面等着他。安迪对借债的人向来不信任。

胡里奥穿过旅馆后门,进入后面的窄胡同。他走到胡同尽头,向后看看,似乎没人跟踪他。

他在一家加油站找到一个电话亭,掏出一枚铜板,扔进去,拨号码。

电话响了三声后,有个活泼的女人说:"喂?"

胡里奥想,这声音正是那位带狗的黑发女郎。

他说:"你就是那个黑色狮子狗的主人吗?"

"是的,"她愉快地说,"哪一位?"

"我叫胡里奥,就是两个小时前,在杂货店和你谈到狗的那个人。"

"啊!"她大笑起来,声音非常清脆,"终于打来了!我一直在等你呢。"

胡里奥心一跳,心想,也许很顺利,便小心地问:"是不是因为钱?"

"当然,我最初非常惊讶,后来我想一定是你的,不会是别人的,不是吗?"

"是我的,"胡里奥说,"我现在可以过来取吗?见面我再向你解释。"

"我住在玫瑰道二二五号,"她马上回答说,"你知道在哪儿吗?"

"我可以叫出租车,你会在家吗?"

"我会在这儿,"她说,"我很好奇。"

胡里奥走出电话亭,用肮脏的手帕揩揩额头,将受伤的手插进外套口袋,站在加油站外面,叫了辆出租车,跳上车。

她亲自开门,黑狮子狗在她身边,她仍然是那套粉红色打扮。

"请进,胡里奥先生。"

贝贝认出了他,高兴地叫了一声,使劲摇尾巴。

她领胡里奥走进一间朴素而高雅的客厅，后面窗口的空调开着，里面非常凉爽。

她请他坐在一张轻便椅子上，自己则在一张有靠背的椅子上坐下，但随即又跳起来，说："喝点冰茶怎么样，胡里奥先生？还是要杯酒？"

"冰茶就行了，"他说，"抱歉，我还没请教你的名字呢！"

"约瑟芬，"她说，对他微微一笑，"我一会儿就来。"她穿过一扇门，大约进了厨房，不久，端出一壶冰茶和两只杯子，"如果你不认识我，怎么知道我的电话号码？"

"贝贝的颈牌上有你的电话号码，我在杂货店里看到的。"

"我的天，你可真仔细，不过，照这种情况，放五千元在狗的嘴里，我想是你干的。"

他点点头，"我估计杂货店的人知道你是谁，因为你和贝贝似乎是那里的常客。"

贝贝一听他提到它的名字，就含着一根塑料火鸡骨头过来，坐在胡里奥面前，明亮的眼睛盯着他，乞求胡里奥和它玩拉扯的游戏。胡里奥伸出没受伤的手，扯了几下塑料骨头。贝贝咬住，猛地拉回，喉咙深处故意发出低吼声。

约瑟芬说："你可以想象，当你那包百元大钞从贝贝的报纸里掉下来时，我的感觉！"

"那是我唯一能想出来的办法，"胡里奥一本正经地说，"可以安全地把它弄出店外，并且可以再取回来。"他认为说多了，"真对不起，约瑟芬小姐，把你卷进这样的事。"

"不必道歉，"约瑟芬说，"我倒是很高兴参与此事，很刺激！当然，我想知道的是，为什么在我和贝贝进店时，你要将那笔钱脱手？"

胡里奥呷了口冰茶，说："我跟你说实话，那是我保住这笔钱的唯一办法。你知道，我欠了一位放高利贷的几千元，上个星期我没有钱，我告诉他我没法还钱，我实在还不出。因此他宽限了我一些时日。前几天晚上，我出乎意料地赢了五千元。开始下小赌注，用我仅有的二十元下的。慢慢地赢了五千元，也就是今天我放进贝贝衔着的报纸里的钱。为什么呢？原因是，就在你进店前，我向窗外一看，刚好看到那个放高利贷的人的两个收账员，事实上，他们是两个无恶不作的歹徒，专门用武力讨债。那两个人是在等我出去，我立刻怀疑，他们可能知道我赢钱的事，准备必要时动武，一次讨回。你知道我是什么处境。"

约瑟芬的眼睛瞪大了，"我听说放高利贷的都是吸血鬼，"她不屑地皱皱鼻子，停了下，胡里奥觉得她面露尴尬之色，"也许我不够聪明，可是，如果你赢的钱够还债，为什么不干脆还清呢？"

"我还有个更需要钱的地方。"胡里奥说。

"干什么呢?"

"是这样的,我在哥伦比亚城有个姐姐,"胡里奥严肃地说,"我的父母在车祸中去世后,是她抚养我成人。现在,她一个人生活,很穷,六个星期前中风了。所以我才会去借钱帮她支付医药费。我这五千元也准备给她用。这年头住院治疗是很费钱的啊!"

"哦,真为你姐姐难过,胡里奥先生,不过,你没工作吗?总有个赚钱的方法吧?为什么要找放高利贷的呢?"

胡里奥狡黠地一笑,"我想我是个天生游手好闲的人,以赌博为生,六个月来,我手气都不好,一直输,直到前天晚上才赢。"他喝完冰茶,"现在,我可不可以取回我的钱?我要搭下午的汽车到哥伦比亚城。"

"几点钟的汽车?"

"5点。"

"那还早着呢,"约瑟芬说,"还有些事情你没告诉我。"

"什么事?"

"比如放高利贷的那两个打手,有没有打你?"

胡里奥从口袋里拿出左手,伸出小指。她一看就惊叫起来。指头现在肿得很大,皮肉都乌青了。

"我的天哪!"约瑟芬喘着气说,"他们伤害你了,指头断了吗?"

他点点头。

"应该立刻去看医生。"她说。

"你钱一给我,我就去看医生。"

她又倒了杯冰茶。"钱是在我这儿,"她考虑了一下说,"我只是奇怪,你怎么知道我不会独吞呢?"

胡里奥说:"我看出你是个绝对诚实的女人,贝贝看起来也很诚实。"他对贝贝咧嘴一笑。

"谢谢,"约瑟芬说,"我也替贝贝谢谢你。不过,实话告诉你,我开始真想独吞呢。有生以来,我还没见过这么多的钱呢!如果我留下钱的话,你也不可能证明我撒谎。我又仔细一想,不,这笔钱一定是杂货店那个和贝贝说话的人的,那人也喜欢狮子狗。于是,我决定把钱还给你,可又不知道到哪儿找你。因此,我打电话到我哥哥办公室,告诉他整个事情经过,他说我应该留下钱,一直到有你的消息。他相信我会有你的消息的。"

050

"他说得对，"胡里奥说，"我不是来了吗？"他渐渐有些不耐烦了，"现在，请问约瑟芬小姐，我的钱在哪儿？"

她随便一指空调下的桌子，说："在那儿，中间抽屉里。"他知道她说的是实话，"在原来的信封里，原封未动。我只是希望你等到我哥哥回来，胡里奥先生，我打电话告诉他你要来取钱的事时，他说希望你等他一会儿，他已经在路上，希望问你一些问题。"

"什么事？"

"哦，身份之类的问题。我哥哥说，牵扯到钱，总应该小心点。"

胡里奥的手在痛了，他急于从这个女人手中取回钱，赶紧离开，可是他知道不能显出着急的样子。

"那么我就等等他吧，"胡里奥说，"我不怪你哥哥查我的身份，他这么仔细，可以当律师了。他是不是律师？"

"不是，"约瑟芬说，"他不是律师，他是负责盗窃的警官。"

胡里奥痛苦地叫了一声，好像有人又敲断了他的一根指头一样。约瑟芬仔细打量着他，眼睛中流露出好奇的神情。她说："我注意到那些钞票的号码都是连着的，我才打电话给我哥哥，他告诉我，你的钱是从世纪储蓄所抢来的。"

胡里奥跳了起来，慌乱中受伤的手指碰到椅子的扶手，痛得他叫了一声。他正想冲向大门，约瑟芬大叫一声："看着他，贝贝！"

胡里奥怔住了。

贝贝跳到胡里奥面前，伏下身，两只眼睛紧盯着胡里奥的脸，露出凶光。

胡里奥不知道该怎么办。就在这时，前面门廊响起匆忙的脚步声，胡里奥将疼痛的手放回口袋，一言不发地坐回椅子中。

两位警察带走胡里奥时，他回头看看约瑟芬，她的表情既有同情，也有怀疑。

"胡里奥先生，你在哥伦比亚城真有一位生病的姐姐吗？"她问，声音并不像平常那么愉快。

胡里奥没有回答。

裸体艺术

已是午夜，我知道如果现在不写下来的话，我将永远没有这个勇气去把它写下来。整个晚上，我呆坐在这里竭力迫使自己开始回忆，但是考虑得越多，越使我恐惧、羞愧、压力重重。

我的头脑，原以为很灵光的头脑，靠着忏悔竭力去为我为什么如此粗暴地对待珍尼特·德·倍拉佳寻找原因。我渴望向一位有想象力、有同情心的聆听者做一番倾诉。这位聆听者应该温柔而善解人意。我要向他诉说这不幸生活插曲的每一个细节。

如果能对自己更坦率一点的话，我不得不承认最困惑我的，与其说是自己的羞愧感，不如说是对可怜的珍尼特的伤害。我愚弄了自己也愚弄了所有的朋友——如果仍能有幸称他们为朋友。他们是多么可爱的人啊，过去经常到我的别墅来。现在必定都把我当作了邪恶的鬼东西了。唉！那确是一个对人很严重的伤害。

你真能理解我了吗？让我花几分钟介绍一下自己吧。

我认为我属于那种比较少有的一类人，有钱，有闲，有文化，正处中年，因为魅力四射、有学者风度、慷慨大方而受朋友尊敬。我的营生是搞美术鉴赏，自然有着与众不同的欣赏口味，我们这类人大多是单身汉，不想与紧紧包围自己的女人产生任何瓜葛，生活中大多数时间里都会得意非凡，但也有挫折、有不满、有遗憾，但那毕竟仅是偶尔而已。

不必再对自己介绍太多了，已过于坦率。你可以对我有个判断了。如果听了这个故事你可能会说我自责的成分太多了，最该谴责的是那个叫作格拉笛·柏森贝的女人，毕竟，是她招致的。如果那晚我没送她回家的话，如果她没有谈起那个人、那件事的话，本来什么都不会发生的。

那是去年2月间的事了，如果我没记错的话。那天在埃森顿那家可爱的、可看见锦丝公园一角的别墅吃饭，许多人都出席了。格拉笛·柏森贝是唯一一个一直陪着我的人。回去时，我主动送她一程。不幸的是，到家后，她坚持让我进屋。"为归途一路顺风干一杯。"她这样说。我不想被看作过于沉闷的人，与司机打了个招呼就进屋了。格拉笛·柏森贝是个矮个子女人，可能不足四英尺九英寸高。站她旁边真有滑稽之感，我就像站在椅子上一样居高临下。她是个寡妇，面部松弛，毫无光彩，不大的脸上堆满了肥肉，挤得鼻子、嘴、下巴已无处躲藏，要不是还有张能讲话的嘴提醒我，真把她当成一条鳗鱼。

在客厅，她随手倒了两杯白兰地，我注意到她的手有点抖。谈了一会儿埃森顿的晚宴和几个朋友后，我站起来想走。

"坐下，雷欧耐特，"她说，"再来一杯。"

"真的，我该走了。"

"坐下，坐下，我还要再喝一杯呢，至少你该陪我再干一杯。"

看着她走向壁橱，身体微晃，把酒杯举在胸前，那又矮又宽的身材给了我一个错觉：她膝盖以上胖得不见了腿。

"雷欧耐特，笑什么呢？"她倒酒时，微侧过身来问，有几滴白兰地洒到了杯子外。

"没什么，没什么。"

"让你瞧瞧我最近的一幅画像吧。"她指了指那张挂在壁炉上的大画。进屋以来，我一直躲着视而不见。那肯定是幅很丑陋的东西，必定是由那位名噪一时的画家约翰·约伊顿所作。那是幅全身像，因为用了圆滑的笔法，使得柏森贝太太看起来成了个高个、有魅力的女人。

"迷人极了！"我说。

"不是吗？我很高兴你喜欢。"

"真是迷人。"

"约伊顿真是个天才！你不认为他是个天才吗？"

"噢，岂止是个天才……"

"不过，雷欧耐特，你知道吗？约翰·约伊顿现在这样走红，少于一千他根本不给画。"

"真的？"

"当然，就这样，还有许多人排队等着呢！"

"太有趣了。"

"那你还不认为他是天才？"

"当然，有那么点天才。"

"约伊顿当然是天才，画酬就证明了。"

她默默地坐了会儿，轻呷了口白兰地。我注意到杯子把她的胖嘴唇上压出了一道浅痕。她发现我正观察她，从眼角轻轻瞟过来一眼。我微摇了下头，不想开口。

她突然转过身，随手把酒杯放在右边的酒盘上，做出了个想提出建议的架势。我以为她会说什么，跟着的却是一阵沉默，搞得我很不舒服。因为无话可说，只好玩弄一支雪茄，研究烟灰和喷到天花板上的烟雾。

她转过身来，忽然羞涩地一笑，垂下了眼睑。那张嘴——鳗鱼般的嘴——嗫嚅着成了个怪怪的夹角。

"雷欧耐特，我想我可以告诉你个秘密。"

"是吗，不过，我得走了。"

"别紧张嘛，雷欧耐特，不会让你为难的，你好像有点紧张。"

"我对小秘密不感兴趣。"

"你在绘画方面是个行家，会让你感兴趣的。"她安静地坐着，只有手指一直在抖，并且不安地拧来拧去，就像一条条小蛇在蜿蜒盘曲。

"你不想知道我的秘密，雷欧耐特？"

"不知道的为好，也许以后会使你尴尬也说不定。"

"可能会，在伦敦最好少开尊口，特别是涉嫌一个女人的隐私，可能这个秘密还会影响到四五十个淑女，不过却与男人无关，当然除了他，约翰·约伊顿。"

我没有怂恿她继续说下去的意思，所以一言不发。

"当然，最好你得保证不泄露这个秘密。"

"噢，当然不会。"

"你发誓吧！"

"发誓？好，好，我发誓。"

"好吧，听着。"她端起了白兰地，向沙发角靠了靠，"我们可以肯定地说，你会知道的，约翰·约伊顿只给女人作画。"

"我应该知道吗？"

"而且都是全身像，有站势的，有坐势的，像我那幅一样。再看一眼吧，雷欧耐特，你看那套晚礼服怎么样？不漂亮吗？"

"当然……"

"走近些，再仔细看看吧。"

我勉强过去看了看。

令我有些吃惊的是，从画礼服的颜料可以看得出来，上面比其他部分更浓重，像是又专门处理过的。

"你看出点什么来了？礼服的颜料上得重，不是吗！"

"是，有点。"

"哈，再没比这更有趣的了，让我从头说起吧。"

唉，这女人真讨厌，我怎样才能逃掉呢？

"那大约是一年前了。当我走进那伟大画家的画室时多么激动啊！我穿上了刚从诺曼·哈耐尔商场买的晚礼服，戴的是顶别致的红帽，约伊顿先生站在门口迎接我。我当时就被他的气质所感染，他有着双销魂的蓝眼睛，穿着黑色的天鹅绒夹克。那间画室可真大，红色的天鹅绒沙发，天鹅绒罩的椅子——他真是太爱天鹅绒了——天鹅绒的窗帘，甚至地毯都是天鹅绒的。"

"噢，真的？"

"他让我坐下来，开门见山地介绍作画的与众不同，他有着把女人身材画得接近完美的方法，说来你会大吃一惊。"

"我不会介意的。"我说。

"'你看这些劣质之作，'当时他这样说，'不管是谁所作，你看，这服饰画得极其完美，但仍给你轻浮造假的感觉，一幅画毫无生气。'

"'约伊顿先生，这是为什么呢？'

"'因为画家本身不了解衣服下的秘密呀'！"

格拉笛·柏森贝停了下来，喝了口白兰地，"别这样呆望着我，雷欧耐特。"她对我说，"没什么大不了的，只需你保持沉默，然后，约伊顿先生是这样说的：'这就是我坚持要求只画裸体画的原因'。"

"天啊！"我吃惊地叫了起来。

"'如果你反对，我不介意做一个小小的让步，柏森贝夫人'，他说：'我可以先画裸体画，几个月后等颜料干了，你再来，我画上着内衣的装束，以后再画上外套，瞧，就这么简单。'"

"这小子是个色情狂。"我吃惊地说。

"不，雷欧耐特，那天我面对的是一个真诚的男子。不过，我告诉他，首先我丈夫是不会同意的。

"'你的丈夫永远不会知道'，他说，'何必麻烦他呢，除了我画过的女人，没人知道这个秘密。这里不存在什么道德问题，真正的画家不会干出那些不道德的事来。就像看病一样，你不会拒绝在医生面前脱衣服吧！'

"我告诉他，如果只是看眼病，当然拒绝脱衣服。这使他大笑起来，不过得承认，他确是个有说服力的男人，不久，我妥协了。瞧，雷欧耐特，你知道了我全部秘密。"她站了起来，又给自己倒了杯白兰地。

"这是真的？"

"当然。"

"你是说，他一直是这样为人画像的？"

"是，好在丈夫们永远不会知道，他们看到的只是衣着齐整的女人的画像。当然，赤身裸体地画张像也没什么，艺术家们一直这样做的，可是我们愚蠢的丈夫们都反对。"

"哎呀，这家伙脑子有点毛病吧！"

"我认为他是个天才。"

"不过，我想问，在你请约伊顿画像以前，你是否已听说过……听说过他的独一无二的绘画技巧？"

她倒白兰地的手停了一下，扭过头看着我，一抹羞红掠过嘴角："该死，你真是精明过人。"

我彻底认识了约翰·约伊顿，这个假装完美的心理学骗子。他掌握了全城有钱又有闲的女人的底细，总能想尽一切办法为她们排忧解闷，打桥牌，逛商场，一直玩到晚上酒会开始。这些女人追逐的只是一点刺激，那种花钱越多越好的与众不同的刺激。这类娱乐项目总能像天花一样在她们那个圈子里流行起来。

"你不会告诉其他人吧，你发过誓的。"

"不会，当然不会，不过，我可是该走了。"

"别这么死心眼，才开始让你高兴起来，陪我喝完这杯吧。"

我只好再坐下来，看她轻呷那杯白兰地，发现她那双狡猾的眼睛一直在偷窥着我，欲火就像条小青蛇在眼里缠绕，不由得让人感到一丝恐惧。

突然，她开口说话，差点让我惊跳起来，"雷欧耐特，我听到了点你和珍尼特·德·倍拉佳的事。"

"格拉笛，请不要……"

"得了，你脸红了。"她把手放在了我的腿上，阻止我说下去，"我们之间现在没有秘密，不是吗？"

"珍尼特是个好姑娘。"

"你简直不能再叫她为姑娘了。"格拉笛停了下来,盯着杯子看,"当然,我同意你对她的看法,的确是个出色的人物,除了……"这时,她的语气放缓了许多,"除了偶尔谈些意想不到的话题外。"

"都谈了些什么?"

"谈什么?只是谈起了一些人,也包括你。"

"说我什么?"

"没什么,你不会感兴趣的。"

"说我什么?"

"说起来真不值得再提起,只是她的话令我好奇而已!"

"格拉笛,她说过我什么?"我急切地等她回答,汗已从脊背上滚落下来。

"唉,让我想想,只是在开玩笑,说了些关于和你一起吃晚饭的事。"

"她感到厌烦了?"

"是啊,"格拉笛一口喝干了一大杯白兰地,"今天下午正巧我和珍尼特一起打牌。我问她明天是否有空一起吃饭,实际上,她当时说的是:'没办法,我不得不和那讨厌的雷欧耐特在一起。'"

"珍尼特是这样说的?"

"当然。"

"还有什么?"

"够了,我真不想多说了。"

"快说,快说,请继续吧。"

"噢,雷欧耐特,别这样对我大叫大嚷。你非要听我才告诉你,不讲好像不够朋友。你不认为现在我们已是真正的朋友了?"

"快说吧!"

"嘿,老天,你得让我想想,就我所知道的她确是这样说的。"格拉笛模仿着我那极为熟悉的珍尼特的女中音说:"雷欧耐特真是个乏味的人,吃饭总是去约赛·格瑞餐厅,总是在那里,反复地讲他的绘画,瓷器;瓷器,绘画。在回去的出租车里,抓住我的手,紧紧挤靠着我,一身劣质烟草味。到了我家,我总会告诉他待在车里不用下来了。他也总是假装没听见,斜着眼看我开门,我总能在他尚未动脚以前赶快溜进屋,把他挡在门外,否则……"

那可真是个可怕的晚上,听到这些,我完全垮掉了,沉沉地回来,直到第二天天大亮尚没能从绝望的心情中挣脱出来。

我又是疲惫又是沮丧地躺在床上，拼合着昨天在格拉笛家所谈内容的每一个细节，她丑陋扁平的脸，鳗鱼般的嘴，说的每句话……和令人难以忘记的珍尼特对我的评价。那真是珍尼特说的！

一股对珍尼特的憎恶突然升腾，像热流般传遍全身。我突然像发烧一样一阵颤抖，竭力想压下这股冲动，对，我要报复。报复一切敢于诋毁我的人。

你可能说我太敏感了。不，真的。当时这件事逼得我差点杀人，要不是在胳膊上掐的一条条深痕给了点痛苦，我真可能杀人。不过，杀了那女人太便宜了她，也不合我的口味，得找个更好的方法。

我不是一个有条理的人，也没有干过什么正经的职业。但是，怨恨与暴怒能使一个男人的思维变得惊人的敏锐。马上，就有了一个计划，真正的令人兴奋的计划。我仔细考虑了每一个细节，改掉了几处难以实施之处。这时，我感到血脉偾张，激动得在床上跳上跳下，捏得手指嘎嘎作响。找到电话簿，查到了那个电话号码，马上拨号。

"喂，我找约伊顿先生接电话，约翰·约伊顿。"

"我就是。"

唉，很难让这男人想起我是谁，我从来没见过他。当然他可能会认识我，每一个在社会上有钱有地位的人，都是他这号人追逐的对象。

"我一小时后有空，我们见一面再说吧。"

告诉了一个地址，我就挂了电话。

我从床上跳下来，一阵阵地兴奋，刚才还处于绝望之中，简直想自杀，现在则亢奋极了。

在约好的时间，约翰·约伊顿来到了读书室，他个头不高，衣着讲究，穿件黑色天鹅绒夹克。

"很高兴这么快就见到了你。"

"荣幸之至。"这人的嘴唇看起来又湿又黏，苍白中泛点微红。简单客套几句话，我马上就谈正题：

"约伊顿先生，有个不情之请要劳您大驾。完全是个人私事。"

"噢？"他高仰着头，公鸡似的一点一点。

"是这样，本城有个小姐，想请您能为她画张画。我非常希望能拥有一张她的画像，不过请您暂不必告诉她我的这个想法。"

"你的意思是……"

"是否有这个可能，"我说，"一位男士对这位小姐仰慕已久，就产生了送她一幅画的冲动，而且要等到合适的时候突然送给她？"

"当然，当然，真是罗曼蒂克。"

"这位小姐叫珍尼特·德·倍拉佳。"

"珍尼特·德·倍拉佳？让我想想，好像真没见过她。"

"真是遗憾，不过，你会见到她的，比如在酒会等场合，我是这样想的：你找到她，告诉她你需要个模特已好几年了，她正合适，脸形，身条，眼睛都再合适没有了，你愿意免费给她画张像。我敢肯定她会同意的。等画好后，请送来，当然我会买下来的。"

一缕笑意出现在约伊顿脸上。

"有什么问题吗？"我问，"是不是觉得太浪漫？"

"我想……我想……"他踌躇着想说什么。

"双倍画酬。"

那个男人舔了下嘴唇，"噢，雷欧耐特先生，这可不寻常啊！当然，只有毫无心肝的男人才能拒绝这样浪漫的安排呀！"

"我要的是张全身像，要比梅瑟的那张大两倍。

"要站立着的，在我看来，那是她最美的姿势。"

"我可以理解，我很荣幸画这样一位可爱的姑娘。"

"谢谢，别忘了，这可只是我俩之间的秘密。"

送走那个浑蛋以后，我迫使自己安静地坐下来连做了二十五个深呼吸，否则真会跳起来，像白痴一样快乐地大喊几声。计划就这样开始实施了！最困难的部分已经完成。现在只有耐心等一段时间。按这个男人的画法，可能得几个月，我得有耐心。

消磨这段时光的最好方法莫过于出国了。我去了意大利。

四个月后我回来了。令人欣慰的是一切都在按计划进行。珍尼特·德·倍拉佳的画像已完成，约伊顿打电话来说已有好几个人想抢购这幅画像，不过已告诉他们这是非卖品。

我马上把画送进了工作室，强捺兴奋，仔细地看了一遍。珍尼特身着黑色晚礼服，亭亭玉立，靠在一个用作背景的沙发上，手则随意地搭放在椅背上。

这幅画确实不错，抓住了女人最迷人的那份表情，头略前倾，蓝色的眼睛又大又亮，嘴角露出一丝笑意。当然，脸上的缺憾都已被狡猾的画家加以掩饰，脸上的一点皱纹，过胖的下巴都巧妙地处理掉了。

我弯下腰来，仔细检查了画的衣服部分。好极了，色彩上得又厚又重，颜料层能看得出来比其他部分更厚出一些。一刻也不想再等，脱掉上衣，就开始干起来。

我本来就以收藏名画为业，自然是个清理修复画像的专家。清理这活除了需要耐心外实在是个很简单的工作。

我倒出了些松节油，又加了几滴酒精，混合均匀后，用毛刷蘸了些轻轻地刷在了画像的晚礼服上。这幅画应该是一层干透之后才画另一层，否则，颜料混合在一起，那就要费大功夫了。

刷上松节油的那一块正处于人的胃部，花去很多时间又刷了几次，又加了点酒精，终于颜料开始融化了。

接近一个小时，我一直在这一小块上忙，轻轻地越融越深入到油画的内部。突然，一星点粉红跳了出来，继续干下去，礼服的黑色抹去，粉红色块显现。

到目前为止，一切进展得很顺利，我已知道完全可以不破坏内衣的颜色而把该死的晚礼服脱去。当然，要具备足够的耐心与细致，适当配制好稀释剂，毛刷子更软一些，工作自然进展得相当快。

我先是从她身体靠中间的位置开始的。礼服下的粉红色慢慢显露，那是一件有弹性的女子束腰，用来使身材更具流线型，可产生更苗条的错觉。再往下走，发现了吊袜带，也是粉红色的。吊在她那有肉感的肩膀上。再向下四五英寸，就是长筒袜的上端了。

当整个礼服的下部除去后，我马上把精力放到了画像的上半部分，从她身体的中部向上移，这部分是露腰上衣，出现了一块雪白的皮肉。再向上是胸部，露出了一种更深的黑色，像是还有镶皱褶的带子，那是乳罩。

初步工作已大功告成。我后退一步仔细端详。真是令人吃惊的一幅画。珍尼特身着内衣站在那里，像是刚从浴室走出来。

下一步，也是最后一步了！我一夜没睡准备请柬，写了一夜信封。总共要请二十二个人。我给每个人都准备了这样的内容："二十一号星期五晚8时，请赏光到敝舍一聚，不胜荣幸。"

另一封信是精心给珍尼特准备的。在信中，我说我渴望能再见到她……我出国了……我们又可以见面了……等等。

总之，这是一个精心准备的请客名单，包括了本城所有最有名的男人，最迷人最有影响力的女人。

我有意要使这场晚会看起来完全是很普遍的那种，当笔尖刷刷地在信纸上划过,我几乎可以想象得到,当这些请柬到达那些人手中时他们会激动得大叫:"雷欧耐特要搞一个晚会,请你了吗?""噢,太好了,在他晚会上一切都安排得那么好。""他可是个可爱的男士。"

他们真的会这样说?突然我觉得可能根本就不是那么回事,也许是这样的:"亲爱的,我也相信他是个不坏的人,不过有点令人讨厌,你没听过珍尼特是怎样评论他的吗?"

很快,我发出了邀请。

二十一号晚 8 时,我的大会客厅挤满了人。他们四处站着,欣赏着墙上挂的我收集的名画,喝着马提尼酒,大声谈论着。女人们身上散发着芳香,男人们兴奋得满面红光。珍尼特穿的还是那件黑色晚礼服,我从人群中发现了她。在我脑海里,见到的还是那个仅穿内衣的女人,黑的镶有花边的乳罩,粉红有弹性的束腰,粉红的吊袜带。

我不停地在谈话的人群中走来走去,彬彬有礼和他们聊上几句,有时还会接上话题,使气氛活跃起来。

晚会开始,大家都向餐厅走去。

"噢,老天,"他们都惊呼起来,"屋里太黑了!""我什么都看不见!""蜡烛,蜡烛!""雷欧耐特,太浪漫了。"

六支细长的蜡烛以两英尺为间隔插在餐桌上,柔弱的烛光只勉强照亮了附近的桌面,房间的其他地方则一片黑暗,这正是我希望的。

客人们摸索着找到了位置,晚会开始。

他们好像很喜欢这烛光下的气氛,尽管因为太暗,使谈话不得不提高了嗓门。我听到珍尼特·德·倍拉佳的谈话:"上星期在俱乐部的晚宴令人讨厌,到处是法国人,到处是法国人……"

我一直在注意那些蜡烛,实在太细了,不长时间就会燃尽。突然,我有些紧张——从没有过的紧张——但又有一阵快感,听到珍尼特的声音,看到她在烛光下有阴影的脸,全身就充满了一阵阵冲动,血液在体内四处奔腾。

时机到了,我吸了一口气,大声说:"看来得来点灯光,蜡烛要燃尽了。玛丽,请开灯。"

房间里一片安静,可以听到女仆走到门边,然后是清脆的开关声。立刻,到处都是刺目的灯光。

趁这时,我溜出了餐厅。

在门外，我有意放慢些脚步。听到餐厅里开始了一阵喧闹，一个女人的尖号，一个男子暴跳如雷的大喊大叫。很快，吵闹声变得更大，每个人像在同时喊着什么。这时，响起了缪梅太太的声音，盖过了其他一切："快，快，向她脸上喷些冷水。"

在街上，司机扶我钻进了轿车，我们出了伦敦，直奔另一处别墅，它距这里九十五英里。

现在，再想到这事，只感到一阵发凉，我看我真是病了。

剑与锤

森克这人并不坏,虽然你可能认为他有几分傻。我记得事情开始的那天晚上,我们坐在海边,凝望午夜蓝色的太平洋,海水哗哗地向加州海岸涌来,然后破裂成无数的白色泡沫。森克正从吸毒所带来的飘飘欲仙中清醒过来,他双臂抱膝,下巴搁在双臂上,眼睛凝望着大海。

"很美,不是吗?"我说道。

森克耸耸肩,海风吹起了他的头发。

"你细细想的时候,就不见得美。"他说,"它原本很美,但当你想想它们在做什么,就不见得很美。大海正在啃咬海岸,吞食海岸!海洋正慢慢地啃咬加州,假如你仔细瞧瞧的话,你甚至可以看见牙齿。"

我没有理会。森克清醒时总会说一些不着边际的话。有时他发誓说有什么东西要攻击他,不论任何东西,任何人,他都要先下手为强。某些时候,森克是个心术不正的人。

我是在三藩市认识森克的,我们住的地方,是个破落的住处,共有二十多个奇形怪状的人,每星期警察都要去好几次。我们俩决定搬离那儿,两人便收拾起简单的行李,向洛杉矶出发。现在,我们俩厌倦流浪了。

"我为我们想了个主意。"森克说,指尖划过长发,好像在洗头一样。

"洗耳恭听。"

"邮票和古董。"森克坐直,向后躺在沙滩上。他问我:"你听说过里尔这个人没有?"

"当然听说过。"我说,"电影流氓,真正的乡下人。"

"他一向是个具有领袖气质的人。"森克说,"拥有各种各样的女孩子,还有好多收藏品。"

"这又怎样？"

"他收集了许多邮票、古董和珍玩。昨天，他到欧洲去了。"

"你怎么知道？"

"报纸上登的。"

"你想趁他出去旅行时，偷他的邮票和珍玩。"我说。

森克点点头说："对。我们找到他的住所，撬门而入，就像我们偷三藩市那位政客的家，那次我们偷走他所有的威士忌。"

"那么，就这样决定了。"森克接着说，"我们明晚过去玩玩，老天，那保险箱一定难搞。"

"好！"我被他高昂的兴致所感染，"我们明晚找到地方就进去。"

"看那儿，"森克突然说，同时抬起头，指着海上远处的一些灯光，"那些该死的有钱人正驾着自己的游艇在游荡。这些该死的东西银行存款是五位数，我们却什么也没有！每想到这事，我就感到恶心！"

我们坐了一会儿，然后朝放老爷车的地方走去，海风吹拂，衣服粘在背上，轻轻推动我们。

在一家旅行社里，我们打听到了里尔的住处。他们甚至拿出一张照片给我们看，它是座巨厦，位于山谷中，隐秘得与世隔绝一般。四周有围篱，还有些大树，总之，那地方正是你所想象的。我想，这个偷窃计划也许能够成功。

"假如大厦里有管理员或其他人呢？"

"管理员？"

"是的，里尔留下来看守别墅的人，那么大的地方，他总不会不留什么人就到欧洲去吧。"

"你不了解那些人，"森克向我保证说，"金钱在他们眼中不像在你我眼中那么重要，他不是乘飞机去欧洲，他是乘轮船。"

"此外，"森克说，"那么大的房子，我们潜进去时，他必须有一打以上的管理员才能逮到我们。"

那天晚上，我们从一位绅士的汽车里偷了些汽油注进我们的老爷车，然后开着它向山谷进发。现在，我们像欣赏风景一样去看这幢房子。前面是茫然的一片云，云很低，而且带点紫色，因为太阳刚下山。

我记得自己正在想风景多么美，不过，上帝，我可以打赌，现在的我，真希望没跑那趟路。

里尔的房子处于一个隐秘的位置，墙上爬满青藤。森克把汽车停在一棵树下，熄掉灯，然后我们仔细打量那地方。它是幢两层楼的房子，造在一个略高的地面上，顶楼的尖阁直刺天空。我们在那儿等候，监视，一直到午夜过后。

"那儿没有一丝动静。"森克说，"假如我们要做的话，现在就动手。"

我没有回答。森克的腰际有一把刀，以前我们作案的地方，屋里都没有人，但森克还是带着刀，我知道他害怕屋里有人，而那也正是我所担心的。

我们跨过黑漆漆的草坪，没有犹豫，然后爬上墙，跨过铁栅，落到墙那边。森克气喘吁吁，借着星光，可以看见他在咧嘴笑。

"像只大樱桃，"他说，"等着咱们来摘。"

我们向黑黑的房屋走去，左边，可以模糊地看出一间浴室的形状和一个大游泳池，黑黑的水在闪光，高高的跳水板，像个断头台。

森克迅速朝四周看了看，用刀柄敲碎一块落地门的玻璃，把手伸进去，扭开门。我们进入屋内。

里面什么都看不见，一片漆黑。森克和我同时把手伸进口袋，掏出钢笔式手电筒，黑暗中射出道光。

"开始找邮票吧。"森克兴奋地说。

他没有提到古玩，因为在微弱的光线里，我们可以看见在一个架子上，有一打左右的小玩偶，多半是侏儒和畸形的玻璃动物。我跟随森克走出那个房间，进入一个长长的通道时，我第一次有不安感，现在回想起来，之所以有那种感觉，是一切太顺利了。

"嗨，"森克说，"我们可以亮盏灯，反正没有人。"

他打开我们刚刚进入的一个房间里的一盏灯，这间屋里有更多的古玩摆在玻璃柜里。

"太好了！"森克说，"我们先找到邮票，然后再找其他东西，看我们要什么。"

"邮票在楼上的保险箱里。"一个声音在我们身后响起。

我们两人都僵住了。我冒出了一身冷汗！怎么回事？

我转过身，看到的人正是里尔，他站在门口，面露恶汉般的微笑，这微笑从我做孩子看电影时就记得。他拿着一把长剑，和这把长剑相比，森克的刀像是一把玩具。

"我们……嗯……我们只是瞧瞧……"森克结结巴巴地说。

"不，"里尔以和善的声音说，"你们是来偷盗的，因为你们以为我在欧洲，这房子没有人。'欧洲旅行'经常吸引你们这种人。"

"我不懂你的意思，"森克说，他恢复了一点冷静，"我们敲门，没人答应，我们才进来瞧瞧。我们以为这个地方已废弃了。"

"别把时间浪费在谎言上，"里尔以做戏般的姿势说，"我一直在等候你们，或者说，在等候像你们这样的人。"

然后，有人走进房间来，站在里尔身后，我差一点被吓昏过去。那是托奥，银幕上有名的恶汉，通常扮演纳粹将军。然后，又有四五个人走进房里，他们我全认识，我全从银幕上见过他们。他们是盖茨、劳吉、蒙娜，那些人我几分钟内全部认出来。蒙娜皮包骨头，那张像吸血鬼一样的脸，差点吓死我。托奥穿一件黑色长袍，他从口袋里掏出一把枪指着我们。蒙娜用饥饿的眼光直视着我，她不必对我咆哮，我已经吓坏了。

四个男人向我们围拢过来，森克和我没有挣扎，双手被绑，缚在一张长沙发上，脚踝绑在沙发腿上。

"你们有什么权力这样做！"森克气愤地问道，"这房子里在搞什么名堂？"

"你们可以说，我们有个小俱乐部。"里尔露出他那有名的不怀好意的笑，"每隔一阵，我们就会向新闻界透露一点消息，说这幢房子里无人，那样便吸引一些像你们这样的人。"

"你的意思是说，你们这些电影明星，全参与此事？"我不相信地问。

"哦，不，不，"里尔说，"你们别玷污好莱坞的美名，这个俱乐部只有我们八个老牌演员，八个全演坏人，八个全是银幕上响当当的坏人。"他不经意地侧侧身，摆出一个姿势，"虽然有一阵，我也演过爱情片。"

"好了，别啰唆了。"森克问，"你们怎么样对我们，报警？"

"哈哈哈！"托奥说，"我们只是玩个小游戏，本俱乐部的宗旨是这样的。"

"玩游戏？"我觉得十分恐惧。

"你们有没有见过，"里尔问，"我们常在银幕上死亡，因为我们扮的都是坏人，我们一共死了一百四十九次，而英雄却继续活着。"

"年轻人，你有没有想到，我们对此有多么厌烦！"托奥说。

"那么，你们会怎样做？"森克问道。

"我们组织这个小俱乐部，在摄影机前，重新表演一段我们表演过的镜头，只是这一次，我们要扮演不同的角色，我们演英雄，你们演坏人。"

我开始发抖，因为我记得在某部电影里他被钉过三次木桩。

"我绝对不同意！"森克叫道。

他们不理会他，还在愉快地聊着，就像我们在银幕上看见的好莱坞宴会场面一样，一个人在屋角的吧台上调酒，另几位走过去。

"我建议，现在就掷骰子。"托奥说。

掷骰子的声音传来，我和森克紧张极了。

"我赢了！"里尔说着，举起酒杯，做胜利状。他指着森克说："我将和他拍《加勒比海浴血记》的最后一段！"

"一个伟大的选择！"托奥说，这时森克被拉起来，他在可怜地挣扎着。

"我们去取海盗服吧。"另外几个人走出屋子。

"别担心，宝贝。"蒙娜醉醺醺地说，"我们不会忘记你。"

她醉了，她直起身时，手腕上的一只蛇形金属饰物掉了下来，落在我坐的沙发椅边。我移过去一点，遮住那个银质饰物，然后看着他们带着满脸惊恐的森克向门口走去。房间里只剩下蒙娜看管我。我想办法悄悄移动身子，使那只银质饰物顶在我手腕的绳子上。我看过很多里尔的早期作品，他都是用这个办法来割断绳索的。

绳子已经旧了，我割了不一会儿就快割断它了。他们又走进房间，我停止了刮割的动作，静静地坐着。

里尔穿着艳丽的海盗服，森克也穿着类似的服装，只是没那么鲜艳。我必须承认，森克在装上胡子和所有配备后，看起来很像一个海盗。

"到游泳池去！"里尔命令道。

当他们把森克推到游泳池那儿时，森克无助地向我望。

"来，蒙娜！"里尔向她招招手。

蒙娜对我微笑，然后像跳舞一样跟其他人出去了，屋里只剩我一个人，于是我拼命地刮割绳索。

游泳池那边的谈话声一阵阵传来。

"把灯光安在上边。"

"我想这个角度最好。"

"记住，只拍一个镜头。"

接着是大笑声，装备移动的声音。

我拼命刮割绳索，直到把它弄断。我慌忙解开脚上的绳子，走出房间，溜到我们撬破的法式落地门那儿。当我溜出去，融入夜色中时，听见有人叫："开始！"

我一边跑，一边穿过树篱向里面窥视。游泳池附近灯火辉煌，森克和里尔站在高高的跳水板上，森克面对里尔，背对泳池，站在跳水板的末端，两人手中都拿着剑。

"我已经洗劫了最后一条船！"里尔大叫。

他俩开始决斗，我惊异地发现森克手上的剑是橡皮的。

我穿过草地，接近汽车时，停住脚步再一次向那儿看去。森克正用软软的剑无助地挥舞，努力抵抗，突然里尔向森克猛地刺过去，森克被迫后退。他的尖叫声在水溅起的浪花中停止，由于他穿着笨重的服装，他像是铅做的一般，落到水底。我发动汽车时，听见里尔在吼叫什么，然后是一阵鼓掌声。

现在，有时候在午夜梦中，我还可以看见蒙娜微笑着，嚼着口香糖，向我扑过来，拿着尖锐的木钉和一个巨大的木锤。木锤举起，落下！我想动，但被捆住，我被捆住！有一阵无法形容的可怕的声音，然后是同样热烈的鼓掌声，然后我醒来，一身冷汗。

我曾想过把整个故事告诉别人，但没人肯相信我，没有人！或许你除外……

四十俱乐部

我们人口失踪组有句老话，叫作没有破不了的案子。这话当然不能说绝对没错，但不能破的案子，在我们的记忆中，真是微乎其微。

有一件案子，我也说不好它是破了还是没破，那是给我印象最深刻的一件案子。

报案的是失踪人的妻子。

报案人家在城郊。路非常不好走，开车在那一带行驶，如果不是豪华轿车，你会觉得太别扭了。

我停车在屋前车道，她亲自出来迎接，我多少觉得有些意外。想想看，她丈夫从前天8点出门，到第二天9点仍音信全无，她竟依然能够保持冷静。

"我叫艾比，人口失踪组的。"

"你一看就像个警察，"她说，"请进。"

从她的声调，我分不出那是对我外貌的一种赞许，还是相反。

我跟在她身后，进入一个大房间，在一套奶油色的宽大沙发上面坐下来。

"梅里特太太，请告诉我细节。"我说着，取出小手册和原子笔。

十分钟后，我弄明白了。她所说的并不比我已经知道的多多少。

她告诉我，她丈夫——梅里特先生每天8点钟上班，他在AI公司任业务经理，中午在城里吃饭。下班开车回家前，总要到一个俱乐部喝两杯。她已经打过电话到俱乐部，但他们说她丈夫昨天并没去俱乐部。今早，他的汽车被发现停在办公大厦停车场。他是昨天下午大约4点30分下班的，之后就失踪了。她说，她不知道要怎么去推论。

"你们有没有小孩？"我问。

"有两个，一男一女，儿子十五岁，读中学，女儿十三岁。"

我判断她是四十岁——不美，也不算丑。

"你做不做事？"我问。

"没有。"

"我必须问一些你不喜欢的问题，"我说，"很对不起，但那是手续。"

"我知道，"她说，"我早有准备。在你没问之前，我先给你一个回答，我们夫妇相处得不太好。"

"你认为他可能是离家出走？"

"不，他不会那样的，"她向罩着霜的窗户吐口烟，"假如你了解他，你就会知道，他永远不会做那种事。"她停顿一会儿，又补充道，"他没有那胆量！"

我掏出香烟，点燃。所有的烟灰缸看来都像是摆设用的，我决定用手边最近的那一个——雪花石做的，旁边有像用手雕刻的图像。

"我想，你们已经查过各医院啦？"她问。

"是的，昨晚没有抢劫杀人，或任何其他类似事情发生。"

"梅里特不是那种会出意外的人。"她说。

"他身上是不是带着很多钱？"

"没有，一百元不到。"

"有些人可能认为那已经不少了。"

"梅里特不会有任何意外。"她说。

"假如有绑架行为的话，我们很快就会知道。"我提出意见。

"我怀疑。"她说。

"嗯，梅里特太太，你的推论是什么？你告诉我他不会离家出走，纵使你们处得不太好。你又告诉我他不可能出意外，绑架也不在考虑之内，那么，你认为发生了什么事？"

"假如我有推论，有意见的话，"她酸涩地说，"我可能就不会报警了，你知道，我可是不得已才报警的。"

我捏烟头，开始再动笔杆。她以明显的厌嫌的表情看着我。我问："他以前没做过任何像这样的事情？"

"没有，"她短促地说，"我认为我已经说得明明白白。"

"嗯，"我说，"我们会去查看他的办公室，还有他来往的银行、俱乐部，还有他昨天吃午饭的地方。我们会留心犯罪报告和各医院。我需要一张照片和他的相貌描述。我们会把资料输入电脑。你要不要报纸和电台给你广播？"

"不要。"

"那么，我尽量保密就是了。"

"我来给你找几张照片。"她说着，急急离开起居室。我观赏、玩弄着那个有雕刻图像的烟灰缸，一直到她回来。

她递给我三张照片——两张是照相馆摆姿势照的(有一张和她合影)，还有一张是生活照。生活照上，他是穿游泳裤和女儿站在湖边拍的。三张全清楚，那是一位年约四十、淡色头发、暗蓝色眼睛、有一张和蔼可亲的脸孔的男人。她提供给我的资料是：年龄四十一岁，身高五尺十一寸半，体重一百九十磅，金色头发，暗蓝色眼睛，没有胎记，普通身材。

我站起来告辞，"假如你收到什么信件或电话，请通知我们。"

"当然。"

"你们的孩子对这事反应如何？"

"我还没时间去发现呢。"

"你和孩子很不接近？"

"是的，梅里特比我更接近他们。"

"我明白了。关于他的俱乐部，请问叫什么？"

她给我一个乖戾的脸孔，"避难所。城里人喜欢讽刺那个俱乐部叫'四十俱乐部'，我认为那不只是因为他们一共有四十个会员。"

"我听说过，"我说，"而且只收男会员。"

"是的。"

"他们全是小康家庭的，大部分有家眷，但是妇人和孩子不准进入俱乐部。"

"所以才管它叫'避难所'。"她讽刺地说。

"我会去查问的。"

"要去的话，4点30分到7点30分，"她说，"那时间他们差不多都到齐了。"

"好，"我说，"你先生喝酒喝得凶吗？"

"一般。"她说。

我合上小手册，"还有件事，"我问，"他有外遇没有？"

"没有，就我所知，他没有女人，大约十年前，他是有一个，但从那以后就没有了。"她补充说着，领我到前门，"你可以去打听他在俱乐部的朋友。"

"我会尽量小心，"我说，"但是消息可能会走漏。"

"你会浪费时间，"她说，"他没有足够的精神和精力去交女人，我们结婚后，十六年来早就没有什么了。"

你不能说她不坦白,当我在咀嚼她的话意时,她为我关门。

"他有钱,"我说,"有些女人比较爱钱,不在乎别的。"

"他不是那种类型的人。"

我走出来,迎着凛冽的寒风,钻入汽车,一路痛苦地在冰冷的天气中回到局里。

我不在期间,案子没什么新发展,事实上,二十四小时以来,整个城里出奇地平静,没任何事情发生。我又去了火车站、巴士站,再从火车站到了北边八里路外的机场。那段路,稍许使我快乐一些。

梅里特的办公室在亚士丁大厦十三楼,那一楼共有七个办公套房。我和他的六位职员及接待小姐都谈了话,他们对老板的失踪都感到惊愕,同时也很难过。

他们没一个人认为他会抛妻弃子,尽管他们的婚姻不太理想,这一点,他们知道。我向男职员打听,老板是否和美丽的接待员有暧昧行为。他们都大笑说,梅里特先生不论走到哪儿,都不会去伤害女人。

我走到街头,叫来一辆警车,和两位巡逻警员一起,打开了梅里特的汽车。在汽车的小抽屉里,我发现了一盒化妆纸、一张地图、一包香烟、两盒火柴、一张停车票,还有两张戏院的票根。我把戏院的票根放进外衣口袋,打算去问梅里特太太。

我把梅里特家的住址告诉巡逻警员,告诉他们派人把汽车按址送去。然后回到梅里特的办公室,查出他平日吃午饭的地方。

回到办公室,差不多是下午5时,组长正在等我。

"怎样?"

"显然,他是在办公室和俱乐部的四条街之间失踪的。"

"你和谁谈过?"

"差不多每个有关的人都谈了。他昨天上午9点过一点儿上班,平常就是那时候上班。中午和平日一样,12点30分到楼下餐厅吃午饭。"

"自己一个人?"

"是的,平常都是一个人。在餐厅里的职员,没人注意到他的行为举止有何失常,他办公室的职员也没人看出有何失常之处。下午4点30分,他离开的办公室。"

"下班也是和平常一样的时间?"组长说着,从我放在他桌上的香烟盒里取出一支烟,"你去过他的俱乐部没有?"

"还没有,我现在可以去。"我回答,"他太太昨晚打电话问了,他没有去俱乐部。当然,我还要去查查他的银行户头。"

"那是哪一家?"

"我忘了问他太太,我会打电话给她,她说他平常身上的钱不会超过一百元,一个带那么点儿钱的人,是没办法离家出走的。"

"我们会把他找到的。"组长说。

"只要他还在人间。"我说。

"你认为他可能死了吗?被害?自杀?"

"我怀疑绑架的可能性大些。"

"假如是绑架的话,我们很快就会知道。回家休息吧,假如今晚有什么消息,我们会挂电话通知你的。"

我站起来,准备离开。

经验告诉我,大部分银行不肯向我们透露任何有关客户的"秘密"。对梅里特这个户头,我倒是没什么困难就打听到了。

他太太告诉我,他只和一家银行打交道,我并不觉得意外。对一位成功的商人而言,他那样做倒是出奇的诚实。她说,那两张戏院的票根是上星期夫妻两人去观赏的一出剧,我的意外感更减少了。

梅里特在银行一共有三个户头,上个月,任何一个户头都没大笔提款——一次顶多提六百元,那是两周前。他的支票户头,存款额不少,储蓄户头更多。那些全是共同户头。事实很清楚,假如他没再出现的话,她的经济情况会相当好,后半辈子不必愁吃穿。

我谢过银行那些帮忙的人,驱车去梅里特家。梅里特太太见到我,神色仍然显得不高兴,但还是请我进入起居室。

我开门见山地问她关于她丈夫金融投资方面的事。

"梅里特投资方面的事,全由一位经理办理,那人名叫奎克,也在亚士丁大厦办公。假如你喜欢的话,我现在就可以打电话给他。"梅里特太太回答得很痛快。

"你可以打给他,"我说,"我来和他谈。"

奎克的电话接通时,她向他解释我是何人,要谈何事,然后把电话交给我。

"一共有差不多七万元的投资。"他小心地说,"全都很顺利,一直到过去几年。你知道,股市一直下跌。"

"梅里特先生最近有没有把什么转变为现金,"我问,"或者请你把什么有价证券转为他的私人财产?"

"哦,他从没那样做过。我负责处理他在投资方面的每件事情,他从没有转变任何股票为现金。如果我记忆正确的话,一年多来,他都没有做过这些。"

"你方不方便查看一下?"我问他。

大约五分钟后,对方说:"前年11月,他脱手卖了一部分,换了大约五千元——我知道那是花在房屋的修理上。这之后,他再没有脱手过。"

我谢过他,挂了电话。梅里特太太问我案子查得如何,我告诉她没什么进展,"你先生以前结过婚没有?"

"没有。"她说,那神情好像我问这问题很荒谬一样。

"没有私生子?"我提出意见。

她在一只彩色玻璃制的烟灰缸里弄熄香烟,"滚出去!"她愤怒了。

那天下午4点15分,我离开总局,开车去"避难所"。天色已渐渐变黑,看来好像会再下雪。

5点1刻前,我抵达俱乐部,车停在前面入口附近的一个装货区。

一个有钱男人组织的俱乐部,把妇女排除在外,必定有点古怪,而那地方给我的印象就是那样。入口并不醒目,但是里面的走廊墙上,有巨幅的裸体画,两墙都有。一位穿晚宴服、打领结的男人站在入口处的里面,可能是要阻止像我这种非会员进入。

我亮出警徽,说我要和俱乐部主席谈谈有关警务的事。

两分钟后,一位穿蓝色西服、打红色丝质领带的男人走了出来,他那条领带,可能比我的整套行头还贵。

那人对我微笑,问我有何可效劳之处。

我向他亮亮警徽,"我在调查梅里特失踪案,无疑,你们现在该听到他失踪的消息了。"

他的微笑收敛了,代之以一抹忧色,"是的,他太太前天打电话来这儿,说他没回家。"

"他现在仍然没回家。"我说。

他领我到俱乐部里面。我发现自己进入了一间光线幽暗的房间,中间有个椭圆形酒吧。两位男士在酒吧里面忙着。墙上有些很美的画,好多画都是裸体的。角隅一盏吊灯下,有几位男士在玩扑克牌,房间的另一部分,吧台那一头,放着几张昂贵的转椅、桌子和几盆照料得很好的植物。

"好幽雅的地方,"我赞叹说,"还有别的房间吗?"

"喔,有的,还有三间。"他说。他示意我在吧台前的一张漂亮凳子上坐下来。

"你们其他的房间做什么用?"我问。

"一间是图书室，"他说，"也是很好的藏画室，还有一间是娱乐室——撞球等等。"

他说等等的那语气，使我怀疑是不是包括有轮盘或掷骰子的赌台。

"第三间呢？"我问。

"哦，那间是用做休息的，"他说，"给我们贪杯的会员清醒用的，有时候会有那种事发生。这一间是主要活动场所。"

除了我和主席外，还有二十个人，大部分都围着吧台。有两位坐在摇椅那边看报纸。其他的在玩扑克牌。

"很好，"我说，"你们没有游泳池和体育室，我倒有些觉得意外。"

"我们多半都有自己的运动俱乐部，"他说，"我们是来这儿轻松轻松的。"说毕，他伸出一只结实的手，"顺便自我介绍一下，我叫哈伦斯。"

我和他握手，"我叫艾比，人口失踪组的。久仰大名。"谁不知道哈伦斯这个人？这房间里可能还有好几位都是我久仰的。

"你要喝什么？"他问，"或者工作时间不喝？"

"威士忌加冰块。"

他向就近的酒保要了两杯。那是很好的威士忌。我们俩各呷了一口，我就言归正传了，"梅里特太太说，她丈夫下班后总是到这儿来。他办公室的职员说，他4点30分下班，那儿距离这里四条街，他从不坐车，因为不好停车，车已在他办公室的停车场找到。所以，4点30分后，他到哪儿去啦？"

"他没来这里，"哈伦斯说，"他不是每天都来。"

"你认为他发生了什么事？"我问。

他耸一耸宽阔的双肩，"我不知道。"

"你喜不喜欢他？"

"每个人都喜欢梅里特，"他呷了口威士忌，"我不认为会有什么事发生，他和我们一样，他有他的困扰，好比他的太太、他的赌博问题。你知不知道他赌博？"

"不知道。"

"嗯，他赌博的。听说有时候输很多。"

"在这儿？"

他愣了一下，没有回答。

"我曾经查过他的银行户头，最近并没有提大笔款子，他的投资方面情况也一样。"

"那并不表示他不输钱，"哈伦斯说，"你输了不一定要付钱。"

"或者他的经纪人可能骗我？"我问道。

他再耸耸肩，"我怕帮不了你什么忙。"

"假如我和你们的一些会员谈谈，没有关系吧？"

"请，不过，我认为他们也不比我更能帮上忙。"

十分钟后，我站在吧台较远处，和一位红发、矮小、叫奥尔顿的人谈话。他身穿针织品衣服，脸上有雀斑，戴厚眼镜。

"就你所知，他是不是赌得很厉害？"

"我不知道，但不认为那样。"

"他的家庭生活怎样？"

"一定不好，否则，你想他为什么要花许多时间在这儿？"

"为什么他们不离婚？"

"依梅里特说，她不肯离。他也不打算打漫长的离婚官司。"

"你认为他发生了什么事？"我问。

他透过厚镜片向我窥视。

"也许他自己想安静几天，男人有时候会想那样。"

"暴力的可能性如何？"我问。

"假如你的意思是指遇害的话，我怀疑梅里特太太会谋害他。"

"绑架呢？"

"为什么绑架梅里特？我们这儿的人，大家都比他有钱。"

"这倒是一个重要观点。"我同意他的看法。

我在一张桌子前坐下来，对面是位年纪较大、坐在摇椅上的人，他把一份《华尔街日志》折好，放在腿上。

"你认为梅里特先生会不会有外遇？"我问他。

他微微抬起两道毛茸茸的眉毛，"梅里特？"他似乎在想。

"我明白你的意思了，不过像这种案子，那是一个我们经常问的问题。"

"好多年前是有过差不多那种事，"他说，"至少，我是那样听说过，但是那时候，梅里特要年轻得多。"

他倚身过来，秘密地说："我听说——只是听说——梅里特太太和他的经纪人之间有关系。那个经纪人叫什么名字来着？"

"奎克。"

"对的，就是奎克，他们间有些事，你可以查一查。"

"你知不知道梅里特赌博输得很厉害？"我问他。

"我不知道，不过，有那可能。"

"你认为那个叫奎克的经纪人，对他的经纪情形会不会骗我？"

"假如他有好理由的话，可能。"

我打听的下一个人正在看人玩牌，我把他请到一边。那人在俱乐部和梅里特最为接近，他是位大夫，泌尿科专家。

"你们这儿的图书室是什么样的？"我问。

"哦，包罗万象。"他说。

"也放电影？"

"有些影带。"

"那是很好很全的俱乐部。"我说。

我注意到，越来越多的会员正纷纷进入那间娱乐室。

"这儿有没有妇人进来过？"我问。

"我想没有。"他说。

"你知不知道，梅里特是不是有外遇？"

"不知道。"他简短地说。

"你认为他发生了什么事？"

"我想象不出，"他说，"不过，我很关心，我们都很关心。梅里特人很好，我们都喜欢他，他连一只苍蝇也不会伤害。"

"我可不可以去看看另外几个房间，或者，我必须申请搜索证？"

"你必须去问主席。"他说，"但是，我认为不……"

他没把话说完，视线转回哈伦斯那儿，后者仍然逗留在吧台那儿。

"你没有告诉我有关梅里特太太和奎克间的事。"我说。

"那是种谣言，"他说，"谣言并不可信，我们这儿每晚都有许多道听途说的谣言，但是出了那道门，"他指指前面入口处，"就没人再闲言碎语了。"

"你意思是指发生在俱乐部里面的事？"

"随便你怎么解释，你喜欢怎么想就怎么想。"

"假如你不介意的话，我想看看另外三个房间。"

"不介意，"他说，"根本不介意。"他站起来领路。

我想，在我进娱乐室之前，他们已经把钱藏起来了。因为我看到，轮盘和掷的骰子都有，还有撞球。那些人有点温顺地看着我。

第二个房间看来有点像单身汉的住所——两张沙发床、一张桌子和几个花瓶。里面没有人，也没有后门。

娱乐室也没有后门。

到图书室前，我找理由去了趟洗手间，里面也是空的。

如我所预料的，图书室里面有好多黄色照片以及一些相当高档的报纸、杂志，一道长长的木柜，存放影带，还有放映机和银幕但也没有后门。

看完整个俱乐部，我向主席道别，然后离开。

一阵细雨开始落着，我看看手表，我在"避难所"已待了两个小时。

下一个合理的步骤就是第二天上午去和奎克谈谈。但是我不想那样做，也不急于那样做，因为我感到似乎我已经找到了答案。当然，那还得花费我几天工夫，做必要的调查。

当我进一步掌握了不少情况后，我找到哈伦斯的电话，挂电话给他，并约好在他办公室里见面。

他的办公室正如我所预料的那样，符合他的身份，嵌玻璃的墙，可以俯瞰全市三个地区。他通知秘书，一小时内不要任何人打扰，然后倚靠在旋转椅子上，面对着我。

"你已经刺激了我的好奇心。"他说。

"我早想到会的。"

"你已经找到梅里特？"

"你应该知道答案。"

"我不懂你的意思。"

"我已经搜集了大部分资料，"我说，"我希望你做做好事，行行善，把些细节告诉我，要不要我告诉你我所知道的？"

"当然。"

"嗯，你们俱乐部的那些人，都没你想象得那么会演戏，事实上，你们都是差劲的演员。第一，一位人缘极好的会员，差不多是在你们俱乐部外面失踪的，结果没一个人真正关心他。不论他们怎么说，似乎都不是真正关心。他们似乎连好奇心也没有。"

"第二，"我继续说，"我奔跑两天，差不多没什么吸引人的消息，但是在这儿，我突然遇见各种有趣的可能发生的事。每个人似乎都急于告诉我，梅里特是个赌徒。也许他的经纪人正在为他偿还大笔赌债。此外，同一位经纪人又和梅里特太太有暧昧行为，这有一点太过分，一下子压得人受不了。"

"还有，我新查到的消息，和我以前打听到的一些消息又大相径庭，矛盾极了，不论是在梅里特财务方面，或者在他性格方面都很矛盾。不过，这有点太过分了，不必多想也能明白，我是被骗了。下一个问题当然是：为什么？"

哈伦斯的表情仍然显得有兴趣，而且很有兴趣，他放下跷起来的二郎腿，换一个方向。我继续说：

"唯一符合逻辑的解释就是，你们俱乐部的人都涉及梅里特失踪的事，并且想放烟幕来混淆这个案子。这便给我提出一个问题：你们为何要这样做？你们谋害梅里特了吗？那似乎有些荒谬。或许你们只是把他藏在俱乐部里。我向你请求查看另外几个房间，你不仅允许我看，而且表现得太合作了。当然，你让我看的，只是一点点不太合法的赌博。它反而让我想到，在你们全部参与的梅里特失踪计谋里，你们有意识地要误导我。"

哈伦斯仍然思索地看着我，好像在等候，等我把话说完——不错，我还没有说完。

"因此，凭着预感，我花了几天时间，查看你们所有会员的银行户头。那工作很辛苦，没有一些朋友帮忙的话，我可能无法完成。但是逐渐地，我获得的资料，足够证实我的推论。梅里特失踪前两天，你们俱乐部的每一个人都从各人户头提出两千元。我相信巧合是可能的，不过，我更相信，俱乐部里的人对梅里特失踪都花了钱。我知道为什么，但我不知道的是他人在哪里。这点是你要告诉我的，哈伦斯先生。"

他放下二郎腿，在椅中坐好，差不多是在叹气了。这时，玻璃窗外，太阳躲在了灰色的云层后面。

"你是位了不起的侦探，艾比先生，"他说，"我相信你真正的价值，超过政府付给你的薪饷。"

"警察人员没有像你们这么豪华的办公室。"我说。

"好，言归正传。"他终于说，"事情是这样的。俱乐部里没人不喜欢梅里特，他——他真是个大好人。但是他太软弱，他人太好，假如你明白我意思的话……那个女人总是牵着他的鼻子，驾驭他。关于她和奎克的事，是鬼扯的，但那不重要。十六年来，她一直控制着梅里特，使他可怜兮兮的，根本不敢有什么越轨行为。"他停顿了一下，"他差不多每天晚上都到俱乐部来，三杯酒下肚后，他就会把心中的苦闷全部倾诉出来。梅里特是位天生的梦想家。他，实际上，他的生意做得那么成功，都叫人觉得意外，不过，他父亲帮助他很多。反正，几杯酒下肚后，他会开始做梦。

"他谈到多么想到遥远的地方，一切从头开始。他相信，假如能够离开太太的话，他可以非常成功。

"他甚至愿意离开孩子——现在他们已经长大。他说，他从来没有旅行过，从没有到过世界的任何地方。他想在有生之年，看看巴格达、香港、里约热内卢——所有那些外国地方——除了他现有的之外，他什么都想。我们聆听他的倾诉，但我们知道他永远不会有胆子解脱那个家庭束缚，去实现那疯狂的梦想。"

哈伦斯再靠回旋转椅，眼睛看着窗外呈黄色的天空。

"我不知道我们俱乐部哪一个人首先想出这个让梅里特实现梦想的计划，不过，反正有一天梅里特很不情愿地离开俱乐部后，一个小时内，整个计划就成行，我们要安排一个十分完美的失踪，没有人再会找到他，也没有线索让人去追查。"

他停顿，留空隙给我说话，但是我没有说。

"你必须承认，在一般正常的谈话中，我们留下一丝线索；他的财务情况完全正常，没有一位有意逃走的人，身上会不带钱；绑架、谋害或自杀都没有证据——什么都没有——这是一件绝对不可解释的失踪。"

"你们怎样去劝服他，使他同意？"我问，"你说过，他不是那种有勇气去实现梦想的人。"

"是的，"哈伦斯说，"不过，只有一个办法：当他酒醉，沉醉在梦想中时，给他一次'既成事实'。我们就是那样做的。我们给他凑了差不多八万美金，没有任何条件。另外给他一张用别人名字到三藩市的机票，他去了海外。

"他家的孩子差不多都可以自立，梅里特太太财产多多，生活无虑。他最舍不得的是孩子，不过我们劝服了他，我们有四位会员送他上了飞机。"

"现在他在哪儿？"我问。

这位全美著名的实业家像小孩子被发现躲在浴室抽烟一样，咧嘴笑起来，"嗯，我告诉过你，他的梦想是一心前往外国的，现在他是在马来西亚。"

"这一切可真是费尽心机，"我说，"和太太离婚不是简单得多吗？"

"你知道，在我们这里，夫妻双方不同意，或者没有法庭确认的理由，是不能离婚的。假如太太不答应离婚，你的离婚官司才有得打呢。梅里特不准备打官司，他自己知道——他太太也知道。"

"为什么她不离婚？"

"人和人不一样，太不一样了！"哈伦斯站了起来，"有的人是只要能使别人快乐，自己受多大苦也没关系；但有些人只要能使别人不快乐，他自己不快乐也能活下去。"哈伦斯说着，眼睛转向窗外，"假如你碰到这样的太太，艾比先生，你会怎么办？"

"我不知道。"我说。我的脑海里,又浮现出那个粗鄙难耐的梅里特太太的形象。

"我想,这个案子可能成为一件悬案,这种情形在我们组里并不多,我们组长会不高兴的。"我站起来,伸手和他握手。

他咧着大嘴笑了。

我从椅子扶手上拿起外套,"嗯,我想,这案子就这样了结了,"我说,"我这就告辞。"

鸳梦难圆

奥弗林工作不是很如意，尽管待遇并不低，但老板是妻舅，他总是经常提醒奥弗林，他之所以能有那份工作，完全是因为亲戚关系，而且对他如同打杂的一样。

奥弗林的婚姻也不理想，奥弗林的太太兰茜，显然仍然和四年前结婚时一样美丽，但却逐渐变成了一位可怕的恶妇，经常对他恶言相向，而且花钱如流水，与她哥哥的抠门一样叫人难以忍受。

妻舅杰克逊视钱如命，他们度蜜月后，奥弗林发现自己有那么个"小气"的妻舅时，心里真不是滋味。奥弗林曾天真地想，自己已经成为纽约市赌彩券王的妹夫，今后生活，会不用发愁。但他没想到，有数千万财富的杰克逊，逢年过节从不送一点点红利。

几年来，杰克逊一直没有在他两百五十元的周薪上加一毛钱，当他向杰克逊抱怨说，兰茜的挥霍使他们债台高筑时，杰克逊也只是耸耸肩，摊摊手，建议他量入为出。

奥弗林认识露莎之后，他的不满更深了。露莎没有兰茜美丽，但也没有兰茜凶恶，她性情温和，从不发火。露莎比兰茜年轻七岁，在梅登俱乐部的衣帽间当服务员。

奥弗林就是在那儿认识她的，梅登俱乐部是经销杰克逊彩券的，奥弗林每周去收款。起初，他每次到俱乐部，都和露莎聊一会儿，他感觉到，她对他印象不错，他的自尊心再度建立起来。他过去一向认为自己很一般，没什么吸引人的特殊之处，三十年来，兰茜是他唯一结交过的女子，如今这位露莎小姐对他显示出强烈的好感，这使他有些受宠若惊。

他就像一个对爱情饥渴的少年，第三次去俱乐部的时候，就鼓足勇气，问她是不是可以让他送她回家，她接受了。这样，他俩就成了情人。

奥弗林去看露莎的时间大多在白天，因为她上班的时间是下午5点到凌晨1点，而他不能经常那么晚离开兰茜。露莎自己租有一层公寓，他们幽会不能说不方便，但是对这种偷偷摸摸的举止，露莎并不十分高兴。

"你从不带我到外面玩，"她抱怨说，而且抱怨的次数越来越多，"我需要一位下班后能带我到某个地方吃吃夜宵、喝点东西的男朋友。我下班后，酒吧还营业两个小时。有不少人都邀请我呢。"

最后那句暗含威胁的话，使奥弗林很难受，因为他越来越喜欢这位名叫露莎的金发女子。为了讨她欢心，他做了个有点狂野的许诺，那种许诺，那时候他根本没想到要兑现。他告诉她，他能够攒一笔相当数目的款项时，他就离开兰茜，然后他们一起逃到某个没人认识他们的地方。最初，这一招还真的阻止了露莎另觅新欢，但很快，它的效力便消失了。几个月过去后，露莎发现奥弗林的许诺根本没有实现的动静，她开始要他说出一个明确的日期了。

她告诉他，限他一个星期，必须提出私奔的具体计划，否则就分道扬镳。

奥弗林明白，这时候，再说什么花言巧语都没用了。可有那样一个太太，他如何能够在如此短的时间里，凑够一笔足够私奔用的钱呢？

那天晚上回家的路上，奥弗林决心和兰茜谈谈家庭经济问题，但一进门，他就发现房间里又多了一台崭新的彩色电视机，他心中的憋气就不用说了。他没有亲吻太太，反而对她吼了起来："这是什么鬼东西？"

"你敢对我吼叫！"她回吼，"你看它像什么鬼东西？"

默默地压了半天火，他才勉强控制住自己，"我看，那是个大约一千元美金的鬼东西。"

"只有九百九十九元五角，"她告诉他，"每月只付五十元，要付两年多一点。"

奥弗林打消了与她讨论经济问题的念头，他必须另想办法。他决定坦诚地和露莎谈。

第二天下午，他去了她的公寓。

"我想要的只是和你厮守在一起，"他告诉露莎，"但我现在仅能够供给你过起码的生活，假如我不干这个工作的话，我赚的钱，会叫我们饿死。杰克逊给我这份工作之前，我只是个小店员，我可不愿再回去做那一行了。我们现在需要一笔资金，自己创业。"

露莎当然期望能够过上好的生活。她很实际，她明白，光靠爱情，是无法生活的，没有面包的支持，爱情很快会蒸发掉。

"你必须偷。"她坚决地说。

他凝视着她，"向谁偷？"

"当然向杰克逊偷，你每天经手那么多钱，你就不能弄一点？"她不屑地盯着他。

奥弗林发出一阵痛苦的大笑，"你不了解杰克逊的记账系统，你敢动他钞票的脑筋，只有死路一条。我可能带走他一天的全部赌金，但我怀疑一天的赌金能叫我们跑多远。"

"一天能收取多少钱？"

"一两万元，或多或少，那要看情况。"

"这么说，一次不就可以有两万元吗？"

"你不懂，假如我迟一小时带赌金回去的话，杰克逊会立刻派他那些手下到机场、铁路和公路车站，即使我早他们一步离城，不久，在路上某个地方，杰克逊的手下也会追上我的，那一来，我奥弗林的命就完了。"

露莎神色显得有些失望，"你需要多少时间才能安全？"

奥弗林考虑了一会儿，"至少一个周末，还要有许多预先的准备。比方，取得化名的护照，飞西班牙什么的。"

露莎想了一会儿，愉快地说："也许我们可以一起来设计。他这个赌马的生意究竟有多大？"

"我平均一周经手八万元，"奥弗林说，"大致说来，每一周有价值十万元的票在全区流通。经销者的佣金是百分之十，兜售的小贩抽取另外百分之十。平均我要收回八万元交给杰克逊。我估计杰克逊一年可以净赚两百万。"

露莎轻轻叹了口气，"那么多钱！绝对有方法从他那儿捞取一点的。"她抬起头来，盯着他，"你到每个地方，究竟是怎样为杰克逊收款的？"

"每次，我送下一周的马票，就收回没有出售的票和出售的票根，收取款子，并扣掉佣金。每天黄昏，我收来的款子、没有出售的票和票根都要缴账。"

"谁检查你的账目？"

"贝姆，杰克逊的会计。每次缴账，必须等到他核对完毕。贝姆手边也有一份经销者的名册和经销马票的号码，每一张未出售的必须弄回去，短少一张，经手人就得赔钱，他的会计系统，无懈可击。"

"我可看出一个大漏洞，漏洞之大，有一里宽。"露莎笑着说，"假如你向所有经销者预收，在杰克逊发现之前溜走，他有什么办法阻止呢？"

奥弗林"咯咯"笑了，"你以为那种可能杰克逊没想到吗？我收款的行程和日程，都是他安排的，也是他去通知对方何时等候我去的。他还嘱咐过，没有他的允许，缴款不能变更日期。"

露莎愤怒地骂了起来："他真他妈不信任人。"

奥弗林对她微笑，"很明显，他那样做是有道理的。"

露莎似乎领略了他话中的含义，也笑了，"我想，他的生意一直被一群虎视眈眈的人围绕着，他们一有可能就想欺骗他。"

"不错，他那种人连自己的母亲也不信任，更甭提我这个妹夫了。他怕我搞鬼，要贝姆定期查账，每三个月，贝姆必须到各经销者那儿，核对他们经销的账目，看看是否和我缴进去的符合。"

露莎抿抿嘴，想了一会儿，最后说："总会有某种漏洞的，有一次我在哪儿看到篇文章，说任何会计系统，对盗挪公款都没绝对万无一失的办法。以后几天里，假如我们俩能够认真思考的话，我们也许能想出个什么主意来。"

她缓和的语气，使奥弗林多少轻松些。那似乎暗示，现在他们俩至少是一起在谋划一个计划的细节，不过，她最后的通牒，仍然是一个礼拜内就得定出私奔的日期，绝不再延长。

最后还是奥弗林想出个主意。当那主意闪入他脑中时，他不禁骂自己，工作四年了，以前居然没有想到。他急急忙忙跑到露莎那儿，要看她的想法如何。

"那是安全无比的好计划，亲爱的，"她笑了，同时张开双臂，攀住他的脖子，给他一个大大的吻，"你好聪明！"

"这计划逃不过定期的查账，"奥弗林说，"下次查账只剩两个礼拜了，之后，我们一起出国前，有三个月的时间可以捞。你能等那么久吗？"

"只要你能一直不断地积蓄资金，我当然能等。"她笑着，又送他一个吻。

在等候两周时间过去的这个空当，奥弗林做了些必要的预先准备。

首先，他偷偷查了一次仓库的马票，抄录下以后三个月要用出去的票面号码，然后扯下一张样品，找一家认识的印刷厂，印一百万张连号的马票。

印刷费要数百元，奥弗林手边没有这笔钱。他向露莎保证，头一星期捞到钱后，立刻归还，她才提光银行里的每一分存款来凑足。

奥弗林把偷印的马票藏在露莎的公寓里，然后到一家不认识的银行，用化名租了一口保险箱，他准备开始捞钱了。

定期查账后的第二天，奥弗林开始捞。开始时他很小心，第一天才弄了一百元，然后逐渐增加到一周五千元。

赌金的骤然减少，使贝姆和杰克逊都不免有些疑惑，但，毕竟，一周减少五千元赌金，只是整个数目的百分之六，那也可能是种正常的起伏现象。

每天收完最后一笔账后，奥弗林便急匆匆地去露莎的公寓。然后两人一起打开经销者的信封，一次一封，摊开代表上周出售的票根。他们会取下一些连续的票根，数目大约是经销者总数的百分之六，再以他偷印的同样的票补上去，数出同等数目的现金。最后奥弗林再小心地另开一张收据，以符合捞取后的数目。

对于一些当天才卖出、第二天可能会赢的票据，他们从不做手脚，因为如果某位赌客中奖，兑奖时发现竟是未经卖出的马票的话，那就惨了。幸好，任何赢家，只要中奖，总会马上兑现的，所以，那些收缴回来的票根，全都是输家的。

中奖号码在每日的报纸上刊登，之后，便立刻付清奖金。付奖金的事情，杰克逊另外有专人负责，那人每日送到经销者那儿分配，这些和奥弗林无关。

当然，贝姆出去查账时核对经销者的纪录，事情将会败露，但那要三个月才一次，因此，奥弗林并不担心。

奥弗林每星期去一趟保险库，把一周捞取的钱存起来。

当钞票不停地越来越多地积存在保险箱时，奥弗林和露莎开始做出国的美梦了。为了准备这些事，奥弗林比平时更常常不在家。有好长时间，他一直费尽心机骗他太太，以不至于引起她的疑心。

正好，兰茜的母亲生病了，这替他解决了难题。岳母寡居在四百里外的水牛城，兰茜回去陪她两星期。

奥弗林得以随心所欲了。他开始带露莎到布鲁克林，用化名在"繁茂公园"租了幢装潢精美兼带家具的公寓。他们在布鲁克林的银行开了户头，存了点儿钱，为的是取得一纸推介信，然后用新名字申请护照。

兰茜离家后的第二个周末，奥弗林飞往克利夫兰，购买了两张到里约热内卢的单程机票，算是最终完成了一切出国双宿双飞的安排。

他估计，当杰克逊发现纰漏时，会派调查人员到附近各机场，拿他的照片给机场工作人员看，但他深信，杰克逊的人是不会查到克利夫兰那么远的机场的。

奥弗林预订了六星期后周六的一班飞机，因为他要捞到下一次查账的前一星期。他不想再多等了。到那时，保险箱里就会有五万元了，没必要太贪心，以致冒险到最后一分钟。

他计划，他们远走高飞时，他要找个借口向兰茜说周末出去办事。周五晚上，他将和露莎搭火车去克利夫兰，周六再搭飞机。等兰茜醒悟到丈夫一去不回头时，他们已经在里约内热卢，在新的化名下生活，杰克逊也无法找到他们了。

他把机票藏在五斗柜上面抽屉的手帕下面，他认为那是全家最安全的地方。兰茜的衣服全部送到外面洗衣店去洗，衣服送回来时，她从来不加整理再放进各人的柜中，只是堆放在他的床上，由他去收拾，所以，她永远不会去开他的抽屉。

兰茜去水牛城住了两周，回来时，心情特别愉快。她告诉奥弗林，她畅快的心情部分是由于母亲的痊愈，部分是改变一下生活环境，对她极为有益。

"我得经常到水牛城看妈妈。"她说，"那对我们母女都好，反正再看也没有多少年了，母亲已越来越老了。"

"什么时候想去看，就去。"奥弗林很大方地说，"我可以照顾自己。"

兰茜听他这么一说，下个周末又去了水牛城。这一次她只逗留了一星期，但是两个周末后，她又飞回去停留一周。她在水牛城居留的时间开始和在曼哈顿一样多了。

奥弗林希望，他和露莎要出发时，兰茜最好是在她母亲那儿，然而，在他们安排要私奔的前一周，兰茜从水牛城飞回来，宣布说，她计划多留在家里照顾丈夫，至少要陪伴丈夫两周。

奥弗林开始集中精神思考下周末出城的借口——可以被太太接受的借口。

很巧，杰克逊给了他一个机会。

星期二，奥弗林把收来的赌金向会计交账时，贝姆告诉他，杰克逊在办公室里要见他。他进入杰克逊的办公室时，奥弗林发现他正坐在椅子上，研究着一份折叠的旅行手册。

"哦，奥弗林，"杰克逊抬起眼睛，招呼说，"我有件事情要你去办。我要你到百老汇公爵旅行社，帮我拿飞机票。他们六点钟下班。"

奥弗林最憎恨的就是这位妻舅老是视他为杂役。杰克逊有秘书，秘书可以为他做这类小事情，但是杰克逊似乎总喜欢差遣他，颐指气使地对待他。

奥弗林没显露心中的憎恶，反而感兴趣地问："你是要到哪儿去呀？"

"波丽和我要到迈阿密度两周的假，我不在家期间，这儿由贝姆负责。"

奥弗林认为这真是给他方便了。这样一来，当他离家出走时，杰克逊夫妇不在家，这无疑使问题简化了。

他开车到旅行社，拿了机票，送回办公室。这趟路使他比平日晚半小时回家，这情形要是几个月前发生的话，夫妻俩难免要吵一顿，但是这次兰茜似乎没有一点儿不高兴。

"菜已经放进烤箱了，"夫妻亲吻过后，她说，"假如你想的话，还有时间可以喝点酒，今天什么事耽误啦？"

"为杰克逊办点儿小事。"他告诉她。

"他逼你太甚了。"兰茜同情地说。

自从她常跑水牛城之后，兰茜个性变温柔了许多，这使奥弗林有些后悔和歉疚，然而现在要回头已经晚了。再过两个星期，贝姆下回的查账，就会揭开他整个的欺诈行为，奥弗林没有法子改变他已经缴进去的记录，纵使他愿意归还那些钱。而且，对这种事，杰克逊也绝对不会原谅他。

突然，奥弗林第一次想到，杰克逊明晨的离城，给了他一个下周离城的借口。他停止手中调酒的动作，不经意地问："你知道杰克逊和波丽明天要去迈阿密吗？"

兰茜点点头，"知道，他告诉我了，你刚刚进来之前，他打电话给我了。"

有一会儿，奥弗林被这消息弄糊涂了，"那么，为什么他没告诉你，他派我办事，会晚些回家？"他问。

兰茜耸耸肩，"你知道杰克逊那个人，他对别人的不便根本不关心。"

"是啊，我想是的，"他从调酒的大杯子里倒了两杯酒，递给她一杯，"他提没提到下周末他派我去办的事？"

"没有，什么事？"

"他要我跑趟阿尔巴尼。"

"哦？做什么？"

"到那儿去支付一些款子，"奥弗林含糊其辞地说，"那类事你最好不要知道，因为那不是合法的事。"

"好，"她同意说，"你要去多久？"

他决定，最好尽可能地利用这一机会，同时决定在计划上做微小的改变，因为事情太顺利了。他和露莎最好开车到阿尔巴尼，甚或开更远一点，卖掉汽车，然后乘火车到克利夫兰，那么，杰克逊的追踪就更困难了。

"我星期五晚上开车去，星期一上午回来。"他告诉妻子说。

星期一下午5点过一点，当奥弗林照平素时间回办公室缴款时，他发现冷峻阴沉的贝姆单独在里面。贝姆告诉他，杰克逊夫妇已平安抵达迈阿密，杰克逊从旅馆打电话给他了。

"他说他要你今晚守在家里，万一他有事找你，"贝姆说，"他也许要你为他安排一件赌马的事，在下赌之前他必须先再做一些调查。"

那可能只意味着一件事，他想着：杰克逊耳闻什么地方的赛马场有人做了什么手脚。杰克逊从来只赌绝对有把握的东西。奥弗林为他工作四年来，杰克逊只赌了三次马，每次五万元，并且小心地把赌金在不同的区里分散下注。事后奥弗林得知，那三次的赌马，全都做了手脚，三次他都知道得太晚——总是太晚——直到这次。

想到这里，他不禁笑了。

电话铃响的时候，奥弗林单独在家，兰茜和一位女友看表演去了。

他拿起电话，杰克逊的声音传了过来，"奥弗林？"

"是的，杰克逊，什么事？"

"奥弗林，我要你给我下个注，明天晚上的第七场。你替我挂个电话给柯里亚，呃？"

"是的，杰克逊。下谁？下多少？"

"'白色闪电'，五万元，直接下。告诉柯里亚，我要把五万元分散开。"

奥弗林觉得心跳加速，那一定是一场做了手脚的，但是他要绝对肯定。

"听来好像是做了手脚的。"他说，同时强勉压住声音中的焦急。

"那是百分之百的，"杰克逊答道，"绝不会有失误。"

"你为什么要跑那么远去打听纽约赛马的消息？"奥弗林好奇地问。

"那是在这儿安排的，他们大部分都是这样，当那些大赌徒不在赌城的时候，他们就逗留在这儿。现在，你明白了没有？"

"当然明白，杰克逊，明天晚上第七场，下'白色闪电'，五万元，直接地。我现在就打给柯里亚，可是我要怎样付钱给他？"

"不必你付钱，告诉他明早从贝姆那儿去拿。明天一早，我会打电话到办公室，告诉他，我可能要下个赌，所以假如柯里亚来取五万元的话，OK？"

"好，"奥弗林说，"我来办。你在那儿愉快吗？"

"我一向愉快。"杰克逊回答。

杰克逊挂上电话后，奥弗林打电话到柯里亚那儿，正好他在。向他解释过杰克逊的意思后，奥弗林问他："你什么时候到贝姆那儿取款？"

"嗯，也许10点，"柯里亚说，"那样可以给我时间分散赌注，一般收赌金的收到下午8点。"

"我也想赌一点，"奥弗林说，"明早你去看贝姆之前，我到你那儿去。你等我一下。"

"好，"柯里亚说，"我会等你。"

奥弗林决定取保险箱里的一万元来冒冒险，他不是赌徒，胆子不够大，纵使十拿九稳，也不敢孤注一掷，生怕万一出差错。

银行开门时，奥弗林已经守候在那儿。之后，他进入柯里亚的弹子房。

撞球场的生意给肥胖、秃头的柯里亚带来不少合法的收入，但那也只是他各种不合法活动的表象。柯里亚是杰克逊所发行的彩票经销者之一，他是位收赃者，也是大赌徒想下大赌注赌某匹马而不想引起别人注意的那种中间人。他手下有一大堆跑腿的，柯里亚可以把赌金分散到一百个不同的赌马处。他从赢者那儿抽取百分之十的服务费，那种服务包括一项保证：他或任何跑腿的都不许透露一丝秘密或自己下赌的数目。

奥弗林在撞球场后面办公室找到店主，他将一卷一百张的百元大钞扔在胖店主的办公桌上。

"也帮我分散，赌'白色闪电'，"奥弗林说，"你到贝姆那儿收款时，不要提这件事。"

柯里亚迅速点数过钞票，耸耸肩说："好。"声音中毫无好奇，也不问奥弗林钱从哪里来的。

赛马的结果午夜才从收音机里报出来，那时候兰茜已经上床，但是奥弗林没有睡，正等着听结果。

他很高兴"白色闪电"赢了。

他取出笔和纸，计算一下赚的钱，扣除柯里亚的佣金外加抽成，他净赚三千六百元。

三千六百元虽然不多，但仍然令他兴奋。

周五早晨，用过早饭后，奥弗林从五斗柜的手帕下面取出机票，再拿出最大的衣箱装行李。

他提行李箱到前面房间时，兰茜正在洗早上的餐盘。她走到门边，带着惊讶之色看看行李箱，问道：

"你出发去阿尔巴尼前，不回家吃晚饭吗？"

"我想早些上路，"他说，"我可以在路上吃个三明治。"

说毕，他走过去和她吻别。

"小心开车，呃？"她告诉他。

"当然，"他说，"周一见。"

他从最近的药铺挂电话给柯里亚。

"你赢了，"撞球场老板告诉他，"你净赢三千六百元。"

"我什么时候可以去提款？"奥弗林问。

"喔，下午8点后，任何时间都可以。"

"那么晚？"奥弗林抗议。他的计划里，那时刻他和露莎早上路了。

"我那些跑腿的，必须从纽约一半赌马处收款回来，"柯里亚说，"那得费些时间。"

"好，"奥弗林让步说，"我8点整到你那儿。"

他开车到办公室，领取新的彩票，开始做他每日的工作。由于卖力，中午前，他就做完他平日的一半工作。

午餐费时半小时后，他开车到银行，取出保险箱的所有钞票，放进一只提箱，锁进汽车后面的车厢。

然后他继续做他未办完的工作，3点半之前，他就全部办完了。

他开车到露莎的住处，两人又从最后一天的收款中捞取一千元。

露莎早在数天前就辞去梅登俱乐部的工作，提清银行存折，一切就绪，只剩收拾一点零星东西。他们原先的计划是，奥弗林一缴了最后的款子，他们就出发上路，然后随便找家餐厅吃一点。当奥弗林告诉她，他们要8点之后才能上路时，她因为多了三千六百元收入的高兴胜过耽误时间所引起的不快。

"我们出发后，可以先在城中找个地方吃饭，再去取钱，"她说，"无须在车子里面等候。"

"我最好取到钱后，到这儿来接你，"他告诉她，"那一带太多人认识我，为什么要给杰克逊机会追踪我们？我不要他们看见我是和女人一起出发的。"

"好。"她有点不情愿地同意。

"假如我们到附近那家餐厅吃饭的话，我们还有许多时间慢慢吃，"他说，"我先去缴回收的款子，很快就回来"。

"好。"她再次说。

缴钱的事和平日一样，很顺利。

奥弗林开车回去接露莎，两人一起在附近的一家餐厅吃晚饭。8点差20分时，他送露莎回公寓，告诉她20分钟后来接她。

"这个，"他想了一会儿之后，把机票递给她，"这东西最好你保管，免得丢掉。"

她接下机票，匆匆给他一吻，然后溜下车。

8点整，奥弗林停车在柯里亚的撞球场前面。撞球间没有人，只有两个大块头在玩。起初奥弗林感到惊讶，因为这地方通常都是人满为患。

然后，他认出那两人，一位是阿尔卡多，一位是赖斯，两人都是杰克逊的人。

做贼心虚，奥弗林刚想溜走，但太迟了。

"站住。"一个刺耳的声音在他身后响起。

奥弗林止步，回头看。阿尔卡多看也不看他，他正在瞄准最后一球，但是赖斯用一把大手枪对着他。

奥弗林沮丧地转身走向那两人。赖斯用枪指指办公室的门。奥弗林走过去，推开门——赖斯紧跟在后，阿尔卡多放下球杆，跟过来。

柯里亚没有在他的办公室，反而由杰克逊取代。

兰茜坐在办公桌旁边的一张椅子上。

两位枪手关上门，倚靠在门上。

奥弗林看看杰克逊，又看看兰茜，后者投给他一个甜蜜的微笑。他再看看大舅子，看到的则是一张完全没有表情的脸。他有些蠢兮兮地说："我还以为你在迈阿密呢。"

"我根本没有去，"杰克逊冷冷地说，"当我打电话和兰茜道别时，她刚刚发现你从克利夫兰到里约热内卢的机票。"

奥弗林看看太太，得到一抹更甜蜜的微笑。她说，"我对自己忽略你，感觉到歉疚，所以想替你好好整理衣物。"

奥弗林显然陷于震惊和麻木中了，他以为自己编了一个合理的借口，周末要离城时，他等于告诉她，自己何时要离家出走，而且一去不复返。

他看看杰克逊，后者说："那些彩票嗅起来有些像是在压榨我，打击我，尤其是将近三个月来，收据上的数目一直短少百分之六。我取消佛罗里达之行，要贝姆和经销者做一次快速的查账。"

奥弗林舔舔嘴唇，"你——你从佛罗里达挂的电话给我？"

杰克逊缓缓地摇头，"那是从我办公室打的。"

奥弗林傻了，杰克逊继续说："我本可以把你拖进来，揍你，要你告诉我钱存放在什么地方，但是由你自动带来似乎简单得多。所以，我才杜撰了一场动了手脚的赛马，我估计你抗拒不了。虽然你只用其中的一小部分去赌，不过，那没有关系，你必定要来领赢的钱和本金的。我计划付款时间必须在你打算离城之后，那样的话，你一切东西都会在汽车上，包括其他的钱。"

奥弗林粗哑着嗓子问："假如'白色闪电'没有赢呢？"

杰克逊耸耸肩，"那匹马是专家挑选的，也是那天最好的。不过，假如它没有赢的话，柯里亚会打电话给你，说他没有给你下注，那样，你还是得来领回一万元的本金。"

他瞥了一眼倚在门那儿的两位枪手，"搜身！"

他们蛮横地上来，彻底地搜他全身，把他口袋里的东西全堆在杰克逊前面的桌子上。

他们检查他的皮夹，里面只有一张百元大钞，杰克逊顺手抛掷一旁，捡起汽车钥匙。

杰克逊摇晃着钥匙，问道："外面汽车里有人在等候吗？"

奥弗林摇摇头。

"机票共有两张，"兰茜说，她脸上不再有微笑，"第二个人必定是个女的。"

"外面汽车里没有人。"奥弗林说。

兰茜看看哥哥，"也许他计划到克利夫兰见面，真遗憾，我还真想瞧瞧她哩。"

"这并不难。"杰克逊说。

他把钥匙扔给阿尔卡多，"把他车上的东西全部拿进来。"

大块头枪手点点头走出去。

兰茜站起来，"我不想留下来看结局，"说着，朝门走过去，然后转身，投给奥弗林一个最后的微笑，"再见，亲爱的。"

"等等，兰茜，"他惊慌地说，"你知道杰克逊会怎样对我，除非你求他不要。我知道我对不起你，但是，假如你看在多年夫妻面上，求他放我一马的话，我会补偿你。"

她的微笑展开来，"你不明白，奥弗林，我的犯罪感和歉疚感使我为你整理衣裳，那种感觉不是来自忽略你，而是我在水牛城另有爱人。如果我是个寡妇的话，一切要方便得多。"

她急急走出房外，这时正好阿尔卡多提着衣箱和手提箱进来。

奥弗林在绝望中想：露莎至少可以把那两张机票兑成现金，算是给她的一丝安慰。

首次月球旅行

治安法庭的案子堆积如山。州议会在解决这个问题时,决定扩大仲裁制度,让州政府指定的非律师人士来处理金额在一千美元以下的小案子。这是一个没有薪水的职位。要取得这样的资格,必须有一定的商业法律背景,参加一系列关于仲裁程序的讲座,并通过口试和笔试。

参加讲座时老师告诉我们,最重要的原则是要做个"理智的人"。而当我在周二和周四晚上6点半到10点钟开始真正出庭审理案子时,我真不知道该到什么程度才算是有理智。

有些人可能不了解内情,我最好解释一下。在法律上,"理智的人"定义为一个有观察、判断能力,并具有知识和一定智力水平的假想人。我在观察方面做得很好,因为在只有三排椅子的小法庭里你是很难打瞌睡的。我相信我在知识方面也不逊于旁人,因为我有商业管理方面的硕士学位和营销方面的十五年经验。智力方面我也不含糊,因为我娶到了密西西比河东部最可爱的姑娘,并有了三个聪明的孩子,这一切并没耽误我成为一家大公司的副总裁。这几个方面,一切顺利。但说到判断力,首先,我成为一个仲裁员就表明我精神有问题。其次,就是我在米尼维奇和克里普斯走进仲裁庭时,没把他们赶出去,而是接受了他们的案子。

我对这两个冤家对头的第一反应,是某种魔力把我变成了一场游戏的主持人。米尼维奇是个三十岁出头、留着胡子的人——至少这是我的判断,因为他的太空头盔遮去了他的面容。不错,是太空头盔,就是那些宇航员们戴的东西。他身体的其他部分穿着粗棉布的上衣、工装裤以及衬衫,在那双银色长靴的衬托下更显得引人注目。他抬起面罩时,我几乎以为他要说"不请吃就捣蛋"[①],然而,他说的却是"米尼维奇呼叫库博特,请求法律的公正"。我正是库博特,于是我点了点头。

可这还没完。他的对手——或者说被告更合适些——乔·克里普斯丝毫不比他逊色。他穿的是件长长的鲜红罩衫,头戴一顶白色头盔。最可气的是,这头盔上面居然还有顶转灯:红、蓝、白、红、蓝、白……当克里普斯转身去拿椅子时,我注意到他的罩衫背后用大大的字体写着:"远程旅行社,飞飞飞。"他大大咧咧地坐下,胖胖的脸上带着一个大大的微笑。"克里普斯准备就绪,库博特先生。"他说道。

我很快记起了大法官所说的法庭礼节,于是清了清喉咙,长篇大论地向他们讲述了他们的权利,"在仲裁员面前,他所做的决定具有法律的约束力,你们两个明白了?"

"原告呼叫库博特,明白。"还用猜这是谁说的吗?

"具有约束力,而且是最终的,这就是我到这里来的原因。"克里普斯在那转灯的伴随下,抑扬顿挫地说道。现在那灯变成了白、蓝、红、白、蓝、红……真不知道他是怎么把顺序变了的,因为他的手一直在桌上放着。

"好了,先生们,传票上写着这是一起涉及五百五十美元的纠纷。你,米尼维奇先生,认为由于克里普斯先生没有履行合同,所以应该赔偿你。对不起,克里普斯先生,你可不可以关上你的灯?它让人非常心烦。"我觉得自己简直就像坐在一个老式舞会上。

"现在几点?"克里普斯问道。

我简直是个笨蛋,因为我告诉了他:"7点55分。"

"整8点时它会关上,从来都是如此。"

"从来都是如此?"

"是的。8点过后发射信号没有任何意义。"

"好吧,我想我还能再坚持5分钟。现在,米尼维奇先生,请陈述你要求赔偿的理由。"

"收到。这个无赖……"

够了。我啪地一拍桌子,"好了,伙计们,结束这场闹剧吧。摘掉你们那该死的帽子。马上!米尼维奇先生,不要再跟我进行短波交流。如果你站得离我再近

[①] 指万圣节孩子们挨家挨户要糖果等礼物,如不遂愿就恶作剧的风俗。

点儿，我早把你打出去了。好了，让我们谈正事。你和克里普斯先生的纠纷到底是怎么回事？"

他摘下头盔，夹在腋下，"别生气，库博特先生，"他小心翼翼地说道，"我戴这个道具只是想说明我的案子。"

"本庭接受你的道歉。现在陈述你的案子。"

"我花了五百五十美元，可他并没把我送上月球。我想要回我的钱。没有月球旅行，他就别想拿我的钱。这就是我的立场。"

"你对什么的立场？"我转头对着克里普斯，"克里普斯先生，你能不能关上你那该死的灯塔？"这一次他遵命了。

"我所以要戴着我的太空头盔来，"米尼维奇继续说道，"因为我知道他肯定会有什么花招。"

我的忍耐已到了极限，"你们以为这是什么？一场辩论会吗？好了，米尼维奇先生，简洁清楚地向法庭陈述你的问题！"

"收到——噢，对不起。五年前，我是第一个报名参加克里普斯月球旅行的人。别忘了，是五年前——已经过去了一千八百二十六天。"

"一千八百二十六天，"克里普斯插嘴道，"别忘了有闰年。"

"那就又多了一天。这就更糟了。是不是，库博特先生？"

"我不知道你们说的是什么，如果你不告诉我，我怎么知道是还是不是？克里普斯先生打算怎样把你弄到月球上去？"

"那是他的问题。他只是保证说，用那个大蓝家伙把我送到月亮上去，可我并没去成。"

"我可以做一点说明吗？"克里普斯问道。

"当然，"我说道，"最好能让大家明白。"

"先生，我是远程旅行社的所有人。几年前，我向大家提供了一项服务，等到月球旅行成为可能时，把我的客户送到月球上去。但现在这一交通方式还没有成为现实。可是我们仍然保留了米尼维奇先生在火箭上的座位，而且是一号座位。在远程旅行社，我们遵从自己的格言。"他站起身，背诵道，"打破死气沉沉的现状，告诉乔你要去向何方。"他重新就座，仿佛一位刚刚发表完重大演说的参议员。

"克里普斯先生，"我问道，"你所指的是什么交通方式？"

"商业化的星际旅行。六十年代我们政府说要把人送上月球时，报纸上连篇累牍都是这方面的消息。许多文章说有一天月球旅行会成为可能，人们甚至可以住在那里。我在旅游业闯荡了十五年，有着丰富的经验，于是我就开始预定旅行路线了。一号座位本来是我留给自己的，但米尼维奇先生愿意为三百五十元的票价预付二百元的定金，所以我让出了那个座位。这都在合同里，签了字盖了章的。"

他将文件递给我，我通读了全文。上面用符合法律规定、明白易懂的文字列出了合同的各项条款。

我看了看米尼维奇。他脸上是一副蛮有把握的神情。而克里普斯正在用一些合法的圈套来消灭他的好心情。"我的律师告诉我，这是份盈亏未定的合同，而且依然具有法律效力。"克里普斯继续说道。

米尼维奇皱起了眉头。我尽量向他解释道："米尼维奇先生，在一份盈亏未定的合同中，一方履行合同的情况是视某种偶发事件而定的。在你们这个案子中，这一偶发事件似乎是某种太空旅行方式的可能与否。"

"是商业化星际旅行，"克里普斯插话道，"阿姆斯特朗和那些美国航天局的人不包括在内。"

"是的，我知道这一点，克里普斯先生，"我简洁地回答道，"合同规定了这一点。但法律条文是一回事，法律精神是另一回事。我想这里的问题是这种偶发事件是否有可能实现，他花的钱是否物有所值。"

"当然物有所值。"克里普斯用手指敲打着桌面，"他得到了一个漂亮的纪念章，真正胡桃木的，还有一个写着'米尼维奇是月球旅行第一人'的铜牌。"

"所有人都得到了这些东西，"米尼维奇傻傻地笑了，"差不多一千人都有的东西怎么可能值钱呢？"

"可他们的都没有说他们是第一人。"

"不错，但这还是废话一堆，"米尼维奇带着厌恶的神情说道，"我已经去过月亮了，简直糟透了。而这次旅行和你一点儿关系都没有，所以你得把五百五十美元还我。"

"你已经去过月亮了？"我一字一字清晰地问道。

"当然。这就是我来这里的原因。我已经不需要他那份狗屁合同了。"

"啊哈，真可笑。"克里普斯摇晃着他的脑袋，"你已经去过月亮了。啊哈。"

"是的，克里普斯，我可以一分不花就去成月亮，而你却要了我五百五十美元。"

"你是怎么完成这次……呃……旅行的，米尼维奇先生？"我有些胆战心惊地问道。

"UFO。"

很难说我不是在自讨没趣。不过有诗人说，疯狂是具有感染力的，而我肯定是被传染了。

"不明飞行物吗？"

"一点儿不错，库博特先生，"米尼维奇证实道，"嘿，不要那样看着我，好像我是个白痴，克里普斯。现在好多人都在免费乘坐太空船。你难道不看报纸吗？"接着他向我们讲述了他乘坐一艘飞船去月球的经历。那飞船的模样活像《星球大战》里面的道具。米尼维奇在太空间遇见的主人叫作赞特罗普，而这些赞特罗普的头领是个叫雨果的人。

"那怎么我在报纸上没看到关于你旅行的报道？"克里普斯问道。

"因为雨果让我不要对别人谈起这件事。我告诉你们，这件事的唯一原因是我妻子坚持要我拿回自己的钱。雨果能够理解这一点，因为他妻子本人也是个爱唠叨的人。她叫圭尔妲，一个让人忍无可忍的长舌妇。"

就在这场谈话进行的同时，我不禁想到，如果当地媒体知道了这件事，那我就会成为市政大楼里所有人的笑料。米尼维奇的故事当然是编造的，或者往好里说，是无法证实的。合同才是真正存在的东西。克里普斯一定看到了我脑子里想的事，因为他立刻就提到了证据方面的问题。

"你怎么能证明你确实到过月球？你有没有带回岩石或其他什么东西？"

"雨果说不能带任何纪念品。"

"啊哈，"克里普斯哼道，"你从我这儿最起码还得到了一面铜牌。"

"但是没有月球旅行。我可以请一位证人出庭吗，库博特先生？"

我小心翼翼望了望整个房间，真担心雨果和他太太会在我面前现身。

"她就在大厅外面。"米尼维奇向我保证。

"谁就在大厅外面？"我问道。

"老婆，我老婆。"他站起身，打开门引进一人。如果不是他告诉我这是他妻子，我真的会认为这是圭尔妲了。无法判断她的年龄。年龄！我简直看不出她是不是个女人，或到底有没有脸。那像稻草一样的头发完全遮住了她的脸、肩膀和臀部。米尼维奇家一定收藏有大量的粗棉布，因为她全身上下也用这种褪色的材料武装着。只不过她穿的是一件长裙和一个披肩。我出于礼貌站了起来——也许是出于恐惧，因为她正在披肩下面摸着什么。

她来到我桌前，拿出个小小的狼毒乌头枝在我面前挥舞着。"你是个公正的人，"她唱歌般念道，"神灵会保佑你。"然后她在她丈夫为她准备的椅子上坐下，

"你拿到钱了吗?"她问米尼维奇。

"还没有,吉赛尔。你能对他们讲讲我的旅行吗?"

"等一下!"克里普斯像交通警一样举起了手,"他妻子不能做证。"

"我不是要做证反对他。"吉赛尔·米尼维奇吟唱道。那声音就像是铁锤砸在空空的锅炉上。

"让我们来听听她要说些什么,克里普斯。"我说道。

"那她必须先发誓。"

米尼维奇太太似乎大吃一惊,"尘世间最高级的女教士居然要发誓!天啊,有些人真是厚颜无耻!"

该我发话了,"告诉我们你要说的话,米尼维奇太太。"

"遵命,"从她蓬乱的头发上发出一个声音,"考多去……"

"考多?"我问道,"考多是谁?"

"就是他。"她用弯曲的拇指指了指她丈夫,"他本来是平凡的恺撒·奥古都斯·米尼维奇。可在那次旅行后,他就变成了考多,因为雨果·赞特罗普这样称呼他。"

"不是雨果·赞特罗普,而是赞特罗普人雨果,"米尼维奇不耐烦地纠正道,"这就像是叫我考多·地球一样。我应该是地球人考多。"

"好的,好的,别那么吹毛求疵。"她悲哀地望着我,"自从那个雨果让他搭车后,他一直是这样。"

"你见过雨果和圭尔姐?"我问道。

"圭尔姐?"她转向她丈夫,"谁是圭尔姐?"

"就是飞船上的一个人。"

"我还以为她是雨果的妻子。"我提醒他。

"妻子?你从没告诉我船上有女人。听着,恺撒·奥古都斯·米尼维奇,如果你和什么女人去做了所谓的云中漫步——你知道我对这种事怎么看。你知道我会怎么办……"

整件事已经从疯狂发展到了让人无法相信的地步。现在我手上不仅有三个疯子,还有一起家庭纠纷。"听着,老乡们,"我恳求道,"事情已经快要无法控制了。米尼维奇太太,请回答是或者不是。你是否亲眼看见了飞船或者这个雨果?"

"没有。我还以为米尼维奇在哪儿的地沟里躺了四天。我都担心死了。后来,多亏了深渊里的幽灵,我和他们取得了联系,他们说他没事。他整整走了四天,然后回来对我说他进行了一次糟糕的旅行,起码他是这么说的。这个圭尔姐是不是很像电影里的那些亚马逊女战士？"

"吉赛尔，她是个让人厌烦的长舌妇。"

"这个嘛，我会问我的幽灵们的，不劳你费心。"她转过身看着我，"他回来后，我对他说：'老天，克里普斯拿走了你五百五十美元的面包钱，而你却免费去了那里。'我对他说应该把钱要回来，我们可以用这笔钱来发展通灵事业。今年秋天我们的组织将招收很多新成员。"

"不，你不能，"米尼维奇说道，"这笔钱要用来发展宇宙研究。"

我真是受够了。我竭力克制住自己的情绪，告诉他们我将在两周后宣布我的仲裁结果，然后将这群人赶出了法庭。

我坐在宁静的（这宁静简直像是天赐之福）法庭里，深深吸了口气，仿佛一个刚刚参观完疯人院、想急于验证自己理智的人。当我肯定自己的神志依然正常时，我开始运用自己残缺但仍未认输的理智来判断了。

有一点我敢肯定——米尼维奇为了掩盖自己不谨慎的行为，向他妻子撒了最夸张的弥天大谎。在这一点上，他可以得到一枚国家勋章。许多人在失踪一两天后，都会用一些谎话来平息妻子们的怒气。在与生意人打了十五年交道后，我以为我已经见识了最厚颜无耻的借口。但米尼维奇却让他们都相形见绌了。我听到有些人对妻子说他们在执行政府的一项秘密任务。一种非常有想象力的说法是借用了电影里的情节：他被人绑架，然后被他最好的朋友赎了出来。而他的朋友当然会证明这个故事。我倒不是说妻子们都很容易哄骗。一句老话是这样说的：一只聪明的母鹅只会吞下认为适合它肠胃的东西。

我可以以制定欺骗性合同为由，对克里普斯进行罚款。但我想先听取一下大法官的意见。也许月球旅行有一天会成为可能，但我怀疑米尼维奇在有生之年是等不到这一天了。不管他撒了多大的谎，我也不能让克里普斯为了一个虚无缥缈的旅行就扣留他五百五十美元。

我起草了一份报告，实事求是地写道："亲爱的豪普法官：你肯定不会相信这件事，但是……"然后在晚上离开办公室前，把报告送到了他的房间。

三天后，我正在公司总部与一群精神正常的人处理公司的日常事务。这时，我桌上的内部通话器响了起来。治安法庭的案子重新进入了我的商业生活。

我让我的秘书把警察局的比尔·道纳根中尉带进来。我和这个顽固的警察以前打过交道，并在几个星期前提出过一起吃午饭。我以为他是来要我兑现午餐邀请的，但我错了，他的拜访纯粹是官方性质的，非常的官方。从他严肃的脸上就能看出这一点。

"杰夫，"他说着，在我对面的椅子上坐了下来，"我不知道你干了什么，但你还是和这些事搅和在一起了。"

"什么事？"

"几天前，你处理了一起案子，里面有个叫米尼维奇的人。"

"是的。那简直就是个大笑话。"

"我也这样认为。案子发生后，豪普法官把你的报告转交给了我们。"

"什么案子？克里普斯发生了什么事吗？还是米尼维奇？"

"是的，是米尼维奇——一件被称为谋杀的事——而我认为促成这件事的正是你。"

"等等，中尉……"

"杰夫，别着急，"他笑着说道，"你并不是有意那么做的。昨晚米尼维奇太太杀了她的丈夫，因为他曾对她不忠。她本来只是想设计一次小小的事故，可结果他却摔断了脖子。他是从他们家屋后的高台上摔下来，或是被人推下来的。当然，那些关于太空旅行的故事都是废话。邻居们说，他们已经恶斗了两天，这最终导致了谋杀。"

"而她说杀死他的是咒语。"

"是的，她说她赋予了咒语太多的魔力。"

"感谢上帝我不用主持刑事法庭。我可不愿意来审理这起案子。"

"这就是豪普法官把你的报告交给我们的原因。他认为这案子里的人精神不正常，法庭可能根本不会受理。"

"我感觉糟透了。"这是实话，真希望我没说下句话，"她有律师吗？"

"法庭将会为她指派一个。她作为目击证人正处于监管之下。局长说精神医生可能需要你的证词，所以我想我应该事先通知你一声。"

"那会不会只是次事故，比尔？米尼维奇可能是摔下来的，你也这么说。"

"当然，而且这很可能能够成立，但是别忘了邻居所说的争吵。她威胁说要整治他。这就是她为什么要坚持说她在咒语中注入了太多的魔力，而且坚持说她丈夫确实进行了太空旅行的原因。这又是一起男人在外面胡搞，最后被惩罚的案子。你知道，没有什么人的怒气能比得上一个被轻视的女人。"

"谈到被轻视的女人，那么另外那个女人呢？他确实去了某个地方四天，难道不是吗？他去哪儿了？他和谁在一起？也许那个人有什么动机要杀死他？"

"当然，我们正在调查所有的可能性。"他站起身，给了我一个充满嘲讽意味的微笑，"帮帮忙，杰夫，如果我妻子问你我在某个时间是否和你在一起——我是这样告诉她的——你可千万不要拆我的台。"

"你到外面胡搞年龄太大了些。"

"年龄不是问题，主要是要有那个心。再见，阁下。"

我星期二前不用去治安法庭。感谢上帝，报纸对这个案子没有太多地注意，也没有注意我在其中扮演的角色。周末的两天时间里，这案子折磨着我的良心。我是否应该对米尼维奇太太的行为负责？我必须知道答案。于是周二晚上去市政大楼的路上，我先去警察局见了道纳根。

"我认为局长是不愿看到你来这里的，杰夫。"他说道。

"可你知道，我也是法院的一名官员。"

"但不是在刑事部门。管他呢，我看得出来，你很烦。也许我上星期不该去你的办公室。好了，跟我来。"

从我们上次见面以来，吉赛尔·米尼维奇没有多大变化。事实上，她可以说丝毫没变，不管是披肩、粗棉布还是那冥顽不化的态度。她在栅栏的那头望着我，轻轻挥舞着她的手。

"库博特，你是个公正的人。神灵们告诉我的。"

"是的，当然，"我尴尬地说道，"米尼维奇太太，为了我心灵的平静，我必须知道一些事情。如果我当时没有提到这个叫圭尔姐的人，你会在你丈夫身上施展咒语吗？我是说，是我的话使你变得那么妒忌吗？"

"一开始不是。但当她回来找他时，我就知道我必须用咒语了。"

"她回来找他？你看见她了？"

"没有，但我每天晚上都能看见那飞船的灯光。她在外面等着他，肯定是这样的。我使用了魔力太大的咒语。我也不明白是怎么回事，因为我是完全按照咒文做的。"

"我对你的事情很抱歉。你需要什么东西吗？"

"他们拿走了我的狼毒乌头枝。你能给我带些来吗？"

"我试试看。"我说着，将头转了开去。我在哪儿能买到狼毒乌头枝呢？

你有没有那种脑子里突然闪现某个念头的时候？不仅仅是闪现，我的意思是就像当头给你一棒？

"灯光？"我说着转回头去，"你说你看见了灯光？你告诉警察了吗？"

"那些笨蛋甚至不相信有飞船。他们认为我的恺撒·奥古都斯在外面有了女人，或是在什么地方喝了个烂醉。"

"那些灯光看上去什么样，米尼维奇太太？"

"非常怪异。"

"它们是一闪一闪的吗？红色、蓝色，然后是白色？"

"是的。然后又变成了白色、蓝色、红色。恺撒·奥古都斯——我不想再叫他考多——出去见她，而我的咒语起了作用，所以他掉下了高台。"

"好了，米尼维奇太太，你坐稳了。我有了个想法。"

十分钟后，道纳根中尉在他的办公室里向我大发雷霆。

"杰夫，这次你做得太过分了。克里普斯能从米尼维奇的死中得到什么？他可不像这个吉赛尔似的是个神经病。他是在推销一些荒诞不经的念头，但他不会为了五百五十美元就杀人。"

"那么为了三十五万呢？"

"什么三十五万？"

"就在那份报告里。克里普斯在二百美元预付款的条件下把一号座位卖给了米尼维奇。那么其他一千个座位就是按三百五十美元的价格卖出的。"

"那又怎么样，杰夫？人们什么都买。我还看见过卖一平方英寸得克萨斯土地，或一罐阿尔卑斯山空气的广告呢。克里普斯只是设了个诱人的圈套，而且为此宰了不少客户。"

"应该说他为此宰了个人。你还不明白吗，比尔？如果我宣布米尼维奇的合同作废，其他一千个人都会产生疑问，并且提出终止合同。仲裁员在法律上并不设立先例，但别忘了，我把这个案子交给了大法官。而且克里普斯确实有个转灯。"

"任何人都可能有个转灯，不过我们会调查他在案发当天的行动。我不保证任何事，但我一定要把这事弄个水落石出。"

他的调查一定做得非常水落石出，因为三天之后克里普斯就取代了米尼维奇太太在监狱中的位置。一开始，警察还只有一些间接证据，但后来一个证人证明在米尼维奇被害那天，他确实曾看见克里普斯藏在他家附近。这一发现终于使那个旅行代理商垮了下来。他坦白了一切。他已经挥霍掉了太空旅行的钱。他害怕米尼维奇的胜诉会引发一系列的起诉，最终导致他破产。他知道米尼维奇对太空飞行物异常狂热，他会以为自己看见了一艘飞船，然后一不小心从高台上摔下来。

"有一点我无法相信，"克里普斯认罪后几天，我对道纳根说道，"他怎么知道米尼维奇会相信那些灯光是从宇宙飞船上发出来的？"

"从他的观点出发，这值得一试。你知道，米尼维奇确实非常相信UFO。从某种程度上讲，我也开始相信它们确实存在了。"

103

"你？一个被大家信任的警官？"

"不要笑。我们调查过你提到的另外那个女人。我们想找出那四天中米尼维奇到底去了哪里，可最后一无所获。在那段时间里，没有任何证据证明他在城里，而且也没有任何证据表明他以普通的交通方式离开了这里。那家伙消失了整整九十六个小时。"

"是的，是的。"我喃喃道。

"这事真的很难说，杰夫。"

当晚开车回家时，我遥望着夜空中各式各样的灯光——呼啸而过的飞机、远处航空港的指示灯，还有山路上绵延的车灯。可能，仅仅是可能，我心中默默想到。我在脑海里刻画出一艘飞船的模样。不，我妻子一个字都不会相信的。

圭尔妲，我对着夜空喃喃念道，圭尔妲，离我的家远点儿。

死刑判决

　　天色阴沉。低低的流云毫无敬意地掠过市政府大楼上本市缔造者的雕塑。
　　窄窄的街道两旁是堡垒一样低矮的房屋，昏暗的灯光从那些长长的窗户中透出来，洒落在街上。一幢棕色的三层楼中，一个男人正从起居室内向外张望。阴郁的天气似乎已经渗透到他的心灵，但接着他无奈地笑了，他意识到自己的沮丧并不是因为天气，而是因为那个刚从出租车上下来的乘客。
　　站在窗前的男人身材瘦弱，六十年从未轻松过的生活使他的脸变成了沟壑般的皮肤、高高的颧骨以及一个硕大鼻子的综合标本。他的头发已经斑白，一双蓝蓝的眼睛却出人意料地清澈与温柔。
　　他在洗得已褪色的衬衫上若有所思地擦擦手，提了提显然已穿了多年的裤子，然后转身看着站在他身后的女人。她抱着双臂，一脸不满地望着他。
　　"他来了。"他说道。
　　"让他去见鬼。"
　　"听着，"他说道，"他是老妇人的侄子，她唯一在世的亲戚。如果她想在遗嘱中把东西留给他，那是她的事情。"
　　"也是我们的事情，"她说道，"我们已经照顾、看护了她二十多年。她欠我们的。"
　　"我们会得到一些东西的，"他说道，"她是这样告诉我们的。"
　　"一些东西，"她痛苦地说道，"什么东西？还能剩下什么？她可不是个百万富翁。现在的这些东西仅够我们维持以后的生活。其中的一小部分就意味着什么也没有。见鬼的侄子，见鬼的姑妈。"
　　"嘘，"他说道，"不应该这么说话。"

"不应该？瞧瞧我们，"她张开双臂，"瞧瞧我，这条裙子已经穿了十年了，它还没有散架真是个奇迹。鞋旧得皮子都裂了。再看看我的脸，她八十岁，我六十岁，可我的皱纹和她的一样多。还有我的头发，"她气愤地抹去眼泪，"这么难看。我们为她工作了二十年，可除了变老，我们得到了什么？"

门铃响了。

"我去开门。"男人说道。

"好吧！"她厉声叫道，"让他进来。让他拿走所有的东西。我们不需要。我们还年轻，还很健康，可以出去再找到很好的工作，住很贵的房子。"她双臂交叉抱在胸前，"让他进来，你这个老笨蛋，然后给社会福利院打电话，以便在她去世时我们好有个准备。"

男人走出起居室，来到门厅。透过大门雾蒙蒙的玻璃，他能看见那个从出租车上下来的男人的身形。

她说得对，他想道，我们工作了二十年却一无所得。

他拉开门闩，打开门链，推开大门。

玻璃上的影子表明来客是个大个子，但没想到他却是一身赘肉，大大的啤酒肚在昂贵大衣的掩盖下依然引人注目。来客四十多岁，似乎很成功，也很自信，过去一定生活得很好。但在大门打开时，那张胖脸上却没有一丝令人愉快的微笑。

"你是谁？"他问道。

"你是金鲍尔·豪沃西？"老人问道。

"那你以为我是谁？收账的？"

"我叫格林克斯，是我给你写的信，你姑妈让我写的。"

豪沃西推开他，走进门厅。他四下打量着年代久远的屋子，注意到满是划痕的地板、磨光了的地毯和以前曾很光亮的胡桃木家具。

"真是一团糟。"他评论道。他走进起居室，眼睛从家具上跳到墙上，从天花板跳到地板上，估量、计算着。不过那眼神说明它们没有发现任何值钱的东西。

"这地方就快成一个室内垃圾站了，"他说道，"我一辈子也没见过这么多破烂家具。"

女人厌恶地抿起了嘴巴，"别管这些家具。"她说道。

豪沃西上下打量着她，"你是谁？"

"她是我妻子。"格林克斯说道。

"难怪呢！"豪沃西说道。

女人眼中怒火直冒，"你想上楼去看看你姑妈吗？"她态度生硬地问。

"干吗那么着急？"

"她又老又病，而且一直在盼着你来。"

"难道她十分钟内就会死吗？"

格林克斯太太眨眨眼睛。

"我刚刚走了一千英里的路，我需要喝一杯，"豪沃西说道，"这破房子里有什么喝的吗？"

"有一瓶，时间很长了……"格林克斯说道。

"把它拿来。"豪沃西说道。他撇着嘴环视着屋子。

格林克斯拿来一瓶波旁酒和一个杯子。豪沃西给自己倒了一杯。他走到窗前，分开窗帘向外张望着，然后转身看着格林克斯。

"我记得这房子四十年前的样子，"他说道，"那时我只有5岁，但我仍然记得。这地方那时候很漂亮。"

格林克斯耸耸肩。

豪沃西仰头喝下酒，发出一阵嘶哑的笑声，"我一直记着它那时的样子。它有多漂亮。我以为它会值很多钱，万万没想到却是这个样子。街上有一半房子已经被封了起来，剩下的也被改作了储藏间。房子前面的草地上没留下一片叶子，而垃圾却比灌木丛还高。唯一丰盛的东西就是涂在墙上的乱七八糟。我听说过有些人带着钱离开某个高档住宅区，但我没料到他们会放弃这一个。这地方已经一文不值。你在信中说她让我做她的财产继承人，住在这样一个地方，她能有多少钱？"

格林克斯太太靠在墙上，面无表情。

"笨蛋，"豪沃西说道，"我真是个笨蛋。我只记得爷爷把我父亲赶出了家，把一切都留给了她，所以以为她拿着整个家族的财产。我以为这一切都将归我了。可从这房子的模样看，她连一分钱都没有。不过也许她有很多钱，因为她从来不花，是不是，格林克斯？"

他给自己倒了第二杯酒，一饮而尽，然后把杯子放在桌子上。格林克斯太太悄没声息地走上前来，轻轻拿起杯子，小心擦拭着光滑的桌面。

"好吧，"豪沃西说道，"我去问问那老家伙。也许她会告诉我。"

格林克斯太太领他走上黑黑的楼梯，穿过一个小小的大厅，来到一扇向阳的卧室门前。她轻轻敲了敲门，然后推开门，示意豪沃西进去。他走进卧室。

卧室很大，但看上去并不宽敞，因为一张有四根柱子、带蚊帐的大床占去了很大面积。床单、被罩和躺在床上的女人都是白色的，只是深浅不一。那女人的皮肤像是白色的绸缎，几乎是透明的，仅有的几根头发也已变得雪白，嘴唇苍白得没有一丝血色。只有那双深色的眼睛才使这一切不那么可怕，它们紧紧地盯着豪沃西。

"你是金鲍尔。"她虚弱的声音说道。

豪沃西走到床边，"你写信叫我来，葛莱逊姑妈，"他说道，"都过了四十年了，干吗还要费心找我？"

"我想见你。"

"没必要。"

"你是我的继承人，"她说道，并挥了挥柔软无力的手，"屋子里的一切都是你的。"

"这堆垃圾？"豪沃西问道，"除此之外，还有些什么？"

"没什么了。"她说道。

"爷爷留给你的那些钱呢？"

她叹了口气，"我不知道。银行的那个人说是股票、经济危机和通货膨胀。我一点儿都听不懂。"

"这么说钱全没了？"

"不是所有的。还剩下一些。他每星期都给我一些钱。"

"多少？"

"足够我们几个生活了。可房子还是你的。"

"见鬼的房子，"豪沃西说道，"你有没有什么值钱的东西？"

女人的眼睛向上翻去，她大口大口喘了起来。

格林克斯太太粗暴地抓住豪沃西的胳膊，"出去！"

豪沃西任由自己被推出了房门。格林克斯太太在他身后关上了门。他愤怒地瞪着那扇门，然后用手抹了把脸，向楼下走去。

格林克斯看着他又倒了杯酒喝了下去。现在的年轻人有句流行的话，他想道，是什么来着——坐立不安，好像后背上爬了只猴子。差不多是这样说的。

格林克斯太太十分钟后也来到了楼下。

"她死了吗？"豪沃西问道。

"没有，"格林克斯太太说道，"你没有权力……"

"你别管我的权力，"豪沃西说道，"我来这里，并不是因为我爱楼上的那个老女人。我来这里是因为我需要钱，而我以为她能给我房子的预付款之类。你们知道我是干什么的吗？我是个赌徒。我下注，我玩扑克牌。有一天，我和一个非常坏的人一起玩牌。非常坏的人。我真应该放聪明些离他远点儿，可我当时觉得自己很有运气。我以为我能赢了他，但事情没按我想象的那样发展。我输了。两万美元。而我答应了。你们知道什么是答应吗？就是保证会还钱。只是这次我惨了，因为我根本就还不了，现在他该到处找我了。你们知道如果他找到我会把我怎么样吗？"

他又倒了杯酒，一饮而尽。

"我需要那笔钱，"他说道，"而且要快，否则我死定了。"

他朝门口走去。

"我得再和她谈谈。"

格林克斯太太挡住了他的去路，"她在休息，"她说道，"我刚才给她吃了药。"

豪沃西低头打量着她，"我什么时候能见她？"

"她也帮不了你，"格林克斯太太说道，"她让你成为她的继承人，但这里没有钱。她没有银行存款。"

"她刚才说银行每星期送钱来。"

"那只是一小笔基金。"格林克斯说道。

"她没有现金？"

"没有。"格林克斯太太说道。

"上帝，"豪沃西说道，"这儿肯定应该有些什么。"

"什么都没有，"格林克斯太太说道，"你为什么不离开这里？不管这房子值多少钱，律师会把钱给你的。"

"你难道还不明白？"豪沃西几乎叫了起来，"我现在就需要钱！"

"现在不行！如果还剩下了什么东西，你也只能在她死后、律师说可以的时候才能得到。"

"一定有些什么。"豪沃西说道。他的眼睛四处打量着，希望发现某件值钱的东西，但家具（尽管擦得很亮）是旧的，墙上的画也值不了几个钱。

"走吧。"格林克斯太太说道。

"不，"他沙哑地说道，"我不走。我不能走。给我拿点儿吃的东西。"

"我不是你的仆人。"她答道。

他握紧拳头举了起来，"听着，老女人。我不用费多大劲就能把你打翻在地，我现在特别想打人。现在按我说的去做，给我拿些吃的来。"

"厨房里的东西还能做个三明治，"格林克斯静静地说道，"可以吗？"

"我知道这地方也准备不出烤牛排来。"豪沃西说道。

他把自己扔在一张椅子上，用手蒙住了脸。椅子在他的蹂躏下发出一阵呻吟。夫妻俩走进了厨房。

格林克斯太太从冰箱里拿出一片面包和一小块肉，扔在案板上。

"他饿了，"她说道，"饿了。我知道我想给他吃什么。耗子药。我想给他吃的就是耗子药。"她看着她丈夫，"他刚才想打我，而你什么都没做。"

"他很不高兴，"格林克斯说道，"你听到他说他欠了钱。"

"我应该关心这点吗？那是他的问题，不是我们的。他活该。他只能自己救自己。我该替他担心吗？"

她用面包做成三明治，然后用刀把它切开。

"见鬼。"她说道。由于用力过猛，刀插到了案板上，刀把慢慢地前后摆动着。

"看看你都做了些什么。"男人说道。

"这只不过是案板，"她答道，"我真希望那是他的心脏。"

"希望他死没有任何意义，"他说道，"仅仅是希望，还从来没有杀死过任何人。你这样只能使自己更不开心，没有任何作用。"

"不，有用，"她说道，"我想起了遗嘱。在不知道律师是否能找到他时，她向我们解释了她的遗嘱。她说如果他死了，我们就得到一切。"

"但他没死。他还活着。"

"假设他死了。假设我们帮助他去死。"

格林克斯的脸变得严肃起来，"我不想听到这样的话。我们是很穷，但我们也不像大街上的流浪汉那样为了钱杀人。城里这种事已经太多了。"

"高尚的人，"她说道，"在这么大公无私之前，先想想你的未来。我们有那么多机会摆脱他。"

"你这么说，好像是件很容易的事。你知道事实不是这样。"

"对你来说不容易。你一辈子都在让别人欺负。在这个家里，不管要做什么事，都要靠我。"

这可不是事实，格林克斯想道，只是他做事的方式不像她那么直接。她总是很冲动，很情绪化，生气快，动作也快。许多人无法忍受她的性格，但他却容忍了一切，而且依然爱她。因为她也非常善良，也有温柔的时候，而且没有谁能比她更会照顾楼上的老女人。

"那么你会怎么做？"他问道，"你怎么解释？他死后，我们怎么处理尸体？像恐怖小说里那样把他埋在地下室？这在现实生活中行不通。"

"很容易，"她说道，"我把刀子插在他身上，天黑后把他扔到大街上。这附近，如果单独走在街上，这种事经常会发生，尤其是像他这样衣着考究的人。"

他摇摇头，"你以为他们不会找到我们这里来？律师们知道他要到这里来。他们会问许多问题，警察也会问许多问题。你以为他们是傻子？你让情绪战胜了理智，你没用你的大脑。如果你仔细思考过，你会意识到他更年轻，也更强壮，你以为他会坐在那里等你去杀他吗？"

"但是……"她嘟囔着，手指抚摸着刀把。

"没有但是，"他说道，"我们无能为力。我们为这老妇人工作，希望她会照顾我们，但她却决定把一切都留给她的侄子。这是她的权力。她没有许诺过什么，所以也说不上背叛了誓言。我们所能做的就是悉心照料她，直到她去世，然后我们接着走自己的路。我们总会得到些东西的。"

"是的。"她说道。挥了挥手，"整个世界都在等待我们，都要等不及了。我们会有很好的工作，许多钱，还会有一个很好的家。"

他笑了，"你真是个刻薄的老女人。"

"而你是个笨蛋。"

他端起盛着三明治的盘子，"是的，"他说道，"我确实是个笨蛋，年轻时有那么多路可走，而我偏偏选择了这条，所以我不得不接受现状，我已经太老，无法改变任何事情了。"

他端着盘子慢慢走回起居室。豪沃西不见了。

格林克斯听到了什么声音。他顺着声音来到隔壁餐厅。

豪沃西发现了一个年代久远的银盒子，正在摆弄着里面的东西。

"你在干什么？"格林克斯问道。

"这是银的，是不是？肯定值些钱。"

格林克斯将手中的盘子放在桌上，"我刚刚还说自己是个傻瓜，而你却比我还傻。"

豪沃西瞪视着他，"小心你的嘴巴。"

"你说你欠那人两万美元。"格林克斯指指盒子，"这能值多少钱？几百美元？你以为这就能让他满意？"

豪沃西将一堆叉子丢在桌上，用手抹了把脸，"你说得对。这些小货色根本帮不了我。"

"吃你的三明治吧。"格林克斯说道。

"我无法相信她的钱全没了，"豪沃西说道，"我就是不相信。"

"你是不愿相信，"格林克斯说道，"因为你本来以为能从这里拿到两万美元，却没料到这里什么也没有。即使你姑妈仍很富有，即使这房子很值钱，即使她还有一百万美元的债券，对你来说也没有任何作用。首先，你得等到她去世，然后你得等到遗嘱获得认证。你得等几个月时间才能拿到哪怕是一分钱。像我们一样，你在错误的时间来到了错误的地点。也许你到别处去运气会好些。"

豪沃西用牙撕咬着三明治，眼睛紧盯着格林克斯。他咽下一口食物，用手指着格林克斯，"你和你妻子似乎很急于把我从这里赶走。为什么？"

"这里没有东西给你，"格林克斯说道，"我们本以为你可以使你姑妈最后这段日子过得开心些，但看样子不可能了。你只对自己感兴趣，你对她根本没有感情。你需要的是钱，而这里一分钱也没有。你干吗还要待下去？"

"我不相信，"豪沃西再次说道。他吞下剩下的三明治，伸手去拿酒瓶，"四十年前，她有很多钱。它们不能一下子全没了。"

"四十年是段很长的时间，"格林克斯说道，"什么事都会发生。所有的股票价格都没有涨。很多公司倒闭了。看看那些汽车制造厂，还剩下多少？再看看铁路，它们的股票怎么样了？让你的财产增值需要很大的运气和高超的技能。你姑妈不是个理财专家，而她的那些顾问又很不称职。她又病了，药物、医生、医院，花了很多钱。她现在本该住医院，但她得住单人病房，可她负担不起。还有通货膨胀，几年前还够用的钱现在已经不够用了。还有更重要的原因。你姑妈现在老了，快死了，她曾经年轻过，还很漂亮，而你却没问过她为什么不结婚。"

"有些女人就是那样。男人也一样，你就没看见我带个老婆来。"

"但我肯定你曾对某个女人很感兴趣。"

豪沃西骂了句脏话，"是的。在我发现她的真相前，她卷走了我许多东西。"

"你姑妈也有过类似的事情。也许这与家族血统有关。曾经有一个男人，她给他钱。在一段时间里，她给了他二十五万美元来帮他做生意，但他并没有用那钱去做生意，他把它存了起来。当他觉得已经不会再有什么钱时，他和另一个女人跑了。"

豪沃西瞪视着他，"二十五万？"

"她谁的话也听不进去。她爱那个男人，信任他。"

"那可是很多的爱和信任。"

格林克斯耸耸肩，"现在说这些已经太晚了。律师们想让她去报案，但她拒绝了。"

"愚蠢的女人。"豪沃西说道。

"所以你看，这里没什么能帮你。如果你有麻烦，应该到别处去想办法。"

豪沃西站起身，眼神依然很顽固。他拿着瓶子灌了几口酒，"不，"他说道，"我已经没别的地方可去，我仍然认为钱在这里。我是个赌徒，如果一个人不能察觉到他快赢了，那他就不是好赌徒。我想再和她谈谈。"

格林克斯太太走了进来。她看看银餐具，又看看豪沃西，脸上显现出掩饰不住的厌恶。

"我看见你的朋友们来了，"她说道，"我想你会请他们进来，但我告诉你，这里已没有食物和酒了。"

豪沃西猛地僵住了，"什么朋友？"

"是两个男人，"她说道，"他们就在外面。一看就知道不是这里的人。他们只能是你的朋友。"

豪沃西一路小跑来到窗前，小心地分开窗帘。"噢，上帝！"他说道，"他们已经找到我了。"

格林克斯从他肩上望去。路边光秃秃的树下停着辆黑色的大汽车，两个男人正靠在车身上。在这里，人们开的车通常都是些伤痕累累的老爷车，只是交通工具，不是什么装饰品，所以这辆车显得与这地方格格不入。这种车只要在那儿停一会儿就会消失，或被人大卸八块。但格林克斯知道，只要看到靠在车身的那两个人，不会有任何人再动那车的主意。这两个人一个身材高大，一个矮小，虽然还很年轻（也许二十几不到三十岁），但穿着却相当保守。格林克斯能感觉到这两人身上散发出来的咄咄逼人的气息。

"他们是谁？"他问道。

"我跟你说过的那个人，"豪沃西说道，"他们是替他收账的。他想要他的钱。他们不拿到钱是不会离开的。"

"他们怎么会知道你去了哪里？他们怎么会跟踪你到千里之外的地方？有人告诉他们？"

豪沃西放下窗帘，"没人告诉他们。我没对任何人说我要去哪里，我也没带行李，我不想让任何看见我的人知道我要出城去。"他猛地一拍额头，"你那该死的信。我把它留在房间里了。我早该知道他们会搜查我的房间。"

"如果你怕他们，那就叫警察。"格林克斯太太说道。

"警察能做什么？他们又没犯法。"他深深吸了口气，"现在我真得把钱弄到手。如果我离开时手里没有钱，他们会杀了我的。"他把酒瓶放在一旁，声音低沉而绝望。

格林克斯望着他。豪沃西的脸已变得像楼上那女人一样苍白，豆大的汗珠从他的额头和下巴滚落。格林克斯几乎要为他感到难过了。

豪沃西朝门口走去。

格林克斯太太抱着双臂挡住了他的去路,"你不能到楼上去。"

狂怒中,豪沃西抓住她的胳膊将她甩在了一边。她跌跌撞撞险些摔倒,"滚开,别碍我的事!"

他飞快地奔上楼梯。格林克斯太太揉着自己的胳膊,跟在他后面跑了上去。格林克斯犹豫片刻,也跟了过去。

豪沃西粗暴地推开他姑妈卧室的门,大步走到床前,低头看着她。老妇人的眼睛紧闭着。她的呼吸很平静。

格林克斯太太走到他身边,"别打扰她!"她愤怒地说。

豪沃西把她推开,弯下腰摇晃着他姑妈的肩膀。她睁开了眼睛,似乎什么都没看见。那毫无生气的眼球渐渐活了过来,发现了他。

"你听见我说话吗?"豪沃西问道。

她轻轻点了点头。

"那么听好了。"豪沃西指着窗户,"就是现在,在门外,有两个男人想杀死我。你明白吗?"

那头又轻轻地动了动。

"只要一点钱就可以让我活下去,"豪沃西说道,"不是在你死后。不是下个月,也不是下下个月,也不是等你律师把一切都整理好后,而是马上!你听明白了?"

老妇人点点头。

"那么帮帮我,"豪沃西祈求道,"我知道你肯定有钱。我知道除了这房子和那堆旧家具,你肯定还有些别的东西。当初有那么多钱,不可能全没了的。肯定还剩下一些。"

老妇人张开了嘴,"多少?"她悄声问道。

"两万元。"他说道。

她的嘴唇扭曲了,"钱,"她说道,"男人想要的就是钱吗?"

豪沃西握紧了拳头。格林克斯突然感到一阵担心。豪沃西是个性情暴躁的人,在这大难临头时,整个屋子都可以感觉到他的恐惧。如果他的拳头落在老妇人身上,格林克斯肯定得做些什么,可他并不知道应该怎么做。

"听着,"豪沃西沙哑的声音说,"我一只手就能杀了你,老家伙,如果你不帮我,我会这么干的。我不在乎你的遗嘱、你的房子或其他什么东西,我就要属于我的那一份，而且是现在！"

老妇人长叹一声，深色的眼睛凝望着天花板。她的声音很温柔："我不喜欢你。我原以为你会比你父亲强，但你不是。他是个软弱的人，而你也是个软弱的人。不过我当初还是应该帮他的，对此我一直感到内疚。我很愿意现在帮助你，以弥补我以前的过失，可我没有钱。"

豪沃西的手像爪子一样伸向女人的脖子，"不要对我撒谎！你肯定还有钱！"

格林克斯太太愤怒地推开他的胳膊，"出去，让她一个人待着！"

豪沃西转过身，狠狠扇了她一记耳光，把她打到了墙角。老妇人听到格林克斯太太尖厉的哭叫声，挣扎着坐了起来。豪沃西再次冲到她跟前。

"够了！"格林克斯厉声道。

豪沃西转过身，气喘吁吁地面对着他。他眼睛中疯狂的神情不禁使格林克斯有点害怕。

格林克斯走上前来，"把珠宝给他。"他对那老妇人说道。

格林克斯太太捂着脸叫道："不！"

老妇人的眼睛紧紧盯着格林克斯，仔细察看着。终于她渐渐让步了。她几乎是微笑着说："好的。把珠宝给他。"

格林克斯太太愤愤不平地把手插在腰间，"你说过，只要你活着就不会和它们分开。"

"我现在不需要它们了。"老妇人说道。

"别害怕他。只要你活着，它们就是你的。让他等着。我们可以去叫警察……"

"把珠宝给他。"老妇人声音中的命令口吻让人无法违抗。

格林克斯太太穿过房间，来到一个有多层抽屉的梳妆台前，打开一个抽屉，从里面拿出一个老式的大大的珠宝盒，然后走了回来。她把盒子放在床上，愤怒地盯着她的丈夫。

豪沃西深深吸口气，把一只颤抖的手放在珠宝盒上，似乎很害怕把它打开。接着，他猛地打开了搭扣。黑色天鹅绒上摆满了戒指、手镯、项链、项链的垂饰，这些东西上面都镶嵌着各式各样的宝石，在屋内灯光的照耀下，放射出璀璨夺目的光芒，似乎很高兴能从黑暗的牢房里走出来。

豪沃西长出一口气，"我早知道，"他喃喃道，"我早知道会有些东西留下。"他很快盖上盒子，扫了一眼格林克斯夫妇，"你们听到她的话了，"他说道，"她把这些给了我。"

"是你偷走的，"格林克斯太太说道，"你强迫她把东西给你，这是偷窃。你不能把它们拿走。我不允许。"

豪沃西举起一只拳头，"闭嘴！我已经听够了你的胡说八道！"他转身看着格林克斯，眯起了眼睛，"我这就把它们带走，别给我找麻烦，老家伙。"

"我想都没想。"格林克斯说道。

豪沃西夹着珠宝盒，从老人身边溜出房门。他似乎很担心这个瘦弱的老人会把那个盒子抢走。他使格林克斯想起了一只快要饿死的野兽，刚刚得到一点对它来说可以救命的食物，如果有人胆敢靠近它，它随时准备杀人。

豪沃西朝楼梯一步步退去，接着他转过身飞快地跑了下去。格林克斯走到窗前，向外望去，刚好看见豪沃西冲出房子。那两个男人猛地站直了身子，一副高度戒备的状态。豪沃西飞快地说着什么，像进贡似的捧着那个珠宝盒。三个人一起上了汽车。格林克斯看着汽车沿着大街开去，转过拐角，消失在不知什么时候开始的蒙蒙细雨中。雨水很快模糊了地上的轮胎痕迹，就像那车从来没在那儿停过。

结束了，他想道。

他看了看床上的老妇人。她已经闭上了眼睛，脸上挂着一丝淡淡的微笑。她的呼吸平稳，似乎她已经忘记了她的侄子。他示意妻子和他一起离开房间。

来到门厅时，他妻子说道："希望你很为自己骄傲。如果不是你告诉他那些珠宝……"

"他当时会杀人的，"格林克斯说道，"他疯了。"

"我会杀了他。我告诉你我早该杀了他。"

"而我也告诉过你，"格林克斯说道，"那不是解决问题的办法。"

"他打了我！"她愤怒地说道，"而你什么也没做。你是个老笨蛋，还是个胆小鬼。"

"不错，我是个老笨蛋，"格林克斯说道，"这一点我承认。如果阻止一个人杀人是胆小鬼的话，那我就是个胆小鬼。我只是显得什么也没做。"

他步伐缓慢地走下楼梯，觉得非常疲倦。她跟在他身后。他来到起居室，倒在一张沙发上，闭上了眼睛。

"你这话什么意思？"她问道，"你只是显得什么也没做？你在给自己讲什么童话故事？"

他睁开眼，用手指揉了揉他的大鼻子，"那是在大约一年前，"他慢慢说道，"当时她第一次住进医院。你一定还记得那些律师打来了电话，我去了他们的办公室。他们对我说已经没钱了，银行的基金也花光了。怎么办？他们说把房子卖了。我说那不太实际。房子不会卖多少钱，而我们也没有了住的地方。她需要有人照顾，如果没有我们，她就得去一家养老院。她不会答应的。房子必须留下，以便我们能照顾她。他们又说，把家具卖了。"他笑了，"你能想象吗，把家具卖了？"

"她不会允许的，"格林克斯太太说道，"她永远都不会让她珍贵的古董离开的。她花了那么多年来收集这些东西。一年前，她还能走动，她每天都要打扫、清洗这些家具。她没有孩子，这些古董就是她的孩子，缺一件都不会逃过她的眼睛，那会让她心碎的。"

"那个白痴豪沃西以为它们全是垃圾，"格林克斯说道，"律师们没有告诉他，所以他不知道。"

"但是，"她苦涩地说道，"这又有什么不同呢？这些东西早晚会是他的。至少钱会是他的。本来应该是我们的。这些家具卖的钱正好够我们下半辈子生活。"

"你忘了那份遗嘱，"格林克斯说道，"如果他在他姑妈之前去世，那我们就是她的继承人。"

"这没有任何用处，"她说道，"你让他走出了这所房子。他还活着，这还多亏了你。"

格林克斯摇摇头，"等一等。我刚才和你说到那些律师了。我告诉他们，她是个骄傲、固执的女人，应该想办法让她以为银行还在向她提供基金，她可以宁静、快乐地度过余生。他们说他们同意这个意见。好吧，我说。不可能在她不知道的情况下卖掉家具，但还有另一件东西可以卖。我们可以把它卖了，却又装作银行仍在寄钱来，而又不让她发现。"他靠在沙发背上，一脸怡然自得的神情。

她睁大眼睛，"她有的另一件东西就是她的珠宝，"她说道，"可那些珠宝还在呀。去年，我不知有多少次看见她在摆弄那些首饰。我想她喜欢回忆自己年轻时戴着这些珠宝的样子。"

"玻璃，"格林克斯说道，"假宝石。她住院期间，我们拿走并卖掉了她的真宝石，用那些一文不值的东西代替了它们。豪沃西可能对珠宝一窍不通，可即使他知道，他也不会花时间来仔细研究，因为他很肯定自己找到了想要的东西。当他把珠宝交给那个人时，他就不会太着急了。他会检查那些珠宝，而且我相信他不会有耐心倾听什么解释。我听说过这样的人。他们会因豪沃西欠债不还，并试图愚弄他而杀了他。这样，我们就成了她的继承人。"

她声音中的怒气显而易见，"你从来没告诉过我！"

"责怪那些律师吧。他们不想让任何人知道这件事，因为不管动机有多高尚，处置那老妇人的财产并将它隐瞒起来终归是不怎么道德的。"

"她从来没有察觉吗？"

格林克斯咬了咬自己的下嘴唇，"我认为她不知道，疾病伤害了她的身体，并没影响她的大脑。她是个聪明人，她可能意识到了发生了什么事情，却一个字也没说，因为她信任我们。她刚才看我的眼神……"他摇摇头，"但我仍然不知道她是否会宣判她侄子死刑。"

"你说过你不会为钱杀人，高尚先生，你却宣判了他的死刑。"

格林克斯站起身，打开一盏古老的地灯。橘黄的灯光填充了整个房间，将阴暗的暮色挡在了屋外。那些家具看上去不再陈旧、灰暗，而是发着幽幽的光芒，漂亮极了。整个房间充满了沁人心脾的暖意。只有多年充满爱与理解的平静生活才会产生如此的暖意。

"我说的是真的，"他说道，"我建议他拿走那些一文不值的珠宝时，我脑子里并没想到钱。"

"那你还能有什么理由呢，你这个老笨蛋？"

格林克斯伸出手，温柔地碰了碰她满是皱纹的脸，"那个人来到这里，侮辱了我们，也威胁了我们的主人。这些我都可以原谅，因为他碰上了大麻烦。但后来他打了你。就是在那个时候我下了决心。"格林克斯挺起了胸，他的声音坚定，"为此，他必须受到惩罚。"

迪灵顿街的回忆

"妈妈，我真希望能够认识外婆。"十岁的女儿对我说，那双碧绿的眼睛闪闪发亮，"我要像外婆一样，成为一位舞蹈家。"

"我也是！"两个小女儿异口同声地说。

我的三个女儿都有一头鲜艳的红头发和奶油色的皮肤，这些都遗传自她们美丽的外婆，我自己的头发是金黄色的。

丈夫坐在扶手椅里，面带微笑看着我们。他很高兴看见一位美丽的家庭主妇，被三个可爱的女儿围绕着话家常的生动画面。

我常怀疑，假如他知道我早年在迪灵顿街所过的生活，不知会有什么反应？当然他是不知道的。

为了回答孩子们对我过去生活的询问，我编织了一段黄金般美丽的童年生活，实际上我告诉她们的故事中，只有一样是真实的：我美丽的红发母亲，在我12岁时谢世。

我从未见过父亲。母亲曾经告诉我，父亲是个船员，在海里失踪。但当母亲过世后整理她的遗物时，我没找到结婚证书，甚至也没找到一份能证明我身世的文件。

我对早年生活没有记忆，所以我的记述日期就从那年冬天搬到迪灵顿街开始，那年我4岁，母亲21岁。

我记得迪灵顿街是条很长的街，两旁是凄凉阴沉的住宅，屋前有高高的台阶，每家的大门都漆成绿色。

我们这条街的大多数家庭都靠接受政府救济过日子的。母亲和我住在二楼一个单间里。

我们在同一间屋里烧饭、吃饭和睡觉。和所有的住户一样，我们的房间在冬天又冷又通风，夏天则闷热不通气。

街上倒是热闹活跃，各种车辆来来往往，小贩沿街的叫卖声、孩子们的吵嚷声不绝于耳。

邻居孩子第一次邀我玩的游戏，是要我在整条街找出哪一家门漆成红色。在小朋友的鼓励下，我挨家挨户地爬台阶下台阶，一直到我因为两腿疼痛而哭起来。

"大笨蛋！"八岁的吉姆说。他后来告诉我，我们家住的那幢房子的门柄下就有红油漆，只不过原先的油漆有些剥落了。

我沮丧的哭声把母亲引了出来。

"请好好和我的劳拉玩儿。"她央求着小朋友们，他们敬畏地看着她。母亲很会打扮自己，夜里，她总是把红头发一卷卷地卷起来，白天再放下来，用头刷刷一刷，头发就自然地垂在肩上。

她经常把睫毛刷黑，衬托她那迷人的碧眼，使眼睛看来更大，嘴唇颜色更鲜艳。

她很宠爱我，管我叫洋娃娃，老叫我穿小女孩的衣服，那种衣服我早就不该穿了。

有一阵子，母亲出去找工作，把我交给邻居尼古拉斯太太照顾。她是一位心地善良的寡妇，身体不太好，住在我们楼下，是整条迪灵顿街唯一对我母亲友善的人。

那时是经济恐慌末期，工作不易找到。好多个夜里，我们母女饿着肚子上床，但母亲经常回家说她已经找到工作，然后母女俩便大吃一顿。

悲惨的是，母亲的工作从没维持多久，麻烦总是跟着母亲：店员的恶语中伤，顾客不怀好意的调戏，老板妻子的多疑。最后，她不得不放弃寻找工作的念头。

不久，家里开始有接连不断的男人光临，母亲告诉我她在教授舞蹈，我相信她，因为母亲很爱跳舞。

但是过了不久，我就不信了，因为那是假的。

每当母亲有一位顾客夜里来访，我就得躲在楼梯间等候客人离开。

我不了解母亲，不只是因为无知，而是我太不懂世上的事情。

我8岁时，有一天晚上，12岁的吉姆嘲弄地对我说："笨蛋，你以为你妈在楼上和客人做什么？"

他开始扯我的衣裳,我高声叫:"滚开!别惹我!"

尼古拉斯太太打开门,张望着阴暗的过道说:"劳拉,是你吗?"

吉姆边下楼边说:"你在问谁?"

"回家去,吉姆,"尼古拉斯太太说,"你再招惹劳拉,我就叫警察。"

"去呀!"吉姆不屑地说,出门时又向尼古拉斯太太吐口水。

这一带有个不成文的法规,除非有人命案,否则不喊警察。

我长到11岁时,渐渐明白了一些事。

我一直以母亲的美丽和她的衣着打扮为荣。她经常穿些时髦、带滚边的衣服,而不是街坊妇女们穿的褪色的破旧的家常服。但是我现在却开始希望她不要和别人不一样。

我注意到尼古拉斯太太的女儿,她经常来看母亲,人家穿着朴实,但看来很迷人。

邻居的妇人们也暗地里批评母亲。每当母亲出现时,邻居的男人们都会被她吸引住,但这些男人没一个上过我们家。

春天到了,有一天放学回家,吉姆和他的那群小流氓挡住我的路,我想躲开,但是吉姆跳着阻止我。

"你母亲是鸡。"他说着,不怀好意地咧着嘴笑。

我从没听过这种字眼,不知道它的含意。但我明白那是嘲笑,我总是东一句西一句地听别人议论母亲,全是说她坏话的。

我挥动拳头打他,但我不是他的对手。我哭着一瘸一拐地回家,脸被抓破了,膝盖摔疼了,衣服撕裂了。

"劳拉!"母亲抓住我问,"那些男孩子把你怎么啦?"

"没什么,只是打了一架。"我憎恨地扯开母亲的手。我很想知道"鸡"是什么意思,但心里知道最好不要问。

1944年夏天,我满11岁的那个星期,天气太热,热得街坊的男孩子们都懒得玩儿。我们尽可能地坐在门前台阶阴凉处,等候送冰的车子来,期望能偷块冰解暑。

我们在门前等候时,母亲和邻居一样,在窗口放着要冰块的卡片。

送冰的人背上垫着橡皮,把冰块扛进我们公寓,我们几个孩子围在他的马车旁。他进去已经好久了,我们都把他忘记了。

突然,他出现在我们面前,吼着说:"给我滚开!"只这一声,孩子们便像风中的尘土般散开了。

送冰的人很强壮，皮肤黝黑。他看我一眼说："嘿，小妞儿，你是她的女儿？"他一甩头，示意二楼的窗口，一撮黑色鬈发垂到前额。我点点头。

他又用头示意说："到这儿来。"我跟他到马车跟前，他抓起一块冰递给我。

突然，我不想要什么冰块，我不知道为什么，只是不想要，虽然嘴里干渴得不得了，但我还是不想要。

他吹着口哨离开时，我张开双手，把冰扔到水沟里。

偶尔，母亲的访客会评论我的长相，每当有人论及我的长相时，她便会立刻把我赶到外面去。

家里常常有人喝酒。有些客人来看母亲的时候，总是带一两瓶酒来，但我从没看见母亲在白天喝过，直到有一个客人开始固定常来之后。

那个固定来的客人年纪不小了，有张历经风霜的脸。有一次，他突然来了，发现屋里有位水手，一怒之下，把那水手扔到了楼梯下。母亲很生气，紧张不安地咳嗽。以后每次她知道那个人要来时，就紧张极了，早早把我赶到外面。

有天晚上，我还没来得及出去，那人就悠然地走进来。他上下打量着我，吹了声口哨，轻轻说："嗯，我们这儿有个美女。"

"出去，劳拉。"母亲说。

我神经质地笑着说："为什么我不能留在屋里？"那人目不转睛地看着我，我觉得胆子大了些，但仍有些畏惧。

"当然可以。"那人向我挤着眼睛，"我们把她送到外面，你留下来陪我，怎么样，小妞儿？"

"出去！"母亲打了我一巴掌。

母亲从没打过我。我哭着跑出房间，蜷缩在楼梯上，心里充满憎恨，被一阵阵我不了解的冲动撕扯着，我发誓永远不原谅她。

一会儿，从屋里传来争吵声。母亲高声尖叫着，接着是那个男人的诅咒，然后是家具翻倒的声音，有什么东西打碎了玻璃，落到下面街上。

我听见一只瓶子打碎的声音，接着是身躯沉重落地的声音。

然后，完全寂静了。

我们房间的门慢慢打开，母亲夜游一般走出来，受伤的脸上流着血。

警笛声越来越近。

她肿胀的嘴痛苦地张开，含混不清地说："屋顶……不要告诉警察。"我背对着她，不理她。

她刚爬上三楼楼梯，楼下的大门就被撬开，冲进来两个警察。他们三步并作两步地跑上楼,看过我们的房间后,其中一个尖厉地吹起口哨。

"这人已走完人生旅程了。"另一个面色凝重地说。

他们走出楼梯间,站了一会儿,就脚步沉重地往屋顶跑。几分钟后,他们下了楼,两人把母亲夹在中间。

"劳拉!"她哭着,声音像个迷路的孩子。她经过我面前时,我抓住楼梯扶手,尽量把自己缩小。

离开公寓时,她喃喃地对尼古拉斯太太说着什么,尼古拉斯太太回答说:"别担心,我会照顾劳拉的。"

尼古拉斯太太的女儿每星期四给尼古拉斯太太送肉来,我没有胃口吃,但尼古拉斯太太总是哄我喝肉汤,给我做各种好吃的点心,可我吃不下。她虽然患有高血压,两脚肿胀,但照顾我十分周到。

"妈妈,你太累了,"她女儿总是说,"我要你和我回家,找医生好好治疗。"但尼古拉斯太太抗议说她不能撇下我,她答应了我母亲。

"劳拉没有亲戚吗?"

"没有,一个都没有。"

"那我们必须和官方联络,"她女儿坚决地说,"他们会负责的。"

"我答应了劳拉的母亲,怎么能不管她?"尼古拉斯太太痛苦地握住双手。

她女儿叹口气说:"好吧,妈妈,劳拉和我们一起回家。"

尼古拉斯太太的女婿是个律师,他正式出面和官方办理我寄留在他们家的手续。1945年冬天,我离开迪灵顿街,当时不知道自己从此不再回去了。

因为一直在迪灵顿街和邻居的孩子瞎混,所以住进克莱夫律师那有草坪、有树篱的可爱的郊区房子时,心中有点儿不安。我是在水泥砌的丛林里长大的,好像我被送到了另一个世界。

我和克莱夫的两个女儿住一个房间,尼古拉斯太太自己住一间。医生说她的心脏不好,必须休息和安静。

我经常站在尼古拉斯太太床边,默默祈祷,祝她平安。她是我唯一的朋友,没有她我该怎么办?

我感觉到克莱夫太太并不真正想收留我,她把母亲的生病都怪罪于我,虽然她嘴上从来没说,但我心里明白。圣诞节她为两个女儿添新衣服时,也为我添了一件,我对能扔掉那些小衣服感激不尽。

吃午饭时,虽然克莱夫一家对我很客气,但我总觉得自己像个外人,不属于他们。我坐在丰盛的佳肴前,心中却想念我熟悉的迪灵顿街。

虽然我试着不去想母亲，也不让自己承认思念她，但是我怀念旧居，有一大部分也是思念母亲。我今日的处境，我认为应由母亲负责。

那年我 12 岁生日时，克莱夫太太为我烤了一个蛋糕，那是我有生以来的第一个生日蛋糕。

克莱夫的女儿要我许愿。我闭上眼，认真地许愿，希望母亲早日获得自由，然后吹熄蜡烛。女孩子们拍着双手，向我保证说我许的愿会实现。

8 月，第二次世界大战胜利那天，尼古拉斯太太很难过，因为她儿子在战争开始时为国殉职了。几天后，克莱夫太太告诉我，我母亲生病了，要带我到监狱医院看她。当时我不知道，我所以获准去探视，是因为母亲病危。

监狱医院里什么都是灰色的，墙壁、床铺，还有一张张肃穆的脸。

我母亲的脸色最难看。起先我找不到母亲，她的床被一扇门挡住了。后来我看见母亲时，被她的苍白脸色吓坏了。她皮肤的奶油色消失不见了，眼里也没了往日的光彩，她那一头耀眼的红发失去了光泽。我吓呆了。

她茫然地看着我，半天才把我认出来。

"劳拉？"她无力地说。

她向我伸出双臂，但是我却退了一步，心里想到的是那天她打我的情形，耳朵里又听见她命令我出去的声音。

突然，我明白了以前没有领悟到的事情，母亲一直以她唯一懂得的方式在保护我。

"妈妈！"我哭着扑过去，投进母亲怀中，"我对不起你。"

"没关系，劳拉，别哭，"母亲抚摩着我的脸，"让我看看你，啊，你真漂亮。"她的手放在我的头发上，"尼古拉斯太太好吗？"

"她生病了，妈妈，她一直躺在床上，医生说是心脏病。"

"哦。"母亲叹口气，眼睛闭起来。

我拉着她的手，生怕母亲睡着，"妈妈，我要回家，我们什么时候可以回家？"我要我们母女俩过以前的日子，我们母女应该相聚在一起。

母亲睁开眼睛，视线落在我身后的地方，说："也许很快。"

女看守走了过来，说："时间到了，你得走了。"

母亲搂着我，耳语说："劳拉，做个好女孩，好好长大。"

在病房门口，我转过身挥挥手，我看到可怜的母亲正在努力想要坐起来。

我们母女被分在两边，我在阳光下，站在生命的门槛上；而我 29 岁的母亲，站在阴暗无光的那边，夜幕正向她逐渐遮过去。

我很想跑回去，告诉她我爱她，我一直爱她，会永远爱她，但是看守不让，叫克莱夫太太赶快把我拉走。

我没有机会告诉母亲我是多么爱她。三天之后，母亲咽下最后一口气。

我只有在记忆中回到迪灵顿街。我每次回忆当时的情形心里就一阵痛楚：我蜷缩在楼梯上，警察从我们房间里出来，正在商量往哪个方向追捕凶手时，指示他们上屋顶的是我。

丈夫的诡计

我推开门时，发现塞尔玛正在等我。她那头耀眼的头发照亮了办公室，雍容华贵的美丽，使在外面办公的三位小姐黯然失色。

我抑制住心跳。五年前，塞尔玛和我曾是影剧专栏作家的写作对象。后来我们分手了，她离开这座城市，在配音行业里成了顶尖儿人物。

"诺曼。"她叫我名字时已失去了它的魔力，这提醒了我，自从她离开后一切都与往日不同了。

我尽量笑得自然些："是私人性的拜访，还是要我们律师事务所的服务？"

"也许都有。"她歪着头打量我，"你仍然是我认识的人中唯一看来像律师的。"

我不想和她纠缠，说："假如你是因业务关系而来的话，我的合伙人应该也在场。"

"可以。"她不急不慌地说，"我不反对。"

我拉开菲尔办公室的门，他正在听收音机，看到我们立刻站了起来，布满皱纹的脸上挂着微笑，说："我知道今天日子不错，塞尔玛小姐，有什么要我们效劳的？"

她指指收音机说："你可能听过了，昨晚有个女人被一个半夜闯进去的人杀死了。"

他点点头。她转向我，两眼突然含满泪水，她说："那是布兰恩，我姐姐，五年前她嫁给大卫。"

"我很遗憾。"我说，我是真心的，布兰恩是个好姑娘。

"报道说是个小偷下的手，他们错了。"她痛楚地说，"是大卫杀死她的，我不知道他怎么下的手，但是他干的，没错。"

"你有没有把这事告诉警方？"

她说："他们不听，他们说他不可能杀她。"

"他为什么要杀她？"我问，"他和布兰恩处得不好吗？"

"布兰恩曾经写信给我，说她要离婚，我没问她细节，但是大卫待她很不好，他说和她离婚之前先要杀了她。"

菲尔说："究竟是怎么一回事？"

"大卫和布兰恩住在郊区。昨天大卫乘11点半的火车从城里回家，进屋时发现布兰恩在睡觉，他就到隔壁邻居家去聊天。他们坐在院子里时听见一阵尖叫声和枪声。大卫跑回家，发现布兰恩已经死了，后门敞开着。街上一个牵着狗散步的人也听见了叫声和枪声，并且看见大卫跑进屋子里。"

我看了看菲尔，耸耸肩。

"看起来好像不是你姐夫干的。"菲尔说，"我相信警方也有同样的感觉。"

"大卫这个人非常聪明，"她说，"布兰恩在给我的信里告诉我，他诡计多端。"

菲尔说："那是警方的案子，塞尔玛小姐，我们没理由干涉，也许私人侦探……"

"如果你是私人侦探，你愿意接受这个案子吗？"

"老实说，假如我接受的话，主要原因是对你有兴趣。"

"这也是我来这里的原因。在我认识的人中，只有你们二位能帮助我，因为你们一定会相信我。"

对此我们没什么好说，我们答应查查看，然后把发现的结果告诉她。

她走后，菲尔让我去和负责这个案子的警官谈谈。

我沿着快车道向郊区行驶，心中想着塞尔玛。

我花了好长一段时间，才把清晨醒来就想到她的习惯改掉。不知有多少夜晚，我借酒浇愁，只有菲尔陪着我。他严厉地训斥我，主要是他的年纪大了，无意再当这家苟延残喘的事务所股东。他的话使我难受了好几天。

以后，我没有感觉地一天天过着日子，只感到无边的寂寞。我把注意力转向别的事情，挣钱买了辆高级轿车。连菲尔也不知道，我曾在那些失眠的夜晚，驾着汽车在城郊荒无人迹的高速公路上奔驰，不知是否在寻找自我毁灭的途径。

我在警察局遇见一位叫麦尔肯的愿意帮助我的警官。

他靠在椅背上，表情严肃地说："我理解塞尔玛小姐的感受，不过，她到处这样说太危险了，小心人家告她诽谤。"

"我明白，但最好还是彻底查一下，使她信服。"

"她应该信服。"他说。

我有点儿生气,因为这案子还没了结。

他把塞尔玛说过的事详细地告诉了我一遍,说当尖叫声和枪声响起的时候,大卫和邻居在一起。

"死亡时间没有疑问吗?"

"没有。验尸验定说,死亡时间在11点半和12点之间。点三八口径手枪,距离三英尺处射中心脏,立即毙命。枪被扔在床脚。枪是大卫的,上面只有大卫的指纹,有点儿污渍。"

"可能是小偷找到枪,被大卫太太发现了,他就随手用了。"

他点点头说:"当大卫从前门进来时,他就从后门逃跑了。"

"他为什么没带着枪跑?"

"我想是惊慌吧。"

"你查过大卫昨晚的行动没有?"

"每分钟都查了,甚至见了他乘的那班火车的列车长。当凶案发生的时候,大卫正在外面,谁也不能否认。"

我说:"现在只剩一件事可做,就是去看看那房子,你想大卫会反对吗?"

"我陪你去,谅他不会反对。"

大卫对我们的造访很不高兴,但他又想不出理由来阻止我们进去。

他个子很高,穿一件翻领衬衫和颜色鲜明的运动裤。身为电台播音员的他,说话有种深沉的、带点儿甜味的声音,听起来很不自然。

在我印象里,他对妻子刚过世并不感到悲伤。

他们的房子坐落在一排同样式房子的最后,远离街道,是平房。一间起居室兼书房的房间朝向院子,靠墙有个精致的立体音响,卧室在房子另一边。

麦尔肯警官告诉我尸体是在双人床上发现的,左轮手枪一向摆在床头柜里,出事后被扔在地上。

过道有明显痕迹可以看出闯入者跑出卧室从后门逃之夭夭,而从前门进来的大卫,先得穿前过门再进入过道。我推开后门走了出去,五十米外有道天然的树墙。

"你们搜索过附近了吗?"我问麦尔肯警官。

"当然,一个人怎么能逃过我们呢?尤其是这一带,一个陌生人一出现立刻就会被发现。"

"这么说,那个撬门闯进去的人不会是陌生人。"

"目前我们正朝这一点着手。"

"为什么选这一家？大卫家里有什么值钱的东西吗？"

"好像没有。还有一件怪事，大卫说，家里没丢什么东西。"

我检查了一下门，看来不像有人撬门进去。

麦尔肯指着门上一个三角破裂处说："里面的门是开着的，他划开纱门，伸手进去打开纱门。"

"他是蓄意谋害大卫太太吗？"

"我们也这么推测。"

"门上有没有指纹？"

"哪儿都没有，他一定戴着手套。"

"那么是个职业杀手。"

警官还向我介绍说，大卫听见枪声和叫声向屋里跑的时候，邻居夫妇打电话报了警，然后也进了他家。三分钟后，一辆警车就来了，十分钟内，警察就搜索了这一带。

麦尔肯警官和我交谈时，大卫好奇地看着我，以后就不理我们了。不过，我知道布兰恩一定会在他面前提到我的名字。

他看我时那嘲弄的神色，让我感觉到塞尔玛说的话没有错。

我们回到警察局，麦尔肯问我："你满意了吗？"

我沉思了一会儿说："你一直认为是闯入者干的？"

他回答："闯入者很可能是大卫雇来的，如果真是那样的话，那么塞尔玛小姐的推测就正确了。"

我说："很感激你的合作，我答应不让塞尔玛再来烦你，假如有什么发现的话，你愿意通知我吗？"

"一定，一定！"

我走进办公室的时候，菲尔正在听收音机。他问我："有什么新消息？"我把整个上午的经过情形告诉他。

菲尔听完我的汇报后说："你没有证据证明你的预感。"

"一点儿也没有。"

"我们该怎样告诉塞尔玛小姐？"他问。

"先让她冷静下来。那个麦尔肯是个能干的警官，他发现了什么线索的话，会及时通知我们。"我说，"我们先吃午饭吧。"

我有把握，塞尔玛对大卫的看法是对的，最大的问题是如何证明它，总会有什么地方有破绽。

我边吃着三明治边听音乐。然后我灵机一动，丢掉手中的三明治，三口两口喝完咖啡，急忙赶到一个非常聪明的朋友那里。

他仔细听完我的叙述，点点头说："不难。"然后让我等待一下午，因为这件事情并不简单。许多事情要看我怎么做，而且要尽可能的完美，丝毫不能差。

我回到菲尔的办公室时，口袋里塞着一个小包裹。他正闭着两眼养神。

"我有了答案。我能找到证据。"我说。

菲尔问我："作为一个律师，你不会做违法的事吧？"

"作为塞尔玛的朋友，我会那么做的。"我说。

他愤怒地说："你不能让你对这个女人的感情代替你的公正，我不许你胡作非为。"

我说："但这是唯一能逮捕他的办法。"

菲尔噘着嘴不理我。

"你知道，"我温和地说，"大卫很聪明，他知道如果证据不存在，他就不会被判罪，你想让他逍遥法外吗？"

"宁可让他逍遥法外，也不愿让你以身试法。"

"我只要你帮我一个小忙，"我说，"愿意吗？"

"只要你不求我参与你的不法行为。"

"不会，我要你做的是，今晚天黑后，请麦尔肯警探把大卫请出屋子，半小时就够了。"

"试试吧。"

我很感激菲尔，我知道他会让步的。

傍晚，我来到大卫住宅，身穿黑色外套和长裤，脚蹬胶底鞋，口袋里有副手套，另一个袋子里是一套撬锁的工具，第三个口袋里是那个包裹。

我靠在大卫家后面那道树墙的一棵树后，等候麦尔肯警探把大卫请出去。但愿他能快一点儿，否则，我要是被逮住了，菲尔得花好大功夫才能为我辩白。何况，此地刚发生过凶案，我这身打扮和身上的装备，跳进黄河也洗不清。

天黑后，大卫爬上汽车，开走了。我迅速跑到后门，戴上手套，从破裂的纱门伸手进去取掉门闩，再用工具撬门。我的双手由于长久缺乏练习，摸索了好久，才把门打开。

我在卧室搜索着。我的猜测没错，在一件夹克衫的口袋里，我找到一根金属筒。现在我确信我的推测正确，我知道大卫如何杀害他的妻子，如何避开嫌疑了。我把那支金属筒放回原来的地方。

现在还有一件事要做，然后就看麦尔肯警官的了。

我双手转弄着包裹，栽放证据不仅犯法，还会断送我的前程。如果我被发现，大卫在法官找不到措辞之前就自由了。

我不明白为什么要这样做，是要大卫被捕，还是为塞尔玛？

假如塞尔玛没有牵涉进来，我会在这闷热有霉味的屋子里，满头大汗地像个窃贼似的偷偷溜进来，放置证据对付一个素昧平生的人吗？

我不情愿地把包裹放回口袋，我真想放置，但不能。我不能违背菲尔教导我的一切。

我开车驶向麦尔肯警官的办公室。

大卫已经走了。

我装出一副无知的样子说："我看见大卫刚出去，他在这里干吗？"

"一些文件需要他签字。"他只字不提菲尔打过电话的事，反而等我自招。

我说："大卫的枪还在你这里吗？"

他点点头。

我说："检查一下枪管是否套过消音器，可能不是个坏主意。"

他拿起电话问化验室。然后他说："枪管的确有一些新的划痕，可能套过消音器。为什么一个普通人家需要这种东西？"

"问得好！还有个问题，为什么它被取下来？那个消音器在哪里？"其实我知道它此刻在大卫的夹克衫口袋里。

麦尔肯飞快地看了我一眼说："我明白你的意思，走吧。"

麦尔肯警官向大卫亮出搜索证的时候，他很烦躁。

"请便，"他说，"我不明白你要找什么，难道你认为杀我妻子的人被我藏了起来？"

"不，"麦尔肯警官说，"我们要找你枪上的消音器。大卫先生，你想不想与我们合作？"

大卫的脸一下子就白了。

麦尔肯警官的两个手下进了卧室，很快就找到了，他们把那玩意儿装在塑料袋里，交给麦尔肯警官。

"你这种人不该有这种东西，是不是，大卫先生？"麦尔肯警官和蔼地说。

趁他们都站在过道里，我溜进起居室，从口袋里掏出包裹，抽出一盒录音带，迅速装在大卫的录音机上，打开开关，然后悄然等候。我知道，这事儿必须现在做，不然永无机会。

他们走进起居室，大卫还在辩解说他对消音器的事毫不知情。麦尔肯警官看看录音机，目光锋利地瞥我一眼，我摇了摇头。

大卫在滔滔不绝，录音机里突然爆发出一阵女人的尖叫和一声枪响。他惊愕地转过身向录音机走去，但是被麦尔肯拦住了。

"那录音带不是我的。"大卫说。我几乎可以看见他的脑筋在打转，他在回想他用过的那盒录音带，怀疑这一盒是哪儿来的。

"这难道是巧合吗？"麦尔肯说，"消音器和录音带都在你家里。"

"这是栽赃！"大卫喊道。

"枪管上留下的消音器划痕也是栽赃吗？"麦尔肯警官说，"你昨天晚上用加了消音器的手枪杀害了你的妻子，然后卸下消音器，把枪丢在地板上，划破纱门，将录有尖叫声和枪声的录音带放在录音机上，从容地走到隔壁去等候。当尖叫声和枪声响起的时候，没人能听出那是录音的，尤其是你这台精致的音响。你身为播音员，具备录音常识，做这种事更为方便。你冲进来，关掉录音机，假装刚刚发现你太太遇害。"

"这是你们带来的录音带，我可以控告你！"大卫显得十分慌乱，手指头紧张不安地动着。

我冷静地说："我不懂，你怎么能这样有把握地说这不是你用过的那盒录音带呢？"

"因为我清清楚楚记得，我把带子洗了。"他大叫，企图说服自己，也想说服我们。

大家都沉默了。大卫嘴里喃喃地念着："哦，上帝。"然后颓然倒在椅子上。

"他是你的了。"我对麦尔肯警官说，走出大卫家门。

我打电话告诉塞尔玛，大卫已遭逮捕，她柔声说："诺曼，我不知道该怎样感谢你。"

"我没做什么，"我说，"都是麦尔肯警官的功劳，我只是暗示他几点。"越少人知道录音带的事儿越好。

"过两天我就走了，"她说，"离开前我想再见你一面。"

我没吭声。

她只好自己接着说："我不想再当配音演员了。"

我只对她说了一句话就很快挂上了电话。

这儿距离她的旅店只有两条街，我很快会走到她那儿。

格兰普插了一手

吉格十分感激这场大雾。它使木桨的划水声听上去不那么响，而且让可能监视的人看不到他。

那艘老帆船的船壳隐隐出现在他面前，他掉转船头靠向大船。那个秃顶的人从倾斜的甲板上瞪着眼睛注视着他。

"是那孩子，"鲍尔迪对在雾里的另一个人说，"我来管他。"

吉格将他所带的生活用品递了上去。

"你是按我告诉你的在南特鲁罗买的这些东西，是吗，孩子？"

"是的，先生。"

"好。"鲍尔迪说的那个"好"字听上去像是"噢"①，"下一次到别的地方去，比如韦尔弗利特。"

"是的，先生。"吉格不安地答道。他可以猜到鲍尔迪和那个蓝眼睛的人为什么不想让他在任何一家商店买太多东西：人们想知道他的钱是从哪儿弄来的。

"你没跟任何人提到我们吧？"

"没有，先生。就连格兰普都不知道我来这儿了。"

鲍尔迪好像很满意，他递过来一张纸条和两张五美元的钞票，"你尽快把这带过来，"他说，"零钱像平常一样，拿着好了。快去吧。"

吉格很高兴地走开。当那艘老帆船的船壳在他身后的大雾中慢慢消失后，他停止划桨，看了看那张单子。上次他挣了两美元，这样他存的钱就超过了三十美元。这次单子上的东西不多，剩给他的该有三美元左右。

---

① 这里指发音不准。——译者注

如果格兰普不胡乱花钱的话，他想，以这样的速度我很快就可以攒到五十美元了。

他骑着破自行车到特鲁罗又赶回来，已经很累了。他把船划到岸边，走回家去。雾水慢慢渗透了他破旧的毛衣，他冷得有些发抖。

大雾没给格兰普带来什么麻烦。当吉格走进院子时，这位老人正坐在门前的台阶上，他"咯咯"地笑着在玩一个铁皮的玩具鸭子，那鸭子在地上疯狂地转着圈。一会儿它摇晃着停了下来，格兰普弯下身子又给它上了上发条。一看到吉格，他赶忙悄悄地将玩具藏到身后的台阶下面。

吉格用拳头打着他的屁股，"格兰普，你听着！"他试图说得话中带刺，以显示他是多么生气，"你知道沃特利特先生说过的话！如果我们不能按时弄到那笔钱的话，他就要把我们撵出去了！"

格兰普拿出鸭子盯着它，看上去很可怜的样子，"没花多少钱，才两毛五。"

"我们要付租金！"吉格说，"你知道的，我不用一直老告诉你这事！"

"我做好晚饭了，"格兰普小声说，"我弄了点儿圆蛤，做了个杂烩菜。"

吉格走进屋子。吵了又有什么用呢？格兰普修修补补干了大半生了，现在他老了，没什么好干的事了。过不了一会儿，他就会把鸭子拆开，用里面的零件装出一个更加古怪的东西来。

可是，很难一直跟他生气，你还没发脾气，就会想起格兰普过去的样子。他是怎样驾驶着轮船在世界一半的海洋上航行；他在马尼拉是怎么在海军准将杜威的领导下去战斗的；你记得每年7月4日他所制作的鞭炮和五彩缤纷的烟花；你记得跟你妈妈一起在火车出事时遇难的父亲是格兰普的儿子。

但是他们需要钱，格兰普曾经答应过要节省。必须要把沃特利特先生的五十美元租金付给他，否则他们就要被撵出去。

"你去了好一阵子了，吉格。"格兰普一边舀着烩菜，一边说。

"我挣了大约两美元。"

格兰普皱了皱眉头，"干一早上这可不少。"

"我们还需要更多的钱，但不是用来买玩具鸭子的。"

格兰普不再提钱的事，晚饭后他出去散步了。

吉格洗完碗，拿了把扫帚把地扫了扫。虽然这只是座三个房间的破房子，房顶还是漏的，但是爱打听的沃特利特先生却特别讲究。格兰普的床下有个箱子，里面塞的都是老人的东西。吉格把它拉出来将后面扫了扫。

这时他气坏了。他看着箱子里面的东西,手开始发抖。格兰普不是只买了鸭子,还有三四个新盒子。

吉格气愤地想,告诫他一点儿用也没有。我得给他看看!

他把箱子拖到外面,藏到了柴房里。

格兰普一回来就发现箱子不见了,到处翻了翻,又偷偷看了看吉格,但吉格只管往一条裤子上缝着补丁,假装没有注意。

格兰普终于说道:"你见到我的箱子了吗,吉格?"

"我把它藏到你找不到的地方了。"

"噢——"格兰普说。这声"噢"说得很微弱,就像一条狗挨踢后发出的呜咽声,然后他走出去坐在台阶上,失望地向外面看着。

"噢,好吧!"吉格说,他从柴房里把箱子拿过来,"给,我……对不起。但是你不应该花我们的钱来买这些东西。你知道你不应该!"

"没花多少钱。"格兰普小声说。

吉格坐下来,把脸放在老人的头上。格兰普的头发又软又白,发梢卷曲,就像海星的尖一样。"好了,"吉格说,"我连看都没看新盒子里面的东西,真的。"

第二天早上,吉格骑着车到韦尔弗利特,买回了鲍尔迪单子上的东西,然后把它们放到海湾边他的划艇上,用油布盖上以防被细雨淋湿。当他进到院子里的时候,格兰普正在摆弄玩具鸭子的外壳。

"你走了一会儿了。"格兰普说。

"我去尼克森先生那里看了看酸果园的那份工作。那样,下个月我放学后就可以挣些钱。"格兰普没再追问他什么。他把鳕鱼糕和热的玉米粉面包放在桌子上,他们开始吃饭。饭后,格兰普拿起一根手钓丝和他抓到的一罐蟹。"逃妥鱼在这样的雨天会咬礁石的,"他出去的时候说,"它们喜欢这种天气。"

他走了有一个小时,有人来找吉格。两个人,一个是监督官亨利·弗莱彻,另一个人皮肤黝黑,身材瘦削,眼睛锐利。

"吉格对这段海岸非常熟悉,就像你了解你的情报局一样,福格蒂先生,"亨利说,"你去跟他谈吧。"

"我不是情报局的,"福格蒂先生说,"我是个特工。"

"呃,无所谓。"

福格蒂先生向四周环视着,他看了看这座老房子、柴房以及穿过海滩李树丛到海湾的那条蜿蜒崎岖的小路,然后他坐在门旁的凳子上看着吉格。

"我是为政府工作的,吉格,"他说,"我们需要一些帮助。据说有艘快艇夜间在这一带海岸出没。由于现在是战争期间并且有潜艇击沉我们的船,所以我们必须对此进行调查。"

吉格站着一动也不动,他说:"是的,先生。"

"如果有这样一艘船在这里出没的话,"政府的人接着说,"白天的时候它一定藏在某个隐秘的地方。"

"是的,先生。"吉格答道。

"弗莱彻先生认为你会知道是否有陌生船只藏在这附近。"

"我……我没看到。"说到这里吉格差点噎住了,但是他告诉自己实际上真的没有看到快艇。在那艘老帆船的船壳上有个洞,那里可以藏这样的小船,但是他没有向里面看。的确,鲍尔迪和蓝眼睛是陌生人,而且说话不像科德角的人那样,但这并不能证明什么。

亨利·弗莱彻说:"好吧,我猜这可能是一场虚惊,福格蒂先生,但是在你离开之前,我们可以在附近最后再看看。"他谢过吉格,又问了问格兰普怎样,然后,他和特工福格蒂走了。

等心跳平静下来,吉格站了起来。他沿着小路穿过海滩李树丛。他告诉自己,他没有责任去告发鲍尔迪和蓝眼睛。他所做的一切就是给他们送一些食品,但是当他匆忙赶向他的划艇时,他觉得不大对劲。

雨开始下大了,他赶到那艘帆船那里时,划艇里一半都是水。划艇碰到了船壳的边上,鲍尔迪喊道:"谁在那儿?"

"我。"吉格答道,可能他的声音不够大,鲍尔迪突然出现在他的上面,手里拿着枪。

"噢,是你。"鲍尔迪说,"好的,孩子。把你拿的东西递过来,然后上来,我们想跟你谈谈。"

吉格把那些包递上去,不情愿地爬了上去,然后他把划艇缆绳绕在一块裂开的板上以防划艇漂走。蓝眼睛在那里,两人站在倾斜的甲板上面对着他。

"昨天夜里有一艘奇怪的划艇进到这个海湾来了,"鲍尔迪说,"在附近慢慢地划来划去,好像在找什么。船里有两个人。你知道这事吗?"

吉格摇摇头,"不,先生。"

"你有没有跟人说过我们?"蓝眼睛说。他是一个又矮又壮的人,说话声音好像是从喉咙深处发出来的。

"没有,先生。"吉格又说。

鲍尔迪一只手抓住吉格的胳膊,捏得他很疼。"我们可不想找麻烦,"他说,

"但是谁要是来这里打探的话，他肯定会有麻烦的。如果你要是说出去，有人因此而受到伤害的话，那么就要你的命了。这你明白吗？"

"是的，先生。"

"很好，"蓝眼睛说，"在这里等着，我去把下面的东西拿上来，再给你开一张新单子。"他走开了，在倾斜的甲板上一瘸一拐地走着以保持平衡。吉格向海湾对面看过去，希望他是在远处的那一边。就在这时，他看到了那艘划艇。

那是亨利·弗莱彻的划艇，它在海湾的半中间。亨利划着桨，他的伙伴——特工福格蒂坐在船尾，朝帆船这里望着。

吉格的心开始蹦了起来。如果监督官和福格蒂先生朝帆船划过来，就会有麻烦了。他紧紧合起双手，祈祷监督官的船转向别处。它几乎就要转走了，但是亨利扭头看过来，又把船头掉了过来。

他们过来了，吉格狂乱地想着。而鲍尔迪有枪！

他猛地沿着倾斜的甲板跑了起来，同时高声喊着，那喊声像海鸥的尖叫一样掠过水面。"他们有枪，弗莱彻先生！当心！"

监督官停止划船，转过身子，手中的桨停在半空中。

"是我，吉格！"吉格喊道，"当心……"

他没能喊完。鲍尔迪气急败坏地吼了一声向他扑来，用绳头击中了他的胸部。这一击使他脚离地面，倒在一堆旧板子上。

他很疼，疼得比以往任何时候都狠。但是他的脑子仍然管用，鲍尔迪又扑过来时，他滚来滚去地躲闪着。蓝眼睛"咚咚"地从下面跑上来，他们两人开始说着什么。

吉格跪着向前爬。他看到他的叫喊已经及时地警告了亨利·弗莱彻和那个特工，因为他们现在趴在划艇里，看上去船里空无一人。

他爬到边上，向下望了望，听到鲍尔迪在他身后用外语朝蓝眼睛喊着什么，然后这两人沿着甲板歪歪扭扭地跑去，消失在下面。

片刻后，一阵发动机的响声使陈旧的船壳颤抖起来。

吉格正从帆船边上的洞里直直地向下看着，这时快艇的船头出现了。再有一分钟，他就会掉进水里，那船就会从他身上开过去。它一下子从洞口中冲到外面——一艘细长、灵巧的船，他以前从来没有见到过，虽然不大，但却很快。

它慢了一下，掉过头，吼叫着向前驶去，溅起大片的浪花。它对准亨利·弗莱彻的划艇拼命冲过去。蓝眼睛在船尾驾驶着船，鲍尔迪拿着枪跪在船头。

划艇里，福格蒂先生从船边伸出手来开始射击。鲍尔迪开枪还击，吉格看到特工向后倒去。他的胳膊垂在船边上，枪从他的手中滑落到水里。

快艇向它的目标冲去，吉格闭上眼睛不愿看到撞击的情景。当他再睁开眼睛时，发生了奇怪的事情。

快艇的正中冒出一股浓烟，它慢了下来。它疯狂地转了半圈，然后像水蜘蛛一样在水面上拐来拐去的，原来蓝眼睛松开了舵轮，眨巴着眼睛要避开翻滚的烟雾，烟雾中他什么也看不见了。明亮的火焰使劲地烧着。

火好像不可能蔓延得这么快。几秒钟的时间，整条船就成了一团火焰和滚滚的浓烟。没人能够灭掉这么猛烈的大火！

鲍尔迪和蓝眼睛跌过船边落入水中，喊叫着救命。那个地方的水很深，人会淹死在里面的。他们在水中扑腾着，不大会游泳。

吉格不再等了。他从边上翻下进入到他的船里，然后向岸边划去。他看到鲍尔迪和蓝眼睛也在向陆地游去，但他们游得很慢。他们用力地扑腾着，叫喊着，在他们的脚能探到水底之前早已累得筋疲力尽了。在他们对面，格兰普出现在岸上，手中拿着一支猎枪。

他们正对着他游去。不是他们不害怕那支猎枪，而是他们更害怕淹死。

吉格在想格兰普是否知道怎么使用那支猎枪。那不是他的，它属于吉格死去多年的爸爸。虽然在马尼拉，格兰普曾经在杜威手下打过仗，但是现在他很可能把一切都忘了。

但是老人并不需要开枪。亨利·弗莱彻的船比游泳的人先到岸边，亨利从格兰普手中拿过枪。当鲍尔迪和蓝眼睛嘴里喷吐着水走出水中时，亨利已经在等着他们了。

当吉格到岸边时，特工福格蒂先生已在亨利的身边了。

他的袖子下面淌着血，但他好像并没有在意。他说："这些人是谁，弗莱彻？你认识他们吗？"

"不，我不认识。"亨利说，他对鲍尔迪和蓝眼睛皱着眉头。"你们这两个家伙是干什么的？"他说。

"不关你们的事。"鲍尔迪回答。

"我们会让它成为我们的事。"福格蒂先生说，"我们还要看看那艘帆船的船壳。"他走上前去，掏空了那两个人的口袋，然后又回过来，沉着脸看着一个笔记本和一些文件。

吉格屏住呼吸，瞪眼瞧着。

"好吧，呃，这很有趣。"福格蒂先生说，"护航队和敌人的潜艇，哦？看来我

138

们抓了两个间谍。"他把那些文件放进口袋里，拿出了手铐。手铐锁在那两个人的手腕上时，他冷酷地问道："是什么使你们的快艇着火的？"

"一磅咖啡。"格兰普说着慢慢走过来。

这时候出现了片刻的宁静，大家都看着格兰普，他向后退了退，好像人们的注视有点吓住了他似的。"呃，"他说，"我必须要做。吉格跑来跑去地为这两个人买东西，我想他们不是什么好东西，要不然他们就会自己到村子里去。我不想吉格有麻烦，所以我想最好是烧掉那艘老帆船，然后，一切就会结束。我就做了一个燃烧弹并且……"

"你做了一个燃烧弹？"福格蒂皱着眉头说。

"在马尼拉，我在杜威手下打过仗，"格兰普自豪地宣称，"我随时都可以做点小玩意儿。我只是到电池厂弄点儿酸，到温德尔·索耶的火柴厂弄点氯化钾，然后用铁皮玩具鸭子的背做容器。有一根旧铜管将酸和别的东西分开，将炸弹塞进一包咖啡里，那咖啡是吉格放在他的小船里准备拿到帆船那儿去的。过一段时间酸就会渗透铜管，然后就起火了。"

"当然，"格兰普接着说，"我从没猜到他们会把东西放在什么快艇里，从不知道有一艘快艇。我只想烧掉那艘没用的老帆船的船壳，把他们赶出去。"

特工悄悄地说了些什么，然后推起帽子挠了挠头。亨利·弗莱彻把他的一只手放在吉格胳膊上。

"我无法想象你跑来跑去为这些人买东西，吉格。"

"他想挣些钱付租金。"格兰普说。

"我……我明白了。"

"我在等好心的上帝注意到所发生的一切，然后再跟他谈谈。看来我好像等得太久了。"

监督官和福格蒂先生都没有说话。

"另一方面，"格兰普说，"或许上帝真的跟他谈过了，用间接的方式。我将做炸弹的东西藏在我的箱子里，你瞧，吉格找到了。他把它拿走了，想教训我一下，然后不知为什么，他的心软了下来，又给我了。"老人摆了一下头，甩开眼前一缕湿头发，用一只胳膊搂着吉格的肩膀，向大海望去。"我想上帝之手在那里的什么地方。"他说着点了点头。

英奇的不在场证据

马蒂和英奇·刘易斯之间是像达蒙和皮西亚斯那种亲密的关系。这个城市下层社会中的人们不善表达,但对他们的关系还是投以赞许的目光。

他们两个一起住在靠近法伦公园的一个小平房里。考虑到他们的几种职业,他们觉得聘请厨师或管家显得多余并碍事,所以他们自己料理家务。

英奇·刘易斯个头不高,身材瘦削,头发沙黄色,长着一双冰冷的蓝眼睛,是个夜间行窃的高手。他可以沿着窄得连猫都会感到头晕的屋顶慢慢行走;他可以巧妙地攀附在一根细细的栏杆上,或凸出来的把手上,有一次他就那样攀附在一个非常不牢固的风标上,用一只手撬开窗钩。但英奇最拿手的要算是撬锁了,再复杂的锁在他那灵巧的手指里只需三两下就开了。

马蒂——确切地说是马丁·莱寇斯基——具有运动员的体魄,属于那种最终会发胖的类型。但目前来看,他仍然保持得非常整洁。他的头发是深棕色的,留着小平头,再加上他爱好裁剪宽松的套装和十分精致的衬衫和领带,使他看上去好像是大学生的样子。这同他的身份并不矛盾,他是个经验老到的伪造者,一个高明的骗子,特别善于干各种同女人有关的生意。

他们生活得很融洽。马蒂偶尔也会到爱的王国去转一转,但是英奇却是以类似父亲般的眼光来看待这种事,就好像青年人放纵一下是情理之中的事。英奇对效力更强的罂粟种子——鸦片——有瘾,他对这玩意儿的周期性发作在马蒂看来是种无害的癖好,就像对一位神经过敏的艺术家,要允许他用这样的放松方式来解脱他那精细而又艰难的工作所造成的紧张。

他们常常将天赋集中在一起,在如何瓜分赃物方面从来没任何问题。目前他们正在策划一个小小的阴谋,英奇对此已经探查了几个月了。

"这没问题,"英奇说,"这是河滨大道上的一座大房子。你知道那条大道的——豪华的宅第,宽大的院子,花草树木那类的东西。"

马蒂理解地点点头:"你是说那些社会名流。所有的大粪堆们都住在那条大道上,那是个上流社会。你心里想的是哪个?"

"韦弗家。"

马蒂轻轻吹了声口哨,"克里普斯。他们很有钱,但是那个老家伙简直吝啬得要命,他把所有钱都保存在自己的银行里。你在那儿能弄到什么?"

"珠宝,"英奇说,"他的孩子要结婚了,他要用许多钻石打扮她,我一直都在盯着他们。"

"别开玩笑了,韦弗这样一个老家伙,他会把钻石放在他的保管库里直到结婚那天才会拿出来。"

"下周就有个幸福的日子。要跟她结婚的那个小伙子在加拿大有些亲戚,他们在去佛罗里达途中要在圣保罗待三四天。你认为韦弗会错过炫耀他财富的机会吗?"

作为一个心理学,特别是百万富翁心理学的研究者,马蒂赞同地点了点头,这是初级知识。

"墙内保险柜?"

英奇轻蔑地吼道:"藏在墙上画后面洞里的一个铁皮罐,我用一把钳子就可以打开它。"

"谁告诉你的?"

"我自己弄到的,我察看了那座房子。"英奇有意地眨了眨眼,"电力公司派我去检查变压器,他们要铺一条新电缆。没人发现。"

马蒂对他朋友的精明开心地笑了。服装、徽章、证书,这些他自己就可以办了,但要是碰到摆弄那些复杂的配电盒里的电线和闸刀之类的玩意儿,他就没招了。英奇有办法,他对这些装置非常熟悉,他所扮演的角色总是十分可信。他能拉下闸刀,用螺丝刀摆弄,那样子会让你以为斯坦米兹亲自来测试电路了。

"听上去不错,"他说,"但这是一个人的活儿,我干什么呢?"

"周围有管家和仆人,可能还有一两个侦探,说不准,得要两个人。你看呢?"

"行,"马蒂高兴地说,"你说什么时间。"

"下周三。从加拿大来的那帮人周日到,可能会待到周四。我们在这之间下手。"

"好吧。这之前有什么要考虑的吗?"

"没有，除了切罗基·海兹家的一件小活儿。那女士不相信银行，把她的钞票都放在了二楼一个特别的保险箱里了。这个保险箱真的很特别，是保证防盗的。"英奇淡淡地笑了。显然，那女士的防盗保险箱对职业小偷来说将是个挑战。

"窗户也装有报警器，我把电线切断就好办了。可以在这个周末去偷。但韦弗家的计划是要真本领的，那些钻石能让我们用好几年。"

"很好，"马蒂说，"今晚去看场演出怎么样？汉弗莱·鲍嘉在宫殿剧院演出。"

"好，"英奇说，"我喜欢他。"

星期五，命运之神安插了一个体形匀称的黑发小姐进来。放下电话后，马蒂走进厨房，英奇正盯着两个烤着的汉堡包。

"老兄噢，老兄！"他说，"知道那是谁吗？"

"我怎么知道？"

"米利·奥图尔，我过去在芝市认识的女人。突然来了，去圣克劳德路过这儿，要我陪陪她。"

"干活儿？"

"我猜是的，米利总有些锦囊妙计。"他高兴地拍了拍英奇的背，"这种旅行里掺和点儿快活没什么关系。"

英奇呆呆地望着汉堡包说："想用车？"

"不需要，这家伙说她刚给自己买了辆崭新的轿车。"

马蒂高兴地去打包了。打完以后，他回到厨房。这时候，英奇坐在桌旁正津津有味地吃着他做的饭。

"想吃吗？"他问。

"没时间了，伙计。"

"要我送你到市里吗？"

"不用。我坐公共汽车去，跟她在劳瑞碰头。"

英奇很小心地将一片洋葱放在一片汉堡包上，"你什么时候回来？"

"星期一或者星期天晚上。"马蒂忧虑地皱着眉头，有些犹豫，"哎，伙计，我不在的时候你要小心点儿，啊？我是说……啥都别干，我不在……"

"当然了，"英奇说，"别为我担心。"

"很好，"马蒂说着捏了捏他的肩膀，"再见，伙计。"

"再见。"

他们没有握手，这没必要。当前门在马蒂的身后"砰"地关上时，英奇甚至连头都没扭。他一边大口地吃着，一边在想着。

马蒂是在星期一将近半夜时回来的。他买了张早报，然后让米利赶快到他们的房子去。一种不安的预感——他非常了解他朋友的习惯——使他催促米利开得更快些。他们在门口匆忙地吻了一下就分手了，然后他走了进去。

房子的情况使他有些胆战心惊，客厅里扔得到处都是报纸，厨房里的空罐头盒和脏盘子乱成一团。这不像是英奇，他对卫生特别讲究。莫不是……当他走进卧室时，他最害怕的事得到了证实。英奇一副笨拙的样子躺在床上，衣服穿得好好的，不省人事。马蒂翻开英奇的眼睑，看了看他的瞳孔，然后叹了口气。英奇自己度过了一段痛快的时光。

他这个样子还要再过一阵子。马蒂到厨房里把咖啡壶装满水，放到煤气炉上，然后打开早报。头版头条的消息跃入眼帘，这消息就像一记重拳击中了他。埃尔伯特·韦弗被谋杀了！

他接着读了下去。当韦弗家举行盛大招待晚宴时，其中就有加拿大的布莱斯德尔一家，一个大胆的窃贼溜了进去。他袭击了在韦弗先生的卧室里守卫的侦探，打开了保险箱。他正在动手的时候，被韦弗先生撞个正着。韦弗先生到楼上来是要取那条送给他女儿做结婚礼物的钻石项链的。韦弗先生头上挨了一击，他还没来得及喊叫一声就昏了过去。窃贼逃走了，但没拿走项链。原来是，项链上的钩子挂不住，韦弗先生就在晚宴前把它从保险箱里拿出来去修理了。他不愿费事再打开保险箱，又知道有侦探守护，所以就把盒子塞到他衣柜抽斗里的衬衣下面了……由于他那么长时间不露面，他女儿就跑到了楼上。将近70岁的韦弗再也没有醒过来，一个小时后死去了。这场灾难发生的时间确切地定在7点10分……马蒂合上了报纸。他现在极为冷静，整个脑子都在想着不省人事地躺在另一个房间里的英奇。这很糟，他们两人谁都没有过凶杀的罪名。是的，这非常糟。是什么使英奇决定要自己去干呢？为什么要采取暴行呢？这不像是英奇，他一般都是依靠狡诈和敏捷行事的。但他吸的一肚子的可卡因说明了问题：说不出来一个人在这种情况下会干出什么。总之，他得赶快决定怎么办。他知道警察局的那些脑子是怎么转的。每桩犯罪都有特征，这些特征肯定会将其背后的人暴露出来。这件事，顺利地溜进去，大胆地选择晚宴这个时间，轻而易举地打开保险箱，所有这一切都指向了一个超级大盗。

在这个镇上只有三四个人能干得了。警察会马上把他们所能抓到的嫌疑人都抓过去，英奇是不会被漏掉的。他赶紧走进卧室。

他仔细查看了英奇的口袋。他身上没有他干活用的任何工具，这还不错。显然，英奇还没有糊涂到回来时忘记把他的工具藏起来。这方面不用担心，因为英奇有他藏工具的地方，那是警察永远也无法找到的。

然后他又一件一件地查看了英奇的衣服。他夹克的右袖上有个长口子，有半英寸宽。布被一些尖利的东西给撕碎了，有些地方不见了……

马蒂对警察的方法不抱幻想。推理在一百个案子中或许有一个是可以被证实的，但是，耐心的调查才使警察能够收集到他们所需要的证据和线索，比如像撕破的套装上留下的纱线。在查对出纱线，证实什么样的一片纤维来自什么样的一件衣服方面，警察们可以干得非常漂亮。

他从英奇身上脱下外套和裤子，给他穿上一套睡衣裤，摊开床，把他睡着的朋友裹在了毯子里面。他要等会儿再叫醒他，现在首先要干的是将撕破的外衣扔掉。

他急忙冲到地下室里。现在是秋天，但不幸的是还没有冷到要在炉子里生火。但是他有一个比这更妙的鬼主意。他把衣服和裤子上的扣子都扯下来，用锋利的刀子将它们割成碎片，又把碎片堆在炉子里，然后他点着喷灯，将火焰对在那堆碎布片上。眨眼间，碎布片就化为灰烬了。他把这些灰拿到楼上，放在水池子里冲走了。

尽管事不大，但是这些扣子是个问题。也可以用喷灯烧了它们，但是刺鼻的气味将会泄露天机。啊，那个湖——就是它。法伦湖离这儿只有三个街区。他把脸盆里装满水，丢了一个扣子到水里，扣子沉到了下面。这就行了。

当然，他没忘记锁上门，然后穿过一片地到了绕着湖岸边的普瑞尔大街。天色很晚，差不多是2点钟，在这个时候被人发现可不行，但他必须得冒冒险。

他谁也没碰到。他沿着湖岸走着，一个一个地将扣子扔掉。全部扔完后，他放松地叹了口气便回去了。他又用了一个小时打扫房间。当他最后筋疲力尽上床睡觉时，英奇仍然在他的极乐世界里。马蒂站着沉思了一会儿，望着他朋友那睡着的身影。英奇的实际年龄比马蒂大，如果马蒂有个儿子的话，如果那个儿子伸手去拿比较高的架子上的饼干时打碎了陶器的话，马蒂脸上的神情也会是一样的。

一阵阵响亮的门铃声吵醒了马蒂。铃声很快就变成了不耐烦的敲门声。他一下子警觉地跳下床，看了看表，7点1刻。他们没有浪费多少时间。他抓住英奇的肩膀，摇了摇，"你醒了吗？"但是英奇没有醒。敲门声更大了。马蒂扯了件睡袍穿上，然后赶忙到另一个房间去。"好了，好了，"他喊道，"门都要敲破了。"

来了两个人，惠特利警官和一个穿制服的警察。

"你好，警官，"马蒂说，"进来。"

"谢谢。把你吵醒了——我希望如此。"惠特利警官老爱沉着脸，马蒂怀疑他这样只是为了达到某种效果而不是有别的含义。本·惠特利是一个诚实、公正、铁面无私的人。他有想象力，但他不让它太多地干扰他的工作。他一生的经验使他确信十分之九的犯罪都是由惯犯干的。惠特利警官保存的个人档案据说要比警察局里的那些还要完整。他坚持保存这些档案的原则是，任何人都有权摆弄一些能使他的工作更容易的小玩意儿。"我想你是来吃早饭的，"马蒂高兴地说，"对我们来说还很早，但我很快就会把咖啡烧上。"

"十分感谢，老滑头，"惠特利警官说，然后他的口气变了，"你的朋友在吗？我们想跟他说两句话。"

"当然。英奇睡得正香呢。什么事，警官？"

"很多事。这个周末可是个大周末。"

"噢，"马蒂说，然后他又说道，"嗯，只是例行公事，呃？你们1月16日夜里在哪儿之类的。想先问我吗？"

"不。我们知道你在哪儿，马蒂。顺便说一句，那个小女人的车是偷的，我们给阿普尔顿和欧克莱尔拍电报了。马蒂，对你的伙伴你要再当心点。"

"偷的，呃？别开玩笑了。"马蒂的眼睛睁得很大，一副无知的样子，"我的天哪，现今，男人真是不了解女人。"

"这不是事实，"警官说。他转过去对那个警察说："这位马蒂有点儿像是个哲学家，莱恩。"

那警察面无表情地盯着马蒂说："是的。"

马蒂把他们领进卧室。英奇还在睡着。他坐在床边，用手指戳了戳英奇那肌肉发达的胳膊，又使劲地晃了晃他。英奇的眼睛睁开了，仍然是迷迷糊糊的。当他的眼睛看到警察的制服时，如施魔法般地一下子亮了起来。

惠特利警官坐在对面椅子上，一句话也没说，整整打量了他一分钟。马蒂暗自赞赏着这位警官，这真的是很有效的。警官说："如果你不介意的话，我们就不说那么多废话。埃尔伯特·韦弗昨天晚上7点10分被一个窃贼谋杀了，那窃贼是要去偷一条价值四万美元的钻石项链。你昨天晚上在哪儿，英奇？"

"就在这儿。"英奇说。

本·惠特利叹了口气,"那就怪了。"他用拇指指了指靠在门口的警察,他正阴沉地瞪着英奇。"这位莱恩是这个线上新来的。我们派他到这儿来之前,他整整一周都在看我收集的资料。他说你昨天4点20分离开了这座房子,直到10点以后才回来。莱恩对照片看得很准——还有面孔。你不会被认错的,对吧?"

"想把谋杀栽到我头上?你们疯了。我不参与暴力的。"

"是的,你是个温和的家伙。你还是个吸毒鬼。每人都会有心情不好的时候,任何人在这种偷窃中都会惊慌失措的。事实是,英奇,我们在那个卧室里找到了一件小小的工具,看上去跟你专用的工具很像。"

"这又怎么啦?有上百万个家伙都能弄到那玩意儿。"

"这么看吗?我们知道你是从哪儿弄到它们的。第三大街的福克斯老人那儿。我们把这个撬棍给他看了,他发誓说这是他给你做的。"

英奇的声音还是像平时说话一样,"很难让人信服,警官。你想得到什么?"

惠特利警官也使用随意的口气说:"噢,我知道你干事的时候总是戴手套的,我们还知道你是从哪儿弄到它们的。但是你的处境不妙,英奇。为你自己想想吧,你是曾经多次坐过牢的人,偷窃是你的饭碗。你昨天4点20分到晚上10点之间在外边,在卧室里找到了你的撬棍。处在你这样境地的人需要有不在犯罪现场的铁证。对此你怎么说?"

"凶杀,"英奇小声说,"你要把它栽到我头上。"

"有人能证明4点20分和10点之间你在哪儿吗?最好是证明昨晚7点10分那个时候你在哪儿。"

透过警官的头上,两个朋友的目光瞬间一擦而过,马蒂有意地把头向边上歪了一下。

如果警官观察到的话,他是不会流露出来的。他问:"马蒂跟你在一起吗?"

"没有。"英奇说。

马蒂轻松地叹了口气。英奇的脸有一点儿发白,显然他是在努力地思考着,然后他好像是做出了决定。

"警官,昨天晚上的事,在你的单子上你列了多少起盗窃案?"

惠特利掏出一张纸看了看,"五个,怎么啦?"

"咱们来看看真相,嗯?"

警官好奇地盯着他,耸了耸肩。"好吧。一号:在西区,我们抓住了这个逃跑的家伙。二号:出租车抢劫案,司机详细地描述了那个家伙,但不是你。三号:

靠近国会大厦的大街上的公寓顶楼盗窃未遂案。那家伙从天窗上下来，11 岁的女孩看到尖叫起来，他吓得赶快跑掉了。时间是 7 点零 5 分，我想他是不可能在 7 点 10 分赶到河滨大道的，那至少有四英里。四号是一桩商业区的雪茄店抢劫案。时间，7 点 1 刻。那家伙个头很小。描述得跟你很像——除柜台后面的人很恼火，用点三八手枪击中了那家伙的脖子。他跟跟跄跄，流了些血，但是还是逃跑了。你脖子上没有子弹擦伤，英奇。最后一桩，五号。"

"韦尼弗莱德大街 227 号，切罗基·海兹家。"英奇说，"7 点 10 分时天黑了。房子带有报警器，我把电线切断了。然后我在靠近后廊的窗户的纱窗上割了个洞。我把手伸进去要打开窗钩，这时该死的警报器响了。非常精明——他们装了假电线，我猛地挣脱后跑掉了。但是我在窗纱上把外衣的袖子剐破了，我回到家的时候发现的。那么我怎么可能 7 点 10 分时在韦尼弗莱德大街的切罗基·海兹家，而同时又在河滨大道，完全是在河的对面，城的另一边？如果我不在那儿的话，我又怎么会知道所有这些事情？"

"挺合理的，"警官赞同道，"但是这是你的话。你可能在那儿，也可能不在那儿。或许你和那家伙是一伙的，他在韦尼弗莱德大街那儿干，然后把所有的情况都告诉你，让你用做不在场的证据。这倒是个非常精明的把戏。"

"他穿我的衣服并把袖子刮破？别胡扯了。你已经从窗纱上拿到了布片，跟我的衣服对对。"

"嗯，"惠特利警官沉思着说，"衣服在哪儿？"

马蒂一下子喘不过气来，他稍微晃了一下。

英奇说："把我的衣服拿来，马蒂。是那件棕色的，在壁橱里。"

马蒂脸上的表情使英奇突然叫了起来，"把我的衣服拿来！见鬼，马蒂，你没有听到我的话吗？"

但是马蒂听不到了，他只能站在那里傻傻地盯着他最好的朋友那张突然布满惊恐的脸。

佳期如梦

"是的，先生。大千世界无奇不有，我想我还没给你讲过古茜·舒尔兹的故事吧？"查理大叔把椅子从饭桌旁往后一推，拿起一根牙签塞到嘴里。

查理大叔是农场的一名帮工。他的名字叫查理·琼斯，但人人都叫他查理大叔。

妈妈从厨房飞跑进来，手里端着盘子，"如果这又是个又臭又长的故事，你最好到别处讲去，好让婆娘们好好洗碟子。"

查理大叔若有所思地嚼着牙签，"我给古茜干活有六七年了，到底有多长时间我也记不清，不过这无关紧要。故事是这样发生的——"

古茜是那种身高马大的荷兰女人，话不多，但壮得就像头牛。她老爸死的时候给她留下160英亩土地，她大部分时间一个人经营农场。她工作起来，没什么男人能和她相比。

头几周里，她一直不怎么说话，有天晚上她洗着晚饭的碟子，我在厨房周围打发着时间，准备开始干活儿。

"我一直想着谁能给我找个丈夫，"她说，"一个女人需要一个男人来照顾，一个女人孤孤单单的怪不好的。"

"农场有许多体力活。"我说。

"干活我倒不抱怨，但成年累月没个人说说话让人挺孤凄的。"

这是我第一次听她这么说，事实上，古茜已经向一家婚姻介绍所写过信。还没转过神来，她就开始从全国各地的未婚男人那里收到邮件了，每个人都急着要和她成亲。

但古茜并不是那种莽撞的人。她反反复复读着那些信，再三掂量着。"我一点儿都不在乎书呀音乐呀这些鬼东西，"她说，"我就要一个男人，他既是个好伴侣，也对农场的事感兴趣。"

有天晚上她给我看一封信，这是个叫杰斯·亨德·里克斯的家伙写的，他详细介绍了自己的情况道：他虽然住在芝加哥，但一直渴望到乡村里去，他有价值 2000 美元的债券，相信他和古茜会过得幸福的。

我猜古茜也是这么想的。不管怎样，他们你来我往地写了几个星期的信，古茜甚至还照了张相片送给他。在一个星期六，她打扮得漂漂亮亮的，套上马车赶着进城了。她回来的时候，手指上套着个金戒指。这样，她就不再孤独了。

杰斯真算不上什么好鸟，但古茜常无缘无故地傻笑。我猜想她不是很满足，这根本不关我的事。他一定有 45 岁了——我并不是拿这个来反对他，因为古茜也不是幼稚无经验的人。他的头发和皮肤这么黑，看上去就像个外国佬似的。无论啥时候你和他说话，他的两只眼睛总是望望这儿看看那儿，就是不看你。

那一个月，他们俩就像是对鸳鸯似的形影不离。杰斯不下地干活，但他就像一个快要死的呆头呆脑的年轻人那样跟着她，在她干活的时候老是看着她。他总是问她太热了要不要弄杯水喝等这些话。几次他带她到城里去看电影，还给她买冰激凌。古茜不习惯吃那个，你知道女人们都是这样的。

一天上午，古茜到楼下的牲口棚里来，我正在那里干活。她说："杰斯和我要赶车到城里一段时间。"她过去可不会半响就走开的，我想我一定看上去有几分可笑的样子，因为她开始这样解释说："我们要去签几份文件，非常有必要签两个人的名字而不是一个人的。"

"听着，古茜，"我说，"我可不想探听别人的私事。可是，要是我是你，在我轻率地做任何事之前，都要好好想一想的。毕竟，你对那家伙还不是太了解。"

我本来就该省口气的，古茜既然开始做了，就根本没人能阻拦住她。

从那天起，一切都还是老样子。他们不再卿卿我我了，也不再看电影了。杰斯早上喜欢睡懒觉，常在下午进城，直到很晚才回来。一天下午，我看到他站在房前看着她干活，他脸上有种以前我从不曾在其他人脸上看到过的神色。起先，古茜努力装出一副一切都很好的样子，但她骗不了我。后来她干脆就放弃了努力。

在房子的附近有口老井，这口井在我还未来到这个世界以前就干枯了。一天夜里，我正在挤奶，杰斯来到牲口棚，像是很随便地说道："那口井应该填上。可能会有人掉进去的。"

我对他说井已经干了。

"这没什么不同，"他说，"还是会有人被它伤着的，我要把它填了。"

我没再说什么，他在周围逛了一会儿，突然说："查理大叔，要是你不泄露我说的有关那口井的话，我会很感激你的。"

我停止挤奶，直瞪瞪地看着他："我知道你在想什么，"我说，"别忘了法律对谋杀罪的惩罚。"

从他脸上的表情判断，你很可能以为我抓住了他偷银餐具的事。

自那以后，我常常在井边碰到他。有时他斜着身子要看看里面究竟有什么东西；有时他只是静静地站着思考什么。但我知道那个时刻已经近了。

我想你会奇怪我为什么在那里坐视事情的发生。听着，当一个人正在痴迷地爱着另一个人时，即使另一个人要杀了他，你也是无能为力的。我还是尽到了努力。

我知道这样评说杰斯没什么不对。这样，有天晚上我试着和古茜说这件事，当时杰斯寻乐去了。

"要是他永不回来就好了。"我说。

"也许是的，"她说，"可是他会回来的。他绝不会离开我的。"

"尽管如此，"我告诉她，"要是我是你，我会极为当心的。"

又有一次，我恳求她跑到安全的地方去，但同样也没有起作用。"为什么这样？"她说，"在别处我一秒钟也不会快活的。"

在那几个月里，我对有关古茜的事想了许多，这是我曾做过的事中让人最难过的一件事——坐等那件事的发生。我盼着这事早点儿过去，因此一到晚饭后我就想：或许今晚会发生吧？然后早上起来又想知道这事是否发生过了。我老是心惊肉跳的，情况到了这个份上，我几乎都干不成活儿了。

古茜一直注意着我，一天她说道："你为什么不休息几天呢，查理大叔？"

"我离开了留你一个人，这会不合适的。"我对她说。

她有点忧郁地笑笑："用不着担心我，我壮得能保护自己的。"

事情的结局是，我去了奥马哈几天——这是我曾犯下的最严重的错误，因为我回来时，井已被填上了，而且我也没有再看到古茜。

妈妈捡起一摞碟子，"你是说你去了哪里？你就没和律师提起那事？"

"我当然告诉律师了。"查理大叔气愤地说，"他们第二年4月就把杰斯绞死了。"

乱世无声

贾斯帕·皮雷老头并未听到有人进入他的杂货店。他跪在地上，两手撑着身体，双眉紧锁，眯着双眼，透过那半月形的双光眼镜清点着幽暗的陈列架底部放着的菜豆罐头。检查存货清单是他今天最后的工作，他希望不要耽搁太久。夜深了，他也累了。

突然什么东西顶住了他的后背。他侧过头一望，两个男子站在眼前，神情警觉，目光冰冷，紧绷着脸。矮个子皮肤黝黑，有一副溜肩膀。高个子留着短而蓬乱的红发，拿着一支沉甸甸的左轮手枪。两个人都穿着不合身的套装，早已被雨淋透。州监狱就在这儿往北四英里处的卡尔斯顿。年迈的贾斯帕僵硬而笨拙地举起双手站了起来，他将头扭向柜台上的老式现金出纳机，用与一个瘦弱的老头极不相称的大粗嗓门说道："空的。"

"少废话！把窗帘拉下！"带枪的那个人命令道。贾斯帕注意到此人的嘴唇很薄，很白。

老杂货店主拖着步子顺从地走向陈列窗。伸手去够那已经磨损了的拉绳，他往窗外瞥了一眼。只有湿漉漉的人行道和湿漉漉的砖块砌成的街道，在被雨水浸透的广场上看不到一个人影。他使劲一拉，绿色的窗帘"吱"的一声落了下来，他的目光又回到那个带枪的人身上。

"快点儿！"黑洞洞的枪口猛一点，强调命令不可违抗，"面粉、咸猪肉、咖啡、土豆和罐头，能够维持好长一段时间的。"

要够一次躲藏的用量……贾斯帕将几瓶菜豆罐头从货架上抱下，丢进一个大硬纸箱里。那两个人听见"哐啷哐啷"的响声猛地一惊，不由得向他皱了皱眉。贾斯帕似乎没去注意。他又细心地添了一打汤罐头、半刀咸猪肉和二十五磅重的一袋面粉。他想，如果还让他活着的话，他们离开后，他得重新登记存货数目。

"听！"矮个子紧张兮兮地说，随后闪到窗前，小心翼翼地卷起窗帘向外窥探，猛地扭过头说，"车！"又道，"停下啦！"

高个子骂了一声，匆匆扫视了一遍房间，"藏到那儿去！"

矮个子拖着那箱食品消失在店后部一团漆黑的库房里。

高个子满眼怒火，用枪顶着贾斯帕警告道："别耍花招！"随即闪身躲进黑洞洞的后房里。

贾斯帕将脸转向正在开启的前门，望着来人，心"怦怦"直跳。

"晚上好啊，贾斯帕，"治安官慢吞吞地说，"开得有点儿晚了，不是吗？"治安官目光敏锐，身体强壮，肌肉发达得恰到好处。雨衣上雨水闪闪发亮；帽檐边水珠还在往下滴。

贾斯帕哽了一下，而后才极大声地应道："在清点存货。"他仔细地端详着治安官的脸。

治安官会意地点点头："我很幸运，我想要些现成的食物——奶酪、饼干、水果。"

"去野炊也晚了点儿吧，不是吗，丹？"贾斯帕笑着问。

"去追捕逃犯，斯莫基和我想，要是等整个行动结束，我恐怕都要饿扁了。"

斯莫基是治安官的副手，贾斯帕猜想他就在外面车子里。"出了什么事？"他问道，希望自己的声音在别人听来真有吃惊的样子。他折回身，从身后的货架上拿了两磅重的一盒苏打饼干，目光却从未离开过治安官的脸。

"两名杀人犯在卡尔斯顿越狱。简报说，他们仍向南边逃窜。"

贾斯帕打开一个巨大的旧式冰柜，冰柜的门是黄铜铰链的。他从里面抽出一块锡箔纸裹着的奶酪。他眯着眼睛，准备切下厚厚的一块，却突然抬起头，像是忽然想起来什么重要的事情。

"哎呀！或许我听到的就是他们的车！"他感觉到，在身后的房间里，一只手指在扣动着扳机。第一颗子弹将是为治安官准备的，紧接着那颗非己莫属。

治安官笑着问："能肯定那不是自行车吗？"

"我不是闹着玩的，我听得清清楚楚。半个小时前，它从我店前经过，我特别留意它，因为就这样的夜晚而言，它开得太快了。"

"看见它了？"

"没，看不见，"贾斯帕艰难地哽了一下，"我当时在后房。"他朝那里点点头，尽量随意地说。治安官朝幽暗的门口扫了一眼，然后又看着贾斯帕。

"听起来像是往南边去了。"贾斯帕慢慢地眨了眨眼，补充道。

"往南边去了，是吗？还听到别的什么声音了吗？"治安官问道，目光里充满了疑惑。

贾斯帕摇摇头，"只听到普通的车声，夜的嘈杂声和雨声。"他喉咙发干，字字句句吐出来就像蛙叫一样刺耳。

治安官垂下眼帘，"也许斯莫基和我还是去南边看看为好。快，快把食品装好！"

贾斯帕匆匆地装好食品。

治安官提起包裹，招呼着："记账上吧，贾斯帕，晚安。"他漫不经心地迈向门口，随手将门"砰"地关上了，店外，一辆小车呼啸而去。年迈的贾斯帕颤抖着，内心充满了懊丧，一下子瘫靠在柜台上。

那两个人迅速地走了出来。

带枪的那个骂道："老家伙，挺聪明的，是吗？知道州监狱在北面，我们会往南跑，所以你就信口开河，瞎说一气。这下倒把治安官挡在了那个方向上！你他妈这么一来，我们就得改变计划！"

黑色的手枪砸向他的脑袋，霎时贾斯帕眼冒金星。朦朦胧胧地，他看见手枪又一次举起，正准备第二次重击。突然，前门"砰"的一声开了。

"把枪放下！"枪管那端，治安官的目光冷冷的。高个子想想还是乖乖地把枪放下为好。他将他那沉甸甸的左轮手枪"啪"地扔在地上。

治安官紧盯着两个人，喊道："把他们铐上！斯莫基马上就会回来。我让他将车顺着街道开一段路，所以他们就会认为我离开了。"

贾斯帕从治安官的腰带上解下手铐，将他们两个铐在一根水管上。他摸着耳边肿起的一块，满意地笑了笑。

就在斯莫基回来之前，高个子问了一个愚蠢不堪的问题，而治安官却乐意回答。

"没有东西能像几句谎言一样引起我的怀疑，"他慢悠悠地说，"贾斯帕向我撒下了弥天大谎，说他听到了车声、雨声和夜的嘈杂声。"

高个子想知道那到底有什么错。

年迈的贾斯帕亮开他的大嗓门："我根本就没听到那些，我可以读唇形，但我听不见任何声音。我是个聋子。"

谋杀植物

"我要干掉你。"哈里·格利萨姆对那盆植物说。他的脸靠近金黄色的花瓣，怒容满面地威吓着它，"我要把你捏在手里，把你撕成一片片，然后放进下水道里冲走。你对此有何感想？"

即使这株植物能感受到他的威吓，也没有任何反应。

然而这种做法与他妻子弗罗拉对它的态度大相径庭。

哈里的鼻子抽搐着，眼睛泪汪汪的，他打了个喷嚏。

他迅速退回到一个安全距离外，诅咒着弗罗拉和那个喷雾器，她就是用它来喷洒农药保护她那些奇花异卉的。

他抬起颤抖的手，"我真正喜欢做的，"他再次提醒自己，"是把这双手缠绕在弗罗拉的脖子上，然后掐紧，掐紧……"他闭上眼睛，握紧拳头，得意地笑了，那种愉悦的幻想充溢着他的大脑。

"你—在—干—什—么？"

女人的尖叫吓了他一跳。

"我希望，"弗罗拉·格利萨姆怒容满面地说，她的视线扫射进房间里，就像个复仇的幽灵，"你没有惹烦黛西，你知道它是多么敏感。"

哈里强忍着把溜到嘴边的粗话咽了下去。一株花能对人的话那么敏感吗？真是可笑至极，傻得不可理喻。

因为弗罗拉经常跟花说话，他曾经一度对她的这种反常做法感到很有趣。后来一些古怪的科学家们提出一个理论：如果人们用某种方式跟植物说话，用关爱的语言安慰这些长叶的情人，它们就会长得枝繁叶茂。

呸！

当然，还有其他方式，希尔迪不止一次提到过的那种一劳永逸的解决方法。希尔迪是个充满活力的年轻女郎，不像弗罗拉那么老气，骨瘦如柴。希尔迪多次提过她不会无限期地等下去。

"使它看上去像次偶然事故，"希尔迪说，"或者是一次出乎意料的抢劫。那你就可以得到弗罗拉的钱了——还能把我娶进门！"

听起来是个好主意——特别是能得到弗罗拉的钱这点尤其令他心动，那两万美元的存款是挂在弗罗拉名下的。另外还有风流迷人的希尔迪朝夕相伴是件多么惬意的事！

"喂，喂，黛西情人，"弗罗拉对着那株植物喁喁细语着，"那个大块头的臭男人恐吓我的小宝贝了吗？不要害怕，甜心，妈妈在这儿呢。"

哈里的肚子里翻江倒海一般，他不知道是不是那个喷雾器依然在刺激着他的鼻孔。他既不能忍受耳朵里传来的甜言蜜语，也不堪忍受与弗罗拉单独待在一个房间里。

但有一件事是肯定的——他不能就这样继续下去。离婚或分居不是解决问题的方法。那样，为了养活自己，他不得不重返工作岗位，而且他还养不起希尔迪——至少不能以她喜欢的那种方式养着她。两万美元不是个大数目，但如果能够投资得当的话，比如说很有把握的项目，赚回百倍的钱并不是什么难事。

弗罗拉挺直身子，目光如鹰，犀利地盯着她丈夫，"我要你离得远远的，不要靠近黛西，你的粗话已经搞得它精神萎靡。"

"噢？"哈里装出无辜的表情，"是它告诉你的吗？"

"你的冷讽热嘲对我一点用处都没有，哈里·格利萨姆，"她厉声说道，"我的植物是我最好的朋友，你是我的丈夫——名义上而已。"

哈里在这刺人的话前畏缩了。他妻子名叫弗罗拉①，但是叫她"仙人掌"的话会更恰当些。这些植物是她真正的朋友，尤其有一株植物——那株开着黄色花瓣的黛西——吸引了她所有的注意力，俘虏了她最真挚的感情。

她对这株植物简直是关怀备至，经常细心地松松它根部周围的泥土，仔细计算着确保它健康生长的化肥，定时喷洒农药，以杀死贪食它香甜叶片的虫子。

"难道虫子就没有生存的权利吗？"哈里曾这样问过她。

"当然有，不过是在某些地方。"她回答说，对他的话不以为然。

他不能忍受那些喷雾剂，那株植物，甚至弗罗拉本人。为了使自己感觉好

---

① flower，英语鲜花的意思。

受些，他不止一次用手掐住那株植物——噢，上帝，现在他把它当成了一个活物——但后果是弗罗拉可能会对他极其恼火，甚至有可能干掉他。

她似乎是发自内心地爱那些花，爱得比她曾经对丈夫付出的爱还要深。首先，他对此非常感激，因为这使他有充足的时间追求其他感兴趣的东西，像芬芳迷人的希尔迪。他是在一个金色的下午在失业求职队伍里与她邂逅的。

他可以去其他许多地方玩乐，他之所以去求职是因为弗罗拉坚持认为从她的前任丈夫那里继承的养老金不足以过活，她的新任丈夫，也就是哈里，必须出门找份工作。哈里反驳说没人会要自己的，因为他有犯罪前科。

等候在长长的队伍中，哈里跟那个撩人情欲的金发女郎攀谈了起来。希尔迪是个离过婚的女人，她丈夫跟另一个女人私奔到外国去了，留下她孤零零的一个人，她不得不出来找份工作糊口。

她邀请哈里到她简朴的公寓里做客，喝了点酒，说了些不着边际的笑话。哈里没有提起他糟糕透顶的妻子，他们都没注意到这里面的问题。

尽管谈话之间有许多快乐的小插曲，但希尔迪很快就变得焦躁起来。

"我准备改变遗嘱。"弗罗拉说。

这话一开始并没有引起哈里的在意，但当他回味过来，怔怔地沉默了片刻后，嘶哑的嗓子终于发出声来，"改变你的遗嘱？怎么个改变法？"

她狞笑着，"噢，你还是会得到这笔钱的，不要担心。但是如果我突然死去的话，我不想看到无人照顾黛西。"

"死去？"哈里几乎要忍俊不禁，"是什么会使你想到死去——突然地？"

"我有这种预感……"她摇着灰白的脑袋，"噢，你对此千万不要介意。我会把所有的钱都留给你的——但附加一个条件。"

哈里等着，恐惧使他的脊椎阵阵发冷。

"你必须得一个人住在这栋房子里，为我照看黛西，"弗罗拉接着说，"黛西在我死后至少要活一年以上。如果做不到这点，那么钱将捐给慈善机构。"

哈里开始颤抖起来，胸中交织着愤怒和沮丧："你……你不能那样做，我对照顾植物一无所知！"

"那你就好好学，不行吗？"她直截了当地说，眼睛眯着，"我也不希望你的女友住在这个房间里。"

哈里像挨了一拳猛地一缩："什……什么？"

弗罗拉傻笑着，"你以为我不知道她，嘿？我什么都知道。"

什么事她都知道。哈里咬着嘴唇，当然他已告诉了希尔迪那株植物，并且他们对他妻子的痴迷大笑不已。希尔迪冒出了想看看这件东西的愿望，因此一天弗罗拉到医生那里体检时，他把希尔迪带到家中，带她参观了那株植物。希尔迪曾说过许多猥亵的话，这些话足以使黛西萎谢凋零，他们也冒着危险对她冷嘲热讽。而黛西呢，在它周围那层香水的保护下，对他们措辞激烈的长篇演说并没有什么明显反应。

哈里怔怔地站在那里，不知该怎么办才好，他的眼睛打量着弗罗拉狞笑的面孔。她竟然知道希尔迪，他搞不清她是怎么知道的——他们一直非常小心——但那无关紧要，重要的是她知道了。现在除非他与她断交，否则弗罗拉就要更改遗嘱。

两万美元和希尔迪的形象同时在他眼前晃动着，突然间眼前漆黑一片。

"不！"他叫喊起来。在他还没意识到自己的行动之前，强有力的双手已扼在弗罗拉柔弱的脖子上，掐着，掐着，就跟以前自己在幻想中无数次演练过的那样。

那女人骨瘦如柴的手指徒劳地抓着他，眼珠瞪得圆圆的，喉管里发出粗粗的喘息声。

在她能缓过气前，哈里曾一度意识到自己是在杀人。但等他想缩回手时已经太晚了。他手头又加了加力，她死了，像一株枯萎的花一样软绵绵地瘫了下去。

好一阵，房间里静悄悄地，只能听见哈里急促的呼吸声。"我杀死了她，"他告诉自己，"我真的杀死了她，我得告诉希尔迪去。不，等会儿，首先，我得把这伪装成是一起偶然事故——或者是强盗闯进来了。"

很明显她是被扼死的，这就排除了偶然事故的可能性。一个强盗闯入屋子想洗劫一番，惊动了女主人，然后杀死了她——对，就这么办。

哈里慌慌张张地在一个个房间之间穿梭，推翻椅子，拉出抽屉，从厨房里的小饼罐里拿出十二美元钞票，然后将罐子砸翻在地，在碎片间留下些零头钞票。回到起居室后，他又砸碎了窗子上的一块玻璃，拉开插销。

不在犯罪现场——他必须有不在犯罪现场的证据。他抬起弗罗拉的手腕时，不敢看她的脸，他把她的手表拨快了一个半钟头，然后狠狠地向地板上摔去，砸碎了水晶表壳，让时间停滞在那里。

真是天衣无缝，这样她的死亡时间就确定了。多亏了这块摔碎的手表，一个钟头前他还在求职办公室里工作。

哈里对自己伪造现场的安排感到有些飘飘然。

他在门口顿了顿，转过头来重新审视着屋里，看看是否有什么遗漏之处。他的眼睛扫来扫去，最后停留在那株开着黄花的植物上。

"我要杀死你。"他哈哈大笑。

他迫不及待地穿过房间，抢起一只手，那株花翻滚着落到地板上。他离开屋子时，确信前门半掩着。

哈里·格利萨姆非常兴奋，但也有点紧张，也许——但无论怎么说，这是他第一次杀人，即使他曾是多么讨厌弗罗拉，但对她还是有点感情的。不过现在他感到一种彻底的解脱，美好的生活似乎就在眼前。

他将不得不忍受警察没完没了的调查，装出一副对弗罗拉的死非常悲痛的样子，但他坚信自己能渡过这一难关，同时他被那两万美元和一个美丽女人的爱所鼓舞着。

他匆忙赶到求职办公室，用付费电话通知了警察。他说他是格利萨姆的一个邻居，经过那栋房子时听到里面传出尖叫声和物品的摔打声。然后他就挂断电话，没留下自己的名字。

做完这一切后，他勇敢地走到一扇明亮的玻璃窗前，旁边是一面标记着"工作"的柜台。他情绪激动地质询求职办公室竟然没给他这样一个男人介绍份工作，他不仅渴望工作，而且急需工作来养活自己和妻子。

柜台后的女孩把哈里带到一个面色严峻的男人面前，他问了问哈里的情况，没有表现出对他的反感情绪。最后给他提供了三个不需要技能的体力劳动岗位供他选择。

回家时，哈里大喊着："弗罗拉，好消息，我找到工作啦！"警察已经在那里了，正在等着他。

"弗罗拉，死了？"哈里听到这个消息时，目瞪口呆地跌坐在一把椅子上，"这不可能，我和她告别时，她还好好的，到底怎么回事？"

"我们认为也许你能提供此事的具体细节，格利萨姆先生？"

"我？这怎么可能。你们知道，我是在求职办公室里，我能证明……"

那个警察举起手示意他闭嘴，"在你进入那里之前，格利萨姆先生，我先读一下你应有的权利。"

哈里听着，警察告诉他有保持安静诸如此类的权利时，他不禁被搞糊涂了。于是他问道："我可以见她吗？"对她的丈夫来说，这是再自然不过的问题。

"当然可以。"警察给他打开门。

弗罗拉张开四肢躺在地板上，跟活着时一样的丑陋，她身边是被他摔碎的那株植物的残骸，花盆摔得七零八碎，泥土都溅到壁炉边的地毯上。在散开的泥土中——哈里好奇地靠上前想看清一些——有一个发光的黑色小玩意儿。它黑油油的，一根细小的天线从里面一个小孔里伸出来。

"你妻子在植物里面安了个'窃听器'，格利萨姆先生。"警察说。

"那不可能，"哈里说，"她从来没把喷雾器（在英语中喷雾器的"喷嘴"与"窃听器"同义）放在那里。"

警察掩饰不住他的笑容，"我的意思不是那种喷嘴，我的意思是窃听器。很明显她对你起了疑心，因此要录下你所有的话。于是她就那么做了，如果那个花盆没有摔到地板上的话，我们也许永远被蒙在鼓里。"

"不！"哈里哭喊着。他想到的是眼看到手的两万美元和那美丽的希尔迪将永远离他而去。

"有句古老的谚语，"警察脸上带着幽默的笑容，"黛西不会说话，但是现在这里就有个会说话的。"

精神杀手

恐惧会使人走向极端。开始时，威士忌还能对噩梦中的约翰·亨利·马斯凯起些镇静作用，过了些时候，酒力便失去了效力。他搭乘的船在远东港口靠岸后，他只好将鸦片烟馆当成了避难所。在那里，一连几小时淹没在热烘烘的烟雾中，他有种安全感，可以暂时摆脱那个搅得他日夜不得安宁的可怕的幽灵。

可是，一回到船上，置身于大海，恐惧又会向他袭来。他时常在夜间惊醒，吓得浑身是汗，独自躲在被子里呜咽，梦里的恐怖景象仍历历在目——那是一个噩梦。梦中，黑沉沉的海水淹没了他的头，将他拖向深不见底、寂静无声的蓝色深渊……

约翰·亨利不知道这叫什么病。他只知道自己非常惧怕被淹死，这种恐惧远远超过了他对正常死亡的恐惧。

这种恐惧在他身上已纠缠了四年。那天夜里，他被冲入了波涛汹涌的太平洋，后来又奇迹般地幸免于难，从此就有了这种感觉。而今，它已成了他生命中最重要的东西，他满脑子装着一个念头：总有一天，他会被淹死，而且，不管他怎样做都难逃此难。

这种恐惧最终驱使他干起了谋杀的行当。

那天晚上，他坐在自己的铺位边，低声自语道："首先，我需要弄到钱。"他面容消瘦，深陷的眼窝里，一双眼睛宛若两个大黑圈，脸上也像戴了副布满皱纹的灰色面具。

汹涌的大海冲击着船舷，仿佛在嘲笑他。他不禁战栗起来，额头上冒出大颗大颗的汗珠。

他低下头，看着在手中抖动的信。这封信他已读了上百遍了，由于反反复复地将信从口袋里取出又放进，信的边角已磨得破烂不堪。

这封信是他在得克萨斯州的堂兄亚历克·马斯凯写的。堂兄是个老光棍，约翰·亨利已多年未见到他了。

"约翰·亨利：

小时候，在爸爸的农场上，我们如同亲兄弟。所以，我很高兴死后你能继承这块土地。我从未结过婚，也没别的亲戚，医生说我只剩下一两个月的时间……"

信是一周前收到的。当时，他正在海上。信在路上走了两个月，由此算来，亚历克·马斯凯现在应该已经死了，农场属于他了。

可你别想得到它，大海嘲笑道。下星期你在圣弗朗西斯科靠岸，你的薪水都得用来偿还赌债，你的下次航行也已签约。你不会得到那个农场，我要吞没你！总有一天，我要把你吸下来，吸到一个你无法呼吸的地方——让你窒息而死……

"不！"约翰·亨利的尖叫声在舱壁回荡。他吓出一身冷汗，身子也像失去了平衡，走起路来跟跟跄跄。"我不会被淹死，我要去得克萨斯，到农场去……那里远离海水……那里只有陆地……"

他跑到甲板上，狂风吹散了他的头发，盐雾浸湿了他的面颊。黑暗中，有位乘客手握着栏杆，眺望大海。他就是那个富有的英国人。自从他们一起离开海岸，他已不止一次亮出那个鼓鼓囊囊的钱包……

水手出身的约翰·亨利·马斯凯悄无声息地走到他身后，左手捂住他的嘴，右手抓住他的钱包，然后将他高高举起，投入大海，海水激起一阵泡沫，英国人的喊叫声消失在黑夜中。约翰·亨利想象着那个人在大海深处挣扎着，而大海却不停地将他向下吸，向下吸，直到将他溺死。他不寒而栗，惊慌地回到自己的铺位上。

三周后，约翰·亨利驱车经过得克萨斯州的格利雅德，他身着新装，手握方向盘，坐在一辆从圣安东尼奥买来的二手车上。他用那个英国人钱包里的钱支付了从圣弗朗西斯科到圣安东尼奥的公共汽车费和购车费。现在，只剩下最后的五美元。不过，这已无关紧要了，因为他已到达了目的地。驶出格利雅德几英里后，他环顾四周，只见路边尘土飞扬，一望无际的大草原绿浪翻滚——其间夹杂着一些牧豆树和栎树林；那座古老的、长满苔藓的西班牙式教堂像哨兵一样，耸立在高高的山冈上，俯瞰着这片原野。

他到达了自己的目的地，竟然安然无恙！再也不会有海水，再也不会有噩梦。他得意地笑了，一双颤抖的手紧紧抓住方向盘。

他认出了古老的马斯凯农场的边界。这是一片富饶、肥沃的土地，在他小的时候，这里曾种过棉花。此刻，映入他眼帘的是大片的亚麻，微风吹来，绿浪翻滚，田野里还有一辆用来脱粒的联合收割机。

"太好了，太好了！"他连连点头，舔了舔双唇。男人可以在这里挣大钱，这些田地一定是他堂兄亚历克患病前耕种的。

约翰·亨利驱车来到屋前，他想先游览一下这个地方，看它到底是个什么样子，然后再去跟城里的律师交谈。

发现房屋周围有生命的迹象，他觉得很奇怪。小猪在后院"吱、吱"作响的风车下叫着，窗帘在风中飘动，空气中弥漫着烧煮的香味。

他顿时感到万分恐慌。难道亚历克·马斯凯又恢复了健康？他心一沉，跨上刚刷过白漆的房屋的门廊，敲了敲纱门。

一位妇人蹒跚着从厨房出来。她身体肥胖，一条劣质印花布裙像麻袋一样裹在身上。她穿着短袜、拖鞋，走路时，拖鞋擦着地板。她站在那里，用一张折叠起来的报纸给自己扇着风，一只瘦白猫在她脚边窜来窜去。

"有什么事？"她问道。

"我——"约翰·亨利抿了抿嘴，"亚历克·马斯凯在这儿吗？"

"死了，"她对他说，"上月死的。我是他的遗孀。你有什么事？"

"遗孀！"这个词给了他沉重的一击，他险些昏倒，"可是……可是他没有结婚。他写信给我说，他从未结过婚。他还说，除我之外再无别的亲人！"

她透过纱门，用怀疑的目光审视着他，"请问，你是不是他常挂在嘴边的那个在海上做事的堂弟？"

"是的，是的。我叫约翰·亨利·马斯凯，是亚历克的合法继承人。他给我写过信，这地方是我的，这是他写信说的。"

她脑袋向后一仰，发出刺耳的笑声，"啊，先生，有一点你没有搞对，我是在他给你写完那封信之后跟他结婚的。当时我在照顾他，而他好像直到最后才喜欢上了我。他给你写了信，不过，我猜那封信永远也不会送到你的手中。"

马斯凯愤怒地咆哮道："强盗！你抢劫了他，你这个肥胖的老魔鬼！你抢走了本该属于我的东西。他一定是重病缠身，丧失了理智！"

她后退两步，用尖厉的声音警告说："你马上给我住嘴！我跟他是光明正大的合法夫妻，有文件为证。你来这里闹事，我要给警察打电话！"

她伸手去拿电话。约翰·亨利扬起一只饱经风霜的拳头，向纱门砸去，打开纱门，走进屋里。大海在他耳边咆哮，又一次嘲笑他。瞧，马斯凯，你无法摆脱我，你最终还是没有得到农场，你还得回到我身边，这一次我不会放过你！

"不！"约翰·亨利哽咽着，"不！"然后扑向那个妇人。

她像一头受惊的猪，尖叫了一声。他双手卡住她的喉咙直到她断气后仍久久没有松开，怕她再活过来……

他跌跌撞撞地跑到屋外的阳光下，蹲下身子抓起一把干土，放声狂笑。

"我欺骗了你，"他诅咒道，"老天在上，我欺骗了你！"

谢天谢地，他没有先在格利雅德停下来见律师，而是直接驱车过来的，所以没有人看见他。他可以回到车上，开车到圣安东尼奥，把车卖了，躲上几个星期或一个月，然后装着刚从圣弗朗西斯科到这里的样子，重新回来要这块地。他得整理一下现场，使它看上去像是小偷破门而入，杀死了那个女人……

他急忙回屋，将抽屉洗劫一空，把那个妇人用的廉价首饰和他找到的现金塞进自己腰包。这足以使人们相信，谋杀是小偷干的。然后，他穿过房间，从后门退出。

他环视着周围方圆几英里的农场，这一切从此全是他的了。他取笑大海道："我赢了你！我终于安全了。"周围几英里内没有海水，害怕被淹死的恐惧感再也不会来纠缠他，他可以在这里安度余生了！

这时，他听见田间传来说话声，是雇来干活的帮手。

如果他绕过房子回到自己车里，肯定会被他们发现，如果他原地不动，也可能被他们发现。不过，他们是往谷仓走，只要再躲几分钟，便会安然无事。

他慌里慌张地四处张望。此时，他们已距他很近，即使他回屋里去，也会被他们发现。他的目光落在了后院的高帮子挂车上，挂车停在他与过来的人群之间，他一闪身，跑到挂车前，爬上挂车。挂车很深，有十多英尺高，里面装的亚麻籽距车顶不足两英尺。密密实实的亚麻籽看上去光溜溜的，充满了诱惑，他可以躺在上面。

他缓缓地越过车帮，滚到挂车中间的亚麻籽上。顷刻之间，他感到自己在下沉……下沉……

他被一种无情的吸力吸住了，而且越挣扎吸力越大。他发狂地想去抓住车帮，然而，亚麻籽已经淹没到他的腋窝，他根本就挨不着车帮！喊叫也已为时太晚，他的嘴已被亚麻籽盖住了。他感到一种难以名状的恐惧。四年来所有的噩梦都变成了现实！他的眼睛、鼻孔、嘴巴和肺部全塞满了亚麻籽，大颗大颗的亚麻籽使他感到窒息，他陷入到令他头晕目眩、透不过气来的深渊……

两个雇来的帮手将一辆轻便货车驶出谷仓，停在装亚麻籽的挂车后。

其中一位望着满车的亚麻籽说:"我应该跟那个寡妇说一声,那些亚麻籽不盖一下不行。亚麻籽就像流沙,我见过有人掉进亚麻籽箱,营救的人还没有走到跟前,掉进去的人就已经闷死了。"

  两人坐进货车,将车开走了。

  在世界的另一边,波涛汹涌的太平洋冲刷着海滩,拍岸的涛声听起来像是大海发出的自鸣得意的嘲笑……

相同的遭遇

4月26日星期六晚上11时23分，一位身着深灰色制服，戴着一副无框眼镜的小个子男人走进圣弗朗西斯科司法厅内的侦缉队办公室。他坦白自己是谋害海湾区三名家庭主妇的凶手。这三名主妇的尸体是当日下午和晚上相继被人发现的。

第一个跟他谈话的检察官格伦·劳克斯顿认为，他可能是个怪异的人。大城市里发生的重大凶杀案往往都涉及一些怪人和精神病人。他们坦白自己的罪行或是为了得到公众对他们的承认，或是为了得到惩罚，或是由于其他某些原因。这些原因在法医的精神病案例书中都能找到。但劳克斯顿无法断定眼前这位属于哪种情况。他把他交给自己的同事丹·托拜厄斯，然后进屋向他的上司杰克·谢菲尔德汇报。

"杰克，外面来了个人，说他是今天遇害的三名妇女的凶手。他也许是个怪异的人，也许不是。"

谢菲尔德的桌子上放着一台便携式打字机，他正在给总部打一份报告。听到这，他转身问道："他是自己进来的吗？"

劳克斯顿点点头："进来不到三分钟。"

"叫什么名字？"

"他说他叫安德鲁·弗兰岑。"

"他交代了些什么？"

"到目前为止，只说害死了那三个人。"劳克斯顿说，"我没有逼供，他对所发生的一切表现得十分平静。"

谢菲尔德说："好吧，在古怪人物的档案中查一下他的名字，然后带他到审讯室，等我看完报告后再一起审问他。"

"需要找个速记员吗？"

"这个主意不错。"

"我这就去办。"劳克斯顿说着走出房间。

谢菲尔德疲倦地揉了揉脸。他年近50，虽不算胖，却十分健壮。长了一头浓密的灰发和一个鹰钩鼻，一双褐色的眼睛，常常闪烁着警惕的目光，仿佛可以洞察一切。他身着朴素的蓝色制服，衬衫领口敞开着，下午4点巡视时戴的领带已放进办公桌最下面的抽屉里。这个领带还是他妻子送的，上面有许多荧光闪闪的圆环。

他把装有三名被害妇女调查情况的文件夹打开，里面大部分是海湾区有关警察的电话记录，另有份出自当地研究室的初始报告，一份警察局传真复印件，这份传真是在发现第一具尸体后下发到全州的，这引起了另两处警察局的警惕，从而发现了这两具尸体。还有份有关圣弗朗西斯科一位死者的检察官报告，上面有劳克斯顿的签名。最后一条信息送来还不到半小时，基本情况仍记得，但他是名严谨细致的警察，喜欢将所有细节全装在自己脑子里。

第一名死者叫珍妮特·弗兰德斯，邻居于当日下午4点15分在她的小套房内发现的，房间位于金门公园附近的第39大街。她因头部遭不明钝器连击而身亡。

第二名死者叫维拉·戈登，尸体是邻居于下午将近5点时在她的白色小屋里发现的。小屋位于圣弗朗西斯科南部，屋内干净整洁。死因：头部遭不明钝器连击。

第三名死者叫伊莱恩·邓希尔，6点37分被一位进去还书的熟人发现的。邓希尔夫人住在圣弗兰西斯科北部苏萨利多港一间简陋的木屋里，木屋坐落在树木茂盛的山腰上。她也是头部遭不明钝器连击丧命。

这些谋杀案既无任何证人，也无明显线索。要不是因为这三个女人遇害的日期和方式完全相同，从表面看它们似乎没任何联系。就表面相似性而言，还有下列相关因素将这三起谋杀案联系起来：

第一条，三个女人的年龄均在30岁至35岁之间，属于金发碧眼丰满型。

第二条，三个都是在加利福尼亚州长大的孤儿，无亲无故，都是最近六年才从中西部不同地区来到圣弗朗西斯科海湾区的。

第三条，三人都嫁给了在外跑销售的销售员。她们的丈夫每月只在家中做短暂停留，而且据调查员从她们的邻居和朋友那里了解的情况，她们的丈夫现在都出门在外。

谢菲尔德一边研究文件夹中的报告，一边考虑着凶手的作案模式。大多数案子都有作案模式，此案也不例外，只要将特有的作案模式的细节拼凑在一起，就可找到正确答案。然而，本案中的细节放在一起似乎又缺乏逻辑性，除非认为杀害她们的凶手是个精神变态者，由于某种原因，专杀三十岁左右，金发碧眼，曾是孤儿后嫁给销售员的女人。

谢菲尔德知道，这正是新闻媒体的观点。带有这种观点的报道可以扩大报纸销量，吸引更多的听众和观众。九点左右，出去吃晚饭时，在街对面一家咖啡店里，他听到电台的新闻广播正在谈论此案，分析在海湾区可能会发现更多的家庭主妇的尸体，并建议所有丈夫不在家的妇女紧闭门户，待在家中。播音员多次将这三起谋杀事件称为"短棒杀人案"。

谢菲尔德一直保持着清醒而敏捷的头脑。他接手的案子是他值班期间在圣弗朗西斯科发现的第一具尸体，所以他掌有调查本案的司法权。另外两处的警察一直与他保持密切联系。如果在尚未查清全部事实之前，过早地做出不成熟的推测，就会显得他太愚蠢，而他绝不是个愚蠢的人。不管凶手是不是精神变态者，本案都会有大量艰苦的工作要做。

现在，出了个安德鲁·弗兰岑。

他是个怪人还是个杀人犯？他的出现表明自己有幸遇上了一个简单的案子，还是大量令人头痛的工作才刚刚开始？

谢菲尔德心想：我们很快就能调查清楚。他合上文件夹，起身朝门口走去。

在侦缉队办公室里，劳克斯顿刚刚在计算机上完成一项调查。他走到谢菲尔德身边说："杰克，在怪人档案中没有查到弗兰岑的记录。"

谢菲尔德侧头扫了眼办公室后面一排用玻璃隔开的小间。第二间里，丹·托拜厄斯坐在一张金属桌前，手撑着桌子一角，前来自首的弗兰岑背对着办公室僵硬地坐在一把椅子上，还有一名警察局的速记员一本正经地坐在靠近角落的地方。

谢菲尔德说："好了，劳克斯顿，我们一起听听他的口供。"

他和劳克斯顿一同步入审讯间。托拜厄斯迅速起身，轻轻摇了摇头，示意弗兰岑没向他交代什么。托拜厄斯身材高大，颇有阳刚之气，长了一双粗壮的手，脸上总是带着温和的笑容。像劳克斯顿一样，他对自己选择的职业有种强烈的献身精神。

托拜厄斯挪到金属桌右角边，劳克斯顿走到左角边，两人像进行两面夹击的中卫一样在各自位置上站定。充当四分位的谢菲尔德走到桌子后面，翘起半边屁股，身子略微前倾，居高临下地审视着坐在他面前，双手平放在大腿上的小个子男人。弗兰岑长着一张圆圆的脸，脸色红润，看上去无任何让人觉得不舒服的感

167

觉。耳朵长得很小，上唇呈弓形，棕色头发带着波浪，发型优美，看上去像个孩子，不过谢菲尔德断定他有四十来岁。无框眼镜后面那双棕色眼睛酷似长毛狗的眼睛。

谢菲尔德从口袋里取出圆珠笔，在门牙上敲了敲，审讯时，他总喜欢在手里拿个东西。最后，他打破沉寂说："我叫谢菲尔德，负责这里的工作。在你坦白之前，我有责任告诉你你的权利。"

他简明扼要地陈述了一番，最后说："弗兰岑，我说的这些权利你明白了吗？"

小个子男人轻声叹了口气，点了点头。

"那么，你愿意在没有律师在场的情况下回答问题吗？"

"愿意，愿意。"

谢菲尔德继续用圆珠笔敲打着门牙，说："好吧，说出你的全名。"

"安德鲁·伦纳德·弗兰岑。"

"住在哪里？"

"圣弗朗西斯科。"

"详细地址？"

"格林尼治906号。"

"住的是一套私人住宅吗？"

"不，是座公寓大楼。"

"你有工作吗？"

"有。"

"在哪工作？"

"我是个个体顾问。"

"哪方面的顾问？"

"计算机语言通信设计。"

劳克斯顿说："可以解释一下吗？"

弗兰岑用单调的声调说："如果两家公司使用的是两种不同型号的计算机，但又想相互之间建立通信联系以便能够使用对方计算机内存贮的信息，他们会来请我。我可以进行两台计算机之间的通信设计，使它们可以相互理解，对话。"

"听起来倒是份专业性很强的工作。"谢菲尔德说。

"是的。"

"能挣多少钱？"

"大概一年八万。"

谢菲尔德的额头上出现了两道细细的水平纹。弗兰岑是位脑力劳动者，拥有一份受上流社会尊敬的职业，这样一个人为什么会承认自己是杀害三名生活俭朴的家庭主妇的凶手呢？更让他疑惑不解的是，如果他的坦白是真诚的，那他行凶的动机又是什么呢？

谢菲尔德问："弗兰岑先生，你今天晚上为什么到这里来？"

"来自首。"弗兰岑看着劳克斯顿说，"几分钟前，我进来的时候就告诉过他。"

"自首什么？"

"杀人。"

"杀了什么人？能说得具体一点吗？"

弗兰岑叹了口气，"今天在海湾区发现的三个女人。"

"只有三个？"

"是的。"

"会不会还有几个，只是尸体尚未发现？"

"没有，没有。"

"能不能告诉我你为什么决定来自首？"

"为什么？因为我有罪，因为我是害死她们的凶手。"

"这就是你自首的唯一原因？"

弗兰岑沉默片刻，慢吞吞地说："不，我想不是。今天下午，从圣弗朗西斯科回来后，我到水上公园散步，边走边想，越想越觉得自己希望渺茫，迟早你们也会知道凶手是我，只不过是晚一两天的问题。我想逃跑，但又不知怎样逃。我总是凭一时冲动办事，如果我能静下心来仔细思量一番，有许多事我可能永远也不会做。这一次，我也是出于一时疯狂的冲动杀了她们，如果我再仔细考虑一下，可能永远也不会做这种事。现在说什么都没有用了……"

谢菲尔德与两名检察官交换了一下眼色，说："弗兰岑，想告诉我们是怎么害死她们的吗？"

"什么？"

"你是怎么害死她们的？"谢菲尔德问道，"用的是什么凶器？"

"木槌，就是女人们在厨房里用来砍牛排的木槌，顶端带锯齿的那种。"

审讯间里鸦雀无声。谢菲尔德向左瞥了一眼劳克斯顿，又向右瞥了一眼托拜厄斯，他们都在思考同一个问题：警方并未向新闻媒体详细透露三起谋杀案使用的武器种类，只泛泛地说是一种钝器。对第一名遇害者做的最初实验分析报告，以及对另两名遇害者做出的最初观察报告都表明，她们的伤口都是由一种大致方形的钝器所致,这种钝器还带有尖"齿",刺到肉里可以留下许多深陷的齿印。弗兰岑刚刚提到的木槌与上述特征恰好吻合。

谢菲尔德问:"弗兰岑先生,你把木槌放到哪儿了?"

"扔了。"

"扔到哪儿?"

"苏萨利多路边的灌木丛里。"

"地点你还记得吗?"

"我想应该记得。"

"稍后可以领我们去吗?"

"我想可以。"

"伊莱恩·邓希儿是你杀害的最后一个人吗?"

"是的。"

"在哪个房间里杀的?"

"卧室。"

"卧室的什么位置?"

"她的梳妆台旁边。"

"你的第一名受害者是谁?"劳克斯顿问道。

"珍妮特·弗兰德斯。"

"你在浴室里把她杀死的,对吗?"

"不对,不对,是在厨房。"

"她身上穿的什么?"

"带花的休闲服。"

"为什么要脱光她的衣服?"

"我没有,也没有必要。"

"格伦夫人是第二个受害者,对吗?"托拜厄斯问道。

"对。"

"你在哪儿害死她的?"

"厨房。"

"她当时正在缝衣服,是吗?"

"不对,她在装罐头,"弗兰岑说,"她在做李子罐头。桌上放着一些瓦罐,还有一箱一箱的李子,炉子上放着三个高压锅……"

此刻,弗兰岑两眼饱含着泪水。他停下来,取下无框眼镜,用左手背擦了擦眼泪，身子好像在轻微晃动。

　　一直在一旁观察他的谢菲尔德突然有种复杂而奇怪的感觉。他既感到如释重负，又感到无限的悲哀。令他宽慰的是心头的疑团终于被解开——从劳克斯顿和托拜厄斯的眼中可以看出，他俩也一样。毫无疑问，安德鲁·弗兰岑就是害死这三名妇女的凶手。他们接二连三地向他提出了一些具体并"设有陷阱"的问题，而他一一都给出了正确答案，特别是些尚未向新闻媒体透露的，只有真正凶手才能注意到的一些细节，他都能说得一清二楚。这毕竟不是个简单的案子，广播里再也不会说"短棒杀人"，公众再也不会大喊大嚷，新闻界再也不会攻击警察无能，局长或市长再也不会向他们施压。而令他感到悲哀的是，26年的警察生涯，终日与死亡和犯罪打交道，想不到一个貌似正常的人原来是个连杀数人的冷血动物。

　　这是为什么？谢菲尔德思考着这个重要问题。他为什么要这么做？

　　他说："弗兰岑先生，能说出原因吗？为什么害死她们？"

　　小个子男人抿了抿嘴说："你知道，我本来活得很快乐。我的生活很有意义，也很有挑战性。我是一个功成名就的人——但她们却想毁掉这一切。"他看着自己的双手，"她们三个当中的一位知道了真相——我不晓得她是如何知道的——因此就开始跟踪另两位。今天早上，我去珍妮特家，一听说她们要告发，我便气昏了头，拿起木槌打死了她。然后，我又到另两位家中，把她们也打死了。当时我已无法控制自己，好像在噩梦中一样。"

　　"你想说什么？"谢菲尔德轻声问道："你与这三个女人是什么关系？"

　　在头顶上方的日光灯照射下，安德鲁·弗兰岑眼中的泪水像两颗小钻石一样晶莹透亮，闪闪发光。

　　"她们都是我的妻子。"他说。

见死不救

我将汽车停在那座公寓前面时，洛杉矶警局黑白色的警车告诉我，我来迟了。

一辆没有标志的汽车停在我后面，戴维走了出来。

戴维是凶杀组的警探，几年前我们曾是搭档，现在，我是一个私家侦探。

一下车，戴维就看见了我。他告诉他的新伙伴稍等，然后向我走过来，"嘿，伙计，你不是偶然到这里来的吧？"

"当然了，我是有事情来的。我的一位主顾关心住在这栋公寓里面一个人，恰巧他就住在你们现在要去的那座房子。"

"是鲍斯吗？"

"正是。"

"您的这位主顾你可以不用再担心了，鲍斯已经死了。"戴维说着向公寓大门走去。

"我一起去不介意吧？"我问。

"你能帮我们什么忙吗？"

"希望能有用处。"

公寓不大，住户多是墨西哥人，我跟随戴维走进去，屋里照相取指纹的人在忙碌着，一个验尸官办公室的年轻官员向戴维点点头。

起居室中，一只镀铬铁架、罩着塑料布的扶手椅上躺着一个人。他脸部凝血的地方呈灰色，椅子下面是一大摊血，血被褐色的地毯吸了进去。验尸人员在地毯上用报纸铺了一条路以便走过去，好些地方血从纸上渗出来。

一位警员递过一本记事簿给戴维，他边看边大声念道："鲍斯，37岁，无固定职业，尸首由其妻子和邻居海伦太太发现，死亡原因……"他抬头看了一眼验尸官,验尸官正小心翼翼地退离潮湿的报纸。

"主要是伤口流血致死,"年轻的验尸官说,"脸上和四肢的伤口是表面的,但在手臂上,这儿,你看见的伤口,切断了动脉。"

"他是流血致死。"戴维解释说,"他的心脏一直跳动,直到血流干了,他才倒了下来。"

"那要花多少时间?"

"一个小时,也许两个小时。这不会像颈动脉或大腿动脉出血那么快速。"

我看了一眼死去的鲍斯,避开血迹,离开房间,从一扇开启的门,向卧室走去。

一位妇人坐在床上,黑眼睛呆呆的,一个女警员正在喂她咖啡。我想,她应该就是寡妇了。她早已过了美貌之年,但五官和轮廓依然给人一种美感。

戴维走过来,站在我身旁,"要不要把你知道的告诉我?"

我踌躇了。的确,我和戴维是老搭档,但是,我现在是私人侦探,做这一行的,应当守口如瓶。

两小时前,一位老年人来到我的办公室,这位老年人名叫巴德,他告诉我他来的原因,"我儿子鲍斯,和墨西哥黑手党有过节,现在有了麻烦。"

"什么样的麻烦?"我问。

老人挺挺单薄的双肩,话音有些抖颤,"我儿子在监狱里供出了黑手党头目的名字,因此获得假释,那些坏蛋知道是他告的密,要干掉他。"

我深知墨西哥黑手党的毒辣和残忍,他们对所谓的"叛徒"绝不手软,并称这种行动为"捕鸽",谁碰上了都将难免一死。

为了慎重起见,我问:"你要不要将这事报警?"

他两眼一下瞪大了,"警察?我信不过,他们巴不得少一个有劣迹的墨西哥人烦心。鲍斯不是个使我有面子的儿子,可是,他是我的独子。"

"你要我怎么办?"我问。

"很简单,得让他知道自己身处危险中,我老了,我的忧虑只会让鲍斯嘲笑。但是他会听你的。"

我可没那么自信,但我没争辩。

巴德站起来,拍拍他的裤子和极不合体的西装外套,走出办公室。

我驾车去鲍斯公寓时,还一直没想好如何跟他谈。当我看见警车时,我知道谈什么已经无关紧要——我来迟了。

看到鲍斯的尸首,我想,我有责任帮助警方抓到凶手。

"怎样，伙计？"戴维仍然刺探，"你知道些什么？"

我将墨西哥黑手党的事全盘告诉了他，只保留了我的主顾的身份，戴维听着，记下一些要点。

"对鲍斯的过去，你知道些什么？"我问。

"他是个坏家伙，杀人、贩毒、殴打孩童，无恶不作。这下有人会说，墨西哥黑手党给本城治安帮了个大忙。"

巴德的话在我脑中回响，"你准备如何办这案子？"我问。

戴维颈上的筋抽紧一阵，冷冰冰地说："我们和办其他案子一样卖劲。"

"你准备和鲍斯太太谈话吗？"我问。

"是啊，假如你有地方要去，别让我耽误你。"

"别急躁！"我告诉他，"我帮点忙也是应该的，况且，你也不用向局里申请加班。"

"好，"他似乎不情愿地咕哝着，"留下来，但是留在后面，你的大块头和那张脸会吓坏见证人的。"

这倒有理，我靠在一边，戴维向鲍斯太太走去。

"他们是五六点钟的时候来的，那时我正在做晚饭，"她说，"他们两个人，一个拿刀，一个持枪，鲍斯和他们谈话，不一会儿，拿枪的那人打他，之后，两个男人把鲍斯捆绑在椅子上，也绑住我的四肢，封住我的嘴，并把我锁在了浴室里。"

鲍斯太太两眼枯干，声音微弱地继续说下去："我听见鲍斯在大吼大叫，但声音不高，好像他们也用胶布封住了他的嘴。之后，前门开开，又关上，我就什么也听不见了。我跪着直起身，稍稍可以转动，我四处找寻锋利的东西，终于找到一把剪刀，用它剪断绳子，扯掉嘴上的胶布。我喊鲍斯，但他没有回答，浴室是从外面锁的，我只有爬窗户，邻居海伦太太当时正在那里，她看见我，和我一起进来，发现了……发现了你们现在看见的……我跑到鲍斯身边，看看是否可以救他，他情况很坏，不过，我还是跑进浴室取绷带，但太迟了……"

戴维请她描述一下歹徒的相貌。她说他们是墨西哥人，普通身材，普通高度，没有特殊标记或特别之处。趁戴维询问时，我走出卧室。

一道有污痕的足迹从鲍斯的血泊中通到浴室，这是鲍斯太太跑去取绷带时留下的。我走出前门，绕到整洁的后院。浴室窗口下的草皮上，有个带红色污点的鲍斯太太的脚印。

草坪对面，戴维的伙伴正在向一位浓眉、肥胖的妇人问话。我走过去，知道她就是邻居海伦太太。她叙述发现尸首的情况和鲍斯太太说的一样。

鲍斯的尸首被抬出去时，我和戴维一起走到街上。

"有什么结果没有？"我问。

"当然有，"戴维摇摇头，"但目前我们只知道疑犯是个男性成年人。"

"那么，祝你好运！"我向他伸出手。

"你打算做什么？"

"也许需要再逗留一会儿，和鲍斯太太再谈几句。"

"伙计，你没有卖什么关子吧？"

"人格保证，我知道的和你一样多。"

戴维凝视我一下，然后点点头，驾车离开了。

警方人员全部撤走后，海伦太太摇摇摆摆地从隔壁走出来，保卫似的站在起居室入口处，我得越过她的肩胛和鲍斯太太说话。

"鲍斯太太，还有没有别人看到那两个人？"

"没有，只有我看见了，自从我把儿子送到我妹妹家以后，没有别人住在这里。"

"邻居有没有看见？"

"警员打听了整条街，没人看见。"

这时，海伦太太说话了，"也许那两个孩子看见了。"

"什么孩子？"

"那伙常在附近的孩子，这几天他们总在对面那个车库的墙边刷漆，也许他们看见了。"

和两位妇人道别时，太阳已经下山了，天很快暗了下来。我决定去找一个我认识的墨西哥孩子打听打听。

我开车在一个摊子上找到几个少年，其中有两个身材瘦长的少年，以带敌意的黑眼睛看着我。"你要做什么，老兄？"其中一个问道。

"我要和罗里克谈话。"

"你是警察？"

"不，我不是警察。"

两个少年正在思忖时，一个满脸雀斑的红发孩子从店里出来，看见我后，咧嘴笑着招呼说："施奈德先生，你好。"

他就是罗里克，正是我要找的墨西哥孩子。

"朋友，要我干什么？"罗里克问。数月前，我帮过他姐姐一次大忙，把他姐

175

姐从困境中解脱出来，他们是不会忘恩的人。

我说："黄昏五六点的时候，你们是不是有人在街边刷漆？"

"也许，怎么了？"

"别紧张，罗里克，你们刷漆的时候，有没有看见两个人走进对面的房子。假如有谁看见的话，我想知道。"

罗里克走到一边，和他一伙人用西班牙语谈了一会儿，然后走回来。

"对的，他们看见了两个人。"他说，"施奈德先生，你找他们做什么？"

"他们今晚把一个人绑在椅子上，将他整得好惨。"

"你的朋友？"

"不，生意上的。"

"那么，你最好忘了，那两个人是很坏的人。"

"整坏人正是我的本行，罗里克，他们是谁？"

"他们是……"罗里克犹豫了一下，又左右看了看，压低了声音，"我可是冒着生命危险告诉你的，他们是两兄弟——诺德和瑞恩，都是墨西哥黑手党成员，他们不会高兴看见你的。"

"平时他们常在哪里？"

"路易斯酒吧，你知道那地方吗？"

"我知道，谢谢，罗里克。"

"再见！"

我们分手时，罗里克的脸上明显露出愁容，我知道他心里畏惧什么。我要是把这情况告诉警方，警方就会传讯罗里克，不论他承认还是否认，他都将面临相当大的危险。因此，我不打算将此线索告诉戴维。

路易斯酒吧坐落在马林卡大街附近，酒吧外，还有个台球厅。我在前面停车处停好车，走了进去。那地方有股阿莫尼亚味。

"我找诺德和瑞恩兄弟。"我告诉酒吧服务员。

"我没有看见。"那人很快地回答，但一双眼睛却向后面的球台望去，后面玩球的人在我进来时，停止了他们手中的游戏。我刚向前面走，两个男人又立刻重新玩起来。其中一个瘦如一把刀，穿蓝色外套，另一个矮壮结实，如同汽油桶。

当"蓝外套"准备击球时，我俯身拿起台面上的球。

"嘿，你要干什么？""汽油桶"以嘶哑的声音说。

"我在找诺德和瑞恩，你们该不会是吧？"

176

通常，我是机警而敏捷的。因为，干我们这行，反应迟钝就是死路一条。但这一次，我慢了一秒钟。只听得"蓝外套"一声："瑞恩，打他！"球棍就打在我头上，顿时眼前一片漆黑……

我醒来的时候，感觉到一只脚踩在我脸上，太阳穴如针刺般疼痛。我发现自己被塞在一部汽车后座的地板上。听见熟悉的收音机噪声，我才明白，这是我自己的汽车。

腋窝下的空洞感，表示他们已取走我的枪，无疑，它现在正指着我的要害。

汽车跳跃了一下，车轮下的松软感告诉我，我们已经离开了柏油路面。

汽车停住了。两兄弟下了车，抓住我的脚，拖我下车。很明显的，他们打算杀害我。

我装作不省人事，任凭他们俩拖。他们把我下半身拖进汽车门槛时，我想办法把外套的皮袖钩在座位的调整杆上，诺德几次拖不动，一边诅咒着，一边俯身探进车子里，要解下钩住我的东西。此时，我只有拼死一搏了。当他抓住我的袖子时，我迅速将另一只手伸过去，拧住他的手腕，用力扯到肩胛后面。

诺德痛苦地大吼起来，另一只手里的东西掉了下来。我跳出车外，在黑暗中急速摸索，终于找到了我的点三八手枪。这时，诺德抓住一把刀，又向我冲过来，我听见瑞恩在他身后大叫，要他让开。没有时间可以选择要打哪里了，我抬起枪就扣动了扳机，子弹打进诺德的胸部，他低低呻吟了一声，踉跄两步，倒在地上。

一声爆响，我转过身，发现瑞恩正对我开枪。那是把点二二的小手枪，也能使人脑袋开花——这是我倒地昏厥前所想到的。

曾有人说我的脑袋是花岗石制造的，那说法自然太夸张。可那天晚上，它遭到球棍一击，又挨了一枪，但里面却依然活动如常。

清醒一会儿之后，我确定自己没死，死人是不会感觉到痛的。我从冰凉的草地上抬起头，看看四周，没有人影，我的汽车仍在那儿。忠实的汽车，一扇门开着，像在安慰受伤的主人。

我慢慢爬起来，眼前一片漆黑，左歪、右歪，好不容易才站稳。混乱的脑筋模模糊糊明白了我身处何方：这是街外的"哈查公园"。我笨拙地走到汽车前，费劲地爬进去。

我突然发现，汽车里居然还有个人，那是诺德，他胸前有个洞，两眼像在看着远方，已经死了。我打开汽车另一边的门，把他推了出去。

扭动钥匙，点火器并未点燃，这部汽车经常出这毛病，我早已经习以为常。

每次我都伸手到仪器面板后，摆弄摆弄电线，然后汽车便可以发动。瑞恩当然不会知道这点，我想，当他几次不能发动这部汽车时，他必定惊慌，于是逃之夭夭，撇下诺德——反正诺德已经死了。

我艰难地驾车驶出公园，尽管努力控制自己，但是脑袋却不配合，我昏沉沉地驶上一条熟悉的街道，过了两条街，刹住车。

我不记得自己究竟是如何走进那间屋子的，等我清醒后睁开眼时，只看到鲍斯家卧室的天花板，鲍斯太太惊慌的脸飘浮在我面前，我挨过打的脸上，有凉凉、湿湿的东西在擦着。

"先生，你能听见我的话吗？"我听到鲍斯太太的声音，"你醒了没有？"

"是的，"我呻吟，"打电话报警。"

"好，我去打，你没有事吧？"

"谁知道呢？"我确实不知道，"快打电话报警。"

她走开，将湿布留在我的额头上。她走动时鞋后跟在地板上"咯咯"地响，沾了血的地毯必定被人移开了。我听见她拿起电话，开始拨号码盘。

突然前门有一阵骚动，另一双脚敲打般地跨过地板。一个男人的嘶哑的声音比我最后在公园听见时更紧张，更恐怖。

"我告诉过你，如果你报警的话，会发生什么，现在，在我杀死你之前我要使你真正后悔。"

"不，不要，"那是鲍斯太太哀求的声音，"我并没有告诉他们什么，我没有说我记得你们俩长什么样子。"

"闭嘴！"嘶哑的声音又传了过来，"你告诉了那个人，现在我哥哥死了，我们惩罚你丈夫的时候，我们应该也杀死你，只是我们心太软。我们以为你不会说呢。"

我听到妇人开始发出低低的呜咽声。

从起居室传来拳头结结实实落在皮肉和骨头上的声音，之后便是身体重重倒在地板上的声音，鲍斯太太恐怖地叫：

"哦，不，请不要！求求你，我没告诉任何人，我说的都是实话……"

我抓牢点三八手枪，努力站了起来。卧室门开了大约六寸宽的缝。我勉强走过去，一把推开了门。

瑞恩正以他的小手枪瞄准抖缩在地板上的妇人。

当瑞恩看见我这张伤痕累累的脸突然出现时，我想他是吓坏了。但随之而来的仇恨，使他把手枪朝向我，但在他扣扳机之前，我已先他一步将子弹送进了他的嘴里。

我让鲍斯太太继续报警，然后一起在厨房等警方人员来。

看着不知所措的鲍斯太太，我坐了下来，"在警察没到这里之前，我要问你一些事情。"

"什么事？"她说话时，似乎恢复了平静。

"你第一次进来看你丈夫的时候，你丈夫死了吗？"

"你已经听过我告诉警方的供词了，还有海伦太太所说的。"

"鲍斯太太，我是说你单独进来的那一次。"

她张嘴想否认，但又作罢，陷进椅子里，"我不知道，他仍然在流血，也许他还活着，也许我可以救治他。"

"可你没有试试。"

"是的，我没有试。"

"为什么不试试？"

"先生，你看见电视机上那张照片没有？"

我随鲍斯太太穿过拱门，看见起居室里一张配有相框的照片，那是一个大约四岁的孩子，他有双阴郁的眼睛。

"那是我的儿子曼尼，"她说，"拍过这张照片一个月后，他父亲去世，一年后，我嫁给鲍斯……在那张照片里，曼尼十指俱全，现在他的右手只剩三根指头了……孩子淘气惹鲍斯生气，他就把孩子的手抓到火炉上去烧……这次鲍斯出狱，我希望他重新做人，我问他可不可以把孩子带回来一起生活，他说，如果我带孩子回来，他要烧掉孩子的另一只手……"

"那么你又是怎么做的呢？"我问。

鲍斯太太似乎有了种解脱的感觉，"如同我说过的，是我自己切断绳子，爬出浴室窗子的，只是比我所说的要早些，没有人看见我，我走进屋里，发现鲍斯躺在椅子上，他流着血，还没有死，我回到浴室，望着窗外，一直到海伦太太出来。我大声喊她，像第一次一样爬出去。我们一起再从前门进来。这一次，无疑，鲍斯死了。我跑进浴室，佯装打开门去找绷带……"

她坐着注视桌布好一会儿，然后抬头看着我，"你怎么知道的？先生，你怎么知道我和海伦太太进来的那次不是第一次？"

"鲍斯太太，你屋子收拾得很整齐，"我说，"你会很快找到剪刀才对。还有，浴室窗子下面有你的脚印，要鞋上踩着血渍，必须走过起居室。"

鲍斯太太低下头，叹了口气，"你要怎样告诉警方？"

"当然我会告诉警方真相。"我慢慢站立起来，走近鲍斯太太，"是黑手党杀死了你的丈夫。现在杀人犯已经受到了应有的惩罚。"我停顿了一下，径直看着鲍斯太太的眼睛，"你要怎样告诉警方呢？"

她猛然抬起头，以一双漂亮的黑眼睛凝视着我。就在那个时候，传来了警察敲门的声音。

鲍斯太太理了理头发，转身走去开门。

生死去留

马丁·华莱士以稍息姿态站立着,从医院二十三层的窗户向外眺望,越过郊区三十公里的平展地带,他能看到曼哈顿闪闪发亮的摩天大楼。

它们朝他挤眉弄眼,召唤着他。

他看了眼手表,差1刻9点。15分钟过后,他就要朝那个充满魔力和光明的岛扑去了。他坐立不安,跃跃欲试。身后的动静把他从白日梦中唤醒。

他转过身去,看了看床上那个人形:无力的手臂敲着床头柜,想引起他的注意。四目相视的那一刻,他的脸上现出一丝恼怒。除了迈拉,谁还能把局面闹得如此糟糕呢?不过,他也知道,在地处郊区的这个医院里,整天心烦但又不了解镇定药应该吃几片的家庭主妇,又岂止她一个呢。

他走到病床边。一个绿色的塑料袋垂在床沿,通过一条软管连着她的喉咙,从那袋子里不时发出微弱却令人不安的充气声。"迈拉,我得走了,亲爱的。探视时间已经过了。想让我给你带些什么来吗?"他微笑着问道。

看得出来,她一脸的不高兴。而这,恰恰是她的常态。二十年的婚姻生活中,她的每个表情声调,他都能贴上不同的内容标签。眼前这个就叫"不高兴"。

她发出一串低沉的声音,想说话,却说不成。

"你只要夜里能休息好就行了,迈拉。休息。很长的休息。"他面带微笑把呼吸器导管上的阀门暂时关闭,为的是让她能说出话来。但是,他的动作太大,导管被他拔了下来。

氧气开始向空气中无目的地喷射,发出"咝咝"声。他赶紧把导管往回插,可是,太迟了,警报器爆响起来。

几乎是同时,一位体态丰满的护士像只护雏的母鸡那样冲了进来。"华莱士先生，我跟你说过多少次了，要先摁住面罩再拔导管，那样警报器就不会响了。"

"对不起。"

她甩给他一个医护人员通常看外行人的那种目光，"你不知道这声音像鬼叫一样难听吗？"

"对不起，护士。"他把护士从上到下看了个够。一头褐色的长发披散在她的肩上，衬托出她姣好的面容。她胸前姓名牌上写着莫林·赫西。

她又不满地嚷嚷了两声，转身往外走，临出门，又补上一句："探视时间快到了。"

"是的，护士。"他低头看着他妻子。这次她自己把手放在输气管阀门开关上。这样，她就可以隔着氧气罩，用很小的声音，说些断断续续的话。这种怪怪的声气，马丁·华莱士先生已经有点习惯了。

迈拉说："别忘了我的杂志。"说几个字就得赶紧吸两口氧，"让他们在这里放一台电视机。"又吸两口氧，"我们交了钱的。"她张开嘴巴，想从空气中直接吸到足够的氧气，"我要一个能看到影儿的。今天夜里给我母亲打电话。"她又试着用鼻子呼吸，"跟医生谈谈。我想知道到底还有多长……"

马丁·华莱士轻轻把他妻子的手从阀门开关上拿开。她的声音立刻变得咿哩呜噜起来。他把氧气管往她嘴里插。

"马丁，我还有话要跟你说。"她的声音被气泵的声音取代。

"你让自己太激动了，迈拉。现在休息吧，只管休息。晚安。"他绕过床头，走出屋去。

在护士工作台，他看见了沃瑟曼大夫。他向他走去，"打扰一下，大夫。"

年轻的住院大夫从他正看着的东西上抬起头来，"是你，华莱士先生。你妻子今天怎么样？"

"这正是我要问你的，大夫。"

"当然，"他换上一副职业性的表情，"是呀，华莱士先生。情况可能会更糟。她会死的。"

马丁·华莱士并不认为这是更糟，"那么，你们的——怎么说来着——诊断是什么？"

"这个嘛，还言之过早，真的。你知道，华莱士先生，如果你开始服用镇静剂，比如说，安定，随着时间的拉长，你就会产生抗药性。接下来是什么呢，增加剂量——五毫克，十毫克，二十毫克。你妻子就是这样。再加上马提尼……"

"是曼哈顿鸡尾酒。"

"是的，不管是什么酒吧，结果就是缺氧性的心搏停止，也就是呼吸和心跳骤停。可能长达两分钟。这就会导致神经受损——局部的但却是不可逆的神经系统的破坏。"

"这意味着什么呢？"

沃瑟曼医生摸了摸下巴，"还言之过早，真的。"

"说吧，大夫。最糟的情况是什么？"

他耸耸肩，"她以后只能像残疾人那样度过余生。家里恐怕得给她准备一台呼吸器。偶尔还得做一做肾透析。频繁的心脏功能测试。会发生局部的肌肉瘫痪，说不定是整个神经系统，这很难讲。得用几周的时间来验证什么有效什么无效。我是说，她理论上已经死亡了。能不能救过来，那可就真不好说了。这你能理解吧？"

"能理解。"

马丁·华莱士扭头望望妻子的病房，然后，回过头来再次面对医生，"在没有呼吸器的情况下她能活多久？我是说——你知道的——当她要说话时，就得摘下呼吸面罩。我不希望这种时间太长。"

医生举起一只手摆了摆，安慰道："没关系。她呼吸困难时会向你表示出来，对吧？或者她会直接告诉你。"

"是的，是的，当然。但我还是不放心。你知道，如果在她睡着时氧气罩滑落呢？"

"所以要有警报器呀，华莱士先生。防备的就是这种情况。"医生微微一笑，尽管他比华莱士先生年轻得多，却用一种慈父般的声调说，"而且，如果你断开阀门时一定会非常小心的，对吧？每次都不会忘记打开警报器的开关。即便有疏忽，还有护士们。她们有特别护理检查小组。"他再次微笑，"屋里总会有人的，没人时警报器就会处于待命状态。所以，不会出事故的。"

马丁·华莱士的脸上又有笑容了，但并非这个好消息令他释然。他提问时是一种心思，而好心的医生答问时则完全是另一种心情。没办法，只能单刀直入了："你看，大夫，"他微笑着问道，"只是出于恐惧的好奇——能理解吧？没有呼吸器，她到底能活多久？"

沃瑟曼再次耸耸肩，"也就是半小时，我估计。也许更短。这很难说。有时一个病人残存的力量能让他支撑几个小时。但是如果这个病人已经非常虚弱或处于睡眠状态，那这种可能性就不存在了。我真的不能给你一个准确的答案。但从学术角度探讨一下也没什么坏处，对吧？呼吸器正代替她呼吸，是这样吧，华莱士先生？"

"是的，当然。但是……"他试图装出一个带有歉意的微笑，"我还有一个疑问。对这些东西我还是不放心。我是个会计师，凡事力求准确无误。你能理解吧？"他笑了一笑，是那种有职业背景的笑，也许意在表明你我各有专业上的优势。"可能我是过虑了。但我实在想知道，有……有没有可能报警系统失灵呢？任何可能？"

沃瑟曼医生轻轻拍了一下他的肩头，"别担这份心了，华莱士先生。一旦面罩脱落，呼吸器的气流会反向冲击气泵，护士台的警报器就会响了。现在我知道你顾虑的是什么了——要是华莱士太太夜里拿开氧气罩会怎么样。"他微笑道。

这正是马丁·华莱士思考的问题。他屏住呼吸等待医生的下文。

"如果不是故意的，面罩脱落的可能性很小，这是一。其次，她必须尽快重新戴上，否则，警报器就会响起来。在这种情况下，她只能待在原地不动。但是，你也知道，只要她感觉呼吸困难，她一定会挣扎移动。这是本能的反应，她并非昏迷。面罩离开她的身体，警报器就会响，何况，特护检查小组定时巡视。另外，你们还有按钟点收费的私人护士。"

马丁·华莱士极力不把沮丧之情流露出来，他点点头。那些护士可让他破费了一大笔。这是迈拉挥霍无度的又一表现。但是，还有最后一线希望。这不，沃瑟曼医生不问自答了。

"你顾虑的另外一点是机器本身。是这样的，呼吸器的功能是很强大的。其实它不止一种报警功能，正常情况下至少有三种。"医生屈起手臂，瞥了一眼手表，"我们还有十几台备用的呼吸器。还没有病人因这方面的原因失救。"他露出很有信心的微笑。

"停电呢？"话出来的不像是害怕这种状况发生，而是唯恐它不发生。

"对不起，你说什么？"

"停电。停电。你知道我的意思。"

"哦，"他笑出了声，"你的确是个爱担心的人，华莱士先生。"医生的笑容不见了，再开口时，多少已有了些不耐烦，"我们有备用发电设备，这是法律规定的。"他不加掩饰地看了看腕上的手表，"我得去病房看看了。失陪。"

"当然。"

马丁·华莱士两眼瞪着前方，在护士台前站了足有好几分钟。

他慢慢朝电梯门走去。另外还有几个超时的探视者茫然地望着楼层指示灯。电梯门开了，他走进去。电梯里的灯继续闪烁：22—21—20—19—

他走出医院，进入停车场。晚风带着花香飘过来，他却毫无觉察。残废。局部坏死。家庭呼吸器。肾透析……

他已经那么快就要一劳永逸地摆脱她了。可现在，真是一团糟。迈拉还没躺倒时就已经够他受得了——不过说实在的，那时候也谈不上健康。二十年的忧郁症，没有一天安生过。现在可倒好，残废。

他走到车子跟前，打开车门钻进去，点燃一支烟，从侧窗望出去，正好有三个姑娘走过。她们个个都很漂亮，穿着牛仔裤和紧身衣，披肩长发衬托出她们优美的线条。尤其是那欢快的笑声让他喉头发紧。他舔舔嘴唇，压抑住升腾起来的欲望。

迈拉，染着脚趾，画着蓝眼圈。就是跳进她坚持修建的泳池时也是一身珠光宝气。迈拉，通俗小报和杂志的铁杆儿读者。抽屉里有多少密不示人的图片？罗伯特·雷德福爱上了格莱丝公主？谁知道呢？迈拉，像鳄鱼一样瞪着眼睛坐在电视机前；迈拉，和一帮狐朋狗友大呼小叫地打牌赌钱，在美容院里的干发器下一坐就是几个小时；迈拉，一个孩子不生，二十年来这样的念头都没有过；迈拉和鸡零狗碎，鸡零狗碎和迈拉，世界各地的卷毛狗，他最恨的一种动物；迈拉，专业采购者；迈拉，她读过最新的一部小说是《爱情故事》，这前边一部是《娃娃谷》。这么多年唯一让她兴奋了一下的经历就是参加当地妇女解放运动的支部活动。这里的支部已经没有洋娃娃的立足之地。解放，谁还能比一头懒惰的老母牛更自由？迈拉，百无一用的东西。他笑了一声，趴在了方向盘上，泪水顺着他的面颊流了下来。

离婚，离婚会让他破财。而她的死亡，恰恰相反，还有十万人身保险赔偿金入账。

马丁·华莱士借着微弱的光亮在后视镜照了照自己的面容。对一个年近四十的人来说还不算坏。刚到疗养胜地晒过太阳，健康的黑。衣服很新，发式也新。那么，生活也该是新的。

他重新在他的卡迪拉克——这也是迈拉灵机一动的杰作——里坐直。他内心中意的是波尔舍或美洲豹。

他抬头望着被灯光照得通体发光的医院大楼。即便有医疗保险，她一天还是花去他一百美元，她就是躺在那里也能把他榨干。她的一生就是一篇关于铺张浪费的论文，就是当病人她也比一般病人消耗得多。她这一辈子从没生产出一件有用的东西，哪怕是她应当应分的——一个孩子。无出、性冷、废物，如果清盘的话，只能是债务一笔，和资产毫不沾边儿。

他把车开出停车场。一小时内，他将把它停进市中心加油站。

他走上了第三大街。今天并非周末，但在这初春的夜晚，街上到处都是兴致勃勃的人们。进了莫里亚蒂酒吧，他与三位生意上的合作伙伴会合。

他们在那里喝了一个小时，然后乘出租车到东区，挨着个地进他们每个人喜欢的酒吧。他们乘出租车跑遍全城，边走边唱边喝。

现在到了西区，他们在一家上等馆子里吃了晚饭，那里可以俯瞰时代广场。再西去不远就是百老汇剧场区。

离开餐馆，马丁·华莱士眼中出现了一个魔术般的纽约，街上的行人都像是从他身边飘过的云。

告别他的朋友们，他只身朝中央公园走去。站在广场饭店大门前，望着公园方向，他用手梳梳头发，把领带扶正，然后，走进饭店去实现一个早已盘桓心中的梦想。

大厅里到处都是大理石柱子和厚重的地毯。柔和的灯光照着那些坐在长椅和沙发上的华衣锦服者。侍应生领他向电梯走去，一个很有魅力的女人好像在向他微笑。

当午的阳光照进房间时他才醒来，洗了个淋浴后，他拿起电话要了咖啡和面包圈，想了一下——他学着看过的一部电影里的主人公——又要了杯红酒。

他把手放在后颈上，抬头看着色彩斑斓的天花板，心里不由得发出感慨。就靠他的薪水，不算另外的收入，不考虑迈拉和市郊那所吞钱的房子，他完全负担得起这样的生活：城里一所漂亮的公寓，一周几次像昨晚那样的狂欢之夜，有兴致时在百老汇看场演出，在楼下的牡蛎餐馆吃顿阳光明媚的早午餐。也许他还可以租辆车，隔三岔五出趟城。也许从宾夕法尼亚火车站去汉普顿或贝尔蒙特，也许从中央火车站去卡兹基尔或西点看场足球赛。午后的中央公园，周六的格林威治村，一夜一家不同的餐馆。而且，他提醒自己，用不着经常光顾一家酒吧或餐馆，成为它们的常客。他的脑子里过着从电影里看到的镜头。在这座城市里，生活的可能性是无限的。没有家，没有车，没有电视，没有通俗杂志，没有迈拉。他脸上浮起了笑容。

如果他能发一笔——比如说十万美元——横财，那他这个头儿就会开得更好。而这只需要一次心跳的时间。一次就够了。可那颗心却跳个不停。怦，怦，怦。他能听到自己的心脏在胸腔里跳动的声音。

他伸个懒腰，打个哈欠，清清干涩的喉咙，抓起了电话。

接电话的是个女人，"公园社区医院。"

"请接特别护理组。"线接过去了。

"特别护理组。"

"还在跳吗？"

"什么？"

"就是华莱士太太。请问我那亲爱的妻子怎么样了？"他觉得在这样一个早晨无须顾虑。

"请稍候。"

长长的停顿。马丁·华莱士祈祷着。

那边有人说话了，"非常好，先生。华莱士太太度过了一个舒适的夜晚。此刻你的私人护士正在给她洗澡。"

"好极了。真可恶。谢谢。"他狠狠地放下话筒，用枕头把脸盖住。

响起了敲门声。

"进来。"

餐厅侍者推着一辆车进来。车上全是饭店最好的食物，甚至还包括一份《纽约时报》，就像电影中演得一样。但眼前这一幕可是真的，是他一个电话叫来的。

在账单上签了字后，他重重地坐在床上，先往高脚杯里给自己斟上满满一杯雪玛丽，再在杯沿儿上撒上一圈盐，满饮一大口。

一边小口地呷着咖啡，一边打开报纸，漫不经心地浏览着上面的大标题。跟他自己的问题比起来，这个世界上的任何大事都微不足道。吃早饭时看报是他多年来的习惯，他一页一页地翻看着，实际上，他一个字也没读进去。他的心思不在这儿。迈拉。怦，怦，怦。她的心脏还在以每天一百美元的速率跳动着。嘭，嘭，可能会有两分钟的停顿，这得归功于现代医学的发达，那颗心又接着跳起来。怦，怦，怦。它还得跳多少年？二十年？四十年？六十年？

你怎么能和一个残废离婚呢，就算你愿意把余生的一多半薪水拿出来？那么，为什么不能一走了之呢？这年头儿，男子汉不都时兴这么干吗？像火箭一样消失得无影无踪。可这样做的代价太大了。失去身份，失去朋友，失去职业资格。凭什么该他消失呢？为什么她不能消失呢？"死吧！死吧！该死的！去死吧！"他被自己的声音吓了一跳。

他把报纸扔在床上，随即又把它拾起来，偶然翻开的这一页上有行大字标题，下面是篇长文，专门讨论生命维持系统的医学问题。他专心致志地读了起来。原来不止他一个人希望医学让那些该死的去死。

他读到那些脑死亡病人的例子，用人为的手段维持了几个月甚至几年的生命。

187

他读了与迈拉非常相似的病例——服药过量，局部神经系统坏死。在死神的刀锋下，健康的生命弱不禁割，那些苟延残喘者却成了滚刀肉。他读到那些病人家属心头的重负，他们照顾只会张嘴发呆的亲人，他们得到的回报是什么呢？是面带微笑的医生递过来的账单还是他们用来表功的被收拾得干干净净的植物人？

更让他感兴趣的不是被误导的人道主义衍生的悲惨故事，而是那些反对不计任何代价延长生命的机构和个人的名称和姓名。

他咬了口干酪饼干，不停蠕动的嘴唇上浮起一丝微笑。

他从姑娘坐着的桌前走过，直接站到电梯跟前。这并不是一个凉夜，可他却穿着一件褐色防寒外套，而且所有的扣子都系着。在这里等候的探视者不少，等着电梯把他们送向大楼的各个角落。马丁·华莱士挤进电梯间，把随身带着的一个黄色纸袋举在胸前，生怕挤到里面的东西。

在特别护理组工作台前，他停下来和赫西小姐套了一会儿近乎，然后才走进迈拉的单人病房。他冲他花钱雇的私人护士点了点头，"你好吗，埃伦？"虽面带微笑，但他却在心里提醒自己，她，还有另外两位护士，让他破费不菲。他还提醒自己，她们并不是必要的，可迈拉非要不可。

这位漂亮妞也对他报以微笑，"我很好，华莱士先生。一天比一天好。"她站起来，"我让你们单独待会儿。"她冲他们两人笑笑，走了出去。

迈拉无力地指指自己的喉咙。

马丁·华莱士疲惫地点点头，走过去拿起面罩。这次他记得先把警报器关闭。

迈拉深深吸了口气，"昨晚我让埃伦给你打了一晚上电话。"

他注意到，她今天的底气足多了，又有点过去大呼小叫的味道了。"是吗？我准是睡着了没听见。"

她用第三号表情——怀疑——望着他，"我要我的修指甲用具和指甲油。"

语气一点儿也不含糊，全是责备的意思，目的是要唤起他的负罪感。尽管难以觉察，他还是听出来了：她的语调还是不能控制自如。不管怎么样，他觉察到了，"对不起。"

多么不可思议的女人，他心里惊叹。三天前已经伏在死亡门槛上，今天就要她的指甲油了。他瞪大眼睛看了她好几秒钟，心里产生了一阵强烈的冲动，他真想把她的浴后爽身液灌进氧气阀，看着她呛死。"对不起，迈拉。"

"哦，至少你还想着点事儿。"她指的是他放在床上的纸袋，"你没忘……"

他给她戴上面罩，打开进气阀。她后半句话没能说完。"不能太长时间不吸氧，亲爱的。"他一手扶着面罩，另一只手关上了气泵开关。机器立刻执行了人的命令。看来，结果她的性命就像做游戏一样容易。他已经看到她被断气后的惊恐和愤怒。她把手移向面罩，想把它拿开。但是，他抓住了她的手腕，"真的，迈拉。你说的太多了。"

她想挣脱手腕，可他不放。她另一只手伸出去，摁响了呼叫器。

马丁·华莱士玩够了。他把手伸进纸袋，从里面拿出两本杂志扔在床头柜上，"我只找到两本。"

她奇怪地看着仍然装满东西的纸袋。

对她奇怪的眼神，他视而不见。

埃伦，那位私人护士走进来，"叫我了吗？"

马丁·华莱士面带微笑，"华莱士太太似乎需要点儿什么。"他低头对她说："我真得走了，亲爱的。我很抱歉，迈拉，亲爱的。我有个约会。"他看着埃伦，"照顾好我亲爱的人儿，好吗？我争取明天下午再来，或者明天晚上再看到你们两个。"他向门口走去，"再见。"

埃伦笑着回答："再见，华莱士先生。"

迈拉换上了第一号表情，瞪视丈夫的目光充满了憎恶和仇恨。

他挥挥手，进了走廊。

电梯来了，他走进电梯间。里面三个人看来都是要离开医院的探视者，只有大厅的指示灯亮着，他漫不经心地摁亮了表示通向地下室的"B"键。

电梯在大厅停下来，门开后，他往边上站站，避开了警卫和问讯处护士小姐的视线，迅速摁了"关门"键。

电梯继续下降，来到地下室。门开了。他走进一条空无一人的走廊。厨房肯定是设在这里，因为他闻到了烹调的气味。他四下看看，然后快步走向垃圾箱，把外套脱下来，埋进那些废弃的破床单和脏台布底下，留在他身上的是件实验室的白大褂。

仍然提着他的纸袋，他回到走廊，一扇门一扇门地看过去。在灯光最昏暗的走廊尽头，他找到了。下层地下室。电力系统。他推开铁门，顺着狭窄的楼梯往下走。

又到了一个狭长的走廊。他沿着灰色水泥墙走过去。这里的天花板上不远就有一个大瓦数的灯泡，发出刺目的光亮。他终于在一扇门上看到了想看到的字："配电室。高压。危险。"他推门进去，把门掩上。

这间屋子不大不小。看不到头的粗电缆在天花板上绕来绕去，让人眼花缭乱。

不远处耸立的平台上有两台巨大的内燃电机，每个上面都有个排气通风装置。电机左侧挂着三角形警示牌，上写："注意——电池为酸性。"

这就够了，看来这屋里现有的东西已经不少，足以摧毁这两台电机。现在的问题是找到这套系统的致命弱点。他虽然不是电器工程师，但他却敢肯定，这样的弱点是存在的。关键是怎样找到它。

他在屋里慢慢地走来走去。靠后墙的地方排列着大约三十个仪表盘，每个都挂着写有字的标签，他逐个看过去。

看着看着，他脸上露出了笑容，应该是这个了。在地板和天花板之间，有一个深颜色的板条箱。靠门一侧有个长长的开关柄，旁边的提示语是："电力检测和继电器控制"以及"内燃机"。现在的开关位置是在"自动"这一档上。

他打开箱门时发出刺耳的声音。里面还有提示牌，上写"电力检测和继电器控制"和"主接点断开开关"。他要断开的就是这里。没错，就是它。这是医院电力供应枢纽。这个盒子决定市电的供应是否正常。市电切断后就开始消耗蓄电池里的电。一切都汇总在这个盒子里。这就是那个致命的弱点。端掉这个盒子就切断了医院的所有电力供应。

从纸口袋里，他拿出一个大罐头盒，盒上面有层铝箔。揭掉铝箔后，他把它装进裤兜里，里面装着从五十发猎枪子弹里取出的火药。在军火商看来，这点东西太微不足道了，但他现在打的是局部战争，讲究的是四两拨千斤，用最小的投入获得最大的产出。

罐头盒里面还有一个发条定时钟和一个触闪电池开关。雷管是用从子弹里取出的硝化甘油做成的。即使碰上医院保安检查也不会引起任何怀疑，盖着铝箔的罐头盒里能装什么呢，顶多是亲人们爱吃的馅儿饼或点心。

他把手伸进罐头盒里，把时钟定在10点整，再用尖嘴钳子把线连上。滴答声在这个墓穴般的屋子里响了起来。他轻轻地把这套装置放进箱子里，小心地用手绢把指纹擦干净，关上箱门。门上他也擦了擦。这时，他脸上已经汗水连连了。

沿着来路，他又回到门前。从纸袋里拿出一件示威游行时用的标志衫，把它平铺在门上。考虑到也许会有警卫盘查，他没有把要写的字事先写好。此刻，他用粗笔写上：

"上帝并没有让人类用人工手段来维持生命。让命中注定要死的人去死。"

结束人类痛苦委员会

听到门外有动静，他屏住呼吸站在原地不动。听得出来，是两个男人。他们从门前走了过去，沉重的脚步声回荡在走廊里。他耐心地等着他们走远。

一边等，他一边欣赏着自己的书法，脸上现出微笑——够让警察忙几个月的。如果他们真怀疑上病人的亲戚朋友，那也没关系，在特别护理组，至少有三十个人是靠那些机器维生的。光是把这些人的亲属排队查一遍就得用很长时间。最后，他们还是得"抽查"提问。问谁呢？与这三十个人有关的恐怕得有好几百，他们都得被问到。然后是所有反对生命维持系统的团体和个人。

那么多不相干的人也将送命，这多少有些令他不安，可这也是没办法的事。其实，这正是事情的绝妙之处：死人越多怀疑面也就越大。不管迈拉怎么样，是靠呼吸器苟延残喘还是死于事故，都没什么区别。他想让她死，这对他身边的人来说都不是什么秘密了。

当然，另外还有些人，只是需要在恢复知觉前靠那些机器挺过一段时间，比如那些不得不在夜间动手术的人。这当然是不幸的事。但是，迈拉不死，他，马丁·华莱士，就不能活。脚步声已经听不见了。

他慢慢打开门，溜进走廊，用最快的速度上了楼梯，进到明亮得多的地下室走廊里，把纸袋扔进垃圾桶，疾步来到电梯附近，顺手把白外套搁在洗衣房的轮车上，再把刚才藏起来的外套翻出来穿上。摁了电梯按钮，他开始等候。看着电梯指示灯，他意识到自己的膝盖在发抖，头有些发晕，嘴有些发干，脑门上在冒汗。

电梯来了。它停下了，门开了。电梯里的三四个人默默盯着他看。他一动不动。他们还是盯着他看。

他赶快走进去，转过身，面朝外。

电梯自动停在了大厅。门打开了。

他别转脸背对警卫，冲大门走去。每迈一步都在抖，自己的膝盖要坏事，这可是他没料到的。他想咽口唾沫，结果差点儿没呛着。门越来越近了，他就要推开其中的一扇了，过去了。门廊，也过去了。又是门，推开，出去了。

他走过，不，是跑过甬路，来到停车场。他的手在外套和裤子口袋里来回摸。口袋都快被他撕破了。钥匙，钥匙。在这儿，最后这段距离他用的是百米冲刺的速度。

使劲儿拉门。门不动。锁着呢。锁着呢。他做了个深呼吸，让自己冷静下来。他从没想到自己的手会抖成这样。把钥匙插进锁孔，打开车门，足足用了一分钟时间。

进到车里，他找点火钥匙，找了半天才发现就在自己左手里握着呢。最后，他让自己坐稳了，钥匙插进去，拧，引擎转动起来。突然响起的声音吓得他差点儿没跳起来。过了一会儿，他开始找香烟。四十五分钟内他就要和他的朋友坐进莫里亚蒂酒吧了。

他把卡迪拉克开出停车场——直接上了高速路快车道。

"放松点儿，华莱士先生。你会好的，请相信我。"

他眨眨眼，这声音好熟悉呀，沃瑟曼医生。

又有人说话了，但这次换了人，"典型的鞭抽式损伤。弹性头垫总是不起作用。如果再放置不当的话，它甚至还会引起更严重的损伤。我推测，头垫你还是放了的，不过你放得太低了，对他而言。撞击力集中在了他的后颈部。但是还不算太严重。"

他左边一个柔弱些的声音答道："是的，这辆车基本上是我开。"

迈拉。

马丁·华莱士冲天花板上的灯眨着眼。他想动动头，可是动不了。他嘴里有东西，说不了话。他尽力往下看，看到一根管子。往上看。对面靠墙的高架上放着一台电视机。他这是在迈拉的房间里。画面很糟，音量太低，他什么也听不见。正在播的是一则广告。一只玩具狗正在津津有味地舔着女主人拿来的狗食。

又有个人进屋里来了，虽然只是一闪而过，马丁·华莱士还是认出了他。是他的家庭医生，马蒂卡先生。然后是莫林·赫西护士，进来看了两眼。再后来是私人护士，埃伦的侧影。

沃瑟曼大夫在对其他人讲话，"鞭抽式损伤。他的内颅和基底神经节都有肿块儿。幸运的是，网状激活系统未受影响。所以没有失去知觉。他有意识，能听到并看到我们，但颈部以下全都是麻痹的。他不能说话，也不能靠自己呼吸。所以我才把输气管插在他喉部而不是气管里。我们已经给他用了地塞米松来消肿。到目前为止，肿块儿没有扩大，还不能说已经形成全瘫，所以还不会出现血缺氧症状。只要几天内肿块儿消失，就不会造成永久性损害。"

沃瑟曼医生俯下身来冲他微笑，"如果你听懂我说的了，华莱士先生，就请你眨眨眼睛。"

马丁·华莱士眨眨眼睛。

"你看到了吧，一旦肿块儿几天内消失，你的神经系统就会恢复正常，我们就可以把呼吸器拿掉。那时你就能立刻回家了。听懂了就眨眨眼睛。"

马丁·华莱士把已经潮湿了的眼睛眨了眨，一行老泪顺着他的脸颊流下。

"没必要担心，"马蒂卡医生也俯下身来说，"事实上，我还有好消息要告诉你呢。迈拉的呼吸恢复正常了。在未来的日子里，她不靠呼吸器也可以生活得很好。现在我们只让她一次脱离机器一小会儿，这是出于安全考虑，其实，一两个小时都没问题了。也就是说，她现在安全了。"他咯咯地笑着，拍拍他的胸脯，但是，麻痹的人一丁点儿感觉都没有，只是眼泪流得更凶了。

"好了，好了。"赫西护士语气坚定地说，"这会儿激动只会更糟。过不了几天你就会好的。你看，等肿块儿消失，你立刻就能欢蹦乱跳地离开这里。"

埃伦俯下身来，"你也知道，情况一度很危险。可现在，华莱士太太不是好了吗？用不了几天，你们俩就可以一起离开这里了。"

只有嘴唇上的肌肉还有知觉。他拼命眨眼，大滴的泪水从嘴唇上流过。他的鼻子痉挛地扭曲起来，上唇在发抖，眉头也皱起来，连耳朵也跟着动了动。

"他好像为什么事情很激动，是不是？"埃伦说。

"等他开始相信咱们的话就会好的。"沃瑟曼大夫说。

马丁·华莱士通红的眼睛落在了电视屏幕上，上面打出一条字幕："10点新闻。"

迈拉说话了，"给我转到《女性保健》频道去，埃伦，音量开大点儿。我可不喜欢看新闻。"

灯灭了。

有人骂了句："他妈的。"

一阵短暂的沉默。沃瑟曼大夫语气轻柔地说："马上就好。备用电力会立刻启动的。"

静默。

"等一会儿。马上就会来电的。"

马丁·华莱士奋力呼吸时听到了迈拉的声音。

"我又看不着头儿了。"

"等一会儿。"沃瑟曼大夫的声音里有了一丝慌乱，"电马上就来。"

马丁·华莱士知道，来不了了。

痴情汤米

初春，西莉亚第一次走进我的店铺时，我就知道会有麻烦。因为汤米从吉普车的发动机盖里钻出头来，得意扬扬地迈着八字步跟着她。

我可以看得出为什么。

西莉亚长得惊人的美，像春天的花儿含苞待放。我怕这个美丽的孩子容易招惹麻烦。因为汤米通常不会注意他视线内的任何东西，除非是另一辆吉普车。

他走到店铺一角，直挺挺地站在那儿，眼睛眨也不眨地盯着她。

我正在瓷器柜边擦瓷器，看见这情形便走出来，让汤米立刻到外面去，再擦擦他的吉普车引擎。

"都擦亮了，妈。"他立刻回答，视线始终没离开西莉亚。

我不是那种要把18岁儿子用裙带系住的母亲，只不过我的儿子虽然十八岁了，心理却幼稚得如同儿童。我担心他18岁的大个子会做出脑筋所不能抗衡的事。

这点叫我害怕！

我接过那女孩手里的毛毯。一看见毛毯上织的图案，我就知道是贝蒂的手工。

"这一定是贝蒂派人送来的。"我说，"你是她的外孙女儿西莉亚吧？"

她无精打采地点点头，蓝眼睛斜斜地瞟汤米一眼。

这一瞟促使我拿铅笔的手飞快地签好寄卖标签，赶快打发走这位可人儿，同时又催促汤米回去擦他的吉普车。

我将收据递给她，同时赞美着做工精细的毛毯。毛毯对我心理上不具有真正意义，但我有一种感觉，贝蒂专门织松软的毛毯，目的是以温暖和花朵来掩饰自己歉疚的心。

17年前，她获悉未出嫁的女儿怀了孕，还不知道那个年轻妈妈生了没有，就又收到城里来的电报,说她女儿难产死了,西莉亚被送到外婆这儿。

西莉亚长大了,留了一头金色长发,出落得漂亮迷人。此刻,她知道汤米在欣赏她,于是故意摇摆着臀部走路,让迈着八字步的汤米紧跟其后。

她朝小镇另一端的教会宿舍走去,贝蒂就住在那儿。汤米最后一次留恋地看了她一眼,掀起吉普车发动机盖,将头埋进里面,连西莉亚挑逗地按响汽车喇叭,他也听不见。

多拉是个55岁的老姑娘。她从汽车上轻快地跳下来,朝正要拐过马路的西莉亚留心地打量了一下,然后,伸手拿出她的鞋盒子,走进店铺。

这时,我正试着把毛毯挂在一把安乐椅的椅背上,等候下一位顾客见到它时发出欣喜的叫声。

多拉一跨过门槛,明亮的小眼睛就看见了贝蒂的毛毯,她一屁股坐下来,摇动安乐椅,直到毛毯的一角从扶手上掉下来,拖到地面的尘土。

"我知道,贝蒂送来了她的最新作品。"她说这话时含着讥讽。

多拉和贝蒂曾有过过节。自从贝蒂与多拉爱上的牧师结婚后,她们就互相敌视,不再说话。人们都认为,经过这些年,牧师谢世许久了,女儿也因名声不好远离小镇,她们的仇恨应该过去了,但不然,多拉仍愤恨难消。此刻她边摇着椅子,边将毛毯的一角在地上拖来拖去。

"毛毯不是贝蒂送来的。"我告诉她,"是西莉亚送来的。"

"西莉亚?"她问,摇椅摇得更劲。

"贝蒂的外孙女儿。她母亲去世后,没地方投靠,从城里来到这儿。"

"她一回到这儿,就有地方投靠了。"多拉说,"如果她和她妈妈一样的话,就会像她妈那样被赶出去,何况,她真的像她妈……"多拉眼光柔和了许多,"像春天的花朵,夏天的麦田,成熟的桃子。"

突然,她想到所谈的人是贝蒂的外孙女儿,摇得更带劲儿了,同时轻蔑地说:"那个女孩肯定继承了牧师的长相,从头到脚,只得到贝蒂的肥胖,眼睛像嵌在白面团上的葡萄干。"

说到这里,她停止摇晃,掀开鞋盒盖,亮出她最近做成的洋娃娃。

我屏住呼吸来欣赏。多拉做的洋娃娃的确巧夺天工:光滑洁白的脸蛋,有光泽的毛呢衣裳,头上是绣花帽子,手上戴着小手套,脚上还穿着袜子,袜子是用丝线钩的。

她是个灵巧的艺术家,那种天赋似乎是他们家的遗传。

她有个侄子,叫菲利普,他的木刻有超凡的技巧。

如同对贝蒂的毛毯一样，对多拉的洋娃娃我也有一种感觉。我觉得她做的那些洋娃娃都是她梦中的婴儿。

如果牧师不是娶贝蒂而是娶了她的话，她会生个洋娃娃般漂亮的女儿。

她低头看着洋娃娃，神情带着母性的光辉，嘴角变得柔和了，明亮的棕色眼睛含着温柔。

突然，她像要抖掉愚蠢的感情一样，从安乐椅上跳起来，把盒子递给我，然后拉平裙子，故意装出粗心的样子，把毛毯扯到地上。

她离开我的小商店时，对我说："记住我的话，那个漂亮姑娘和她外婆合不来。女孩会出走，或者和她妈妈一样做错事，然后被赶出家门。"

我记住了她的话，开始留心汤米。

他除了每月有规律地开车到山上的南希家或其他人那儿收取他们制作的工艺品外，就只埋头在他的吉普车里。收取村里人的东西，是汤米的责任。

西莉亚在一个炎热的夏天失踪了。

这期间，贝蒂做了四个娃娃，菲利普做了十个木刻。

贝蒂一走出她家，我就听见了。她沿街又哭又嚷地走到镇中心。我冲出店外时，镇上好多人也都出来了，我们一起盯着出了事的贝蒂。

我们费了好大劲儿，才听明白贝蒂语无伦次的话。她似乎在说西莉亚走失了。

起初我以为她是在说外孙女儿灵魂迷失，因为贝蒂经常喜欢说迷失灵魂这个话题。后来我才明白，是西莉亚失踪了。我努力镇定下来，疲倦地看了看店铺前的空地，汤米和他的吉普车不在那儿。

我用手遮挡着灼人的阳光，远眺上山的路。路上什么也没有。

汤米13岁起，我就害怕读报上有关暴力事件的报道，尤其那些无意识下所做的不明智行为——成年男人的身体，幼稚的头脑……哦，不！

贝蒂喘着气坐在杂货店长凳上。人们从店铺里走出来，站在阳光下。山里人都不愿惹麻烦，他们只是礼貌地等候着，一直到有人提出要求，他们再尽力而为。

我忧虑地侧耳倾听着吉普车声，同时想推开脑中那些吓人的想法。贝蒂正在描述外孙女如何从教堂和住宅后面的花园里失踪，她那时正忙着剪草。我想起那美丽的少女，初春时站在我的店里，斜着一双蓝眼，看来就像春天的花朵，夏天的麦田和成熟的桃子。而我的汤米竟然放弃他心爱的吉普车，傻乎乎地献媚地站在女孩面前。

汗水从我头上冒出来，立刻又变成冰水。

贝蒂在抱怨她那不知感恩的外孙女,说她比蛇还厉害。

吉普车一驶上木板道——山路转向小镇的标记,我就听到汽车声了。我等汤米一刹住车,就把他从座位上拉下来,推进店里。

"你到哪儿去啦?"我一拉下门帘就大声问,在阴凉黑暗的店里,我反复地问这句话,"告诉我,你去哪儿啦?"

他像座塔似的站在我面前,带着稚气的半信半疑的神情,低头看着我,被我的问题迷惑住了,也许是我连珠炮般的问话突然刺激了他迟钝的脑筋。

"说!"

他脑袋抖动着,努力要集中来想!

"汤米!"我伸出手,拍拍他的手臂,这次语气温和,"汤米,宝贝儿,你一下午到哪里去啦?"

"干吗呀,妈?"他说着,露出微笑,"我到南希家去了,今天是去南希家。"

的确,今天是去南希家取货的日子。

好像要证明所说的不假一样,他从口袋里取出一个用纸包起来的小饰物。

南希的腿有点儿跛,只能困在屋子和花园里,但她手指却很灵巧,从织锦画里模仿下来的林中动物,都能做得惟妙惟肖。

我记起从山上可以俯瞰下面的牧师住宅和教室——花园和少女。我哭着说:"汤米,你今天看见西莉亚了吗?"

汤米的神色变得更迷惘了。

"她在哪儿?"

"谁?"

我手中的工艺品被我攥湿了,我张开手掌,让它掉在桌上,抬头看这个可怜、愚蠢又可爱的儿子,他淡蓝色的眼睛闪着无邪的光。

我试着缓慢而清晰地说:"西莉亚,贝蒂的外孙女,一个女孩。"我哽咽了,因为我想到那个美如春天的花朵,夏季的麦田,成熟的桃子,款摆着臀部斜眼看人的少女。

"谁呀,妈?"他又问。

我咽下恐怖,忍住泪水,说:"我的儿,是西莉亚。她有一天来我们店里,是个很美丽的女孩,"我小心地解释着,"你跟着她进来,站在那儿。"我指指阴暗的角落,"她在这儿的时候,你目不转睛地看着她。一个很美丽的女孩,她不见了,她在哪儿,汤米?"

他耸耸肩膀。他记不起来,或根本不记得西莉亚,他不能告诉我她发生了什么事。

"哦，不！"我呻吟着，转开身。这时，理发店老板正好从前门撞进来。

他没有理我，直接和汤米说话。他说，警长说需要汤米开他的吉普车去找贝蒂的外孙女。他说："汤米，我们需要你。"

于是，汤米骄傲地挺起腰，大步向门外走去，参加那个不可或缺也是他不了解的搜寻工作。

我不知道天黑以后搜索队回来时会有什么样的结果。我的神经、干燥的嘴巴和湿冷的手，都在等待一具尸体。在汤米高兴地带着搜索队员去的地方，他们可能会找到尸体。我想起一连串恐怖的照片。而贝蒂则坐在摇椅里，对着天花板大声问她究竟造了什么孽，得此报应。

黄昏时，女人们从镇上和山脚下流水般涌进我的起居室，男人们则还在山谷中寻找。贝蒂一遍又一遍地谴责自己的外孙女。

村民们做出不同的推测。

有人认为，西莉亚厌倦了牧师花园里的工作，趁外婆不注意，穿越山坡到公路上搭便车走了。有人指责贝蒂对年轻女孩睁一只眼闭一只眼，管教不严。

天色暗下来时，女人们都回去做晚饭、等消息。我相信，她们会一直谈论西莉亚和兰斯山发生的这件事，会谈个不休，哪怕是对着小孩子，对着自己，对着天花板。

我在店里等候，不想和任何人谈话，也不想这件事，因为我怕想到。

店里到处展示着老式的棉被、手钩的床罩、木头雕刻以及刺绣，全是我们镇上的人制作的传统工艺品。

我对镇上的人很有感情，因为我离开故乡多年后回来时，他们仍欢迎我，不把我当外人，可是汤米……也许我不该带他回这儿。

汤米的父亲——我离异的丈夫——想把他送到福利院去，在那儿他可以和与他同样的人一起生活。我把他带回家乡——兰斯山，是因为在这儿他不会妨碍父亲的事业和社会地位。在这儿，他可以顺其自然地生活，长大。我也可以给予他充分的爱，而不是悔恨他的降生。

那天晚上没找到西莉亚的尸体，以后的几个星期也没看见活着的西莉亚。汤米为能开着吉普车带人满山遍野寻找而骄傲不已，他根本不明白在山上搜索是为什么。

山顶和峡谷，浓密的树林中，可能隐藏着任何东西——永远地藏着。

"汤米，你们搜索得仔细吗？"

"老天，当然仔细，妈。"他瞪大眼睛回答。

"你们到那些房舍或木屋里看过了吗？"

"没有，妈。"他回答的神气像是被我的问话吓住了。

山里的风俗一般是不进别人家里的，人们总是站在院子里聊天，传个口信，谈谈健康情况和天气，交换新闻。

西莉亚出的事，每个人都知道了，几乎所有男人都参与了搜索，连住在镇子另一头的约翰老头，也蹒跚地拖着不稳的步子到附近树丛里寻找，南希也跛着腿沿山路走，翻翻芭蕉叶的下面，用手杖触触酢浆草丛生的地面。

"汤米，"我问他，"那天你到南希小姐家待了半天，你在那儿做什么？"

他告诉我，南希小姐叫他看小松鼠和一窝兔子，请他在树荫下喝柠檬水。南希小姐还告诉他飞到她家的那些鸟都是什么鸟。

我说："汤米，你到山谷那边时，看到山下的牧师住宅和教堂了吗？"

"你问这干吗，妈？"他问。

"嗯，你去了没有？"

他用奇怪的眼神看着我，说："没有，妈，我为什么要去那儿？"

"那天你上南希家走的是哪条路？"我问。

他的眼神显得很慌乱。

汤米收完货物，要从山路右转弯穿越木板路才能回镇上。每次他总是从木板路那儿逆行回到我的店铺。"汤米，"我紧张地问，"你从南希家是怎么回来的？你是经过教堂或牧师住宅绕回来的，还是在前面就拐出去的？"

"我不记得了。"他说。

自从他在店里盯着西莉亚傻看，我就试着将他的注意力移开教堂和牧师住宅，因为她可能在花园里闲逛，而她的外婆则呼呼大睡。我每次都嘱咐他说："在门前就拐弯。"只要我告诉了他，他都会照做。但我不记得那天告诉他没有，也不记得他什么时候离开，走没走那条老路。

我无奈地说："汤米，你看见那女孩了吗？好好想想，到底看见没有？"

"什么女孩，妈？"

我不得不停止询问。人们也渐渐停止搜索。

那些原先认为她是遭到强暴或被害死的人，也慢慢相信西莉亚是穿过树林到高速公路搭车走了。

镇上慢慢恢复原状，夏季很快过去了。

汤米做他例行的上山收货的工作，每次还是逆行着回来。

贝蒂的花园很快零落了，但是她的毛毯却像弥补鲜花的凋零似的，更加艳丽耀眼。当然，菲利普所做的工艺品也是最上乘的。

许多专门收集雕刻品的美国人常常到我店里来，专门买菲利普的木刻制品。他们说，有朝一日，他会成为伟大的雕刻家。我很喜欢那个男孩子，他和许多山里人一样害羞，但是我认为他很有上进心。他的孤独，连同他的愿望都表现在他雕刻的人物上。

他经常像山羊一样灵巧地跑下山，穿过教堂附近的山脚小路，悠闲地走到我的店里，每星期一次，用草包裹着他的小木头人儿来寄卖。他的姑妈多拉从来不肯用车送他来，他们互相不闻不问，也不来往，只因为多拉看不起菲利普的家族。

不过，不论怎样，他们是亲戚，所以，多拉允许他住在她家旁边一间破落的侧屋里。他就在那里为我们的店铺雕刻可爱的东西，只用普通的小刀。

夏季，他的作品有了一种新的、与以往不同的品位，一种柔美的、悦人的气息。这些小木头人的表情都是快乐的，不再像以前那样愁眉不展。我认为，菲利普不再觉得孤独，他找到了生命中自己的一个地方。这是那些小木头人对我说的。

夏季尽管热气灼人，但贝蒂的毛毯、南希的小饰物、菲利普的木刻、多拉的洋娃娃等照送不误，西莉亚逐渐被人们忘记，只是偶尔在脑子里会闪过她的影子。我没有忘记她，包括其他一些事也没有忘记。

一个金黄色的秋天，天空明亮，这天，多拉带来了她的鞋盒，今天是她送洋娃娃的日子。汤米钻在发动机盖下擦拭引擎，准备去南希家取货。

多拉像往常一样冲进来，麻雀般的小眼睛骨碌碌地扫视着店里，看看是否可以看见钩花毛毯。

她找到了，毛毯就挂在大衣架上。这次她的举止言行倒令我觉得意外，她没有故意弄掉毛毯，反而温和地说："我看见贝蒂又送来了一条，相当漂亮。"说着，她走到摇椅那儿，小心地坐下来，将鞋盒放在膝盖上。

她谈论着天气，说山下要比她居住的山上闷热得多，因为山上偶尔会有微风吹过。她还说，山上是上帝的国度，人们相亲相爱。这真不像多拉的为人，平时她的话题一扯到周围的人，总是充满恶意。

她打开鞋盒子，亮出她做的洋娃娃，带着一脸骄傲，抬起头看我做何反应。

我不以为然地拿过来，仔细审视这个精美绝伦的洋娃娃，我逐渐为这个新娃娃所惊讶：小手套套在纤细的小手上，细如蛛丝的袜子套住雕刻均匀的脚上，多拉肯定还有最好的丝线来做洋娃娃的金发。

她把盒子递给我，站起来拉平裙角，在我能找到话来称赞这个美丽的洋娃娃时，她出去了。

洋娃娃的确很美，有会舞动的脚，美丽的手，金色的头发，甜甜微笑的脸。

我听见汽车引擎发动的声音，抬头看时，路上正好扬起一团尘土，多拉向山上驶去。

有好一会儿，我手捧鞋盒站在那里，然后，小心地用拇指和食指从盒子里拿起精巧可爱的洋娃娃，放在桌子上。

我没碰那精致的手和脚，也没碰那长长的、垂落到腰际的金发。多拉怎么会让菲利普为她雕刻娃娃的手脚呢？她从哪儿弄到这逼真的金头发的？

我正琢磨洋娃娃，门被推开，汤米进来了。他浑身是劲，充满责任感，吉普车引擎擦拭干净，他正准备出发，到南希家取货。

门在他身后关上。他没看见我，迈着八字步，走向后面去取东西。

走到半路，他突然停住了，穿布鞋的脚牢牢地踏在地上，然后蹲在洋娃娃前，平静地专心地注视着它。

除了停在路上的吉普车和西莉亚的眼神、款摆的臀部外，汤米从不被任何东西吸引，而今，他被洋娃娃吸引住了，像是被催眠一般一动不动地看着。我脑中再次闪过一丝疑虑。

"汤米。"我说。

他没听见，也没动。

我走到他身边蹲下来，抚摸着他的肩膀，问道："汤米，你记得这女孩吗？"

他的视线移开洋娃娃，问我："什么女孩？"说完视线又落回洋娃娃身上。

"就是这女孩，汤米。"我锲而不舍，"很美丽的女孩子。"我想到那个如春天的花朵，夏季的麦田，成熟的桃子般的美丽女子，我手指指着洋娃娃，"有一头金发的女孩。"

"是的，妈，"他突然说，"在这儿，在店里，她的头发像阳光，就像这洋娃娃的头发。"他抬头看着我说，"妈，你能不能把这个洋娃娃永远放在店里，好让我看它的头发？我不会弄坏她，只是有时候想看看。"

我拥抱着他，但只是短短的一会儿，因为任何热情的表示都会使他尴尬。那个春日，西莉亚待在店里引起他的注意的竟是头发，只是她的头发，不是她款款摆动的臀部，也不是瞟人的眼睛……他只想看她的头发，不想动手摸，只是看看。

我站起来，拍拍他的肩膀说："好吧，汤米，我们留下这个洋娃娃，就把它放在这儿，当你干活干累了，就进来看看它！"

说完，我提醒他该到南希家去了。于是他到后面屋里取了南希订购的日用品，临行前又看了那娃娃一眼，将东西往吉普车上一扔就出发了。

我仔细端详着那娃娃，但一直没用手去碰。西莉亚的头发！

我必须查出多拉在哪儿弄到新娃娃的头发的。

我将"休息"的牌子挂在窗子上，没有锁门——兰斯山里没有锁门的习惯。我到房间后面，发动了我的旅行车。

既然多拉能开车下山给我送来洋娃娃，那么我也能开着我的旅行车上山，去查查她从哪儿弄来的那种头发。

汽车里如同蒸笼。外面，汽车过处尘土滚滚。我摇紧车窗，穿过正在打瞌睡的山村，颠簸着驶过铺着木板的路，顺着山路上山。坐在闷热的车里，心中疑窦丛生。多拉真是疯了，过了这么多年，她还在憎恨贝蒂抢走她爱的人。看来，她不是在充满爱心地做她的洋娃娃。

我缓缓地拐过一个U字形的转弯，心里继续在想，为了发泄心中的仇恨，多拉杀死了西莉亚，又残酷地剥下她的头发。

山上的空气的确如多拉形容的那样凉爽、干净。我边开车边想，多拉用什么方法杀死了西莉亚？一个只有九十磅重的老人，怎么能抓住一个一百二十磅的年轻人还杀了她呢？

我继续沿山路前进。汤米可能就蹲在路边，好奇地看着一窝新生的野兔，幼稚的样子就像在欣赏金黄色的头发一般……

我的车差点驶出路外！

我刹住车，擦擦脸上的汗，想起菲利普每星期都抄小路到这里，穿过教堂和牧师住宅附近的山路，到小镇上我的商店。

菲利普很孤独。

凉爽的山风迎面吹来，我身上却在冒冷汗。

多拉剪掉西莉亚的头发，逼着菲利普替她刻出娃娃的双手双脚，借此告诉村民和贝蒂，是那个多拉看不起的菲利普杀害了西莉亚。快到多拉家了，如果不是酢浆草、酸模和浓密的橡树丛遮住的话，我已经可以看见坐落在山腰的房子了。

我驶入多拉清洁的院子时，对自己的猜测毫无信心。

我无精打采地下了汽车。

多拉家是在山上住得最久的家庭之一。房子是老一辈传下来的，旧房子没有拆除，旁边又加盖了几间新房子。

我的旅行车刚刚停稳，多拉就从中间一间屋里冲了出来。

我朝她走过去。

"多拉小姐，"我直截了当地说，"还记得你刚刚送来的那个洋娃娃吗？我是来问你有关洋娃娃的……"说到这儿，我发现不必再问了。

她往后退了一步，西莉亚和菲利普走出屋来，算是给我回答。

春天里那个迷人、成熟的少女，在秋季到来的时候，不仅成熟，而且还结果了。她挺着大肚子，衣服下骄傲地怀着果实。我立刻注意到她的金发剪短了，菲利普这位未来的爸爸，要多得意就有多得意，他不再孤独了。

"如果有适当的牧师，他们就去教堂结婚。"多拉微笑着说，忘了她曾经看不起菲利普家族。

我离开他们，离开这个家族，驾车下山。不知道贝蒂听到这个消息会怎么说。我想，她可能会说，"有其母必有其女"，然后继续钩她的毛毯。

我早该想到初夏时发生的事。

菲利普渴望爱情，西莉亚从小就想获得自由。每星期菲利普去小镇都有机会在这里与她相遇，于是少男少女一见钟情。

我也早该知道，菲利普会把西莉亚藏在他那破落的小屋，多拉不费吹灰之力发现了她，并且知道如何处置她。

我早该知道，菲利普后来刻的那些笑呵呵的小木头人儿，意味着他已经得到了心爱的人，志得意满，安于山里的生活。

我早该推论出发生的一切。我早该知道，虽然我生长在这里，直到上大学才离开，但我并不了解山里人——他们淳朴、简单，敢爱敢恨，懂得生活中的美。

我的车拐回镇上时，汤米正好在我前边。他没发觉我在他后面。

汤米是个死脑筋，他的心思都在前面路上。他会越过木板路，向左拐到店前，打开吉普车的发动机盖，什么也不顾，不把引擎擦干净不罢休。然后走进店里，看见洋娃娃西莉亚，立即站住，全神贯注地看，看洋娃娃的头发——只看头发。

赌徒的遗书

你的丈夫死了，你该怎么处理遗书？看完遗书后你又该怎么办？跑出卧室，把直挺挺的人体留在床上，难道你不害怕吗？伊夫琳麻木地问着自己。

她把遗书扔在厨房桌上，心里明白，遗书必须交给警方做证据。

她想起来了，应该报警。她僵直地走到墙边，取下电话，对着话筒说："我要报案，我丈夫自杀了。"

话筒里的嗡嗡声像在嘲弄她，她开始号啕大哭，同时拨通警察局。

伊夫琳有生以来还没给警察局打过电话。记得有一次后院有个人影，母亲误认为是窃贼，打电话报了警，结果是父亲酒后跟跟跄跄地回来，误把鸡窝的门当成厨房门。那次他们为这事笑了好长时间。

父亲出了不少类似的丢人现眼的笑话，在家乡那个农场里，大家笑过就算了。但是那些事都不像眼前这件事这样可怕，而且还这么丑陋。

伊夫琳走到门外，去了梅丽家。

警察很好，他们很仁慈，和善，很会安慰人，做事利落，技术高超。他们的动作就像她小时候接受女童子军训练那么规范。她对自己说，今后再也不信别人嘲笑警察无能的话了。

现在，警察离开了，每个人都离去了，连她热爱的丈夫卢克也离去了，永远离去了。

他们用担架把他抬走，好心的邻居梅丽握着她的手，劝她不要太痛苦，她说人一生遇到的每件事都有道理。

那天有很多人来：卢克工作的那家银行的职员，还有邻居们，警察取走了卢克的咖啡杯子，里面留有咖啡残渣，记者……

但是现在他们全走了，连好朋友梅丽也走了。梅丽有家，要做晚饭，还有两个小女儿要照顾，她答应过会儿再来。如今，只剩下伊夫琳孤零零一个人。

她坐在厨房桌边，看着墙上挂着的一块薄金属板，上面刻着有趣的字眼——"上帝降福吾宅"。她把视线移到厨房正面的挂钟上，时间是6点30分，平常每到这时刻，卢克就会按响门铃，然后冲进来告诉她一天经历过的事。

事情是从什么时候开始的？从什么时候开始，她把他每天的下班称为"灾祸"？

当然，所谓的灾祸并不那么可怕。卢克爱热闹，很健谈，长得年轻英俊，却入不敷出，喜欢结交一些如她母亲所说的"问题朋友"。其实哈罗德也不是不好，他有九个孩子和一位当公司董事长的妻子，哈罗德爱赌马，如此而已。

今后再也听不到卢克的笑声，看不见他走进厨房说伊夫琳是全市最可爱的唠叨者了。欢乐过去了，恐惧和恶兆也都过去了，剩下的是忧伤和羞耻。伊夫琳双臂搁在桌子上，头埋在臂弯里，呜呜咽咽地哭起来。

警察局的罗杰警官事后说，他按了三次门铃，又使劲敲门，心里都开始紧张起来，伊夫琳才满脸泪痕地来开门。

她请他进入整洁的小起居室。看见这位警察她放下心来。他几乎和她父亲年纪一样大，至少是她记忆中的父亲的年龄。她心中涌起一股冲动，想向他保证，她可以从丈夫去世的悲伤中熬过来，继续生活下去。

"卢克是个仁慈可爱的人。"他们坐下喝咖啡时，她平静地说，"他从没伤害过我，从没骂过我，都是我骂他。他只是……"她抬起头看着天花板，"我想你可以称他是个无法自制的赌徒，我的意思是，他真是不能自制。你相信吗，罗杰先生？"

他点点头说："当然，我相信，这种人相当普遍，他们什么都要赌。即使他现在坐在这里，可能也要和我赌，赌五分钟之内会有电话铃响。我认识一个人——实际上是我的一位老乡，他太太在医院生孩子，他去医院看太太，看见病房里有玫瑰花，他就和护士打赌——第二天早上，有两朵蓓蕾会开花，然后脑中便只有蓓蕾，没有婴儿，第二天上午再到医院去收赌金，你说怪不怪？"

伊夫琳同意他的话："卢克就是那样。我曾经告诉过他，有像'戒酒会'那样的'戒赌会'……"

罗杰警官笑笑说："我那位老乡就加入了那个会，而且受益匪浅。"

"卢克根本不参加。他说：'宝贝儿，你想破坏我的生活乐趣吗？我只不过玩玩罢了。'"她的声音开始发抖，"可是，当他开始挪用公款去赌时，那可就不是玩玩了。真造孽，一个不能自制的赌徒居然在银行工作。"

伊夫琳站起来，烦躁地在屋里来回走着，双手不停地拨弄黑色长发。她不知道是不是该告诉警官昨夜他们夫妻吵架的事。当时她骂丈夫说:"有些人把名誉看得比生命还重要,失去名誉比死了还糟,我碰巧就是这种人!"

她正在犹豫,罗杰警官说话了:"银行给我们打了电话,说了短缺公款的事,证实了你说的一切。"

她还在想昨天晚上的事,几乎没听进他的话。

几星期前他说:"宝贝儿,这回准错不了,这匹马绝对可靠,星期一老头子一上班,钱就都回银行了。"可是,那匹马并不可靠,钱也没有回银行。她深深吸了口气,第一次有了个想法。

"警官先生,你来这儿做什么?"

他轻轻拍拍她的手说:"我挺惦记你。我对你有一种特别的同情,因为我有个女儿和你差不多大。现在你想干什么?"

伊夫琳想到了未来,她说:"我想回家,回印第安纳。其实我是在农村长大的,在州立大学遇见了卢克,他花言巧语把我带到城里。那是三年前的事。我们曾经回过一次家乡,但是他讨厌农场,那儿唯一叫他觉得有趣的是母牛生小牛时打赌生公牛还是母牛。"

他们静静地坐了一会儿,伊夫琳看着手里的咖啡杯,罗杰警官怜悯地看着她。最后,他从制服口袋里掏出那份遗书,她一看见它就激动起来。

"求求你!我不想再看见它!"

他温柔地说:"我知道你不想看,但有些事我必须问你。"

他打开揉皱的纸,大声读道:"原谅我,亲爱的,你说得对,告诉老头子,我运气不好。"

她小声说:"老头子就是尤金先生,卢克的老板。"

罗杰警官慢慢地说:"尤金先生两星期前就退休回他老家了,你丈夫没向你提起过吗?"他两眼盯着她。

伊夫琳的脸色和厨房的墙一样白。不,他没提起过,不论他们之间是甜言蜜语,还是恶语相向,卢克都没提到老板已退休的事。也许他说过,但她没听到,如果听到的话,就可以挽救她了。

嗯,事情居然会败在遗书上。把药倒进他的咖啡里已经够可怕的了。他痛苦的呻吟令她心碎,和他的吻别也很凄楚,但没料到最让人难受的还是伪造的那简单几个字的遗书露了馅儿。

时　　差

　　巨型喷气式客机降落到希思罗机场。

　　大卫凝视着窗外，这是他第一次看见英国的国土，但他所能看见的，只是越来越浓的晨雾，晨雾耽误了他们一个小时，到现在才降落下来。

　　他顺利地通过了海关的检查，证件上说他是商人，做二十四小时的过境停留，没人要他打开唯一的行李箱，即使要检查，也没关系，因为手枪和消音器藏得很隐秘，很难查出。当然，如果是肯尼迪机场的 X 光检查的话，是会查出来的，不过，他们只照手提袋子。

　　他急于赶到旅馆，叫了辆出租车，穿过雾蒙蒙的郊外，进入伦敦。如果不是此行任务特殊的话，他可能停下来仔细观光这座古老的都市。但这次时间很紧张，第二天下午他就得飞回纽约，运气好的话，人们还不知道他离开过呢。

　　大卫住进公园路旅馆时，时间还很早，上午 10 点不到。他只住一晚上，没有必要打开行李，他花了几分钟，迅速把手枪和消音器装好。他不担心回去时海关检查，那时他会把它扔掉。

　　6 月中旬的伦敦，晴朗多云，气温在十七度以下，居民出门不用携带雨伞，少女们脱掉外套，露出修长的双腿，一对对情侣，携手在海德公园漫步。

　　大卫很喜欢这情景。

　　匆匆用过早餐，洗过澡，他朝距旅馆几条街的"纺车俱乐部"走去。他习惯性地走那些狭窄、僻静的街道，偶尔停下来研究在机场买的旅行指南。

　　中午前，他来到"纺车俱乐部"，这个俱乐部设在地下室。他从一个清洁女工身边走过，她探询地看着他。赌场大厅可与赌城相比，里面有二十张桌子，供赌轮盘、骰子和纸牌。现在，桌子全是空的，但当他在绿色台面的桌子中间走过时，看见大厅后面有张赌纸牌用的桌子上,仍点着一盏灯。他推开分隔赌客和私人重地的传统屏风,看见一个大个子独自坐在那儿,正数着成堆的英镑。

"查尔斯先生吗?"他问,声音很冷静。

大个子紧张地抬起头,手指差不多要去按桌子底下的按钮。"你怎么进来的?你是谁?""我走进来的,我是大卫,你找我来的。"

"哦,"那人从桌子后面站起来,"对不起,我正在结昨晚的账单。我就是查尔斯,很高兴见到你,先生。"他微微皱起眉头,"我以为是个年纪大点儿的。"

"这行里没有年纪大的。"大卫说,拉出一把椅子坐下,"我只在这儿停留一天,事情必须今晚了结,你能告诉我详情吗?"

查尔斯行动缓慢地把一叠叠钞票锁进一个大保险箱里,然后走回大卫坐的桌子前,坐下,开口说:"我要你去干掉那个爱尔兰人。"

"爱尔兰人?"

"一个名叫奥本的人,他在这儿有点投资,其他你不必知道。"

"今晚方便吗?"

查尔斯点点头说:"我可以告诉你去哪儿找他。"

大卫看着查尔斯点着烟,他自己不抽烟,干他这一行的,烟头可能是危险的。"你为什么要那么远雇我来呢?"他问。

"比本地人安全,"查尔斯告诉他,"另外,我发现这事很有讽刺意味。远在1920年,爱尔兰人曾经进口芝加哥枪手来暗杀英国官员和警察,那时候他们是乘船来的,价钱从四百到一千。如今,你乘飞机来,干掉一个爱尔兰人,可以得五千。"

"我可不是芝加哥枪手。"大卫平静地说,他不欣赏英国人的幽默,"今晚这位奥本会在哪儿?"

"我看看,今天是星期二,他会到巴特西收款。"

"巴特西?"

"跨河过去,在巴特西公园的开心游乐场,他在那儿有各种各样的赌博机器,有利润可抽,小孩子玩的。"

"那一定积少成多。"

"说来你会吃惊,有时候小孩子一玩就是一个小时,"他停下想了一下,"对我来说,他们是明日的顾客。"

"我怎么才能认出他呢?"

查尔斯叹了口气。"这是个问题,这儿有张照片,不过不太好。"他递过一张模糊的照片，照片中男人站在一位穿超短裙的金发女郎旁边，男人相貌平常，没什么特别之处，"从照片你能认出他吗？"

大卫考虑了一下。"在黑暗中可能认不出来，但我在黑暗中最拿手，"说着，从口袋里取出一根细长的管子，"你今天能见到他吗？"

"那个爱尔兰人？我可以想办法。"

大卫举起管子说："用这东西在他皮肤上涂一下，这东西白天看不见，黑夜中却会发光。""涂在他外套上怎么样？那样比较容易。"

"他夜晚可能换外套，"大卫说，他不喜欢冒险，"涂在皮肤上比较好，这东西不会立刻洗掉。"

查尔斯叹了口气："好吧，如果你坚持要这样的话，我可以照办。"

"还有，我要先看看巴特西四周环境，我想你也许不愿让人发现你去了那儿，不过，你或许有个助手。"

"是的，有，"他手伸向按钮，立刻有个彪形大汉出现了。查尔斯告诉他："把珍妮叫来！"

大汉默默退出。

一位金发披肩的女子推开屏风，走了进来。大卫认出眼前的女子就是和奥本一起照相的人。她年轻美丽，颧骨高高的，嘴角带着一丝嘲弄的微笑。

大卫断定，她习惯于被人呼来唤去。

"你找我？"她问。

"是的，珍妮。大卫先生，这是珍妮，我的一位职员。"大卫点点头，懒得站起来。他不是被雇来猜测他们关系的，不过，他还是忍不住在心里猜测。

"很高兴认识你。"女孩说。

"珍妮会送你到巴特西公园，告诉你他的停车处和收钱的地方。"

"你知道他的路线？"大卫问。

"知道，我曾和那个爱尔兰人跑过同样的路线。"

查尔斯拿起那个发着磷光的管子，问大卫："这玩意儿，她可不可以涂在唇上？"

"如果她小心不要吃进嘴里的话，我想是可以的。涂之前，先擦点冷霜之类的东西，以便事后容易抹掉。"他并没问查尔斯是什么意思。

"我觉得像《圣经》中出卖基督的犹大。"

查尔斯不屑地哼了一声。"相信我的话，那个爱尔兰人不是基督！这一点你应该比我们更清楚。"说着，从一包皱巴巴的香烟盒里拿烟，递给大卫，他谢绝了。

"好了，开车送这位先生到开心游乐场去吧，带他四处瞧瞧，不能出错。"

大卫眨眨眼睛，站起身。"我不会弄错的，明天早晨送钱到旅馆，我要搭中午飞机回纽约。"

他们握手告别，查尔斯的手冷冰冰的，很不友好。

"你第一次到英国来？"珍妮驾驶着小汽车，拐过街角时问。

"第一次。"

"你经常做这种事吗？"

"什么？"

"我的意思是说，这是你在美国谋生的方式吗？"

他微微一笑："有时候我抢银行。"

"不，说正经的，我从没见过干你们这一行的人。"

他认识的第一个女子也说过这话，她是个疲倦的棕发女郎，住在布鲁克林区一栋公寓的五层。"查尔斯，或者奥本，他们没杀过人吗？"

"不像这样，"她越过亚伯特大桥，左转进入巴特西公园的广阔绿野，"人们只有在战争期间才杀人。"

然后，她迅速吻了一下他的面颊。

"战争是很久以前的事了。"他凝望着窗外，"是这儿吗？"

"是的，"她在一个停车处停车，"从这儿起我们步行。"

"这是去开心游乐场最近的停车处吗？"

"是的。"

"这么说，那个爱尔兰人必须带着钱走到这儿。"

"对。"

他们像对情侣一样，漫步经过喷泉，踏上一条两旁种有花的小径，一直到十字转门前，那是游乐区入口处。

"游人并不多。"大卫说。

"晚上人就多了，今晚你就会看到转马、游乐场、碰碰车等，还有那些吃角子的老虎，吃掉游客袋中的铜板，就像一般的游乐公园一样。"

他点点头，审视着一台复杂的赛狗装置，它玩一次要六便士，但赢了的话，钱数也很可观。

"在美国，我们是不允许赌博的，理由是腐化年轻人的身心。不过这是合法的，要不为什么奥本有钱收呢。"

"天哪，这可不是什么犯法的事，他只是有股份。"

"他今晚能收到多少钱？"

她耸耸肩："十或二十镑，数目不多。"

"不过，假如钱被抢的话，可以当作是抢劫了。"大卫说。

"你很聪明，查尔斯就没想到这点。"

"他花钱请我为他想。关于磷光的事，你能吻他而不令他起疑吗？"

"当然可以。"

"天色还亮着的话，他就不会注意到那磷光。"

"是的。"她领他经过办公室，告诉他爱尔兰人会在何处拿钱。"有时候，他还会去骑转马，"她说，"他只是个大孩子。"

"然后他就走这条小路回他的汽车？"

"他一向就是这样。"

大卫透过茂密的树枝，寻找街灯。他向小路两旁望望，确定附近没人，然后从夹克里掏出消音手枪，随手一枪，头顶上的灯发出玻璃破碎声。

"你这是为今晚做准备。"珍妮说。

"是的。"他现在满意了。这里将一片黑暗，只有奥本脸上的磷光可以辨认，成为靶子。

"就这样了？"她问。

"是的。你吻过他之后，离开这里，我不想误伤你。"

"别担心。"

她送他回旅馆，时间还早，刚刚才过中午，他时间很充裕。他去逛街，看看橱窗，考虑晚上的行动。那只是一次普通的行动，不同的是地点在国外。

奥本大约晚上10点离开开心游乐场办公室，踏上黑漆漆的小路，走向汽车停放处，发现大卫在等候。他脸上的磷光将证明是他，装了消音器的枪一响，就结果了他。然后从他皮夹中取出钞票，快步离开。在伦敦，持枪抢劫的事很少，但他知道警方会接受这一事实。他则搭中午的飞机远走高飞。

他考虑到一种可能性，即奥本可能会带着武器。但那没关系，他会埋伏在黑暗处，而奥本则是闪光的靶子，不会搞错的。嗯，她可能吻错人，但他并不担心这一点，这是那个女孩的事。至于街灯，会有人报告灯坏了，但明天以前，他们一定不会来修。

大卫漫步到特法拉加广场，站在6月的阳光下，看着广场上的鸽子。他在那儿站了很久，甚至太阳躲到云层之后，他还在那里流连徘徊。

他是个谨慎小心的人，那天黄昏，从纺车俱乐部跟踪珍妮到开心游乐场。他在一棵树下停车，远远看见她和一位黑发男子谈了一会儿。然后，她迅速吻吻他的脸颊，回到自己车上。大卫看不太清楚，但他相信那人就是奥本。

那人目送珍妮驾车离去后，锁上自己的车，朝通往开心游乐场的小路走去。那时是晚上8点刚过，天还没黑，四周散步的人太多，大卫不敢冒险开枪，他必须按计划等到天黑。

他跟着走，穿过越来越多的年轻情侣和少男少女，擦过长发飘飘的少女身旁，偶尔也碰上些老年人。现在街灯全亮了，耀眼多彩的灯光，照射出年轻人红红的面颊。

奥本走进办公室，在里面停留了很久。大卫在等候的这段时间里，觉得手枪顶在肋骨上热乎乎、沉甸甸的。

奥本又出现了，他缓缓地在各摊位中走过，轻轻拍拍胸前的口袋，他有钱。他停在一个摊子前，玩了几次球，赢了一个椰子，但他没拿，叫摊主自己留着。最后，他走进一座黑漆漆的木头建筑物中，玩了一会儿小汽车。大卫也跟过去，也开了一会儿。当他看见那人黑黑的脸上闪着磷光时，他松了口气，珍妮完成了她的任务。

他在黑暗中拐了个弯，滑行经过一个亮着灯的地区，大卫取出外套下面的手枪。现在，在这儿向那个发光点开枪，任务就完成了。

不过，这就成了有预谋的凶杀了，过会儿在黑暗的小路上动手，才像抢劫，于是他又把手枪收了起来。

奥本离开汽车，穿过一道室内拱廊，经过一排排的吃角子老虎机。前面还有个入口处，叫作"风洞"，奥本走进去，大卫紧跟着也走了进去。

他记得"风洞"这地方，因为下午他来过。"风洞"有个出口，通向停车的小路。奥本是抄捷径回去的。洞穴本身是岩石和混凝土构成的，是情侣和儿童喜欢的地方。

大卫看看手表，时间差5分10点，等奥本出了这个地方，踏上小路时他再开枪。他再次掏出手枪，紧贴着腰，洞里有些人，等他们抵达出口处时，只剩下他们两人了。现在奥本肯定意识到有人在跟踪，因为他面颊上的磷光随着他转头而来回摆动。不管怎样，当他们走到外面时，大卫就要躲在黑暗中，奥本则永远躲不过。

在"风洞"尽头，有一条厚厚的布帘，奥本穿过那布帘消失了。大卫知道是时候了，因为奥本可能正在等候他，他弯腰跑过布帘，感觉到外面的空气凉凉的。

外面的天色仍然很亮。

那个爱尔兰人先发制人，向他开了一枪，大卫只觉得胸部一阵灼烧的疼痛。

纺车俱乐部在凌晨 3 点关门。

奥本走进俱乐部办公室时,只有查尔斯和珍妮在里面。奥本一手握着手枪,另一手拿着美国人的消音手枪。

"这是怎么……"

"没想到吧?你们俩应该都没想到吧?没想到我活着。"

珍妮向他走去,但他用手枪指着她,让她别靠近。"真笨!请美国枪手来杀我,你应该自己下手。珍妮吻我,在我脸上留下一点光,可你们的枪手仍然像在纽约一样,不知道伦敦纬度在纽约北面十一度的地方,在 6 月中旬,这儿的天色,晚上 10 点钟后,天仍然亮着。"

"你想干什么?"查尔斯哑着嗓子问。

爱尔兰人只是微笑,好像这一刻他等了很久了。当查尔斯向桌子伸手时,奥本立刻扣动了扳机。

第三者

"被告及律师最后答辩。传被告华伦。"法警喊道。

"被告上前台宣誓。"

"你愿不愿意郑重宣誓,你将要说的证词全是事实,完完全全的事实,绝无虚假。"

"愿意。"华伦说。

"说出你的姓名和职业。"

"华伦,在镇上开一家电器店。"

"你可以坐下。华伦,你今年多大?"

"46岁。"

"结婚没有?"

"结婚二十多年了。"

"住在哪儿?"

"新泽西州,刚好在边界上。"

"那是在大约五十里外,你是不是每天开车来回跑?"

"是的,包括星期六。我每星期来回跑六天。"

"你在卫克汉镇开店多长时间了?"

"将近四年。"

"你怎么想到在卫克汉镇开店的?"

"我父亲去世后,我继承了一点遗产,我一直想自己做生意,所以选了半天,终于在这地方开了个店,这是镇上唯一的电器用品商店。"

"生意怎么样?"

"不错，但不如我预期的那么好。镇上还不能接受一位新来者，如今又出了这……"

"是的……嗯，现在，华伦，检察官想讨论你送给玛丽的那台电视机，我想把事情搞清楚。我请你指认一下这个标有'第十六号物证'的电视机，是不是你送给玛丽的？"

"是的，先生，它是我送的那台。"

"它是什么牌子的？"

"什么都不是，先生，它是我自己组装的。"

"你自己组装的？"

"是的，我想用新的电路试试——你知道，我什么都想试试。"

"标签上说是麦克牌的。"

"我利用一个旧的电视机壳，因为大小刚好合适，我就把它擦亮，废物利用。"

"它大约花了你多少钱？"

"时间不算，各种零部件花了我两百元。"

"这么说，你实际送给玛丽的只是价值大约两百元的零件？"

"如果你愿意这么说也可以，先生，但我没考虑到钱，她喜欢，我就给了她。"

"她看见你组装了吗？"

"是的，她经常到店里来，当前面店铺没有顾客时，我就到后面办公室组装这个。"

"她经常进你的办公室吗？"

"嗯，我不知道你所说的经常是什么意思。"

"每天，或者是一星期两次？"

"不是每天，也许两三天一次。"

"如果你愿意的话，告诉我们，你什么时候认识玛丽的？"

"嗯，先生，是她中学毕业那年，她常来店里，买些唱片什么的，你知道，就像一般孩子那样，放学途中顺便进来买。"

"后来呢？"

"我不知道怎么解释，反正我们聊聊天，很快就产生了信任。她似乎很成熟，心理上比一般孩子成熟得多，敏感得多。"

"她很漂亮吗？"

"是的，很漂亮。可是她在学校似乎没有男朋友，她太孤单了。不久之后，我就发现为什么了，我想我知道她为什么喜欢和我聊天。"

"我们很乐意了解她的性格，华伦，你愿不愿意告诉法庭，她为什么喜欢和你谈话？"

"我想，在她心目中，我就像父亲或伯父一样，因为她从来没有，又一直希望有。"

"你是什么意思？"

"她从不知道亲生父亲是谁，从小是和继父长大的。继父性格乖戾，经常酗酒，还是个老色鬼，对她一直有不轨的想法，自己又有一大堆前妻的孩子，前妻是离他而去的。因此，玛丽总是没人照顾，成天做些粗活，缺少爱。所以一旦自立，她就离开了家庭。"

"那时候她多大？"

"也许十三四岁吧。"

"她做什么工作？"

"和一位姐姐住了一阵，然后在不同的地方居住，大部分是在女朋友家，这儿一个月，那儿几个星期。"

"她告诉过你没有，她和男人同居过？"

"没有，她从来没说过。"

"你有没有她在外面鬼混的印象？"

"没有，就我所知，至少在读中学时没有。我说过，她一向很成熟，但也很容易相信别人。"

"她很信任你？"

"是的，她很让人同情，总是一副小鸟依人的样子。不过，先生，我想她是信任我，所以才经常找我聊天。但那时候，她从来没有提到过任何男友，只说她家庭多么糟，对她多坏，她多么想急于完成学业，找份工作，独立自主。可是一直没能如愿。"

"你为什么这么说呢？"

"嗯，首先，她功课不及格，没有读完中学，和一群女孩被送到岛上一个救济学校，她在那儿学习打字和秘书工作——一种谋生能力。但是，她经常打电话给我，告诉我那地方非常差劲，那儿的女孩非常粗暴，还吸毒什么的。她在那儿只待了两个月，就离开了，回到这里住。在这里找到一份工作，租了一间房子，也就是她遇害的那间。"

"说实话，华伦，你认为玛丽是不是爱上你了？"

"我……我……我想是的。也许是一种特别方式的爱，她经常告诉我，她一生中只想要有人爱她。"

"可是,你从来没鼓励过她?"

"鼓励她爱我?不,先生。"

"为什么不?"

"为什么不?我不知道怎么回答,也许因为我为她难过,也许因为我这么大年纪,也许因为我结了婚,爱我的妻子。可是,我不想瞒你,博斯先生,不错,我爱玛丽,但不是一般人所想的那种爱。只是在我心中,一种特别的爱,也许不像是爱女儿,不过是同样保护的方式,她的童年已经够苦了,我不能忍受她再受人伤害。"

"你从没告诉过她?"

"我不必告诉她,她可以看得出,所以当她发现怀孕时,她才会什么都告诉我。"

"她告诉你,她和另一个男人有恋情?"

"马上告诉了我。几个星期后,当她发现怀孕时,她紧张得手足无措。我想她是怕失去我的友谊。"

"你的反应是什么呢?"

"我能有什么反应?自从她和那个家伙开始交往,我就知道会有麻烦的。她是在不久前的一次晚宴上认识他的,一下子就坠入情网。我想那是她第一次真正的恋情。我不喜欢,但没反对,因为不忍扫她的兴。她太高兴了,不在乎那人是个有家有口的人,她深信他会为她和太太离婚。我心想:'是吗?我们等着瞧吧!'但我没对她这么说,我只是听她说,因为她太高兴了。一直到她发现怀孕为止。"

"然后呢?"

"我知道会有麻烦。当她告诉我的时候,真是心痛欲绝,她说那人不是好东西,虽然是个大人物,可是和她在一起时,什么都不是。他总是带她到离这儿很远的地方,那地方没人会看见他们在一起。当他发现她怀孕时,他非常生气,责怪她粗心,说不想再见她,除非她接受他给的钱,打掉胎儿。"

"他付钱让她去打胎?"

"是的,先生,她说,他给了五百元,就在她告诉他的同一个晚上,同一个地点。"

"她把这一切都告诉了你?"

"是的,先生,她告诉了我。"

"然后呢?"

"她不知道该怎么办，她想保留跟那人的友谊，但同时又很伤心，生他的气。我建议她去看一位神父，可她不愿意，她把我当成精神上的顾问，问我腹中的胎儿怎么办。"

"你怎么说？"

"我告诉她，假如她堕了胎，搞不好她以后可能永远不能生育了，到那时候，她可能痛不欲生。我也试着使她明白，如果她有了孩子，那么，她生命中就第一次真正有可以爱的人了。我还说，她也可以考虑，孩子一生出来，就交给别人领养，这种机构很多。那样一来，至少她今后不必感到内疚，觉得自己剥夺了孩子的生命。我相信交给别人领养比她自己抚养好，比较安全，可能是最好的办法。"

"她对你的这些建议有什么反应？"

"我相信她走的时候很高兴。"

"可是，你不知道她做出了什么样的决定？"

"是的，先生，不过，我相信她的情人会威胁她堕胎。"

"你恨他？"

"是的，先生，我想是的。"

"而你从来没有见过他？"

"没有，从来没有。"

"她没有告诉过你，他是谁，他的名字？"

"没有，先生，因为她答应他不告诉任何人。"

"你能不能猜出他是谁？或者有没有什么线索？"

"法官大人，我抗议。被告律师应该知道，不能要证人影射他人。"

"博斯先生，你问得离谱了。"法官说。

"对不起，法官大人，我想证人也许可以提供什么线索。"

"那么，重新问你的问题吧！"

"华伦，玛丽有没有暗示过她的情人是谁？"

"没有。"

"她告诉你怀孕，又从情人那里得到钱，是什么时候的事？"

"她遇害前一个月。"

"现在，华伦，我知道你明白，这是很重要的，我要你尽可能详尽地把玛丽遇害那天的事告诉法官大人。"

"嗯，先生，时间是那天下午 5 点 15 分。她打电话给我，那时候她一定是刚下班。"

"她打电话给你？"

"是的，先生。她说她刚刚打开电视机，调不出图像，问我关门后能不能去看看。通常我是6点关门，所以我说，我会过去检查一下，我想可能只是焊接地方的问题。我知道她非常喜欢那台电视机，因为只要她在家，电视就一直开着，从早开到晚。你知道，她一无所有，以前从来没有收到过别人的礼物。所以，6点15分我关上店门，拿起工具箱，上车，到大约二十条街外她的公寓。"

"你以前去过吗？"

"去过几次，都是我关门后顺道送她回家。可是只在送电视机的时候，进去过一次，只有那一次，那次也只待了几分钟。"

"那是什么时候？"

"一星期前。"

"那是你唯一一次进入公寓？"

"是的，先生。它不算真正的公寓，只是一栋古老楼房里的一个房间而已，房间对着前面街，进出通过旁边的梯子。"

"你见过她的房东吗？"

"没有。"

"你关门后，便开车到她的住所？"

"是的。那时候，外面天色已经黑了，当我到达时，看见她的灯亮着，听见电视响着。我敲敲门，没人回答，又敲了敲，还是没有人回答。我试试门把手，门是开着的。开始我没看见她，因为沙发挡住了我，首先看到的是电视机，声音像是儿童节目，我想大约是卡通片，但没有影像——屏幕上什么也没有。"

"然后呢？"

"我喊她。我以为她到房东那儿去了，或者在浴室，可是没人回答。当我走到房子中间时，发现她躺在沙发前，面部发黑，一动不动。我按按脉搏，发现她已经死了。"

"过了多长时间你才报警？"

"我不知道，也许十分钟，也许十五分钟。"

"他们以杀人凶手的罪名逮捕了你？"

"是的，先生。"

"我问你，华伦，你杀没杀害玛丽？"

"没有，先生，我发誓没有杀她。"

"现在，华伦，经法官大人同意，我要把你交给检察官先生，由他来盘问，回头我还有问题问你。"

"是的，先生。"

"哈克先生，"律师对检察官说，"请你问证人。"

"啊，华伦，"检察官说，"你的律师想把你打扮成一个慷慨的人，一个仁慈的人，对那个可怜的女孩有着父亲般的感情。你说那个女孩是被一位不知名的、使她怀孕的情人杀害的，那人本来付钱让她去堕胎，然后在一次狂怒中把那个女孩殴打致死，如果你说的是真话，那么他不仅杀害了那个女孩，还杀害了她未出生的孩子，是不是？这就是你证词的主要内容？""我抗议，法官大人，我抗议检察官所用的带中伤性的讽刺言辞。"

"抗议无效，哈克先生，你可以继续问话。"法官说。

"如果我得罪了这位博学的律师先生，我很抱歉，但是，我看出他的当事人是位邪恶的、工于心计的、残忍的凶手，他跟这个年龄只有他一半的孩子有过暧昧关系后，为了摆脱自己的责任，竟编造了这个荒谬的故事，说她另有情人，借以开脱自己，想引起陪审团的同情，混淆是非。嗯，我可不相信，这话会使陪审团忽略所有证人提供的犯罪事实，那些证人都发誓说这位被告与受害人之间关系不同寻常。"

"检察官在这点上做辩论总结吗？"

"对不起，法官大人。"

"不要长篇大论，注意你问被告问题的范围。"

"华伦先生，你的店员们做证说，他们经常看到玛丽到店里来，每次都不敲门，径直走进你的办公室，而且一进去就是几个小时，你否认吗？他们说，好几次晚上关门后，看见她和你一起坐车离去，你否认吗？"

"不否认，先生，那些我不否认，但是他们理解错了，我们之间并无不正当关系。"

"真的吗？你的意思是说，面对那样一个女孩，一个像你这样成熟、英俊的健康男人，会坐怀不乱？你难道没有受宠若惊？没有热烈地做出反应？"

"不错，我是受宠若惊，但并没有做出热烈的反应——不是你说的那种方式。"

"我说什么了？我还没问那个问题呢。"

"你暗示存在恋情。"

"你说对了，这正是我的下一个问题。你否认与玛丽有性行为？"

"是的，我否认，绝对否认！"

"你能证明你和她没有那种关系？"

"我抗议,法官大人。"博斯律师说。

"抗议有效。"法官说。

"你否认有发生婚外恋的机会?"

"法官大人,我再次抗议。"

"抗议驳回,我认为这是个恰当的问题。"

"我怎么能否认有机会呢?不错,我开车送她回家过好多次,我没有办法找证人来证明,我是直接从办公室到她家,或者找人做证,说我只在外面停留一两分钟,我从没进过她的住所,或偷偷摸摸在外约会,做见不得人的勾当,当然,我不能否认有机会。"

"谢谢你,华伦先生,现在让我们来谈谈礼物。平常你是个慷慨的人吗?"

"你的平常是什么意思?"

"你送不送东西给你所有的店员和所有的顾客?"

"当然不。"

"你送不送礼物给一些顾客?"

"有时候送。"

"举个例子。"

"我想不出什么特别的例子。当然,我喜欢一个人的时候,我送点小礼物,像唱片之类的东西。"

"但从不送电视机?"

"不送。"

"可是,你却送玛丽一台彩色电视机,你还送她别的礼物吗?"

"只在圣诞节和生日送。"

"只是那样吗?你没给过她钱?"

"钱?我想是给过的,偶尔的。"

"多少?怎么个偶尔法呢?"

"这次十块,那次五块,只是在她手头拮据的时候,帮她渡过难关。"

"你想让陪审团相信,你和这女孩之间纯粹只是友谊,没有其他?"

"是的,纯粹只是友谊。"

"有关玛丽的事,你告诉过你太太吗?"

"法官大人,"博斯律师说,"我抗议这种问题,我看不出这和凶杀有什么关系,这方面被告妻子已经做过证,检察官企图使陪审团产生偏见。"

"法官大人,博学的被告律师说得不对,我是想要显示证人的性格,才需要问这个问题。""抗议驳回。"

"没有,我从来没有向我妻子提起过。"

"但是,玛丽知道你已经结婚?"

"是的,她知道。"

"而你,一个已婚男人,不明白和少女建立这种关系是不对的吗?你还想让人们相信你编造的故事,什么另外还有一个她只认识四个月的已婚男人?被告提不出一点证据来证明另外那个人的身份,更不用说那个人的存在了!法官大人,我认为根本没有第三者存在。诸位陪审团的女士们和先生们,我认为,被告编造这个故事是为了掩盖他自己的罪行,他是——""哈克先生!我要敲多久法槌你才会注意?陪审团自己会得出结论,不用你来替他们下结论。"

"是的,法官大人,对不起。现在,华伦先生,假如这个第三者存在的话,我强调这纯属假设,你认为他为什么要杀害玛丽?假如他像你所说的那样重视名誉的话?"

"我想一定是她告诉他不肯堕胎,于是他一怒之下殴打她,一失手,杀了她。"

"那是你的猜测?"

"是的,先生。"

"华伦先生,你承认和这女孩有关系,你指望我们相信你的品德。你承认给她礼物,你指望我们相信你只是慷慨,别无其他动机。当警方到达现场时,只有你在场,你指望我们相信你没有逃跑,是因为你有责任留下。你指望我们相信,你以前只进入她的公寓一次,然而,好多证人看见你多次和她开车到那儿;你指望我们相信有另一个男人,实际上没有人,也没证人证明。你想要我们相信所有这一切吗?"

"是的,因为那是事实。"

"那么,那位情人给她的五百元钱呢?警方没有找到,银行户头也没有,又没有购买大件的物证,什么都没有,你认为她把那笔假定的钱弄到哪儿去了?"

"我不知道,也许她交还给他了。"

"没有问题了,法官大人。"

"博斯律师,"法官问道,"你是不是想再问证人?"

"法官大人,我宁可到后天再问,以便我仔细研究这份证词。"

"很好,检察官有什么意见吗?"

"没有。"

"那么,星期四上午10点再开庭。"

"现在开庭，由杰姆法官主审。"

"提醒被告，你的誓言仍然有效。博斯先生，你可以提问了。"

"法官大人，在我开始询问之前，可否允许我的助手带一个电插头，插到电视机上？也就是第十六号物证上？"

"博斯先生，目的是什么？"

"被告曾经做证说，电视机需要修理，我希望确证一下。"

"检察官没有异议吗？"

"没有异议，法官大人。"

"那么，进行吧！"

"杰克，请你接上那个插头好吗？谢谢，现在，华伦，你说玛丽打电话要你去修理电视机，但当你到达时，注意到的第一件事就是电视机有声音，没有图像，是吗？"

"是的。"

"现在请离席，打开电视！"

"是打开电视机开关吗？"

"是的。好，对了。打开了吗？现在我什么也看不到，只是黑黑的屏幕，根本没有图像，连线条也没有，就像关掉了电视一样。对不对，华伦？"

"是的，先生。"

"虽然如此，我们还是听到说话的声音，我想那是第七频道的节目，对不对？"

"是的，它是调在第七频道。"

"法官大人，能否请这位证人暂时下来，以便我请卫克汉镇的高尔警官做证？"

"很好，请高尔警官上证人席。"法官说。

"现在，警官，我请你回忆一下现场情景。当你到达时，电视机有没有在响？"

"没有，先生。"

"这台电视机在警察局保管期间，你或者任何人有没有动过它，或者想修理它？"

"没有，先生，我们没有动过它，只是在上面撒过药粉，取指印。"

"当然，就像你所说的，在电视机上只找到被告与受害人的指纹？"

"是的。"

"这段时间，这台电视机一直在你的保管中？"

"是的，先生。"

"谢谢你，警官。请被告回到证人席上，好吗？华伦，关于这台电视机，我想

223

多问一些问题。你说它是你亲自组装的？"

"是的，是我组装的，用我自己原有的和买来的零件组装起来的。"

"那么，你对这台电视机很熟悉了？"

"是的，很熟悉。"

"我想请你现在，就在这里，把它修理一下。"

"法官大人，我抗议被告律师这种表演。"

"博斯律师，你有什么目的吗？"

"法官大人，当事人有罪或无辜，很可能全靠这台电视机。我不喜欢法庭否定他的每一个机会。"

"很好，进行吧。"

"华伦，请你取下你的工具袋，也就是二十四号物证，看看你能否修理。"

"我愿意试试。"

"法官，我请求你留心记录，被告现在把整台电视机翻转过来，拧开一些螺丝，取出组合盘，检查下面的电路。你找到毛病了没有？"

"和我想的一样，看来好像是一个接头松了，只要焊接一下就好了——好了，现在我们就会有图像了。是的，有了。"

"法官大人，我说对了，那是第七频道，色彩鲜艳。谢谢你，华伦，你可以关掉电视机，再回到证人席。现在，华伦，那个电视机的机壳是从哪儿来的？"

"那是从一台旧麦克牌电视机上拆下来的，我用旧外壳配上了新零件。外壳轻，而且很好控制。"

"你是说调整声音大小的控制钮？"

"是的。"

"告诉我，华伦，这个外壳或控制钮上，有没有任何指示或标志，说明这台电视机是黑白或彩色的？"

"没有，先生，没有任何标志。"

"告诉我，你在做证期间，或者我在问话期间，我们谁提到过这台电视机是彩色的？"

"没有，我们都没有。"

"还有，华伦，为什么你和我都不提这台电视机是彩色的？"

"因为我们知道，其他唯一知道它是彩色电视机的，就是玛丽的情人。"

"我们是不是从一开始就知道玛丽情人的身份？"

"是的，我们早就知道，但我们无法证明。"

"我们怎么知道的?"

"因为玛丽告诉过我,他的情人是谁。"

"那么,你在以前的证词里撒谎了?"

"是的,我撒了谎。"

"你为什么撒谎呢?我可以补充说,这是在我的同意下撒谎的。法官大人,我们请求你原谅。华伦,为什么你——或者说我们——要撒谎呢?"

"因为我们知道他有权势,我们知道只有我的一面之词来指控他。我们希望……我们相信,他会说些什么,问些什么,从那些话里套出真相。"

"可是,华伦,他不能猜测那是彩色的吗?现在大部分电视机都是彩色的。"

"是的,不过,只有他才会知道他第一次遇见玛丽的时间,是四个月前。关于这一点,我也很小心,没有提到。"

"没有问题了,"博斯律师说,"哈克先生,证人交给你了!"

然而,身为检察官的哈克却在法庭上哭起来。

枉费心机

亨利虽然年纪不大，但却极具野心。虽然他是干些小偷小摸的勾当，但总是梦想着有一天能够时来运转，干一票大的。

这天，他又来到中央火车站，在候车室的公共电话亭附近等待机会，他闲散地抽着烟，不经意地观察着熙熙攘攘的人群。

但他徘徊了半个多小时，始终没发现一个可以下手的目标。

突然，他发现，一个阔佬出现了。

当一名男子走向一间空电话亭时，亨利欣喜地看到他那裁剪合体的西装和脚上的一双油光锃亮的鳄鱼皮鞋。

亨利扔下烟头，准备行动。

他盯着那个阔佬拉开一间电话亭，进入里面坐了下来，但他顺手把皮箱也拿进里面去了，亨利不禁愣住了。

亨利过去多次得手，是因为有些人在打电话时，把他们的那些大包小包随意地堆在电话亭外面。也许这是个非常谨慎的人，一个对自己的财产分外小心的人。亨利心里想，如果是那样，这可就难得手了。但他不死心，也许他皮箱里有什么值钱的东西，他依然耐心地等待着。

亨利抽完了四支香烟，那个男人还没从电话亭里面出来。

"那个家伙在搞什么鬼，打电话给全世界的人不成？"过了好长时间，阔佬终于挂上电话，从电话亭里走了出来。亨利两眼迅速向候车室四周扫视了一遍，谢天谢地，没有警察。

阔佬走出电话亭，亨利紧跟其后。走过一小段路，来到海军上将旅馆。

阔佬塞了张钞票给门房，门房敬了个礼，吹声哨子，一辆红色出租车做了个

U 字形转弯，无声地停靠在旅馆门前。

亨利也在出租车附近停了下来，伺机下手。

门房殷勤地趋前欲从阔佬手中接过皮箱，阔佬踌躇了一下，但还是放开了手，他们一起走向出租车，门房把皮箱放在地上，帮阔佬拉开出租车门。

说时迟那时快，就在阔佬弯身上车后，转身要取他的皮箱的一瞬间，亨利一个箭步冲过去，抓过皮箱，转身就跑。

阔佬匆忙钻出车来，愤怒地诅咒着，门房的哨子也急促地响了起来。

但亨利的动作比麋鹿还快，只一会儿便消失了。

他回到自己房间时，仍然气喘吁吁，满头大汗。

他把箱子扔在床上，拿出小改锥，熟练地打开箱锁。看见箱子上层两件时髦的单排扣西装时，他笑了。他将西装取出，小心地放在床上，西装下是三件换洗的衬衫，下面还有对镶珍珠的袖扣，一个玉的领带针和两条丝质领带。

他迅速挑拣出那些不值钱的东西，四条比利时手帕，一双淋浴时用的木屐，两副纸牌，一沓信，还有六双袜子，他把那些东西一起扔进床边纸篓里。剩下的只有一盒高级雪茄了。此时，亨利最愉快的享受莫过于抽一支好雪茄了，他拿出一支嗅嗅，咬掉一端点燃。然后将所有的东西往床边一推，腾个空，躺下来，神仙一般地在床上跷起了腿。

"这真是好雪茄。"他惬意地向天花板吐出口烟雾。

但当雪茄燃烧到最后一寸的时候，一件小小的东西"吧嗒"一声从雪茄里滚了出来，掉落在他的胸脯上。

"我的老天，这是什么？"

他捡起它，但立刻感到烫手，它当然烫手，其实更烫人的心，他小心地用两只手指夹着它，凑到灯光下仔细地端详着。

"上帝啊！这是钻石！"他的两个手指，很快连同全身都剧烈地颤抖起来了。

他像被从床上弹起来一样，倏地走向衣橱，在衣橱抽屉下面摸索出一根老式的、顶端有珠的针，取出一根雪茄，小心地用针扎着，一刺到硬东西，便谨慎地挖，以免毁坏雪茄，终于，他又挖出了一颗。

以后的半个小时里，他全神贯注地刺戳一支支雪茄，最终，他数了数，总共获得五十颗钻石。

"这就是为什么他会那么小心翼翼的原因了。"他自言自语。

看着这一堆光灿灿的宝物，幸福使他晕眩了。他幻想着，有了这些宝物，将会使他的生活发生多么大的改变啊，他暗自庆幸，自己终于干了一票他一直梦寐以求的大买卖。

他把钻石小心地放进袋子里系好，进入浴室，掀开水箱盖，把整袋钻石放进水箱中。

但之后他便开始有些担忧了，那些钻石，即便在他这个外行人看来，其价值也在十万元之巨。为免夜长梦多，他必须赶紧脱手。

当然，他不能携带如此贵重的东西到处乱跑，那太冒险了。想了想，他抓起电话。"喂？"那一头的人回应。

"嘿，比利吗？我是亨利。"

"做什么？"

"这回我弄到大货色了。"

"多大，你说的大是多大？"

"这回我弄到的是钻石。"

"什么？"

"钻石，一共有五十颗。"

"都是真的吗？"

"如果不是真的，为什么会藏在雪茄里面，而且还是上等雪茄呢！"

"听来是那样的了。我说亨利，坦白讲，那种货色我吃不消。我忠告你，快点脱手，那将会是一桩大案子，什么糟糕的事情都有可能发生……"

"你这是什么意思？"

"我想那人一定会狗急跳墙，他会纠结一帮人，会不惜一切弄回那些钻石的。"

"不过，我活儿干得非常漂亮。"

"那我相信。但听我说，亨利，这次我不能帮助你，很抱歉，因为我不想惹麻烦。"

"当然，比利，谢谢你。"

挂上电话后，比利的忠告仍然不断萦绕在亨利的脑际，比利说那阔佬会不惜一切取回钻石，自己真的有可能因此惹祸吗？

突然，他灵机一动，不知那阔佬肯付多少钱来赎回他的那些钻石？他接着又想到，万一阔佬拿到钻石之后，又把他收拾了可怎么办？那岂不是偷鸡不成蚀把米？阔佬付了钱之后，会轻易让他走开吗？想到这一切，亨利的脑袋都大了。

但他终于想出了一个万全之策。

他匆匆从字纸篓里翻出早先扔进去的那叠信。那些全是写给霍奇先生的，收信地址有全国各地的大旅馆、大酒店，从洛杉矶、芝加哥、迈阿密直到纽约。他拿起纽约的那封,是邮寄至吉斯大旅馆的。

他从查号台那儿查到该旅馆的电话,然后挂电话过去。

"我要找霍奇先生讲话。"

电话铃只响了两声,就有人拿起了话筒。

"喂?"声音轻柔,但不失警觉。

"霍奇先生?"亨利问。

"是的。"

"你的皮箱在我手里。"

"嘿,你……你这可恶的小……"

"别激动,先生,那样弄不回你的石头。我打电话是准备和你做交易的。"

"什么条件?"

"我要两万元,五元、十元、二十元面额的。"

稍稍停顿一会儿,电话那边回答:"好,明天上午我给你准备好。你要在我这儿,还是到你那儿交易?"霍奇问。

"你把我当成傻瓜了吗?两个地方都不去,我们就在街上交易。明天下午1时,在第三街和勒克斯街之间的第五十一街上。"

"那儿不是有个警察局吗?"

"对的。"

"那样合适吗?"

"那是以我的立场挑选的,不干你的事。听着,你只需做两件事:单独来,带钱来。我在交你石头之前,会先查看钞票的。"

"好!我带钱去,你把石头带来。我警告你,如果你骗我的话,我们的人是不会饶过你的。"

"放心吧,我没必要骗你,我要的只是两万元,仅此而已。"

第二天,在约定的时候,他们在警察局对面的街上相见了。

霍奇关心的只是亨利左手中的袋子,因为那里边有钻石,亨利当然知道,他紧紧地抓牢它,一直到霍奇把一个大信封放在他的右手中。他们又花了两分钟小心检查,双方才满意。霍奇快步朝勒克斯街拐角走去,进入一辆有两位男士等候的黑色轿车中。

亨利等候着,看看汽车是否驶开,但是它停留在路边,任马达发动着。

亨利笑了,心想,难怪,两万元没了,谁也不会头也不回的。

他跨过马路,迅速走到警察局门前,当他再转身回头时,得意地发现黑色轿车开走了。

到目前为止，一切顺利，现在他的手里，已经有了整整两万元，但他还必须按计划行事。

他进入警察局，走到值班警员面前，他发现自己有一种异样的感觉，仿佛他从来不是个贼一样，他暗自窃笑，保存东西，还有什么地方比警察局更安全的呢？

值班警员看看他："什么事？"

亨利把那个大信封往办公桌一放："我刚刚在公共汽车上捡到的。"

警员打开信封，又看了亨利许久，他取出钞票，开始迅速翻看那一叠叠的钞票。

"听说，按规定，如果六个月内失物没有被认领的话，失物就合法地归捡拾者所有。是这样吗？"亨利故意佯装彬彬有礼地问。

警员缓缓地抬起头来："是的——但那要在正常的情形下。"

亨利突然有种不祥的预感："正常的情形？你说的是什么意思？难道……"

"这些钞票全部是伪钞。"警员冷冷地说。

"伪钞？不可能。那是我仔细看过的。"亨利的脑中急速地翻腾出刚刚过去的两分钟的场景。

"我承认这些伪钞几可乱真，因为它伪造得太好了，但是有一点，这儿——你自己看看。"

警员将一叠十元钞票递给亨利。

"我觉得没什么问题吧？"他心中打鼓了。

"看看钞票的号码。"

亨利看看。"号码，又怎样了？"他仍然一头雾水。

"再看看其他钞票的号码。"

亨利不看犹可，一看之后，双膝突然发软，眼睛也直了，因为所有钞票的号码完全一样。

致命的错误

刚刚飞行到波特兰市南边三百里的一座山顶上时，泰勒的四人座私人飞机遇上了暴风雪。最初，指南针开始不规则地摆动，几分钟后，引擎熄火了。

坐在后座的泰勒太太发出一声哀叹："哦，看看那雪！至少有十尺深……还有那些树……"

"你想我们会坠毁吗？"女秘书海妮以平静的声音问。

泰勒太太马上不再说什么了。

泰勒瞥了美丽迷人的女秘书一眼，两人的视线系在一起。"我们要试试着陆。"

"哦，我的天，我们会受伤的！"泰勒太太哭了起来。

"假如你能够想出任何好办法，告诉我。别光知道哭。"

当一阵可怕的撕裂声冲入耳鼓时，泰勒的头颅已经重重地撞在了飞机前窗的骨架上，同时他听到太太绝望的号叫声。

但是泰勒一心只想着海妮。当他回过神来，用手摸索着身边的海妮时，他注意到，尽管她不无恐惧，但也仅仅是用一只手捂住脸，依旧直挺挺地坐着。

"我想你太太受伤了。"她很冷静地说。

泰勒自信自己的骨头没有折断，他费力地打开机门，钻出机外。外面的雪大约积了有一尺厚，但是空气比预料的暖和些，粗大的松树林下，松针堆得厚厚的。

"我们最好把她抬出来，放在干燥些的地方。"他说着，身子探进机舱，解开太太的安全带。

突然，他觉得海妮的手在轻轻敲击他的手背，传来的声音非常古怪。"在你搬动她之前，难道不该先确定一下，她到底有没有受伤？"

"我会的。"尽管他不太明白海妮的意思,但还是把太太从机舱里拖出来,抱到山丘上。

泰勒太太两眼紧闭,嘴里不断呻吟着,有些昏厥,但身体完好无损,也没流血。他把她平放在一片厚厚的松针上面。

"怎么样?"海妮问,她仍坐在原位,丝毫没动。

"还看不出她哪儿受伤,但首先,她必须醒过来。"

他感觉海妮的手又一次轻轻地碰到他的脸,几近耳语说:"你最好给她盖件毛毯。"

泰勒两腿禁不住有些发软,但他还是取了毛毯上到山丘,为太太盖好。

之后,他匆匆回到飞机那儿……

"亲爱的,"海妮双手突然搂住了他的脖子,"我们可以永远厮守,不会有人知道!"之后,她飞快地在他的脸颊上亲了一下。

海妮用机舱内的一块布为泰勒太太包扎她折断的足踝时,泰勒一直心神恍惚,左手一直不曾离开过自己的脸颊。

海妮在成为泰勒的私人秘书之前,是一位有执照的护士。她聪明漂亮,精明能干,给泰勒当秘书后,她为泰勒的电业公司处理大大小小的事情,从来都有条不紊。因此,泰勒但凡外出,总携她同行。她慢慢成为公司不可或缺的人物,也慢慢赢得了泰勒的好感,因为她还是个极性感魅力的女人。

泰勒太太苏醒过来,那张苍白的、已近中年的脸孔皱了起来,嘴里发出痛苦的哀叫。

"泰勒太太,忍耐些。"海妮以温和的语气说,"幸好,我们三人都还有一口气。"

"我知道,谢谢。"泰勒太太仍旧在抹眼泪,"我只是不能忍痛。"

看着太太痛苦得变了形的面容,泰勒不禁长叹了一口气,他回头看了一眼海妮,心想,当她生他们唯一的儿子时,她的叫声差不多要把整座医院都震垮了;不幸的是,儿子在三岁时就夭折了。泰勒想,她唯一表现出忍劲的是,他们夫妇早就貌合神离,但她依然紧缠着他不放。

"不会有人知道的!"海妮的话突然窜入他的脑中。

他转头看着海妮,海妮毫不躲闪他的目光,他避开海妮的眼睛,转向布满乌云的天空。已近黄昏,似乎要下雪了。

他们本来是要飞到赌城去的,途中计划在雷丁机场停留过夜,此时,相信雷丁机场的飞机一定已经出发在寻找他们。不幸的是,他没有在机舱里安装雷达设备，所以想在这荒山野地里找到他们，还真是相当困难，何况云层又这么低。

他决定搜集一些荆棘，浸些汽油，准备点燃一堆火。

他走到一棵枯死的树丛边时，不知为什么，他停止了动作，心中暗忖："我真希望他们这么快找到我们吗？"

他抬眼向小丘看去，发现海妮正在看着他。

"飞机里有不少毛毯，"她大声喊着，好像明白他的想法一样，"今晚我们可以舒舒服服地过，天气不十分冷，你可以明天再去求救。"

"是的，那是个好主意。"他心里想着，默默地走回来。

午夜过后，天开始飘雪花。

海妮坐在泰勒旁边的座位上，泰勒太太躺在后面，不断地呻吟，哀泣，使他们没法合眼休息。不知过了多久，那呻吟、哀泣声终于平息了，变成沉沉的、有规则的鼾声。

"你有没有考虑过？"海妮说，同时身子向泰勒靠了过来。

泰勒借着薄薄的雪光，看看眼前的海妮，又回头看了一眼他的太太。

"是的，我曾经考虑过。"他明白海妮指的是什么。

"怎样？"海妮仰头看着他。

"可是，我总是下不了手。"

"要不要我来'处理'？"

"我……不……知道。"

她没再说什么，两人继续坐在微弱的雪光中。当东边泛出薄薄的曙光时，他终于做出了决定。他觉得好过了些。

天亮了，三人吃了些巧克力糖，喝了点保温瓶里的茶。之后，泰勒便走下飞机，在山腰一个空旷处堆起一大堆荆棘，并浇上了汽油。

"海妮，留心听飞机声，"他嘱咐她，"假如你听见什么声音，立刻点燃荆棘。我去试试能否找到一条出路。"

"你可不可以留些火柴给我？"

他知道海妮皮包里有抽烟用的火柴。

"可以，当然可以。"他说着，递一包给她，"别丢了。"

"不会的。"海妮仰起脸来，异样地看着他。

"泰勒，你要小心，"他太太也从机舱里发出叮咛声，"记住，我们这儿没有多少吃的了。"

"当然，我也没有吃的了。"泰勒悻悻地回答。

之后，他以一种果决的神情看了一眼海妮，那是他在办公室经常用的。

泰勒对森林并不陌生。孩童时候，他就常在内华达山玩。他知道目前首要的艰苦工作就是找到一条小路，假如可能的话，最好是向上的，因为那样的话，他很快就可以找到一个视野较大的地方。坠机上面的山坡太陡峭，太多峭壁，没法爬。

他艰辛跋涉于积雪之中时，他想起了他的太太。

伊曼——泰勒太太——其实并不是个坏伴侣，只不过不是个好太太。二十几年来，他一直把离婚的想法埋藏起来，尽量培养其他兴趣，夫妻倒也相安无事。可是去年，因为海妮的出现，他那离异的念头居然越来越强烈，以致使他自己都不禁怀疑，那二十多年的婚姻禁锢是如何熬过来的。

然而，每次当他向伊曼提出离婚时，她总是歇斯底里地大吵大闹，并以自杀威胁他。不仅如此，她还放话说，她要把她所知道的公司所有的秘密都宣扬开去，使他丢人现眼。对伊曼，他毫无办法。

大约一两个小时后，他听见了飞机声。飞机飞得低低的，几乎擦到树梢。他知道，那是搜寻他们的飞机，一刹那，他真想跑到附近一处空地，向飞机挥手，但他马上便放弃了这想法。

飞机飞过之后，他迅速爬上一块岩石，回望来路。他没有发现打信号的烟雾。

海妮难道还没有"处理"好吗？他不禁心中诧异。

飞机隆隆地继续向西南飞去了，没有盘旋，很明显，坠机没被发现。

泰勒有些忧虑了，假如她们没被发现的话，将会怎么样？这里冰雪茫茫、人迹罕见，而他们身边只有一些巧克力糖。

想到此，他差点回头去阻止海妮，但他很快又想到，海妮办事干净利索，从不拖延，现在回去可能迟了。

午间，他终于找到一条古老的小路，他沿着那条小路走了数小时，一直到天色开始变黑时，才逐渐进入一片较宽大的牧场。

站在牧场中央，举目远望，四周是一片死一般的沉寂，这使他突然产生了一种空落落的感觉，一种非常恐怖的感觉。

接着，他听见有引擎声逐渐接近。

继续向前走几步，他终于看到了山脚下面的一条公路。并且望见远远的弯道处，有车头灯在闪烁。

他站在路旁，疯狂地挥手。

突然，他似乎想起了什么，犹如一道闪电从天而降，他犹豫了。

他立刻向回跑去，在山丘弯曲处，潜进树丛，像小孩逃学一样躲了起来。他听见汽车刹车的声音,听见车门打开,还有喃喃的人语,然后车门"砰"的一响,又驶远了。

泰勒在山脚蹲伏了好长一段时间,他在发抖,因为他越想越后怕,刚才太冒失了,差点儿给自己和海妮带来灾难,闹不好会送掉他们的命。他诅咒自己,为何没早些想得更周全些!把实施细节交给海妮去办,这已成为他的习惯,但这一次,应该是他自己多加思虑的时候呀。

泰勒疲惫不堪地回来时,时间差不多是第二天凌晨了。

海妮披着大衣,坐在一个树干上锉指甲。

没有伊曼的影子。

她向他跑过来,双手抱住他:"你找到路了吗?昨天上午有架飞机飞过,下午有两架……但那时我还没有准备好。"

泰勒喘口气,急切地问道:"你下手啦?"

"当然。"

"她在哪儿?"

"别急,一切顺利。"

"海妮,我找到了公路,它距此大约有四五个小时的路程……而且,我还碰到了……不,没有……一辆汽车,"他紧张得有些语无伦次,"正当我向汽车招手时,我突然想到……考虑到……嗯,假定要让人相信她是前天坠机时候死亡的话,她该冰冷或僵硬或怎么样的……可救难人员乘吉普车上山只要几分钟,假如他们发现她还有体温的话……"

"我告诉你不用担心的,亲爱的。"海妮说着,倚向他,指一指山丘上一个凸起的雪堆。

"你的意思是……"

"从昨天起,她一直就在那儿,我想我们现在该把她挖出来了。"

"我的上帝,海妮……"一阵恐怖冲上他的脑袋。

海妮走向雪堆,开始挖雪。

"亲爱的,假如你说只有四个小时的路程,你为何去了那么久?"她问。

"回程迷路了,然后找个地方生火过夜。"他看到了包裹伊曼的粉红色毛毯,心里不是滋味,眼睛立刻躲开了,"你……你是怎么做的?"

"那是唯一适宜的方式,她的脖子在坠机时折断了。"海妮的眼睛看着天空。

"她没有痛苦吧?"泰勒小心翼翼地问。

"当然没有。我先压迫她的颈动脉,使她昏厥。"海妮把眼睛转向他。

"那真是慈悲。"泰勒不敢迎接她的视线，突然想到，海妮曾经当过护士。

"现在你可以把她放回到飞机上了，这个毛毯没有湿。"她似乎在发布命令。

他把太太和毛毯一同抱回飞机后座，脑子里一片空白。

海妮说："我想，我们最好点燃那堆柴火，今天还会有更多的飞机来，不是吗？啊！还有件事，那辆汽车的司机一定会奇怪，为什么你要躲避，这可有些麻烦。"

"那……我们就说……我们被饥饿和疲倦折磨得有些神志不清了……"泰勒说这些时不禁有些口吃。

"还有，由于头部撞伤，你突然失去知觉……"海妮思索着，"因而迷路……后来只有摸索着返回原地……这可能勉强还能说得过去……但我们最好现在生一堆火，然后你再回到公路上去。"

正当泰勒把荆棘引燃时，一位警长和两位副警长来到坠机地点。

泰勒向他们报告情况后，警长说："汽车里的那两个人十分迷惘，不过，在这种特殊情况下，你暂时失去知觉，我们十分理解。你们很幸运，他们报告了这件事，遗憾的是，我们不能向你太太说同样的话了。"

两个副警长用担架把伊曼的尸首抬下山，到了一条泰勒先前没有发现的小路，送上吉普车。然后，由警长开车，海妮和泰勒坐了进去。

到了镇上，泰勒和他的秘书便一同住进了一家旅馆。

第二天，泰勒和海妮正在殡仪馆里时，警长进来了，请他和她一道去法院。

"只问一些例行问题，先生。"警长客客气气地说。

泰勒感到警长的眼睛异常冷峻，令人生畏。

"泰勒先生，我真正想知道的是，"他说，"你们两人，究竟谁是凶手？你，还是你的秘书？"警长单刀直入。

"我不懂你的话。"泰勒强作镇静。

"噢，你懂的。只要稍稍想一想，什么神志不清的说法是不管用的。我们跟随你的足印到了你生火的地方，我想，那使我们的头脑更加清醒。我判断，你并没打算到路上去求救，但你说你迷路了。是吗？"

"我没必要回答你的问题。"泰勒知道事情有些不妙了。

"还有，我注意到，"警长站起来，继续说道，"包裹你太太的毛毯很湿。我猜，你们二位中，有一位是不甚了解雪的，以为雪是干的。很明显，你们不知道，雪花摸起来是干的，可是在相对较高的气温中，会马上融化。就好比在机舱中，雪花就化得快。告诉你，我们又去了你们的坠机地点，我们找到了埋她的地方。"

"那是……为了使尸体不腐烂，我们是把她埋过……因为当时我们不知道要在那儿待多久……"泰勒依然心怀侥幸。

"泰勒先生，狡辩、找借口都迟了。我们已经取得了你秘书的一份供词，她已经承认是从犯了。她说你下山之前，先弄断了你太太的颈子，想布置成意外死亡……"

"哦，不，你弄错了！"泰勒慌了，"海妮小姐不可能招供我们没有做过的事。"

警长把几张打字机打就的纸推到泰勒面前，在最后一页，有海妮的签字——他认得出，那是海妮的字迹。

"她扯谎！"他大叫，"她下的手，她说服我，让她'处理'！然后，当我上路时，我突然想到，万一你们立刻找到我们的话，你们也会发现她的……我的太太的……尸首还是热的，这会与前一夜遇难的说辞不符。"泰勒无力地垂下了头。

"所以你才又折回？"警长问。

"不过，我相信海妮是不会出错的，"泰勒痛心疾首地说，"是我把她连毛毯一同抱回机舱的。"

"不要再头脑发昏了。"警长脸上明显地闪现出一丝怜悯的表情，"假如是她杀害你太太的话，泰勒先生，她也会出错的。"他盯着他的眼睛，"事实上，抛开刚刚提到的那个小小的错误外，你们还犯了一个致命的错误。"

"什么？致命的错误？"泰勒彻底绝望了。

"假如你太太坠机断颈身死，同时又扭断足踝的话，你们还会去扯机舱的布为她包扎足踝吗？泰勒先生，那可是大有文章的啊！"

泰勒一句话也说不出来了，他知道，一切都完了，他总以为海妮会把任何事情都处理得很好，他太相信那个女人了。

用心良苦

法律无情,但人总是有感情的,有些案件的发生和结局,不论是非曲直,总会让你平生感慨。

那是我短暂的律师生涯中经历的一件事。

一天,因为生意不好,我独自一人在一家小酒吧里喝闷酒。

一个人走了过来,心急火燎地说:"麦克律师,你无论如何也得帮我个忙。"

我有些不以为然,扬扬手,招呼酒吧侍者过来。为我斟上第二杯威士忌酒。我吞下酒,心里琢磨着为什么律师的顾客们总是在你最不愿搭理他们的时候找上门来。

"我为什么非得帮你的忙?"我说道,连身子也懒得转过去,"我办公室的房租提前一个月就付清了,秘书的工资也预付了一个星期,连酒账都预付了好多杯呢。"

"不是钱的事情,"那个声音说,"我到过你办公室,跟你秘书谈了,她告诉我说你在这儿。"

转过身来,我看到站在我面前的是一条大汉,头发铁灰,双眼碧蓝,下巴突出,看起来非常强壮,只不过浑身上下透着一股不安的神情。

"我们找个隐秘点的地方去谈好不好?"壮汉犹豫地说。

"这儿就是我的办公室,"我提醒他,"你还要多隐秘?"

壮汉有些不安地环顾了一下四周,然后对我说:"我名叫甘德森,弗朗克·甘德森。听说过我的情况吗?"

"没有,"我说,"迄今为止,没有。"

"我是推销杂志的。"甘德森自我介绍说,"事实上我并不直接卖,"他解释道,"我雇人卖。我的公司叫甘德森销售公司,挨门挨户推销杂志。顾客每订一种杂志就可以免费得到另一种。这种卖法很有吸引力。"

"我相信,"我点头,"可我不推销杂志,所以你跟我说这些没用。"

"你误会了,麦克律师,"甘德森说,"事情是这样的,有人在杀我的推销员。一天杀一个,一个接一个,我的推销员就这样被人谋杀了。"

"是被那些可能买你杂志的人杀害了吗?"

"是被魔鬼。"甘德森恶狠狠地说,"第一个是托尔摩,被一辆车撞得好惨,作案的司机开车溜了。这是一周前发生的事。两天之后,普林斯被人推进了空电梯。紧接着,克什米尔又被人从高高的火车站台上推了下去,被火车碾成一堆烂肉。还有……"

我举起一只手,既是为止住甘德森,也为招酒吧侍者过来。我看看侍者重新为我倒满一杯威士忌,一饮而尽,然后同情地看着甘德森。

"事故,"我冷静地说,"总是会有的。"

"但是,麦克律师……"

"三次事故,"我继续说,"第一个是被汽车撞死的。第二个太傻,不看清楚就进电梯。第三个急于越过铁轨。这么推断大概错不了……"

"你不知道,"甘德森打断我的话,"还有第四个呢,就在今天早上。"

"他出什么事了?"

"他的脑袋叫一颗点四五的子弹给打穿了,"甘德森说,"也死了。"

我突然觉得很烦躁,"听起来像是谋杀,"我承认,"可我相信警察会管这些事的。"

"他们哪儿管得了。"甘德森说,"被打死的人叫利特顿。他当时正坐着喝咖啡,他妻子正在楼上整理被褥什么的。有人进来,打死他,又离开了。"

"枪呢?"

"枪在早餐桌上。上面没有指纹,也没有登记号。"

"嗯……"我知道事情确实有些蹊跷。

"你明白了吧,麦克律师,"甘德森继续说,"警察无能为力。利特顿是被人有计划地谋杀的。他被杀的原因和托尔摩、普林斯、克什米尔一样。"

"那么他们为什么要杀他们呢?"

"我也想知道,"甘德森愤愤地说,"我倒想知道哩。"

我沉默下来,点燃了一支烟,"现在说说吧,你一定有所猜测。否则你也不会到这儿来打扰我了。"

甘德森有点犹豫,"麦克律师,"他说,"我不愿显得太多疑,那不好。可我觉得是有人想毁了我。他把我的人一个一个杀掉，想削弱我的销售力量。今天我的两个推销员就辞了工作，把我晾在那儿啦。他们告诉我，他们不敢冒险为我工作。一个说他有老婆孩子。见鬼，我也有老婆孩子，孩子还有俩呢。而且……"

"简单些吧，"我漫不经心地打断他，"谁想削弱你的销售力量呢？玩你那种骗人的把戏还用竞争？"

甘德森脸红了。"那并不是什么骗人的把戏。我确实有个竞争对手。"

"他叫什么名字？"

"叫基维斯，这是个公司的名字。公司老板名叫斯维特。"

我漫无目的地四处张望。我能理解为什么有人要杀那些讨厌的挨家兜售的推销员。但现在我不愿去想这件事，我根本就不喜欢这个案子。

"麦克律师，这是两千五百块的现金支票。等你把这事儿弄清了，我再付你两千五。办案开销另算。够了吗？"

我接过支票，放进自己的钱包里。

甘德森回转身，摆动着胳膊，胸脯挺得高高地走出了酒吧。

我在基维斯订阅公司找到了斯维特。

但他并没有使案情明朗多少。他的弱不禁风与甘德森的强壮如牛形成鲜明对照，但他和甘德森一样，也是个小小的滑稽角色。

"纯属捏造、陷害！"斯维特大喊道，"他的那些专按住户门铃的家伙出了事，他就想让我背黑锅！他什么事都赖我！我应该控告他诽谤！"

我叹了口气，希望这个瘦鬼别喊个不停，于是说："这么说，你没有杀他们了？"

"杀他们？"斯维特火冒三丈，"我当然没杀他们！我是想杀人，但我想杀的是甘德森！麦克律师，你知道我是怎么想的？"

我没想到他也会问我问题，"嗯……"我说，"你是怎么想的？"

"我看是甘德森自己杀了他们！"斯维特大叫，"然后往我身上泼脏水，要我好看！"

"哦，"我说，"他不会这么干的。"

"不会？"

"当然不会，"我说，"他是我的当事人呀。"

走出基维斯订阅公司大门时，我还能听到斯维特在那儿骂个不停。

我又走访了警察局。

"我看哪，"警察弗莱纳说，"我们等他再杀个人再说。他一定会留下些线索的。"

"他？"我不解地问，"他是谁？"

"凶手呗，"这个大个警察说，"这家伙杀了利特顿他们没留痕迹，很快会找到下一个推销员并把他杀掉。没准我们能幸运地当场逮住他。这难道不好吗？"

"对谁都好，就是对死人不好。"我不敢恭维，"看起来你对这事不太上心，这是什么缘故？"

"缘故多了，"弗莱纳说，"一方面，这难题不好解决。另一方面，我也不想解决它。"

"为什么不想？"

弗莱纳疲倦地摇摇头。"麦克律师，你碰到过杂志推销员没有？见过那种小无赖在你门前不走，一个劲地告诉你是多么需要他那些烂杂志吗？见到过吗？"

我点点头。

"把他们都杀了才好，"弗莱纳涨红了脸，"我真是这么想的。谁杀一个杂志推销员就该给他授勋章。"

我吐了一口气，"案子，"我提醒弗莱纳，"还是谈这件案子吧。把情况都告诉我，所有你们掌握的情况。"

"没什么好说的，"弗莱纳全身懒散地缩在椅子里，"这个利特顿33岁，有老婆和两个小孩。一个是男孩，另一个……"

"是女孩。"我有些不耐烦。

"你了解这么多情况，干吗还要麻烦我告诉你？"

"对不起，"我知道我太急了，"请接着讲吧。"

"他这个人嘛，"弗莱纳缓缓地说，"同时干两份工作，工作很卖劲。白天从9点到5点在一家汽车修理厂工作，晚上为甘德森那小子卖杂志。可还是没挣到什么钱。最近又运气不佳，孩子病了，得付医药费。不过他倒也没欠债，是个老实人呢。他要不是个杂志推销员，说不定还挺讨人喜欢。"

"说说犯罪的事吧。"我小心地说。

"是谋杀，"弗莱纳说，"但不是他妻子杀的，我只考虑过这种可能性，因为他妻子真是个再可爱不过的小女人了，洋娃娃似的，出事时她和孩子正在楼上，这是小孩们说的。他们是不会撒谎的，年纪太小还没学会呢。"

我递他一支烟，问："杀人凶手是在屋子里开枪的吗？"

弗莱纳点点头，"是从近处开的枪。"他说，"简直就像是凶手想让这事显得是自杀。可他又没太多经验制造假象。比如，伤口上没有火药烧伤的痕迹，而且枪在利特顿的左手近旁，但他是用右手的。我们已经查过了。"

"你真聪明，而且凶手不是他妻子。"我恭维道，"其他推销员又是怎么回事？

托尔摩、普林斯和克什米尔呢？"

"这件事玄就玄在这儿。"弗莱纳似乎稍微来了一点儿情绪，"托尔摩事件是个典型的司机撞人后逃跑的案例。普林斯和克什米尔的事故比一般的事故更像事故。可是这些事碰巧都这么凑到一起就……"

"我懂，"我不快地说，"利特顿入了什么保险吗？"

"保险？"弗莱纳一脸迷惑，"哦，"他说，"保险，有的。而且保险额还很高。但这是可以排除出去的。他妻子是唯一的受惠人，而她又是那么柔弱。所以……"

"谢谢。"我再也不想听他说什么了，"我也可以了。"

"什么你也可以了？"

"可以出去了，"我说，"可以去喝上一杯了。"

肚里装了两杯威士忌和两杯啤酒后，我又来了情绪，想去打个电话。我想找我认识的一个专门提供情报的眼线，试试能否了解一些情况，他通常为赌徒及一些地痞流氓之类的人提供信用核实。

"这事可能你帮不上什么忙，"我在电话中对他讲，"我想打听一下你有没有一个叫利特顿的人及其有关情况。"

"太巧了，"他在电话另一头说，"我正好有。"

我精神顿时为之一振，说：" 往下讲，告诉我。"

"利特顿，"他说，"欠了胡克七万五千美元。你想知道的就是这些吗？"

"这不可能，"我说，"我是说……"

"没有什么事不可能。事实就是这样。"

"哦，"我说，"你最好把他从你的名单上勾掉吧，他被枪击中头部啦。"

我很快就把电话挂了，随即接通了胡克家的电话，那赌徒立刻就接了电话。

"胡克，我是麦克律师。"我的语调轻松欢快，"你不会买通人去杀一个名叫利特顿的人吧？"

"利特顿？就是那个欠我七万五千块钱的王八蛋。他欠我七万五，可每次只还我五块钱。这家伙……"胡克顿了一下，好像才听到我开头的问话，"你说有人把他宰了？"

"就在今天早上。该不是你吧？"

"当然不是，"胡克说，"我干吗杀欠我钱的人？我有病啊！"

"我想也不会。"我轻松地说，"我只是问问。"我把听筒放回挂钩上，又回到了酒吧间。

利特顿欠债七万五千块。他死了，被一粒子弹要了命。可是，斯维特、胡克都没有理由杀死他，他妻子当然更没有。如果是自杀，那么之前死的那几个人呢？

越想越觉得云山雾罩，不知不觉中，我居然喝醉了。

第二天，弗莱纳找到我。

"见到你很高兴，"弗莱纳傲慢地说，"我想告诉你，你是在浪费时间。我们原来也以为有什么事与这些推销员的死有联系，可实际上却毫不相干。"

"你未必正确。"我也不客气地回敬他，"说吧。"

弗莱纳依然不紧不慢地说："先说第一个，托尔摩。司机已去警察局自首，他撞了人又开车跑了，但他自己良心过不去。他与其他人的死均无关系。咱们不是早料到了吗？"

"错了，"我故意也慢慢地说，"全错了。"

"怎么？"

"我会告诉你的，"我看着他，"把一切都告诉你。我倒是想过事情该是这样的。"我叹了口气，"托尔摩的事是一件典型的撞人后溜走的事故，这你已经知道了。"

"这还是我告诉你的。"

我点点头："普林斯和克什布尔……"

"是克什米尔，不是克什布尔。"他粗暴地高声叫着。

"管他妈的，"我的声音也拔高了，"不管叫什么，那两个人是被谋杀的。"我冷冷地再次转向他，"正是杀利特顿的人杀了他们。"

"既然你这么有把握，"弗莱纳回避我的眼睛，"就把凶手的名字说出来吧。是谁杀了他们仨？"

"很简单，杀手名叫利特顿。"

弗莱纳惊讶地张大了嘴巴，半天也没合上。

现在，轮到我来向他解释了，"利特顿欠了债，"我说，"一共七万五千元。正在走投无路的时候，托尔摩被车撞死了。"

"一点儿不错。"弗莱纳说。

"于是利特顿有了主意，"我根本不理睬他的插话，"他想自杀，但不愿因自杀而使他的妻子失掉优厚的保险金。于是他自己杀了自己，但伪装是他杀。"

我重新点上一支雪茄，"他制造了一连串事件，"我继续说，"把普林斯推下电梯通道，把克什米尔推下火车站台。他制造了这一连串精心制造的事件，然后他自杀了。"

"你是说他故意用左手,而且离开了一段距离开枪自杀?"

"当然了,"我说,"要是你想把事情弄得像他杀,你会用你习惯的右手把枪口塞进嘴里开枪吗?"

我不无嘲讽地盯着他,"明白了吗?"

弗莱纳好像想了好久,"照你说的,他是自杀了。我们就把案子结为谋杀兼自杀,定为先杀人后自杀,对吧?"

"不对,"我正色告诉他说:"你应该把普林斯和克什米尔的事算作事故,把利特顿的事当作被一个或几个不知名的人的谋杀。他既然这么用心良苦,我们又何必要让孤儿寡母失掉一笔优厚的保险金呢?另外,你永远也拿不到自杀裁决书。除非我说服验尸官给你证明,可我不会这样做。"

弗莱纳耸耸肩:"那你怎么拿到你的律师费呢?"

"我会跟甘德森讲,他的推销员现在安全了,"我说,"如果再有他的推销员被杀我就退还他的全部酬金。如果他不满意这个安排,他就扣下欠我的两千五百元好了。记住,打一开始我就不想管这个案子。"

从那以后,我真的退出了律师界。

失踪的女人

我坐在火车上，回忆祸端的开始。

首先是伦敦警察局辞退了我，他们说我情绪不稳定，不宜当警察。其实不然。

我目睹了一位警官向苏豪区一家贩卖色情书刊的老板要钱，于是写了份正式的诉状控告，稍后，我又给一家周刊寄了封投诉信。

这以后，一些有重要职位的官员被判刑，锒铛入狱。

那是数年前的事，我热心除恶的结果是自己从工作岗位上被踢了出来。

离开警察局，我在美田俱乐部获得一份保安员的工作，那是坐落在格格斯维诺广场附近的一家赌场。我的工作是留心查看那些老奸巨猾的发牌者。

我拒绝受贿的经历令赌场老板满意，但那些当庄家的发牌者可不满意。他们派打手打破我的下颚，打断我的手臂。现在我的下颚仍是歪的。

莱丽也对我不满意，她说："你真是愚蠢得无可救药，专门做些损人不利己的事。他们把你从警界轰出来，现在你又和那些庄家过不去，何苦呢？看看你自己，嘴都合不上，连饭都不能吃，好几个星期了，只能吃流食。他们不过是做点儿小手脚，从赌台上弄点儿油水，赌场不在乎那点儿钱。"

不久，她就离开了我。老实说，刚离婚时我很孤独。离开美田俱乐部之后，有很长一段时间，我靠领取政府失业救济金为生，我落魄得搬到一个叫洛丁的海滨小镇去居住。

我在穷困潦倒时，和一位从前在伦敦一起当过警察的老同事取得了联系，他名叫巴利，现已退休，住在不来顿。他介绍我在城里的博物馆工作，当夜间看守兼打杂。现在我做的就是这份工作，我偶尔和他见面，在酒吧喝一杯。

两年前，我们第一次见面时，我问他："你想不想念伦敦？"那天我们坐在巴利家楼上的窗边，从前面的窗子望过去是一望无际的英吉利海峡。

巴利坐在沙发上，他是个干瘦的男人，有一头黑发。

"我只有在想起那些女孩子的时候，我才会想念那个城市。"巴利说，"那些东方女子真让男人动心。"

他的话音一落，巴利太太就推开门进来，好像她一直站在门外聆听一样。

她名叫派蒂，眼神里常有种冷冷的光，声音中也带着冷硬。她嘱咐丈夫，不要忘记她外出时他应该做的家务事。

他听她说话时不停地点头，管她叫"我的老爱人"。她离开后，他冲我做个鬼脸，算是取消了先前对太太的承诺。

我们俩又喝了一品脱麦酒。下午4点钟，巴利从沙发旁边的一个壁橱里拿出个大望远镜。那是一副黑色的、像是公务用的望远镜，和你在电影上看见的德国战地司令官用的一样。

"过来看，"他说着走到旁边一扇窗前，"我听见女孩玩球的声音。"

我跟他走过去，站在他身后，看着他调整望远镜的焦距。

我看见远处有个空旷的运动场，几个穿白色衣服的人在活动，运动场后边是座石板瓦屋顶的巨大建筑。

"调好了。"巴利说着，把望远镜递给我，"好好欣赏欣赏，让眼睛享受享受。"

透过望远镜，我看见一群穿白上衣、白短裤的姑娘在玩曲棍球。

我欣赏着她们穿羊毛袜的腿，那一双双腿都很健美。给我印象最深的是她们充满青春气息的脸，还有随风飘起的头发。

"那是翔利女子学院的学生。"巴利在我身后耳语，那粗哑的声音使我想到过去在伦敦比可利利广场值勤的情景。

我看了很长时间，一直到欣赏够了才把望远镜还给巴利。

没有了望远镜，那些人影变成一群白色的鸟儿，在绿色的球场上跳跃。

巴利拿着望远镜，像一位行家鉴赏艺术品一样仔细欣赏，一直到传来开门声，派蒂回来了，他才放下。

她上楼来抱怨说："我叫你做的事你一样也没做。"然后，她好像觉得必须解释一下，对我说："过去我们有个人帮忙，但是不行，我不能留个女人在家，和他住一起。"

那次之后，我就很少去巴利家了。我偶尔和巴利在城里的酒吧见面。派蒂那样趾高气扬地逼迫巴利，而他总是不理不睬，使我不舒服。他这个人很自尊，不惹人讨厌，如今，却好像被什么看不见的东西控制着。

我常去的另一个酒吧在洛丁镇的一条街上。那个酒吧里的人都认识我，但是和我最熟、每天都和我聊天的是一位名叫霍尔的老人。关于几位少女失踪的事，也是他告诉我的。记得那天，我心不在焉地听着，说："对不起，你在说什么？"

"我在说翔利学院失踪的那些女孩，一共三个，她们全是从斯里兰卡来的。"霍尔摇摇头说，"我想除了她们家人外，没有人会想她们。"

"她们是怎么失踪的？"

"不知道。我看过报纸上刊登的照片，三人都很漂亮。人们猜想她们可能和男人私奔了，可是到现在，她们应该露面了。"

"可是，三个女孩不可能就那样失踪，一个人失踪都能找到，何况三个。再说，假如她们死了的话，总该有三具尸体。"

"这儿是大平原，"霍尔说，"可以埋很多尸体。你知不知道，全国五千五百万人口中，每年有多少人命案没有破？"

又过了半年。我仍在博物馆做勤杂工。白天清理展览品灰尘，给地板打蜡。夜晚回到住处，躺在床上，我会想到和莱丽共同度过的美好时光，现在不知她在哪里。

巴利夫妇回约克郡看亲戚去了，打算住一个月。我到不来顿火车站送他们，派蒂去买报纸，我和巴利在八号站台排队。他交给我一把他们家的钥匙，他说："拿去，帮我看着家。"

"好，"我说，"我会过去瞧瞧的。"

"可以用望远镜，"他说，"你会有种自由感，当你一个人在欣赏的时候，那些女孩子看起来更美更迷人。"

我想起霍尔告诉我的故事，心中有种不安的痛苦感。巴利默默欣赏翔利学院的女学生，这事儿透着几分卑鄙，而且又有三个女学生失踪。当派蒂带着一份低级趣味的报纸回来时，我把钥匙放进口袋。

"瞧他们的下流文章。"她指着头版说。

"翻到第三版，"巴利咧嘴笑着说，"那儿有漂亮女人照片。"

一个星期后，我才有空到巴利家去。我在静悄悄的屋里待了几分钟，然后上楼，站在窗前。前面那所大学运动场上没有人。

但是巴利家和运动场之间的那块绿地，有一个人赶着一匹马在耕地。有趣的是，那耕地的人在前面走，后面跟着一群白色海鸟，那是海鸥，它们在新耕过的地上徘徊，啄着土里翻出的虫子。

我关上窗户，下楼来到外面，走到那个耕地人跟前。

"你很辛苦啊。"我说。

他点点头说:"是的。巴利先生真是个好人,花这么多钱来让太太高兴。"

"什么?"

"巴利先生说,他太太是农民出身,她在老家时有自己的菜园。他们准备度假回来后,让她在这块地上种植。"

他干完活,走到田边一棵树下拴好马,向我挥挥手走了。

我转身想再看看那些海鸟,正好看见它们朝海的方向飞去。对它们啄食的东西,我觉得好奇,所以信步走向犁过的地面,但是被翻出来的虫不是被吃掉,就是又钻回潮湿的土壤里了。

新翻的土壤在脚底下很松软,我在犁过的土地上走来走去,觉得很舒服。这时,我的脚大概踩到了一块石头,差点使我失去平衡。我把它挖了出来。

它不是石头,是一个人体头骨。

我在那犁过的地上继续搜寻,又找到了两个头骨,我的疑虑被证实了。可是当我发现第四个的时候,我的思绪乱了,不知道该怎么办。

显然应该向警方报告,可是,万一凶手是巴利呢?

突然,我明白了他和他太太之间的关系,她知道他做了什么事,借保守秘密来控制他。

我进退维谷。向警方报案,提出证据,是我的责任,可是我如何和派蒂合作,把我在世界上仅有的好友送入监狱?我决定等候一阵,至少和巴利谈谈再说。

巴利夫妇回来后,我给巴利打电话,约他在不来顿我们常去的酒吧见面。

"什么事,老朋友?"他说,"我知道你这个老实人有话说。"他搓搓手,"而且一定是吓人的事。"

我把我的发现和疑虑告诉了他。

他很冷静。"那么,那块地就是她埋尸体的地方。"他说,"我从不知道她把她们怎么处理了,那天我喝醉了。现在我明白了,今天她看见那块地被犁过以后第一句话就说,她要独自耕种。"

我好不容易才相信他。"你的意思是说,派蒂她……"

"是的。当着她的面我也常拿望远镜看那些女孩,并且把我喜欢的女孩子告诉她,"他耸耸肩,"我想,从某方面来说,是我害了她们。但的确是派蒂杀的。她请她们来喝茶,在茶里下了毒。"

"有三个女学生失踪,"我说,"可我找到了四个头骨。"

巴利眼神暗淡下来,他说:"那是从伦敦来的一个好女孩,临时住在我家,准备找工作。用我太太的话说，她和我关系太好了。"

有几分钟，我们什么都没有说。

最后，我平静地说："巴利，你和我一样，过去都当过警察，你却把命案的证据压在这儿，为什么不报警？"

"很复杂。"他说，"和她的钱有关。她把钱全存在她自己的户头，如果表现好，十年后就能释放出狱，她的存款也就冻结到那个时候。"

我想等一段时间再去报案，先去找久无音信的前妻莱丽，和她谈谈这件事，同时谈谈我们自己，以及我该怎么办。我知道莱丽会给我指出一条正确的道儿。

我来到伦敦，到处寻找那位离我而去的女人。我在南康辛顿一个女房东那儿打听到莱丽的消息。听到那消息后，我真是宁可不来找她的好。

她告诉我说："我说不好她现在在哪里，不过，我可以告诉你，她离开这儿之后，去不来顿找一位退休的警察帮忙，说那个警察是她前夫的朋友，说她到那儿可以得到照顾。"

现在，我乘火车回不来顿。我有一种感觉，惩罚派蒂这个心狠手辣的女人，必须由我来亲自执行。

不过，无论我做什么，我的余生会不断地问自己一个没有答案的问题：那四颗头骨中，哪一个是莱丽的？

249

印第安人的咒语

　　那年春天，丽莎和我正在寻找一个廉价的农场，我刚刚过完四年野战生活退伍，一心想回到农场养乳牛。

　　岳父卖掉了他在察克郡的农场，赠送我一群豪司坦乳牛，然后到南部去安度晚年。新农场主人同意代养我们的乳牛，一直到我们有了自己的农场。

　　最初我不明白为什么这个农场会废弃不用。多好的农场啊，巨大的红色谷仓是用坚硬的橡木建造的，饲料场和地窖储存着足够使牛过冬的草料，连牛栏里都装有最新式的喷水装置，供牛饮用。

　　风车的叶片破损了，房地产经纪人向我保证说："镇上的盖伊会为你修好风车，还有很多水，可供五十头牛饮用。"

　　我们签了合同，办了银行抵押手续，然后将我们的床、餐桌和几把椅子搬进去，那几样家具因为我不常在家，太太又住在娘家，都储放着没用。

　　盖伊到农场来修理风车，他和助手两人花了一星期的时间才把新叶片装上，但当旧的唧筒转动时，它只吐出几滴泥水，我开始明白为什么前任农场主会放弃两百亩土地了。

　　"你必须重新挖一口井。"盖伊清洗漏斗之后说，"我会把德卡找来为你探水。"

　　"探水？探什么水？"我问，心想那费用是否昂贵。

　　"就是寻找地下水的方法，德卡在这方面是行家。"

　　我如堕五里雾中，茫然了。没有足够的水，我的养牛计划无法实现。

　　星期六上午，盖伊用小货车把德卡带来。德卡身子僵硬地爬下车，他是我见过的印第安人中双腿弯得最厉害的。

　　"十块钱！"他说着，向我伸出爪子般的手。

"可是他什么都没做。"我向盖伊抗议说。

"他会做的,把钱给他。"盖伊说。

我从钱包掏出一张十元钞票。我的钱已经越来越少了。

德卡把钞票塞进褪色的红色衬衫口袋,走到一棵柳树下,砍下一根带杈的树枝,然后拉下插着火鸡毛的帽子,握住柳枝尖头的一端,让比较粗的那端朝前。

"现在,他已准备好要为你探水了。"盖伊说,"留心柳枝末端。"

印第安人向谷仓走去,穿着鹿皮鞋的脚大步越过草地。他行动的样子,就像听见远方的鼓声循声而去一样。

在去谷仓的途中,他又转身向松树林走。

他突然停住脚步,用穿鹿皮鞋的脚跟挖土。我和盖伊赶过去,我看见树枝的末端在他手里上下挥动,好像一只看不见的手从很深的地底下伸上来,正在拉扯它,想从印第安人手中拉下来一样。

"挖这儿,"印第安人说,他的脸皱得和乌龟的脖子一样,"这儿有很多甜水。"

"好,德卡,"盖伊说,"走吧,我送你回你的木屋。"

"等一等,"我说,"你怎么能肯定这下面有水?"

印第安人转向我,我还以为他要用柳枝打我。

"棍子四十步下面有水,"他指一指说,"十元。"

"嘿,"我说,"我已经给了你十元,我可不是那种富有的花花公子。"

"再给他十元,"盖伊说,"如果下面有水的话,那是值得的。"

我又拿出一张十元,心里的感觉就像被欺骗了似的。

德卡在另外一个衬衫口袋塞下钱,拉下帽檐盖住皱纹密布的额头,爬上盖伊的小货车。

"下星期一我带工具来,咱们打井。"盖伊说。

五天后,我知道印第安人是对的。盖伊在九十英尺下钻到水源,那儿正是德卡预测的四十步。

"你的井一分钟可以出二十加仑的水。"当盖伊的助手把最后一根管子放进谷仓时,盖伊自夸地说,"这是多年来我钻到的最好的水源。"

第二天,我从察克郡运来三十头豪司坦乳牛。还不到周末,我已挤了五桶牛奶。我的帮工亚瑟帮我把牛奶运到达利镇的制奶工厂。

"给那印第安人二十元钱是我们最好的投资。"当我向太太亮出第一张支票时,我对她说。那天下午,我正在打扫牛栏,往牛栏里铺放新鲜草的时候,一个穿着红色衬衫、戴着破帽子的人出现在门口。那是德卡。

"你弄到水啦？"他问。

"是的，谢谢你的探水。"我友善而亲切地说，"哪天有空，你得教教我如何探水。"

"哦，"他说，"水租十元。"

"探水时候，我已经给你二十元了。"我说，心里明白，这可不是友善的拜访。

"水是我的。"他说，眼睛看着乳牛，不看我。

"等一等，"我说，"这是我的农场，水和土地是一起的。"

他摇摇头，好像这种争论已经有过多次，经验颇为丰富一样。

"哦，白人偷走土地，红人拥有水，你得给我十元！"

"去你的，滚开！"我说，对他的敲诈我真火透了。

我看见他的手伸向褪色牛仔裤的臀部口袋，我以为他会拿出一把刀来对付我，没想到他拽出一条大方巾，像吹号一般响亮地擤着鼻子。他正在哭！

"你会后悔的。"他说着转身向拴在篱笆上的那匹瘦马走过去。他慢慢地爬上赤裸的马背，沉重而缓慢地沿小路走远，两条腿像玉米穗一样摆动着。

几分钟后，亚瑟在按汽车喇叭。亚瑟平时总是停在小山下收集牛奶桶。我向山下走去，不知道他在动什么脑筋。

"你想不想再增加二十头纯种乳牛？"

"也许吧。"我说，"有人要卖？"

"哈德威，你隔壁邻居。"亚瑟抽出一支香烟，把火递给我，"他把农场卖给了一个退伍军官，但他不想要牛。"

"谢谢你的消息，"我说，"下午我就开车过去。"

哈德威的农场在松林那边，半里路之遥，四周没什么景物，只有一个红色谷仓、车棚和白色农舍，但是占地很大。篱笆墙里停放着一辆昂贵的汽车。

哈德威上校从谷仓里走出来，他穿着新牛仔裤，看起来有点儿像个退休的农夫。

他说他想出售豪司坦牛，十五头乳牛，十头小母牛，十月里就要生产。

我扩大了我的牛群。新鲜嫩草多的是，产乳的牛很快补充了牛奶产量，亚瑟每天运送到联合工厂。小母牛也长得肥嘟嘟的，肚子里怀着未出生的小牛。

5月1日，我们收到最大一笔牛奶钱。

"我们可以在厨房装一个唧筒，"太太说，"我讨厌像拓荒时代的女人那样从井里提水进来。"

"我要盖一个浴室，我们可以过得舒服一点。"我抱起她快乐地打转。

那天下午，一匹小马沉重而缓慢地沿小路走过来，德卡在篱笆上拴住马。

"水的租金，三十元。"他伸出像爪子一样的手。

"回你的老马那儿去吧，"我站在门中央说，"我可不被任何印第安人敲诈。"

"最好给他。"太太从厨房里出来，边在围裙上擦手边说，"我不想和印第安人有摩擦。"

"三十元。"德卡说着，看着我太太。

"滚蛋，"我命令，"你再来这儿的话，我会枪毙你。"

"嗯，德卡会诅咒水。"他说着，转身爬上他的小马，沉重而缓慢地沿松林那边的小路走过去。

"我总觉得你该把钱给他，"太太说，"我不想惹麻烦。"

第二天夜里大约2点钟的时候，我醒过来，听见小路上有马蹄声，从卧室窗户我看不见雾中的任何东西。第二天早上，当我把挤奶器套上牛的乳房时，乳牛似乎都很不安。星期六上午我出去时，听见唧筒在转动，但是牛群却叫得此起彼伏。饮水槽上没有一滴水，我检查了一下滤网，上面被沙土堵住了。我清洗干净之后，水龙头里也只流出细细的泥水。

我立刻给盖伊打电话。

当天下午他就开着小货车过来了，检查过滤器和通水的入口管。最后，他像一位医生告诉病人最坏消息似的说："水平线在往下降落，我必须钻得更深一点。"

"那会管用吗？"

他耸耸肩膀说："我不知道，只是赌一赌运气。"

我告诉他德卡来访和他威胁的事。

"他对每一个新农场主都这样，我希望你付钱给他。"

"我为什么应该给他？"我说，"井是你钻的，水管也是你装的。"

"办印第安事务的律师说，原先向他们购买土地时就有协议，他们保留采矿权。"

"那并不包括水权。"我说，"你什么时候开始钻？"

"明天。"

"钻井期间，我上哪儿弄水喂牛？"

"你的邻居哈德威上校那边有个蓄水池。"盖伊爬回他的小卡车，"他会同意让你用一星期。"

自从我上次拜访哈德威上校的农场之后，他们又在谷仓附近的空地盖了一座活动房屋，供牵引机用。一辆挖土机正在远处的山坡挖第二座蓄水池。

我在旧起居室里找到上校，他正坐在写字台前研究一张郡的分区地图。

"你好。"上校把眼镜往鼻梁上一推，越过眼镜看着我，"我正想开车去看你。"

"上校，我有个困难，"我觉得抱歉，好像自己向高级军官请求升级一样，"我的井干涸了，我想你的池塘是不是可以让我用几天，一直到我的新井水出来。"

"这儿附近的农民说，你打败仗了。"他粗短肥胖的手指沿我们农场的分界线一划，"这块土地是片大草原，适合滑雪和种植圣诞树。"

"我可不这么认为，上校。"我嘴上说着，心里却生出怀疑，声音也不免颤抖起来，"盖伊正在往下钻。"

"你钻得越深，债背得越多。"他说，"为什么不把土地让给我？你们搬回察克郡，在那儿还有奋斗机会。"

"不，谢谢。"我说，"你让我的牛在这儿饮几天水，我会付你钱。"

"邻居不收钱。"他说着转身去研究他的地图，"不过，你还是考虑考虑我的建议。"

在那些炽热的早晨和黄昏赶牛群到池塘真是烦死人。

这几天里我八头最好的乳牛不产奶了。

盖伊往下钻了四十英尺深，钻到了水脉，为我安装了一个新的喷射式唧筒。第五天早上，牛栏的饮水槽里盛满清澈的水。我的养牛事业又恢复正常。

丰富嫩绿的草使牛群满足地过了六月，但是没有雨水，七月的太阳晒干地上的草，我必须从工厂买回草喂牛。

8月初我领回一小笔牛奶的支票，和我一起回来的还有骑着瘦马的德卡。

他站在门口伸出一只手说："水租，六十元。"他的嗓音就像一只乌鸦在树上叫一样。

我摇摇头，觉得这人真是滑稽。"别惹我，"我说，"我告诉过你，没有水租。"

"哦，那我要在水里给你双层诅咒。"他转过身爬上老马，慢慢消失在小路尽头。

"你应该付给他钱。"太太从洗碗盘的水槽边转身对我说。

"你怎么了？"我问，"你的脸色红得像印第安人，你不舒服吗？"

"我一直在费力刷洗。"她的声音听起来很疲乏，"我只是不想和印第安人惹麻烦。"

那天晚上，她发起高烧，凌晨两点，她的呻吟声吵醒了我，她喃喃地说："那印第安人正在烧房子，他正在放火烧谷仓。"

"胡扯。"我说着，同时摇晃她的肩膀，想让她清醒。

她的睡衣被汗浸湿了，我把毛巾浸在冷水里，敷她的额头，又给大夫打电话，请他第二天一早过来。

　　"你太太得了伤寒。"他将体温计高高地举在窗前看着。

　　"为什么？现在没人得这种病了。"我很快地在厨房的一把椅子上坐下。

　　"你的井水化验过没有？"他说。

　　"那不可能是井水的问题。"我说，同时想到了德卡和他的诅咒。

　　"我已经给她注射了一针青霉素。"年轻医师说，"以后的水都要煮开了再喝。我去看看哈德威太太能不能过来帮忙。"

　　太太的病情不见好转，祸不单行，亚瑟将所有牛奶都从工厂运回来了。

　　"抱歉给你送回来。"他不好意思地说，"你的牛感染了'平氏病'，你最好赶紧找兽医检查。"

　　我给兽医打电话，那天黄昏他过来了。

　　"我在没有获得化验报告前，不能肯定那是乳房炎。"他从我得过奖的豪司坦牛的红肿乳头里挤出脓来，"不过，看来你的麻烦大了。"

　　"我真受够了，"我说，"太太得伤寒，半数乳牛生病。"

　　他看看我，然后慢慢地在他的羊毛衬衫袖上擦擦温度计，"你知道，我并不迷信，不过，假如我处在你这种情况下，我会和德卡和解。"

　　"你认为他真能诅咒吗？"

　　"谁知道？"他用力合上黑色提包，"你没有买下这地方之前，这儿的农场主就是这样。他也不肯付钱，结果破产了，太太也死了。"

　　开车送哈德威太太回小镇回来后，我发现太太坐在一把摇椅上。

　　"你起来做什么？"我说，"你应该躺在床上。"

　　太太发着抖说："你和哈德威太太走后，德卡来看我。"

　　"他来干什么？要钱？"

　　"不，他只是走进来，把手搁在我的头上说：'可怜的妇人！'"

　　"他就说了那么一句话？"

　　"是的，然后他从身上掏出一只瓶子，倒了一勺药水，点点头要我吞下去。"

　　"你真是疯了。"

　　"别骂我。"她说完就放声大哭。

　　我坐在摇椅的扶手上抱住她，轻轻地吻她，她的脸冷冷的，热度退了。

　　"你做对了，"我说，"只要能好起来，什么都好。"

　　第二天上午，她又发烧了，躺在床上不停地呻吟。

大夫来时，我告诉他德卡让她吃药的事。

"可能是蛇根草，"他说着闻闻瓶子，"它可以退一会儿热，十二小时后热度加高，情况更坏。不要让她再服用了。"

那天下午，兽医带着化验报告出现了，"是乳房炎，可能是水质关系。你必须关闭目前饮用的井，再钻深一点。"

我说："又要付钱给盖伊。"

"没有办法，"他说，"这是你解决麻烦的唯一办法。"

我给盖伊打电话。

"再往下钻没什么好处，"他说，"如果我是你，我宁可付钱给那个印第安人。"

"他住在哪儿？"

"顺着小路过去，你会看见松林里有幢木屋。"

我回到家时，发现太太坐在窗边的摇椅里，一手拿着一只小瓶子，一手握着汤匙，眼睛正望着松树林。我碰了碰她，她居然尖叫起来。

"丽莎，"我说，"你不要再吃那东西了，大夫说那好比毒药。"

"德卡说我得服用，我就全吃了。"她把瓶子倒过来，只有几小滴黑色的汁流出来。

"答应我一件事。"她将脸挪开，望着松林中的旧墓园。

"说吧，"我跪下来，双手环抱着她瘦弱的身躯，"只要你能恢复健康。"

"把我们欠德卡的钱还掉。"她低声说。

"我答应就是了。"我说。嘴里虽如此说，但真希望掐住德卡那皱巴巴的脖子，看着他的眼珠像鸟蛋一样从皱纹密布的脸上暴出来。

丽莎似乎没听见我的话，静静地坐着，摇着头说："答应我，付水租吧。"

午饭后，当哈德威太太来帮忙时，我从厨房架子的盒子里取出七十元，开车向松林出发。

来到松林，我停下车，走上一条铺满树皮的小路。在一个狭长突出的岩石后，我看见了那幢屋子。一道蓝烟从烟囱向上袅袅升起。

德卡盘腿坐在木屋门前，抽着一把土制的烟斗，那烟味不像是香烟，倒像摩根（一种含有麻醉剂的仙人掌）。"太太好些没有？"他问着，同时在石头上敲掉烟灰。

"你赢了，"我觉得被征服了似的，同时递给他七十元，"这是水租，解除你的咒语吧！"

他咧嘴笑着，伸手接过钱，说："白人弄到坏水，害妇人生病。"

"可是我需要水，需要很多水养牛。"我发现自己居然在学他的语气说话，我想使他明白，我遇到了多么严重的问题。

他把钱塞进衬衫口袋，说："很快就有许多甜水。"他说话时，帽子上的火鸡毛微微颤动着，那样子就像巫医在挥动一根枯干的蛇根草。

我开车去找盖伊，他正在修一根水管。

"哦，我付了那印第安人七十元水租。"我觉得心中烦闷，必须找人说说。

"你倒是想通了，"盖伊边干活边说，"他说什么？"

"只说很快就会有许多甜水。"

"你会有的，"盖伊说，"要不要我先借一百元给你，你下回拿到支票再还我？"

"那太好了。"我说，"不过，我怎么知道我能不能熬过去？水源也许还会被关掉。"

他摇摇头说："德卡言出必行，比我认识的白人更守信用。"

"可是，他是怎么做的呢？好像他可以在他的木屋后面控制水脉似的。"我迷惘不解。

"我们都不得其解。"他说，"我只知道他可以在地下水里布下印第安人的咒语。"

回到家时，丽莎坐在摇椅里，面带微笑。我亲吻着她的面颊。

"你已经照我求你的做了，"她说，"一小时前，我觉得全身畅快。"

我看出她的高烧已退，她从毛线篮里取出婴儿的小外套，"现在，我可以继续完成未了的工作。"

突然间，我也觉得忧愁全都过去了。我走到外面谷仓去清洗滤水器。还没洗完，水管里就有汩汩的声响，水涌出来，就像开启了水龙头，而且还散发出一股硫磺气味，但水清澈得有如山泉。

不到十天，牛群的乳房炎痊愈，我的养牛业恢复正常。到了九月底，我已有能力偿还盖伊的贷款。

从此，印第安人没有再来要水租。

第二年三月，联邦测量队人员进松林，发现德卡像一具木乃伊僵硬地躺在木屋里的小床上。地上放着好多空瓶子，还有他的火鸡羽毛帽子以及探水用的木棍。

有时，在夜里，我仍能听见他的老马嗒嗒地沿着通往谷仓的小路走。第二天早上，牛群似乎就很不安，好像夜里有什么东西在巡视它们的饮水装置，确定它们是否有足够的水。

在那些早晨里，饮水槽里都有一股硫磺味。

白痴的证词

海伦在床边坐着，听着雨打在窗户上的"啪啪"的声音，正要伸手关床边的台灯时，突然听见车库的门被风吹开，门随着风一开一合，"砰砰"地响着……

她叹了口气，车库门再这样继续下去的话，她简直就没法睡了。她站起来披上件睡袍，薄薄的睡衣在她身上绷得紧紧的。

她三十多岁，身材匀称，是个俊俏的女人。

她离开卧室，穿过厨房，让门虚掩着。但走到门廊时，她看到外面的倾盆大雨犹豫起来。

要是丈夫在家该多好，这种事就轮不到她来做了！

她鼓起勇气，跑上通向车库的狭窄过道。冰冷的雨点打在她薄薄的衣裳上，她摸索着开关要开灯，全身冻得发抖。

她转身想找一种支撑的东西，她想尖声大叫，但还没有叫出来，人就倒在了地上……

在小镇担任警长职务近三十年的史蒂夫，从没遇见过这么重大的凶杀案。

他站在车库的工作台边，考虑办案方针。他没有办这类案子的经验，只有在警察学校上课时听来的一些知识，而那些又都是早年学的，也许他应该把这案子交出去。他知道，他可以从城里警察局凶杀组借调人员，然后再决定尽可能利用他警所的七个人手，万一他们的调查失败再行动。

他靠在工作台上，借着两扇天窗泻下来的光线，打量着一根两英尺长、沾满血迹的铁管。管子的一端被粗糙地切掉了，另一端沾有血迹，史蒂夫警长转向站在工作台末端的一位警官，那人正仔细地用刷子、药粉和喷雾器在工作。

"韦恩，你干完活把这个铁管送到城里的化验室，请他们化验上面的血型。"

韦恩点点头，警长转身走向门外。

被害人是一位名叫海伦的家庭主妇，她丈夫本杰明远在南方一百里外的G市，他们曾给G市警察局打电话，请他们寻找本杰明先生，通知他家中遭到不幸。一位摄影人员过来，拍了些照片就走了。医生已经随救护车把死者送到医院的停尸房。

史蒂夫警长冲一个正从对面房屋台阶走下来的年轻警察招招手。那人手里拿着一本记事簿。他不用警长询问就直接报告说："警长，这半条街两旁的人家我全问了，到目前为止，没有可疑的人。"

警长皱皱眉说："我猜到会是这样，但是还要继续查。迪克，查问一下住在后面的人家，然后再报告。我在办公室里。"

身后有点儿响声，两人一起回头看，车库隔壁有一对男女走出来，女的手里牵着一条狗。

迪克和史蒂夫警长走过去同那对夫妇打招呼，那男人用低沉的嗓音说："我叫艾德加，这是我妻子。我们看见了你们的警车和救护车。发生了什么事？"

史蒂夫警长自我介绍后，又朝迪克点点头说："他是迪克。本杰明太太死了，昨晚你们有没有注意到什么反常的事情？"

艾德加吹了声口哨，说："她死啦？那太可怕了，这可是个真正的损失。她为这儿添了风景，你知道我的意思吗？她简直是秀色可餐。"

"她是被谋杀的。"史蒂夫警长说，"你们和她熟悉吗？"

艾德加吃惊地重复警长的话说："被谋杀！"

艾德加太太不高兴地说："我们根本不熟悉。她和我们不是一路人。她丈夫经常在外旅行，而她，几乎不穿衣服地到处跑，对附近的每个男人投怀送抱，这种事没有早些发生，我还奇怪呢。"

"'每个男人'？艾德加太太，你知道这些人的名字吗？"

"说实在话，史蒂夫警长，我没亲眼看见她和哪个男人在一起。不过我知道，有她在这儿，就没有一个女人的丈夫是清白的。我们也没听见特别的声音。"

艾德加说："还有别的事儿吗？假如没有的话，我们要去遛狗了，比利每天都要沿固定的路线散步。"

看见警长没表示什么，他们转身离开。临走时艾德加说："也许我太太对她的看法是对的，警长，我个人是没有亲身经历，不过，她丈夫经常骂她，也许他也知道。"

史蒂夫警长看着这对身材不相称的夫妇的背影，男人个子矮小，但长相英俊，从头到脚处处可以看出他的刻意修饰。

他的妻子比他高出几英寸，脸上皱纹很多，头发没有光泽，穿得很邋遢。

警长回到警所，值班员通知他，G城的警察已经找到被害人的丈夫本杰明，并通知了他太太不幸的消息，本杰明正在回家途中。

史蒂夫警长希望自己当时在G城，亲眼观察本杰明的反应。

他在办公室翻阅一些文件，因为小镇人手不足，文件都要警长亲自处理。迪克进来了。

"周围邻居没看见什么，也没听见什么，对她的评价也都说得过去，说她总爱穿很短的短裤，但只是在自己的院子里晃荡。也许只有艾德加夫妇看见了什么。警长，我还带了两个人来，一个叫休伯特的男孩和他母亲。他们的邻居告诉了我有关他的事。他不很聪明，成天逗留在本杰明家的车库。他家住在另一条街，所以我把他找来，他母亲坚持要跟着来。要不要我带他们进来？"

史蒂夫警长点点头。

迪克领进来一对母子。那女人瘦小枯干，面带菜色，可那个年轻人却又高又胖，比他们俩都高。他那肥胖的脸上，长着一对小眼睛，左顾右盼，不安地眨动着。

年轻人对警长咧嘴傻笑，说了句"你好"。他手里拿着一顶帽子，老掉到地上。

警长端详着他。这个高大的年轻人发出的声音却是孩子的声音，嗓音很细，充满友善和信赖。迪克的声音出奇地温和平静："休伯特有点儿怕我们伤害他，但是我告诉他不会有那种事。"

"当然不会，请坐下。"警长对年轻人微笑着说，"我保证没人会伤害你，我只需要问你几个问题。太太，请让休伯特自己回答。"

警长坐在写字台前，脸上挂着微笑，心里却在暗忖怎么才能让这个头脑不健全的人说出警察想要的线索。

"休伯特，你认识本杰明太太吗？"

休伯特脸上显出幼稚的微笑，否定地摇摇头。

"你当然认识，休伯特，她家离你家只隔一条街，你常常去她那儿。"

"那是海伦，她让我叫她海伦，我喜欢她，她让我在她车库里做东西，有时候我们一起喝巧克力茶。"

"休伯特，晚上去过她的车库吗？也许昨晚你去啦？"

"有时候去过，我不记得了。"他伸手取过迪克为他捡起来放在桌上的帽子。

史蒂夫警长往桌前靠了靠。

"休伯特，"他问，"你怎么把手弄破了？什么时候弄破的？"

休伯特看看自己的手，因为要集中精神思考，他抹去笑容，绷起脸。"我不知道，"他说，"也许是我爬公园的树时弄伤的。"

"休伯特，听着，"警长温和而坚定地说，"仔细听我说，海伦昨晚受到伤害，你喜欢她，但你没有伤害她吧？"

休伯特的两只小眼睛转动着，巨大的手玩弄着帽子，不说话。

警长又问了一遍："哦，休伯特，是不是你昨晚伤害了海伦？"

休伯特用成人的嗓音回答道："我没伤害任何人。我不喜欢这儿。"他提高嗓音，"我要回家。"

"等一会儿，休伯特。"警长说，"现在你和迪克在外面等一会儿，我要和你母亲谈一会儿话。"

年轻人听话地随迪克出去。

警长转向休伯特的母亲说："请你告诉我有关你儿子的事，我知道他智力不健全，但是严重到什么程度？顺便请教一下，他多大年纪？"

"休伯特19岁，警长，但是智力只有五六岁孩子的水平。"她疲乏地说，"我丈夫已经去世，也许我该把他安置在福利院里，但我不忍心。他很善良，没什么坏心眼。他进过几家专门收残疾孩子的学校，他们也说他性格和善。迪克告诉过我街上发生的事，警长，说实话，我儿子不可能做出那种事。"

她流下了眼泪，史蒂夫警长默默等着她放下手帕。

"休伯特昨晚出门了吗？"

她叹了口气，泪水重新滚落下来，她说："我阻止不了他，昨晚他很晚冒着大雨还出去，我不知道他去哪儿了。"

史蒂夫警长站起来说："我知道你相信自己的儿子，但关于他的情况，我一无所知。我必须把他留在这儿一段时间，找一位合适的医生和他谈谈，看他是否能说出点儿什么。我们会好好照顾他的，你随时可以见他，你同意吗？"

史蒂夫警长送走那位可怜的母亲，走回办公室，仔细琢磨休伯特：这个只有五六岁智力水平的人，会抓起铁管当作武器打人直到把人打死？

但史蒂夫警长不是没见过孩子突然地发脾气，突然地大怒。

这以后再和休伯特谈话，仍和先前一样不得要领。休伯特很有礼貌，但是史蒂夫警长从他那里问不出什么有关命案的话来。

有人找他。

"我是本杰明，史蒂夫警长，告诉我发生了什么事？怎么发生的？我简直不能相信！"

他神色紧张，毫不掩饰他的痛苦。他坐在史蒂夫办公室里的沙发上，发抖的手捧着脑袋，听警长叙述事情经过。

听完后，本杰明僵坐了很久，突然，他跳起来，两眼闪闪发光，脸涨得通红。他高声叫道："是那个傻孩子干的！我刚刚看见他在外面！是他干的！我告诉过海伦不只一千次，不要招那孩子到我们家附近，你早该把他抓起来！"

他指指半敞开的门。史蒂夫警长注意到本杰明手上有伤。

"怎么弄伤的？"史蒂夫警长问。

本杰明把自己的手翻过来看了看。

"没什么，"他说，现在他平静多了，"鞋上粘了口香糖，我往下刮的时候碰伤的。海伦现在在哪儿？我必须做什么？"

"本杰明先生，你不'必须'做什么，回去照料你自己的事情吧。"史蒂夫警长继续说，"我们已经把你夫人送到医院了，你去那儿看看，安排一下后事。我还有许多问题要问你，不过，可以等等再说。"

他看着那深受打击的人缓缓站起来，痛苦地走过办公室。他又叫住他说："有件事，本杰明先生，你同意不同意留下你的指纹？我们想尽量排除嫌疑。"

他把本杰明领到韦恩那儿，让韦恩留下他的指纹后送他回家。

史蒂夫警长重新坐回写字台前，满脑子都是本杰明这个人。

不错，这人脸上明明白白地写明了震惊与痛苦，但这也许是他装出来的。他脾气来得快，去得也快，也许他外面有个情人，想把太太除掉。

那天稍晚时候，G市的警察局凶杀组组长打电话过来说，医院证实了死因，断定死亡时间在晚上十一二点之间。

"抱歉拖这么久才给你打电话，史蒂夫，我们找到了汽车旅馆的夜间经理和服务员。本杰明听到噩耗，的确痛不欲生。不过他有一个很难解脱的疑点，从G市到你那儿不算太远，服务员和经理都说，他9点出去，午夜2点才回来。

"也许他也有动机，旅馆的人讲，本杰明在G市经常有女人打电话找他，她也来找过本杰明。夜班经理说，他记得她的声音，假如看见她的话，他会认得，就是这些。"

史蒂夫警长来到韦恩办公室，问："指纹的事儿怎么样啦？"

"再等一小时，今晚就能弄出个头绪来。"

韦恩的工作有了进展，快10点钟时，他出现在警长办公室。

"警长，汽车、门框上有本杰明太太的指纹。本杰明的则到处都是。还有休伯特的指纹。还有另一个人的。我要把标本寄到华盛顿去，看看有没有可能和他们的档案符合的。不过，很遗憾，铁管上没有留下清晰的指纹。"

韦恩走后,警长对着韦恩留下的报告皱着眉,那些认不出的指纹是谁的呢?

他想到本杰明家,和本杰明谈谈。

本杰明家里灯光通明,本杰明把汽车停在院子里。史蒂夫警长明白本杰明不愿把车开进车库的心理,便把自己的车驶过车道,停在隔壁房前。

他下车时,正好有个男人牵着一条狗刚下台阶。那人站在台阶上犹豫了一会儿。

"史蒂夫警长,"那人认出了警长,"又回来了?找到眉目没有?有什么可效劳的?我正要带比利出来溜达溜达。"

"晚安,艾德加先生。"警长蹲下来摸摸狗耳朵,"没什么事,谢谢。你请便。本杰明先生在家,我想找他谈一会儿。"

"好吧。"艾德加转身离开,因为小狗正扯着皮带,"我得走了,比利不喜欢散步时被打扰。不过,发现什么新情况,请让我知道。晚安。"

史蒂夫警长看着他牵着狗离去。突然,他僵住了,因为小狗正努力地要冲向本杰明家的车道,艾德加使劲拉扯皮带。

"艾德加先生!"史蒂夫警长喊了一声,那人停住脚步,警长朝他走过去,"你的小狗似乎很想转进这条车道,那是它散步的路线吗?"

"也许那儿有什么东西吸引它。"艾德加的嗓音听起来很刺耳,"也许它嗅到昨夜出事的气味。"

"也许吧。"史蒂夫警长说着,从他手里接过狗皮带,又说:"我们试试。"

他跟在小狗后面随意往前走,它居然毫不犹豫地跑到车库里。史蒂夫警长推开门,比利领着他绕过汽车,来到离本杰明房屋最近的那道墙,后腿站立起来,前爪伸向工作台。

史蒂夫警长把狗抱到工作台上,它立刻满意地蜷成一团躺在那儿。警长抬眼看看窗外,从他站立的地方正好可以看见对面的卧室。

史蒂夫来到自己车前,打开车门,拿起麦克风,叫夜间值班人员赶快找到韦恩,让他去警所。

他抱起小狗,转头向它的主人喊道:"艾德加,上车。"

那人迈着僵直机械的步子向汽车走去,问:"警长,你说什么呀?"

"你知道我在说什么。上车等着,我先送你的狗回家。如果你溜走的话,我就视你为逃犯逮捕你!"

那男人老老实实坐在车里,警长抱着狗走到街上,对一个停在他汽车旁边的人说:"迪克,把狗还给艾德加太太,告诉她,我带她丈夫到所里问话。她只要知道这点就行了。"

"艾德加涉嫌杀人？"迪克急忙问。

"他只是涉嫌，不过，我相信他是咱们要找的人。"

到了警所，夜间值班人员对他说："警长，韦恩来了。"

"我一会儿会叫他。"史蒂夫警长领着那个嫌疑犯去自己办公室的路上，遇见了休伯特的母亲，警长对她说了句"OK"。

在办公室里，史蒂夫指着一把椅子说："坐那儿，艾德加。"他不客气地问，"告诉我，你和本杰明太太是什么关系？"

艾德加两眼不安地转动着，不停地清嗓子。警长指指饮水器，艾德加踉跄着过去，一口气喝下一满杯。

他回到座位后说："我们之间没有关系。"他差不多是在尖叫，"我几乎不认识那女人，警长，我发誓！"

史蒂夫警长提高声音喊："韦恩！"那位警察差不多立刻就出现在门边，"核对一下饮水器那个玻璃杯上的指纹，要快！"

他对僵坐在椅子上的男人默默打量了五分钟后说："现在我告诉你我的想法！你每天晚上牵狗散步，只要本杰明出差不在家，你就牵着狗到本杰明家的车库，从窗户那儿窥视本杰明太太。你自己说过，她'秀色可餐'。但你和她确实没有关系，你只是通过偷看来满足你得不到手的欲望。本杰明太太听见你进去的声音，也许是你把工作台上的扳手碰到地上。总之，她来车库查看，惊异地发现你在偷看，于是你在惊恐中杀了她灭口！现在，你还想发誓吗？"

艾德加急得出了一脑门子汗，他刚要张口说话，韦恩探头进来说："警长，找到一个完全一样的指纹，我还要继续核对。"

史蒂夫警长点点头，问艾德加："在本杰明家车库发现有你的指纹，你想解释一下吗？"

艾德加低声说："警长，我承认我曾偷看过，我是无意中发现的，结果居然渐渐养成习惯，我也没有想改正过。但是，警长，我没杀她！我发誓，我碰都没有碰她！"

史蒂夫警长隔着桌子抓住那人的手，把手翻转过来。手掌和手腕都没有伤痕。

"艾德加！他们把你怎么啦？"艾德加太太趿拉着拖鞋闯进来嚷着。

"没什么，"他躲着她，"我没事儿，你不该来这儿。"

史蒂夫警长说："我们传讯你丈夫，你得在外面等着，艾德加太太。"

这厉害女人嗓门儿尖锐地喊道："我就在这儿，我要陪伴我丈夫。我不愿躲在外面，让他一个人受你的折磨！"她拉出一把椅子坐在丈夫面前，挑战似的望着史蒂夫警长。

史蒂夫犹豫着，不知该允许她留下，还是请她出去。门外有人影晃动，他站起来，走出去看看。

正在和休伯特母子谈话的本杰明走向他，说道："我不想一人在家里，就又来了。你知道，警长，我认为你找错了人了，我是指休伯特，我仔细想了想，他永远不会伤害海伦。"

史蒂夫警长看着他，这又是在表演吗？

他粗暴地对本杰明说："不要管休伯特，让我们谈谈你。昨天晚上你离开旅馆好几个小时，你去哪儿啦？你在那儿认识的那女人是谁？"

本杰明惊讶地两眼瞪得溜圆："警长，你胡说些什么呀？昨天晚上我去看我母亲和我妹妹，她们住在G市。为什么问我这个？"

本杰明的解释无论真假，很容易查清楚。倒是艾德加既有机会，又有动机，却没有证据。

"算了，本杰明先生，现在没有问题了，你回家去吧，有什么事我再和你联系。"

"谢谢，警长，不过，假如可以的话，我想送休伯特和他母亲回家。"

"我同意。"史蒂夫警长提高声音说。

他迈着沉重的步子回到办公桌前坐下来，面对着垂头丧气的艾德加和他那位火冒三丈的太太。

他说："艾德加太太，你可以暂时留下来。现在，艾德加，我们开始谈话。你杀害了本杰明太太，从头开始说。"

"我没有杀她，警长，我已经说过，我还要再说，我没有杀本杰明太太。"

"晚安，警长。"一个孩子的声音从对面传来，警长抬起头，看见本杰明和休伯特在门边。

休伯特走进来说："妈妈说我现在可以回家了，我想应该来跟你打声招呼。"他说着，对警长和艾德加夫妇孩子般地笑着，同时点点头。

"艾德加太太，你好。"他讨好地说，"我希望艾德加先生的感冒好些了。"

艾德加粗声粗气地说："我没有感冒，孩子。"

"昨晚艾德加太太说你感冒了。"休伯特脸上是一副善良的表情，"我只是想问问你是不是好些了。"

"警长，让这孩子走开，否则我要找律师。"艾德加太太说。

警长举起手说："先别着急，艾德加太太。"他转过头去问那小伙子，"好好想想，休伯特，艾德加太太什么时候告诉你她丈夫感冒了？"

当那孩子清晰地叙述时，艾德加一直用手蒙着脸。

休伯特说："昨天晚上，她从海伦的车库里出来，跟我说，艾德加先生感冒，下雨不能出来遛狗，她不得不牵狗散步。而且她的手也被什么东西碰伤了，我还以为她也是因为爬树弄伤了手呢。"

艾德加太太火气消失了，脸色苍白地招认，是她杀害了那个她丈夫每晚偷看的女人。

寻找真实的故事

"优美的文笔，引人入胜的情节，值得一读。"塞亚把抽屉里她编辑的评论扔到一边，然后"砰"地把抽屉关上。这些评论总是千篇一律：优美的，引人入胜的，可读的。其实她想听到的是，"粗糙的、有趣的、真实的，宛如身临其境"。

塞亚本来想努力不再写那些畅销的，却没什么内容的小说，她最渴望的是成为一名严肃作家。为了做到这一点，她知道她必须达到粗糙的、有趣的和真实的境界。而问题是她的生活总是那么高雅、优裕，远离犯罪现场。

塞亚写的都是自己的生活经验。比如说吧，一天她在创作《里德·莱姆罗克》一文时，她想起了自己经历过的一个生活情节：一个流浪汉突然从太平洋海岸高速公路旁边跳了出来，手里举着一个污秽肮脏的纸牌，上面写着"没饭吃"，几乎吓得她要死。她把这个体验写了进去，说那种恐惧就像一把锋利的匕首插进了胸膛一样。但是她的编辑把这一段删去了，因为它与小说其他部分格调不符。编辑这么说她也没办法。

胡说八道，塞亚一边嘟哝着一边朝拐角处的商店走过去，她要买瓶酒打发无聊和乏味的时光。

她排队等待付钱时，情不自禁地又想起了她的小说。她决定把小说的主角里德·莱姆罗克换成一个哈佛大学生：他不愿从事法律研究，而醉心于做一名大城市的警察，他高高的个头，肌肉发达，太阳穴上有块灰白色的条纹。她正想着给这个男人取个名字时，她注意到排在她后面的那个男人的腰带上挂着个侦探标志。

身边竟然就有个有血有肉的货真价实的侦探。可是当她向他扫去一眼时却不禁呆住了，对方让她太失望了。他身上那件便宜的外套皱皱巴巴的，挺着个大肚子，汗流满面。莱姆罗克可从不出汗，哈佛的人不至于臭汗淋漓。

"打扰你了。"她说。他注意到她在盯着自己。

"不要担心。"他的满面愁容顿时变成了一脸恭维的笑容,她意识到他把她的好奇当成了有什么案情要报告他,她将计就计继续说下去。

"你在哪个部门工作?"她问。

"刑事部门,处理重大刑事案件。"他嘴咧开笑着,没多说什么,也没让她走开。她抬起美丽的眼睛,与他的目光不期而遇。也许"美丽"这个字眼不太恰当,"极其迷人"倒是更贴切些。

"工作一定很有趣。"塞亚说。

"不是很有趣。"她知道他对自己的恭维一定很得意,她强迫自己露出笑容。

"我对你的工作很感兴趣,"她说,"我是写侦探小说的。"

"噢,是吗?"他显得很好奇。

"我估计你总是对那些事先安排好情节的作家来找你帮忙一定很讨厌吧。"

"我从来没碰上一个作家,"他说,"除非那些拍马屁的记者也算作家。"

她笑了,把头脑中的那个哈佛大学生丢在脑后,注意力集中到这个太阳穴上有白条纹的男人身上,这个侦探头顶几乎没有头发。

塞亚付了那瓶夏墩埃酒的钱款后,侦探把他那个六瓶装的纸匣放在柜台上,挥手示意再见。可是塞亚刚刚决定从哪个出口出去时,他又开口了:"你以前随同采访过吗?你知道,就是和警察一起行动,你在旁边观察。"

"从来没有,"她说,"这对我肯定很有帮助,怎样才能安排一次随同采访呢?"

"我只知道这么多。"他为难地告诉她,他是个阅历丰富的人。

塞亚美丽的眼睛没抬起来看他,"我想普通人对你的工作是很好奇的,那就是他们读我的侦探小说的原因,那也是我写它们的原因。我很想找个机会与你坐下来好好谈谈,谈谈你的阅历和经验。"

"噢,是吗?"他的反应是缩了缩大肚皮,"我刚刚在附近勘查完一个犯罪现场,现在就要回家,也许你不介意和我回去喝点东西。"

"不介意?"塞亚抓起酒瓶的脖子,犹豫了一会儿说,"听我说,如果你带我到犯罪现场转转的话,然后我们可以到我家里去,喝点酒,详细谈谈。"

波斯蒂奇是他的名字,他付完啤酒钱后带她出门钻进他的汽车。

犯罪现场保存得很好,一个老太太在她卧室里被捅了一刀。波斯蒂奇带着塞亚穿过一些还在调查取证的执法人员径直来到卧室里。他解释了如何由墙上的血迹形状推断出凶手向被害人捅了一刀,而且很有可能是捅在大动脉上,死者的尸体是在地毯上发现的。

死者家属赶来了,他们是来检查一下屋里的东西丢了没有,但是他们只是站在周围,由于悲痛而显得木然。

塞亚走向死者的女儿问道:"你有什么感觉?"

"噢,太可怕了,"这女人哭泣着,"妈妈是世界上最善良的女人,不知是哪个家伙干的?"

塞亚拍拍她的后背,对方还没有回答她的问题。她有什么感觉?悲痛、空虚、沮丧,伤心欲绝,还是对凶手恨之入骨?还是其他什么?

"看够了吗?"波斯蒂奇问道,抓住了她的胳膊。

她还没有看够,但她讨好地朝他笑了笑,她不想让他认为自己是个以恐怖事情为乐的人,或者是个懦弱无用的人。令她惊奇的是,她并没有被屋里的血腥或其他什么东西扰乱,她是个完完全全的旁观者,通过她那双侦探风格的眼睛观察着屋里的一切。

波斯蒂奇带她参观了他藏在汽车行李厢中的一整套杀人器材,包括橡胶手套、塑料袋等,但她对此并不感兴趣,她感兴趣的是他罗列出来的一个个名称。为了不扫他的兴,她拿了几件,以备将来写作时激发灵感。

等波斯蒂奇开车把她送回她家里时,塞亚的侦探小说也酝酿成熟了:他是一个酒鬼的儿子,在威尔明顿炼油厂的棚屋里长大,他将有一个类似于波斯蒂奇的少数民族名字。这种人连哈佛在哪里都不知道。

他们在她精致的客厅里喝着那瓶价值三十美元的夏墩埃酒。波斯蒂奇滔滔不绝地讲着侦探故事,她津津有味地听着,自始至终她都微笑着,甚至大笑不已,有时还装出惊愕的样子,她正在做着"精神日记"。他的胳膊搭在长沙发的靠背上,夹克衫的前襟敞开着,他一口口地喝下冰冷的夏墩埃,就跟喝汽水一样。当瓶里的夏墩埃喝完后,他的手又伸向他带来的六瓶装啤酒盒,启开了一瓶。

波斯蒂奇先是讲了一段以前当兵时的战争故事,他对那段岁月十分留恋。后来又讲他当警察时的故事,他说他站的是早班岗——从午夜到早上7点。他之所以喜欢在午夜巡逻是因为黑暗中的一切事物都显得朦朦胧胧。下岗后,他和他的伙伴们会找家早开的酒吧,找上几个女人,一起喝个烂醉才罢休,不是啤酒,他说,是烈性酒,然后开车出来到某个胡同里面的一块空地上鬼混。

"你的女朋友和你约会吗?"塞亚问。

"女朋友?当然没有,我从来没有带过一个女朋友到那里去。有的女人专门泡我们当兵的,我们爱去,她们喜欢和我们做爱。"

"真是无法想象。"塞亚说,眼睛睁得大大的,失去了平时老于世故的风度。她对此简直无法想象,她从来没跟谁有过一夜风流的事。不,有过一次,她大学一年级时跟一位英国教授上过床,不过那老教授的性能力不值得一提,她也根本没体会到什么乐趣,因此她对此忘了个差不多。

"她们是什么样的女孩?"她问他。

"什么样的都有。有一个女的,身体丰满,性欲旺盛,每次见到她时,她总是说:'这次和我做爱的不能超过十个,而且我不会像条母狗那样从屁股后面性交。'她可能做秘书之类的工作。"

"是你自己杜撰的吧?"塞亚问。

"对上帝发誓。"他说。

"除非你表演给我看看,否则我是不会相信的。"塞亚说,她知道这个精彩段落应该放在书中哪个地方。

问题是,塞亚还是无法想象出来,她想马上就能体验一下:"带我到那里去。"

她知道波斯蒂奇完全误解了她,她只是对写小说感兴趣。如果解释的话恐怕还要耽误段时间。

当波斯蒂奇开车停在那个胡同尽头的一块空地上时,已是黄昏了。汽车快道下的一群流浪汉仓皇逃跑了,他们认出了波斯蒂奇的警车。

波斯蒂奇在座椅上斜转过来面对着她。

"我们过去常在这里燃起营火,"他说,"火烧得很旺,到处是烟,连上面的快车道都雾蒙蒙的。"

"破坏了你们的兴致?"

"不,更有意思。"他朝窗外笑了笑,"一天夜里,在还没有交班前我的伙伴把我拉到这里,当时天还没亮,几个姑娘和他约好在这里相会。我坐在这里记录情况,他们在汽车里就干起来了,上帝,那一幕我怎么也忘不掉。那个一丝不挂的母驴就坐在我的胯间,我的那玩意儿在她身体里抽进抽出,真他妈的刺激。"

塞亚大笑起来,她为自己的小说又有一段精彩描写而笑,不是因为他的故事而笑。

"你有没有在车里脱光衣服的经历?"有点微醉的她脱口而出。

"我喜欢在里面。"他说。

"在汽车里面?"她问。她靠近他,身体前倾,近得能嗅到他呼吸中的啤酒气息。在他二十五年的警察生涯中,他肯定跟这座城市的一半姑娘上过床。她想知道的是她们教给了他什么东西,她从他身上又可以学到什么东西。

她的舌头轻轻舔着他的嘴唇,"我不想跟你们十几个人干,也不想像个母狗那样撅起屁股做爱。"她说,喉咙里发出一阵"咯咯"的笑。

他把她拉进怀中,他的动作并不像她想象中的那么粗野。她表现出一副欲火中烧的样子,非常粗野地解开他的腰带,撩起他的衬衫。他短短的胡须硬硬地触到她柔滑的下巴上。

最后他们翻到了后座上,两人的衣服都被折腾得皱纹横生,就跟他们身下的犯罪现场纪录一样。在塞亚意乱神迷时,她的鞋跟跷到了红色天鹅绒车窗帘上。

波斯蒂奇似乎停止了呼吸,他的脸色红得吓人,不时做出痛苦的怪相,拉动着脖子上的每一块肌肉。当他最终呼出一口气时,塞亚开始担心这样会不会把他搞死。

"噢,上帝,"他呻吟着,"噢,甜蜜的,甜蜜的上帝!"

她把脚从撕破的窗帘上挪开,赤裸的大腿缠绕在他腰上,引导着他插进了她的体内,直到脉搏停止,也许没有停止,她想,不过是跳动得太激烈而已。

高潮之后她是什么感觉呢?既不是羞愧,也不是其他类似的感觉。她笑了,对自己的本领颇为自豪。她已经抽打过他的屁股,让他气喘不已。塞亚把脸埋在他怀抱,咬着他小而结实的乳头。

"你真是令人称奇。"他说,呼吸依然非常急促。

她什么也不说,那不是解释她侦探小说的时候。塞亚自己是不会主动寻求疯狂地做爱的,这次做爱折腾得他们的汽车都需要大修一番。

他们各自穿上衣服后,他说:"下一步呢?"

"斯基德大街,"她说,"我一直不敢去那个地方,但是我得去看看,因为我的小说需要。"

"恐怕有理由不去,"侦探说,他声音似乎不像是对情人说话,非常冷静,"其实你并不是真想去那个地方。"

"不,我真想去,和你一起去,你有枪,你就是法律,我们会很安全。"

她又开始眨起她那美丽的大眼睛,半是撒娇半是恭维。他受不了这种诱惑,于是开车带她来到市中心的斯基德大街。

塞亚从来没见过如此肮脏龌龊的地方,浓妆艳抹的妓女在大街上招摇过市,招徕着客人,男人们在臭水沟里洗着黑脚。单是刺鼻难闻的气味就使他后悔把她带过来,尤其令她难堪的是,一个老酒鬼公然脱下裤子在人行道上大便,但她对此只是付之一笑。

拐角处有一伙人在吵架,有六七个人的样子。波斯蒂奇按了按汽车喇叭,他们顿时就像一群蟑螂一样四散而逃，塞亚很喜欢这种场面。

"看够了吗？"他问。

"是的，谢谢。"

返回她家的一段路上，波斯蒂奇一直拉着她的手。

"你想进屋吗？"她问他。

"请不要对我这具不经用的躯体抱过高期望，我现在已迸发不出激情，因为……"

"刚才你已经死了，"她说，"我不知道把尸体放到哪里。"

"我感觉现在正在去天堂的路上。"

跟其他许多男人一样，他也有妻子。波斯蒂奇抓起塞亚桌上的电话给家里打了个电话，告诉妻子说今晚忙于案件回家会晚一些，也许整夜不归。

"毫无疑问你很会骗人，"她说，此时他的注意力转回到她身上，"你妻子会信你的话吗？"

他耸耸肩，"信与不信对她来说都差不多。"

"说得好。"塞亚说，现在她什么也不想做，只想趁着记忆清晰时打开电脑，把她今天收获到的储存进去。她今天学到了不少以前闻所未闻的新词："踢开门"的意思是"把人打倒"，"51——50"的意思是"精神障碍"，还有其他许多。

"你最喜欢在什么地方做爱？"她问他。

"床上。"

那就是他们接下来做的事，至少那是他们开始做的事。波斯蒂奇对塞亚的床上功夫赞叹不已，他也让塞亚高潮迭起，神魂颠倒。

接下来的一周里她一直跟在他身后，解剖那具被刀捅死的尸体时她就站在他旁边，显得非常专业，因为女侦探玛蒂就是这样。当验尸员把那个老太太的头盖骨锯开时，它发出"砰"的一声，就像打开一瓶大香槟的软木塞时的声音一样，塞亚并没表现出恐惧。她表现得跟其他在场的男人一样勇敢大胆，当然她有自己温柔的一面。那天办案后，她把这个老家伙带回家上床做爱，折腾得他只好告饶……

一天塞亚到法庭上看波斯蒂奇提供证词，是件凶杀案，但并不是特别有趣。这是一起普通的家庭暴力事件，酒醉后的丈夫开枪打死了妻子和她的婚外恋情人。塞亚词汇库又增加了些新词："死去的热情"意味着一件案子几乎要定罪了。

波斯蒂奇看上去比平时严峻多了，他的职业表情给塞亚留下了深刻印象。当然，当他觉得陪审团没有注意他时，他抽出机会向她挤眉弄眼，每当他对被告进行反驳时都要斜视观察一下她的反应。尽管她总是对他报以微笑，其实她真正感兴趣的是被告——一个神态可怜的小个子男人，脸上带着悲痛的表情。后来他甚至哭了起来。没有了妻子，他只是这个世界上一个白白占据空间的软体动物。他妻子完全占据着他的心灵空间，他完全是妻子的附属物，杀死她不过是杀死他自己的一种残酷方式。他真想乞求判自己死刑，让法庭结束自己的生命。塞亚想知道这种感情丰富的人失去爱人后，到底有种怎样的感觉。

法庭散庭后，他们来到外面走廊里，区法官助理对波斯蒂奇的证词赞赏不已，令拉着他的手的塞亚也感到十分得意。不，她想，她感到欲火中烧，如果他此时向她提出性要求，以作为对自己将那个杀人犯判刑的功劳的报酬的话，她会非常高兴地把他拉到电梯间里，迫不及待地脱下衣服，露出丰满的乳房、雪白的大腿和……任由他抚摩，将自己压在他身下——也许她真的爱上了他，她也说不清。

走出法庭，塞亚说服波斯蒂奇带她来到一家他以前对她提过的匈牙利餐馆。一年前，或者更早一些他曾在那里与一个疯子发生口角，他拔枪击毙了疯子。塞亚现在想知道那地方在哪儿。

"没什么看头，"他开进山脚下的停车场时说，"但那里饭菜不错，尤其是菜炖牛肉，味道跟焖牛排差不多，我们可以尝尝。"

他们俩勾肩搭背地一块走进餐馆。老板认识波斯蒂奇，带他们来到后面的一个单间里，里面光线暗淡。

"我有四五个月没见到拉佐的弟弟了，"老板说，一边把大盘大盘的菜炖牛肉放在他们面前。他的口音有点方言味道："我要告诉你的是，他对你恨得咬牙切齿，波斯蒂奇。拉佐是个亡命徒，身上总是带着好几把枪，这样的人不开枪打死他还能有什么办法？他总是先下手为强，我看他的哥哥可能也有点疯狂。"

"带我看看他死的地方。"塞亚说，她的嘴唇紧贴着波斯蒂奇的耳根。他转过脸对着她，吻着她。

"吃完饭就赶紧离开，"他说，"我们本不应来这里。"

正在此时，门"砰"的一声被撞开了，一个目光凶恶的大块头男人破门而入。塞亚看到的第一件东西就是他的手枪，老板赶紧向他冲过去，将他的注意力从塞亚他们这边引开。

"塞亚，"波斯蒂奇的眼睛一面紧盯着这个男人，迅速从腰带枪套里解下全自动手枪，"是拉佐的弟弟，肯定有人给他通风报信说我在这里。趁着老板把他引开，我们想法从后面溜出去。"

"但他有枪，他会杀人的。"

"不会的，他在四处搜寻我。一旦我离开这里，他们会使他平静下来的。我先出门，你跟在后面。不论你做什么事都不要靠近我，务必不要声张，以免引起他的注意。"波斯蒂奇溜出了单间。

她感到精神振奋，一股保护她的男人的本能涌上来。如果那个持枪的家伙对波斯蒂奇有什么举动，她会冲过去把他打翻在地。当那个枪手转过身发现他时，波斯蒂奇的生命岌岌可危。塞亚脑子飞快地旋转着，突然她站起身尖叫起来："不要向他开枪，我爱他。"

波斯蒂奇本来就要溜出房门，塞亚的突然尖叫使他回过头来。虽然这只是一瞬间的事，但对那个枪手来说发现波斯蒂奇已足够了，他随即扣动扳机，两颗子弹射进了波斯蒂奇的肚子。波斯蒂奇挣扎着开了一枪，在他倒地之前枪手也倒地而死。

波斯蒂奇倒向地板时，塞亚飞跑过去一把抓住了他，墙壁上留下一摊殷红的血迹。

他的脑袋重重地栽倒在她的怀里。

"为什么？"他叹息着，眼睛慢慢失去了神采。

看着情人眼中的神采慢慢消退，感到他血肉模糊的胸膛呼出了最后一口气。她不能让他看到她在哭，他以前总是逗她快乐欢笑，可是现在他却永远离她而去了。

"这不公平，大家伙。"她说，双手梳理着他稀疏的头发。她感到他胸口开了一个大洞，贯穿了前后胸。失去了他，她感到自己的人生是不完整的。"你答应过我今晚要和我做爱的，你是不能实现你的诺言了，是不是？"

他去了，但她依然搂着他，他们的脸颊偎依在一起，她的嘴唇上沾满了他的鲜血："我以前从来没告诉过你，波斯蒂奇，我爱你这个老家伙。"

她感到这部小说中的情节一定很精彩。

最后一位亲属

一提到"温柔的小老太太"这个字眼，认识南茜·布根的人都会想起她来。甚至不认识她的人也会想象出一个像极了南茜的形象：七十岁左右，肤色柔和红润，像抹了粉一样；蓬松的头发，纯白中夹杂着些许红色；蓝色的眼睛，目光有些暗淡了，却仍然透露出温暖的光芒；不过如果你说她腰身苗条的话，可得关掉测谎器。他们会想出她微笑的样子，密集的皱纹堆起在绯红的脸颊上，蓝眼睛就消失在这些皱纹里。他们会想象出她走路的样子，左右摇晃的步态，像深海中颠簸的水手。他们也知道，她的衣柜里全是棉质的印花连衣裙。

如果让他们进一步推测，他们会给这个小老太太安上一个亲密无间的大家庭，丈夫、孩子、孩子的孩子，很可能还有孙子的孙子，面色都同样的红润。这么一种明显从女方继承来的特征，仿佛是构成家庭整体特征不可或缺的一部分，几经周折却仍在后代身上得以体现。

但事实上，南茜·伯戈登没有这么一个大家庭来完成想象中的这幅画面。伯戈登先生作为分部经理，在当地银行待了二十年，还有几周就可以退休了，却死在办公桌前。他们的女儿桑德拉没有结婚，却生了个孩子。她是个乏味的女人，过早衰老，年纪轻轻看上去已如人到中年。她并不苛求，似乎满足于她助理图书管理员的工作。一天早上，她被发现吊在一根长长的挂图片的绳子上，绳子系在为一些艺术类书籍而设的特别高的架子上。

这样，这个家庭缩小为两个人：南茜和她的外孙子特洛弗。每当人们问起来，她都会摆出小老太太特有的那种笑容，然后说："特洛弗是留给我的一切了。"接着她又说，"而我是他的一切。"

这使得一些朋友把他们的关系想得比事实上更加亲密。尽管独自一人，桑德拉还是设法体面地抚养孩子，她没求助于父母。特洛弗和外祖父母相处的时间和其他孩子一样多——偶尔的节日：生日，圣诞节——再没别的了。南茜说的话里有一点希望的成分。尽管桑德拉毫无意义地丢下他们，使他们成为最近的亲属，他们俩彼此变得更加客气而绝非亲密。

其中一个原因是，特洛弗不能成为南茜晚年的依靠。作为银行经理的遗孀，南茜非常看中可靠度，而她判断这一点的依据是：一份正当体面的工作，一个美满的家庭，一群优秀的朋友。而特洛弗在哪一个方面都不令人满意。他是个演员，声称自己是个优秀的演员，过着体面的生活。他来看望她的时候，好像有的是时间，而有正当工作的人这时候应该都在干活儿。说到他穿的衣服，哪怕伯戈登先生，如果他还健在的话，想把它们丢进自己家的垃圾箱里，她都会觉得丢脸而不允许。他和其他悲剧演员们合住一套破败不堪的房子，这些人中有男有女，此外还有一两个不属于任何传统的性别类型。

尽管如此，他看上去是个和蔼可亲的年轻人。生日的时候他会送上巧克力，有时会无缘无故地送花来，并且定期打电话来核实她的健康。

她确实健康无恙，但她感觉到时光飞逝，有必要为她的晚年做些准备了。她从没觉得自己家的房子是种负担，直到最近，她才发现随着时间一个月一个月地过去，住宅变大了，楼梯陡了，浴室离楼梯口也越来越远了。她曾经设想，她要守在这幢房子里直到死，而现在，这看上去更像是无法逃避的重负。她认为，对于一位像她这样的没什么钱的老太太，一定有某种更舒适的方式让她安享晚年。

她请特洛弗来商量一下。他很情愿地来了，但迷惑不解，这就跟老太太要问他如何对付沙鼠一样。如果欠钱不还，别人会拿着丁字镐追你：对于钱财，他所知仅限于此。

"我不是个富裕的人，"南茜没直接讲出她的意图，"你的外公，上帝保佑他，他去世时留下的财产使我能过上舒适的生活，但他已经去世很久了。维持这所房子的费用已经消耗了他留下的钱中很大一部分，再加上通货膨胀、不景气……"她露出抱歉的笑容。

特洛弗环顾四周。这不是一幢大房子，却也是一笔可观的财产。他无法相信南茜会窘迫到向他求援。"外婆，当然了，只要我有能力我一定会帮助您。但是……"

特洛弗谈论自己的事业成功时，他指的是他演戏赚的钱可以保障他的生活。他母亲留下的地产已大为缩减，现在只剩下投在某个建筑社团中的几千英镑。他把这笔钱当成预防将来有可能出现的贫困的保障，如果他所擅长的角色——微不足道的囚犯，不讨人喜欢的男朋友，莎士比亚戏剧中各式各样的掘墓者和佩剑者，所有角色名字都以"第二"开头——再也无人要他演的话。他拥有的财产还有一辆旧篷车，一幢能长出蘑菇的破房子的五分之一产权。

啊，对了，还有一位上了年纪的外婆。她的房子要好得多，而且除了她，他再没有别的亲戚了。

南茜心不在焉地拍拍他的手："是吗，亲爱的？祝福你。但我想的不是这个。

"这家里再没别人，只有你我相依为命，特洛弗。我死后东西自然都归你。我一直希望这足以给你一些保障。

"但我如果照心里设想的去做，留给你的财产就不足以如我所愿。我已经老了。住在养老院里，想要舒舒服服的可不便宜，我将不得不卖掉这所房子用来换一份年金。好处是——"南茜不愧是位银行经理的遗孀，"我不会拖累你。坏处是没什么财产能留给你以备晚年之需。决定一旦做出便无法挽回，所以我要先听听你的想法。这对你会不会是个不小的打击呢？"

特洛弗从没多想过这些。他知道他是外婆的唯一继承人并且预计会在某个时候获得利益。但他从没想过能得多少，更不用提如何去花了。现在他想了想这个问题。

她已经71岁了，照现在的标准，还不算老。她身体强壮，没得过什么大病——也许能活到100岁，那时他也有五十来岁了。有太多五十来岁的演员，因无戏可演而失业已经成为他未来生活的写照。不管这房子值多少钱，连带陈设于其间的古董，加上他外公的投资中余下部分带来的进项，到那时都已消耗殆尽。即使她活不到一百岁，即使她再活十年，这都是问题。每一周她都会使特洛弗所指望的那笔遗产减少几百镑。

他没能用豪爽的一笑，也没能用随意的语调说"外婆，这是你的钱，你爱怎么用就怎么用吧"，来打发这个问题，这让南茜明白，不管他说的有多好，他并没有多少经济上的储备。

"哦，亲爱的，"她不无焦虑地说，去握住他的手，"会的，是吗？你还指望这笔钱呢。你是个好孩子，从没向我要过钱，即使你可能确实缺钱花。而我现在却向你建议要花掉你的遗产，这笔钱本来很可能会归你所有。不，这可不行——我得再考虑考虑。"

特洛弗掩饰起他的表情，尽管迟了点，作为回应，也握住外婆的手。"别傻了，外婆，"他说，"这是你的钱——外公挣下了这些钱，他想要你以最符合你的利益的方式来用掉它。花掉它，好好享受一下；我自己还有些钱，算不上一笔财富，但足以支撑我渡过难关。妈妈留给我差不多一万镑，我工作以后又往里添了点。并且，我才25岁，假如在以后的四十年里攒不下一笔足够数目的钱，倒不如开个蔬菜店，而不是干表演这一行。现在，告诉我你的计划。你是不是已经看中了什么地方？"

南茜的脸明朗了很多，露出愉快的表情。如果说桑德拉从没有履行作为女儿应承担的最高义务，女儿和母亲甚至彼此没有好感，她至少养育了一个可以引以为豪的儿子。"特洛弗，你是个可爱的孩子。"南茜站起身急急忙忙走向她的衣柜，回来时拿着一叠信封，是那种昂贵的纹理纸信封，"是的，我看中了几处。我做了些调查，有几个地方确实美极了。"

她在他面前指点小册子中的电梯、单独的浴室、延伸很远的花园，她兴致勃勃，如孩童讲述夏令营一般。

"我认为，我该选择罗丝德。你看这些可爱的花圃！并且，多花点钱就能住进房子这一边的屋子。"她的指甲点着图片，"从那儿可以看见河流。哦，我年轻的时候非常喜欢它们！如果我筹到一笔钱就能重新欣赏它的话，我认为也真值得一试。"

"这是哪一所？"特洛弗拣起一份翻旧了的宣传书，封面上装饰有金叶子。

南茜回答的声音里带着呼吸声，"那是比畦，养老院中的罗尔斯·罗伊斯——家人们送他们的老人去那儿，通常是在他们慢待老人而真正感到内疚的时候。我希望也受过这么恶劣的对待！但即使我把这房子卖了，我也付不起比畦的费用。"她欢欣地说，"不过，仅仅梦想一下也挺美好。"

"当然，外婆。"特洛弗肯定地回应，明知她的这番梦想必定会使他自己的梦想破灭，尽管他从没这么想过。

他们在门口道别时，仍照习惯短暂地拥抱了一下，好像一切还是老样子。

"你是个好孩子，"南茜又说了一遍，"我原来很担心，我不在乎现在坦白地告诉你。很高兴我们进行了这次谈话。"

"没什么好担心的，"特洛弗回答，"就像你经常说的，我们相依为命。如果我们不为彼此着想，还有谁会呢？"

通常他们一个月左右见一次面。但既然他们有这么多实际的事情需要商榷，所以仅仅三天之后他们又驾车一起外出就一点也不奇怪了。后来询问的结果似乎是特洛弗提出的建议，南茜立即欣然接受。

他们的车沿着河行驶，然后将车停在市公共休憩场的边上，隔着休憩场，能看到罗丝德养老院的屋顶。"这地方不错。"特洛弗说。

"确实很漂亮，"南茜表示同意，"我倒不一定会一直走到这儿来，但我可以从卧室的窗子里一直看到这儿。这是比哇的优点，你看。"她转过身，指点着河上游四分之一英里处一幢黄石堆砌的房子。这房子被一片点缀着树木的草坪围绕着，草坪起伏而下，一直延伸到水边。"不能进去散步，这实际上是一座花园住宅。"

"我想这是养老院的一处败笔，难道老人们不会经常溜进去吗？"

南茜微笑了。"有六角网眼的铁丝网拦着，他们进不去的。"

特洛弗咧嘴笑了起来，"你和外公有一艘船泊在河里，不是吗？"她点头，"妈妈有时想让我和你们一起出来划船，她说新鲜空气对我有好处，但我从来都不喜欢离水那么近。"

"我记得，"南茜低声说，"你外公试着教你游泳，但你不停地尖叫，他只好放弃，真令人遗憾。"

特洛弗耸耸肩，说："对于演员来说，这还不是最糟的事，它给我的唯一一次麻烦是在我演暴风雨的时候。"

南茜微笑着。"这一点你一定是像你的父亲，我难以想象我自己的外孙会不喜欢河。河流是极美的。"

沿河的另一边一个带狗散步的男人目睹了接下去发生的事情。

车门开了，下来一个年轻人和一个上了年纪的女士，他们在离水几英尺的地方慢慢地走。由于下了几个月的雨，河水上涨，水流湍急。他们边走，老妇人一边朝前后做着手势，好像在指点有趣的东西，然后，他们转身回车。

转身时，老太太在雨水浸泡的泥泞不堪的河岸上滑了一下，摔倒了，随着一声惊恐而喑哑的叫声，她膝部先着地，试图挣扎起身时，却沿着满是泥浆的斜坡滑进河里。年轻人当即扑倒在岸边，伸长身子，竭力想够着她。

目击者不能肯定紧接着到底是怎么回事。特洛弗先生伸手抓住拼命挣扎的外婆的手。然而，他也立足不稳，要不就是他的外婆惶恐之间把他也带倒了，总之他消失在湍急的河水之下。他在离岸几码的地方露出了头，即使在平时这儿的水深也足以让大船通行，他叫喊着，在头顶摇晃着他的胳膊，直到又沉入水中。他两次挣扎着浮出水面，每一次都离岸更远。目击者满怀恐惧地目睹了这一情景，却无法施救。之后，他再也没看到水中的人浮上来。

这时，人们已经赶来援救伯戈登夫人。强有力的手臂把她拉上河岸，人们给她裹上外套和汽车里的毛毯，搓热她抖个不停的手。她说的话只有"特洛弗，特洛弗在哪儿？特洛弗在哪儿？"

随后的调查是一套例行公事。不幸的意外导致的死亡，法医做出的结论，不竟是赞扬死去的青年：一位勇敢的青年为了救起一位孱弱的老妇,不惜置身于自己所深深恐惧的险境。这成为各类小报的头条新闻。有大批的特洛弗生前素不相识的人都表达了他们的同情赞许之意,对于他们的善意,南茜深受感动。

一切结束时,南茜卖了房子,用所得的钱搬进了养老院,人们对此并不觉得奇怪。但她选择如此靠近发生悲剧的地点,有那么一两个人不禁要深锁其眉,迷惑不解。但就像她指出的那样,她一向喜欢河流。从某方面讲,这条河现在与特洛弗有着某种联系,由此来纪念他再合适不过了。也许她这么做确实有些古怪,但如果一位上了年纪的老太太失去了所有的家族成员,孑然一身,那她就有权行事乖僻一点。

就这样,她搬进了比畦。钱一点都没白花。可怜的特洛弗已经死了,现在她只需考虑自己的意愿,所以能够毫无顾虑地花钱了。用她卖房所得的钱,加上特洛弗投在建筑协会的那笔钱,她得到一份年金,这份年金可以确保在她的有生之年里一直过一种新的生活,这种生活她希望很快能适应。不管怎样,特洛弗也会希望如此的。

特洛弗曾经是她活着的最后一个有血缘关系的亲属,她的唯一继承人。最终她却成为了他的继承人。

如影相随的男人

他第一次在邻居门口注意到那个新来的男人是星期二晚上，那时他刚从车站回家。那个男人长得高高瘦瘦的，雷·班克罗夫特觉得这家伙看上去像个英国人。

第二次邂逅是星期五晚上在车站，他们只是偶然擦身而过。

接下来的一周里，雷开始注意到他无处不在的身影。这个高个子英国人早晨8点零9分和雷一起乘火车前往纽约，中午在哈佛·约翰逊饭馆吃饭时他们只隔着几张桌子。但雷告诉自己这在纽约是常事，有时可能一周里你每天都碰上同一个人，好像偶然性法则根本就不存在了。

周末时，雷和妻子驱车到斯坦福德野餐，他觉察到那个英国人正在跟踪他们。在这个离家五十英里的地方，这个高个子陌生人沿着平缓的丘陵慢慢地踱着步，不时东游西逛，似乎在欣赏着山里迷人的风光。

"该死的，琳达，"雷对他妻子说，"又是那个家伙！"

"什么家伙，雷？"

"那个英国人，那个我走到哪里都能见到的人。"

"噢，是他吗？"戴着浅色太阳镜的琳达皱起眉头，"我不记得以前见过他。"

"哎，他肯定是住在邻近社区的某栋新公寓里。我想知道的是他到底在这里干什么。你认为他有可能是在跟踪我吗？"

"噢，雷，别说傻话了，"琳达笑了起来，"别人为什么要跟踪你？跟踪你来野餐？"

"我不知道，但他总是如影相随地跟在我屁股后，这未免有点蹊跷。"

确实有点蹊跷。

夏天过去了，9月来临，事情还是怪怪的。有时一周一次，有时两次，甚至三次，这个神秘的英国人频频出现，总是踱着步，总是公然出现在他周围。

一天夜里，在雷·班克罗夫特回家的路上，那个男人突然又出现了。

他大步上前追上那个男人问道："你在跟踪我吗？"

那个英国人低头看着他的鼻子，困惑地皱皱眉，"请你再说一遍？"

"你在跟踪我吗？"雷重复了一遍，"我在哪里都能见到你。"

"是吗？我亲爱的朋友，你一定搞错了。"

"我没搞错，不许再跟踪我！"

那个英国人困惑地摇摇头走开了，雷站在原地，看着他消失在视野中……

"琳达，我今天又见到他了！"

"谁，亲爱的？"

"那个该死的英国人！他在我们这栋楼的电梯里。"

"你能肯定是同一个人吗？"

"当然肯定！他无处不在，我告诉你！我现在每天都能见到他，在大街上，在火车里，在餐馆里，现在甚至在电梯里！这简直要把我逼疯了，我敢肯定他是在跟踪我，但为什么呢？"

"你跟他说过话吗？"

"我跟他说过了，诅咒了他，威胁了他，但这不起丝毫作用。他只是露出困惑的表情，然后就走开了。接着第二天又见到了他。"

"也许你应该给警察打个电话，但我觉得他并没有什么实质性的行动。"

"麻烦就在这里，琳达。他什么事也不做，只是如影相随地出现在我周围。这个该死的家伙简直要把我逼疯了。"

"你……你准备怎么处理这事？"

"下次看到他时我会揪住他，暴打一顿，逼他交代出来，我要把他……"

第二天晚上，那个高个子英国人又出现了，他在雷前面的火车站台上走着。雷朝他跑去，但那个英国人很快消失在人群里。

也许整个事情只是巧合而已，然而……

那天夜里雷的烟抽完了，当他离开家门朝拐角处的杂货店走去时，他知道那个高个子英国人会在路上等着他。

他走近闪烁着的霓虹灯下，他看到了那个男人，他正从铁轨那边慢慢地朝街道这边走过来。

雷知道这肯定是最后一次邂逅了。

"站住！"

那个英国人停下来，很不高兴地看了他片刻，然后转身从雷身边走开。

"等会儿，就是你！这事我们得现在解决，一了百了！"那个英国人依然向前走着。雷一边骂骂咧咧，一边开始追起来。他大吼着"回来"！但那个英国人几乎跑起来了，这时他们周围已没有了灯光，漆黑一片。雷飞奔起来，跟在他后面跑进了沿着铁路并行的那条狭窄的街道。"浑蛋，回来！我有话跟你说！"但那个英国人也跑起来了，越来越快。最后雷停了下来，累得上气不接下气。那个英国人也停了下来。他抬起手做了个手势，雷能够清楚地看到他手表上闪闪的荧光，雷知道他是在招呼他跟上去……雷猛地又跑起来。那个英国人只等了一会儿，接着也跑起来，他身旁便是铁路护墙，几英寸宽的护墙把他与下面二十英尺深的铁路分隔开来。远处，雷听到斯坦福德方向开来的火车低沉的呼啸声划破沉寂的夜空。前方，那个英国人绕过一堵砖墙，转过墙角，转瞬间不见了。此时雷几乎就要赶上他了，他来不及多想便随着转过墙角，看到那个英国人正在那儿等着他，但此时已经太晚了。那男人的一双大手向他扑来，刹那间雷就被推得向后跌去，翻过铁路护墙，一双手在空中徒劳地挥舞着。当他撞到铁轨上时，他看到斯坦福德开来的快车几乎就在眼前，天地之间只有恐怖的隆隆声……

在此之后的某个时间，透过火车缭绕的蓝色烟雾，那个高个英国男人在车站上一边瞥着身段迷人的琳达·班克罗夫特，一边说："一开始我就说过，亲爱的，一次高明的凶杀其实就是场游戏……"

谁是凶手

莫伦警官从圣路易斯警察局飞到我们这儿，上面派我尽力协助他。

他从公文包里取出一份信函的复印件说："这就是重新调查那案子的起因。"

信是洛杉矶一位神父写的。信上说："本月10日，我被请到本市圣玛丽医院，为一个叫安德鲁的男人做临终忏悔仪式。

"那天晚上在酒吧的一次争斗中，安德鲁身中数刀，被送到医院急救，院方倾全力抢救，但回天乏术，他没希望了。

"安德鲁的忏悔很长，他的一生没什么可值得称道的，不仅如此，他还坦白了许多更为严重的事情。当然，我不打算透露那些事。但是有件事例外，他求我将这件事交给警方，以'洗清纪录'。

"两年前，他在一个农场当马夫的时候（农场就在你们城外），目睹了养马人罗宾遇害的经过。

"安德鲁认为，罗宾命案使他背上了黑锅，因为见到凶手行凶后，他立刻逃离现场，搭飞机飞往西海岸。

"安德鲁和罗宾都住在马厩后面的一幢木屋里。

"案发当天晚上，安德鲁到附近镇上喝了几杯啤酒，他是开着农场老板的一辆旅行车去的。

"凌晨1点，他回到农场，他承认当时他喝多了。把汽车放到农场车库后，他走回小木屋，那木屋距主人的住房大约有一百英尺远。

"他走近木屋时，看见起居室灯火通明，穿着睡衣的罗宾站在房间中央，面对一位手持左轮枪的人。

"安德鲁小心地爬到一扇敞开的装有纱窗的窗户前，听到下面的谈话，他声称记得一清二楚，因此我也逐句抄录下来，我明白这种事在人命案里可能很重要。

"安德鲁听到陌生人说：'如果一整班人都被扫光，一具尸体一千美金，那么一共有七千，不是吗？'

"'那全是误会，我可以解释一切。'

"'去你的误会，你想把我们全给宰了，而且差点儿成功，假如不是那个地道的话，我们全都完了。'

"说到这儿，陌生人扣动扳机，罗宾应声倒地，陌生人站在他身旁，又连开三枪。

"安德鲁一直谨慎地藏着，没引起那人注意。

"凶手把手枪放进衣服口袋，从前门离开木屋，朝通公路的车道走去。

"安德鲁形容凶手是中等体重，普通身材，黑头发，穿白色T恤衫、灰色长裤。

"假如换另一人的话，会立刻打电话报警，但安德鲁情况不同，他自己也是警方通缉的人。

"他从罗宾的皮夹里拿走钞票，他记得大约有八十元，然后拿了几件衣服，开车到圣路易斯，搭飞机去了西海岸。"

信上还注明，如果需要神父出庭做证的话，他愿意合作。

莫伦警官说："罗宾被打了四枪，枪枪命中心脏，时间是1969年5月15日。"

"四枪？那人可够狠的。"

莫伦点点头说："约瑟夫农场在我们城郊，位于高级住宅区。我们和当地警方有协议，大案子由城里警方接办。我们找不到凶器，安德鲁又失踪，因此我们便推测是安德鲁杀害了罗宾，可能是吵架引起的，然后安德鲁掏光罗宾的口袋，畏罪潜逃。"我同意，如果是我们，也会做同样的结论。

莫伦继续说："我们在安德鲁的卧室里找到他的指纹，寄到华盛顿，结果发现他因一桩酒吧人命案正被通缉。一案未了又发一案，我们便发出全面通缉令，但没有结果。"

莫伦说着拿起那封信，说："上星期我们收到这封信后，把罗宾的指纹也送华盛顿去了。另据消息说，他在越南当过兵。"

"他又跑回密苏里挨子弹？"

"是啊，所以我们必须多找证据。我们调查过罗宾，和他以前的连长谈过话，连长叫汉弗里。汉弗里现在也退伍了，在芝加哥一家超市当经理。我从他那儿听到了爱国连第二排第三班的故事。"

莫伦把信放回公文包，继续说："那时罗宾是中士，他那一班共有八个人，每人死后都可以获得一千元保险金，他们每个人都保了险。"他叹了口气，说，"也许那是疯狂的行为，但是当时他们都才二十岁出头，年轻人都有那类怪念头。"

"什么怪念头？"

"他们八人联合保险，全班人是受益人。"莫伦停顿了一会儿又说，"换句话说，假如他们中有一人死亡的话，其他人就可以均分他的保险赔偿金。"

"那不是违法吗？"

"不，被保险人有完全的自由，可以选择任何人或任何团体做他的受益人。汉弗里连长知道后曾劝阻过，但是他们不听。1968年2月12日上午，汉弗里连长带领全连临时驻扎在一个地区，准备第二天早上空运离开那儿。连长派出警卫，正好就是罗宾那班人，他们被派驻在距连部四分之一里路的一个废弃的小村落。

"那一班一共有八个人：罗宾、卡洛、基斯、格伦、利欧、雷克司、锡德尼、特雷弗。其中罗宾和锡德尼是通讯员，在一幢小茅屋里守着通信设备过夜。另外六人住村长家。

"早上，雷克司巡视村子时，在一座茅屋里发现一条地道。他叫来在村长家里的另外五个人集合在地道入口处，商量是否该进去看看，并且怀疑敌人设有陷阱。"

"锡德尼和罗宾也在屋里吗？"我问。

"不，当时每人都以为他俩还在他们的茅屋里。也就在那时，炮轰开始了。"

"炮轰？越南人的？"

"不，美国大炮向他们轰。头一枚炮弹炸死了特雷弗，基斯受了重伤。另外四人没办法，只好躲进地道，把受伤的基斯也拖了进去。

"那条地道挖得很深，没有陷阱。四人拖着基斯躲在里面，心惊胆战。炮轰停止时，他们没法儿出去了，入口被炸坏了，不过他们由另一条路出去，那条路通丛林。他们回到原先的村落，发现罗宾正在废墟中寻找什么。"

"他怎么能逃过炮轰呢？"

莫伦警官微微一笑，说："罗宾看了他们大约半分钟后，转身走进丛林。那是他们最后看见他，当然那个在农场用枪打死他的人例外。"

"炮轰是怎么回事？为什么会发生那种事？"

"那天早晨，汉弗里连长接到总部命令，说要立刻撤回驻防人员，总部决定用炮火摧毁那个村落，炮轰在7点30分开始。汉弗里连长用无线电和锡德尼联络，命令立刻撤离，锡德尼得知了消息。"

"但是全班并没有撤退。有什么证据证明汉弗里连长给那一班人下过命令？"

"连部的每个人都做了证,副连长、连部文书、汉弗里连长的通讯员。"

"可是为什么锡德尼没有通知班里其他人?"

"因为在传递消息前他就被杀害了。"

我不解地问:"在炮轰中被杀害?"

"不,"莫伦警官从口袋里摸出一支雪茄,"那班幸免于难的几个人回到连部后,立即着手调查。医护人员找到了锡德尼的尸体,虽然被炮弹炸毁了一部分,但不厉害,还查出他是被刺死的。"

莫伦警官点燃雪茄,继续说:"调查人员推论事情是这样:汉弗里连长把撤退命令发给锡德尼,锡德尼和罗宾住在同一间茅屋,只有他们俩,罗宾起了歹念,也许他问过锡德尼是否想参与,也许没问,我们永远不会知道。总之,锡德尼在通知班上人员撤退之前,就被罗宾杀害了。然后,他可能把锡德尼的尸体藏在什么地方,自己溜进丛林,等候炮轰。

"炮轰结束后,他回到那个村子,遇到同班的人则说自己侥幸未被击中,同时还质问炮轰自己军队是为什么。"

"锡德尼身上的刀伤是怎么回事?"我问,"如果有人发现,罗宾怎么解释?"

"当然,这只是猜测。不过,我认为那就是罗宾在炮轰后回村的原因。他准备在锡德尼衬衣下放一枚手榴弹,以掩饰炮轰前没发出消息的事,因为他怕其他人听见。"

"他怎么知道锡德尼没把撤离的消息传出去?"

"他没必要知道。假如班里的人像他预期的那样都被炸死,就不会有活口说他和锡德尼曾住同一间小屋。军方推论,锡德尼收到消息时,可能误解了军令,那只是一次失误,那种事经常发生。"

"所以当罗宾看见幸免于难的人从丛林出来时,他知道唯一的机会就是逃亡?"

莫伦警官点点头说:"他回到了美国。这种误伤的事发生过,士兵们被遗弃或在丛林里被捕,但他们总会在天知道的地方出现。我从不怀疑这些人包括罗宾在内回到美国来。"

"保险金呢?"我问,"特雷弗和锡德尼一死,整班人不是可以分到两千元?当然,罗宾除外。"

"不。他们决定不碰那笔钱,把那些钱送给锡德尼和特雷弗的父母,他们也取消了他们的协定,免得再有人有不良念头。"

"你有那些人的名单吗?"

"有,汉弗里连长人很好,他以认识连上的每一个兄弟为荣。自从他们退伍后，他没见到他们中的任何人，不过，他还记得那班人的名字，我从退伍军人管理保险部门查到他们现在的住址。"他打开记事簿，"一共有五个，基斯、卡洛、格伦、利欧和雷克司，但我们可以划掉雷克司和利欧两人。"

"为什么？"

"利欧身高六英尺三英寸，体重两百二十磅，不符合凶手特征。雷克司是出名的'红仔'，因为他的头发像火焰一样红。现在，最明显的嫌疑人是卡洛、基斯、格伦。我们可以从卡洛调查起。"

我们在市府大厦地下室警察局车库借了辆车，由我驾驶开上街。

我说："假定杀害罗宾的凶手不是卡洛、基斯，就是格伦，那我不懂，凶手怎么知道到哪儿去找他？"

"罗宾的老板约瑟夫先生在我们那一带是个家喻户晓的人物，那时他正竞选议员，《生活》杂志的摄影师们蜂拥到他那儿，为他照了不下两百张照片，其中有三张登在杂志上，三张中有一张是约瑟夫坐在马上的英姿，背景是一位马厩的帮手正在打扫。那个帮手就是罗宾，他不知道自己也被拍了进去。我猜他们那几个人中有人看到那幅照片，乘飞机赶到那儿杀死了他，天亮前再赶回原地。"

卡洛住在大学校园的一幢公寓大厦里，莫伦警官和我在楼道信箱上找到他的名字，然后乘电梯上五楼，莫伦警官按了按五一八号房门边的电铃。

房门打开时，我们才知道卡洛是个印第安人，从他容貌上一看就能看出来，绝对假不了。

我们表明身份，卡洛请我们进去，他问："有何贵干？"

他的公寓经济实用，我们敲门时他正在看书。书本摊开着，我看出那是一本法律书。

"你认识罗宾吗？"莫伦警官问。

卡洛一下子变得高深莫测，说："过去在部队里认识。怎么了？他是不是惹什么麻烦了？"

莫伦警官不准备透露任何事情，他又问："你知道罗宾现在在哪儿吗？"

"我连他是不是活着都不知道，三年前他在越南丛林里失踪。"

莫伦警官微笑着说："罗宾离开了丛林，而且回到了美国。"

卡洛两眼闪动了一下，说："他还活着？"

"我可没那么说。他回到美国，两年前挨了一枪，死了。"

卡洛抱着双臂，等着警官把话说下去。

"我找汉弗里连长谈过，"莫伦警官说，"他告诉我有关你们班上的事，包括你们的保险俱乐部，还有那次炮轰。他说你们每一个都发了誓，假如再看见罗宾的话要杀了他。"

卡洛耸耸肩膀说："我们并没有围坐一圈举行仪式取消那誓言。不过那是四年前的事了，过去的就过去了。"他指指桌上的文件，"就我个人而言，部队里发生的事已成过去，现在这才是我的生活，我不会冒险去杀害任何人，即使杀罗宾也不干。"

"罗宾命案里有一位目击者，"莫伦警官说，"他说凶手中等个子，黑头发，中等体重，穿白T恤衫、灰色长裤。他还听到凶手和罗宾之间的谈话，我们知道凶手肯定是你们班的人。"

卡洛面无表情地说："现在这位证人在哪儿？"

莫伦警官清了清嗓子说："不幸的是证人也死了。"

卡洛慢慢地露出笑容，说："凶案发生在两年前，而你们现在才来找我？"

莫伦警官有点儿尴尬，他说："证人没有机会说，一直到上星期他死之前才吐露真相。"

卡洛的笑容展开了，说道："这位已故的证人还提到凶手什么了？比如肤色，白的还是黑的？或者是黄的？红的？"

莫伦警官想了想说："没有提到。他可能忽略了这一点。"

卡洛大笑起来，说："你这样认为吗？"

我们离开公寓后，我问莫伦："我们来之前，你早知道卡洛是印第安人，对吗？"

"嗯……是的，"莫伦承认，"不过我必须亲自看看他是个什么样的印第安人，如果他没有文件证明的话……"

我们开车来到基斯家，房子坐落在城东。

莫伦和我向房东太太表明了身份，她问我们："他犯了什么法？"

"我们只是想问他几个问题。"莫伦说。

她回答说："他不在。"

"在哪儿能找到他？"莫伦问。

"他在福利医院，住了两星期了。"她叹了口气，"可怜的人儿，他老生病，不停地进出医院，我一直为他保留一个房间。"她打量着莫伦说："你不会是那个打电话来的人吧？"

莫伦皱着眉问："有人打电话找基斯？"

她点点头说："我同样告诉他他住院了。"

"打电话来的人没说他是谁？"

"没有。"

在福利医院，我们询问一位主管，"我要查贵院的一位病人，"莫伦说，"他叫基斯，我们想查查 1969 年 5 月 15 日左右他是不是在这医院里。"

那位先生带我们到档案室查基斯的资料。

"是的，整个 5 月到 6 月中旬，基斯都在这儿，他是我们医院的老病号，服役期间受的伤。"

"住院期间病人能随便离开吗？"莫伦问。

"他们是病人，不是囚犯。但他们没有经过院方许可就放弃床位的话，要再住院就困难了，我们床位很少。"

"暂时离开一两天，"莫伦说，"或是出去一个周末，你们允许吗？"

"是的，我们允许。"

"刚才查过的那个日期里，基斯有没有出去的纪录？"

他摇摇头说："恐怕没有。这种事没有保留纪录的必要。"

莫伦说："我们能去病房看看基斯吗？"

他同意了。

我们在服务台前问护士小姐基斯在哪个病房。

她指了指一个靠在病房左边床上看书的人说："他今天人缘挺好。"

莫伦搓搓下巴问："人缘好？"

她指指桌上的电话说："十五分钟前有个人打电话找他。住在这儿的病人很少有电话，探视的更少。"

"你知道是谁打来的电话？"莫伦问。

"对不起，我没注意。他也不怎么说话，多半是在听。"她皱了一下眉头，"他挂上电话时，我听他说了句：'谢谢你，卡洛'。"

莫伦和我走进病房，来到基斯床边。

基斯只有一只胳膊。

他淡淡一笑，问道："有事吗？"

莫伦眼睛离开基斯的衣袖。"卡洛打电话通知你啦？"

基斯没有否认："是的。"

莫伦叹了口气说："你比其他人更有杀罗宾的理由，他使你失去一只胳膊，不是吗？"基斯看着我们，过了一会儿才说："还有一个肺，一个肾，还有一段小肠。"

莫伦说："我相信你能向我们提供一些消息，帮我们了结这案件。"

"案件？"基斯的笑容消失了，"你们把它当成犯罪，我倒觉得像是报应。"

"我理解你的心情。"莫伦说，"不过，法律上这仍是一桩人命案。"

"为什么凶手会是我们班的人？罗宾可能有许多敌人。抱歉，"基斯说，"我帮不上忙。"

我们离开基斯那儿的时候，莫伦问护士小姐："基斯少了一只胳膊？"

她对这问题似乎大感意外："是呀，你看见了，不是吗？"

莫伦脸色微红，说："是的，我们看见了。"

我们往外走时，莫伦觉得有责任解释清楚："我必须问问她关于胳膊的事，基斯很可能把胳膊藏在衣服里，把袖口别起来骗我们。"

回到汽车上，莫伦翻开他的记事簿，找格伦的住址。

"一定是格伦无疑，"他语气坚定地说，"只剩他一个人了。"

"假定他只有一条腿呢？"

"那我们也可以接受，凶手穿着长裤，长裤可以掩饰，但失去一只胳膊就不行，他穿T恤衫，记得吗？"

"格伦除了符合凶手的模样外，还有没有别的？"

"汉弗里连长记得他是个很沉默的人，喜欢看书。"

格伦住在一个高级住宅区里。我注意到楼梯边有个坡道通到前门。

一位肥壮的中年女人为我们打开门，问道："找谁？"

我们表明了身份。

"请进，"她说，"他正在等你们。"她领我们进入起居室，自己进了厨房。

起居室像是被改成了图书室，四周全是顶到天花板的书架，好多书散放在桌上和椅子上。格伦坐在房间中央的一把轮椅上。

莫伦神色看起来好像立刻需要两片阿司匹林。

格伦合上正在阅读的书籍，摘下眼镜，问："有什么事？"

"卡洛给你打电话啦？"莫伦问。

"是的，"格伦说，"他告诉我关于钱的好消息。"

莫伦说："你是发誓要杀罗宾的人之一。"

"是的，事实上，我们全都发了誓。但我不知道有多少人会真正去执行。"格伦的眼睛眯了起来，"特雷弗和我私交很好。"

"特雷弗？"莫伦皱皱眉，想起特雷弗是谁了，"哦，是的，他是在炮轰中殉职的那一个。"

格伦点点头说："特雷弗和我是小学和中学同学，我们一起应征入伍。"

莫伦问："你坐轮椅有多久啦？"

"三年多。我在哈林顿纸厂仓库工作时受的伤。一堆报纸卷筒掉下来，把我压在地上，以后就不能行走了。"

我一直在打量房间四周，问他："你上过高中？"

"是的。"

"退伍以后，你就到哈林顿纸厂工作？"

"是的。"

"你没想过上大学吗？"

"没有。"他微笑着说，"对正规教育我一直没兴趣，但不反对学位。"

离开格伦那儿后，莫伦似乎更严肃了。他在电话簿上找到纸厂地址，我们去了那儿。

我们找到人事室负责人。

他翻翻格伦的资料，说："噢，是的，一个有趣的协定。"

"赔偿多少？"莫伦问。

"格伦拒绝赔款，最后的协定是，公司继续付他医药费，外加每月一笔生活费，费用多少要根据全国生活消费指数来定。"

"为什么这么做？"

负责人笑着说："虽然我不同意这么办，但格伦先生的聪明我不得不服，这样公司就不得不每月给他一笔固定的薪水，还要随着通货膨胀率逐年增加。"

莫伦沉思了一会儿问："这些赔偿要付多久？"

"只要格伦不能谋生就得付。他这辈子恐怕要终生吃公司了。"

"公司的医生彻底检查过他了？"

"是的，很彻底。"

"他们的结论呢？"

"格伦永远不能行走。"

在屋外，莫伦叹口气说："这是不可能的，他们中没有一人有杀害罗宾之嫌。"

"你有雷克司的地址吗？"我问。

他阴郁地点点头。

雷克司住在城西一幢破落的公寓里。他不在家，管理员告诉我们他工作的地方。

我们开车到城郊一个废车场。

雷克司的老板看了我们的证件，然后问道："雷克司又犯了什么法？"

"我们只是要和他谈谈。"莫伦说。

老板走到小屋门口，叫道："雷克司，来一下。"

几分钟后，雷克司穿着油渍渍的工作服出现了。

老板指指我们说："两位警察要和你说话。"说完他就离开了。

"你认识罗宾吗？"莫伦问。

雷克司咧嘴笑了笑说："我知道，我接到了电话。"

"卡洛打来的？"

"我忘记是谁了。"

莫伦问："你是立誓杀罗宾的人之一？"

"是的，而且我还很认真。如果他今天还活着的话，我一见到他就要宰了他。"他说，"不过也许我会想些聪明的办法。"

"什么聪明办法？"

"就拿我这头红头发来说吧，要去杀他很危险，万一有人看见我，一定过目不忘，所以，我必须先从头发上想主意。"

"想什么主意？"

"我必须把头发剪短，然后弄顶假发，比如茶色的，稍微改一下装束，以防万一。"

莫伦说："你是在告诉我们，案子是你干的？"

雷克司似乎颇为得意地说："你还不向我念我的权利吗？"

莫伦小心地接受了他的建议："你有权保持沉默……"

雷克司打断他的话说："你们不想知道罗宾挨宰那天晚上我在哪儿吗？"

莫伦咬了咬牙说："快说！"

"我在州立监狱。"雷克司骄傲地说，"我们几个抢劫超市的保险箱，我坐在卡车上为他们放哨。因为我是初犯，所以判刑较轻，现在我还在保释中。"

莫伦问："谁是你的保释官？"

雷克司说出保释官的姓名和电话。

莫伦立刻给监狱打了电话，得到证实说，罗宾遇害那天晚上，雷克司的确在监狱。

回到汽车里，莫伦和我决定，现在我们算是下班，然后到附近酒吧喝一杯。

莫伦啜着威士忌掺苏打。他眨眨眼说："我刚刚想到，汉弗里连长本身就是中等身材，中等体重，黑头发，你想没想过，他对连里发生的事，会很愤怒……"

"我可没那么想。"我说，"凶手说过，'你想把我们全给宰了，假如不是那个地道的话，我们全都完了。'"

莫伦说："肯定是他们中的某一人杀的罗宾。"

是的，是他们中的某一个人，我想我知道是哪一个了。

"对不起，"我说，"我去打个电话。"

我走到公共电话亭，关上门，翻着电话号码簿寻找我要找的号码。

五点嫌疑：

利欧太高太重，不会是凶手。

雷克司案发之夜在牢房里；卡洛是印第安人，也不符合特征。

为什么汉弗里连长没有告诉莫伦格伦腿有残疾？因为他不知道格伦受伤不能走路。

为什么汉弗里连长没有说基斯只有一只胳膊？

我拨通电话，找到福利医院的管理员。

他花了两分钟才找到基斯的资料。

"基斯在越南负伤很重，不过，他在那儿并没失去胳膊，那是八个月前出车祸才撞断的。"

我们在福利医院看见一位独臂人，就立刻认为他是在越南受伤失去的，但是在美国，十个截肢手术有九个都是因车祸和工伤意外，而不是战争。

莫伦曾问道："你比其他人更有杀罗宾的理由，毕竟，他使你失去一只手臂，不是吗？"那时基斯就明白，我们不知道罗宾死亡时他的双臂仍然完好，断臂正成为他不在场的证明！

挂上电话，我站在公共电话亭门口。

除了基斯是中等身材、中等体重、有黑色头发，罗宾遇害时他两臂尚完整这些事实外，我们还有什么证据？

安德鲁已死亡，没有证人了。

我们能起诉基斯吗？更甭提开庭审问了。

我认为起不了诉。

我们要做的，只是给这位受够人间折磨的人增添更多烦恼而已。

我回到酒吧莫伦那儿。

他快快不乐地看着他的饮料说："嗯，你没有办法全胜。"

"是没有办法。"我顺口说，然后，我就闭嘴不语。

越　狱

　　他已经退休两年了，但仍然梦见那沉重的铁门在他身后轰然关上，他又回到了里面。

　　迪埃茨过去常说："在这里判处终身监禁的不只我一个，还有你。"

　　这次的梦境是那样清晰，要想摆脱掉它，必须起床，在半夜3点钟到黑暗的前廊去。他脚下，伟大的寂寥河正穿过银色的迷雾向前流淌，哗哗的流水声让他的心安定下来。他再也不会回到那个地方去了。他要在那扇门外度过余生。

　　他靠在前廊扶手上，一个老派的大个子男人——健壮的身躯，宽阔的双肩，粗壮的手臂，头发已经灰白，就连胸毛也已斑白。

　　他思念佩格，希望她能回来和他一起住在这里，但是大块头C已经把她带走了。她肯定会喜欢他现在的这种生活，这是他自己的领地，地处北方，夏季凉爽，到了冬季，在亚利桑那州还有个夏令营要他管理，他可以免费住在那里。这两个地方，在漫长的下午，他都可以穿着高筒涉水胶靴，手持钓鱼竿，寻找清澈的水塘，享受他最喜爱的钓鱼乐趣。

　　最重要的是，没有了山顶、厚墙、聚光灯和大铁门的阴影。他在那里升迁到了警卫队长，在那里，绝望和激怒的阴云沉重地悬在空中，就像河上的迷雾一样，肉眼就能看见。

　　那个地方在他心中留下了阴影，有时这阴影甚至笼罩了他这间小屋，虽然这间小屋离那里很远很远。

　　他掏出烟斗，填满烟丝，点上烟，边吸边想。姑娘们就睡在他身后屋里。两个14岁的女孩，一个是他的孙女梅甘，一个是她最要好的朋友安妮。到了早上，牧场那边的男孩子要过来，他们要乘坐汽车内胎到湍急的河水中去嬉戏。那种游戏看起来真有意思，他自己都想要加进去。对这两个 14 岁的女孩来说，男孩子太小了，他很放心让女孩和他们在一起，不会发生性的问题。其中一个男孩有个漂亮的哥哥，19 岁，这也不是问题。和这些女孩相比，他又太大了。但是女孩们也可以和他一起玩。怎样对她们才有好处呢？等她们长大了以后，等她们能严肃地和异性交往过以后，她们会回忆起这段时光的。

他想到，你错了，迪埃茨。我终于摆脱了终身监禁。现在我看着自己的孙女长大，在自由的天空下漫步，我的生活充满了单纯的快乐。

迪埃茨第一个越过铁道护坡，在对面树林里藏着一辆本田微型车，拉尔斯顿兑现了他的承诺。那两个年轻的家伙——摩根和布莱德罗——迅速跟上了他。

迪埃茨有 50 岁了，但看起来要老得多。他非常瘦弱，肤色灰黄，一头白发显得很不健康。

但是他的眼睛依然露出智慧的光芒，行动敏捷果断，即使这样，他仍然是心惊肉跳。事实上，在这两个小时里他每分钟都心惊肉跳。

他跪在右前轮旁，轮前有块打了眼的石头。他拿起石块，用手指一摸，里面有把钥匙。

他用这把钥匙打开了右边车门。开门时灯光没亮，因为车顶上的灯已经取下来了。远处，警笛在夜空中尖叫着，传得很远。现在那里一定已经一片混乱，等当局控制住局面并查明有犯人越狱时，他们已经离开很远很远了。

车内有三套衣服，乘客座位上一套，司机座位上一套，后座上一套。在第一段路上他们在车中的位置早已确定，所以他们都知道哪套衣服是谁的。

他们在黑暗中脱了囚衣和鞋子，扔进一个大纸袋。他们爬过维修地道的时候浑身脏透了，但是车前盒子里已经预备了湿毛巾，他们用毛巾擦干净身体，然后把毛巾扔进装囚服的纸袋里。

他们很快穿上了工作衫、夹克、牛仔裤和靴子。摩根和布莱德罗本来都是工人，所以那些宽大的工装穿在他们身上很合身，而迪埃茨的衣服套在身上，好像重病一场刚从医院出来的人似的。

摩根折断燃烧管端部，塞进纸袋，将纸袋捆好扔进附近的沟里。当天边出现曙光，火焰不像在黑暗中那样耀眼时，定时器将启动，将纸袋和里面的东西烧掉，这样警犬就找不到了，也没人会注意泥污中的车轮印并想到他们是驾驶汽车走的。

他们在本田车内各就各位。后座上有袋三明治和两瓶咖啡。迪埃茨将从狱中带出的小包放在上衣口袋里，将衣袋扣紧，然后把手伸到座位下，摸到一把手枪，枪已经装好子弹，像拉尔斯顿保证的那样。现在他不怕摩根和布莱德罗找麻烦了，他已经能应付。不过他想他们不会自寻烦恼。他们可能是阿里安兄弟会那种类型，不过他们知道好歹，他们明白这个越狱计划是最好的。

布莱德罗启动了发动机。

"磁带。"迪埃茨从后座递过去。

布莱德罗将磁带插入录音机。他已经将头发全部剃光，连眉毛也没留下，戴了顶钓鱼帽将这些都遮住。

磁带沙沙响了十几秒，然后响起了萨维奇的声音。他好像是英国或澳大利亚口音。拉尔斯顿称他曾在SAS——地球上最强大的准军事组织之一——中工作。现在他是个自由职业的冒险家，价钱合适——当然是很高——时，他也安排这样的违法活动。

"首先，不要开车头灯。然后将里程表调到零，这一点非常重要。

"我想你们已经看到衣服里的钱包。打开看看里面的身份证，记住上面的名字，现在那就是你的名字。信用卡是好用的，不过至少在两天内不要用它买东西，信用卡会留下你们的踪迹。以后也只能用少额的钱购物。

"你们将驾车直奔目的地，只有在更换司机时才停车，必要时休息一下。无论何时只能有一个人睡觉，两个人必须保持清醒，每两小时轮换一次。

"手套箱里有报纸，纸背面涂了胶。将纸取出，贴在仪表板上司机容易看清的地方，那是对于行车路线的指示。切勿偏离这条路线。我们下了很大功夫才制定出来，是你们逃脱的最好机会。

"那张纸下端有个号码'三九七'。如果你们严格按照指定路线行驶，在指定的出口驶出州际高速公路，那时里程表上的读数应是三九七英里。你们将在右前方看见一个路边停车处，下面的灌木丛里有几只汽油桶，用来灌满你们的油箱，可供你们行驶到目的地。那里还有食物和进一步的指示。

"必须保持警觉。你们从监狱每驶出二十五英里，就会有另外的命令发出，增强警力封锁你们。到达一百英里时，他们只能靠特殊的信息才能抓到你们。州界是最危险的地方，他们会在那里集中力量拦截。不过我们已在路线图中做了周密考虑，如果你们严格遵守，你们就会成功。

"现在出发吧，伙计们！轻点儿踩油门，两天后我们在湖边见。"

布莱德罗把磁带交还迪埃茨。两小时后第一次停车时，他用脚把它踩碎，踢到草丛里。

摩根接替开车上路，继续他们的行程。

外面一辆汽车按响了喇叭，梅甘把最后一片烤面包塞进嘴里，跟着安妮向门口跑去。

"再见，爷爷。"

她们背着那么多的包裹，你会以为她们是去南极探险，不过她们的目的地是牧场，要在那里骑一天马。

米勒站在厨房门口，看着她们坐上牧场的轻型货车中间的座位。那是离司机最近的座位。这次是那个19岁的男孩开车。

明天早上她们还要休息，因为她们还不能从骑马的疲劳中恢复过来。下午他会送她们去弗兰克林的新商业街，去那里要八十分钟。在那里她们可以做姑娘们最喜欢的事——购物和挑逗男孩子。然后他带她们去吃晚饭——他希望去山核桃饭店，那里有美味的牛排，也可能在比萨饼屋，那也是她们想去的地方。饭后看场电影就回家。

星期天梅甘的父母将把她接走，又只剩他一个人了。不过不久后，就会有一对他在亚利桑那认识的夫妇来钓鱼，他们还打算在寂寥湖野营。

公园管理处在岸边立了块牌子，介绍这个湖是怎样形成的。在最后一次冰河期结束时，一个由冰雪形成的天然堤坝崩塌，洪水奔泻而下。洪水将房屋大小的石块向前推去，沉积在湖的北岸，湖水就被拦蓄在这里，没有冲下山谷。现在北岸布满了巨石和荆棘，无法通行。

南岸则很平坦。湖水像一块深蓝色的宝石，有八英里长。由于捕鱼的人少，湖里鲑鱼极多。唯一通向湖中的路是寂寥河，即使这条路也不容易走。在湖的上游约五英里处河水分了岔，绕过一个很高的花岗岩台地。北岔——因为它开始时向北流，所以这么叫——向前不久就化作一片由巨石、激流和瀑布组成的陷阱。一旦进入这条急流，就只有一条路可以出来——装在盛尸体的口袋里被抬出来。

东岔也让人紧张，但还可以设法通过。最终东、北两岔汇合，流入寂寥湖东端。

曾经有过一条路，但是在北岸恶劣的地形中很难找到。徒步旅行者有时走这条路，通过低地上一条坎坷不平的小路可以走到湖边。这条路上长满了黑莓树丛，还要准备和熊遭遇。

下星期他要用船把那对夫妇送到湖那边。既然他到了那里，就要在那里钓两天鱼，也许野营过夜。夜间湖上会升起一层白雾，万籁俱寂，甚至可以听见鲑鱼在水中吐气泡的声音。远处传来潜鸟那孤寂、恐怖的呼唤。那时他将点燃篝火，创造出一片噼啪作响、温馨亲切的光明，然后用黄油、野葱、土豆片来烹制他这天捕获来的美味佳肴。

生活也有美好的一面。在这伟大的寂寥河,你可以伸开两臂,将它抱个满怀。

摩根看到前面黑暗中有家酒店,便将本田车开到一个碎石铺就的停车场上。这里停满了轻型货车和多用途跑车——说明这里是工人,而不是雅皮士来的地方。迪埃茨看了看里程表,三百八十三英里。在路上加油时他们又重新调过了里程表。这说明他们一共跑了七百八十英里,几乎没离开过车。

摩根说:"我们要先找到你那个湖,把你留在湖边,继续赶我们的路。"

他和布莱德罗要去爱达荷州。他们在那里有朋友——光头党和白人种族主义者。当然那里也是当局搜寻他们的首选之地。

迪埃茨想,我和你们没有关系。我们只是暂时彼此需要,过一个小时就要分道扬镳了。

摩根迈着内八字步走向酒店。他从锁骨以下全身刺青,有万字、闪电等花纹。思考周密的萨维奇先生给他预备了高领T恤衫,把文身都盖住了。

萨维奇在汽车上用了俄亥俄州的车牌,因为这种车牌在美国各地最常见,没人会注意。

布莱德罗问:"你的朋友怎么接应你。"

"不关你的事。"

"好吧,他们总有办法接你走吧?"

"我们一开始就谈好了的,你们两个不许提任何问题。你们可以开着这辆车去任何地方。知足吧!"

"我想知道为什么他们这样需要你,他们把你救出来可要惹大麻烦的。"

"布莱德罗,别忘了,你也一样。"

"我和摩根不过是附带的行李。我们不过是给警察制造些麻烦,帮助你逃脱罢了。你曾经帮助过那家伙,我们听说过。"

迪埃茨抓紧了衣袋里的枪。

低声吼道:"布莱德罗,闭嘴!"

布莱德罗摇着头说:"你叫我闭嘴?"

"对,立刻闭上!"

但他没有掏出枪来,这会引发许多无法控制的事。这时摩根回来,打开了车门。

他扔给布莱德罗一罐啤酒，说道："给你带来一件礼物。"

他自己也有一罐，什么都没给迪埃茨带。迪埃茨是多余的。

"问清道路了吗？"迪埃茨问。

"要拐到洛厄里山谷路上去，离开现在这条路。可是那条路不全能通行，迪埃茨。"

"我早就知道，不过已经够远了。"

二十分钟后，他们拐上了那条路。摩根在坎坷的路上开得太快了。又开了十分钟，一只鹿从黑暗中窜出，摩根赶紧转动方向盘，但仍撞上了它，车又撞到树上，最后滚进了沟里。

车前灯仍亮着，穿过暗夜，照向前方。布莱德罗首先爬出来，额头上一道又深又长的伤口不停地流着血。接着是摩根，他站起来又弯下腰去抱着受伤的臂肘。那只鹿倒在黑暗的地方，仍在痛苦地挣扎。摩根想走过去踢它，不是想止住它挣扎，而是要惩罚它。

布莱德罗俯身向车内喊道："迪埃茨！迪埃茨！"

他们不得不把他拉出来。他爬到路边，背靠树坐起来。

那辆本田成了废物。油洒了满地，像溅出的血。前窗布满裂纹，左侧深陷进去。

布莱德罗找到一罐啤酒。他拉开盖，泡沫喷到他手上和下巴上，他擦拭着头上流出的血，走向迪埃茨。

"我想，你的朋友们要接走我们三个了。"

"只怕没地方，"迪埃茨疲倦地说。

"那就让他腾出地方来。"

摩根道："我看见了灯光，在树林里，大约一英里远，可能是房子。"

"这里的房子里会有汽车，我们可以抢过来开走。也许根本用不着你的朋友了，但是你肯定还需要我们，迪埃茨。"

他明白。所以他现在还不能拔出枪来打倒他们，虽然他很想这样做。

他踉跄着站起来，摸了摸衣袋，知道那个小包没丢。于是他们一起上了路。

摩根发现的那座房子，迪埃茨肯定它是汤姆·米勒的。就是他传话给萨维奇说，在寂寥湖接他。他要再看米勒一眼，看看他在这里过的什么生活。这很重要，否则他如何能够评价他自己重获的自由？

他们投入了黑暗，他知道他为汤姆·米勒带来了灾难，他非常后悔。

女孩们正在看卫星电视，他坐在厨房桌旁拴鱼钩。他在经营一项小的邮购业务，主要原因是可以从中得到乐趣，还有就是他知道别人用这种假鱼钩钓鲑鱼很成功。

他终于听到了越狱的消息，是从无线电收音机听到的。没提逃犯姓名，只说了发生的事情。至于和他现在生活的关系，那就像发生在月球上一样。

地狱或哈里法克斯——这是他父亲常说的——离这里远得很。

这时从隔壁房间传来一声喊叫："爷爷！"

这是梅甘的朋友安妮喊的，然后传来梅甘的喊声："爷爷！爷爷！"

他站起身来，但是已经太迟了，因为门道上已经站了两个人。其中一人用条脏手帕包着光头，另一个捧着一条手臂，侧身紧贴着。米勒立即认出了他们是什么人。如果你半生都被锁在一只装满响尾蛇的笼子里，以后你绝不会把它们误认作无毒蛇。

"坐下，老头子。"光头吼道。

米勒不动。他说："你犯了个错误，小伙子。"

他声音里透出权威和震慑的力量，使那个伤了胳膊的人后退了一步。

如果他手中有警棍，他早已冲上前去了。先放倒光头，因为这个人不怕他，然后乘着余威让另一个投降。

他迅速扫视了厨房一眼，这里除了鱼钩以外没别的东西，甚至扫帚、拖把都没有，即使有其中一样，他也可以对付这两个人。

他曾经遇到过这种情况：一个犯人将一把刀扎入他的身体，他仍把那个犯人摔倒并制伏，等到其余的警卫赶到。

幸而其余的犯人没有上来，他们都对他心怀敬畏，虽然那是一种冰冷的感情。他那一副好身手很有名，他是有名的好汉。如果你家老太太遇到困难或同牢房的犯人欺侮你，你可以向他求助。如果你在牢里住久了，你总有一天会向汤姆·米勒求助，而他总会无条件地帮助你。

但是他不能容忍破坏纪律的行为。当你和野兽住在一起时，你必须用纪律约束所有的人。

"天哪！"伤了胳膊的人惊呼，"他是米勒。"

"米勒。"光头冷笑着，拔出刀来。

"这把刀还不够。"米勒说道。

"还有别的，那间屋里还有个人陪着那些女孩。"

米勒听见一个低沉、镇定的声音，那个声音试图让他们冷静下来，那是查理·迪埃茨。

米勒和迪埃茨单独谈了几分钟。米勒和女孩们挤在沙发上,他用手臂保护着她们,布莱德罗在浴室用绷带绑头上的伤口。摩根到外面去看米勒的轻型货车。

迪埃茨掏出了枪。现在让布莱德罗和摩根知道他有枪是必要的,这样才可以压制住他们。

迪埃茨说:"我没想到会发生这样的情形,汤姆。"

"我不为自己担心。我担心这些女孩子,查理。"

"如果那辆车不掉进沟里……"

"你们到这条路上来干什么?这是条死胡同,你知道吗?"

"听说有条小路。"

"在黑夜里不能走。这一带到处都是熊,跑也没处跑。"

"明天有一架水上飞机来接我。他们要一个偏僻的地点,我就选了这里。"

"因为你听我说过这里?因为你知道我退休后住在这里?"

"我没想伤害你,汤姆。我一直把你当成朋友,这你知道。只是我把事情搞糟了。"

"那么你最好帮我把他们收拾了,我看得出他们的心思。"

他说的是姑娘们的安危,但是他不说出口,以免惊吓到她们。但是她们终归会明白的。他能感觉出梅甘全身都在战栗。

"他们不会……"

"他们会,查理。看看那两个家伙。他们进监狱是因为他们没有理智,没有自制力。"

迪埃茨耸起肩。"你要我怎么做,汤姆?"

"浴室里有瓶止痛药,监狱里的医生给我的,因为我腰痛。一瓶啤酒里放六片就够了。"

"然后呢?"

"我退休的时候,他们送给了我两副脚镣,我保存得很好,现在可以用在他们身上。然后我送女孩们走,用橡皮船送你去湖里。做不做这笔交易,查理?"

迪埃茨看着他,"好吧!"他说道。

"你干了?"

"这是条出路,我正在找出路。"

布莱德罗从浴室走出来,头缠得很大,绷带已经渗出红色。

迪埃茨去浴室时，布莱德罗拿起了他的枪。迪埃茨不能不给他，不然他把米勒劫持了又会怎样？

布莱德罗说："老爷爷，我想应该把你锁起来。"

"你得换个想法。你没办法把我和女孩们分开。"

"我有办法。你不认得我手里的这东西吗？"

"你要第一枪就打死我才行，你来不及发第二枪我就掐住你的脖子了。"

他的手很大，布莱德罗想到，他说的每句话都是真的。

"好小子，你们这些家伙都一样。不过你会跪下来求我的。"

"妄想。"

这时迪埃茨去厨房了。他回来时拿着两杯啤酒，递给布莱德罗一杯。布莱德罗开始不想要，终于还是接过去了。他的头痛得厉害，喝杯冷啤酒会觉得好些。

迪埃茨返回厨房。米勒听到门开关的声音，摩根回来了。

"你先喝这一杯吧！"迪埃茨道，"我再斟一杯。"

摩根走进屋内，喝下这一杯。

"外面有什么？"布莱德罗问道。

"一辆加长驾驶室的轻型货车，差不多四年了。里程表上是七万英里。"

"我没打算买它。"

"它可以把我们送到想去的地方，这行了吧？"

"那么我们走吧，带些三明治路上吃。"

迪埃茨走进来说道："我要拿回我的枪。"

"不行，这枪现在是我的了，让那个萨维奇再给你一支吧！"

他想喝完那杯啤酒后，再把米勒和女孩分开，然后让摩根找根木棒打昏米勒。

过了一会儿，他放下杯子，迷迷糊糊地倒下了。六片止痛片加上酒精——这是让人躺倒的配方，只要几分钟就够了。

迪埃茨拿回枪，望着厨房那边。在那边，摩根趴在桌子上发出了鼾声。

米勒把女孩子送到门外说："骑自行车去牧场。"

"你去做什么，爷爷？"

"收拾这些浑蛋。"

他把他们拖出来，用脚镣铐在林边的树上。

迪埃茨在充气筏停泊的河边等着，他们一起把它放下水。米勒扶着，让迪埃茨爬进去。

303

"你坐在船头,我坐在船尾掌握方向。"

出发后,迪埃茨把枪放在膝上,米勒都看在眼里。

"你不用外面的推进器吗?"

"水流会把我们送到的。留着推进器回来时用。"

迪埃茨吸一口气:"我们是很久的朋友了,汤姆。"

"差不多三十年了。"

"我刚进去时还很年轻,那时我们都还年轻。你给我看的那些书……"

"我喜欢和你谈话,查理,你不像那些白痴。那些书算不了什么。"

"那些书对我可很重要,那些书让我感到我又是个人了。你还为我做了别的事。"

"我为那里的许多人做过事,只要需要的时候就做。你不能只靠揍人来维持秩序,在许多维持秩序的方法中,打人是最坏的。可是,查理,我想知道那里现在怎么样了,发生了什么事。"

迪埃茨迫不及待地要告诉他:"记得那家用犯人试验新药的大制药公司吗?你还在那里时它就那么干了。"

"记得,我很讨厌那件事。不能说犯人在这些事上是自愿的,只要待遇好些,食物好些,他可以做任何事情。"

"他们让我干计数的工作,对我来说,那是份好差事。后来有一家对方的公司愿意付钱来看我处理的那些数据。在监狱里,只要你用对了方法,就可以做任何事,而我在那里待了三十年,什么都懂了。因此,我终于和对方那家制药公司联系上了,他们派拉尔斯顿来见我。他装成一个对我的案子有兴趣的律师,让我能和他会见,把数据交给他,报酬则存入国外一家银行的户头。

"我给他们的数据让公司总部的人沸腾起来,他们想得到药的样品,自己生产这种药。那是一家马来西亚公司,真正的老板是德国人。

"我告诉了他们我的刑期。我要的不仅是钱,还要他们把我弄出去,到一个新国家。他们开始不愿意,但是我给的数据越多,他们就越沉不住气,终于答应了我的条件。他们把那个莫里斯·萨维奇找来,这不是他的真名,只是他干活儿时使用的名字。他把这件事安排得像一次军事行动,这里面大部分情况我都不知道。他怎样发动一场暴乱,怎样安排我们进入有地道的维修厂房,我都不知道,我只知道是他策划的。于是我到了这里。"

迪埃茨呼吸着夜间的空气,说道:"汤姆,你看,结果是我们两个现在都自由了。我们都服满了刑期,我们都能开始新的生活了。"

充气筏在水中嘶嘶作响。

米勒道："查理，记住你所犯的罪和为什么进监狱。"他说话的态度极严肃，声音极低，刚刚能够听到。

"我记得自己做过的事，"迪埃茨严肃地说，"为这个我受了三十年的煎熬。"

"那个女人和两个孩子。"

"我不知道自己是怎么回事，汤姆。到现在仍不知道，是真的……我再也不会做那样的事了。"

"我敢打赌你不会再做那种事了，查理。"

"你这样想吗？"

"是的。不过我怀疑自己是否有权力拿别人的生命赌博。在那个新国家，陌生的人们会惩罚你。"

"我已经付出了代价，汤姆。难道你以为三十年还不够吗？"

"他们接到最高法院的判决时会送你上电椅。"

"你希望他们这样做吗，汤姆？"

"我不该说这话……但是认识你这么长时间，我会说：不，不希望。问题是，你找到我门上来了，我必须做出决定。"

前面一块很大的台地在黑夜中出现，河水分开，向两边流去。

"你总是一个卫道者，汤姆。你要信守诺言，你对我做过许诺。"

"问题是，我还有颗卫道者的良心。希望你不要让我处于这种两难的境地，查理。我希望你离我远些，那就会是别人的问题了。"

他们向台地右侧流去，水流加快了，水声更响了。

"难道你不能照样过下去，让我远走高飞，就当你没遇到这件事？"

"我能。不过，如果你又犯了罪，我会后悔的。"

"我对你说过，那是一次过失，我吃错了药。见鬼，我不知道，我只知道自己后来再也没有过那种感觉。"

"可是，如果在一个月、六个月或一年以后你又有了那种感觉呢？那就是我的罪过了，查理。"

气筏飞速穿过急流，不停地颠簸，跳跃。

迪埃茨慌乱起来，"这是怎么回事？你要送我到哪里去？"

"送你去一连串急流险滩组成的瀑布中去，从来没有人从那里活着出来过。"

"汤姆，你这是干什么？"

"在到那里前我要离开气筏,只有一线生机,不过我会抓住这一线生机。我知道你不会游泳,查理。你只能留在这里了。"

"我有枪。"

"你最好现在就用。"

"我以为我们是朋友。"

"我们是朋友,不过我不能冒险。如果你曾仔细想过,你应该知道不该到我这里冒险。"

"你对我做过许诺,他妈的。"

"不,没有。也许我对自己说了谎。"

瀑布就快到了,他们就要被吞噬了。

米勒向侧面滚去,滚出筏外。气筏差点儿翻了,但马上就正过来。一股水流把他冲向侧面。

迪埃茨蹲下来,在不稳的气筏上,这是个最坏的姿势。他手中仍拿着枪,但没有射击目标。

"汤姆!"他绝望地喊着,"汤姆!"

然后瀑布吞噬了他。

他终于游出激流,爬过岩石,爬上河岸。他又湿又冷,回家的路还很长,每一步他都想起迪埃茨那愤怒的喊声。

不过,他到底是硬汉汤姆·米勒,他做了该做的事,任何怜悯、自责都像地狱与哈利法克斯那么远。

先下手为强

华伦先生吻吻太太，说了声"早晨好"，从太太的胖手里接过一杯咖啡，然后在报纸后面坐下来，假装看报。其实，他正在盘算如何把她干掉。

他们已经结婚两年了，不错，这个老女人很有钱，可是，凯琳已经等得不耐烦了。

"亲爱的，我们阳台正下面，开了一朵玫瑰花，"华伦太太走进来说，"这太有意思了，对吗？就像是我们自己的小花园。今天晚上之前，它会开花的。我们结婚两周年舞会上，我要把它摘下来戴在头上。"

那一刻，华伦先生脑子一闪，想出了一个主意。今天晚上，他要带她出去，走到阳台边上，叫她指给他看那朵玫瑰花。然后，一抬，一推……他可以想象阳台下面，阳伞和桌子中间，有一团不成形的东西；他还可以听到自己痛苦的低语："她为了看那些玫瑰花，身子一定是太探出去了。"

当然，他会继承她所有的金钱，也会受到人们的怀疑，不过，谁也不会看见发生了什么事。只要没有过硬的证据，就没关系，他并不在乎人家怎么想。

凯琳住在一栋廉价的房子里。身边这个老女人对他够大方，经常送他礼物，为他付账，但是，对他的零用钱抠得很紧，使他无法在凯琳身上花多少钱。凯琳中午11点钟等他，他必须找个借口，比如理发或者买衬衣等等类似的理由溜出去。华伦太太对他说，整个上午都是他的，可以自由安排。她没说中午是不是回家吃饭，因为她答应到迪奥旅馆，然后去上舞蹈课。

"你上你的舞蹈课！"华伦先生说，开玩笑地拍拍她，"我想你是爱上那个叫毕克的舞蹈教师了，你总是和他跳舞。"

"噢，亲爱的，我以前总是和你一个人跳，可是，结婚后，你似乎放弃跳舞了。"

"记不记得在乔治家的那个晚上,我们一起跳'蓝色多瑙河'的情景?"

和她相处的时间不多了,回忆一下过去,让她高兴高兴。

"那天晚上,你不肯接受小费,你说,不愿让金钱玷污我们之间纯洁的爱情,所以,第二天我就买了只金表给你,作为补偿,你还记得吗?"

他们沉浸在甜蜜的回忆中,然后分手,各干各的去了。

华伦先生趴在一张椅子上,向他的情人凯琳说出他的计划。凯琳是个金发碧眼的姑娘,因为有些激动,本来就高耸的胸脯此时一起一伏的,散发出令人难以抗拒的诱人气息。她恨不得马上就和华伦过上富足的生活。

与此同时,华伦太太正在舞蹈老师毕克怀里,笨拙地扭着舞步,嘴里还哼着调子。毕克凑近华伦太太耳边,说:"可爱的小女孩,昨晚我没接受你慷慨的馈赠,你没生气吧?我只是不想让金钱玷污我们之间纯洁的友谊。"华伦太太一点也不难过,她带来一只白金手表补偿他曾经拒收的小费。

华伦先生回家时,带着一只二手的钻石发夹,准备送给太太。花那么多钱买礼物是有点浪费,但是,事成之后,他可以随时把它转送给凯琳。绝对没有人会怀疑,一位刚刚买钻石发夹送给太太做结婚两周年礼物的人,会是谋害太太的凶手。

看到礼物,太太显得非常高兴,现在需要的是把一朵玫瑰插到头发上面,然后,她就准备和丈夫一起下楼吃晚饭。

华伦先生觉得,真正的谋杀是世界上最容易的事。

他们一起来到阳台,探身向下望去。

一举,一推——一声惊恐的哭叫。一群人从阳伞下跑向那个摔成一团的人。出人命啦!快叫救护车,报警,用旅馆的桌布盖一下……

警察冲进旅馆套房,不错,沙发上坐着紧握双手、头发凌乱、猫哭耗子的人。那人痛哭流涕地向警方讲述那可怕的故事:

"他一定是为了看玫瑰花,身子太探出去了。"华伦太太开始说道。

翡翠项链

杰克把车停在斜坡脚下路旁。这一带的住宅，家家都有略微倾斜、宽阔而昂贵的草坪。他踏上和车道平行铺设的大石板，注意到石板上有些需要修补的小洞。屋旁的车库里，一部新式的凯迪牌汽车探出半截身子，车后部的挡泥板已被撞裂，撞痕上的斑斑红锈，表示它在被撞后很长时间内都没有修理。草坪看来还不错，但还需要更细致的整理。草坪上有把旧的羽毛球拍，裂开的框用胶布粘贴。看来，丹福尔一家要维持生活，已经比较拮据。

丹福尔太太为杰克打开门，她身穿比基尼泳装，一条色泽宜人的大手帕半裹着头，面对眼前这位身穿西装的陌生来客，尽管她的声音温和高雅，但杰克仍能听出她尽力掩饰的一丝疑惑。

"请问，您找谁？"

杰克做了自我介绍。丹福尔太太投给他一个略显不安却又愉快的微笑，两眼瞅了一下他的双手。

"你是来送支票的？"

"对不起，夫人，我不是。"

"哦，当然不是。"她像惩罚自己似的咬了咬嘴唇。

"抢劫案发生后，不会这么快就获得赔偿。"

她头脑中思想活动很激烈。两眼投射到了他的口袋上，神色有些惊恐，不过，声音仍透出愉快。

"不会是你们已追回被劫的珠宝了吧？"

"对不起，夫人，没有，我们没追回珠宝。"

先是松弛，后是惊慌，两种情绪交织混合在一派纯真迷惘的掩饰下。

"可是，我不懂，那你到这儿来干什么？"

"您先生在家吗？我在想，我是不是可以和丹福尔先生谈一谈？"

"当然可以，请您跟我来。"

她领着他，穿过屋子，来到后院的游泳池边。穿越房间的过程中，杰克瞄到餐厅里的短茶几上有一叠账单，最上面的一份，盖着刺眼的"逾期未纳"红色印章。即使他先前不知道，现在也明白了自己该如何对付丹福尔夫妇。他们所做的一切显然并非由于贪婪的本性，而仅仅是生存的需要。

"丹尼？"

起初，杰克并没看见丹福尔太太和谁说话。丹福尔先生穿着短裤，正在洗游泳池。他爬出泳池，上了院子，擦干净手，和杰克握了握手，然后瞥了一眼杰克递过去的名片。只那一瞥，脸上的微笑便被不安的警觉扫得无影无踪。

"保险调查员？你是来调查上次我们被抢劫的案子？"

"正是如此，我想和你们谈谈，关于你们申请赔偿的事。"

"当然可以，我想我们最好坐下来，那样更舒服些，坐在这儿，喝点儿什么？啤酒好吗？"

"好，谢谢。"

"我去拿，丹尼。"丹福尔太太说。

杰克注意到丹福尔太太临走前投给丈夫一个警告的眼色，丹福尔先生微微点头。杰克微笑着，和丹福尔先生谈周末的天气和交通状况。

丹福尔太太回来了，手端一个盛有啤酒和玻璃杯的托盘，放在一个有遮阳伞的桌子上。

"关于我们申请赔偿的事有什么问题？"丹福尔先生一边问，一边熟练地把啤酒倒进杯子里。

杰克将手伸进口袋，从里面掏出一份剪报。

"一位匿名者寄了这份东西给我们，邮戳是本地的，信封上没找到指纹。"

丹福尔夫妇在阅读这份报告时，杰克两眼死死地盯着他们。故事内容杰克记得很清楚，细节也很明白：两位持枪蒙面大盗，强行进入了丹福尔夫妇住宅，发现只有丹福尔太太在家，他们强迫她打开保险箱，交出珠宝首饰。这一部分没有问题，问题出在被抢劫的珠宝清单上。他知道，丹福尔夫妇看到匿名者所圈起的"翡翠项链"四个字时，他们会有反应，尤其是在读到匿名者在剪报旁边批注的几个字时，那几个字是"这是胡扯"。

丹福尔太太脸色惨白，丹福尔先生则满脸通红，他们看到末尾，丹福尔先生耸了耸肩，将剪报递还给杰克。

"对这件事，你要我们讲什么？"

"人家的'胡扯'是不是胡扯？请等一等，在你回答我的问题之前，让我先做一两点说明。我必须坦率地和你们讲，当我们接到你们的赔偿申请时，在赔偿之前的第一个想法是，要肯定这是不是你们自导自演的抢劫把戏。人们经常自己抢自己，其案件之多，令人吃惊。不过，你们的这件案子，我们尚不表示怀疑。"

"谢谢！"

丹福尔先生虽然费力地吞了口口水，但声音依然很干燥。

杰克皱了皱眉头。

"是的，我们知道有那么两个人，虽然我们不知道他们是谁，或是躲在哪儿，因为他们太狡猾，但我们认得他们的做法，这并不是他们第一次搞鬼。不过，使我们迷惑不解的是，为什么他们要寄这张剪报给我们。"

"你说这份剪报是一位匿名者寄来的，那么你怎么又肯定是他们寄的？依我看这是个无聊透顶、专门没事找事的人做的。罪案对于无聊之人的吸引力，就像糖浆吸引苍蝇一样。"

"那倒是真的，不过瞧瞧它的语气，假如我们假设这份剪报是歹徒寄来的，事情就会显得更符合情理些。但是，假如真是歹徒寄来的话，事情就变得很有趣了。假如事实不是那样，为什么他们会那样说？他们没理由对所犯的罪撒谎，如果我们逮到他们的话，无论翡翠项链是不是赃物，他们也要被判同样的刑。"杰克眯着眼睛看丹福尔夫妇。

"为什么一位无聊透顶的人要加害你们，在你们的赔偿申请上开玩笑？"

"无聊透顶的人还需要理由吗？"

杰克叹了口气。

"让我就另一个观点说明一下，我是凭我多年的工作经验而言的。我发现，有些生意不景气，或者在股市运气不佳，或者家里有人患病，开支日益增加的人，或者纯粹是贪婪的人，在遇到不幸时，往往想从我们公司捞回大部分损失。

不过，基本上，人都是比较诚实的，他们在慌乱中急于报案，往往多报一些，事后呢，虽然领悟到报失的东西实际上根本没失窃，因为是人，他们羞于承认他们在慌乱之中所犯的错误。

我的任务有一部分是给人们改正错误的机会，在我警告人们谎报和将错就错就是犯罪时，我总是向他们保证，无心的错，在正式申请赔偿之前改正不算犯罪。

当然，假如改正得太迟的话，他们必须面对这样的结果，他们是处心积虑，有意欺诈我们。我无意吓唬你们，你们了解——我只是公事公办。"

"我们了解。"

"好，那么现在留给我们的唯一事情就是，请问二位，是否想重新修正被劫物品的清单？"

丹福尔夫妇互相看了对方一眼，然后，丈夫将椅子向后推，挽起妻子的手臂，以凄楚的神情看着杰克。

"让我们私下说句话，好不好？"

"当然好。"

丹福尔夫妇默默走过后院，杰克善解人意地朝向另一个方向，不过当他举起酒杯喝啤酒时，他依然可以在杯子上看出两个扭曲的人像。

丹福尔夫妇返回桌边，丹福尔先生努力用嘴角做了一个古怪的微笑。他说：

"是的，我们要改正被劫物品清单，抢劫案发生当晚，我在城里过夜，办公室工作忙到深夜时，我经常那样。那天早上我把翡翠项链带出去，想找珠宝商多镶几个什么钻石上去，在结婚纪念日给我妻子一个惊喜。

"当我妻子打电话告诉我发生劫案时，我所关心的只是她的安危，两个歹徒逼迫她开保险箱，但没伤害她。我忘记告诉她，我已取走了项链。一直到我明白她将项链列入被劫物品清单时，她已把单子开给警方，并且见报，我想改正已经迟了，我一直有心……"

"项链呢？"

丹福尔先生两眼闪烁不定。

"我没送到珠宝商那儿，它还在我的公文包里。"他的脸涨得通红。

"我最好放回保险箱。"

杰克点点头。

"没关系，我说过，这时候改正都是受欢迎的。"说着，站起身来告辞。

丹福尔夫妇手挽着手，目送杰克离去。

杰克驾车离开时，回头望了一眼，对他们挥了挥手。

杰克在公路旁的一个电话亭边停车，他说：

"嗯，我让他们讲真话了，不出所料，项链一直在他们身边。当然，他们说是疏忽。不过据我推测，丹福尔先生可能带着项链到城里去出售或典当。他留在城里头过夜,准备第二天上午再到当铺或珠宝店转转,碰碰运气,当他妻子告诉他被抢劫的消息时,对他们来说是个意外收获,他们也就决定浑水摸鱼了。"

说到这儿,他对着话筒微笑。

"他们害得我们互相猜疑,这使我很生气,你想想,我们看到报纸上的物品被劫清单时,互相猜疑、生气。好在项链就要回到保险箱里,伙计,等着我们再去取。你什么时候准备好,我们什么时候出发,我随时恭候大驾。"

爱情与投资

爱德华说，没有一桩投资是不冒风险的。

"你是股票经纪人，最有发言权，"乔治说，他是一位医生，很注意投资，"不过，我喜欢投资股票，它比较保险。"

"公共基金更好。"亨利说，他是一位律师。

他们三个是好朋友，正在爱德华家聊天。

"很难说风险有多大，"爱德华继续说，"比如，有些好像非常保险的投资，最后却一败涂地。人类感情方面也一样，也有风险。"

"感情？"乔治说，"在股票上？"

爱德华说："投资人要经历恐惧、贪婪、期待、不安、空虚、满足、失望等感情。把感情转变成行动，你就可以看到其价值了。"

这时候，爱德华太太走进来，三位男士高兴地看着她。她比爱德华年轻二十岁，有一头闪亮的褐发，一张美丽的脸庞和诱人的身段。她微笑着问："你们需要什么吗？"她看看四周，从电壶里为他们倒咖啡，"爱德华，我要出去一下，过几个小时回来。"

"好好玩去吧！"爱德华说。

她深情地看着他，靠着他肥胖的肩膀，轻轻吻他的太阳穴，然后，走了出去。

"我又要说了，爱德华，"亨利说，"你运气真好。"

乔治说："如果我有个像她那样迷人的太太，我绝不让她离开我的视线，因为可能有人会抢走她。"

"不可能，"爱德华相当自信地说，"她不会看别人一眼的。"

乔治好奇地看着他，问："你怎么会这么自信呢？像你这样的人，她究竟看中了什么呢？"

"很多东西。贝丝是我最成功的投资之一。"

亨利问："金融家，你的一切都是投资吗？甚至你的太太？"

"我可以向你们承认，"爱德华说，"是，她是我的投资。"

"那么，你怎么会这么相信她呢？"亨利问，"你刚刚说过，没有一桩投资是没有风险的。"

"不错，不过，我对贝丝的风险已经过去了。"爱德华说到这里，闭上了嘴，但是，另外两人期待地盯着他。最后，爱德华说："好吧，那我就告诉你们吧。"说完，他却又沉默不语。

"你对她的投资是有意识的吗？"

"对，"爱德华承认说，"你们知道，我从来没欺骗过自己。我看事情看得很透彻，这是我事业成功的原因。我不是美男子，从来就不是，更糟的是，我对女人根本没吸引力，因此，我一直没结婚。直到几年前认识贝丝，才决定投资。

"我在一位顾客的办公室遇见她，一见面，我就很想要她。爱情？不，我想要过许多女孩子。有时候，我对自己不能得到可爱的女子而沮丧。但是，贝丝是那些女子中我最想要的，她是她们的象征。

"我早就可以结婚，我有的是钱，但是，我不想买太太，对贝丝我也不想买，我要用感情打动她。

"我告诉自己，把她当成一种投资，一种高级投资。这个可爱的女子可以永久保留，她会给我快乐。

"像任何投资一样，我估计了它的风险。我说过，风险是很难估算清楚的。一位聪明的投资者并不总是寻求风险低的。在这件事上，风险并不低。一个像贝丝那样诱人的女子，加上她本身的虚荣和自私，我估计可能很容易不忠。她可能厌倦她年纪大又不英俊的丈夫，也可能和我离婚，但我认为，值得一试。我诱导她嫁给我，或者说嫁给我和我的金钱。

"最初她颇为满意。我纵容她，娇惯她，让她过得舒服，她以片刻的柔情、屈服，甚至快乐来回报我。不过，那不是爱。

"我知道有一些男人在勾引她，这是我预料中的，我不在乎他们的态度，只关心她的。

"直到她遇见安东尼，我才开始担心。安东尼是位电视明星，被人带来参加贝丝举行的宴会。他是个英俊的男人，声音低沉，看到他和贝丝说话的样子，我就感到不妙。

"我知道他们什么时候开始约会，这很容易，请个私人侦探就行了。我觉得她渐渐对我冷淡了。

"有一阵，我没采取任何行动，希望他们只是逢场作戏，很快就会过去。可是，事实并不这样。后来，贝丝邀请安东尼来我们家小住。这真是太过分了。他们认为我是瞎子吗？

"当一项投资情况不好时，我们有两种选择：撤出投资，或者冒险买进，以期望未来能得到更多回报。在这件事上，我决定冒险买进。

"一个晴朗的早晨，我劝他们和我一起乘车兜风。我沿着宽阔的道路行驶，那时，路上车辆很少。我摸摸我太太的大腿，它柔软、温暖地紧贴着我的腿，那感受已经好久没有了。

"我加大油门，猛踩加速器，很快超过前面的几辆车。

"'开慢点，爱德华，'贝丝严厉地说，'你平常不是这样的。'

"她说得对，她习惯了一位保守的丈夫，或许这就是麻烦的一部分。我决定让他们尝尝味道。我干巴巴地说：'在这么晴朗美好的日子里去世，真是遗憾。'

"安东尼问：'你这是什么意思？'

"'很简单，今天我们得算账了。'

"'开慢点，爱德华，'贝丝说，'别胡说八道。'

"平常我会服从她的命令，但那时我说：'我知道你们俩的事，你们以为我是傻瓜吗？'

"安东尼说：'我不懂你是什么意思。'

"'你一直和我太太鬼混。明白了吗？'

"安东尼笑起来，他真是位好演员。他说：'你发疯了。'

"我说：'安东尼，我曾经派侦探调查过你们俩，所以别装了。'

"贝丝倒吸了一口凉气，我一踩油门，汽车速度更快了。安东尼说：'好吧，你想干什么？'

"'我要你从车上跳下去，这很可能要了你的命。'我说，'你会马上死去，不会痛苦。'

"'你疯了。'

"'对，'我说，'我要你死。'

"'你为什么不回家去大哭一场？爱德华，你这个杀人犯，我可不怕你。'

"'我不是杀人犯，'我说，'你身上没有我施暴的痕迹，任何情况下，贝丝都无法做证指认她丈夫。不，安东尼，他们会认为是意外事故，门开了，你跌了出去。'

"'你想得倒好,'安东尼说,'但是,我怀疑,你用什么办法逼我跳车?'

"我没有说话,但我的心怦怦直跳,驾车的手在发抖。'如果你不跳,我就让我们同归于尽,撞得粉碎,只要拐个弯就行了。'

"贝丝看着我,好像我是个陌生人。

"'你开什么玩笑?'安东尼说。

"'我准备一死了之,'我说,'没有贝丝,我的生活没有意义。如果你跳车,就会救贝丝的命。'

"'你别吓唬人,我可不吃这一套。'

"我转动方向盘,汽车失去平衡,滑向一边,乱转起来,车胎在地上划得吱吱乱响。我不停地摆弄着方向盘和脚踏板。我的技术一向很好。过了一会儿,我又让汽车平稳下来。

"贝丝不由自主地呻吟起来,安东尼有点慌张地叫道:'别太过分了,你这个傻瓜!'

"'我要你先尝尝滋味,'我说,'下一次,我们就要一块完了。只有你的爱才能救贝丝,快点行动吧。'

"'你这是虚张声势。'

"'我从不虚张声势,'我说,'我愿意再给你一分钟,你想要贝丝,但对她的生死好像并不关心。'

"我感到他的脚在动,他是不是想关掉汽车引擎?这种速度下,猛地一关,必死无疑,我仍有时间把车撞个粉碎。

"'你这是虚张声势。'他又说,这一次有些紧张了。

"贝丝突然说:'安东尼,他不是在吓唬人,他是真的。'

"我一直在等这句话,我知道我这位自负的太太,不仅要人讨好她,还要人肯为她而死。一个人对自己所投资的东西应该了如指掌。

"贝丝说:'别让我死,安东尼,你可以救我。'

"安东尼恼怒地说:'我死就没有关系,是吗?你认为我是什么东西?'

"贝丝看着他,我觉得她一下子冷下来。她说:'算了。'

"'你根本不关心我,是吗?'安东尼说。

"'算了,'贝丝说,'我总算明白了你对我的感情,你最爱的还是你自己。'

"'时间到了,就是那棵树,再见,贝丝,我亲爱的。'我故意这么说,向那棵树驶去,树越来越大,越来越清晰。车胎在尖叫,风在哀鸣,世界在哭泣。我们正冲向死亡。

"'等等！'贝丝喊道。

"我猛地一打方向盘，我们从那棵树边绕过，冲过道路，我慢慢减速，滑行了一会儿，然后汽车行驶正常了。我们直挺挺地坐着。

"'给我……一个机会，爱德华，求求你。'贝丝恳求道。

"'我告诉你，他这是虚张声势。'安东尼说。

"'求求你，别说了，安东尼。'贝丝说。

"'为什么？为了救你的命？'

"'为了救我们的命，我从不知道我对你有那么重要的意义，我们不能重新开始吗？'

"'永远相守吗，贝丝？'

"'永远。'

"'好吧。'我轻踩油门。

"我们在家门前停下时，安东尼跳下车，咕哝道：'我应该揍扁你。'

"'你会后悔的，'我说，自信而冷静。他看看我，大步走开了。

"贝丝投入我怀中，全身发抖，我明白我的投资又安全了。

"'你已经成功了。'她说，盯着我的脸。

"'是的。'我说。我知道她现在相信我非常爱她，不惜一切要拥有她。她会永远记住这件事，永远有点怕我。我的冒险很成功。"

"爱德华，你真是个聪明的家伙，"亨利说，"按照你的计划，无论如何都是你赢，安东尼输。可是，告诉我，如果他决定跳，怎么办呢？"

"那就让他跳吧。"爱德华冷静地说。

"你会让他死吗？"

"当然，他企图偷盗我的投资。"

"你真是个冷酷的家伙，爱德华，但是，等一等，假如贝丝没有那么叫，怎么办？那你的大话不就被揭穿了吗？"

"是啊，"乔治说，"我也这么想。"

"我再说一遍，"爱德华说，"要投资某件事，总会有感情上的冒险。你们知道，在冲向死亡、面对永恒的最后一瞬，我第一次了解了自己，我领悟到我根本不是个虚张声势的人。"

伤害的代价

在我们这个社会里，好人总是极易受到伤害。我常常感慨，做个好人真不是件很容易的事。

那些心术不端的人，总是把善良人的涵养和忍耐视为软弱可欺，这让人忍无可忍。

说起来那是十个月以前的事了。

那天，我去了我家附近的一家银行，因为孩子生病，急需用钱，万般无奈之下，我只有去兑换我的一些债券。

当我从银行宽大的玻璃窗后面第一次看到那个圆圆的大脑袋时，凭直觉，我就感到他不是个好东西。简单讲吧，他使我联想到电影里面经常出现的仆人的形象，一副谄媚的笑脸，让人觉得不舒服。

我一共兑换了三百二十四美元债券，并让他存入我的信用卡。

但很快我就发现，他打入我的信用卡账号的钱根本不是三百二十四美元，而是整整少了二百美元。我之所以兑换债券，是为了支付孩子医病的费用。

当我心急火燎地返回银行找到他时，我绝没想到，等待我的，竟是一顿劈头盖脸的侮辱与嘲讽。

他那种盛气凌人的神气简直让人不能忍受。

"这话是怎么说的呢？"他挺着肚子，大脑壳后仰，眼睛看天，"您的意思是，我截留了您二百美元……"他故意把话拉得长长的，"假如是一万美元嘛……"

我顿时感到受了奇耻大辱，但还是尽量用平缓的语调跟他讲："我并没有那样说，先生。"常年的教书生涯，我的书生气又上来了，"这里面有两个问题。第一，我信用卡里面的钱确实少了二百美元，第二，我在考虑贵行是否可能发生了一些偶然的失误……"

"偶然的失误？"我的话还没说完，他已经大笑起来，整个脸聚成了一个标准的圆形，"多么文绉绉的词啊！告诉你吧，"他的笑令人惊异地戛然而止，大圆脸也紧紧地缩了回来，"那是绝对不可能的。"

我凭空惹了一肚子气，但我想，总要给人家一些时间，毕竟银行不是为我一个人服务的，每天有那么多业务，而且，如果银行下班以后查账发现差错，这本来也是小事一桩。

第二天，我又去了那家银行。

不曾想，那圆脸大家伙的态度更加恶劣。昨天离开时，我已经知道他的名字叫泰尔德，是我主动伸出手与他告别的。

"银行里面有的是钱，"他仍然是那副讨厌的嘲讽嘴脸，"说不准你是想在我身上发一笔财吧？"

我确实是个穷光蛋，仅凭教书的收入，往好里说，我也只能算是小康，但我心地善良，工作勤恳，从来也不曾想过发什么昧良心的不义之财。

恶语中伤最能激起一个善良人的愤慨，因为善良人大多清高，孤傲，容不得人们对其操守的亵渎。

那天，我确实被激怒了，狗眼看人低总会让人忍无可忍。

我决心教训一下这个可恶、可悲的小人。

好人之所以是好人，并非如那些奸猾小人所认定的那样是智商低或无能，只不过，好人通常都不把心思用在邪处就是了。

我稍微用了一点儿心机便制订了一个绝好的计划。

过了几天，我又去了那家银行。

经过一段窄窄的台阶，来到一楼，接着又经过一排出纳窗口，我找到了铺着绿色地毯的经理办公室。

"您好，先生，"银行经理皮克森用他那种不露声色的职业态度，把目光投向我，"请您稍等一会儿，我马上按铃叫泰尔德主任来。"

"泰尔德主任？"我吃了一惊。

"是啊。他昨天刚刚升迁办公室主任啦。"

皮克森指了指自己写字台对面靠墙的一张又大又沉的写字台，于是我坐在了这张写字台旁边的一把椅子上。

没想到泰尔德居然还获得升迁了，真是小人得志。不过，我依然要按既定计划行事。

泰尔德的办公室在一大排出纳窗口的尽头。出纳间有个门，正对着经理办公室。泰尔德此时正在出纳间里打电话。我望着深绿色玻璃窗里他那春风得意的胖脸，心里恨得牙痒痒的。

坐在那里，我假装不经意地巡视着四周。最终，我的目光被一个抽屉吸引住了，这个抽屉隐藏在桌面突出部分的下边，很难被发现，因为它没拉手，只能由外框的一条细细的缝隙才能分辨出来。我看见它隐约有两个不显眼的洞，肯定是以前装拉手的地方。我不露声色，向前挪了挪身子，把手伸进抽屉底部，轻轻一拉，抽屉就被从写字台里拉出来了，十分平滑，一点儿声响也没有。

皮克森兀自在忙他的事情，我用余光扫了一眼打开的抽屉，里面是堆乱七八糟的脏东西。一小块一小块的灰色霉斑已经形成了一圈圈黏糊糊的东西。抽屉底上的尘土积得满满的，一个夹纸用的夹子已经生了锈。我朝后挪了一下，又把抽屉向外拉了拉，里面竟然都结上了蛛网。

门"咔嚓"一响，泰尔德走了出来，夹着一大摞黄颜色表格。

"啊，您好，洛凯先生，"他说，"真对不起，我耽搁了您这么长时间。上级主管给我打电话。您知道，我不能挂断他的电话呀。"肯定是由于升迁，我感到，泰尔德心情不错。

泰尔德一边微笑，一边坐在我对面的椅子上。我把几张债券从写字台对面向他递了过去。

"又见到您真是太高兴啦，"泰尔德一边拧开钢笔帽，一边愉快地说，"我想，您现在一定很忙吧？"他语气中根本找不到他与我交恶的影子了。我没有回答。泰尔德开始把每张债券上的数字飞快地填在表格上，"好啦，一共六十七美元二十五美分。"

我填了一张存款单，"请把这些钱存入我的信用卡。"我把信用卡递了过去，"请您别填错数目。"

"当然，洛凯先生。"泰尔德居然不在意，一边说着，一边款款地笑了起来。

我也报以诙谐的一笑。

又过了几天，在一家出售小工艺品和小杂货的商店，我买了一个烟盒。烟盒是用深蓝色塑料做的，外形仿的是那种点三八口径的手枪。一扣扳机，盒盖上半截就会打开，弹出枪柄里面的香烟。

我把这个烟盒装进衣兜里，进了一家脏兮兮的小铺子，铺子的橱窗里摆着各种各样的手枪和步枪，那可是真的。小个子店老板慢悠悠地走过来。

"对不起，我不想买武器，"我解释说，掏出了自己的塑料枪，"我只不过想看看我这支枪像不像真的。"

小个子店老板"咯咯"地笑了起来，然后从柜台底下拿出一支真的点三八口径手枪，摆在我那支塑料枪的旁边，"您想拿它搞恶作剧，对吧？"

"一点儿不错。"我说着，比较着两支手枪。它们几乎一模一样。

出了这家铺子，转身我又去了银行，时间大约是2点多一点儿。

当我走进银行大门时，出纳台前边挤满了人，我泰然自若地穿过那扇小铁门，来到了有那个抽屉的写字台旁边。皮克森经理已经走了，他的写字台上很干净。我坐下来，泰尔德的脑袋马上从他出纳窗口里探了出来。

"还是债券吧，洛凯先生？"他问道。

"不，"我说，"我是来存款的。"

泰尔德关上出纳间的门，又低头干他的工作。我拿出皮夹，抽出信用卡，然后朝银行里小心地望了望。谁都没朝我这边看。我把皮夹放回上衣内兜，然后抽出那支光滑的塑料手枪，打开那只抽屉，把枪扔了进去。

泰尔德为我把钱存好，我几乎什么也没同他说。

我接连好几次如此这般地存款，取款，每次都在那张有那只抽屉的写字台边，每次都要检查一下那支枪，每次我都发现枪没有人动过。

好像是时机了，一天上午，我踏着雪下了小山，来到了银行。

我拿着四张债券，填好以后去兑换现金。银行一楼传来了一阵圣诞歌曲的音乐声，令人心旷神怡。

我仍然坐在那张大写字台旁边，等待泰尔德。这里，圣诞歌曲的声音相当大，我注意到这意料之外的有利条件，不觉笑了。我把债券端端正正地放在写字台桌面衬布上。同时悄悄拉开那只抽屉，把那支手枪拿了出来，然后把手藏在桌面底下。

泰尔德朝我走了过来，照例互相寒暄了一下，泰尔德坐下来，眼睛盯着债券，头也不抬，"好啦，洛凯先生，一共是八十三美元五十美分。"

"除了这八十三美元五十美分之外，我还想多要一点儿。"我一边说着，一边把身子探了过去。我声音很平静。

"您说什么？"泰尔德诧异地抬起了头。

"我要一万美元，二十美元一张的。"

泰尔德那张大圆脸刚要绽出那种我极端厌恶的笑容，但他的目光停在了从写字台后面露出来正对准他的那个黑洞洞的枪口上。

"现在到你的出纳间去，把钱拿来。"我说。

泰尔德大概平生第一次经历这阵势，"洛凯先生……等一下……"他张口结舌，想把话说出来，但他已经完全丧失了那种能力。

"听着，泰尔德，"我的声音刚好能盖过远处传来的《第一个圣诞节》的乐曲声，斩钉截铁，不容置疑，"把钱装在包里，把包放在这张桌子上。"

泰尔德刚要再说什么，我轻轻抬了抬手枪，泰尔德肥胖的身躯里最后的那一点儿抵抗意识立即荡然无存了。

"好吧，好吧。我去拿。"泰尔德跌跌撞撞地朝自己的出纳间走去。

只用不到两秒钟时间，我把枪重新扔进那只抽屉，并将抽屉推回了原位。

泰尔德的大脑袋似乎消失在磨砂玻璃底下了。紧接着，皮克森先生的电话铃响了，他拿起电话。我盯着皮克森的后背，几乎立刻，皮克森的后背就挺直了。

几秒钟里什么事情也没发生。突然间，那个小个子警卫从出纳区的一个拐角冲了过来。他举着一支大号手枪，对准我，枪口有点摇晃。

"好哇！好哇！不准动！现在举起手来！"

我举起了双手，小个子警卫对着满脸狐疑的皮克森先生说："好啦，皮克森先生，我现在把他抓住啦。"

泰尔德从出纳间里出来，皮克森也站了起来。三个人和一支手枪慢慢地向我逼近。

"当心，他有枪。"泰尔德警告警卫说。

"我可以问一下这是为什么吗？"我高举双手做无辜状。

"洛凯先生，"皮克森说，"对此我非常抱歉，不过泰尔德先生告诉我说……说……"

"你企图从我这儿抢劫一万美元。"泰尔德说，声音还在颤抖。

"你说什么……我怎么……"我不解地看着他。

"你企图武装抢劫本行，"泰尔德似乎平静了些，"你别想否认。"

我露出一副惊讶得无言以对的模样，不过，我也不能把戏演过了头。我先朝泰尔德笑了一下，然后放下两只手，并没理会警卫那支手枪。

"泰尔德先生，我只能说，我否认你的指控。"

"最好先把他的枪缴下来。"泰尔德命令警卫说。

警卫小心翼翼地朝我走过来，像电影里一样在我身上搜了一遍，"他没有枪，先生们。"他说。

"没有？"泰尔德急了，他把警卫推到一边，"就在他身上呢。"他把他一只胖手伸进我上衣衣兜,可是没有,"不在这个兜里。"他紧张地说。

"哪个兜里也没有,"我坦然地说,"我根本就没有枪。"

"胡说。你真的有把手枪,我看见它了。"泰尔德暴怒起来,他又围着我绕了一圈,突然把我的外套扯了下来,慌慌张张地上下摸索了一番,接着又用两只手在我身上里里外外摸了一遍。

泰尔德气急败坏地走到那张写字台旁边,"它一定在这附近一带的什么地方。"他说,"刚才他就坐在这儿。"他刚好站在那只关上了的抽屉前边,用两只手在桌面上徒劳地摸着。他掀起那块干净的桌面衬布,又把它放下来。他又趴在地上,朝桌子底下张望。我知道应该制止泰尔德这种行动了。"这儿有什么地方可以让我脱光吗?"我大声问道,又把裤子背带从肩膀上扯了下来。有几个存款人已经聚集在了周围,正朝这边观望。

不出所料,皮克森忍不住了。

"啊,不,不……"他差不多是在喊,"没那个必要,洛凯先生。警卫说了,您没带着武器……现在……"

"可是,皮克森先生,您一定得相信我,"泰尔德急忙从地上爬起来走向他的经理,"这个人用一支枪对着我,叫我……"

"我不知道应该相信什么,"皮克森冷冷地说,"问题是,你说的手枪在哪里?我不知道我们还能怎么办?"

对泰尔德来说,这可是不祥的征兆。

"可是,经理,我还是得说……"

"我必须请您回自己办公室里去了,泰尔德先生。"皮克森正色地说。

泰尔德似乎还想再说些什么,但嘴动了动,没出声,回去了。

皮克森帮我穿好上衣,又扶着我坐在了桌子旁边。"这完全是个误会,洛凯先生。现在您请坐,快请坐吧。"

"请您不必客气,皮克森先生,"我和颜悦色地说,"我不会抱怨什么的。泰尔德先生可能是工作太疲劳了,因此幻想看见了一支手枪,仅此而已。神志完全正常的人也会偶尔有片刻失常嘛,泰尔德应该就是这样。"

离开了银行,踏着松软的积雪,我不禁哼起了圣诞歌。行动计划的第一步非常顺利。

一个星期内,我继续跟泰尔德打交道,就好像什么事都没发生过一样。看得出来,泰尔德总是拼命想躲开我。

一月底的一天,我又去找他,泰尔德坐在椅子上,浑身上下都显得不自在,

"对不起，洛凯先生。"他咕哝了一句，便匆匆走了出去。抓住这个机会，我检查了一下那支手枪，它依然躺在那只抽屉里，纹丝没动。

接着，皮克森先生一个人回来了，"又耽误您时间了，我非常抱歉，先生，"他说道，"泰尔德先生觉得有点儿不舒服。"

"是不是他以为又看见了一支手枪呢？"我不露声色地问道。

"不，只是近来他很容易激动。自从上个月出了那件事情以后，他一直坐立不安的，像热锅上的蚂蚁一样。"

"我也发现他的变化了。"

"洛凯先生，他已经不是以前那个沉稳持重的泰尔德了。可能，他一直提心吊胆，害怕自己会再次产生幻觉。"

"我真为他难过，"我说着，显出由衷的关切，"要是一个人失去了对自己的控制，那是非常令人痛心的。"

"尤其叫我大失所望，"经理愁眉不展地说，"您知道，是我把泰尔德引荐到本行供职的，很快还获得升迁，可是现在呢……现在他……算啦，我真盼着他很快恢复正常。"

3月10日，我再次行动了。泰尔德刚在那张写字台后面坐下来，我就过去了，"泰尔德先生，咱们再来一次吧。"泰尔德的脑袋抬了起来，又一次看见了那支玩具自动手枪枪口，"现在你去把一万美元拿来，"我命令道，"这一次，你要再耍滑头就别想活命。"

泰尔德无可奈何，只有去取钱。我迅速把手枪扔回那只抽屉里，然后提着手提箱，把它放在离桌边不远的地方。这次，皮克森的电话铃没响，警卫也没出现。过了片刻，泰尔德走了出来，手里提着一个小布包。

"这就对了。"我说，"把布包放在咱们俩中间的桌面上。"

干干净净的新钞票一千美元一沓沓地捆成小捆，每一捆上都裹着浅黄色纸条。我数了一下其中一捆的数目，接着就在泰尔德注视之下，小心翼翼地把那捆钞票放进了手提箱。

"好了，"我说，"现在给我兑换一点儿债券。"泰尔德一切照我说的办了。奇怪的是，他并不像我原来想象得那么狼狈。

"现在听着，泰尔德，"我接着说，"我当然把退路全都安排好了。不过，我离开银行前你要是发出半点信号，你就得挨一枪。"我指了指他的鼻梁，"你别以为我下不了手。现在回你的办公室去吧。"

泰尔德转身朝办公室走去。就在他背朝我的时候，我把那包钞票轻轻从手提箱里拿了出来，放进了那只抽屉里，摆在那支手枪旁边。我把抽屉推回桌子里，提起手提箱。

不慌不忙地走出银行后，我故意站在路边，好像要等公共汽车。几秒钟之后，防盗警铃刺耳地响了起来。那个警卫冲出银行的门，站在了我身后。他后面紧跟着皮克森和泰尔德。

"哎哟，先生们，"我一边说，一边把两只手在警卫的手枪前举了起来，"我又有麻烦了，是吗？"

人越聚越多，皮克森叫人去关上警铃，"走吧，咱们进去说，"他说，"我可不想在街上制造什么混乱。"

情况跟上次一模一样，只是这一次，我——一位两次蒙受冤枉的公民——发火了，而且，这次银行里确实丢了一万美元。不过，泰尔德这一次很镇定。

"我早就准备好对付他的办法了，"泰尔德扬扬得意地对皮克森说，"我在那些二十美元一张的钞票上都做了记号，一共是一万美元。我还在上边写上了我姓名的第一个字母。钱就在他的手提箱里。"

"啊，老天！泰尔德，"我叫道，"你听说过有坐公共汽车逃离作案现场的吗？我不知道你在玩什么把戏，不过……"

"我玩什么把戏，这无关紧要，"泰尔德说，"咱们只要看看你的手提箱就明白了。"

他一把从我手里夺过手提箱，打开上边的锁，把它倒了过来。

一沓学生的作业本从手提箱里面掉了出来，再没别的东西了。

"看见啦？"我说，"哪里有什么钱？"

警卫把手枪收了起来，皮克森把散落在地上的作业本拾了起来。

泰尔德转身把手提箱朝墙上一摔，返身抓住我西装上衣的领子，"可是我把钱给你了，我给了！"他脸色发白，声音很高，"你把钱装进手提箱里了，我看见了。我看见你装了！"他拼命摇晃我，似乎要把那一万美元从我身上摇出来。

皮克森直起身来，手里拿着一叠作业本。"看在上帝的份上，泰尔德先生，快放手，快放手呀。"

泰尔德的手停住了，突然把身子转向皮克森。"您不相信我！"他叫喊着，"您不相信我！"

"我会找到那笔钱的。我会叫您看看究竟是谁在撒谎。"泰尔德冲到那张写字台旁，用粗胳膊把桌面上的所有东西一下子都扫到了地上。纸片飞落在地面上。墨水瓶碎了，黑色的墨水溅在了地毯上。泰尔德发疯似的在绿地毯上把那张写字台猛地一推，桌子撞在了皮克森的办公桌上，几乎要散了。我看见，那只落满灰尘的抽屉打开了大约半英寸。

泰尔德笨拙地跪在地毯上。用胖手拍打着地毯，嘴里不住地重复："钱就在这一带的什么地方……一个布包……"他掀起地毯的一个角，又哼了一声，把地毯翻过来，激起大片灰尘。

"我会找到的！我会找到的！"泰尔德大声喊叫着。他站了起来，脑门上渗出一层汗水。他又一次转身朝那张写字台走去。

我转身对面无表情的皮克森说："皮克森先生，他的情况可能很危险。您应该让他平静下来。"我抓住皮克森一只胳膊，把他向后拉了几步，让他紧贴在那只抽屉前面站着。他手里还拿着作业本。

"泰尔德先生，您必须平静下来！"皮克森先生说。

"滚开，别妨碍我，皮克森，"泰尔德说着朝皮克森走过去，像公牛似的喘着粗气，"你相信他，可我要让你看看。我要找到那笔钱！"他把双手按在皮克森的肩膀上，"滚开，你这笨蛋！"

"谁也别想跟我来这一套。"皮克森愤怒了，举手在泰尔德脸上打了个响亮的耳光。泰尔德愣住了，半天没动，接着突然哭了起来。

"皮克森先生，皮克森先生，您一定得相信我呀。"他带着哭腔，"我告诉您，他又用一支手枪对着我。一支真枪——那不是我的幻觉。"

"上次那件事可是个幻觉呀。"皮克森说着朝我这边看了一眼。

"一万美元丢了，这不是幻觉。"泰尔德叫着。

"我心里最弄不懂的正是这个，"皮克森先生慢慢地说，"我们会弄清的。不过在这段时间里，我不得不审查您，泰尔德先生。"

我走过去，用同情的目光看着泰尔德。他一边抽噎，一边步履蹒跚地回他办公室去了。

"我对这件事简直烦透了。"皮克森说。

"我想，您会发现他神志不大清醒。"我说。

"也许是吧。"

我坚持帮忙把泰尔德造成的混乱整理干净，以此表示自己的关切。

第二天，我又去了银行。

坐在那张写字台旁边填存款单时，乘人不备，我迅速地从那只抽屉里拿出了手枪和那一万美元的布包，装进自己的大衣兜里。这时我浑身感到了一阵胜利的喜悦。

327

走出银行大门，经过警卫身边时，我碰上了皮克森先生，他正脚步急促地往里走。

"真糟糕，真糟糕。"他不断摇头，甚至没停下来和我打招呼。

"又出什么事情了吗？"我平静地问道。

"我刚和大夫谈过泰尔德的情况，"皮克森这才看见了我，"他似乎恢复正常了。真遗憾，他什么问题都能回答，就是说不出钱在什么地方。"

我用手摸摸衣袋里的钱，不禁暗笑，钱在我身上，他当然说不出来了。

回家之后，我用一台便携打字机打了一张便条：

尊敬的皮克森先生：
 现在我把钱还给银行。我很抱歉，我不知道自己干了些什么。我想近来我一直不知道自己是在干什么。

我仔细琢磨了一下旧存款单据上泰尔德签名的笔迹，在一张纸上练习了几次，然后在便条上签上 T.L.D 几个字母。

我擦掉自己在那捆钞票上的指纹，把便条夹进去，并把布包裹得整整齐齐。有一瞬间我曾想过，要是留下这笔钱那可就太妙了，我便可以辞掉教书的工作，去干我想干的任何事情了。但是，那并不是我原订计划的一部分。

我坐车来到离泰尔德住的公寓最近的一个邮局，把包裹寄给了银行的皮克森。

早晨，皮克森先生往大学里给我打了个电话，"啊，这件事情终于弄清楚了，"他的情绪显得很忧郁，"泰尔德把那笔钱还回来了，所以银行不准备对他提出指控。不用说，我们解雇了泰尔德。他不仅否认偷了钱，而且还不承认把钱还了回来。"

"我想，他只是不知道自己在干什么吧。"我说。

"是啊。他那张纸条上就是这么说的。洛凯先生，我不管怎么样都还是想给您打个电话，对我们给您带来的麻烦深表歉意。"

"啊，我根本没有什么麻烦呀。"我笑着回答说。

"而且，您也给我们帮了很大的忙。"皮克森又补充了句。

"能对贵行小有帮助，我荣幸之至，"我平静地说，"真的，我非常高兴。"

栽　赃

当然，我愿意告诉你那天晚上的事。

不过，首先我得告诉你有关劳勃的事。

他和我住在一起，我们是老乡，我上小学时就认识他。所有同学都崇拜他。他骄傲自大，反应敏捷，身强力壮，爱开老师玩笑，搞恶作剧。他给我取个绰号叫"耗子"，所有同学都跟着叫。

上中学时，我不愿和劳勃他们那一伙人在一起，我讨厌他们，他们一肚子坏心眼儿。劳勃上高一时就被学校开除了，之后，我再也没在镇上看见他。

三个月前，我在一家咖啡馆里遇见了他。当时我正面对一个难题。和我分租公寓的人已经搬走，我不想单独负担每月两百一十元的房租。

我银行里有些存款，我从不挥霍，只攒钱。从小母亲就教我：存点钱，积少成多，将来自己创业。

母亲是个好人，在我14岁时去世。我经常怀念母亲。

劳勃和我大谈小学时的往事，他提到要找新住所。他似乎不坏，叫我名字，而不是"耗子"。他谈吐文雅，衣服干净，样子说得过去。我告诉他我的处境以及房租的事，然后说，也许我们可以住一起试试，看看合不合得来。

事情就是这样开始的。

有一阵我们相处得不错。他喝酒，追女孩，偶尔不去上班，向我借点儿钱，总是有借有还。

我们各有各的房间，我常常在自己房间里听收音机和看书，他在起居室看电视。

夜里他通常不在，假如回来的话，也是很晚才回来。这种生活方式还可以，我想至少可以维持几个月，一直到我的租约期满。那时假如我找不到分租的人，就搬出去。

不久，我认识了丽莎。

她是我做事那个鞋店附近一家餐厅的女招待，有双明亮的眼睛，声音柔和，还有诱人的微笑。

我每天在那儿吃午饭，两周后，开始和她约会。

母亲曾经告诉我："大部分女孩子都自私，只想到自己。"我有前途，我不想未来被女孩子毁坏。母亲说得对，总有一天，你会遇见合适的女孩子，到时候你就会知道。

遇到丽莎，我心想：我知道了。

我们一道看电影，偶尔吃顿饭。我们常在公园散步，有时候手拉手地坐在湖边，看着鸭子在水中嬉戏。

我每星期见她一两次。我从没去过她的公寓，总是和她约好在某处见面，或者下班后去接她。餐厅的人都认识我，我去接丽莎时，他们都对我微笑。

有一次，我们在一个小餐馆吃通心粉，碰见劳勃在那儿喝酒。他走到我们餐桌前，欣赏地看着丽莎，然后，招呼侍者，要侍者送瓶酒来。

那天晚上，丽莎特别兴奋，我从没见她那样笑过。

回到公寓，劳勃在房间踱着步说："那只小狐狸真性感。"

我想揍他，很高兴真揍了他。我被他打倒在地板上，嘴唇被打破了，不过，我还是很高兴，自己曾企图揍他。

他磨着拳头，对我大笑："耗子，别浪费我时间，我是和男人打的，不是和耗子斗。"

我很想让他搬出去，现在就搬，可是租约还没到期，我不想被那些房租困扰。

这以后，劳勃开始和丽莎约会。

丽莎对我说："我是要和他约会，怎么样？你总不会说送我两样廉价的小东西，给我一点儿钱，你就拥有我吧？"

以后我再没见到她，我换了家餐厅吃午饭。

劳勃每次和她约会都告诉我。

他下班回来，冲个冷水澡，哼些愚蠢的小调，然后，他就砰砰地敲我的房门。

"耗子，我和丽莎约会了，你要不要听听我们昨晚做了些什么？我在她的公寓过夜——多么令人销魂的夜晚啊！"

我呆坐在那儿，无言以对。

9月27日那天，我下班回家时，劳勃已经赴约会去了，那天早上他告诉我，晚上要在丽莎家吃饭。

7点钟，我从冰箱里取出一瓶汽水，坐在起居室里喝。

突然，我听见一声枪响。

声音来自楼上。

我僵坐在那儿，半分钟后，我才移动了一下。

我放下汽水瓶，把门打开一道缝，侧耳听听。外面静悄悄的。

对面楼上住着位学法律的学生，除了周末，平时看不见他；他隔壁是一位新住户，一位满脸病容的老人，他是几星期前搬进来的，我在过道上见过他几次。另外的房间是空的。

这一天是星期四，房东在城里办公室做勤杂工。她每星期去三个晚上。

楼道对面有电话，我可以打电话报警，可是我上了楼梯。

我无法解释为什么，这种举止不像我平素的为人，这必定是命运之神冥冥中在捉弄我，拉我上楼。

我上了黑暗的楼顶，走到中间房门，扭开门柄。

门是开着的。

那个一脸病容的老人躺在幽暗的房间的地板上，手里有一把枪，血从他的太阳穴流出来。

我看了看四周，茶几上有张纸条，我走过去读那张字条：

"我没有希望，每个人都袖手旁观。我名下有一百二十七元。房租已付。现在只是一个有病的酒鬼，一切都过去了，她去了，孩子也去了，谁还在乎我？"

我的第一个直觉是要下楼打电话报警，突然，几天前劳勃讥笑我的话在耳边响起："你是一只没用的耗子，所以她才会选上我，你没有胆量，只会吱吱叫。"

我望着地上的尸体，再看看遗书，知道我要做什么了。

我拿起遗书放进口袋，在尸体边跪下来，搜他的口袋，掏出皮夹，取出钞票，里面共有五张二十元，一张十元，三张五元，两张一元。我把钱放在桌子上，用手绢小心地擦擦皮夹，塞到尸体下面。

我拉开抽屉，把书桌前的椅子翻倒，从死者手上取下手枪，擦拭干净，放在死者手边。

然后我走出房间，顺手关上门。

我来到劳勃房间，擦掉每一个我可能留下的指纹，再把钱塞进一只茶色破鞋里，然后把手绢放回口袋。

把一切都弄好之后，我走出公寓，在街头漫步，心里把这事重新估量了一次，看看是否有漏洞。

手枪上没有指纹，警方不能以自杀案办理。

公寓里没有其他人，他们会把焦点落在我和劳勃身上。

我循规蹈矩，从不侵犯他人，银行还有不少存款，而且，我从不请假怠工，从不喝酒，生活呆板，有规律，没人会怀疑我能做出这种事。

而劳勃，警方会查出他是个退学的学生，经常流连酒吧和赌场，个性粗野，一文不名。

自杀是不可能，但尸体下的钱夹值得怀疑，当他们在我们住所搜查我们的房间时，会找到劳勃旧鞋里的钞票的。

劳勃会说，他7点以前就离开公寓，乘出租车到丽莎家和她过夜。她也会支持他的说辞。

至于死亡时间呢？大约7点15分，医生能够说出时间，但不会精确到几分几秒。

而我知道劳勃的时间表。他会在床上躺到下午，然后到处游荡。丽莎7点才下班，所以，他不是到餐厅接她，就是直接到她公寓。在那之后是否有人看见都无所谓。他们会推测说，他在离开我们住所之前，到楼上老人的房间看看有什么可偷，发现老人在家，两人大打出手，结果老人不敌被杀害，并被抢劫。

我取出老人的遗书，一边走一边把遗书撕碎，再让纸屑从指缝中溜掉，随风四散。

我走进一家电影院，看了场粗俗的电影。这是为警方留下不在场证明而做的。

我徒步走回家。房东的汽车停在屋前，她已经下班回来。

读法律学校的那个学生也回来了，他楼上的灯亮着。

我回到我的房间。

劳勃还没回家，他正躺在丽莎的臂弯里，整夜都不会回来。

第二天早上，我上班时劳勃还没回来，他可能直接从丽莎那儿去上班了。

我 5 点下班，直接回家，心想这时候他们该发现尸体了。

公寓附近停着辆警车，门里走出来两位彪形大汉，他们必定是从房东的窗户看见我回来了。

房东站在门口。我笑着向她点头。她古怪、惊慌地看着我。

两位大汉表情严厉，其中一位说："我们想和你谈谈。"

我领他们进屋。我立刻看出房间的东西被翻过，劳勃的房门半开着，枕头和杂志扔得到处都是。

我说："你们已经搜过这儿啦？"

"是的，你们的房东让我们进来的。我们在那个房间的一只鞋子里找到一卷钞票。"

"那不是我的房间，这间才是我的。"

"我们知道，房东告诉过我们了。劳勃生前你很不喜欢他，我们知道他抢了你的女朋友，是不是因此你才要陷害他？"

"陷害他？你在说什么？"这时，"生前"两字突然闪进我脑海中，"劳勃生前，你是什么意思？"

"劳勃死了。"

我目瞪口呆。"死了？"

"被枪杀了，在一幢公寓里，死在你以前那位女朋友的床上，丽莎也死了。"

"丽莎也死了？"事情发生得突然，我简直不能相信。

"丽莎的另一个男友去找她，发现他俩在床上，就把两人都打死了。"

他们站在那儿看着我，十分冷静，面无表情。

"为什么你们要搜这个地方？你们在找什么？"

"我们来这儿想找找看是不是有亲戚可以通知，但我们来到这儿的时候，发现女房东刚刚报警，因为她发现楼上有个死人。"

"一个死人？这儿？"

"是的，他的皮夹在他的身子下面，钱被偷光，我们认为可能是你杀害了他。"

"我？"

"是的，你想让他看上去是自杀，但手枪上没有指纹。"

我的两腿发抖，脸部肌肉僵硬，我说："那是劳勃干的！他杀了人再到丽莎那里。"

"那说不通。"

"为什么，他什么时候遇害的？"

"今天凌晨，大约 2 点钟。"

"可是这儿的人命案比那更早！"

"是吗？你怎么知道？那你告诉我们，这个命案何时发生的？"

我大声吼："我不知道！我没有杀任何人！假如这里出了人命，钱又放在劳勃的鞋里，那么，那是劳勃的事！"

"昨晚 7 点钟的时候，有人在酒吧见到他。7 点 30 分左右，有人看见他在敲女孩子的门。他不可能在这个公寓里。"

我没有说话。他们中的一位说："走吧！"然后，向我朗读我的权利。

他们推我出门。我说："那不是我！那是自杀，真正是自杀！我听见枪声，跑上楼去，桌上有份遗书！"

"桌子上没有遗书。"房东站在门口对我说。

警官看着我问："遗书在哪儿？"

母亲是对的。我记得有一次她对我说："一个下贱的女人会毁掉一个优秀年轻人的大好前途。"

她是一位了不起的女人，有先见之明。我的母亲啊！

惊恐的脚步声

　　警方出动上百个警察到处搜寻失踪已有三个多星期的拜·爱德华·洛克斯利医生，报纸杂志的专栏记者戏称他为"拜德华"，此刻他正悠闲地坐在商贸大厦一间办公室里看晨报。

　　结了层厚冰的办公室外窗玻璃上醒目地写着"威廉·德雷汉姆藏书，到访请预约"的字样。在这儿，他已经平安度过了三个星期，略微自鸣得意起来了。这三个星期里，他一步也没离开这个藏身之地，如果不是迫不得已，也没必要离开。

　　所有这些都是预先安排好了的：早在洛拉·洛克斯利被杀前一个月，他就以威廉·德雷汉姆的身份租下了这间办公室，并开始经营书屋。第六层的邻居们渐渐习惯了他的进进出出，就连电梯工作人员都认识他了。他一日三餐都在这座大楼里的数家餐馆就餐，请公认的好理发师理发、刮胡子。人们没有理由不相信他就是这大楼里的人。他的邻居们都非常规矩，从不会去怀疑他的身份，再加上门上"藏书"的挂牌，也足以让人敬畏，不敢随便与他套近乎。

　　洛拉·洛克斯利窒息而死，早已被安葬了，就连各大报纸都开始降低对这一敏感事件报道的热度。警界实在没什么可以吸引媒体的时候，他们做出了另一种猜测：洛克斯利医生，可能也被谋杀了。警察们又毫无根据地搜寻他的尸体。洛克斯利医生可以从他的窗户俯瞰整条河流，因此，这条河上的所有交通，包括警船的偶尔往来，他都尽收眼底。有时他都觉得他们的徒劳实在好笑。他已有两个星期日独自用双筒望远镜观察节假日的交通，以便随时发现警察们的新举动。他和同一层楼的看守相处得很好，所以，他在任何时候出现都是件正常的事情了。

　　商贸大厦可以说得上是座城中城。这座大厦里有餐馆、洗衣店、理发店、烟草。他名字在餐馆和理发店里无人不知。他买每一种报纸，偶尔也会寄一封信，订购或退还一些书。在楼下银行里，他用威廉·德雷汉姆这个名字开了个户头，存了大笔现金，足以应急。其他钱则放在巴黎，由格劳利保管着。

洛克斯利医生最担心的是那些看门人和清洁女工。不过现在，他已经不再视清洁女工为隐患了，那穿着三件套爱吃糖果的女工已经同意在他吃夜宵时来他办公室造访。办公室里的摆设很简单，他睡在办公室里间的一张沙发床上，这个房间里还有个地下室，以备紧急时候可以逃走。在这里约会，应该不会有什么紧急情况。

洛克斯利医生极不耐烦地把信件推到一边，期盼读者们对他周日才发出的书籍补遗能做出反应。这也许还有些为时过早，现在可以去喝玛丽孚儿·博格斯小姐的咖啡，她可是随时欢迎的。能在这层楼上认识一位如此让人赞不绝口的可人儿，真是三生有幸！他们俩还是同行呢，藏书和古玩相映生辉。她还帮他揽过一些稀客。洛克斯利医生瞟了一眼手表，毫不犹豫地离开了书屋。

古玩店就在这层楼的尽头，玻璃展窗上的"玛丽孚儿·博格斯古玩店"几个大字熠熠生辉。洛克斯利走了进去。

"您好！"博格斯招呼道，"我正想着您该来了。"

"我可不会错过您的咖啡。"棕色的眼睛又扫了一遍这早已熟悉的房间，拐角处那套盔甲和西班牙风格的箱子总能吸引他，这两件古董也是博格斯小姐最引以为豪的："唉，没人能买得起它们！"他们俩总开类似的玩笑：如果哪天书屋的生意好些，他一定买下这两件古董。

博格斯一边泡着咖啡，一边说："最近报纸上关于那个医生的报道已经越来越少了，我开始相信也可能他被害了。"

和所有人一样，他们也经常讨论失踪了的洛克斯利医生。开始的时候，博格斯也坚信是洛克斯利医生与某个漂亮的女病人勾搭上了，然后杀了自己的妻子，此刻正在里维埃拉偷欢呢！

洛克斯利医生则持不同意见："太罗曼蒂克啦，博格斯！我总认为此刻他的尸体正在河里，或是在漂向墨西哥湾途中的某个地方。那些警察在河岸上找到的丝巾足以证明我的看法。"

"不管怎么说，警方似乎已经停止搜寻了。"

"不管怎样，这咖啡味道不错，博格斯，把配方留给我吧！这个月，你仍打算离开吗？"

"马上，"她说，"如果我能走得开的话，明天我就去纽约，我还想参加伦敦的展览会，然后去巴黎、罗马、瑞士。你呢，有什么打算？比尔，一想到你会在这里照看这些东西，我就可以放心地走了。全日制的咖啡，哦？"

"早晨、中午和晚上。"他欣然点点头，起身离开。她计划的改变让他有些吃惊，但很快他又觉得这对他有好处，"别担心，我会在这儿直到你回来。"

洛克斯利哼着轻松的小调，溜达着走回书屋，他突然注意到从正对书屋的那间办公室里走出一个陌生人，似乎在哪儿见过。陌生人正快步向电梯走来，他俩很快就会碰面。

洛克斯利猛然间意识到陌生人是谁了：劳伦斯·布莱德威尔——他的亲姐夫。

他的第一反应是立刻转身离去，转念又想回到玛丽孚儿·博格斯古玩店去，最后他还是决定直面此人。洛克斯利的乔装改扮已经骗过了许多人，其中不乏比布莱德威尔更为精明的人，尽管布莱德威尔还算了解他。洛克斯利已经剃去了小胡子，褐色的隐形眼镜改变了原本蓝色的眼睛，恍然变成了另一个人。稍作迟疑之后，他赶紧从口袋里掏出一支雪茄。此刻，他已经意识到在安全度过三星期后，一场严峻的考验正等着他。

他试图点燃雪茄却没能点着，反复了好几次……他们已经越来越走近对方了，像常人一样盯着对方，一场考验就这样结束了？但愿就此结束。布莱德威尔继续快步向电梯走去，而洛克斯利却慌张地走向书屋。

他敢回头看吗？抑或布莱德威尔正回头看他？他故作轻松地走着，却偷偷地瞟了一眼走廊，一点也没错，劳伦斯正回头看呢。或许他仅仅是对这张相似的脸觉得好奇。

洛克斯利医生费了好大的劲才打开门，正要关上，却看见布莱德威尔的办公室门上写着：杰克逊和福特沃斯律师事务所。这是他早就料到的。下面还有更为重要的一项：调查。

他努力使自己保持冷静，可恨的是他的手一直在发抖。他壮着胆子喝了一点酒，以缓解自己紧张的情绪。这酒的确帮了忙。整件事情让他极为不安，一夜都没睡好。然而，到了早晨，所有的恐惧都消失了。他又恢复了自信，不过，仅仅是几个小时后，他再次遭到打击。在大厅买完烟后，他像往常一样停留在走廊拐角处的"靓犬沙龙"，他喜欢看那些漂亮的小狗们理发的样子，非常有意思的一幕。正当他转身离开的时候，意想不到的事情发生了。

一位穿着讲究的女人牵着一条法国长卷毛狗向沙龙走来。她看上去很面熟。上帝啊！他一定认识她和她的狗。蒙哥马莉·海德，一点也没错，他的一个老病号。他的心简直要停止跳动了，她能认出他来吗？

那狗倒是把他给认出来了，欢快地叫了一声，卷毛狗挣脱海德手中的皮带，狂喜地冲向洛克斯利。

洛克斯利好不容易才站稳脚，让身体保持平衡，显得非常难堪。他下意识地马上躲开了卷毛狗，拉了拉它那黑黑的耳朵。

"这，这小家伙，"他指着那兴奋的小狗，以一种异样的声音说道，"对不起，夫人。您的小宠物似乎认错人了。"

蒙哥马莉太太点了点头，这时洛克斯利才长长地松了口气。

"请原谅托多的冲动，"她抱歉道，拉紧皮带，"它谁都喜欢。"

洛克斯利医生慌慌张张地离开了。她没认出他来！这简直太神奇了，但令他恼火的是自己的手又在发抖。不过话又说回来，这难道不算吉兆吗？如果说连海德夫人和自己的姐夫都没能认出他来，那还有什么可担心的呢？他立刻自我感觉良好起来。但一回到办公室，他就又喝起烈酒来了。

他突然警觉地意识到，这三个星期以来，他过得也太惬意了。与海德太太相遇应该提醒他些什么了，他几乎叫出了她的名字。那种紧张的样子，差点暴露了他的身份。要是他被别人认出来，就会很危险。而要是他一不小心认出了别人，也会同样危险。

洛克斯利医生很清楚这种猫捉老鼠的游戏不能无休止地进行下去。等到一切都比较安全了，他就会立刻离开这个国家。到那时，威廉·德雷汉姆就会神气十足地带着他的藏书，飞向纽约，那儿将会是海阔天空。

几天来，这位受到惊吓的医生小心翼翼地干每一件事，偶尔拜访玛丽孚儿·博格斯古玩店，喝喝咖啡，欣赏欣赏那一直吸引着他的盔甲和西班牙风格的箱子。他向博格斯保证过，在她外出期间，决不降低这两件商品的价格。

有两次从古玩店出来，他都看见劳伦斯走进杰克逊和福特沃斯律师事务所，每次他都急忙躲进房子里，免得劳伦斯出来时看见自己。这家伙究竟想在这儿调查什么？

一天早晨，杰克逊律师突然到访。这是洛克斯利医生始料不及的，否则他一定会把门锁上的。

"德雷汉姆先生，我早就想来拜访您了，"律师彬彬有礼地说，"我叫杰克逊，就住您对门。我对藏书有特别的兴趣。不介意我四处看看吧？"

洛克斯利立即从椅子上站起来，慌忙中蹭掉了桌上的书。恐惧就像冰一样刺进他的心。难道，就这么完蛋了，他心里想。

洛克斯利热情地握住律师的手："很高兴认识您，杰克逊先生。当然欢迎参观。我能为您效劳吗？"

杰克逊已经开始自行参观了。他走向窗口，"这河上的景色真美。"口气里充满了羡慕之情，"从我的窗口能看到的只是一个庭院。"接着，他便走向门口，"我只是想和您认识一下。等有空的时候，我会再来拜访您的。"

"随时恭候。"洛克斯利敷衍却不失礼地说。

洛克斯利在桌旁坐下，打开最下面一个抽屉。再喝些酒也无妨，那家伙到底想要干什么？他想找什么呢？抑或他真是那种喜欢搜集书的傻瓜？

但有一件事是肯定的——他得尽快离开这座大厦和这个城市。一旦遭到怀疑，他将很快完蛋。门在任何时候都有可能被再次打开，而杰克逊也许不再是一个人来。为什么不赶紧跳出这个陷阱呢？是什么让他还停留在这儿？危急时刻，他宁可放弃他的存货——在一间仓库买的三百多份海洛因。

阻止他离开的是玛丽孚儿从巴黎寄来的电报："有麻烦，周五晚电话。"

今天是周四，无论如何，洛克斯利都得等她的电话。他的手又伸向下边的抽屉，却又缩了回来。他应该喝咖啡，而不是威士忌。吃过午饭后，他整个下午都待在博格斯小姐的古玩店里。在那里，他可以更清楚地看到杰克逊先生的办公室，而他自己也不会受到怀疑。如果劳伦斯·布莱德威尔来访，洛克斯利却不一定能看见他。

洛克斯利在古玩店里转来转去，然后又像往常那样停留在那两件皇牌古董前。现在，这盔甲看起来有点让人觉得害怕；而那只西班牙箱子则显得巨大，在紧急的时候，如果时间允许的话，倒是个藏身的好地方。

傍晚，他惊讶地发现自己的照片又被登在了报上。仍旧是拜·爱德华·洛克斯利医生那张熟悉的脸，留着漂亮的小胡子——谋杀案发生前，他就是这个样子。

这篇报道竟然说他已被西雅图的一个正在巡逻的警察给逮住了，并且矢口否认自己的身份。

洛克斯利长长地松了口气，虽然这很荒谬，但至少说明他或许是安全的。可玛丽孚儿待会从巴黎打来电话会说什么呢？一定不是什么好事。

尽管在这幢楼里，洛克斯利已经遇到了麻烦，可他还是不愿意离开这个避难所。他曾希望自己能平安无事地在这里无限期地待下去，而不用到外边去冒险，最后洛克斯利医生就会被人们遗忘，就像克里平医生那样。

洛克斯利医生整个上午都在读书看报，把一切担心都抛到了脑后。他又开始觉得轻松自在了。但好景不长，那个让人讨厌的杰克逊又来了。门锁着，杰克逊一边敲门，一边热情地和他打招呼。从结了冰的窗户上，洛克斯利发现除杰克逊外，还有其他人。

"可以进来吗？"律师问道，"我带来一些想认识您的朋友。"

迟疑了好一会儿，洛克斯利才起身向门口走去。终于还是来了！他的预感是对的，该死的姐夫和律师就是冲着他来的。来吧！他知道自己该怎么做了。

他打开门，无动于衷地说："请进，先生们，有什么我可以效劳的吗？"

杰克逊面带微笑："这是库格林和里普金警官，他们都是我的朋友，从总部来的。希望您不会感到突然。"说罢，杰克逊为自己的妙语连珠开怀大笑起来。

"进来吧，先生们。请坐！"洛克斯利勉强笑了笑。他自己坐在办公桌旁，顺手把桌上的一封信填上地址并贴上邮票，起身说："我有封重要的信要寄出去，去去就来！"

"请便，"两位警官礼貌地说，"我们等您回来。"

洛克斯利医生出去随手就把门给关上了，他几乎一路跑到了博格斯古玩店。直到他关上古玩店门，看到走廊里仍空无一人，这才松了口气，心想：他们一定会跟着来的，一定会搜寻这幢大楼的每一个房间，而博格斯古玩店或许就是他们的首选目标。

那只箱子是藏身的好地方！

这箱子总是敞开着，洛克斯利蜷着身子钻了进去。一个并不舒服的小阁子。他把沉沉的箱盖慢慢地放下来，只留了条小小的缝隙透气。这个时候，他似乎隐隐约约地听到走廊里的脚步声，便深深地吸了口气，关上了箱盖。

"咔嚓"一声，箱子里霎时一片漆黑，令人窒息的安静。

二十分钟后，里普金警官对同伴说："那家伙在干吗？知道吗，咱们还有六十张票要卖呢。"

"哦，把票交给我，"杰克逊说，"我保证你们能拿到钱，德雷汉姆可是个大好人，他一定会买的。"

这两位警官正急于脱手一场义赛的球票，听到这话，他们便满意地离开了。

威廉·德雷汉姆——商贸大厦里的那位藏书老板失踪了。这事没引起人们太多的关注，但在最初几天里，这的确引起了一点小小的骚动。

一个月以后，博格斯从欧洲回来了。她还惦记着德雷汉姆什么时候来喝杯咖啡，他不是说过他一定在这里等她回来的吗？

博格斯高兴地在自己的宝贝中间走来走去，她突然注意到某个笨蛋在关箱盖的时候，让箱子自动锁上了。过两天，她还得把箱子打开……

拙劣的骗术

敲门声不断，霍斯特躺在床上，一动不动，不想去开门，但来人似乎比他更有耐心，一直不紧不慢地敲着，没办法，他只好爬起来，走过去，把门打开。

门外是一位穿萨尔瓦多褐色制服的警察。

"霍斯特？"来人问。

"是我。"霍斯特打着哈欠，搔搔浓密的褐色头发。

"联邦总局的狄德先生请你到他办公室一趟。"

"做什么？"

"他没说，但他告诉我事情相当紧急，要我立刻带你去。"

霍斯特能继续留在萨尔瓦多当导游，多亏狄德帮忙。这非常特别，因为霍斯特所导游的客人，去赌博的多于去观光的。

他刮刮脸，然后随警察下楼，外面有部汽车在等他。

经过宽阔的中心大道，汽车抵达雄伟的政府办公大厦，来人从边门带他进去。

狄德的办公室阴森森的。他点点头，警员退出，然后，他以忧郁的眼神注视着霍斯特。

"霍斯特，我们有麻烦了。"他说话一向开门见山。

"你说'我们'，你是说包括我？"霍斯特问道。

"不，不，有一个月了，没有人找你麻烦。这一次，我希望你能帮助我们。"

"告诉我怎么回事。"霍斯特说。

"你听说过'世界文化援助基金会'这个组织没有？"

"没有。"

"那是个私人组织，总部设在美国。他们的主旨是鼓励其他国家的画家和雕刻家，潜心致力发展自己国家的艺术。"

"很值得赞许。"霍斯特评论说。

"是的，虽然他们不代表政府，但是据我了解，他们好多基金是政府补助的。"

"听来好像有麻烦，"霍斯特说，"不过，我看不出我能帮什么忙。"

"别急，我来说明。事情是这样的，基金会派驻在萨尔瓦多的代表库昂被绑架了。"

"你在开玩笑？"

"我从不开玩笑。"

"我还不知道你们国家还会做出那样激进的事情。我相信你们没任何政治犯要释放。"

"我没有说这事涉及政治，"狄德不高兴地说，"那只是很简单的绑架，且只是为了钱。他们要得到赎金，才肯释放库昂。"

"多少钱？"

"六万美金。我请你来这儿的原因是，绑匪不肯和我们办公室的任何人接触，但提出请你做中间人。"

"为什么找我？"

"传话的人没说，但我相信是因为你在这儿人头熟，尤其是和那些黑社会分子。他们的人会带你去他们扣押库昂的地方。我请你去和他们谈谈，最低数目是多少，回来向我报告。你应当知道，这是我的私人请求，不是官方的。"

"当然，为什么绑架的事情没传出去？"

"我们花费了很大力气封闭了这条新闻，至少要等到人质释放之后。一位外国人被绑架，总会使所在国尴尬，我们这个案子更特别，因为下一周你们美国会有一个代表团要来访问。"

"你要我去和绑匪谈判，看看赎金能降到多少？"

"完全正确，记住，我们还是以库昂安全为第一。"

"当然，我想，这是我问'对我有何好处'的时候了。"

狄德纤细的食指，摸摸他的八字胡，"噢，是的，对你嘛，我保证，你目前的签证到期时，我不找你麻烦就是了。"

"太好了，我何时出发。"

"你一准备好就出发。匪徒派来的人会领你去，你可以用公家的一辆吉普车。"

霍斯特看看手表，时间差不多是12点，中午旅行，天气酷热，太难熬了，"我们约定3点钟吧！"他说。

"好。那人3点会开吉普车到你的公寓，当然，你要小心。"

"当然。"霍斯特站起来，打算离开。但是狄德清清喉咙，使他又转过头来。

"还有件事，"狄德说，"你得另外带一个人去——库昂的太太。"狄德不理会霍斯特，径自继续说，"库昂太太坚持要跟着去，不然的话，她就要去领事馆，把整个事情宣扬出来。"

"狄德，我喜欢女人，但要看什么时候，还要有合适的场所。这可不是到公园散步或幽会。这位文化援助夫人是否知道自己在要求什么？"

"库昂太太坚决要去，这事已经决定了，霍斯特，祝您好运。"

霍斯特狠狠瞪了他一眼，大步走出办公室。

下午2点30分，中午的暑气开始消退。霍斯特躺在沙发上，凝注着龟裂的天花板，想着他的旅程。

六年来，他很少想到自己的国家，但是现在，他不由自主地想到了自己的祖国。几年前，他因私运枪支获罪，但那是为了对付一个美国视为敌人的国家，然而，现实和梦幻总是大相径庭的，私运军火，法律面前，将被认定是犯罪，霍斯特一直心中愤愤不平，自己的动机和作为，与爱国者何异。

有人敲门，霍斯特站起来，大步走过去开门。一位年约三十身材姣好的金发女子，从帆布帽垂落的帽边抬头看他。她穿一件蓝色的衬衫，白色长裤。

"我想你是库昂太太。"霍斯特说，小心地打量着她。

她走了进来，"是的，我叫曼莲，库昂太太，你是霍斯特先生。"

库昂太太小心地走进房里，端详着四周。

霍斯特问道："为什么你非要坚持去呢，曼莲？"

"我觉得我欠丈夫一份情。"曼莲简单地回答。

"笨蛋。"

霍斯特从一个小冰箱里取出两瓶啤酒，"啪"地打开，倒一瓶进一个玻璃杯，递给她。

"当我不再受人尊敬时，我就不再玩礼貌上的游戏，曼莲。"他说，"人们在谈正经事前，总要浪费好多时间在互相欺骗上。我想听到你的真话，知道你真正的要去的理由？此行有挨子弹的可能。"

库昂太太小心地喝了口啤酒，然后说："我想我说过了。我觉得我欠我丈夫一份情，因为我一直不是一位很好的太太，他在这儿的地位，需要他参加许多宴会——外交界的事务非常多，你是知道的。他还必须经常到中美各国去旅行。但我一直拒绝和他一起前往，这使他失望。"

"你真善良，真好，"霍斯特说，"但是你们床上相处得如何？"

"对不起，你在说什么？"妇人警惕地站了起来。

霍斯特冲她扮个鬼脸。

她说："我不愿意听你那种侮辱人的话。"

"假如你要和我出去跑的话，你就得听。"霍斯特说。

库昂太太的脸色慢慢变回来，嘴角抿成一抹微笑，"你是不是想激怒我，想让我打消去的念头，是不是？你指望我会生气地拂袖而去吗？我差一点要那样做了，但我并不傻。你问我，我和先生床上相处得如何？答案是，我们像一对陌生人。我曾希望在外国居住，换环境会使我们接近，但事与愿违。我说我要去是欠他一份情，这是真心话。我要他知道，当他遭遇困难时，我并没有抛弃他。霍斯特先生，你还有什么想知道的？"

霍斯特向她做了一个咧嘴的微笑，曼莲也回他一个微笑。这时，传来敲门声。

一位脸上长青春痘的年轻人，自称是绑架者派来的，名叫"皮皮"，他用不掩饰的轻蔑神态瞄着这对美国男女。

霍斯特从五斗柜最上端的抽屉抽出一把模样邪恶的左轮，塞进一个枪套，扣在腰部。"走吧！"他说，一边走，一边穿外套。

顺着皮皮所指的方向，他们向目的地进发了。一路上，到处是褐色皮肤的人。他们迂回地穿过长满野花的丛林，快速横越有巨大树木守卫的草地。他们接近一处山区乡村时，皮皮以手肘碰碰霍斯特，指指公路边一条小路，他们拐进去，然后开始爬崎岖不平的小丘。他们颠颠簸簸地跑了数里路，一直到路变窄，巨石挡路，吉普车不能再行驶。

"看来是徒步的时候了，"霍斯特对库昂太太说，"很高兴看见你穿平底鞋来。"

"你希望我穿芭蕾舞鞋来？"她问。

霍斯特大笑着，跳出吉普车。

皮皮领路向山上爬。小径越来越窄。三人在一处高高的悬崖脚下，行走了差不多一里路，然后爬上一处险陡的斜坡，上到一处高地。在高地中央，搭有三座军营式的帐篷。四五个男人在帐篷外悠闲地玩着牌，聊着天。皮皮向他们挥挥手打招呼，同时领霍斯特和库昂太太进入营地。

霍斯特看到的全是萨尔瓦多那些不法赌场的一些熟悉的面孔。那些人没对他微笑，但他们的黑眼睛闪着异样的光芒。

皮皮领他们进入最近的帐篷。入口处对面两旁放着两个铺盖卷，里面一张折叠帆布椅上坐着位大腹、双肩阔如公牛的男人。霍斯特趋近时，那男子咧着大嘴微笑，露出有褐斑的牙齿。

"朋友，你来了。"大块头以隆隆声招呼。

"科米，别告诉我这个绑架案你掺了一脚。"霍斯特说。

"不只是掺了一脚，我是头儿，是主子。"

"我认得你外面的一些伙伴，你把人马都调到这荒山野地，那城里由谁去扒窃？醉汉？"

"他们要试着改变生活环境，你能怪我吗？"科米微笑说。

帐篷一个角隅里闪出个瘦削的人影，然后那人影进入光亮中。霍斯特发现，那人有一头油亮亮的黑发，还有一双如蛇般歹毒的眼睛。

"别废话，你带钱来没有？"他瞪着霍斯特。

科米向霍斯特叹口气："摩尔洛这个人，脾气非常暴躁。像我这样的人，需要一位他这样的，以不时提醒我到底该干什么。"

霍斯特以一双冷峻的眼睛盯着摩尔洛，"科米，你从哪儿弄来的这东西？"他说，"他看来不够聪明做扒手，做拉皮条的又嫌不干净。"

摩尔洛愤怒地握紧了拳头，向霍斯特趋近。科米制止了他，转向霍斯特，"朋友，别低估摩尔洛，他用刀之利落，就像刀长在手上一样。"

"我会记住不要让他在我身后就是了，"霍斯特说，"现在，我要先去看人质，再谈钱。"

科米领他们走出帐篷，一双小眼睛落在库昂太太绷得紧紧的白色长裤上。

他们经过第二个帐篷时，霍斯特看见里面有一堆铺盖卷和草床。他们三人抵达最后一个帐篷时，一位胸部丰满、有双吉普赛人黑眼睛的女人，用一位女性受到威胁时所露出的挑战眼神看着库昂太太。

"这是谁？女匪酋？"霍斯特问。

科米不安地咳嗽一下，"这是费丽丝，她……嗯……是和我一起的，你知道是怎么回事。"

"我明白。"霍斯特说。

那女子把视线转向高大的霍斯特，她说："我久仰你，你是不能回家的北美佬，他们说你是个赌徒。"

"有时候是，"霍斯特说，"假如我喜欢赌注的话，我是会赌的。"

"你总是赢吗？"

"不会总是赢，但是我从不玩我不懂的。"

女子头一仰，纵声大笑。

霍斯特和库昂太太跟随科米到第三座帐篷的入口处，那儿有位守卫坐在外面，来复枪搁在膝盖上。科米向守卫点点头，为两位来人掀开帐篷的布幔。里面，一位四十出头、面色苍白的人，直挺挺地坐在一张木椅上。一个宽大的睡袋折好，放在他后面。那人的衣着，就像是参加游艇俱乐部的集会一样，一套水色鲜艳的运动外衣，里面是淡蓝色高领毛衣，干净，整洁。他越过霍斯特，和身后的曼莲说话。

"你来这儿做什么？"

她停步，没有走近他的意图。"我坚持要来的，"她说，"我为你担心。"

"我没有事。"库昂粗鲁地问，"你是霍斯特？"注意力转向高大的美国人。

"是的，他们找到我，让我来斡旋释放你。"

"我自己这样不中用，真对不起，我们今夜就启程回去，还是等到明天上午？"

"还有点困难，"霍斯特搓搓下颚说，"我没带钱来。"

"没带钱？"库昂说，科米也同时说。

库昂太太凝视霍斯特。

霍斯特抬脚，转身，走出帐篷。他对科米说："现在，我知道人质平安，你和我可以谈条件了。"

科米急忙忙地移动两条短腿在后面急追。"你要谈的条件是什么？"他问，"我们开的价是六万美金。"

"办不到，"霍斯特说，"那太多，狄德可能只愿意付一半。"

一抹冰冷的表情堆在科米脸上，"六万美金是我们开的价，一个子儿不能少。"他不断重复说。

霍斯特摊开双手，向他咧咧嘴，"好，反正值得一试。我明早下山，把你的意思向狄德传达。"

科米的微笑复又出现，一手抓住美国人的肩胛，"这才像话，朋友，我来安排地方给你过夜。"

他离开后，库昂太太拉住了霍斯特，"你在谈价格方面根本没有尽力。"

"为什么？我用东家的钱在赌，何必那么辛苦？你认为你丈夫不值六万美金吗？"

库昂太太脸红了，转身走开，但随又停步，转头看着霍斯特。

"你肯定付了钱后他们就会放他走吗？"

"他不会有危险的。"

"我们不能今晚把他救出去吗?他们的人手似乎不多。"

霍斯特向她走了过去,"夫人,你看的暴力电影太多了,运气好的话,我一个人可能逃离这儿,摸黑回到停放吉普车的地方,但是要领着你和你丈夫离开此地,那是不可能的。"

库昂太太要说什么,但又忍住了,因为科米从营地另一头吵吵嚷嚷地走过来了。

"朋友,全安排好了,"他说,"我有套铺盖卷给你用,你可以和我、摩尔洛睡一个帐篷。"

"假如不介意的话,我愿意在空地上睡,帐篷使我不安。"

"随你意。太太,你是不是要和你先生在一起?"

库昂太太迷惘地看看四周,"我……嗯,当然。"

"好,那么全安排好了。"

霍斯特选了个地势较高的地方铺放铺盖卷,并在外面坐了下来,那地方可以一目了然地看清下面三个帐篷的活动情形。

夜间的寒气随夜色降临,科米的人几乎都钻进了帐篷。

天黑后很久,库昂太太仍然在外边闲荡,渐渐地,她荡到霍斯特坐的地方,他正在吸烟。

"我一点睡意都没有。"她说。

"你不想在丈夫的睡袋里过夜吗?"霍斯特问。

"我对你的话真不习惯——不过,你说对了,我这么远跑来,因为我觉得那是我的责任,其他的,我认为没有必要更进一步。"

"我也是有同样想法,"霍斯特咧嘴笑说,"你睡我的铺盖吧,我去找科米,另外安排。"

"谢谢你,你知道,霍斯特,不能仅看你的外表,你还真是个好人。"

"别让那想法影响你,"霍斯特捏熄雪茄烟,向科米的帐篷走去。没走多远,他又走回来,双手搭在库昂太太肩上,吻她的嘴——轻轻地吻,但也不太轻,"晚安,夫人,"他说,"天一亮我们就下山。"

没过多久,霍斯特裹着一条从科米那儿弄来的毛毯正在打盹时,突然听见尖叫声,他迅速爬起来,冲出帐篷,向库昂太太过夜的地方跑去。

他冲下斜坡,边跑边抽出左轮,发现库昂太太双膝跪地,毛毯抓在胸前。

"什么事?"霍斯特大声吼,"这儿发生了什么事?"

"他……他想……"库昂太太双手捂住嘴巴,全身发抖。

霍斯特顺着她的眼睛望过去，看见那个瘦如蛇般的摩尔洛站在数尺外。他上半身赤裸着，直挺挺地站在那儿，拇指钩住紧身牛仔裤。

"只是那样吗？"霍斯特厌嫌地说着，同时插回手枪，"听你的叫声，我以为发生了多么严重的事哩。"

营地里，科米，所有匪徒和费丽丝都跑出他们的帐篷来看这一幕。库昂留在里面，但从他苍白的脸色可以看出，他正在注意外面的动静。

摩尔洛向霍斯特咬牙咧嘴，出言不逊，"小子！"

"小东西，你以为你是在和谁斗？是要我和你打斗吗？滚，到别的地方去表现你的男人气概吧。"霍斯特一副蔑视的样子，转身背对摩尔洛，然后抬步朝帐篷走。但接着，他听到"咔嚓"一声响，他知道，那是摩尔洛发出的。他旋转身，迅速跳到一旁，沉甸甸的左轮也同时掏了出来。

库昂太太动作也很快，一瞬间，她也来到霍斯特面前，抓住了他手中的枪。

"走开！"他吼道，但是她不松手。

霍斯特越过库昂太太的头顶，看见摩尔洛持着刀，正向他冲过来。霍斯特粗暴地想扯回枪，但库昂太太死死不放，他只有把她推倒在一旁。

摩尔洛还在向前冲。霍斯特握起了拳头。

摩尔洛举起左手臂，掩护右手用刀向他刺来。就在那一瞬间，霍斯特瞄准他的右臂，猛地一切，刀飞了出去，趁那个瘦削男子疼痛尖叫的当儿，霍斯特转过身，用穿厚靴子的脚用力踢对方的两腿之间。摩尔洛像木偶断了线一样，倒在地上。

霍斯特捡起掉在地上的刀，装进口袋，然后走到库昂太太身旁。

"你那是什么意思？"

"你要开枪射他？"她以颤抖的声音说，"你会杀死他。"

"你说得不错。他正拿刀向我冲过来，不开枪怎么办？"

"不过，你反正打倒他了，你不必用枪。"

"那是运气，本来赢的可能性是在他那一方，他想乘机占便宜，但再不会有了。"

匪徒们从营地走上来，形成一个半圆形，注意看着倒在地上的摩尔洛。没人去扶他。费丽丝低头看他，发出一阵短促的笑声。霍斯特在摩尔洛痛苦的脸上，看见一道野兽般愤怒的光。

"我真该杀死他。"霍斯特说。

"这世界暴戾和杀戮已经太多了。"库昂太太说，"霍斯特，你这人没心肝。"

"我知道我降级了。数小时前,我是个好人,"他打量着东方灰色的天边,"今晚不必再想睡了,我们煮点咖啡。还有,把枪还给我。"

库昂太太把左轮还给他,她递枪时,人还在发抖。霍斯特脱下外套,为她披上,她没有抗议。

天色亮得够他们向小径出发时,科米在他们身旁,像一位溺爱的叔叔一样,说:"真不要我派个人陪你们?"

"不用,谢谢,科米,"霍斯特说,"我知道路。"

"哇唔!"大胖子搓搓双手,好像钞票已经堆在他面前一样,"朋友,祝旅途平安。"

"谢谢,顺便问一声,我怎么没有看见摩尔洛的人影?"

一抹阴影掠过科米的脸,"他一能站起来走路,立刻就离开了。我想你是树了一个敌人了。"

"假如你比我早看见他的话,告诉他少惹我,下次不会有女人来阻止我杀他的。"

当高大的美国佬和金发女子离开营地时,科米用焦急的神情目送他们。

他们沿着悬崖底前行时,麻烦来了。

霍斯特警惕的眼睛,发现太阳照在谷底一些金属物所反射出来的光。他旋转身,抓住库昂太太的手腕,重重地把她推倒在地上,自己也在她身旁伏下。几乎与此同时,一阵来复枪的"砰砰"声在山谷回响,他们伏地前面两尺处,有碎石爆开。

"伏着,别动!"霍斯特命令。他掏出左轮,小心地瞄准他看见闪光的地方,扣动扳机,当扳机"咔嚓"打着空的枪膛时,他的肌肉不禁绷紧起来。另一发子弹又飞过来,落在他们后面的悬崖上。

霍斯特诅咒说:"女人,你把我的子弹卸掉了,是不是?"

她用一种窒息般的啜泣声回答他。

霍斯特的血液冻住了,来复枪的子弹又射过来,打碎的石头,喷在他的脸上,"别哭了,我们得想想办法。"

霍斯特匆匆看一下后面的悬崖表面。后退十码的地方,有个棺木般大的洞,洞口有一堆破碎的岩石。他说:"当我告诉你跑的时候,你就站起来,尽量快,尽量低着身子冲进后面那个洞里。"

库昂太太张嘴想抗议,但是来复枪的枪声又响起。霍斯特高声在她耳边吼道:"走!"

库昂太太照他的话做了，她慌慌张张地钻进岩洞里面时，子弹打到洞口上面只有数寸的悬崖表面。

随后，霍斯特也冲了过去。当他正要钻进洞里时，有什么东西打到了他的右手臂，他迅速钻入那个小避难所，左手抓住受伤的右手。他发现手臂湿湿的，而且是鲜红的。

"你被打中了！"库昂太太说。

"打中而已，没有被射死，我想没打到骨头。"

"我们怎么办？我们陷在这儿了。"

"闭嘴，让我想想。"

从外面谷底传来摩尔洛的声音，"嘿，霍斯特先生，你能听见我的话吗？我认为我打中你了，呃？什么感觉，大个子？"

说着，又过来两发来复枪的子弹。有一颗打到洞口，进入洞穴里，掠平面而飞，弄得洞里碎石纷落。

霍斯特附耳对库昂太太说："下一回他开枪，我要你尖叫，声音高高大大地叫。"

"我……我不知道，我是不是叫得出来。"

"你会叫得很好的。"霍斯特坚决地说。

摩尔洛又开枪时，霍斯特抓住库昂太太的手臂，用力一捏。她尖叫起来，霍斯特立刻用手捂住她的嘴，对她耳语说："这样蛮好。"

"嘿，大个子，"摩尔洛大声叫，"发生了什么事？你的女朋友受伤了吗？出来吧，也许我会给你一条生路。"

"我不能出去，摩尔洛，我受伤了，"霍斯特故意装出痛苦的声音说。库昂太太瞪大眼睛看着他，他示意要她安静，"女人也受伤了。"

"那么把你的枪扔出来，大个子，反正你跑不了。"

霍斯特扭头看了眼库昂太太，"解开你的上身。"他说。

"什么？"

霍斯特向后伸手，抓住她柔软的蓝色衬衫，用手指钩她的胸罩下面，突地一拉，撕破她的胸衣和上衣，露出她结实、白皙的乳房。

"现在，躺在他走进来时能看见你的地方，别再问我问题。"

然后，他高声向外叫，"好，摩尔洛，枪来了。"说着，用左手把没用的左轮抛越过洞口的岩石，砰地落在沙石上。接着，他把自己的身子平贴在洞穴的边墙上，等候着。他一只手伸进口袋里，那里有那把摩尔洛留下的刀。

"这才像话，大个子，"摩尔洛嘲弄地发话了，"现在，你乖乖留在那儿，不要动，我来看看能把你们怎么办。"

时间一秒秒地过去，像是无终止一样。

由于训练有素，霍斯特可以听见摩尔洛小心翼翼的脚步正向他们走来。他回头看看库昂太太，她听话地露胸平躺在那儿，他向她点了点头。

一个人影落在他们藏身的地方，他来了！摩尔洛的头刚刚探进洞口，小心察看时，霍斯特听到了摩尔洛那野兽般的呼吸声。霍斯特从墙边跳出来，举起左手，把那把刀狠狠地插进摩尔洛的肋骨里。

"你现在可以扣上衣服扣子了，"他对库昂太太说，"下山前，你要不要再说我什么暴力戮杀？"

回去后，霍斯特坐在狄德阴沉沉的办公室里。办公室中的唯一颜色是库昂太太身上的花衣裳。

狄德说："对不起，麻烦你了，霍斯特先生，不过，我很高兴，你发现库昂先生平安。"

"噢，不错，他是平安的。"

"告诉我，绑架者要多少钱才肯放人？"

"你想知道你需要付的最低数目，对不对？"

狄德迅速看了库昂太太一眼，"当然，只要不危及库昂先生的安全。"

"那么，一块钱也不用给。"霍斯特说。

"你意思是说，绑架者是虚张声势，吓人的？"狄德问。

"我意思是说，他们是假的，我知道那伙人，他们都是些小骗子，不是搞绑架的，他们在演他们的角色时不是很好。我认为，当库昂明白没人愿意付他赎金时，他就会承认失败，自己回家。"

"你是说库昂先生自己安排的这件事？"狄德问。

库昂太太坐在沙发椅上，身子前倾，全神听着。

"我正是那样认为的，"霍斯特继续说，"我敢打赌，下周，当政府官员莅临后，看到基金会的账目，会发现短少了四五万美元，他想用赎金来弥补他盗用的公款，其余的付给科米和他那一伙。"

库昂太太开腔了，"可是，你怎么知道库昂不是他们真正的囚犯？"

"那不难。第一，他有自己的帐篷，而另外那些小东西们则几个人挤一个帐篷；第二，那个叫费丽丝的女人，那种货色，不是科米能够养得起的；第三，如果他是囚犯的话，即使太太要来，也不可能给他双人用的睡袋，何况他事先根本不知道太太要去。"

"好个霍斯特，你双方都不下赌注，呃？"库昂太太说。

霍斯特耸耸肩，"问题在于，他们的骗术太拙劣了。"之后，他转身对狄德说，"假如没别的事，我想我要走了，我的手臂痛得很。"

"假如我们不付款的话，你肯定库昂先生会安全吗？那些人不会反过来攻击他？"

"别愁，那伙人中只有一个是危险人物，但那一个再也不会为非作歹了。"

他走下联邦大厦台阶时，后面有高跟鞋的"嗒嗒"声，霍斯特转头看，发现是库昂太太，便停步等她追上来。

"你要去喝点儿什么治疗你的手臂吗？"她问。

"是的，我想喝威士忌。"

"你有没有想到，威士忌也会治疗我的痛处？"她仰头看着他。

"你的痛处？"他也看着她。

"你不记得，你是如何使我尖叫的？"

霍斯特咧嘴笑了，"我想，威士忌对这个是很有效的。走吧，我们一起去喝一杯。"

她挽住他的手臂，两人一起步下台阶。

扒　手

那个穿暗色粗格子呢衣服的女子扒斯通口袋时，我正坐在假日旅馆的豪华休息室，翻阅一本杂志。

她扒得很漂亮。斯通是位白发苍苍的老绅士，手持拐杖，他在加州有一亿五千万的资产。他刚从我对面的一个豪华电梯出来。那女子从大理石楼梯走过去，走得很急，故意装出心不在焉的样子，和斯通撞了个满怀。她赶忙道歉，露出美丽的酒窝，斯通彬彬有礼地鞠了个躬，说没关系。她扒了他的皮夹和领带上的钻石夹子，而他毫无知觉，也没有怀疑。她匆匆向休息室对面的出口走去，同时把扒来的东西放进手提包里。我立刻离开座位，迅速而谨慎地追过去。在我追上她前，她已经穿过一盆盆的植物，快到玻璃门了。

我抓住她的肩膀，微笑着说："对不起，请等一下。"

她一下子怔住了，然后转过身看我，好像我是从那些盆景中冒出来的一样。她冷冷地说："你说什么？"

"你和我最好谈谈。"

"我一般不和陌生男人谈话。"

"我认为我是个例外。"

她棕色的眼睛愤怒地闪了一下，说："我建议你放开我的手臂，假如你不放的话，我就喊经理了。"

"你知道，我是假日旅馆的保安主任。"我告诉她。

她脸白了。

我领她穿过拱形入口，到旅馆餐厅，它就在我们左侧不远的地方。她没有抗拒。我让她坐在一张皮革椅子上，自己坐在她对面。一位穿蓝色制服的服务员走过来，我摇摇头，他走开了。

我隔着桌子打量对面的女子，她长着一张古典的脸，显得纯洁、无辜，褐色头发有点卷曲。我猜她大约25岁。

我冷静地说："毫无疑问，你是我遇见的三只手中最漂亮的。"

"我……我不知道你在说什么。"

"三只手就是扒手。"

她装出愤怒的样子："你是在说我吗？"

"哦，别装了，"我说，"没必要再装傻了。我看见你扒斯通的皮夹和他的钻石领带夹，我坐在电梯正对面，距离十五英尺。"

她不再说什么，手指摆弄着手提包带子，痛苦地叹了口气说："你说得对，不错，我偷了那些东西。"

我伸手过去，轻轻从她那里取过提包，打开它。斯通的皮夹和领带夹在各种女性用品上面。我翻出她的身份证，暗暗记下名字和地址，然后取出她偷的东西，把提包还给她。

她轻声说："我，我不是小偷，我要你知道，我不是一个真正的小偷。"她颤抖地咬着下唇，"我有强烈的偷窃癖，我控制不住自己。"

"偷窃癖？"

"是的，去年我已经看过三个精神病医生，但他们没法治疗我。"

我同情地摇摇头，"这对你一定很可怕。"

"是很可怕，"她同意说，"我父亲知道这件事，会把我送进精神病院的！"她声音发抖，"他曾警告我，只要再偷任何东西，就把我送进医院。"

我轻松地说："你父亲不会知道今天这里发生的事。"

"他……他不会知道？"

"是的，"我缓缓地说，"斯通先生会取回他的皮夹和别针，我想没必要张扬这事，这对旅馆也不利。"

她的脸开朗起来，"那么……你准备放了我？"

我叹了口气："我想我是心太软了，是的，我准备放你走，但是，你得答应我，不再进假日旅馆。"

"哦，我答应。"

"如果我以后看见你在这里，我就要报警。"

"不会的！"她急切地向我保证，"明天早晨，我要去看另一位精神病医生，我相信他可以帮助我。"

我点点头,"很好,那么——"我转头去看拱形餐厅门外的客人。当我再转回头时,餐厅通街道的门正好关上,那个女子不见了。

我在那里坐了一会儿,思考有关她的事。我认为她是个很熟练的职业扒手——她的手法太娴熟了。另外,她非常善于撒谎。

我对自己一笑,站起身,再次走进休息室。但是,我没有坐回原来的座位,相反,我漫不经心地穿过玻璃门上了街。

当我走进人群时,我的右手轻轻放在外套口袋里那只厚厚的皮夹和别针上。我发觉自己有点为那个女子难过。

事实上,自从斯通当天进入假日旅馆后,就一直是我的目标,经过三个小时的等候,就在我要下手扒窃的那十五秒钟内,她突然出现了。

枪击事件

双石事件，报纸上几乎没有刊登。我想它不像电影明星挨枪击那样，是轰动新闻，但它是桩巧妙的枪击，巧妙得连警方也不知道它其实是谋杀案。

我知道，因为我是沙利的情人。有很长一段时间，我不知道他在计划什么。他总是对我说："黛黛，假如能干掉老雷蒙那该多好，呃？那样，店铺就是我的，不用分账了。"

沙利总是称他"老雷蒙"。雷蒙是"双石"店的股东，我有个印象，以为他是个年纪很大的人，但当我第一次遇见雷蒙时，我相当震惊，因为雷蒙年纪与沙利相仿，他有一双明亮的黑眼睛，乌溜溜的如同两汪秋水。他第一次看见我时，就注意到了我的发色——金色并称赞了它。

沙利却从来不在意，我剪掉头发他也不注意。沙利是个头脑简单的人，他瘦削，还有点神经质。他喜欢赌马，经常输。但是和他上夜总会、豪华餐厅和马场院是很好玩的。

我和沙利聚在一起，他给我买衣物和一些珠宝。认识他的时候，我几乎是一无所有，你知道我是什么意思，一个女孩子总得有些衣服和首饰。他为我弄了幢好公寓，而他呢，几乎每晚都在那里。

有时候他情绪很不好，他会告诉我他心中的苦恼，多半是因为雷蒙。雷蒙约束他，沙利想要扩展业务，但雷蒙特别保守，他总是坚持有多少资本，就做多少。

他们的店开得相当成功，有两位店员和一大堆存货，店后面是一间储藏室和两间办公室，有一道后门，他们从没锁过。它是铁门，从里面用门闩关住。沙利向我解释过，没人能从小巷里进去，他们只利用后门卸货。

有几次我到店里去，看见沙利和雷蒙正在对吼，沙利说雷蒙把钱拢得好紧，雷蒙说有人那样是好事。

雷蒙总会注意到我的衣服，说衣服美丽，我也看见他在看我的双腿，那是在欣赏。我真不明白沙利为什么称他老雷蒙。

我常常问沙利，为什么不和雷蒙分手。他说，如果那样的话，要损失一大笔税金什么的。他们两人不和，每当沙利几杯酒下肚，嘴里立刻滔滔不绝地讲，假如能踢开老雷蒙的话，会有多好。我真是听厌了，有一次我说："噢，我看雷蒙不坏……"

沙利一听便跳起来，怒吼说，雷蒙如何每天早上总是同一时间到店里，又如何以同样表情拆信件，如果有人离开一会儿，或是把他的铅笔放错了地方，他都会注意到。

他时常大声说些雷蒙的不是，因此，有天晚上他在一张纸上做记号，而不是大吼大叫时，我知道那是个例外。他不告诉我为什么，只是说："老雷蒙星期五晚上总是在办公室里做到很晚，他整理账簿。"

这点我早知道。他一件事总要告诉我一千次以上，雷蒙如何老是在清点店里的每样货品。

沙利抱怨雷蒙吝啬，但他自己也不见得慷慨。我从没法私下存一块钱，住公寓和穿衣服均无问题，但我从没有钱预支，他只给我钱支付租金，给我饭吃，酒喝，如此而已。他又对当前的物价了如指掌，总是把钱放在一只中国花瓶里，说："房租在这里。"

像游戏一样，每当他一走，我就抓起花瓶，看他能给我多少。

从来没有多过。

总之，有好几个月，我听沙利不停地说："我真希望干掉老雷蒙！"

有一天，我觉得他有一星期没说这句话了。那真不平常，我瞧瞧他，他好像心不在焉，不错，他有心事。

几天后，我碰巧发现他大衣口袋里有支枪，那是一支枪柄嵌珍珠枪身镀镍的小手枪。我没碰它，也没向沙利说我曾看见过它。

沙利要我在星期五晚上举行舞会宴客时，我不觉得意外，我问他雷蒙来不来，他只是大声地笑。

"雷蒙只喜欢他自己的宴会。"他这样告诉我。

他自己也列入客人名单，我认为他把城中的每一位酒徒都请到了。因为他在那只中国花瓶里多放了些额外的钱。我不难猜到，他的宴会是个掩饰，一个他不在枪击现场的证明。乘车到店里，只需十分钟。

之后，我发现其他细节，你知道他会如何筹划它。沙利是个真正狡猾的人，他做出了一个很精细的计划，以便于警方认为歹徒是从后门进入。门是上闩的，有个楔子，楔住横闩。星期五晚上下班前，他取下楔子。我看见沙利的汽车停在小巷里，引擎发动着。这些，我是在警方拍摄的照片中看到的。

总之，他用刀尖穿过门缝，挑起门闩，打开店铺后门。

就在那个时候，雷蒙开枪，正打穿沙利的心脏。

两天后，就在警方告诉我，沙利企图杀害他的股东反而被杀后，雷蒙来到我的公寓，我们喝着沙利留下来的酒，他用乌溜溜的黑眼睛，越过玻璃杯看我。

"我告诉警方，我好像听到后门有贼，我怎么能知道那是沙利？那里黑如地狱。"

我说："是呀，真糟糕。"

他告诉我说："他们发现沙利在门口手中拿着把枪，有一打以上的人告诉警方，沙利到处说他想除掉我。"雷蒙说着，耸耸肩。

"是啊，我想是这样。"我同意他的说法。

"要不是你事先告诉我，说不定我这会儿在地狱里呢。"雷蒙说。

"没什么，现在公司是我们俩的了。"我微笑，"希望你能对我好一些，别像沙利。"

移花接木

星期五下午4点,当我把车拐进自家车道时,发现一位肥胖的男人正在关我家前门。

我很惊讶,他完全是个陌生人。

他看见了我,站在那儿,脸上装出一丝微笑,那笑容很虚伪,即使离他三十米也看得出。

我下了车,他的笑容顿时消失。那是因为我一脸的愤怒表情。

至于他,不算什么——只是一个肥胖、矮小的男人,看来很软弱,不堪一击。

"你是谁?"我问,"你在我屋里搞什么鬼?"

"你屋子?那么你就是怀特先生了?"

"你怎么知道?"

"你的信箱上有名字,怀特先生。"

"你在我屋里做什么?"

他迷惑地说:"可是我没在你屋里呀!"

"别和我来那套,我刚刚看见你关门的。"

"没有,怀特先生,你弄错了,我只是'离开'这扇门,我敲门,没人回答。"

"别和我狡辩,以为我没看见?告诉你,我视力很好,现在,给我说清楚!"

"没什么可说的。"他说,"我是便利吸尘器公司的业务代表,我来这儿问问,你们家是否……"

"有证明吗?"

他在西服暗袋里摸索了半天,拿出一张小小的白色名片,递给我。上面的名字是"富曼",便利吸尘器公司的推销员。

"我要看你的驾照。"我说。

他有点儿不安。"这真是尴尬，怀特先生，"他说，"我……嗯，今早把皮夹给丢了……"

我一把揪住他，押着他走到门前。

我看看防盗铃，红灯没亮。看样子，他没碰过防盗铃。

我打开门，把他推进屋里。屋里有一些霉味，屋子关闭几天后总有那种味道——我已经出门八天，原先计划去纽约做十天的生意旅行，我的管家一周来一次。

我扫了一眼房间，每样东西都没有动过。电视、音响、我收集的一些东方艺术品，都原封未动。

我最关心的东西是我书房里锁在保险柜里的一些秘密纪录和账册。

我让他脱下外套，搜遍所有口袋，又翻了他的裤子口袋，但一无所获。

我又让他转身，像警察在电影上做的那样，拍拍他身上，结果什么也没有。

"怀特先生，这全是误会，"他说，"我不是贼，我是吸尘器推销员，你已经彻底搜查过我了，你知道，我身上没有任何属于你的东西。"

也许没有。但我明明看见他在关我的屋门，正要离开。我感觉到这个小矮子一定偷了我的什么东西。

可是，偷了什么？那东西在哪儿？

我抓住他的手臂，把他推进浴室。

他稳住身体，转过头来说："怀特先生，这是迫害行为，你打算把我怎么样？"

"那要看情形，也许把你交给警方。"

"警方？可是你不能……"

我从门上取下钥匙，把他锁在里面。

我下楼到书房。法国名画家马蒂斯的画安然未动，画后面的保险箱门锁着。我打开保险箱，纪录、账册全在那儿，一样没少。

假如这些东西落在坏人手里的话，我的处境就会尴尬万分，也许还会有层出不穷的勒索事件发生，最坏的可能是出命案。并不是我在做什么不法之事，而是我做的一些账目中，有些涉及一些暗账。

我查看保险柜里的其他东西——两千元现金，一些珠宝，一些私人文件——那些全在，没有动过。我的写字台上也没有失落任何东西。

我不解地搜寻了屋子里的其他房间。厨房后门有被撬开的痕迹，外面防盗铃电线上缠有胶布，像是为了接通电源。

我开始怀疑也许我根本就错了，也许这是个天大的误会。可是那该死的胖子的确进来过，而且他没有身份证，鬼鬼祟祟。

他没偷任何东西，也不像是找什么东西。

也许是个私人侦探，来这儿放置什么东西，比如说，栽赃。可是，屋里没有多出什么。如果有的话，经过那么仔细地搜寻，也该找到了。除此之外，如果要起诉我的话，保险箱里早有足够的证据。我工作愉快，和顾客处得非常好，没有要置我于死地的敌人。

还有，他既然来偷东西，为什么还把防盗铃修好？

我生气、沮丧地返回浴室，打开门。胖子正用我的毛巾擦汗。

看见我进来，他僵硬地问："怀特先生，我可以走了吗？"

我没办法，只有让他走。

他大步穿过屋子走出去，走路的样子就像对这屋子很熟悉。

我走回屋里，给自己倒了杯酒。有生以来，我从没这样沮丧过。那胖子肯定带走了我的什么东西。

可是，他带走的是什么有价值的东西？

他怎么带走的？

第二天早上，我找到了答案。

10点45分，我在书房做一项账目时，门铃响了。我出去开门，发现门外站着一对衣着整齐的老夫妇，两人笑容可掬，但我不认识他们。

"哦，"男的愉快地说，"你必定是怀特先生，我是罗查。我们刚刚经过这儿，想再来看看，"他说，"我们看见有汽车停在外面，希望那是你的车。我们一直想和你亲自见见面。"

我迷惘地看着他。

"这地方很宜人。"他太太说，"我们无法形容住在这儿会多么快乐。"

"是的，怀特先生，"罗查先生同意太太的话，"你的代理人带我们看了这地方，我们立刻知道这儿是适合我们住的地方，而且价格合理，我们几乎不能相信，这房子只卖十万元。"

愤怒、绝望的感觉，从我心里升起。

我终于明白了，事情是这样的：昨天下午，罗查夫妇本应按约定在这儿和我的"代理人"见面，交给他十万元的银行支票，但那时候他们夫妻俩临时有事，未能准时赴约，所以，他们昨天晚上在自己家把钱交给了"代理人"。他交给他们的则是有我签字的各项文件。当然，那些文件上的签名是别人伪造的。可是，我能在法庭"证明"那是假签名吗？我能证明，我没有和那位房地产经纪人共谋欺诈罗查夫妇十万元吗？

哦，不错，我发现那个胖子的真面目了，他是那么聪明、大胆和无耻。

他不曾从我屋里偷走任何东西。

但是他偷走了我的整幢房子。

最后三个月

弗兰克医生站在他办公室窗户边，透过午后的薄雾，看着对面的停车场。他看到汉斯的高级轿车开进停车场，看到他从车上下来，穿过人行道，向他的办公室走来。

弗兰克转过身，在办公桌后面的椅子上坐下，自言自语地说："生命就像掷骰子，有些人赢，有些人输。但是，这位运气最好的男士，偶尔也会输一次的。"

这么多年来，弗兰克一直非常嫉妒汉斯，他嫉妒汉斯的长相，嫉妒汉斯情场得意，尤其嫉妒汉斯有钱。不过，现在情况变了。

他取下无框眼镜，用手帕擦了擦，又架回他细细的鼻梁上。当汉斯推门进来时，他正不安地在桌上翻弄一些文件。你怎么能向一个老朋友开口说他只能活三个月了？

汉斯是个快到四十岁的中年人，年纪和弗兰克差不多，但是，看上去他比弗兰克老十岁。他长得很英俊，脸被太阳晒得黑黑的，流露出放荡不羁的神情。

弗兰克把椅子向后一推，站起身说："请进，请进。"他指着一把面向窗户的椅子，"你好吗？"

"这正是我要问你的。"汉斯一语双关地说。

"你要我说实话，对不对？"

汉斯捏着手里的帽子，艰难地咽了口唾沫："当然，我当然要你说实话。"

"诊断的结果很糟，非常糟，事实上，我看不出还有比这更糟的结果了。"

"不会弄错吧？也许化验室的人弄错了。"汉斯紧张地说。

弗兰克摇摇头，"要是弄错就好了，可是，我想不会有这种可能。当然，你可以另外找医生看，我不会见怪的。"

汉斯说:"不,我不会那么做的,你当我的私人医生很多年了。再说,我也不愿再尝一次那种滋味。"

汉斯从口袋里摸出一支香烟,接过弗兰克递给他的火,"告诉我,弗兰克,我还能活多长时间?"

弗兰克把打火机扔到桌子上,看着他的病人说:"很抱歉,三个月,最多四个月。"

"三个月?"汉斯从椅子上跳了起来,他双膝抖得厉害。

"别急,坐下,我们好好谈谈。要不要把这个消息告诉你太太?你想马上告诉妮娜吗?"

"告诉妮娜?"汉斯痛苦地说,"我才不让她高兴呢,她可能当着我的面大笑起来!"

"大笑?你这话是什么意思?你总觉得你们俩……"

"当然,你会那么想的,其他人都认为我们是一对幸福的夫妻,没有人知道真相。天知道,我可是费了很大力气才不让大家知道的。"

"怎么回事?"

汉斯按灭才抽了一半的香烟,愤怒地说:"妮娜已经有一年半不是我真正的妻子了。"

"可是,你们结婚才两年啊。"

"对,没错。我们才结婚几个月,妮娜就发现我在外面有艳遇。"

弗兰克医生点点头,他知道汉斯一向喜欢寻花问柳。他们一起上中学时,汉斯就开始追女孩子了。汉斯用他诱人的微笑、他的赛车、他挥霍不尽的钞票,追起女孩子来一点儿也不费劲。"假如妮娜察觉了你的不忠,为什么她不离婚呢?"

"哦,假如她有证据的话,她会的,只是,她没有真凭实据。因为,自从那次之后,我从来没有不忠过,一次也没有。妮娜对我说过,她要尽全力榨干我的余生来付赡养费。"

尴尬地沉默了很久,最后,弗兰克清了清喉咙说:

"汉斯,我认为,如果你现在再去玩乐的话,也没什么关系了。你最好在生命的最后这段时间里,好好玩一把。"他停下,又清了清喉咙,补充说,"我的意思是说,这几个月中,她又能收集到什么证据呢?"

汉斯从椅子上站起身,这次,他的膝盖没发抖。

"天哪,弗兰克,你说得太对了!我现在还怕她什么呢?"

"那么,你不准备告诉她这个坏消息了?"

"不告诉！我要让她大吃一惊，明天我要去见我的律师，把事情办妥，一分钱也不留给她。"他朝门口走去，中途又转过头说，"假如我被一位嫉妒丈夫的人杀死，那不是很好笑吗？"

"你真的没事吗？你可以开车吗？我送你怎么样？"弗兰克医生问。

"我很好，弗兰克，谢谢。我有空会来看看有什么新药。"他把帽子戴到头上，走了。

弗兰克从窗口看着那辆豪华轿车驶离停车场，进入滚滚的车流。后面，有一辆蓝色汽车跟了过去。

弗兰克看了看外面，确信护士小姐已经下班了。他迅速拨了个电话号码。

"妮娜吗？"他说，"我是弗兰克。"

"弗兰克，事情怎么样了？"

"汉斯很冷静地接受了坏消息。"

"真让我吃惊，我以为他会哭呢。"

"我也那么想，但是，他没有那么做，他想尽全力活下去。"

"可怜的汉斯，"妮娜笑了，"他性饥渴。"

"是啊，假如他知道他还可以活三十年，不知道有多惊讶呢！"

"我有三十年时间可以榨取他的赡养费！"

"但愿如此。对了，你安排好私人侦探了吗？"

"安排好了，有个人二十四小时跟踪他。"

"好，我相信那人正在执行任务呢。"

妮娜又一次笑了，她说："弗兰克，你不知道我多感谢你。"

"很愿意为你效劳，妮娜，再见。"

弗兰克轻轻放下电话，锁上办公室门，向电梯走去。他一边走，一边轻轻吹着口哨。

奇怪的电话

室内光线暗淡,第一眼看上去,里面好像没人。

过了一会儿,电话机旁边的安乐椅动了一下,坐在椅子里的男人伸手拿起电话,看也没看便开始拨号,然后耐心等待对方应答。

"喂?"

电话里传来一位老妇人的声音。

"你是汉娜·格尔布曼太太吗?"男人压低嗓门轻声问道,"你该歇息啦。你一生漫长坎坷,经历了无数的艰难和失望,你的苦难也该到头了。"

"你是谁?开什么玩笑?我可以叫警察查出这个电话,你明白吗?"

"别激动,汉娜。我不会伤害你,我只是想帮助你获得安宁。难道你一生经历的痛苦还不够吗?难道你不想过得好一点?"

"你是谁?是某个靠人施舍的宗教组织成员吗?如果是拉捐赠,那可白费时间,我一个便士也不会给你。"老妇人回答。

"不是的。我不代表任何宗教组织,但所有的宗教组织都认识我,而且都尽量理解我做的这项工作在宇宙中的合理性。"

"你是谁?"老妇人又问了一遍,她有些不安。

"我是死亡天使。最近你不是祈祷我能使你从痛苦中解脱出来吗?对于老年人无法摆脱的痛苦、亲戚的冷漠无情,你不是已经厌倦了吗?要不是你看的电视节目告诉你,你连今天是星期几都不知道。"

"跟一个上年纪人的开这样的玩笑,你真是太残忍、太愚蠢了。你不过是个无耻的神经病,我再也无法容忍你的胡言乱语,我现在就挂电话。"

"你叫汉娜·格尔布曼。今年,你一直住在四百二十一号森林巷。你有两个姐姐：一个叫阿比盖尔，1953年搬到佛罗里达，此后一直定居在那里，直到1969年去世；还有一个叫埃丝特，就住在你后面那条街上，1971年在一场车祸中不幸身亡。你与阿舍·格尔布曼结婚后，共同生活了63年。1993年，一场中风夺去了他的生命。还让我接着说吗？要我说多少你才肯相信呢？"

长时间的停顿后，对方回答说："你刚才说的那些情况政府有关部门都有案可查——出生证明、税单、结婚证明、死亡证明。一个高明的罪犯轻而易举就可查清。"

"汉娜，你脑子倒是够精明的，岁月并没使你变得迟钝。可是，你丈夫的情人沙伦·德尔呢？他们之间的隐私一直是秘而不宣的，是吧？你在自己亲姐姐面前都未曾提起过，对不对？而我，一个完完全全的陌生人怎么也会知道她的事呢？"

"如果真有那样的事，我想，贿赂一下德尔小姐她就会兜出一系列细节。"

那男人一阵轻笑，"我不会责怪你的多疑。几乎所有人开始接到我的电话时，都是满腹疑心，直到最后才能明白，我送给他们的两样东西正是他们最需要的：一是摆脱痛苦，二是永久的安宁。"

"够了！够了！"汉娜恼羞成怒地说："你说的全是废话。死亡天使为何还要使用电话？为何不直接到我的卧室里来？"

"为什么不用电话？它难道不是最常用的通讯方式？此外，我希望在我抵达你住处时，能受到你的欢迎。我不想在稀薄的空气中突然出现在你面前，把你活活吓死。我的目的是让你感到舒服，而不是痛苦。"

"你这个疯子，满嘴胡言，我挂电话了。"

"别惹我生气，汉娜。如果你挂电话，至少十年内，我不会再给你打电话。你真的愿意在这么长时间里忍受这种痛苦的生活吗？想想老年人不可避免的痛苦，不仅是肉体方面，还有精神方面，继续活下去又有什么意义？对你而言，一生真正重要的事情不都基本完成了吗？"

"你想让我做什么？"她变得温和了些。

"你是坐在安乐椅上的吗？"

"是的。"

"那好，你只需放松自己，听我说话，我将把你带到一个充满快乐和宁静的地方。靠在椅垫上，闭上眼睛，身体放松。你的确需要休息了。在你一生中，别人让你做的事你都做了，你有权换一换，反过来替自己想一想。"

"我好害怕，"汉娜有气无力地说，"结果会如何？"

"安静一点，一切都会让你称心如意。再过几分钟，你就会在一个更加美好的世界与你丈夫和姐姐团聚。听我的话，让你的思绪随着一阵清凉的微风飘荡。汉娜，你能够做到这一点吗？"

"能。我想没问题。"

"这就好。过一会儿，你会感到左胳膊有些麻木，不要惊慌，我会尽量减轻你的痛苦。你只需放松，一切顺其自然。"

"我的胳膊开始有刺痛的感觉，我该怎么办？"

"请冷静，汉娜，就把这种感觉当成你新生活的开始，让它流过你的胳膊和肩膀，然后将你自己从老朽躯体的囚禁中解脱出来，你再也不需要这个躯体了。"

"我开始感到胸闷，"汉娜不安地说，"你说过不痛，可我现在很痛，快停下来。"

"汉娜，疼痛瞬间就会过去，别管它，你的灵魂已找到了归路。让它去吧。"

"我……我喘不过气了，赶快停下来——别让我受罪。"

他听到有个东西"砰"的一声倒在地上，然后一片寂静。他又耐心地听了几分钟，其他什么声音也没有。他扫了一眼放在桌上已翻开的笔记本，重新拨了个电话号码。

"喂？"说话的是位青年男子。

"法恩先生，你姨妈刚刚死于心脏病？"

"知道了。你怎么知道她有心脏病？"

"我总是想方设法了解自己委托人的情况。法恩先生，明天中午，你把我的费用放到老地方。"

"这不可能。要想不引起别人怀疑，我至少需要一周时间筹集那么多的钱。"

"这笔钱必须按我们事先约定的那样于明日中午付清，不然，你的继承人将于本周末继承你的遗产。"

"用不着威胁我，我可不是一个病病恹恹的小老太婆，你别想让我患上心脏病。"

"是的，法恩先生，你不会得心脏病，也没必要让别人认为你属于正常死亡。在你身上，我可以玩点新花样。"

桌子旁边的那个男人挂断了电话。他并不担心，因为他知道，他会得到报酬。无论以任何方式，总之，他一定会得到报酬。

无衣遮体的凶手

西赛尔·霍顿向投币机里投进两枚硬币，然后用和蔼的语气对司机说："今晚挺准时。"他掏出自己的手表看了看，"11点23分。"司机回答道："是的，路上没停几次车。"

西赛尔从公共汽车上下来，车轮一转弯，离开路边开走了，尾灯的亮光在黑暗中渐渐消失。

西赛尔并没去看汽车尾灯，而是撒腿往家跑。现在得跑步前进，他告诫自己。司机会记得他下车时间是11点23分。而从车站到他家走路需二十分钟。

这二十分钟的路非同一般。他住在荒凉的郊区，有一片树木丛生的沼泽地将他住的地方与主要公路隔开，他得沿着那条环绕沼泽地的路走回自己家。

"但是今天晚上用不了二十分钟。"西赛尔面带苦笑嘀咕道。

他从人行道旁刷着白漆的护栏钻过去，双手拨开高高的干草和灌木丛，走到沼泽地边缘。这里有许多树，它们从湿润的泥土中弯曲地生出，时值早秋，树叶茂盛，色彩缤纷，歪歪扭扭的树枝上蔓生着簇簇藤叶。

西赛尔翻起衣领，从口袋里取出手电筒，步入树林中。脚下湿乎乎的大地发出"咯吱、咯吱"的响声。他借着手电筒的光亮，择路而行。手电筒的光线很暗，因为他在它上面罩了一层蓝色的纸。

这段路他曾走过一次。那还是在几周前，绿叶刚开始变成橘黄色的时候，他一边想着从公路到他家最近的一条路，一边小心翼翼艰难地行走。不过，那次是在白天，穿的是结实的高筒皮靴、灯芯绒马裤和帆布猎装。

他带的短枪帮他瞒过了玛莎：他出去是想赶走沼泽地的鹧鸪。

"你这个脏货！把衣服脱了，洗个澡！"这是玛莎做出的反应。

西赛尔照她的要求做了。想到他的妻子，他有些闷闷不乐，咧了咧嘴，露出一口白牙。不过，他恶狠狠地发誓，他再也不会听她的命令了！

他的金钱婚姻并不像他期望的那样称心如意，他仍干着自己的老本行，仍然得往返于城乡之间。刚开始，玛莎早晨开车将他送到公共汽车站，晚上再到车站将他接回。但现在不同了，两头的路都得自己走。不仅如此，他想要什么，或需要什么，都得用自己挣的钱去买，而且是用他将自己应承担的家务开支交给玛莎之后剩余的那部分钱。

该死的！想起玛莎盛气凌人的样子，他不由得诅咒起来。西赛尔，干这；西赛尔，干那。她随心所欲地指使他，他的一举一动都要听从她的调遣。每天晚上，她都为他安排好了第二天穿戴的袜子、内衣、衬衫和领带，还告诉他应该穿三件外套中的哪一件。

西赛尔在一个土丘上滑了一跤，膝盖以下陷入了黏糊糊的泥潭中。他抓住一棵树干，将腿用力向外拔，深埋在泥潭里的脚"扑哧"一声破泥而出！

他买最后一件外套时，没向玛莎请示，为此她大吵大闹了一番，因为他已经有一件和这件一模一样的外套。她骂他是个蠢货。蠢货！没错。他暗暗发笑，愚蠢得像只狐狸。他心里明白自己为什么想要两套一模一样的外套。几个月前，他买第二件外套时，心里清清楚楚。

西赛尔在沼泽地中艰难行进。两腿浸泡在没膝的泥水中，衣服也被身边的荆棘和断枝戳破了。在他家附近的树林边，他停下来，借着手电筒的亮光看了看手表：11 点 31 分。已经过了八分钟，他预留了十二分钟时间用来打电话，还有五六分钟的时间用来完成他的计划——保证万无一失。

正如他期望的那样，屋里黑着灯。在他公务缠身、不能按时回家的夜晚，玛莎不再等他。头天晚上，当他告诉她第二天晚上要加夜班时，她一言未发，不过他敢肯定，她一定向公司调查过。

在房屋前面的草地上，他擦掉鞋上的泥土，然后，将鞋子脱下，提在手里，拾阶而上，步入走廊，打开门锁，悄悄打开门，进屋后，随身将门关上。他走进厨房，打开灯，将鞋子放在水池里，然后下楼走进地窖。他从头顶上方的一根梁上取下一把旧式点三二式枪。他年轻时就拥有这把枪，只是无人知道罢了，甚至连玛莎都不知道。

西赛尔返回厨房，表上的时间是 11 点 35 分，时间很充足。他爬上铺着地毯的楼梯，来到房屋的第二层，在玛莎卧室门边，打开大厅里的灯。此时，他可以听见室内传出的均匀的呼吸声。他打开门。

门厅的灯泡带着灯罩,灯光散射到卧室里。西赛尔可以清晰地看见玛莎在干净、洁白的被子里缩作一团。她头上戴着睡帽,侧枕在羽毛枕上,睡得正香。

西赛尔尖叫一声:"玛莎!"

玛莎挪了挪身子。西赛尔又喊了一声:"玛莎!"

玛莎坐起来,睡眼惺忪地注视着他。西赛尔枪法很准。玛莎中弹后颓然倒下,鲜红的血渍透过白色睡衣从胸部渗出。

西赛尔快速行动起来。他将玛莎从床上拖下来,放在地板上,将被子搞得乱七八糟,地毯踢得歪歪斜斜,砸烂了梳妆台上的几件东西——香水、香粉、镜子,还掀翻了一把椅子。看到满屋狼藉,他感到心满意足。他想了这些无声的东西完全可以证明玛莎为了活命曾进行过殊死搏斗。

西赛尔冷酷无情地看着她。此刻,他有些幸灾乐祸。玛莎从未立过遗嘱,所有的东西都将属于他。再也不用为了那点微不足道的薪水受人奴役;再也不用这省一点,那抠一点;再也不用在寒冷的清晨被迫爬出温暖的被窝;再也不用在城乡之间来来往往——这是他最讨厌的一件事!再说,还有那位金发碧眼、聪明伶俐的漂亮小姐,想起她,一股暖流涌上心头。

西赛尔没关厅里的灯。他急忙走进厨房,这时正好是 11 点 39 分。再过四分钟,他必须打电话。他擦了擦枪,然后将它用手帕裹着,打开厨房门,来到屋后的长廊,在漆黑的夜幕中,猛一用力,将枪远远地扔了出去。让他们捡去吧,反正上面也没有指纹,他们不可能查到他头上。

他又返回厨房,锁上门,脱下外套、背心、裤子和袜子,卷成一团,将那双沾满泥土的鞋子夹在最里面。他打开地窖的灯,匆匆走下台阶,将那团湿东西深埋在箱子里面的煤下面,气喘吁吁地回到厨房后,打开食品室的门,把窗子向上一推,将食品架下的东西倾倒在地,然后,在水池里洗了洗手,将手擦干。

这时是 11 点 43 分。他将时间安排得分秒不差!如果他是从车站沿老路绕过来的话,现在已经到家了。

他穿着衬衫、短裤,系着领带,光着一双脚,开始拨打电话。

"紧急情况!"他对着听筒大声喊道,"快叫警察!"

过了一会儿,只听到话筒里说:"我是警察局的中尉……"

"快点!"西赛尔打断他的话,"派警察来!我妻子被人谋杀了!我刚到家发现的。有小偷从食品室进来——

"是的!……兰伯特大街……快点!快点!"

西赛尔挂上电话。再过五六分钟,警察就到了。他径直冲向前面的楼梯,扑向卧室，打开灯，穿上一双新袜子和一双浅口鞋，然后在镜子前面将自己仔细地审视了一遍。在他急匆匆穿过树木丛生的沼泽地时，翻起来的外套领子保护了衬衫和领带，它们的干净程度和平时差不多。

西赛尔走到衣橱跟前，将手伸进去。他是蠢货吗？蠢得竟然买了两套一模一样的衣服？是的，是蠢货……他的手进一步朝衣柜里伸。蠢货，是的，就像——他把门开大了一些，朝衣橱里看了看，脸上露出茫然不解的表情。他环顾四周，特别注意看了一下椅子上和床上。

他冲进妻子的房间，打开灯，看了看衣橱里面和椅子上面，然后疾步奔下楼梯，来到第一层，将所有房间查看了一遍，最后，踉踉跄跄回到自己的房间。"到底在哪！"他狂吼道，"到底在哪！"

西赛尔又一次朝衣橱里看了看，展现在他眼前的只有三个空衣架。

"到底在哪？"

他恍恍惚惚地环顾四周，只见梳妆台上有张纸条。他一把抓起纸条，扫视了遍，纸条上的字迹清晰，棱角分明——是玛莎的手迹。

西赛尔绯红的脸颊顷刻间变成了死灰色。他抓住梳妆台，僵立在屋中，两眼迷惘地凝视着屋顶。

他又看了遍纸条。"不，玛莎，"他自言自语道，"不！"

当他第三次看那张纸条时，嘴里结结巴巴，语无伦次地念着："西赛尔……明天还穿你身上那件外套，另两件外套我已经送到洗衣工那去了。"

他不慌不忙，将纸条撕成碎片，捧在手中，然后，头向后一仰，哈哈大笑起来。笑了许久后，说："是的，穿身上那件。"

远处传来警车的警报声。

他无可奈何地双手向上一扬，将满把的碎纸片抛了出去。纸片像雪花一样，轻轻地、慢慢地撒落在他的头上和肩上。

外面传来发动机的轰鸣声，汽车的刹车声，接着是在砾石铺成的人行道上奔跑的脚步声。门"砰"的响了一声。

失踪的作家

我迈上铺着地毯的楼梯,上到三楼,在甬道尽头找到挂着"卡迪尔律师"名牌的门。

推开门,进入里面,有位年轻小姐正坐在一张写字桌前修指甲。

"有何贵干?"小姐抬头,粗声问。

那声音吓我一跳——她的嗓音和其迷人的容貌极不相配——但我立刻恢复了常态。

"我叫马丁,是来找卡迪尔的。"

"卡迪尔先生出去吃午饭了,不过,一会儿就回来,他交代过,请稍候。"

我在一张扶手椅里坐下,点支烟,小姐径自修指甲,一副百无聊赖的样子。

外面的门推开,卡迪尔走了进来。十年来,他并没有改变,他刚刚四十岁出头,一副无边眼镜后面有对不可捉摸的褐色眼睛,人显得瘦小,但精干。

我站起来,和他握手。

"马丁,再见面真高兴。"他将手搭在我肩上,领我进入他办公室,"请坐,我一会儿就来。"说着,他走到门边,对外面的小姐说,"瑞西,你可以去吃饭了。"

卡迪尔关上办公室的门,转向我,"马丁,很高兴你能来到我这里。"

"乐于效劳,卡迪尔,你这地方不错,业务可好?"

"没有什么可抱怨的,我还兼个地方检察官的工作,总是忙不完。"他转身给我倒了杯水,"你在底特律当了十三年警察,为何要改行做私家侦探?"

我耸耸肩,"也许我要把婚姻失败的原因归咎于警界的工作。我在调查组工作的时间没有规律,有一次,我一连工作三个月没有回家。"

想到离异的太太目前仍和一位工程师同居,还没正式结婚,我心里依旧不好过。

我知道卡迪尔要对我的婚姻状况做出什么样的表示，因此我挥了挥手，"算了，卡迪尔，我们谈正事。"

"当然，马丁，"卡迪尔说着，走到书桌后，在一张大旋转椅里坐下来，"七年前，有位叫斯顿的男子溺死于密歇根湖，那是在本市北边几里路的地方。他被判定是溺死，因为没有证人，尸体也没有被发现。斯顿有早晨游泳的习惯，他的睡袍、手表均整齐地放在海滨，还有走进湖中的脚印，因此是确定无疑的。他是个颇有名气的作家，你记不记得在报上看到的新闻？"

"我不大清楚。"

"没有关系，"卡迪尔收拾着桌上的一叠文件，"由于身为地方检察官，我见到了斯顿太太。她是个可爱的妇人，经过这么多年的交往，我们成了亲密的朋友。"

他说到"亲密朋友"时，我察觉到他声音中"特有的"声调，但我缩回了几乎就要脱口而出的取笑。就我所知，卡迪尔仍然是单身。

"事实上，"卡迪尔说，"在我正要向法院申请宣布斯顿正式死亡时，一件迷惘的事情发生了。"卡迪尔从桌上捡起一份文件夹，抽出里面的东西。

那是一份杂志和数份打印的文件。

卡迪尔并没有要我看文件，反而小心地用双手遮住，"安娜，不，斯顿太太，本星期把这东西带来给我，她说自己发现这本杂志里的一篇小说很像是她丈夫以前写过但又废弃掉的一篇。她搜寻了他生前的原稿，找到了故事大纲，经过核对比较后，她非常不安，我自己拜读完后，也可以了解她的心境。不仅是故事情节相似，连某些词句也极相似……"

卡迪尔不安地摸摸稀疏的头发，目光和我接触一下，又躲开了。他站起来，走向窗子，拉了拉窗帘。

斯顿夫妇的事开始吸引我。对人口失踪案，我一直最感兴趣。

卡迪尔在窗边坐下，开口说："在安娜的怂恿下，我打电话到纽约的杂志社，以欣赏那篇文章做借口，想打听作者罗德曼的情况，但他们不说，最后，总算告诉我，该文是由波特兰的安波尔小姐转的。"

卡迪尔从沙发上站起来，走回写字桌，"然后，我挂电话到波特兰城的安波尔小姐处，她对我的电话似乎很高兴，不过，她曾受到当事人的委托，不许将情况告诉任何人，包括杂志编辑在内。谈话就此结束。"

卡迪尔沉重地叹口气，"马丁，我要你飞到波特兰，查寻这位神秘的罗德曼先生，我不知道你要如何去做，但我知道，假如这人的身份一天不得澄清，安娜就一天不得安宁，她怀疑这位罗德曼就是她的丈夫斯顿。"卡迪尔伸手取电话，"我打电话给安娜，通知她我们要过去。"

我和卡迪尔两人驱车穿过市区，几分钟后，密歇根湖蓝色的湖水就呈现在眼前，在八月的阳光中，湖水碧波荡漾。

"你见过比这儿更美的湖光山色吗？"卡迪尔问。

"的确比底特律漂亮。"我回答。

"等着瞧瞧斯顿家的住宅吧，那地方是安娜祖父送给她的结婚礼物，她们家的财富要远溯到19世纪的伐木业。"

我们顺着一条与湖平行的路，继续前进了数里路，才转进一条两边遍植松树的车道。在车道末端，矗立着一座用砖和红木砌成的平房，位置很好，可以俯瞰湖面。我估计该屋造价起码在十万元以上。

我们下车的时候，一位苗条、黑发、三十岁出头的妇人开门迎接我们，"卡迪尔，你好，我一直在等你们。"

卡迪尔介绍我认识斯顿太太。我们跟她进入一间大起居室，起居室一边有落地窗，湖面可以一览无余。斯顿太太让我坐在一张舒适的椅子里，她和卡迪尔则在对面的沙发上坐下。

"马丁先生，你何时出发去波特兰？"她问。

"今天是星期五，我下周一出发。"

"真希望能和你一道去，"她说，"我觉得成天坐在家里等你的信息，难以忍受。"

卡迪尔用劲摇头，"安娜，我们需要专家来寻找，你现在这种心情是不能去波特兰的，而且，我们也不应当抱太大希望。"

"斯顿太太，我认为我最好还是单独去。"

她顺从地点头，"这一点我知道。"

"我理解你的心情，斯顿太太，"我说，"假如你可以回答我一些问题的话，对我将会很有帮助。"

"当然，我试试。"

"首先，我要你丈夫的特征——年龄、身高、体重、发色、眼睛，以及特别容易认出的特点和疤痣。"

"斯顿比我大十二岁，今年应该是四十五岁。他是我大学里的英文教授，我们在我毕业那天结的婚，以后便搬到这儿来生活。他身高和你差不多，马丁先生，六尺多一点儿，体重总保持在一百七十磅，头发和眼睛均为褐色，通常戴眼镜。"

"我可不可以借一张你先生的照片？"

斯顿太太从沙发上站起来，从靠窗的一张桌子上取来一张配有镜框的照片。

我拿过斯顿的照片，仔细端详，斯顿有着一张标准的学者面庞，五官端正，天庭饱满，一双深邃的眼睛透着睿智。

放下照片，从窗口，我可以看见斯顿失踪的湖滨，斯顿太太走过来，静静地站在我身旁。

一袭香水的气味飘散在我周围，我心中不禁怀疑，她眼睛注视着湖滨，脑子里到底在想些什么。

对斯顿的生或死，我尚无法把握，但是站在可爱的斯顿太太身旁，在她美丽的房间里，我觉得一个男人如果会从这样的环境里出走，肯定是个不正常的人。

我打破缄默，"斯顿太太，你能不能提供一些看法，为什么你的丈夫会失踪？"

她转向我，眼中含泪，"不，我不能。马丁先生，我曾反复想过好久，斯顿和我婚姻和谐，这是不成问题的。"停顿了片刻，她走开，"但他工作至上，在这里完成了两部畅销小说。他的作品你熟悉吗？"

"不。"我回答，嘴里虽这样说，心中却惊异地发现，自己多么想说"熟悉"。

斯顿太太从桌上拿起一本书，送到我手中，"这是他最后写的一本小说，你也许会欣赏。"我接过书来，书背面有一幅斯顿的照片，相貌和我刚看过的照片一样。

"谢谢，斯顿太太，也许我可以在飞往波特兰的飞机上看。"

卡迪尔这时候插嘴："唔，马丁，我知道你急着要回底特律，路程可不短。"

"说得不错，卡迪尔，我们最好现在出发。"

斯顿太太送我们到门边，我们道别，卡迪尔留在后面和斯顿太太小声说了几句什么，我从汽车里看见他亲吻她的面颊，然后分手。

回途中，卡迪尔塞给我一只装有十张百元大钞的信封说："这是预付酬金，马丁，假如还需要的话，通知一声。你去过波特兰没有？"

"没有。"

"那是一个美丽的城市，"卡迪尔说，"去年我到那儿开过一次会，既然你对那儿不熟悉，那么我建议你住宝森旅馆，位置适中，餐厅绝佳。知道你住哪儿对我有帮助，万一我需要找你的话。"

"就'宝森'吧,卡迪尔。"

空中小姐把我从沉睡中喊醒,请我系好安全带,准备着陆。

我眺望窗外,看见覆盖着白雪的峻峭的山岭,差不多近得伸手可及。这时飞机正在山顶上盘旋,颠簸得很厉害。我捡起瞌睡时落在地上的小说,放进箱子里。波特兰市就在下面,越来越大。

走进机场大厦,在休息室去了趟洗手间,取上简单的行李,我便步入波特兰明亮的正午阳光中了。半小时后,我住进了宝森旅馆。

首先我查阅了电话簿,不出所料,上面既未登列罗德曼,更无斯顿的名字。不过倒是有安波尔的,她是位律师,公司设在 GP 大厦。有一点令我迷惘的是,卡迪尔并没有告诉我安波尔是位律师。

我拿起电话,拨她的号码。

铃响不久,立刻有妇人的声音轻快地回答:"安波尔律师。"

"安波尔小姐吗?我叫马丁,是底特律来的私家侦探,我想拜访你,假如可能的话,今天,我就想向你请教。"

安波尔似乎花了好一会儿时间才回答,"我想象不出你有什么好和我讨论的,马丁先生,不过,假如你三点整能到我办公室的话,我愿意见你。"

"谢谢,安波尔小姐,我会准时到的。再见。"

三点整,我进入 GP 大厦安波尔小姐的办公室。

坐在一张木制大写字桌后面的是一位传统的五十来岁的妇人,我进去之后,她的一双眼睛透过金属边眼镜狐疑地看着我。

"安波尔小姐?"我问。

"是的,你必定是马丁先生,底特律来的私家侦探。"

"对的。"

她示意我坐,"马丁先生,你在波特兰城多久了?"

"今天刚刚飞到。"

"希望你不会介意,我问你的原因是,我办公室上周刚刚被人撬了,有人闯了进来。那还是我平生首次。"

"你怀疑我?"我问。

"唔,你是个私家侦探,我猜是你闯进来后,想出其不意再打电话给我。身为律师必须特别为顾客保密。我要告诉你,我从不接受犯罪的案件。"

"我不是办犯罪案而来的,安波尔小姐,"我说,"我是查一桩人口失踪案。"

"人口失踪案？"

"是的，七年前，有位名叫斯顿的男子从密西根湖失踪，我们有理由相信，他目前化名居住在波特兰。"我从手提箱取出斯顿的小说，书背朝上递给她。

"那照片是不是你认识的罗德曼？"

我的问话没有得到回答，而是一脸迷惘，她以惊愕的表情凝注照片，然后又翻过封面。我很有耐心地等候她恢复镇静。

她终于回答了，声音非常痛苦，"是的，那是罗德曼。我想是他在开我的玩笑，马丁先生，我还以为自己发现了一位天才的、崭露头角的作家呢！但书内介绍说，他已经出版过五本小说，难怪他的作品畅销。"

我同情地点点头。

她将书递还给我，"上周打电话要查罗德曼住址的是你吗？"

"不是，那是罗德曼太太的律师，名字叫卡迪尔。"

"罗德曼太太？罗德曼结过婚？"

"是的，罗德曼太太看到了罗德曼新出的小说，并肯定那是她七年前失踪、被认为是溺死的丈夫写的。"

"我明白了。"

"安波尔小姐，希望你能安排我和他联络。"

"我不知道他是否要见你，马丁先生，不过，我愿意试试。"

"什么时候？"我问。

"今天。你目前住在哪儿？"

"住宝森旅社。"

"回旅社去，等我的电话。"

我回到旅馆，专心等候。

五点钟时，电话铃响了，"哪一位？"

"我是安波尔，罗德曼愿意见你。我安排今晚七点见面。他在希扬路圣宝雅医院附近有个房间，那儿距你的住处，出租车只要几分钟。"

"他对你发现他的真身份惊讶吗？"

"他似乎并不太惊讶，倒是比较尴尬，罗德曼是个怪人。"

我谢过她，然后挂上电话。

冲完澡，换上一件新衬衫，看看表，时间仍只有五点三十分。肚子尚不饿，于是我决定徒步去医院。约定时间将近，我顺着医院的车道绕到旁边的附属建筑。

进入那座建筑，上楼梯到一条空洞的甬道，那甬道通向一个柜台，柜台后面有两位老妇人在工作，其中一位站起来招呼我。

"我要找罗德曼。"我说。

"喔，是的，罗德曼先生告诉我他在等候一位客人。乘电梯上去，三楼，312室，我会通知罗德曼先生你来了。"

我步入古老的电梯，揿"3"。电梯以蜗牛的速度上升，最后"咯吱咯吱"终于停住，我进入一个黑暗的通道，在接近通道末端的地方，有位男人站在一个敞开的门前，遮住了灯光。

我向他走过去，经过一扇扇关闭的门，每一扇门都有一个小玻璃窗。那地方使人有种空虚、破败的感觉。

当我走近那人时，他先开口说话。

"晚安，马丁先生。"

"晚安，斯顿先生。"

他邀请我进入房里，房间并不比牢房大，里面只有一张小床，还有一张木桌和一把椅子。桌上有架打字机，一只烟灰缸满是烟蒂。房间后面有一道窗户，没有窗帘，窗边有一个洗脸台和镜子。斯顿请我坐在椅子上，并对简陋频频道歉，自己则坐在小床上。

"这是什么地方？"我问。

"这儿过去是实习护士的宿舍，目前修女们仍住在顶楼。他们正在兴建一座新医院，这一座迟早要关闭，我和两位实习医生住在这一层，这儿有某些便利，房租便宜，环境清静，方便工作。"

"你在医院工作吗？"我问。

"是的，在这儿当了两年园丁。"

"这房间和你在密歇根湖畔的房子，有个明显的反差。"

"你见过我太太？"

"是的，我上周五见到了她，她心里非常焦急。"

斯顿低下头，注视着地板，"我真对不起安娜，这事她必定很难理解。安波尔小姐告诉我，安娜认出了我的一篇小说，我早知道利用旧素材有些冒险，也许我的潜意识希望事情如此发生。"

"你如何安排失踪的？"我问。

"很容易。我一位在芝加哥的朋友开船来，停泊在密歇根湖过夜，第二天凌晨再接我。"

"你为什么要失踪？"我问。

"我的第五本小说出版后，我就写不出东西了，也许就是所谓的'江郎才尽'吧，可是在那五本小说的出版过程中，我名气大增，跻身到了畅销作家的行列，我的经纪人和出版商一直要我签第六本。有一家评论杂志说，我的作品已经炉火纯青，几近登峰造极，但我自己却认为我正处在失望和失败的边缘。我当时只想爬进一个洞穴里死掉，我是这么想的，假如我三十八岁就死了，那么，人家会说我英才早逝，没有人说我江郎才尽。你能不能想象，假如《嘉丽妹妹》的作者三十岁就死亡的话，他今日就可以安享美名，因为他只写了那本书。

"唔，但我没有勇气自杀，又必须逃离盛名的压力，所以我佯装溺毙。虽然我知道没有尸首会留下一些疑窦。但事情似乎远非如此简单，七年来我看着我死后的声誉日渐隆起，心里并不痛快。可是前不久，我突然有股冲动，想继续写。我说服为医院办理法律问题的安波尔小姐给我当经纪人。于是……"

我已经听他说得够长了，"你只想你自己和你的名誉，你难道没有想到你的太太会怎么样？"

"经过这七年，你想安娜会要我回去？"

"她不是派我来这里踢你的呀。"

"我不知道，"斯顿说，"我不知道怎么办。"

我站起来告辞，"我明天飞回密歇根，假如你决定一起走的话，通知我一声，我住在宝森旅馆。"

"我考虑考虑。"斯顿说。

"你愿意挂电话给你太太吗？"

"愿意，至少我欠她一份情。"

我没有乘电梯，顺楼梯走下楼。

到了屋外，天开始下雨。我在医院前找到一部出租车，乘车回旅馆。

回到房间后，我挂电话到卡迪尔家。那时是晚上十一点左右。但没有人接，我要接线生试试接他的办公室，以防万一他加班，但办公室也没有人接。我要接线生过一会儿再试。

脱掉鞋子，躺在床上，我小睡了一会儿。当电话铃声吵醒我时，外面天色已黑。

"找谁？"

"喂，马丁吗？我是卡迪尔，有罗德曼的消息没有？"

"有，卡迪尔。早些时候我打电话给你了，你不在。罗德曼和斯顿是同一人。"

"我就怕那样。"卡迪尔说,"你怎么找到他的?"

"通过安波尔小姐,她安排的。"

"你面对面见到斯顿?"

"当然。"

"在哪儿?"卡迪尔问。

"在圣宝雅医院的宿舍里。"

"他住在医院?"

"对的,他在医院当园丁。在差不多无人住的宿舍里像和尚一样生活,整个三楼只住他和两位实习医生。"

"他在哪个房间?"卡迪尔问。

"312,干吗?"

"安娜可能会打电话给他。"

"他房里没有电话,只有对讲机,他说自己会打电话给她。"

"他要打,呃?他现在有什么计划?"

"我不知道,他是个心绪相当混乱的人,坐在那里总是沉湎于他所负的盛名,似乎和现实很脱节。"

"你干得好,马丁,你什么时候回密歇根?"

"明天。"

"好,我要挂电话了,我准备再给安娜打个电话,再见!"

上床睡觉还嫌早,所以我穿上鞋子,去旅馆下面的餐厅。

头一杯酒,起不了什么作用,第二杯的时候,我觉得轻松多了。老侍者走过来,为我倒净烟灰缸,"我以前没有见过你,呃?"

"是的。"

"从哪里来?"

"底特律。"

"上星期有位从密歇根来的客人,神秘兮兮的小矮子,他眼睛看都不看你一眼,但喝起酒来倒像木头人一样,不醉的。"

侍者走开,我独自沉思卡迪尔和斯顿太太的事。不论他和斯顿太太进展到何种程度,假如斯顿回到他太太身边的话,他们的关系也就结束了。

对卡迪尔身兼地方检察官一事,我也大不以为然。卡迪尔身上有好多地方我并不喜欢,甚至可以讲,卡迪尔的思维定势存在某种程度的问题,我们曾多次在法庭激烈辩论，一般都是围绕我的证人或证据，但他询问证人的态度不够超然，也极不冷静。

我示意侍者添酒。心中继续想：假如卡迪尔决定占有斯顿太太的话，他的个性决定他是不会袖手旁观、顺其自然的。他会采取行动，可是他能怎么做？杀人以阻止斯顿回到太太身边？我开始觉得不安起来。

侍者送来第三杯酒，我的酒量三杯为止。

"密歇根来的那个人，戴没戴眼镜？"

"记不起来。"

我喝着酒，想到找到斯顿是多么容易，为什么卡迪尔自己不找？也许他试过。那样可以解释安波尔小姐办公室上周被闯入的事实。卡迪尔会否利用我来找斯顿，自己却躲在本市不露面？我开始淌汗。

我返回房里，挂电话到卡迪尔住所。时间已是凌晨一点三十分了。

没有人接。卡迪尔会不会因为斯顿太太而杀人？那是一个突然冒出来的狂野的想法。我决定守卫斯顿，做进一步的观察。

我雇辆出租车到医院，要司机直接送我到宿舍前门。楼下柜台前我早先见过的妇人还在。我问她罗德曼是否还在房中。

"我相信还在，我用对讲机通知他。"

就在那一刻，我听到打开手枪保险盖的声音，遥远却清晰。我边冲向楼梯边叫道："报警！"

当我跑上楼时，门已经是开着的了，卡迪尔手持枪支走出来。我觉得自己像个傻子——没有能够帮助斯顿，反而被卡迪尔所利用。

卡迪尔冷冷地走向我，"马丁，你一向是个好侦探。"

我不顾一切向他扑过去，他举枪，枪口在我面前冒火。我向楼梯倒了下来，昏厥过去。

卡迪尔则冲出去了。

当我再度睁开眼时，看见的是一张天使的脸。她戴着护士帽，柔声说："请静静躺着，你头部受了伤。"

她不必告诉我，我的头像是被通红的铁棒烙过一样。

"我人在哪儿？"我问。

"在圣宝雅医院的急诊室，我是修女，宿舍发生了可怕的意外事件，一个枪手开枪，杀死了我们的罗德曼先生，还伤了你。"

"他逃走没有？"我问。

"喔，没有！他刚好撞进在宿舍外面的警察怀中。现在，一位警官正等候要问你话呢。"

"请他进来。"我说。

一位高大壮硕的便衣警察走了进来，站在我身边，"对不起，马丁先生。我是波特兰警察局的。假如你不觉得难受的话，我想问几个问题。"

"请问。"我乏力地一笑。

"死者的朋友安波尔小姐，已经给了我们一个事情的梗概，我们已经逮住了卡迪尔，当我们逮到他的时候，他手中仍握着枪，但他就是不说话。我们要等候验尸，再看看能以什么罪名起诉他。"

"是谋杀吗？"

"事情并不那样简单，"警官说，"昨晚上，罗德曼先生，就是你喜欢称为斯顿的先生，服了过量安眠药，而且留下了遗书。卡迪尔枪杀他的时候，他不是在昏迷中，就是已经死亡了。"

我大吃一惊，同时大感不解，"可是……"

警官上前轻轻扶住我的肩膀，"不要太激动，你头部有伤。"确实，此刻，我的脑袋突然像裂了一样疼痛。

"我知道你脑子里在想什么。"警官的声音又飘了过来，"是的，有些事情很难解释，一个成功的人，为什么非要去死？人已经死了，为什么还要杀他？他又有何理由向你开枪？但是，难道你不认为，这正是干我们这行的刺激所吗？一句话，人一旦走火入魔，就会陷入疯狂。"

三十万元绑票案

星期四，下午五点四十五分，普尔警官抵达克莱尔官邸。

他是驾着自己的汽车来的，因为克莱尔议员在电话中提醒他，假如歹徒发现警车的话，很可能会坏事。

管家比斯太太面露恐惧，在大门口迎接他，引导他进入议员的书房。克莱尔议员趋前与他握手——议员本人比竞选照片要英俊得多，看来比他年龄至少年轻十岁。

"警官，又要麻烦你了，"他说，"记得去年遇到歹徒时，你处理事情是多么干净利落，我知道我可以拜托你。"

"在电话中听来你颇紧张，"普尔警官平静地问，"什么麻烦？"

克莱尔议员将写字桌上一个银框框着的照片向前一推，那是一个小孩子的照片，照片中的人可爱地微笑着。他说："这是我女儿叶茜亚，我刚刚从机场回来，比斯太太打电话到机场，告诉我一个坏消息。这事暂时不能宣扬出去，警官，不然，我女儿的生命可能有危险——她被绑架了，她今天下午在院子里失踪，花匠在这儿的时候，大门开着，他在卡车挡风玻璃的刮雨器下，看到了这个……"

克莱尔议员将一张展开的纸递给警官，纸是白色的，次等纸质，黑墨印出简明内容：

  克莱尔议员：
    假如你想要令爱活着回来，在'快乐巨人'购物袋里放三十万元小额钞票，星期五午夜，送到二十七号公路与马德雷山交叉的公共电话亭里。不许报警，否则她就完蛋！

"这条子什么时候发现的？"普尔警官问。

"大约三点钟，我是三点十分接到的比斯太太的电话。"

"花匠仍在大厦里？"

"是的，我们已经锁上大门，似乎其他一切都和发现信的时候一样。"

"好，花匠叫什么名字？"

"桑尼，他已经在我这儿做一年了。"

"雇用他之前，你调查过他没有？"

"他是别人推荐来的，我们好多邻居……"

普尔警官打断他，以低低的声音说："我是说安全方面的检查，议员。多年前，有个犯罪集团，就是把他们的人安排在'圣克莱尔白宫'里当花匠！让我和桑尼谈谈。"

桑尼双手拿着草帽，进入议员的书房，畏惧地看着周遭的一切。他解释说，下午他只离开过花园一次——到街头去买冰淇淋给孩子吃。他只离开花园五分钟不到。叶茜亚一直在院子里，因为他能听得见她小木屋里收音机的声音。

"她大多时候都在那座小木屋里，"比斯太太说，"叶茜亚不喜欢我，今天她就很不高兴，因为我不让她和不相识的孩子去海滨玩。"

桑尼补充说，他拿着冰淇淋回来后，想顺便到卡车那儿取一把工具，才发现挡风玻璃的刮雨器下压着一封信。

克莱尔议员和桑尼陪同普尔警员到外面的小木屋。小木屋内铺着地毯，有一张长沙发、一张矮桌子和几只颜色鲜艳的坐垫。收音机已经关了，那是花匠读过信函后，爬上去关掉的。

"指纹毁掉了。"议员叹息道。

"不会留下指纹的。"普尔警官说。虽然仍是大白天，但是，他还是从口袋里掏出一把小电筒，仔细地检查地毯。没有扣子，没有血渍。不过，他找到了一条碎玻璃。他用一条手帕捡起来，那好像是一支注射用药敲下的顶部。他走近防火窗，用电筒照着沙箱，上面有块深深的凹陷和一个清清楚楚的男人脚印。普尔警官关掉电筒，走出来。

"令爱是从防火窗上被拖下去的。"他问议员，"你有没有家庭医生？"

"当然有，泰森大夫。"

"打电话给他，说我要从局里派个人到他那儿，再由他用汽车把局里的人带到这儿来。假如绑匪在监视的话，你受到惊吓后，医生的到来不致引起他们的猜疑。趁我们等候的这段时间，我要查查桑尼的记录——并不是你有什么做坏事的嫌疑，桑尼先生，"普尔警官迅速转向桑尼，"不论是谁做的这桩案子，他一定知道每周四大门是开着的，很可能是你认识的人。你可以从议员家里打电话回去给你太太，告诉她，你要晚点回家。"

桑尼神色悲戚地说："内人五年前过世，警官，我只有三个孩子，他们等着我回家呢。"

"那么，给孩子们打电话。"

桑尼转身向房屋走，然后呆呆地伫立在走道上，面对铁门。黄昏的光仍可以看清街上的一切。现在，正有个女孩子慢步向大门走来，她穿着褪色牛仔裤和大好几号的衬衫，一条色彩鲜艳的大手帕罩住她的头。

"安契尔！"花匠大叫，"你在这儿做什么？我中午就叫你回家的。"

"安契尔是花匠的女儿，"克莱尔议员向警官解释，"我答应桑尼可以常带她来院子里玩，这个可怜的孩子，除了街头外，没有地方……"

然而，话没说完，轮到议员发呆了。因为，当桑尼打开大门时，女孩子扯掉大手帕，甩落下长及腰部的黑长发。

她一蹦一跳地进入院子，大声笑着叫："爸爸！我以为你还没回来呢，好意外，呃！"

"叶茜亚！"克莱尔议员惊叫，"你不是安契尔！"

叶茜亚大笑，"我当然不是安契尔，比斯太太不让我去海滨玩，我在小木屋和她换了衣服——爸爸，你必须换个管家，她是个妖怪！"

"我的安契尔在哪儿？"桑尼急问。

"我想是在小木屋里，我给她三块钱，叫她留在那儿，直到我回来。假如她不守约，就得把钱还给我！"

议员双手抱住女儿，大叫："谢谢上帝，你平安！"然而，当他盯视桑尼，看到他无助地攀住铁门时，他突然惭愧了，"被绑走的是安契尔，警官，我们怎么办？"

普尔走近不能动弹的花匠，重新锁上门。克莱尔议员的问题只有一个回答，他直截了当地回答："准备三十万元的小额钞票。"

很快，泰森大夫驱车带警方技术人员抵达了。比斯太太需要医生给她用镇静剂。普尔警官获得的一份有关花匠的初步报告，花匠是没有前科的，可是他十七岁的儿子却有携带毒品、武器伤人和偷汽车等不良记录。

花匠对儿子的事并不否认。他说，工作使他全天不在家，夜晚又累得懒得看管他们。他第二个孩子十五岁了，他总是担心她已交到坏朋友。

"安契尔是我的小宝贝，"他解释，"我尽可能把她带在我身边。可是现在，她被绑架了，警官，我怎么能付得起赎金？那些歹徒发现他们绑错人的时候，他们会杀死她的。"花匠说着，眼泪又流出来。

"如果事情没有传扬出去的话，他们就不会这样做。"普尔警官安慰他。

"可是安契尔会说的，她害怕，会哭着要爸爸的。"

"他们给安契尔打了针，她会好多个小时静静不说话的，"普尔警官说，"如果克莱尔议员愿意付赎金的话，即便她说什么，他们也不会相信她的。"

"可是他们怎会知道……"花匠仍然心中害怕。

"也许会有法子让他们知道的，桑尼先生，现在我要你回家，对绑架事只字不提，告诉你的孩子们，安契尔在院子里受了伤，不严重，克莱尔议员留她在屋里休息。你离开前，你对今天的事能不能再回忆点什么？你去买冰淇淋的时候，有没有注意到街边停有陌生汽车？"

"没有，警官……不过，上周四，我曾看到一部老爷车，佳宾牌，我想是六五年出厂的，白色，很脏。上周它是停在大门附近，它停住之前，我还听见它绕大院三趟——很吵，像活塞要掉出来一样。我以为是孩子们弄来一部老爷车玩，我还奇怪，有钱孩子新跑车不开，故意玩老爷车。"

"你看见汽车里的人没有？"普尔警官问。

桑尼点头，"有两个人，我想是一男一女，一个是长发的。"

"时下长发不一定是妇人。"

"对的，也可能是两个男人。我知道开车的是男的，我看见他点烟，身着淡色西装，戴墨镜。我买完冰淇淋后，听到汽车开走的声音——卟卟响。可是，那是上星期，今天我没有听到……"

"你做得不错，"普尔警官说，"现在回家，不要宣扬。"

"我要回家祷告，"花匠说着，又转向议员，"克莱尔议员，我告诉你一句实在话，我给你做事，但从不投你票，我想像你这样的人，能关心我们什么？不过，你如果能把我女儿安全赎回的话，我发誓，你竞选总统我都会投你的票。"

花匠走后，普尔警官打电话到总局，描述汽车模样，同时请求查各个汽车修理厂，看有没有修引擎的车，不过他没有说出追查该车的理由。歹徒曾警告不得报警，否则，孩子生命攸关，即使她的名字不是叶茜亚。

"我们必须改变计划，"他向议员说，"如果被绑的是令爱的话，我们可以按照原计划，对这件事保持沉默，一直到付清赎款。不过，桑尼的说法也没错——如果绑架者知道他们绑错孩子，他们可能不相信有人肯为别人孩子付那么多钱。"

克莱尔议员痛苦地微笑着，"我自己也不相信，可是，没有选择余地，不是吗?"

"你那样想,我也那样想。歹徒们的心理是憎恨富人,他们认为,从富人那儿得到的,只是取回一些富人从他们那儿偷去的。因此,我们必须使他们相信,他们真正绑架了令爱。你是位政治家,你知道,当政府要试试大众对某种意见的反映时,事先总安排透露点新闻,然后再由官方来否认。如果叶茜亚失踪的消息可以安排透露给新闻界,你再拒绝置评的话,那就会使歹徒相信,他们是绑对了人,利用你和新闻界的关系,你应该能够安排。"

克莱尔议员思索地点点头,沉思说:"我认识一个人,不过很冒险。"

"至少不会像安契尔告诉歹徒,她是花匠女儿那么危险,没有什么可以犹豫的。"

回到总局,普尔警官研究了花匠大儿子的档案,下令把他带到局里问话。他是个有前科的孩子,警方在西好莱坞的一家撞球场找到了他。他还没有回过家,所以不知父亲晚归,也不知道发生的一切事。

他嘲讽地问道:"你们又要找我做什么?警官,你给我一份好工作,让我赚钱,我就没有时间去惹是生非了。"

"这种话我听多了。"普尔警官说。

"当然,酒吧里百分之二十的人,全是无业游民,美国职业介绍所都没法给我找到工作,你们为什么不试试?"

他承认,他知道父亲在克莱尔家做事,他也可能和朋友们提过。考虑到他所交往的朋友,可能会有绑架的人,他自己也有可能参与,只是有件明显的事实:他不会认不出自己的妹妹。

普尔警官放走他,但附带一个命令,二十四小时派人监视他。然后,要人将全部快乐巨人食品公司的名单列出来。诸事完毕,他伸展四肢,在办公室的沙发上躺下来。

就在警官闭目养神,马德雷山脉和二十七号公路交叉处一里外,一辆家用旧拖车停在一个隐蔽地点,一位憔悴的三十几岁的金发妇人从卧室里钻出来,凑到一个男人身旁,那男人正在一张桌面上研究地图。

"有好一会儿,我以为那孩子醒不过来了呢,"她说,"皮尔松给那孩子注射了多少?"

"够量,"男人叫拜恩,头都没抬起来,仍自顾自看着地图,"她现在睡啦,茉丽丝?"

"是的,我真不喜欢把她的嘴封住,她是个小孩子。"

"我不想她醒来时大呼小叫。"

"在这儿叫和不叫有什么区别？公路上也不会有人听到，拜恩，这事真成吗？"

拜恩抬起头，咧嘴笑了，"会成的，亲爱的，三十万元，到手后我们就可以尽情享受了。"他的手在地图上一抹，"这只是个开始，从墨西哥我们可以搭机到南美，到了那里就逍遥自在了。"

"皮尔松呢？我们可以相信他吗？"茉丽丝又问道。

"他嘛，那孩子没我指点，什么也干不了，我想他是在越南时候把脑子炸坏了，当然，我们现在还需要他。明天他要漆车子——他漆汽车是专家。"

"只是还有一件事，"茉丽丝叹气，"我说，克莱尔家孩子有件怪事，她颈上戴着一条十字架项链，克莱尔议员不是犹太人吗？"

"十字架项链？"拜恩思索着这个问题，然后耸耸肩，"今年是改选年，也许议员想拉天主教徒的票。"

星期五上午，普尔警官派人买了早点回来，坐在办公桌前吃饭时，科尔警员进来了，问道："怎么回事，警官？我照你吩咐开车到二十七号公路和马德雷山脉交叉的地方去，那儿什么也没有，只有一个废弃的加油站和一个公共电话亭。电话也坏了。"

普尔警官面露悦色，"那太好了，火速请电话公司修理那部电话。你自己找套工作服，也跟着去，找个地方隐蔽好。白天，你可以多看一看，仔细瞧瞧，确定那个加油站是废弃的。"

普尔警官的电话铃响了，电话是克莱尔议员打来的。

"我已经安排人去取现钞，"克莱尔议员报告说，"至于我们讨论的另一个问题——赶上午间新闻就是了。"

"好。"普尔警探说。

"不见得好。叶茜亚失踪的消息一发布，我这儿就会挤满新闻记者。我可以关上大门，可是夜里我仍得出去送赎款。从银行回来后，我决定到泰森大夫家等候，可是，我不喜欢撇下女儿和比斯太太单独在家，我想你或许可以派个警探过来。"

"那可以安排，"普尔警官说，"你离开家去银行之前，等候一位电话修理工来就是了。他是我们的人。现在，把泰森大夫家电话告诉我，以防万一我必须和你联络。"他急速记下电话号码，科尔警员站在一旁等候。

"好，"普尔警官放下听筒，对科尔警员说，"很快，午间新闻就会把案情播报出来，所以，你最好知道我们在办什么案子。克莱尔议员的女儿昨天被绑架了，歹徒要求今晚午夜他要在那个电话亭里留下三十万元。我要你详细查看该区，但不要打草惊蛇，歹徒信上说，如果克莱尔家报案的话，孩子就没命了。还有，科尔警员，"普尔警官又补充说，"留心一部白色、六五年型的佳宾牌轿车，该车引擎可能有毛病……"

普尔警官正想在失窃汽车上查些什么时，电话铃又响了。

这次挂电话的是议员的一位邻居。从克莱尔家出来时，普尔曾经顺便到那里做过调查。在电话中，这位邻居告诉普尔，他的儿子，在前一天下午两点三十分到三点之间，听到一阵犬吠声，他看到一个司机正对他的狗大声吼着，所以，他就将狗牵进屋里，他对该车印象深刻———部新的 LTD 轿车，蓝色车顶。

"我儿子以为司机是个游客，因为牌照是俄勒冈的，"那位邻居报告，"那可能没有什么帮助，不过，我想我应该给你们打电话。"

"很感谢你给我们打电话，"普尔警官说，"你儿子有没有记下车牌号码？"

"没有，他不记得，不过，他说，车牌中有车商的牌子，上面有城市的名字——梅菲市，哈士奇汽车公司。"

普尔警官马上挂电话到梅菲市汽车商那儿，告诉他汽车型号，那是该公司经手的最昂贵的车型之一，汽车商立刻说出了车主是谁，因为他正好是车商的高尔夫球伴，前几天因为庆祝她女儿的婚礼而去了洛杉矶。

普尔警官好不容易电话联络上车主的女婿，他说他们出了车祸，在超级公路上撞坏了车头灯。汽车目前送到魏氏汽车厂去修理了。

普尔警官再打电话到修理厂查问，查出汽车转送到圣达莫尼加分厂去油漆车身了。

上午十一点半，普尔警官抵达那家修理厂油漆部。那里的经理告诉他，那辆车是答应周一上午交货的，还需要一天烘干油漆，可是汽车不在厂里。他们花了十分钟找到了看门的，他记得该车在前天中午休息时间开出去了。

"那个皮尔松开出去的，"看门的解释说，"他说，汽车安排好开到总厂做一次调理。"

"工作程序不是那样的！"经理显然很生气。

据查，皮尔松周五中午出去后就没回来。他的人事资料上显示：皮尔松，二十二岁，单身，白种人，无亲属。住在圣城的一个租赁房屋。经理补充他的相貌：高高的，瘦长如竿，红发，蓄胡子，左面颊在战场上被毁。

"退伍的！"经理以微微颤抖的声音说，"好多人都叫我用退伍的，所以我就雇用一个，他竟偷厂里最贵的车。嘿，也许炸弹把他脑袋炸坏了。"

他正要离开时，午间新闻刚好在电视里播报，那是蒙代尔播音员的声音：

"本台消息，州议员克莱尔取消新近竞选的演讲旅行，据说，理由是他十一岁的爱女叶茜亚在他西洛杉矶的私邸失踪，警方否认接到任何报告，或者叶茜亚有到欧洲和其母团聚的可能。"

就在午间新闻播报前不久，茱丽丝驾着她那辆卟卟作响的白色轿车，由公路边的咖啡店，带三份热午餐到林子里的拖车上。拜恩正在一架手提电视机前看电视，皮尔松仍在棚屋里修逃亡用的汽车。她送一份午餐回到卧房，被绑的孩子坐在床角，背靠着墙，嘴巴虽未封住，但两只黑眼睛恐惧地睁大着。

"叶茜亚，我给你带红椒煮肉来了，"茱丽丝说，"味道真好，每个人都喜欢我做的这道菜。"

"我不叫叶茜亚。"那孩子抗议。

茱丽丝微笑，"当然不是，'灰姑娘'，昨晚我看到你衣服上的商标了，任何穿美宁公司衣裳的孩子，必定是灰姑娘。我也给你送来了牛奶——还有麦管，我小的时候，就喜欢用麦管喝东西。"

"我不是灰姑娘，我叫安契尔，我现在要回家，我要爸爸。"

一个高长的影子落在床上，孩子不说话了。茱丽丝转身，看见皮尔松来到门边，正瞪视着孩子。

"她在吼什么？"他问，"为什么她说她叫安契尔？"

"因为叶茜亚是个聪明的孩子，她以为那样我们可以让她走。"她又转向孩子，"你今晚可以看到你爸爸的，叶茜亚，不过，你现在必须吃东西，免得他以为我们没有照顾你。"

那孩子似乎害怕皮尔松，不敢看他，所以径自玩弄挂在脖子上的十字架。

"没有关系，亲爱的，"茱丽丝说，"他也许不好看，可是他不会伤害你。现在，趁热把东西吃了，好了，那不是很好吃的吗？"

孩子吞下一大口，摇摇头说："玛瑞烧的比这更好吃。"

茱丽丝声音尖锐地大笑："怎么样？灰姑娘是个挑剔的人！谁是玛瑞？你爸爸的厨子？"

"玛瑞是我姐姐。"孩子说。

皮尔松回到拖车前面，到拜恩那儿，报告说："那孩子说她的名字是安契尔，拜恩，我在想，那花匠好像是墨西哥人。"

"又怎样？"

"在越南，我们连里有好些墨西哥人，他们全和那孩子一样，戴着十字架，拜恩，那花匠有个和她同龄的孩子，我们看见过的。"

"嘿，你是在告诉我，你抓错了孩子？你在哪儿绑到她的？"

"在小木屋里。"

"对的，你还告诉我全铺着地毯。你想想花匠的孩子能在像那样漂亮的房子里玩吗？她的衣服呢？茉丽丝说，那是一家昂贵商店买来的。"

皮尔松坐下来，吃他的那份午饭，"那个公共电话亭边，有辆电信局的卡车。"他说道。

"你到那个公共电话亭去啦？"拜恩大叫，"你疯了不成？"

"我没有走过去，只是到山顶去看公路，那个公共电话已经坏了好久。"

"好，他们终于决定来修理了，你知道电话公司的，他们不会在午夜工作，这点倒可肯定，你躲开，到那时刻再去，怎么？胆怯啦？你忘记我告诉你在南美做整形手术的事了？一张新脸孔，好让女孩子为你倾倒，你喜欢女孩的，不是吗？"

"当然，我是喜欢女孩。"

"好，想想那些黑眼睛的女子——闭嘴！让我听听午间新闻。"

蒙代尔出现在屏幕上，拜恩趋近电视机，仔细听。新闻播报完毕后，他咧嘴笑了。

"你听到没有？"他大叫，"如果我们绑的不是议员的孩子，他会取消他的竞选演讲吗？而且没有报警，他照我们的话做了。"拜恩从椅子上跳起来，跑到拖车后面，拉开卧室门，大叫说，"叶茜亚——你就是！你这孩子还算运气，因为，如果你真叫安契尔的话，你永远也见不到你的老爸了！"

皮尔松的住处没有什么线索可寻。他是个孤独虫，女房东解释说，他从没有带朋友回来过，不过最近经常有位访客，那人开辆白色老爷车，引擎卟卟响，他总是等候在路边，直到皮尔松出来。她没见过那个开车的人。

普尔警官回到总局，接到报告，那个公共电话已经修好了，不过，修理人员说，他估计，不出数星期，嬉痞又会把电线扯断。

"但是，我们可以利用它，"普尔警官交代科尔警员说，"我要那个电话在今晚午夜过一分的时候响，电话铃声可能使来取赎金的人慌乱失措，在那段公路附近安排一个盯梢的，逃亡的汽车将是一部七三年的LTD，黑色车顶，它昨天是仿金属的蓝色，装俄勒冈牌照，可是那个人在汽车油漆部工作，他可能会连牌照都换了。"

之后，普尔警官挂电话给克莱尔议员，做最后的指示。他做结论说："别忘了快乐巨人购物袋。"

"我已经弄到一个了。"克莱尔议员回答说，"比斯太太购物就在附近的分公司。现在,我猜你要调查她。"

普尔警官大笑,"议员,我比你快一步。"

比斯太太已经被调查过了,她和黑社会没有交往,但是经议员这么一提,普尔警官仍然驾车到附近的快乐巨人公司去了,他向几位服务生打听,研究快乐巨人公司的单子,发现距放赎金地两里路内有一家分公司。

那是一种新兴的购物中心,在这个地区的新居民,大都是分期付款购屋的,停车场满是老爷车。普尔警官再次向服务生描述了花匠看见的车。卟卟作响的引擎使调查有了结果。有两位服务生记得那部车,车主是位妇人,她每周来购物两次,并且购买很多。她还说过,等她的餐馆生意好起来,就将车子彻底检修。一位服务生指出那地点:二十七号路上,专供卡车停留的日出咖啡馆。

普尔警官进入咖啡馆时,里面只有两个客人,是从停在路边卡车上下来的。他叫了份咖啡和夹肉面包,注意地听那两人闲聊,柜台上忙碌的那个妇人,就是茉丽丝,厨房里一个炸东西的人,是仅有的另一位帮手。餐馆坐落在一大片赤裸裸的平地上,附近没有其他生意——只有一座长长的储物间,建在距餐馆五尺的后面,屋顶是波状铁皮盖的。卡车司机离开后,普尔警官问茉丽丝,她是否可以介绍给他一家诚实的公路修车商,他的汽车水管坏了。她提到一个叫安德森的,并且指示方向。离开咖啡馆,他停步四处瞧瞧,那是一个荒凉的地方,全是泥土,不过,后面那幢小屋吸引住了他。他开始缓缓地朝它走去,大约走了一半距离时,一个男人声音喊住了他。普尔警官迎着阳光,眯眼看见一个穿茶色西装、戴墨镜的人。很难判断他来自哪儿,通向林子有两条小径,可是他看不到住宅。

"你想去哪里?"那人问。

普尔警官温驯地咧嘴笑,"我在找方便的地方。"

普尔警官怀疑,如果亮出警徽,要求进入小屋,会发生什么事?它宽大得够装两部汽车——一部旧白色佳宾牌汽车和一部偷来的LTD轿车——可是他人单力薄,何况还牵涉到安契尔的生命。因此,他冷却内心的激动,返回自己的停车处。

半小时后,他和安德森谈过话后,打电话给警局,报告有关日出咖啡馆的事。

"我知道,那正是我们找寻的地方,"他报告说,"本案有三人参与,开咖啡馆的妇人,也是佳宾车车主;戴太阳镜、不要任何人接近小屋的男人;皮尔松。我没看见皮尔松,不过,那里肯定有鬼,也许后面林子里会有幢房屋。我派人盯那个地区,可是不要用警车,不要有人接近该地,除非再听到我的指示,即使过了午夜也不要趋近。"

警局提出，可以派架直升机到森林上空巡视。

"那也只应是掠过而已，"普尔警官坚持己意，"我不要引起他们的怀疑，我们反正会逮到他们，但是孩子的生命最为重要。"

安契尔坐在拖车里面的床上，翻阅一堆皮尔松给她的连环画。她还是怕他，不过，她渐渐习惯他那张缝补过的脸了，他也晓得她怕他什么，所以，当他拿两瓶汽水给她喝的时候，将好的那半边脸对着她。

"我在冰箱里找到这两瓶汽水，"他说，"一瓶是橘子味的，另一瓶是草莓味的，你要哪一瓶？"

安契尔怯生生地伸手取过红色瓶子。

"喏，这也不坏，不是吗？"皮尔松问，"我想你在家有各种可口的汽水。"

安契尔没有回答，径自缓缓地喝汽水，同时注视皮尔松的面部表情，有时候，好的那一边和缝补过的那一边一样没有表情。在她的注视下，他渐渐不安起来。

"你在看什么？"他问。

"那儿疼不疼？"安契尔问。

"疼？用一样小东西把你的脸弄破，疼不疼？傻孩子！"

皮尔松走出房门，重重地关上门。他发现拜恩坐在前面一张铺垫子的便床上，打着哈欠，看着腕表。

"你睡觉的时候，有一架直升机飞过，"皮尔松说，"我没有看到任何标记，它飞往公路方向。"

"交通巡逻，"拜恩说，"现在，我要听六点钟的电视新闻，看那家伙对克莱尔议员还有什么说的。"

蒙代尔出现在电视屏幕上时，脸色并不好：

"本台消息：今天午间本台播报了有关克莱尔议员的女儿失踪，以及克莱尔议员取消了所有竞选演讲的消息。今天下午，我们去拜访克莱尔家时，克莱尔议员避不见面，各位观众，现在可以看看我们摄制人员在克莱尔家拍到的一些情景……"

蒙代尔的脸孔，被一幢落锁的巨宅铁门取代，一直到镜头转到铁铸的偏门。当蒙代尔的声音在描述现场的轮廓时，一个孩子从房屋的大门出来。她一看见摄影人员在大门边，立即跑过来，对着摄影机扮一个鬼脸，然后，逃到她的小木屋去躲起来……

影像消逝，蒙代尔又闪现在屏幕上。

"如观众刚刚见到的,叶茜亚并不赞成我们的摄影。现在,我们有了一个有趣的问题。为什么克莱尔议员要透露他女儿失踪的消息,实际上她却安然无恙地在大厦的铁门内?议员会否因为最近竞选的民意测验不利于他而烦心,从而故意以这种低级的战术来博取大众的同情?或者他流产的演说行程背后,有某种难以言明的理由?会否是他那位正在欧洲度假的克莱尔太太有了什么麻烦,克莱尔议员已飞到她身旁,欲重修旧好?克莱尔议员,不论你身在何处,不要躲在一个小女孩子的裙后,出面解释,你的选民有权利要求知道真相……"

拜恩关掉电视,咕哝说:"你看到没有?那女孩是叶茜亚!这一个……"他缓缓地转身,向卧室走去。

"她说过,她名叫安契尔的。"皮尔松提醒他。

拖车的门"砰"地被推开,气喘吁吁的茉丽丝冲进来,喘着气说:"电视新闻——我刚刚在店里看到,叶茜亚在家里!"

"闭嘴!"拜恩火冒三丈地说,"我要去查查,在后面的那个孩子到底是谁?"

他走到拖车后面,悄悄打开门。孩子仍坐在床上喝草莓汽水。拜恩以轻柔的声音说:"安契尔,你爸爸桑尼来了。"

孩子的脸孔马上兴奋活泼起来,然而,当她看见只有拜恩、皮尔松和茉丽丝三张脸孔时,她的兴奋、活泼又变成惊慌了,"不,我不……"她恐怖地大叫起来。

拜恩转头看他的同伴,"你这白痴,你抓错人了!一个墨西哥花匠如何筹赎金呢?"

"也许议员……"茉丽丝开始说。

"甭想!谁也不会为别人的孩子付三十万元的,可是他们想让我们认为,我们是绑到了叶茜亚,不是吗?他照信上说的去做了,那是为什么?那是个陷阱。今天下午还有直升机的声音……"

"巡逻交通的。"皮尔松说。

"也许不是,修电话的卡车呢?我们在这儿一整个月都没有人修,他们今天竟然来修!茉丽丝,今天从店里出来的那人是谁?他还向小屋走来?他不是开卡车的,他穿西装,开轿车……"

"你大概是指那个问我汽车修理厂的人,他的车子有毛病,所以我介绍他到安德森那儿。"

拜恩向皮尔松下了一道命令:"看住那孩子,我和茉丽丝到店里,打电话问安德森。"

拜恩回到拖车上来的时候，他宣布说：

"那家伙是个警察，他到安德森那儿，可是并没有修理车子，他谈了谈车子，然后问安德森，茉丽丝的佳宾车是不是送来彻底修理了？安德森说还没有。可是，茉丽丝没有告诉店里那个人，她有辆必须彻底修的汽车。懂意思了没？我们查看克莱尔住宅的时候，有人看到茉丽丝的车子，并且报了警，他们追查到茉丽丝这儿。如果我们今晚到电话亭的话，准是脑袋开花。我们必须离开这儿——而且要快！"

"不去取赎金了？"皮尔松问。

拜恩烦躁地说："他妈的，如果你还有脑筋的话，试试理解我的意思，不会有赎金了，吻别三十万吧，我们可以卖掉那辆LTD，二一添作五，不论分得多少，总比我们开始的时候好——对不对？"

"茉丽丝呢？"

"忘了茉丽丝吧，我没有把安德森告诉我的事告诉她，她仍以为我们的计划可以完成，我们溜走后，她不敢报警。"

然后，皮尔松问到一个大问题："我们要把安契尔怎么办？"

拜恩费力地向他解释："安契尔，一个花匠的女儿，她不是个有钱父亲的孩子，对他们来讲，她不是财神，但她是一个有双大眼睛可以看、有张嘴可以说的女孩子。安契尔不会忘记你那张破损的脸的，如今……"拜恩打开长凳下面的一个柜子，取出一把枪。

"天仍然亮着，"他说，"你必须带安契尔到林了里去一卜。"

"她还只是个小女孩。"皮尔松犹豫着。

"傻瓜，"拜恩骂道，"安契尔像是你在北越遇到的最危险的地雷，相信我，没有别的法子。"

安契尔跟着皮尔松走进林子里，他告诉她，她可以在那儿见到她父亲。太阳还高高地挂着，安契尔怀着渴望的心情跟他走，但当前面出现山谷时，孩子止步不前了。

"这儿不是散步的好地方，我爸爸不会到那里的，我要回去。"

那儿好静，连远处公路上的车辆声音都消失在树的屏障后面。皮尔松从夹克里取出手枪，安契尔在他前面数码的地方。他打开保险盖时，她听到声音，回头瞧瞧，却没有注意到手枪。她的大眼睛落在皮尔松身后的什么上。

"爸爸！"她大叫，"我看见我爸爸来了！"

她想往回跑。

皮尔松射了一枪，子弹打在孩子脚边松软的土上。惊恐之余，安契尔拔腿跑下斜坡。

"继续跑！"他大叫着，盯着手中的武器，高声大叫，"我不愿杀一个孩子，听到没有？"他扬起手臂，将手枪扔进山谷，就在这时，他听到身后有动静，他旋转身。一个男人正从阴暗处闪出来。

"拜恩，不！不要杀那个小女孩！"皮尔松大叫着，双膝跪地，但在埋头进双臂之前，他看见那个持枪的人并不是拜恩。

"好了，皮尔松，"普尔警官说，"战争结束了。"

数小时后，普尔警官将安契尔送到克莱尔家，交给她的父亲。

电视采访人员全体出动，蒙代尔——那位差点害死孩子性命的播音员——正在采访克莱尔议员并展示一只快乐巨人购物袋，里面是三十万元的小额钞票，那是他好心的明证。这个故事，至少可以使他赢得一万选票。皮尔松和茉丽丝都在警方扣押中。叶茜亚依偎着父亲，差不多被忘记的安契尔，紧紧抓住父亲的手，一起走向他父亲的卡车。

科尔警员以手肘碰碰普尔警官的手臂，"天啊，你单独去林子里可真冒险。"

"我不得不那样做，"普尔警官回答，"我总担心皮尔松可能是心理有问题的人。"

"如果你问我的话，心理有问题的还是拜恩，他并没有等候皮尔松回来再跑，"科尔警员报告说，"尽管如此，我们还是在距阿里桑那九十里的地方逮到了他。"

普尔警官仰起头来，长出了一口气，抓到拜恩，这个前后总共不过二十小时的三十万元绑票案，最终告破了。